사랑은 포기할 줄 모른다
2

패랭이꽃은 순결한 사랑을 보듬고 노래한다.

이영석의 장편소설 3

사랑은 포기할 줄 모른다

2

이 영 석 지음

도서출판 문영프린포유

사랑은 포기할 줄 모른다 2

초 판/ 2025년 9월 10일
지은이/ 이 영 석
펴낸이/ 조 문 희
펴낸곳/ 도서출판 문영프린포유
표지디자인/ 조 문 희
편집및교정/ 이 영 석
디자인지원/ 조 문 희
출판등록/ 2000년 12월 29일 제2000-47호
주 소/ 대전광역시 유성구 전민로 70번길 64 201호
전 화/ 042-861-4084, 864-4084
메 일/ 011a028@naver.com,
ISBN/ 978-89-959460-4-6
가 격/ 23,000원

★ 이 책의 저작권은 작가에게 있습니다.

패랭이는 웃는다

　가슴에 핏빛으로 물들었던 고아의 고단한 삶을 추억하며 노후 삶을 설계하며 고국으로 돌아왔는데, 암 판정을 받고 이듬해 2월에 서울A병원에서 수술받았다. 입원실에서 만난 젊은 환자(민서)의 출현이 민욱을 당황하게 했다. 민서는 민욱을 많이 닮았다. 아빠가 베트남 전선에서 전사했다는 엄마의 말을 믿고 자란 민서는 아빠의 이름도 모르고 사진도 본 일이 없었지만, 모든 정황으로 민욱을 의심하기 시작했다. 파병 시기와 광주부대에 근무했다는 동일성과 아빠와 엄마 이름의 첫 자로 자신의 이름을 지었다는 엄마의 말을 기억하므로 의심하기에 충분했다. 엄마 서린은 서양화가이며, 대학교수라는 민서는 여중학교 음악선생이었다.
　44년 동안 미혼모로 민서를 키우며 살아온 서린은 퇴원하는 날 병실에서 민서와 포옹하는 민욱을 발견하고 소스라치게 놀란다. 부유한 가정의 외동딸로 공주처럼 자란 서린은 군에서 전역하고 떠나는 한 남자에게 원하지 않은 '순결한 사랑'을 아낌없이 선물했었다. 베트남에서 돌아온 멋진 병장과 데이트했었고, 전역하여 고향 서울로 돌아가려는 그에게 아무런 조건도 없이 스무 살의 여대생 서린은 순결을 후회 없이 모두 주었으며, 그녀는 첫사랑을 온몸으로 경험했다. 그 남자가 떠난 후에 임신한 사실을 알게 된 서린은 부모와 친구들의 반대를 무릅쓰고 딸 민서를 낳았다. 미혼모라는 이름을 달고 대학을 졸업하고 중고등 교사로 재직하며 화가의 꿈을 값지게 성취했다.

숱한 사회적 모욕을 받으면서도 서린은 굴복하지 않았다. 수많은 남자의 유혹도 뿌리치고 대학원에서 박사학위를 취득하여 대학교수로 거듭났다. 유명한 서양화가로 자리매김하면서 명성도 얻었다. 그럴수록 치근덕거리는 남자들에게 골머리를 앓았다. 서린은 흔들리지 않았다.

그녀가 사랑했던 사람은 오직 '강민욱'만 존재했다. 갑부 아버지의 유산으로 부를 얻었으며, 자신의 노력으로 부를 더욱 축적했다. 부족한 것은 없었다. 단지 사랑하는 사람이 곁에 없다는 것만 흠이 되었다. 그 흠을 행복으로 바꾸려고 무던히 노력했던 서린은 환갑이 지나서야 여자의 성을 줬던 '강민욱'을 만날 수 있었다.

유방암을 투병 중인 딸 민서로 인해서 민욱의 존재를 가까이에서 발견했다. 서로 사랑한 사이도 아닌데, 서린의 일방적인 첫사랑이었는데, 44년의 지독한 세월이 흐른 후에야 극적으로 상봉했다. 이는 이산가족의 상봉에 비길 수 없었다. 단 몇 시간 만에 44년의 그리움을 날릴 수 있었던 서린은 행복을 실감했다.

일가친척이 없는 고아 민욱과 유나는 고국에 돌아왔지만, 외롭고 서글픈 고아의 옷을 벗지 못했다. 어린 시절에 받았던 굴욕적인 천대와 학대, 멸시와 따돌림을 되새기며, 유방암과 림프종으로 고통받는 유나를 부둥켜안고 피눈물을 흘렸다. 그런 와중에 기억에도 희미한 서린을 만나게 되었다. 운명이라 생각했다. 운명이 아니고는 이럴 수 없다고 가슴 저미게 소리쳤다.

운명은 민욱과 서린이 손을 잡게 도와줬다. 지혜로운 아내 유나도 시기와 질투, 그리고 욕심을 버리고 이들의 만남을 축하했고, 적극적으로 응원했다. 함께 살아갈 수 있다고 욕심을 내려놓았다. 온전한 사랑을 받아보지 못하고, 미혼모로 44년을 살아 온 서린을 존경했기 때문이다.

유나와 서린은 하나가 되었다. 유나는 암 발병 5년 만에 완치판정을 받았다. 그래서 신안 앞바다, 어느 섬에 삼색(빨강, 노랑, 파랑)의 갈매기하우스를 건축하여 '패밀리랜드'를 건설했다. 민욱과 유나의 집(파랑), 서린과 민서의 집(노랑), 서린 오빠 백 회장의 집(빨강)을 갈매기 모형으로 민욱의 딸 세라(시카고대 건축공학과 교수)가 설계와 감리를 맡아서 이색적으로 건축했다.

2023년 11월에 준공되어 'B&K 패밀리랜드'가 완성되었다. 서린이 먼저 입주한 후에 민욱과 유나가 대전을 떠나 입주했다. 백 회장은 이듬해 봄에 입주했다. 민욱과 유나는 거추장스러웠던 고아의 너저분한 옷을 완전히 벗어버리고, 서린과 탄탄한 가족을 이루었다. 상식을 벗어난 가족구성은 불협화음도 없이 행복을 노래하며 갈매기하우스의 화려한 비상에 탑승했다.

CONTENTS
2 권

패랭이는 웃는다 * 5
12. 순결한 사랑은 늙지 않는다 * 9
13. 44년의 상처를 묻으면서 * 72
14. 534개월을 밝힌 횃불 * 177
15. 스무 살 여대생의 사랑 * 240
16. 하얀 구름을 탄 여인 * 311
17. 가족이라는 울타리 * 344
18. 코로나19의 융단폭격 * 401
19. 마음속의 합창 * 446
20. 별빛이 쏟아질 때 * 482
21. 고아의 옷을 벗다 * 531
22. 갈매기하우스의 화려한 비상 * 588

<24년 9월 발간한 1권에 이어서>

12. 순결한 사랑은 늙지 않는다

늦은 저녁, 더위가 한풀 시들했지만, 열대야의 시위로 후덥지근해서 불쾌지수가 높았다. 바람이 잘 불어오는 용산동 집에도 열대야의 방문은 달갑지 않았다. 에어컨은 온종일 냉기를 뿜어내고, 쉬지도 못하고 투덜거리며 보수도 없는 연장근로에 불만이 있는 것 같았다. 가족들은 식사를 마치고 함께 소파에 앉아 가사도우미가 준비해 준 포도와 딸기 등의 과일로 후식을 즐겼다.

시카고에 있을 때는 사랑이 소담스럽게 군락을 이룬 아름답고 행복한 가정이었다. 교포사회나 대학가, 그리고 섬기는 교회에서도 자자하게 소문난 스위트홈의 주인공들이었다. 얼굴엔 화사한 행복이 시들지 않았고, 입가에는 싱그러운 미소가 피어나는 보기 드문 단란한 가족의 자리를 굳건히 지켰다. 지금은 유나의 암 투병으로 힘든 시간을 겪고 있어도 그 사랑은 퇴색하지 않았다. 가족들 사이에 몽글몽글 피어오르는 사랑의 달콤함은 용산동 집에 퍼졌다. 그 사랑을 먹고 자란 세라와 명훈은 고아였던 부모님을 세상에서 가장 존경했고, 그 몸에서 자녀로 태어난 것에 더없이 감사하고 고마워하는 착하고 성실한 남매였다.

거실에서 CNN, BBC, 폭스 뉴스 등을 시청하던 명훈은 메일 보낼 것이 있다며 2층으로 올라가고 세라는 남았다. 세라는 사춘기 소녀처럼 엄마 옆에 바짝 붙어 앉아 일어날 줄 몰랐다.

"아빠! 오늘은 세라가 엄마 옆에서 잘래요."

딸의 청을 거절할 수 없었다. 아픈 엄마 옆에서 잔다는 데 누가 말리겠는가? 자매처럼 잘 어울리는 모녀도 없었다. 그러기에 민욱은 아내 옆자리를 딸에게 기꺼이 양보했다. 그러고 나서 잠시 엄마와 할 얘기가 있으니, 시간을 달라고 양해를 구했다. 오늘 있었던 일들을 아내에게 들려주려면 약간의 시간이 필요했다. 반드시 보고할 사항은 아니지만, 44년 만의 서린과 만남을 아내가 무척 궁금해할 것으로 알고 있으므로 하룻밤이라도 지체할 수 없었다. 그것도 첫정을 나눴던 여자를 만났으니, 그 내막이 궁금할 수밖에 없을 것으로 생각했다.

"아빠! 샤워하고 올게요. 엄마와 천천히 말씀 나누세요."

세라는 아빠에게 시간을 허락하고, 그 입술에 뽀뽀하는 것을 잊지 않았다. 미국에서부터 오랫동안 지속된 부녀간의 교감하는 언어였다. 세라는 상큼한 미소를 남기고 곧장 2층으로 올라갔다. 노부부는 소파에서 일어나 안방으로 들어왔다. 에어컨 바람이 시원한 안방 탁자를 사이에 두고 편안하게 마주 보고 앉았다. 남편의 얄미운(?) 데이트가 궁금했던 유나는 미소를 머금고 입을 열었다.

"영광스러운 데이트는 잘하셨어요? 그렇지 않아도 궁금했어요. 설마 다툰 건 아니죠? 호호호~."

유나의 말에 면목이 없는 표정의 민욱은 한숨부터 길게 뿜었다. 44년 만의 데이트가 순탄하지 않았음을 보여주었다. 또, 아내에게 말하는 것조차 면목이 없어서였다.

"데이트고 뭐고 말도 말아. 다투진 않았지만, 일촉즉발 위기까지 갔었어. 처음에는 숨도 제대로 쉬지 못했거든. 대본을 다 외우고 무대에 올라 온 연극배우 같았다니까. 어찌나 숨도 쉬지 않고 몰아세우고 퍼붓든지 살벌한 느낌이 들어서 도망치고 싶은 마음뿐이었어. 그러니 영광스럽진 않았어."

민욱은 그때의 코너에 몰렸던 상황을 눈앞에 그리며 아내를 보는 게 쑥스러워했다.

"아니, 왜요? 서린씨가 따귀를 때리기라도 했어요?"

유나는 의아한 표정으로 눈이 휘둥그레져서 남편의 양쪽 볼을 살피며 만져 보았다. 남편이 숨을 쉬지 못할 정도로 당했다니, 그 내막이 몹시 궁금했다. 들으나 마나 유나의 눈앞에 그 그림이 희미하게나마 그려졌다.

"때린 건 아니지만, 눈앞에 아무것도 안 보였다니까. 차라리 따귀라도 맞기나 했으면 좋았을 거야. 약속을 지키지 않았다고 불화살을 뿜어대는데 속수무책으로 당했어."

"당신이 무슨 약속을 지키지 않았는데요?"

궁금증은 더욱 높아졌다. 남편이 무슨 약속을 지키지 않았다고 44년 만에 만나면서 불화살을 뿜었다니 이해가 되지 않았다. 서로가 감격적으로 상봉의 기쁨을 만끽해야 할 상황인데, 이를 흙탕물로 만들었다니 서린의 성격을 짐작할 수 있었다. 민욱은 호흡을 가다듬고 말을 이어갔다.

44년 전(1973. 1월 중순)의 그날, 이른 새벽에 무턱대고 '27년 후, 2000년 8월 15일 정오에 서울 남산팔각정에서 만나자.'라는 일방적인 통보를 받았다고 했다. 그로부터 복학이다, 유학이다, 결혼하고 미국에서 유색인종의 칼바람 차별을 온몸으로 부딪치며 숨 가쁘게 달려오다 보니 잊어버렸다고 변명했다. 그 약속뿐만 아니라, 그때 있었던 모든 일들을 까마득히 잊고 살았는데, 만나자마자 느닷없이 약속을 지키지 않았다고 원망하며 벌처럼 쏘아붙이니, 피할 길이 없었다고 털어놓았다. 그때는 무심결에 '알았어'라고 대답했으니까, 약속은 약속이라고 시인한다며, 그 약속을 신중하게 받아들이지 않았던 것이 잘못되었다고 말했다. 이런 남편의 투정에 유나는 미소를 지으며 고개를 끄덕였다.

"민서 엄마로서는 그럴 만도 했네요. 호호호~~. 누구나 어떤 약속이든지 마땅히 지켜야 하잖아요. 약속을 지키지 않은 당신이 많이 잘못한 거예요. 당신의 말에 의하면, 아무런 책임도 묻지 않았고, 찾지 않는다는 조건도 붙었는데, 오직 그 하나만 약속한 거잖아요. 당신이 너무 무심했던 것 같아요. 남산팔각정을 사달라는 것도 아니었고, 몸만 나가면 되는데, 당신이 약속을 무시한 게 맞네요. 나 같았어도 화가 났을 거예요. 호호호~."

유나는 서린의 젊음을 갉아먹은 27년의 기다림을 이해했다. 또, 27년 후를 약속한 서린의 생각이 독특했고, 그 세월을 기다렸다는 서린의 성품이 놀랍다고 감탄했다. 보통 여자가 아니란 생각을 했다. 무서우리만치 자신에게 철저한 여자임을 느꼈다. 조금 전에 그녀의 불길 같은 성격을 탓한 자신이 부끄러웠고 창피했다.

"그건, 맞아. 무심했던 건 사실이야. 나도 한심하다고 생각했어. 약속을 신중하게 받아들이지 않은 것이 실책이었어. 창피해서 얼굴을 들 수 없었다니까. 내가 그런 정도의 인격자인 줄 몰랐어."

"그럼요. 나 같았으면 뺨이라도 몇 대 쳤을 것 같은데요. 맞지 않은 게 얼마나 다행이에요. 호호호~~. 어떠했던, 서린씨는 뼈 아픈 울분을 풀지 못했지만, 당신에게 인격적으로 대해줬군요. 정말 대단한 성품의 여자는 분명해요."

"이 사람이 누굴 약 올리나?"

"생각해 보세요. 꽃보다 아름다운 스물한 살 나이에 당신에게 첫정을 주었고, 거기에다 민서를 낳고 미혼모로 살면서 여자의 보석 같은 젊음을 희생하며 27년을 기다렸던 약속이잖아요. 민서 엄마는 남산팔각정에서 만날 것을 손꼽으며 어떠한 심정으로 살았겠어요? 쉽게 답이 나오지 않잖아요. 그 후에도 당신을 찾지 않았으니 얼마나 원망스럽고 억울했겠어요. 울분이 무엇을 의미하는지 당신은 모르니까 문제에요. 서린씨는 현명한 여자인 것 같아요."

"그야, 나도 알아. 내가 많이 깨달았어. 나만의 문제만 바라보고 달렸으니, 그런 비판을 받아도 할 말이 없었어. 그때 내 모습이 비참했다니까. 하하하~~. 지금이니까 웃음이 나오네."

"그 약속을 기억하지 못하도록 일조한 나도 공범이군요. 난 그런 약속이 있었는지? 그 약속의 존재도 몰랐지만요. 첫정을 나누었다고 고백했는데, 그런 약속이 있었다는 건 왜 말하지 않았어요? 하여튼 당신이 당한 건, 민서 엄마의 가시덤불 같은 따가운 27년의 기다림에 비하면 별거 아니에요. 당신이 당한 것은 바닷가 모래알 하나 정도일 거예요."

"나도 잘못한 건 알아. 변명도 필요 없지 뭐. 그때는 황당한 상황이라 약속은 별 신경을 쓰지 않았지. 눈앞에 벌어진 일만 생각했으니 말이다. 이제 생각하니 그게 문제였어."

"맞아요. 애초에 나한테 얘기했더라면 기억했을 텐데 말이에요. 그때라면, 미국 생활도 안정되었고, 새 학기가 시작되기 전이었으니 여행 삼아 한국에 나올 수도 있었는데 말이에요. 호호호~. 좋은 기회를 놓치셨네요."

유나는 남편의 얼굴을 쳐다보며 약을 올리듯이 말했다.

"지금 생각하면 그렇기도 하지만, 만약에 그랬다면 유나가 서린을 만나도록 허락했겠어? 그게 문제일 수 있었잖아."

"허락했을 거예요. 유나가 상식 밖의 여자는 아니에요. 질투할 사안도 아니지만, 뼈에 사무치도록 쇼킹하잖아요. 젊은 날, 하룻밤 관계를 맺은 여인과의 약속을 지키는 일은 흥미 있는 일이란 말이에요. 나도 어떤 여자인가 궁금해서 따라 나왔을지도 몰라요. 남산팔각정에는 동행하지 않으면서 멀리서라도 지켜봤을지도 몰라요. 생각해 보니, 아마 영화 한 장면 찍는 것 같았을 것 같네요. 호호호~~."

"이 사람이 장난하기는 .... 지금이니까 마음의 여유가 있어서 그런 생각이 들겠지만, 그때였으면 유나도 40대였으니까 생각이 달랐을지도 몰라. 하하하~~. 여자들은 질투의 화신이라고 하잖아. 유나라고 별수 있겠어. 유나도 여잔데?"

"그렇진 않아요. 유나는 소갈머리가 없진 않아요. 당신과 함께한 세월이 60년을 훌쩍 지났는데, 와이프의 심성도 아직 파악하지 못한 것 같아서 서운하네요."

"내 생각에 그때는 그랬을 거란 거지. 유나도 어쩔 수 없는 여자니까. 이해하고 만남을 허락한다는 게 쉬운 일은 아니야."

"환경에 따라서 그럴 수도 있겠죠. 나도 고집은 못 부리겠네요. 호호호~. 그런데, 민서 엄마가 대단한 건 맞아요. 독특한 성격에 현명하고 똑똑하고 야무진 성격의 여자예요. 민서씨를 예쁘고 훌륭하게 키운 것과 이루어 놓은 삶의 업적을 보면 알잖아요."

민욱은 또 한숨을 토했다. 어느 소설 같은 얘기였다. 아니 영화의 한 스토리와 같았다. 생각하면 할수록 가슴이 아픈 사건이지만, 지금 와서 잘못을 인정하는 자체가 부끄러웠다.

"그러니까, 민서를 아빠처럼 고아로 만들기 싫어서 민서의 손을 놓지 않았다는 말을 듣는 순간에 피가 거꾸로 솟아오르는 것 같았다니까. 그 말이 두렵고 무서워서 소름이 끼쳤어."

"내 생각이 맞았네요. 그랬을 것 같아서, 만나러 가기 전부터 당신의 고백을 듣고 민서 엄마를 존경했거든요. 정말, 무섭고 완벽한 여자예요. 난, 맨발로 따라가도 못 따라갈 것 같아요. 나쁘게 말하면, 바늘로 찔러도 피 한 방울 안 나올 지독한 여자예요."

"그렇게까지 무섭게 비유하지 마. 하하하~."

"왜 서운하세요? 헤헤헤~~. 유나처럼 만만하고 쉬운 여자가 아니란 거예요. 나쁜 뜻으로 말한 건 아니니까 서운해 하지 마세요. 그만큼 삶에 대한 자신감을 소유하고 있었다는 거예요."

"서운하진 않아. 그냥 그렇다는 거지. 여하튼 쉽지 않은 만남이었어. 내 모습이 형편없이 망가진 거지."

민욱은 아내의 표정을 살피면서 서린에게 두 가지 부탁을 받았다고 고백했다. 첫 번째, 민서에게 아빠라고 부르게 해달라는 건 극히 당연하다고 했다. 민서를 아껴주고 아빠의 진한 사랑을 느낄 수 있도록 신경 쓰는 것은 별문제가 아니었다. 이는 부탁하지 않아도 아빠로서 마땅히 해야 하는 기본적인 것이라고 했다. 그러나 두 번째, 웨딩드레스를 입고 부모님 영정 앞에서 혼례를 올리고 싶다는 게 문제였다. 혼자 살아온 삶은 후회하지 않는다며, 늦었지만 자신 때문에 한을 풀지 못하시고 돌아가신 부모님께 늦게나마 결혼하는 모습을 보여주고 싶다는 의미가 부여된 부탁이라는 말에 유나도 안타까움에 가슴을 쓸어내리며 동그란 눈동자를 움직일 줄 몰랐다.

"그랬군요. 애석하네요. 당신은 뭐라고 했어요?"

"나로선 선택의 여지가 없잖아. 생각할 시간이 필요하다고 말할 수 없었거든. 그래서 둘 다 하겠다고 대답했어. 어쩌지? 내가 유나의 의견도 들어보지 않고 괜히 그랬나?"

민욱은 아내 유나의 눈치를 세심히 살폈다. 다행히 아내의 얼굴은 어둡지 않았다. 미소까지 흐르는 그 얼굴에서 희망을 보았다.

"뭘 어째요? 대답했으면 마땅히 지켜야죠. 남산팔각정 약속처럼 무시하지 말고 잘 준비하세요. 이번엔 나도 알았으니 필요한 게 있다면 도울게요. 당신은 분명히 민서의 아빠이고, 서린씨는 당신의 딸 민서를 낳은 엄마잖아요. 부모님께 웨딩드레스를 입고 결혼하는 모습을 보여드리고 싶다는 데 문제 될 수 없죠. 서린씨의 심정을 충분히 이해해요. 우백호 좌청룡이 아니라, 우유나 좌서린이 되어야겠군요. 당신은 든든하시겠어요. 호호호~. 이보다 더한 것도 이미 각오하고 있었어요."

유나는 어리석어서 이러는 게 아니었다. 바보천치라서 남편을 양보하는 것이 아니었다. 민서가 있기 때문이었고, 남편의 딸 민서를 버리지 않고 훌륭하게 키운 서린이기에 외면할 수 없었다. 오래전에 있었던 현실을 지혜롭게 받아들인 것이다. 학창시절에 고아라는 이유로 사람(학생)들에게 이리 치이고, 저리 치이며 고통스러운 삶을 수없이 경험했으므로 남들에게 악한 고아의 모습을 보이지 않으려고 정말로 선하게 살아온 유나였다. 서린에게도 예외일 순 없었다. 함께 여생을 동행할 수 있다고 생각했다.

"하하하~. 아무래도 우유나 좌서린은 너무했다. 누가 뭐래도 내 아내는 유나뿐이야. 그런 각오는 하지 않아도 돼. 다만, 민서 엄마로만 인정해 준다면 더 바랄 게 없어."

민욱은 유나의 어깨를 안으며 그 마음을 달랬다. 그의 말은 거짓이 아니었다. 천 번을 말해도 변하지 않을 삶의 동행에 대한 근본정신은 아내와 가족에게 있었다. 수없이 많은 외로움과 서글픈 시간을 고아였으므로 겪어왔기에 서로를 한순간도 떼어놓고 생각할 수도 없는 유일무이한 단짝 부부였다.

"당신 표정이 심각해서 웃자고 농담한 거예요. 호호호. 말해놓고 보니 내가 생각해도 멋지잖아요? 우유나, 좌서린이 당신에게 잘 어울릴 것 같지 않아요? 우린 나쁠 것도 없잖아요."

민욱도 편한 마음으로 따라 웃었다. 아내의 재치가 우스꽝스러웠지만 마음에 들었다. 그러나 유나의 생각은 다른 의미도 있었다. 암 환자의 생명을 보장받을 수 없다는 것을 알기에 만약 자신이 죽더라도 서린이가 있으므로 해서 남편이 이 땅에서 외롭지 않을 거란 엉뚱한 생각도 해뒀다. 이런 생각까지 하고 있는지 민욱은 알아차리지 못했다.

"유나한테 면목이 없어. 이해해 줘서 고마워."

"그 말은 싫어요. 나도 민서씨가 좋아요. 아빠 없이 얼마나 서러움을 받으며 자랐을까 하고 생각하면 마음이 아파요. 우리는 그보다 더한 고통을 겪었잖아요. 나도 이런데 그 엄마는 오죽했겠어요. 그러니 첫 번째로 부탁했겠죠. 우리 애들이 자랄 때를 생각하면 알잖아요. 민서씨가 당신의 딸이라면, 내 딸이기도 해요. 민서씨의 또 다른 엄마가 되어 따뜻한 마음으로 품어주고 싶어요. 이만하면 만족한 대답이 되겠죠? 유나는 예전부터 당신의 그림자까지도 사랑했으니, 당신의 과거도 아무런 이유 없이 받아들일 수 있어요. 당신의 일이 유나의 일이니, 우리는 언제나 하나란 말이에요. 호호호."

"그래. 지구가 멸망하더라도 유나는 민욱의 아내야. 유나의 판단이 현명했다는 것이 증명되리라 믿는다. 천 번을 생각해도 유나는 내 아내인 것이 내겐 더없는 축복이야. 하하하~~."

부부는 빛이 바래지 않는 신뢰의 사랑을 알알이 엮었다. 이들의 순결한 사랑은 영원히 늙지 않을 것이다. 지혜로운 아내의 영향력으로 민욱은 모든 걱정거리를 덜었다. 이해심이 많은 아내의 사랑하는 마음에 힘입어 서린에 관한 문제의 실타래가 풀려가고 있음을 실감했다.

"유나는 당신의 아내가 맞아요. 너무 늦기는 했지만, 지금부터라도 당신을 통해 모녀가 최소한의 행복을 누릴 수 있었으면 좋겠어요. 당신의 아내라고 해서 그것까지 간섭하고 욕심부릴 생각은 없어요. 당신의 모두를 사랑하니까요. 당신은 똑똑하고 지혜로우시니까, 두 가정을 잘 이끌어 갈 수 있을 거예요."

"천사가 따로 없어. 바로 유나가 천사야. 정말 유나는 하늘에서 보육원으로 내려왔었나 봐. 난 나무꾼도 아닌데 천사를 만났으니, 이건 최대의 행운이야. 부모에 대한 복은 없었어도 아내 복은 엄청 많은가 봐. 하하하~~."

"그렇다고 속보이게 너무 띄우는 거 아니에요? 호호호~."

"진심이긴 한데 .... 그러고 보니, 내 속이 보였구나. 하하하~"

"그래도 천사는 싫어요. 천사는 찾는 사람들이 너무 많아서 머리가 아플 것 같아요. 그래서 자신이 없어요. 딱 하나 강민욱의 아내 한유나만 할래요. 헤헤헤~~."

"하하하~. 유나는 암 투병도 이겨낼 복덩어리니까, 민서도 유나에게 좋은 딸이 될 거야. 우리 귀여운 세라하고 다른 면도 많아. 세라와 명훈에게도 좋은 언니, 좋은 누나가 될 걸로 믿고 있어. 민서도 똑똑하고 착한 것 같아."

"나도 그렇게 생각하고 있어요. 병원에서 이틀 겪어보니, 암 환자의 힘든 몸이었는데도 어둡거나 모난 곳이 없이 쾌활했어요. 성격도 좋고 홀어머니 밑에서 참 잘 자란 것 같았어요."

유나는 민서를 좋게 본 것 같아서 다행이란 생각을 했다. 유나가 민서를 칭찬하고, 서린에게도 거부감을 느끼지 않는 것 같아서 고마웠다. 고통스러운 항암치료도 두려워하지 않으며 거뜬히 이겨내고 있는 모습을 지켜보는 것은 가슴이 아리고 시렸지만, 투정도 부리지 않고, 민서의 일에 마음을 열고 해결하려는 착한 심성이 참으로 눈물 나도록 고마웠다.

"서린씨를 만나니 기분이 어땠어요? 지금도 그때처럼 귀엽고 예뻤어요?"

"뭘, 그런 걸 물어보고 그래? 기분이고 뭐고 간에 주눅이 들어서 처음에는 얼굴도 제대로 쳐다보지 못했다니까. 스물한 살의 여대생을 초노의 여인이 되어 만났으니, 나 때문에 혼자 외롭게 늙어간다는 생각이 들어서 죄스럽고 혼란스러웠어. 예뻤다기보다 우아한 부잣집 안방 마님 같았어."

"왜 그렇게 우리 남편이 주눅이 들었을까요? 서린씨는 우리와는 다른 세계에서 부잣집의 외동딸로 태어났으니, 그럴 만도 하겠네요. 여자가 늙을수록 궁색하고 초라한 것보다는 낫잖아요."

"그건 그래. 내가 처음부터 잘한 게 하나도 없잖아. 그런 데다 그 약속까지 지키지 않았으니, 면목이 없어서 쥐구멍이라도 있으면 들어가고 싶었던 거지. 하하하."

"그랬군요. 기분이 좋았다는 말을 듣고 싶었는데 실망스럽네요. 남녀의 데이트는 젊으나 늙으나 부담 없이 즐거워야 하는 거잖아요. 호호호."

"이 사람이 짓궂긴. 하하하~."

민욱은 서린에게 받은 그림엽서 얘기는 아예 꺼내지도 않았다. 거기엔 서린과 키스했다는 비밀이 숨어 있기 때문이다. 유나의 마음이 좋을 리가 없다는 생각에 감출 수밖에 없었다. 마음이 무거웠지만, 고백할 기회가 있을 때까지 비밀에 부치기로 했다.

"헤헤헤~~. 그래도 당신이 잘한 것 하나는 있어요. 하룻밤의 인연으로 민서씨를 이 세상에 태어나게 한 것 말이에요. 생명의 탄생은 누구나 할 수 있는 일이 아니잖아요. 인간으로서 가장 위대한 일이에요. 우린 세라를 낳기 전에 피임했잖아요. 날마다 행하는 성관계에 즐겁고 행복하면서도 불안한 마음을 가졌잖아요. 헤헤헤~. 내가 주범이긴 하지만요."

유나는 남편을 짓궂은 표정으로 놀렸다. 심각한 상황에서 벗어나려고 특유의 장난기를 발동시킨 것이다. 서린을 만나고 와서 면목 없어 하는 모습이 보기에 불편해서였다. 연극을 본 것처럼 좋아하며 떠들 수 없는 상황이긴 하지만, 이래저래 눈치 보는 것이 개운하지 않았다.

"이 사람이 점점 ...... 피곤한가 본데, 사람을 곤란하게 만들지 말고 그만 자리에 누우시죠. 부~인~."

민욱은 불편한 얼굴로 유나의 이마에 약한 꿀밤을 선사했다. 그러고 나서 가볍게 부축해서 침대에 반듯하게 눕혔다. 항암치료에 필요한 약을 복용한 뒤였다. 기다리기라도 한 듯이 열어진 문을 노크하며 세라가 들어왔다.
 "맨 날, 눈뜨면 보시는 분들이 무슨 얘기가 그렇게도 많으세요? 엄마 아빠를 보면 아직도 연애하는 연인들 같아요."
 "연애도 한 번 못 해본 노처녀가 그런 걸 어떻게 알았어? 신기한 일이네. 호호호~~."
 유나는 누운 채로 세라를 쳐다보며 놀렸다.
 "엄마! 노처녀는 아니거든요. 그리고 그런 걸 꼭 해봐야 아나요? 하도 곁에서 많이 봤으므로 상식화되었다고요. 그렇다고 노처녀는 절대 아니에요. 지금도 다이아몬드 시세라고요. 호호호~~."
 그러자 민욱이가 나섰다. 위기에 처한 딸을 그냥 지나칠 성격이 아니었다. 곤경에 처한 예쁜 딸을 위로했다. 언제나 밝은 얼굴로 가족들을 즐겁게 하는 소중한 딸이었다. 학창시절에도 말썽을 피우지 않았고, 사춘기도 혼자서 거뜬히 이겨낸 착하고 모범적인 여학생이었으며, 학교 성적도 최상위권에서 내려오지 않았었다.
 "그건 아니야. 30대에 진입했어도 우리 세라는 노처녀가 정말 아니야. 하하하~. 너 말처럼 다이아몬드 시세인지는 몰라도 아직 기회는 얼마든지 있어. 실망하지 마라."
 "아빠! 노처녀가 아니라면서 30대는 왜 들어가요. 아직 20대란 말이에요. 아빠~~. 세라는 다이아몬드 시세가 맞아요."
 세라는 위로한 아빠의 어깨를 두들기며 불만을 토로했다. 그 표정은 30대를 무시할 만큼 깜찍하고 귀여웠다. 민욱은 아직도 귀여운 딸을 안아주며 마음껏 즐거워했다.

"그건 그렇고. 딸아! 안 됐지만, 우리는 지금도 신혼이란다. 질투가 나거든 결혼을 생각해 보도록 해. 나쁠 건 없잖아. 하하하."

"맞아요. 우리 아빠 엄마는 아주 특별하신 부부예요. 엄마 아빠의 사랑은 늙지도 않는다니까요. 이 세상에 더는 없을 거예요. 그런 두 분을 보면 결혼하지 않아도 행복해서 좋아요. 호호호~~."

"딸아~. 부러워했으면 좋겠다. 그래야 결혼할 생각이 나지 않겠어. 아빠 엄마가 힘 있을 때 손주를 안아보게 해주는 건 어때?"

세라는 놀라는 표정으로, 이해할 수 없다는 얼굴로 아빠를 바라보며 말했다.

"아빠! 이건 아니죠. 결혼은 본인이 하고 싶어야 하는 거예요. 아빠께 손주 안겨주려고 결혼하는 건 싫어요."

"그건 아빠도 알지. 하하하~~. 다이아몬드 목걸이, 반지, 귀걸이를 받고 싶지 않아? 임도 보고 뽕도 따자는 거지."

"호호호. 우리 아빠가 다이아몬드에 눈이 머셨나 봐요. 보석에는 관심이 없으셨잖아요?"

그렇기도 했다. 보석과는 거리가 멀었다. 보육원에서부터 검소와 절약의 삶을 철학으로 터득하며 궁핍하게 살았기에 보석과 인연이 없었다. 결혼할 때는 그나마 민욱에게 조금의 여유가 있었으므로 평생에 한 번뿐인 결혼식이기에 3부짜리 다이아몬드 반지만이라도 하자고 했으나, 유나는 유학비와 생활비를 걱정하며 단칼에 거절했었다. 그래서 검소하게 한 돈짜리 금반지와 국산 오리엔트 시계가 결혼예물로 전부였다. 지금도 유나의 외모는 화려하지만, 기본적인 보석만 갖추고 있었다. 유나는 미국 사회에서도 보석과 치장에는 욕심을 부리지 않았다. 반지, 목걸이, 팔찌, 귀걸이 등을 최소한으로 구비하고 있었다. 화려한 겉모습과는 전혀 딴판이었다. 옷, 구두, 핸드백 등도 거의 값비싼 것은 없었다. 아웃도어 매장이나 쇼핑몰에서 싼값으로 구매하는 검소한 생활을 유지했었다.

"아빠는 보석에 대해선 모르셔. 보석에 욕심도 없으시고, 검소하고 지적인 남자란다. 호호호."

침대에 누워 있던 유나가 남편을 적극적으로 도왔다. 누구에게든 남편이 무시당하는 것을 용납하지 않는 성격이었다.

"엄마! 아빠 편이라 이거죠? 호호호~ 저도 농담한 거란 말이에요. 엄마가 아프더니 왜 이리 연약해졌어요."

엄마의 손을 잡고 내려다보며 불만을 토로했다.

"엄마는 아빠를 무시하는 사람은 그냥 두고 볼 수 없어. 자식이라 해도 예외는 아니야. 아빠와 엄마가 어떤 환경에서 공부했는데, 어떤 누구에게나 무시당할 순 없거든. 우린 어릴 때부터 서로를 보호하는 것이 본능적이야. 네가 이해해라. 호호호~~."

세라를 쳐다보며 하얗게 웃어주었다. 그런 엄마가 새롭지는 않았다. 평소에도 그게 엄마의 생활이란 걸 알고 있었기 때문이다. 세라도 엄마 따라 웃으며 그 볼에 입을 맞추었다. 다정한 모녀를 보는 민욱은 행복했다. 자신으로 향한 아내의 지나친 사랑과 관심을 부담스러워하지 않았다.

"엄마는 이 시대의 열녀예요. 호호호~."

"그렇다고 열녀까지는 아니야. 엄마는 아빠를 사랑한 것만큼 잘한 게 없거든. 두 번째로 잘한 건 너희들을 낳은 거란다."

"알아요. 지금까지 살아오면서 백 번은 들은 것 같아요. 히히히~~. 세라도 알고 있단 말이에요."

"그 말은 천 번을 말해도 부족해. 알겠니?"

남편을 떼어놓고 자신의 존재를 거론할 수 없다. 그만큼 남편이란 존재가 소중하고 존경스러웠으며, 자신의 선택이 옳았다는 것을 수시로 증명하고 싶어 했다. 천년을 함께 살아도 부족할 것 같았고, 만년을 한 침대에서 같이 잔다 해도 아쉬울 것 같았다. 유나의 분홍색 순결한 사랑은 민욱으로부터 아름답게 승화됐다. 그래서 그 사랑만은 늙지 않길 바랐다.

"네에~ 어마마마!"

세라는 애교스러운 몸짓으로 묻어내며 웃었다. 민욱은 자리에서 일어났다. 모녀에게 아름다운 밤을 맡겼다.

"이제, 그만 쉬어라. 아빠는 가마. 딸아~ 엄마를 부탁한다."

민욱은 아내의 이마에 입을 맞추고, 딸의 부러움을 한 몸에 받으며 장난스럽게 웃었다.

"아빠! 저도요."

세라는 앙증맞은 눈망울로 아빠의 입술 앞에 볼을 내밀었다. 민욱은 익숙한 자세로 그 볼에 입을 맞추고 침대를 벗어났다. 세라는 아빠의 등 뒤에 한마디 뱉었다.

"아빠처럼 멋진 남자가 나타나면, 저도 시집갈 거예요. 독신주의자는 아니니까 염려하지 마세요. 아빠~~ 굿~나일!"

민욱은 오른팔을 높이 들고 흔들면서 안방에서 나왔다. 세라는 아빠가 방을 비운 사이에 어린아이처럼 엄마 옆에 나란히 누웠다. 얼마만의 동침인지 기억나지 않았다. 엄마를 살포시 안았다. 순간, 엄마의 오른쪽 가슴을 수술했다는 걸 기억했다. 고통을 이겨낸 가슴을 위로하며 쓰다듬어 주고 싶어서 조심스럽게 손을 넣었다. 순간 아찔해서 벌떡 몸을 일으켰다.

"엄마! 가슴이 왜 없어졌어요?"

세라는 엄마의 손을 잡고 파르르 떨었다. 자기의 손가락에 몽실몽실한 감촉을 줬던 예쁜 가슴은 만져지지 않았다. 다만, 길게 수술한 상처만 손가락을 무섭게 자극했다. 세라는 충격으로 얼른 손을 빼고 엄마의 얼굴을 내려다보며 눈이 동그라졌다.

"엄마 가슴은 내 가슴보다 예뻤던 가슴이었잖아요. 그 가슴이 어디 갔어요? 어머~ 이를 어째? 흐흐흐~~."

세라는 놀라고 안타까움을 참지 못하고 잔잔하게 흐느꼈다. 수술한 건 알았지만, 이럴 줄은 몰랐던 세라였다. 엄마의 예쁜 한쪽 가슴이 통째로 없어졌다는 것을 받아들이지 못했다. 가슴에 작은 혹을 떼어내고 상처만 남아 있을 줄 알았는데, 가슴이 몽땅 없어진 것이 가슴 아팠다. 이 상황을 받아들이기 힘들어했다.

"울지 마. 이게 뭐 울 일이야? 다 나아서 복원수술하면 괜찮아. 예쁜 가슴을 다시 찾을 수 있어. 이젠 할머닌데 어때서?"

"엄마 가슴은 지금도 예쁘단 말이에요. 엄마하고 같이 샤워하면 내 가슴보다 더 예뻤잖아요. 내가 얼마나 부러워했는데요. 이건 너무 싫어요. 우리 엄마 가슴을 어떡해요? 누가 이렇게 했어요? 어떤 나쁜 사람이 우리 엄마 가슴을 가져갔느냐 말이에요? 흐흐흐~. 이건 아니에요."

여자에게 가슴은 아름다움의 절대적 상징이다. 가슴은 여자의 미를 대변하는 것이며, 여자의 위대함을 여실히 보여주는 아주 특별한 생명체였다. 그러기에 한쪽 가슴이 없다는 것은 엄마에게 치욕적이라 생각했다. 아름답고 우아한 엄마! 화려한 조명을 받으며 무대 위를 나르던 프리마돈나 엄마! 육십을 넘겼어도 아름다움을 잃지 않았던 고상한 엄마! 그런 엄마의 예쁜 가슴 하나가 없어졌다는 것을 용납할 수 없는 세라는 흐느껴 울기를 멈추지 못했다.

"엄마는 살아 있다는 것이 감사해. 세라야~. 가슴이 없어진 것에 슬퍼하지 말고, 가슴은 잃었지만, 엄마가 살아 있다는 이 순간을 감사해야 한다. 어디 우리 딸 가슴이나 만져 볼까?"

이 분위기를 벗어나기 위해 유나는 짓궂은 방법을 택했다. 아직도 흐느낌을 멈추지 않은 딸의 가슴을 손끝으로 훔쳤다. 세라는 엄마의 손을 거부하지 않고 엄마의 그런 모습을 애석하게 생각했다. 사랑이 녹아있는 엄마의 정감 어린 손가락의 느낌을 좋아했다. 그 손으로 어린 자신을 성장케 했다는 사실을 위대하게 느끼고 있었으므로 그 사랑의 손을 밀어내지 않았고, 자신의 매혹적인 가슴을 아낌없이 맡겼다.

"우리 딸 가슴이 너무 예쁘네. 이 주인은 어느 곳에서 아까운 시간만 낭비하면서 무엇을 하고 있을까? 호호호~."

유나는 딸의 기분을 달래려고 비장의 무기를 꺼냈다. 흐느끼는 딸을 더 이상 두고 볼 수 없었다. 잃어버린 것에 대한 아픔을 참아내고 있는 자신의 아픔을 건드린 세라가 미웠다.

"엄마~. 지금 농담할 기분이 아니란 말이에요. 주인이 어디 있어요. 세라 거니까 세라가 주인인데 ......"

세라는 눈물에 흠뻑 젖은 얼굴을 들고 엄마를 보며 말했다. 유나의 작전이 성공한 것 같았다. 모녀는 뜨겁게 안았다. 위로하고 위로받는 가슴들이 다시금 편안해졌다. 더 이상의 아픔은 허락하지 않았다. 엄마를 측은하게 생각하던 세라도 엄마의 자신 있는 의지를 응원했다. 세라를 안타깝게 했던 밤은 깊어만 갔다. 머릿속에서 예쁜 그림은 떠나지 않았지만, 그 아픔과 동거하고 싶지 않은 세라는 마음을 케어했다.

"다 나으면 세라가 엄마 가슴을 예쁘게 성형시켜 드릴게요. 걱정하지 마세요. 한국에는 성형수술이 유명하다고 소문이 자자하잖아요. 교회 사람이 말하는데, 외국 사람들이 원정까지 와서 수술한다고 들었어요. 그러니 엄마 말처럼 걱정할 문제는 아니에요."

그랬다. 유나도 동남아는 물론이고, 미국이나 유럽에서도 가슴이나 코와 얼굴을 성형하려고 찾아오는 여자들이 많다는 뉴스를 본 적이 있었다. 그래서 유나는 애초부터 염려하지 않았다. 완치 판정만 받으면 수술하기로 남편과 약속했기 때문이다.

"그래라. 우리 딸이 엄마의 가슴을 예쁘게 성형시켜 준다면 더 바랄 게 없지. 고맙다. 딸아~. 호호호~."

모녀는 아픈 기억을 냇물에 흘러보내며 도란도란 얘기의 꽃을 피웠다. 어느새 커서 엄마를 걱정하고, 잃어버린 가슴을 복원시켜 준다는 딸이 너무도 기특했다. 어떤 남자에게도 주고 싶지 않았고, 평생 곁에 두고 싶은 귀여운 딸이었다. 착하고 소중한 딸의 모습은 언제봐도 예쁘기만 했다.

2층으로 올라온 민욱은 아들이 오랜 세월 혼자 자던 습관이 있어서 불편할 거란 생각에 아들의 옆을 포기하고, 세라의 방으로 왔다. 침대에 누웠지만 쉽게 잠들지 못했다. 낮에 있었던 서린과의 일들이 머리를 들고 일어났다. 황당했던 무심한 밤으로 인해 민서가 태어난 것도 놀라웠고, 그 생명을 지켜준 서린의 선택도 고마웠으며, 아빠 같은 고아를 만들지 않기 위해 여자의 일생을 버리면서까지 그 손을 놓지 않았다는 서린의 생명 존중의 인간본능에 심한 충격을 받았다. 그것들이 아직도 머릿속과 가슴 속에서 충돌하고 있다는 사실은 자신의 무심했던 죄가 크다는 것을 단편적으로 말해줬다.

물론, 경제적인 어려움이 없었기에 유모의 도움이 있었지만, 어린 생명을 돌보며 두 번이나 휴학하면서 꿈을 포기할 수 없었다니, 그 어려움을 알만했다. 어릴 때부터 꿈꿔왔던 파리 유학을 포기한 서린은 대학을 졸업하고 서양화가로 등단하여 여고 미술 교사로, 대학원에서 석사학위, 박사학위를 취득하여 대학교수가 되었다는 놀라운 사회적 지위를 이룬 성과는 극찬도 부족할 따름이었다. 미혼모에 대한 싸늘한 사회적 냉대와 굴욕적인 시선들과 모진 세파를 거뜬히 이겨낸 원더우먼으로 위대했다고 극찬했다.

27년 후의 약속을 지키지 못한 우둔함은 자신의 몫이었다. 그날, 그 약속을 심각하게 받아들이지 않은 것이 문제였다. 그때는 풋내기 여대생으로서 엄청난 일을 감당하기 힘들어서 장난처럼 확실치 않은 약속을 했다고 생각했었다. 어리석게도 서린의 본심을 알아차리지 못했던 자신을 한없이 질책했다. 자신의 머릿속에서 지워지고 잊혀진 27년을 서린은 하루하루 기억하며 기다리고 있었다는 사실에 피가 거꾸로 솟구치는 크나큰 충격은 아직도 가시지 않았다.

그처럼 무더운 8월의 한가운데, 1시간 전에 남산에 도착하였으며, 30분 전에 남산팔각정에 닿아 2시간을 더 기다렸다는 그 말에 눈앞이 캄캄했던 그였다. 위로할 명분도 찾지 못했던 자신이 부끄럽고 면목이 없다는 것은 부질없는 생각이었다. 무엇으로도 사죄하거나 보상할 수 없다는 사실에 가슴은 숯덩이가 되었다.

그나마, 고운 얼굴에 주름살이 보이지 않아 10년은 젊어 보이는 우아한 부잣집 안방마님의 모습이 다소 마음을 편하게 했다. 심적인 고통이 심했을 서린이었지만, 얼굴에는 생기가 넘쳐나고 윤기가 흘렀으며, 여대생 때처럼 표정이 어둡지 않아 풍기는 멋에서 귀부인의 자태를 볼 수 있어서 한결 마음이 푸근했었다.

44년이 지났어도 서린의 애교는 빛이 바래지 않았다. 이른 봄에 핀 개나리처럼 청순했고, 5월에 피는 연분홍색의 패랭이꽃처럼 단아하고 향기로웠으며, 여름에 피어나는 붉은 넝쿨장미처럼 우아했고, 가을 산야에 피어난 하얀 샤스타데이지(들국화)처럼 고상하고 아름다웠다. 눈물로 애통하게 절규하던 서린은 고통의 순간을 뒤로하고 말썽꾸러기 여자아이처럼 입술을 내밀고 키스해 달라던 그 표정은 소녀처럼 천진난만하게 느껴졌던 그 순간을 떠올리며 싱겁게 웃었다. 44년 만에 감행된 서린과의 매혹적인 키스는 형언할 수 없는 감동 그 자체였다. 키스할 때, 눈을 감는 이유는 촉각에 집중하려고 시각정보를 차단하는 행위라고 생리학 전문가는 말했다. 눈에 보이는 것보다 감각적으로 긴 공간을 순간으로 이어주는 입맞춤의 감회는 긴 세월을 거슬러 올라갔다. 강렬한 서린의 저돌적인 적극성은 퇴색하지 않았음을 충분히 느꼈다.

키스하는 모습이 살아 있는 듯 즉흥적인 그림은 말이 필요치 않았다. 생동하는 순간순간들이 점점이 박혀 있는 그림은 서린의 마음을 상징하는 것 같았다. 가슴 설레는 키스를 할 수 있었던 것은 서린만이 가진 특별한 감성에 의한 도전이었을 것이다. 자신의 감정에 솔직한 서린의 성격을 나무라지 않았다.

민욱은 오랜만에 혼자가 되고 보니 옛날 생각이 떠올랐다. 베트남파병에서 돌아와 부대에 근무할 때의 평일 오후였다. 몇 번을 외출해서 만났던 서린이가 면회까지 왔다. 전역이 몇 개월 남지 않은 병장이라 보초 근무에도 열외 된 까닭에 부대 내에서는 빈둥거리며 시간을 보내고 있을 때였다. 면회실에서 기다리고 있던 서린은 불만스러운 표정에 화가 잔뜩 난 얼굴을 하고 있었다.

"어쩐 일이야? 강의는 어쩌고?"

서린의 얼굴은 금방이라도 터질 것 같은 고무풍선 같았다. 가을이라 날씨도 쾌청해서 실내보다 야외 벤치에 자리를 잡았다. 평일인지라 면회소 마당은 한산했다.

"오빠는, 내 얼굴 보면 몰라? 강의가 문제야?"

서린은 입을 삐쭉거렸다. 무슨 내막인지 화난 얼굴이 걱정됐다. 그 표정을 보면 예사로운 일은 아닌 것 같아 걱정이 앞섰다.

"그러게. 예쁜 여대생 표정이 왕창 찌그러지긴 했네. 하하하~~. 여대생한테 강의가 중요한 거지 뭐가 중요해?"

"오빠는 지금 내 얼굴 보고도 웃음이 나와?"

"그래도 웃어야지 어떻게 하겠어. 뭔지도 모르지만, 오빠까지 화난 얼굴로 심각할 필요는 없잖아. 예쁜 서린이가 무엇이 불만일까? 면회까지 온 걸 보면 심상치 않다는 생각이 들긴 하네."

가을을 닮은 빨간 블라우스가 바람에 하늘거리며 춤을 췄다. 그러나 서린의 표정은 여느 때처럼 제자리로 돌아오지 않았다. 쾌활하고 명랑한 성격의 서린은 화난 얼굴이 어울리지 않았다.

"뭐야! 난 오빠한테 위로받으러 왔단 말이야. 속상해서 오빠한테 화풀이하려고 왔다고. 그래도 농담하고 싶어?"

민욱은 그 표정이 심상치 않았다. 농담으로 넘어갈 수 없다는 것을 느꼈다. 그 이유가 궁금해서 걱정되기도 했다. 행여 불화살이 자신에게로 향하지나 않을까 염려되기도 했다.

"누가 우리 서린을 속상하게 했을까? 어서 오빠한테 말해 봐. 오빠가 당장 달려가서 혼내줄 테니까."

"정말이지? 정말로 지금 당장 오빠가 가서 혼내줄 거지?"

"그렇다니까. 어서 말해 봐."

서린은 눈물까지 글썽이며 불만을 토로했다. 수업이 끝나고 나서 단짝 친구와 T셔츠를 사려고 쇼핑센터에 가기로 했는데, 갑자기 남자친구와 데이트한다며 약속을 취소했다고 했다. 서린은 방해하지 않을 테니 데이트하는데 끼워달라고 통사정했지만, 돌아오는 것은 냉혹한 거절이었단다. 친구는 '누가 군바리 하고 연애하래. 넌 면회소나 가봐. 거기서 군바리하고 데이트나 해라.'고 놀리기까지 해서 '넌, 군바리가 뭐니? 우리 오빠한테 ….'라며 쏘아 붙었다고 했다. 그러고 나서 분이 풀리지 않아 '계집애, 앞으론 너하고 안 놀 거야. 그래, 매력도 없는 허깨비 애인하고 죽도록 데이트만 하고 살아라.'고 말로나마 앙갚음했단다. 그러다가 끝내 화를 삭이지 못하고 면회 왔다고 털어놓았다.

"오빠! 오늘 나하고 데이트하면 안 돼?"

그 커플이 잘 가는 데를 알고 있다면서, 그 친구 앞에서 자존심을 세워달라고 졸랐다. 그 코를 납작하게 만들어줘야 화가 풀릴 것 같다며 애절하게 동행을 종용했다. 그러지 않고는 집에도 갈 수 없다고 협박까지 서슴지 않았다.

"그랬구나. 서린이가 화날 만도 했네. 듣고 보니 서린이가 가엽긴 한데, 그렇지만 오늘은 외출이 안 돼."

"외출했다가 친구를 골려주고 나하고 저녁만 먹고 귀대하면 되잖아. 아까는 당장 달려가서 혼내준다고 했잖아. 오빠는 속상하게 이랬다저랬다 하는 거야?"

서린은 막무가내였다. 그간 사병들의 외출 외박에 대해 꿰뚫고 있었다. 외출 스케줄까지 잡고 앙탈을 부렸다.

"그건 서린을 위로하는 말이었어. 서린이 말처럼, 외출이 쉬운 게 아니거든. 그러니까 친구는 신경 쓰지 마. 그거 데이트는 아무것도 아니야. 애들 소꿉장난 같은 거야. 그런데, 이를 데 써먹으려고 여태 데이트할 남자친구 하나 만들어 두지 않고 뭐 했어?"

"그런 말이 어디 있어? 서린이 남친은 오빠란 말이야. 오빠가 군에 있을 동안만 서린이 애인이잖아. 그러니까, 오늘 나하고 데이트해 줘. 오늘만, 다시는 이러지 않을게. 오~빠~~."

민욱은 혹을 떼려다 붙인 격이 되고 말았다. 군대의 생리를 참작하지 않고 일방통행으로 치닫는 서린의 고집은 외골수였다. 철없이 덤벼드는 서린을 감당하지 못해 난감한 것은 민욱이다. 마음 같아선 외출해서 서린의 마음을 돌려놓고 싶었지만, 병영생활은 그리 간단하지 않아서 생각이 무거워졌다.

"서린아~ 오빠를 좀 봐주면 안 되겠니? 오빠가 회사 다니는 게 아니야. 여기는 대한민국 군대라고. 갑자기 와서 이러면 오빠는 어떡하라고? 오빠 마음대로 할 수 있는 건 극히 제한적인 곳이 군대거든. 오늘은 면회까지 만으로 만족하자."

"그럼, 평일 낮에도 시내에 군인들이 다니고 있는 건 뭐야?"

서린은 자신이 본 것에 대한 상황의 정당성을 따졌다. 군인의 복무규칙을 모르는 여대생의 귀여운 일탈이었다.

"그건, 휴가 중이거나, 공무 중인 군인이겠지. 이 바보야. 하하하~. 여대생이 그런 말을 한다니 정말 기가 막힌다."

민욱은 어이가 없어서 웃어버렸다. 시내에 다니는 군인을 비유하는 서린의 생각이 상큼했다. 그보다 어린아이 같았다.

"오빠가 공무 군인이 되면 되잖아."

"너하고 데이트하는 것이 나라를 위한 일이니? 일부러 모르는 척하는 거야? 알고도 떼를 쓰는 건 옳은 일은 아니야. 하하하~~."

민욱은 말문이 막히고, 그러는 서린이가 귀여워서 웃었다. 짜증도 부리지 못하고, 화를 낼 수 없는 절박한 순간에 **빠져서** 헤어나지 못하는 민욱은 서린의 눈치를 살폈다.

"둘 다야. 내 사정이 그러니까 오빠한테 부탁하는 거잖아. 데이트해 달라고 부탁할 남자는 오빠밖에 없단 말이야. 오빠는 내 마음도 알지 못하면서 ······"

서린은 끝내 눈물을 보이고 말았다. 면회소 뜰에도 가을이 성큼 다가와 초록이 붉게 변하고 있는 10월의 멋진 계절이었다. 그 벤치에서 데이트를 거절당하고 소리 없이 눈물을 흘리는 서린을 보고 있는 민욱의 가슴에도 때 이른 나뭇잎이 우수수 떨어졌다. 예쁜 여대생과 데이트하는 것이 싫을 이유가 없었지만, 군인이란 특수계층에 있으니 어쩔 수 없는 상황에 직면했다.

"이 세상에서 기분대로 사는 사람은 극히 드물어. 군대나 사회에는 필요한 규칙이나 규범이 있어. 순간의 감정을 이겨내는 것도 삶이고 훈련이야. 우리 사람들은 그 틀에서 자아를 생성하며, 자기를 계발하면서 사는 거야. 남자친구와 데이트 못 했다고 해서 서린의 인생이 달라지지 않아. 오빠가 이번 토요일에 외박 나가면 밤새도록 데이트하자. 응~. 이틀만 참으면 되잖아. 예쁜 얼굴이 창피하게 이게 뭐야?"

민욱은 눈물을 닦아주며 달랬다. 서린은 그 손길을 거부했다. 그렇지만, 어엿한 숙녀가 된 여대생의 한없이 여린 마음이 걱정되었다. 친구와 데이트 때문에 다투고 나서 곧장 면회소로 달려온 서린의 마음은 충분히 이해하지만, 자신을 데이트 상대로 찾아왔다는 사실은 몹시 신경이 쓰였다.

"오빠는 나빠. 이번 토요일에도 밤새도록 데이트를 안 해줄 거면서 ······ 항상 10시가 되면 강제로 집에 데려다줬잖아."

"착한 서린한테 나쁜 오빠가 되고 말았네. 허허허. 좋은 오빠가 되고 싶었는데, 이거 체면이 많이 구겨졌구나. 이를 어쩌나? 이번 토요일엔 좋은 오빠가 되어줄게."

"나, 화났단 말이야. 농담할 때가 아니야. 토요일이 아니고 오늘 데이트하고 싶단 말이야. 그게 안 되면, 앞으로 오빠하고 데이트 안 할 거야. 오빠 마음대로 해."

서린은 몹시 삐쳤다. 입술을 내밀고 먼 허공으로 시선을 향했다. 그런 서린을 모른 척할 수 없었다. 이것이 영원한 결별의 계기가 되었으면 좋겠지만, 그런 걸 원한다면 서린의 마음을 아프게 할 것 같았다. 겨우 3개월만 있으면 어쩔 수 없는 전역으로 헤어져야 하지만, 그렇다고 이별을 준비한다는 것은 내키지 않았다.

"그래~. 친구 때문에 오빠하고 절교한다니까, 왜 그런지 서운해지려고 하네. 하하하~."

"오빠는 내가 절교한다고 해도 웃음이 나와? 나하고 데이트하는 걸 싫어하잖아. 전에도 저녁만 먹고 나면 집에 못 보내서 안달이었잖아. 친구들이 그러는데, 그건 정상적인 남자가 아니래. 남자들은 데이트하면서 여자를 집에 보내지 않으려고 통금시간까지 온갖 수작을 부리는 엉큼한 마음을 먹는 게 정상이랬어."

"하하하~ 오빠는 서린을 아끼니까, 몸도 마음도 다치게 하고 싶지 않아서 그런 거야. 오빠는 서린을 싫어할 이유가 없어. 이렇게 예쁘고, 귀엽고, 애교 많은 서린을 왜 싫어하겠어. 그러니까 친구들이 말하는 쓸데없는 논리는 순전히 근거 없는 엉터리야. 불합리한 것을 정당화하려는 비정상적인 궤변이라고나 할까? 그런 상식 밖의 남자들하고 오빠를 비교하지 마라. 서린을 친동생처럼 아끼며 청순하게 지켜주고 싶으니까 다를 수밖에 없지."

"뭐가 다치는 거고, 뭘 지켜준다는 거야?"

"끝까지 예쁘고 청순한 서린으로 지켜주고 싶다는 거야. 난, 서린의 오빠니까 말이다. 오빠에게는 서린이가 손을 대면 터져버릴 것 같은 아침이슬처럼 여리고 순수하다니까."

"아침이슬이고 뭐고 그딴 건 싫어. 다른 남자들은 통금시간 넘기게 하려고 치사한 짓도 한다는데, 오빠는 날 집에만 보내려고 했잖아. 오빠도 남자잖아. 성인군자는 아니잖아."

"오빠는 남자가 아니라 서린을 아껴주고 지켜주는 오빠야. 이 맹꽁아! 지금까지 얘기했는데도 오빠의 진심을 모르겠어?"

타일러도 소용이 없었다. 한두 가지 일(데이트와 남녀관계)에 집착하는 서린을 설득하기란 힘에 겨웠다. 열아홉 살의 여대생이 사회적으로 겪어야 하는 무수한 일들은 가볍지 않았다. 그 세계에 진입한 지 겨우 몇 개월에 지나지 않았는데, 여자로서 모든 일들을 경험하고자 하는 여린 마음이 무섭게 여겨졌다. 세상이 만들어 놓은 허들을 뛰어넘으려는 청순한 서린은 자신의 순수성을 돌보지 않으려고 했다. 무서운 변화를 갈망하는 모습은 애처로웠다.

"오빠하고는 대화가 안 돼. 내 마음을 알지도 못하는 목석같은 오빠가 맹꽁이야. 맹꽁! 맹꽁!"

서린은 무엇을 원하는지 이미 알고 있었다. 여자의 순결을 넘보는 흉악한 남자이기를 바라는 그 마음이 미웠다. 몇 번의 데이트였지만, 남다른 특유의 개성과 개방적인 연애관을 소유한 서린은 남녀관계를 적대시하지 않았다. 그렇다고 민욱은 책임지지 못할 죄를 범할 수는 없었다. 아직은 연인관계가 아니지만, 자신만을 생각하고 기다리고 있는 유나가 있었기에 순간의 쾌락으로 서린의 몸을 더럽힐 수 없었다. 유나를 지켜주었던 것처럼, 서린도 다를 바 없이 청초하고 순결한 여자로 지켜주고 싶을 뿐이었다.
"그럼, 우리 맹꽁이 놀이나 할까?"
"오빠! 이 상황에서 농담하고 싶어? 난, 심각하단 말이야. 오빠가 나를 왜 거부하는지? 오빠 눈에 내가 여자로 보이지 않거나, 아니면 여자로서 매력이 없는 건지? 답답해서 미치겠단 말이야. 나한테 왜 그러는데? 나를 좋아하려고 쫓아다니는 남자들도 많단 말이야. 오빠한테는 내가 매력이 없어?"
"서린아! 그건 아니야. 서린은 누구보다 예쁘고, 귀엽고, 애교까지 많아서 여자로서 매력덩어리야. 그래서 서린을 정숙한 숙녀로 성장할 수 있도록 도와주고 싶은 거야. 천만번을 말해도 오빠는 서린을 절대 싫어하지 않아. 서린을 좋아하며 쫓아다니는 남자들이 있다는 것도 인정해. 젊음은 한순간이야. 그러니까 네 몸은 네가 스스로 책임져야 하고, 여자란 숭고한 이름을 책임져야 해."
"오빠는 바보 멍청이야. 그런 건 안 지켜줘도 상관없어. 내가 뭐 어린애야? 나도 내 앞가림을 할 수 있는 나이라고. 서로 좋으면 되는 거지, 그게 무슨 상관이야. 그래서 오빠를 바보라는 거야. 가슴도 탱탱하고, 히프도 빵빵하고, 곡선미도 날씬하고, 몸매나 얼굴도 반반하니, 이만하면 예쁘잖아. 뭐가 부족한데? 그딴 어려운 말로 순간을 빠져나가려고 하지 마. 똑똑하다는 건 알고 있어."
친구들은 남자친구와 성관계했다고 자랑한다고 했다. 그 친구들보다 못생기지 않았는데, 오빠가 좋아하지 않으니 속상하다고 엉뚱하게 강변했다. 서린은 허공에 떠도는 투정을 멈추고 원망하는 눈빛으로 민욱을 쏘아보며 부끄러워하지도 않았다. 좀처럼 이해할 수 없는 서린의 생각을 멈추게 할 방법을 찾지 못했다.
"맞아. 서린은 예쁘고 아름다운 여대생이야. 어느 것 하나 부족하지 않아. 성관계했다는 건 여대생으로서 자랑할 가치가 없는 거야. 미리 경험할 값어치도 없어. 오빠가 보기엔 서린이가 가장 심플하고 스마트한 여대생이라고 생각해. 그런 친구들한테 더욱 당당하고 자신 있는 서린이가 돼야 한다. 오빠가 응원할게."

시무룩한 표정의 서린을 설득했다. 그러나 서린의 불만스러운 얼굴은 변하지 않았다. 잔뜩 화난 얼굴이 보기에도 개운하지 않은 민욱은 한숨을 토했다. 앳된 여대생의 얼굴에 불만이 더덕더덕 붙어있어서 보기에 불편했다.

"그딴 거 싫단 말이야. 심플이고 스마트고 다 싫어. 군에서는 애인이 면회 오면, 외박 보내 준다고 들었는데, 외출도 안 돼?"

물기 젖은 눈빛으로 서린은 불만을 쏟아냈다. 그 불만을 민욱은 쓸어 담을 수 없었다.

"그건, 그럴 수도 있어. 그런데, 서린은 애인이 아니잖아. 행정반에서도 서린은 위문편지를 주고받았던 광주에 살고 있는 여학생이라고 알고 있어서 그건 불가능해. 억지 쓰지 마라."

서린의 생각도 무리는 아니었다. 타지의 군인에게 애인이나 가족이 오랜만에 면회를 오면, 늦었더라도 일직사령의 결재로 외박을 허락받을 수 있었다. 그러나 서린의 경우는 광주 시내에 거주하고 있으므로 가능성은 희박했다.

"오빠가 애인이라고 하면 되잖아. 애인이라고 이마에 붙이고 다니는 것도 아닌데 뭘. 오빠는 법대생도 아닌데 너무 고지식해."

자신의 진심을 알아주지 못하고 시비를 걸어오는 서린이 한없이 원망스러웠다. 그렇다고 화를 낼 수도 없어서 막막했다. 자기의 생각을 꺾지 않으니, 민욱의 가슴이 답답했다.

"서린에게 실망했어. 오빠가 아는 서린은 이렇게 고집불통이 아니었는데, 오늘 내 옆에 있는 서린은 어느 나라에서 왔을까?"

 죽상을 하고 앉아 있는 서린의 마음을 달래보려고 싱겁게 농담하며, 서린의 표정을 살폈다. 그 표정은 변하지 않았다. 실망하는 그 눈빛은 강렬하게 가을빛에 타올랐다.

 "나도 오빠한테 실망했어. 한 가닥 희망을 안고 면회 온 건데, 이게 뭐야? 애인한테 버림받았잖아. 오빠는 내 마음을 몰라."

 서린은 똑바로 민욱을 쳐다보며 말했다. 그 마음도 몹시 상한 것 같았다. 열아홉 살의 청초한 여대생이 한 남자로부터 버림받았다고 생각하는 것은 그 실망의 깊이와 상처의 넓이를 말해줬다. 서린의 말처럼 오빠한테 위로받으러 왔다가 오히려 더 속상한 꼴이 된 것 같았다.

 "버림받은 건 아니야. 네 마음을 받아주지 못해서 미안하다. 이러는 오빠의 마음도 아프다는 건만 알아줬으면 해."

 민욱은 솔직한 심정이었다. 서린의 희망 사항은 자신의 영역 바깥에 있는 것이므로 더 이상 아무것도 할 수 없었다. 군인이란 자신이 서글퍼졌다.

 "몰라! 나도 오빠가 싫어. 앞으로 만나지 않을 거야. 사랑해 보려고 하는데, 바늘도 안 들어가잖아. 나만 이게 뭐야?"

 어떤 생각으로든 당당한 서린은 꿈을 이루지 못하고 쓸쓸하고 축 늘어진 모습으로 민욱의 곁을 홀연히 떠났다. 잡을 수도 없었다. 그 뒤를 따랐다. 침통한 얼굴의 서린은 배웅마저도 거절했다. 그러나 민욱은 위병에게 양해를 구하고 후문을 나섰다. 상큼하고 애교가 넘치도록 인사하던 서린은 없었다. 시무룩한 표정에 속상한 서린의 모습을 보는 민욱의 심정도 애잔했다.

 "잘 가. 미안하다. 이게 마지막이라면 받아들일게. 더는 서린의 마음이 아프지 않았으면 좋겠어."
 이 말밖에 할 수 없었다. 비포장도로 달리는 차량은 많은 먼지를 일으키며 달아났다. 택시를 기다리는 사람은 없었다. 외곽지역이라 택시를 만나기가 힘든 곳이긴 했다. 슬쩍 서린의 옆얼굴을 살폈다. 토라진 표정은 변하지 않았다.
 "미안하다는데 왜 대답이 없어? 마지막 인사라도 해야지."
 "몰라. 오빠 때문에 화났단 말이야. 오빠는 여자 마음을 몰라."
 서린은 민욱을 쳐다보며 퉁명스럽게 뱉어냈다. 아예 말하기도 싫다는 눈빛이었다. 막~ 사냥에 실패한 사막여우처럼 그 눈빛은 사나워 보였다.
 "서린에게는 어려운 문제야."
 "오빠한테 내가 뭐야? 오빠가 귀여워하는 인형은 아니잖아. 내가 나를 생각해도 비참해서 속상하단 말이야."
 서린의 입장에서는 그럴 수도 있다고 생각했다. 여자로서 자존심을 버리고 데이트해 줄 것을 간청했는데, 결국엔 거절당하고 돌아가는 그 심정을 누가 알겠는가? 여대생의 자존심은 낙엽이 되어 짓밟혔으니, 무슨 말로 자신을 위로할 수 있겠는가?
 "서린의 청을 들어주지 못하는 나도 비참하기는 마찬가지야. 나라고 기분이 좋겠어? 오빠의 입장도 생각해 줬으면 좋겠어."
 "알았어. 앞으로 면회 오지 않을게. 외출 나와도 전화하지 마. 이러는 내가 비참해서 오빠를 만나지 않을 거야."
 절교를 선언하는 서린은 화가 많이 나 있었다. 그 입에서 거침없이 절교가 선포되었다. 민욱은 할 말이 없었다. 한참을 기다린 끝에 반대 방향으로 가던 택시가 심하게 먼지를 날리며 유턴해서 서린이 앞에 멈췄다. 싸늘한 얼굴로 서린은 아무 말도 없이 택시에 올랐다. 예쁜 미소도 남기지 않았다. 애교스러운 눈짓도 없었다. 얼굴은 쑥대밭이 되어 민욱 앞에서 먼지 속으로 사라지고 말았다. 서린의 심정을 위로하며 데이트를 즐길 수 없는 군인이란 특수성을 원망했던 그때를 생각했다. 불도저처럼 밀고 들어오던 철없는 서린을 달래고 설득하느라 혼났던 민욱은 그때를 회상했다. 잠시 한순간의 추억에 잠겼던 민욱은 쓰디쓴 미소를 지으며 과거의 그림자에서 살그머니 발을 빼고, 편안하게 잠을 청했다.

이튿날도 어김없이 동녘에서부터 밝아왔다. 유나의 몸 컨디션이 좋아서 예정대로 가족들이 서해안으로 바캉스 떠나기로 했다. 물론, 도우미 아주머니도 동행했다. 아주머니는 점심 식사를 준비한다고 했지만, 가족들은 반대하며 말렸다. 해수욕장에서 만이라도 아주머니의 수고를 덜어주기 위해서였다. 간단하게 음료와 과일 등 간식만 아이스박스에 준비했다. 딸과 아들의 응원을 등에 업은 유나의 기분은 최상이었다. 그래서, 모국에서 가족들이 첫 해수욕장 나들이에 나섰다. 운전석에는 든든한 아들 명훈이 앉았다.

용산동을 출발한 B.X8은 공주, 청양, 홍성을 거쳐서 천수만을 돌아 해수욕장들이 즐비하게 어깨를 맞대고 있는 서해안의 휴양지 안면도에 들어섰다. 먼 옛날, 교교시절에 민욱과 유나는 친구들이 여름 피서를 떠나는 것을 무척 부러워했던 적이 있었다. 그때는 주로 서해안 대천해수욕장, 만리포해수욕장이 인기였다는 것을 기억했다. 부유한 층이 즐기는 강릉 경포대해수욕장, 부산 해운대해수욕장에 가고 싶었던 때도 있었다. 그때 이름난 해수욕장으로 피서를 간다는 것은 그림의 떡에 불과했다. 고아였기에 꿈도 꾸지 못하던 시절이었으니까, 피서를 즐길 수 없었던 시절이었다.

즐비한 해수욕장 중에서 유나는 '꽃지해수욕장'을 낙점했다. 애초부터 대천해수욕장이나 만리포해수욕장에는 몰려드는 인파로 복잡할 것 같아 중소 해수욕장을 가족 모두가 동의했다. 복잡한 주차장에서 근근이 주차를 마쳤다. 해수욕장에 처음으로 발을 들어놓고 보니 생소했다. 민욱과 유나는 대학 시절에도 시간적, 물질적 여유가 없었으므로 가본 해수욕장이라고는 기억에도 없었다.

소나무 숲에 지정된 장소를 임대하여 소형텐트를 설치했다. 아들이 있으므로 해서 모든 일들이 쉽게 해결되어 민욱은 한결 편했다. 유나를 위해 비치 의자를 그늘에 길게 설치하여 편히 쉬게 하고, 세라와 명훈은 서둘러 수영복으로 갈아입었다. 유나와 아주머니도 반바지에 시원한 남방을 걸쳤다. 민욱 역시도 수영복은 입지 않고 짧은 면바지를 입었다. 명훈은 계획이 있었으므로 미국에서 수영복을 준비했지만, 엉겁결에 귀국한 세라는 오던 길에 대형마트에 들러서 예쁜 비키니를 준비했다. 비키니를 입고 나타난 세라에게 민욱은 한마디 건넸다.

"우리 딸 세라가 아름다운 몸매를 만인들에게 너무 많이 보여주는 것 아니냐? 아빠는 괜히 걱정스럽다. 하하하~~."

"아빠! 이 정도는 건전한 편이란 거 아시잖아요. 호호호~. 마이애미 비치에서 입었던 것보다 아주 양호한 거예요."

세라는 세련된 몸매와 앙상블을 이룬 매혹적인 가슴과 예쁜 가슴골을 내려다보며 아름다움을 아빠 앞에 노골적으로 과시했다

"너무 예쁘니까 해수욕하는 청년들이 한꺼번에 우르르 몰려오지나 않을까 걱정돼서 그러지. 이참에 사윗감 공개 오디션이나 볼까? 하하하~~."

옆에 있던 명훈이가 궁지에 몰린 누나 세라를 도왔다.

"아버지! 요즘 다들 이렇게 입어요. 미국에서는 더 야한 비키니도 보셨잖아요. 하하하~~. 저는 누나가 섹시하고 아름다워서 좋은데요. 맨 날 구박하던 누나가 이렇게 아름다운 몸매를 가진 여자인지 몰랐어요. 그렇다 해도 공개 오디션은 너무한 것 같아요."

동생의 응원을 고마워하며 세라가 말했다.

"널 구박한 건 아니었다. 명훈아! 그게 누나의 관심과 사랑이었다는 걸 알아주렴. 호호호~~. 그렇다고 누나를 놀리면 안 된다. 누나는 몸도 마음도 모두가 아름답단다."

동생에게 구박을 합리화시킨 세라는 아빠 앞에 다소곳이 서서 비키니의 정당성을 피력했다. 역시 젊음은 좋았다. 유나는 남편과 세라를 번갈아 보며 부녀의 다정한 모습을 눈에 담기에 바빴다.

"마이애미 비치에서 이 정도는 얼굴도 못 내밀어요. 촌스럽다고 거들떠보지도 않을걸요. 이건 지극히 양호한 편이란 걸 인정해 주셔야 해요. 한국 실정에 맞으니까, 한국 마트에서 판매하는 게 아닐까요? 아빠~~?"

"하긴 그러네. 아빠도 알아. 명훈이 말처럼 세라가 너무 아름다우니까 질투해 본 거야. 남들에게 딸의 미모를 보여주는 게 아까워서 말이야. 하하하. 그래서 아빠도 늙었나 봐."

"엄마를 닮아서 미모가 조금 남다르긴 하죠. 호호호~~ 우리 아빠 한국에 오시더니 봉건적으로 바뀌셨나 봐요. 우리 아빠 같지 않아요. 그렇다고 아빠가 늙으신 건 정말 아니에요. 호호호~~."

따가운 햇살이 부끄러운지 세라는 시원한 비치가운을 몸에 걸치고 앞을 여미며 아빠를 놀렸다.

"아빠를 늙은이 취급하지 마라. 지금도 마음은 청춘이다."

"그럼요. 우리 아빠는 늙지 않았어요. 호호호~~."

세라는 아빠의 표정을 살피며 급하게 수습했다. 아무런 말도 없이 유나는 빙그레 웃으며 그 광경을 즐겼다. 그러면서 없어진 자기의 가슴을 서글픈 심정으로 슬그머니 손바닥으로 덮었다. 아주머니도 화목한 가족의 모습을 보는 것이 행복했다. 그런 행복을 누려보진 못했지만, 곁에서 지켜보는 것으로 만족하는 것 같았다.
"아니야. 아빠도 늙기는 늙었나 봐. 하하하."
"아니에요. 우리 아빠 엄마는 십 년은 더 젊어 보여요. 이건 아부가 아니고, 현실적이고 사실이에요. 호호호~."
"하하하~ 딸아! 그렇게 말하지 않아도 된다. 아빠는 괜찮아."
"아빠! 전에 엄마도 마이애미 비치에서 이보다 더 야한 비키니를 입었잖아요. 그때는 아빠도 예쁘다고 좋아했으면서."
"그때는 미국이었고, 엄마 옆에는 아빠가 있었잖니. 여긴 아빠 엄마의 고국인 한국이야. 그런데도 우리 딸 옆을 지켜줄 임자가 없는 것이 문제지. 하하하~. 그리고 우리 세라가 너무 아름다워서 아빠가 욕심을 부려본 거야."
"아빠! 반칙이에요. 파트너 얘긴 안 하시기로 하셨잖아요. 파트너보다 더 든든한 우리 명훈이가 보디가드로 있잖아요. 호호호."
세라는 기회를 놓치지 않고 아빠의 입술에 뽀뽀를 선물했다. 서른의 세라는 다섯 살 때처럼 귀여웠다.
"아버지! 안심하세요. 누나는 제가 지켜줄 거예요. 하하하~. 준비되지 않은 남자가 누나에게 섣불리 덤볐다간 후회할 겁니다."
듬직한 체구의 명훈은 믿음직한 모습으로 아빠를 안심시켰다. 중학생일 때, 건강한 몸과 한국인의 정신을 갖추려고 태권도를 배운 유단자였다. 세라의 뽀얀 속살은 서해를 달구는 태양에 눈이 부셨으며, 볼륨 있는 가슴의 봉우리는 매력적이었고, 몸매는 엄마를 닮아 날씬했으며, 팽팽한 엉덩이는 여자의 매력을 유감없이 발산했다. 남성들의 세계에 뛰어든 터프한 건축가의 모습은 아니었다. 거기에다 애교는 나이를 먹지 않아 청순하고 싱그러웠다.
"그래, 명훈이가 있어서 다행이다. 누나가 위험하지 않도록 잘 보살펴야 한다. 하하하~. 아들을 믿고 우리가 고국에 왔다는 걸 잊어서는 안 된다. 너희 남매는 환상의 짝꿍이다."
"아빠! 그건 아니에요. 제가 뭐 철부지 소녀예요? 호호호. 제가 시카고에서는 가장이고, 명훈을 보호하고 있단 말이에요."
세라는 자신의 입지를 분명히 밝히고 나서 다정하게 웃으며 아빠와 명훈의 손을 잡고 바다로 사뿐사뿐 얄밉게 모래 위를 걸어갔다. 여름휴가 피크 주간이라 바다와 해변에는 피서객들로 가득했다. 수영실력이 탄탄한 남매에게는 튜브가 필요하지 않았다. 체력단련을 위해 평소에 풀장에서 종종 실력을 쌓았었다. 민욱도 그러했다. 한참 동안 물장난을 치던 민욱은 남매에게 물놀이를 즐기게 하고, 의자에 앉아 있는 아내 곁으로 돌아왔다. 아주머니는 자리를 비우고 없었다.
"애들하고 더 놀지 않고 벌써 나왔어요?"
"늙은이가 돼서 물에 놀기도 힘들어. 심심할 우리 유나하고 놀아야지. 우리 큰아기가 혼자서 잘 쉬고 있는지 걱정되잖아."
"큰아기는 혼자서도 잘 놀고 있어요. 아주머니가 옆에 있잖아요. 내 걱정은 마시고, 당신은 아직 늙지 않았으니 가서 애들하고 즐겁게 노시라 구요. 당신 말처럼 아직은 청춘이에요. 바닷가에서 당신의 피부를 보니, 50대 같아요. 호호호~."
"그런 식으로 위로하지 않아도 괜찮아. 세월이 흐르다 보면 사람은 누구나 늙어가는 게 공존의 이치야. 난, 상관없어. 둘이 놀고 있는 것을 보니, 잘 어울리는 연인 같다니까. 세라에게도 멋진 남자친구가 있었으면 좋겠어."

"그러네요. 나이가 세 살 차이가 나니, 정말 그렇게 보이네요. 명훈이 사귀는 여자가 있으니, 세라도 좋은 짝을 만나야 할 텐데 말이에요. 스스로 잘 택할 테니까 걱정하지는 말아요. 나를 닮아서 배우자 선택은 완벽할 거예요. 호호호."

사람들 틈에서 가까스로 보이는 다정한 남매를 살피며 즐거운 표정으로 유나가 말했다. 함께하지 못하는 자신이 미안했다. 유나의 위트에 민욱은 긍정적으로 웃기만 했다. 잠시 자리를 비웠던 아주머니가 돌아왔다. 민욱과 가족들의 배려로 서천에 살고 있는 두 딸이 합류하기로 했으므로 도착할 시간이 되었다고 했다.

"제가 입구 쪽으로 가볼게요."
"혼자 괜찮으시겠어요?"
"호호호~ 여긴 고향이나 마찬가지예요."

아주머니의 고향이 서천이니 그럴 만도 했다. 그래서 서해안에 온 김에 민욱과 유나는 딸들의 동석을 적극적으로 주선했었다. 부득이하게 엄마와 떨어져 할아버지 할머니와 살고 있는 딸들이 측은했기 때문에 하루만이라도 엄마와 함께 해수욕을 즐길 수 있도록 자리를 마련한 것이다. 아주머니는 일어나서 마중을 나갔다. 민욱과 유나는 나란히 앉아 바닷물 속에서 해수욕을 즐기는 남매를 바라보는 얼굴엔 행복이 찾아들었다.

"우리가 더 머물면서 세라의 짝을 만들어 주고 올걸 그랬어."
"그렇긴 한데요. 저희도 잘할 거예요. 세라는 까다로운 성격이라서 시간이 더 걸리겠죠. 아직은 생각이 없다고 하잖아요. 아무튼, 나를 닮아서 좋은 남자를 만날 거라 믿어요."

"그야 당연히 그렇겠지. 시기가 문제지. 명훈이도 교제하는 여자가 결혼할 상대는 아니라고 하잖아. 직업이 치과의사라서 마음이 내키지 않는다니 어쩌겠어. 사람은 괜찮은 것 같으니까 두고 봐야지 뭐. 성격이 까다로워서 안 맞는 것 같기도 한 것 같아."

"우리 애들은 왜 배우자 선택이 쉽지 않을까요? 우린 단번에 오케이 했는데 말이에요. 호호호~."

유나는 민욱의 눈빛을 살피며 웃었다. 20년이 넘도록 보육원과 자취방에서 함께 살았던 두 사람의 경우는 하늘이 내린 인연이라 할 수 있었다. 하루에도 몇 번을 보지 못하면 눈에 진물이 났던 오누이 사이에서 사랑이 움텄었다.

"우린 한 집에 살면서도 부부가 되기까지 20년이 넘게 걸렸어. 유나는 몇 살 때, 나하고 결혼할 생각을 했어?"

민욱은 알고 있는 사실을 또 끄집어냈다.

"정확히 말하면 5살쯤 되었을 때부터 당신을 좋아한 것 같아요. 내가 나이보다 정신적으로 더 성숙했었나 봐요. 아마, 초등 4~5학년 때부터 당신하고 결혼하고 싶다고 생각했으니까요."

초등 5학년 때, 가슴이 예쁘게 영글며 여자의 길을 걸었다.

"하하하~~. 유나가 좀 조숙하긴 했었어. 걸음을 배우고부터 나를 졸졸 따라다녔으니까. 다른 애들은 곁에 오지도 못하게 욕심을 부렸잖아. 그래서 양부모께 야단도 맞았었지."

정말 그랬다. 병아리가 엄마 닭을 따라다니듯이 유난스럽게 민욱을 따랐던 유나였다. 그래도 귀찮아하지 않고 유나를 친동생처럼 보듬어 주고 아꼈던 민욱은 어른스러웠다.

"맞아요. 그때 그랬던 기억이 생각나요. 사춘기 때는 보육원에서 당신이 안 보이면 짜증을 부렸으니까요. 왜 그렇게 집착했는지 모르겠어요. 그게 처음부터 사랑이었나 봐요. 당신을 통해서 사랑을 알았고, 남자를 알게 되었거든요. 중학생이 되고부터 당신에게 뽀뽀해 주고 싶었고, 여고생이 되어서는 당신과 한방을 쓰는 아내가 되겠다고 결심했거든요. 당신을 험한 세상에서 지켜주고 싶다고 생각했으니, 말하면 뭣해요. 호호호~. 유나는 여자로 태어나서 지금까지도 당신밖에 몰랐잖아요. 고아로 보육원에 맡겨진 것도, 당신을 놓치지 않은 것도 유나가 가장 잘한 것 같아요."

선택권도 없이 고아의 올가미를 쓰고 숨 막히게 살았던 그때를 기억에서 불러냈다. 눈앞에 보이는 건 오롯이 민욱밖에 없었던 여중생이 된 유나는 첫 생리를 시작할 때, 남자 약사가 부끄러워서 생리대(그 당시에는 아네모네 내프킨) 심부름을 고등학생인 민욱에게 시켰던 일도 기억해 냈다.

"남자 약사라 창피해서 그러니까 오빠가 '아네모네 내프킨' 좀 사다 줘. 다음에는 여자 약사가 있는 약국을 알아볼게. 오늘만 부탁해. 오빠~~."

민욱은 뭐가 창피하다는 것인지? 그게 무엇이며, 어디에 어떻게 사용하는 것도 모르면서 유나가 시키는 대로 약국으로 달려갔다.

"아저씨! 아네모네 내프킨 주세요."

민욱을 아는 약사는 빙그레 웃으며 말했다. 가끔 원생들 중에서 배탈이 나거나, 감기에 걸리거나, 소화를 시키지 못할 때, 심부름했으므로 약사는 민욱을 알고 있었다.

"민욱아~ 네가 왜 이걸 사려왔어?"

"유나의 심부름이에요."

"이건 남학생들이 사는 게 아니다. 다른 애들이 흉보니까 앞으론 유나보고 직접 사라고 그래라. 알았지?"

"네! 알았어요."

민욱은 의아한 얼굴로 머리를 갸웃거리며, 그걸 받아들고 약국을 나왔다. 그것이 무엇이며, 어디에 사용하는 것이냐고 물어보고 싶었지만, 정확하게는 알지 못해도 짐작되는 게 있어서 포기했다. 그래서 부끄러운 민욱은 약국에서 쫓기듯이 달려와 유나의 손에 쥐어 주며 투박스럽게 말했다.

"약사 아저씨가 앞으로는 유나 네가 직접 오랬어. 남학생은 이런 것 사는 게 아니래. 넌 이런 걸 오빠에게 시키니?"

아무리 친혈육 같은 여동생이지만, 생각할수록 유나가 너무 원망스러웠다. 그만큼 친근감을 가지고 있다는 증거이기도 했지만, 이것저것 구별하지 못하는 유나가 미웠었다.

"오빠~. 내가 시켰다고 말했어?"

"응. 아저씨가 물어봤어. 무엇인지 몰랐으니까 대답할 수밖에 없잖아. 그때까진 그게 어디에 사용하는 건지 몰랐으니까."

"아이, 창피하게 내가 시켰다고 말하면 어떡해?"

유나는 자신이 시켰다고 밝힌 것에 짜증을 부렸다. 그 후에 그것의 용도를 확실하게 알게 되어 유나에게 화냈던 기억을 더듬었다. 부부는 지난 에피소드를 거머쥐고 즐겁게 웃었다.

"그랬어요. 창피해서 약국에 갈 수는 없었고, 급해서 오빠에게 부탁한 적이 있었어요. 호호호~~. 당신은 그것도 기억하고 계세요? 잊을 건 잊어야 하는데 말이에요."

"못 말리는 유나였었지. 나한테 시키는 것이 더 창피했을 텐데 어떤 생각이었는지 알 수 없다니까. 하여튼 유나는 어딘가 모르게 특별한 여학생이었어. 하하하~~."

"그때, 당신은 그게 뭔지 몰랐으니까요. 우리 친구도 창피해서 오빠한테 부탁한 적이 있다고 해서 당신한테 부탁한 거였어요."

"그것뿐만 아니라 유나는 유별나긴 했어. 내가 몰라서 당하고, 알고도 당해주었으니까, 우리가 결혼할 수 있었던 거지. 철없는 천방지축을 다듬느라 20년의 세월 동안 나도 고생 좀 했었어."

"여~보~~. 천방지축은 아니었네요. 착하고, 예쁘고, 영리하고, 애교가 많은 여학생이었다고요. 유나 같은 여자가 있나 어디 찾아 보세요. 아마 평생 찾아도 못 찾을걸요. 미국에서도 40년이 넘도록 찾지 못했잖아요. 호호호~."

유나는 자신 있는 표정으로 상큼하게 웃었다. 빈말은 아니었다. 그래서 민욱은 유나의 모두를 좋아했다. 유아에서부터 목욕을 시켜주며 자라는 과정을 지켜볼 수 있었던 민욱은 유나를 보는 것이 삶 가운데 가장 큰 행복이었으니까 말이다.

"그렇긴 해. 어디에 유나 같은 착하고 아름다운 여자가 있겠어. 정말로 우린 하늘이 점지해 준 커플이야. 그렇지 않았으면 어떻게 만날 수 있었겠어. 엉뚱하긴 하지만, 유나를 만나고부터 우리를 낳아서 보육원으로 보낸 얼굴도 모르는 두 분 어머니께 감사할 때가 있었잖아. 좀 아이러니한 감사의 조건이지만 말이야."

"나도 그런 생각이 들 때가 있었어요. 우린 천생연분이에요. 몇 번을 말하지만, 당신을 끝까지 쫓아다니며 붙잡고 놓지 않은 것이 일생 중에 제일 잘한 일이라 생각하고 있어요. 호호호~~."

민욱은 살포시 웃는 유나의 입술에 몸을 숙여 입을 맞추었다. 노부부의 해맑은 사랑은 작열하는 태양도 부러워했다. 유나는 피서객들이 물놀이를 즐기고 있는 바다를 바라보며 옛 기억을 떠올렸다. 미국에서 대학원 2학기를 끝낸 여름이었다. 민욱은 샌프란시스코 스탠퍼드대에서 박사과정에 있었고, 유나는 LA 버클리대에서 석사과정에 있었다. 미국 땅의 이산부부로 피곤했지만, 행복한 신혼에 푹 빠져있었던 때였다.
　여름방학을 맞은 어느 날, 부부는 서부의 여름 해변을 찾았다. LA에서 가까운 산타아나 해변과 롱비치에서 서부의 드넓은 바다에 감격하며 수많은 인파에 휩쓸려 한때를 즐겼다. 미국에서 처음으로 피서객의 일원이 된 것에 감동했다. 이들에게는 흔하디흔한 수영복 하나도 없었다. 민욱은 유나에게 예쁜 원피스 수영복을 사주려고 했으나, 유나의 알뜰한 경제전략에 막혀 고국에서 입었던 청바지 핫팬츠와 티셔츠로 수영복을 대신했다. 가슴에 브래지어를 하고 겉에 반 팔 티셔츠를 입고 동양 미인의 검소함을 여실히 보여줬다. 그녀가 지닌 아름다움은 가려져 있었지만, 그 아름다움은 빛을 유감없이 발산했다. 풍만한 가슴은 3분의 1만 가렸고, 사타구니를 아슬아슬하게 노출시킨 아메리카 미인들의 대담함은 놀라웠고, 그 놀라움은 유나를 비웃어도 전혀 주눅 들지 않았다.
　"여보~~. 그런 거 너무 보지 말아요. 그러다가 당신 눈을 버리겠어요. 헤헤헤~~. 밤마다 볼 수 있는 동양미인 유나 것이 더 예쁘고 매혹적이잖아요."
　넋을 잃고 아메리카 글래머 여체들을 훔쳐보는 민욱을 질투하며 골려주기도 했던 유나였다.
　"눈보다 머리가 어지럽긴 하네. 세금도 붙지 않고, 팁을 주지 않아도 되니 횡재잖아. 이런 좋은 공짜 구경이 어디 있겠어? 우리 유나가 수영복 안 입은 것이 천만다행이야. 하하하~~."
　민욱은 유나 보기가 민망한지 얼버무리며 웃었다. 동양인에게는 볼만한 구경거리였다. 볼 테면 얼마든지 보라는 식으로 모래밭에 관능적으로 누워서 대담하게 브래지어 끈을 풀고 일광욕을 즐기는 금발의 여체들 행렬은 물개무리가 모래밭에서 쉬고 있는 것처럼 진풍경이었다.

"아무리 저렇게 벗고 있어도 별거 아니에요. 핫팬츠와 티셔츠가 촌스럽긴 해도 유나 몸이 더 예쁘잖아요. 헤헤헤~~."

"맞아. 유나가 더 멋지고 예뻐. 핫팬츠와 티셔츠를 입었어도 아주 돋보이게 동양적으로 빼어난 미모는 숨길 수 없지. 우리 유나처럼 아름다운 몸은 가릴 줄도 알아야 미인인 거지. 하하하~~."

"유나가 봐도 남자들 구경거리로는 괜찮은 것 같아요. 이런 구경은 미국의 여름 해변이나 유럽의 바닷가가 아니면 어디서도 볼 수 없잖아요. 해변은 한 시즌 푸짐한 볼거리를 무상으로 제공하네요. 여자인 유나도 구경할 만하다니까요. 그러니 남자들은 얼마나 좋아하겠어요. 호호호."

"그렇긴 해. 저들은 우리를 어디서 온 원주민인가 하고 비웃을지도 몰라. 창피한 것은 저들이 아니라 우리일 수도 있으니까. 하하하~~. 저들의 구경거리가 되고 싶지 않으니, 우리도 물속에나 들어가자고."

동양의 다정한 커플은 화려한 인생을 즐기는 사람들의 시선들을 부담스러워하지 않았다. 고국에서 본 갈매기보다 큼직한 날개를 가진 갈매기들은 사람들을 경계하지 않고 해변에서 공생하는 모습이 인상 깊었다. 그 평화로움에서 소수민족 황색인종의 무서운 도전은 이미 시작되었다. 거대한 땅에서 수많은 사람에게 인종차별을 당하면서 숨 막히는 경쟁의 대열에서 낙오되지 않고 정상적인 궤도를 걷고 있었다. 하나하나 현실적으로 경험하는 순간도 나쁘지 않다는 판단에 아메리칸드림을 이루기 위한 과제는 산더미처럼 쌓여있었다. 이것들을 터득하고 배워가는 재미와 대처할 요령도 날마다 늘어났다.

 산타아나는 중부에서 시작하여 서부로 이어진 66번 횡단도로의 종착지였다. 중부 시카고에서 서부의 개척시대를 위해 건설된 왕복 2차선의 좁은 도로였다. 서부에서의 황금인생을 꿈꾸며 수없는 사람들이 꼬리를 물고 3,945km에 도전했던 험준한 광야의 길이었으며, 대륙횡단의 전설과도 같은 무시무시한 도로였다. 지금은 40번 고속도로가 건설되어 역사 속에 묻혀버린 추억의 도로로 전락하였으며, 그 종착역에는 기념탑만이 황금시절을 그리워하며 쓸쓸하게 지키고 있는 모습은 스산했다.

 유나는 잠시, 미국에서 처음으로 해변을 찾았던 기억을 회상하면서 피식 웃으며 남편을 보고 있을 때, 아주머니와 두 딸은 예쁜 모습을 나타냈다. 도우미 아주머니는 딸들에게 민욱과 유나를 소개하며 인사를 시켰다. 여고 2학년인 미정이와 여중 1학년인 희정은 예쁜 소녀들이었다. 그다지 크지 않는 체격에 수줍음이 많은 착한 자매였다. 민욱과 유나는 두 소녀의 손을 잡으며 반가워했다. 첫째보다 둘째가 쾌활한 성격을 소유하고 있었다.

 "엄마가 많이 보고 싶었지? 아줌마가 좋은 엄마를 빼앗아서 미안하다. 말은 안 하셨지만, 엄마도 매일 너희들을 많이 보고 싶었을 거야."

 유나가 일어나서 딸의 손을 잡고 미안한 마음을 전했다. 얼굴도 모르는 엄마를 그리워하며 자랐던 자신의 마음이 들킨 것 같았다. 어린시절, 철없는 10대일 때, 발랄한 사춘기 소녀일 때, 엄마가 꼭 필요했지만, 유나 곁에는 다정다감한 엄마의 그림자조차 없었다. 그 따뜻한 품에 얼굴을 묻고 울고 싶어도 울 수 없는 처지(고아)를 원망하며 혼자서 슬퍼했던 날도 많았다. 그래서 엄마가 있는 자매가 한없이 부럽기도 했다.
"괜찮아요. 엄마한테 잘해주셔서 감사해요. 다른 아이들처럼 공부할 수 있다는 생각에 엄마를 존경하고 사랑해요."
맏딸 미정이가 의미 있게 말했다. 정말 엄마를 고마워하는 것 같았다. 두어 달에 한 번 고향 집으로 휴가 갈 때, 이것저것 많이 준비해 주곤 했으며, 부모님의 용돈과 두 딸의 용돈도 보너스로 챙겨줬던 정이 많은 유나였다. 착한 딸들은 그 마음을 아는 것 같았다. 저들을 위해서 고생하는 엄마를 존경하고 사랑한다니, 더 필요한 말이 없었다.
"우리 가족들은 아주머니에게 감사하고 있어. 아주머니는 우리 가족이기도 해. 엄마는 잘 계시니까 걱정하지 말고 할아버지 할머니 말씀 잘 듣고 공부 열심히 해야 한다. 아줌마가 응원해 줄게."
유나의 친절하고 고마운 마음에 미정과 희정의 눈가에 물기가 번졌다. 이를 보고 있던 민욱이가 나섰다.
"너희들도 수영복 가지고 왔지? 저 텐트 속에서 갈아입고 더운데 시원한 물가로 가야지. 바닷가 출신이라 수영은 잘하겠지?"
자매의 이마와 콧등에 땀이 소록소록 맺힌 것을 본 민욱은 어서 시원한 바닷물에 들여보내고 싶은 마음이었다.
"바다가 가까워도 수영은 잘 못해요. 바다가 무서웠거든요."
수영을 잘 못한다는 자매는 쑥스러워하며 작은 가방을 들고 텐트 속으로 사라졌다. 옷을 갈아입으며 장난이라도 치는지 깔깔대는 소녀들의 웃음소리가 밖으로 새어 나왔다. 아주머니는 가족들이 바닷가에 가본 기억이 없다고 딸들의 말을 뒷받침했다.
"두 분! 감사해요. 딸들까지 챙겨주셔서 너무 감사해요. 딸들도 감사하고 있어요. 정말 고마워요."

아주머니는 무척 고마워했다. 서해안에 살면서 한 번도 해수욕장에 데려가지 못했다고 눈물을 글썽거리며 딸들에게 미안한 감정을 표시했다. 가난한 형편에 먹고 싶은 것, 갖고 싶은 것, 입고 있는 것, 보고 싶은 것도 해주지 못해서 항상 죄스럽다고 고백했다. 유나는 눈가를 적시는 도우미의 손을 잡고 위로했다.

"살다 보면 환경에 따라서 그럴 수도 있어요. 그걸 다 누리며 사는 사람들이 얼마나 되겠어요. 세월이 달라지긴 했지만, 우린 대학을 졸업할 때까지도 해수욕장 근처에도 가보지 못했는걸요. 그건 살아가는 데 문제 되지 않았어요. 진정한 사랑만 받았어도 행복한 거예요. 엄마가 계신다는 건 더없는 축복이잖아요."

민욱과 유나는 도우미에게도 고아의 신분을 숨기지 않았으므로 유나의 말이 무엇을 의미하는 줄 알았다. 그래서 힘과 용기가 생겼고, 자매에게도 떳떳한 엄마가 될 수 있다는 자신감을 얻었다. 이때였다. 텐트 속에서 깔깔대던 자매가 수영복 차림으로 나타났다. 자매는 깜찍한 치마가 달린 예쁜 원피스 수영복을 입었다. 이 수영복도 이번에 엄마가 사주셨다고 둘째가 자랑했다.

"미정이와 희정이가 예쁘니까 수영복이 잘 어울린다. 곧 아름다운 숙녀가 되겠는걸. 하하하~~."

민욱은 소녀들의 동행이 기뻐서 싱글벙글거렸다. 언제 어디서나 일행이 많아서 북적거리는 것을 좋아했다. 유나도 아주머니도 해맑은 소녀들을 보면서 만족한 미소를 던졌다. 희정은 모델처럼 수영복 패션쇼를 하듯이 포즈를 취하면서 한 바퀴 돌아보며 애교를 떨었다. 깜찍한 표정이 어린아이처럼 귀여웠다. 신체적인 숙녀로 발돋움하는 소녀의 모습은 나무랄 데가 없었다. 언니 미정보다 사교성이 좋은 희정은 더욱 발랄한 성격을 소유하고 있었다. 경계하지 않는 심성이 고왔다. 민욱은 수영하지 못한다는 소녀들에게 작은 튜브를 각기 대여해 줬다. 안전을 위해 꼭 어른들과 동행할 것을 주문했다.

이때, 동심으로 돌아갔던 세라와 명훈은 바닷물이 흘러내리는 몸으로 다가왔다. 둘은 아이스박스에서 냉수를 들고 시원하게 들이키면서 세라가 말했다.

"우리 아빠 로맨스 그레이시다. 엄마 옆에서 떨어지지도 않으세요. 이러니 아빠 같은 남자를 못 만날까 봐, 내가 시집을 못 가잖아요. 호호호~~."

세라는 질투 아닌 질투를 보였다. 미국에서 누누이 보아왔던 광경이라 새롭진 않았지만, 그 모습이 너무 보기 좋았다. 아름다운 그림 같았고, 세계적인 포토제닉상을 거머쥔 최고의 작품사진 같다고 야단을 떨었다.

"엉뚱한 핑계 대지 말고 눈높이를 조금 낮추고, 검증 조항을 완화하면 불가능한 것도 아닐 텐데, 부러우면 하루라도 빨리 실행에 옮겨 보든가. 하하하~."

민욱은 은근히 세라를 약 올렸다. 그렇다고 주관이 명확한 세라는 전혀 심적으로 동요하지 않았다. 오히려 여유 있는 모습으로 너스레를 떨었다. 그때 서야 소녀 손님이 왔다는 것을 알았다.

"어머~ 우리 세 가족이 왔구나. 잘 왔어. 반갑다."

세라와 명훈은 훈훈한 마음으로 악수하며 반갑게 맞았다. 미국에서 대학교수와 변호사라는 말을 들었으므로 소녀들은 부러운 시선으로 두 사람을 바라보며 편안하게 웃었다. 살피는 그 눈빛이 예사롭지 않았다. 미정과 희정은 공손하게 인사했다. 닮은 듯한 자매의 모습은 예쁘고 깜찍하고 귀여웠다. 희정이가 엄마를 쳐다보며 물었다.

"엄마! 우리는 뭐라고 불러야 해요?"

두 자매는 호칭을 정리하지 못한 것 같았다. 처음 만났으니 그게 문제였다. 언니나 오빠라고 부르는 것은 아닌 것 같아서 엄마의 도움을 요청했다. 아주머니는 딸의 머리를 쓰다듬으며 웃기만 했다. 이 순간을 놓치지 않고 유나가 재빨리 해결에 나섰다.

"그렇구나. 이모하고 삼촌이라고 불러. 그게 편할 거야."

아주머니는 고개를 끄덕이며 그렇게 부르라고 했다. 유나의 순발력은 알만 했다. 무사통과됐다. 세라와 명훈은 조카가 생겼다고 좋아했다. 용기 있는 희정이가 세라를 쳐다보며 말했다.

"이모는 결혼하지 않았어요?"

세라는 당황하지 않았다. 그렇지만 방금 만난 희정이가 궁금해 할 일은 아닌 것 같아서 웃었다. 조금 맹랑하기도 했다.

"희정아~ 이모가 늙어 보이니?"

"아니에요. 미국 시카고대학 건축공학과 교수님이라고 엄마한테 들었거든요. 교수님이면 결혼했을 것 같아서요. 우리 선생님들도 모두 결혼했거든요. 헤헤헤."

희정의 궁금증과 질문은 중학생다웠다. 총명한 눈망울은 세라의 얼굴을 천천히 산책했다. 옆에 있던 언니 미정이가 한마디 했다.

"넌 그런 걸 물어보고 그러니? 그건 실례야."

언니답게 동생을 나무랐다. 세라는 괜찮다고 밝은 표정으로 미정을 만류하며 희정이가 곤란하지 않게 말했다.

"그랬어? 엄마가 결혼하지 않았다는 말을 안 하셨구나. 호호호~~ 이모는 아직 결혼할 때가 안 됐어."

희정은 결혼할 때가 안 됐다는 말에 이상하다는 표정을 지었다.

희정이 생각으론 결혼할 나이가 된 것 같았기 때문이다. 결혼할 때가 안 됐다는 세라의 말에 민욱과 유나, 그리고 명훈은 어이가 없어서 호쾌하게 웃었다. 어른들이 웃는 모습을 보고 나서, 희정이도 이해했는지 미소를 지었다. 그 미소가 미안했는지 세라는 희정을 안아주었다.

"희정아! 이모는 서른다섯 살에 결혼할 생각이야. 호호호~. 그래서 아직 5년이란 시간이 있어."

그러고 나서 세라는 젖은 몸으로 비웃는 엄마를 안았다. 유나는 밀쳐내지 않고 사랑스럽게 안아주었다. 세라의 어리광을 받아주는 유나의 마음은 행복했다. 이를 보고 있던 명훈이 입을 열었다.

"누나가 시집을 가야 나도 장가갈 텐데, 앞으로 5년을 기다려야 하잖아. 이거, 내가 노총각이 되겠는걸. 하하하."

"명훈이 너까지 이러기야? 세 사람이 약속이라도 한 것처럼 .... 단체로 몰아세우면 아예 안 가는 수도 있어. 명훈이 너한테 경고하는 거야. 알아서 해라. 호호호."

세라는 벌떡 일어나서 명훈의 이마에 꿀밤을 먹였다. 불시에 당한 명훈은 반격하지 않았다. 누나를 극진히 생각하는 명품 동생이기 때문이다. 부모님이 계시지 않은 미국에서 가장 의지할 사람이었고, 늘 따뜻한 마음으로 동생을 아껴주는 하나뿐인 엄마 같은 누나였다. 누나를 잘 따르는 착한 동생이기도 했다. 세라는 느닷없이 미정과 희정의 이상을 돕기 위해서 엄마가 어렸을 때의 꿈을 소환했다.

"엄마! 엄마가 어렸을 때의 꿈은 뭐였어요?"

"전에도 말했지만, 엄마의 꿈은 초등학생 때부터 아빠와 결혼하는 거였어. 갓난아기 때부터 아빠만 눈에 보였으니까. 다른 여학생들이 꿈꾸는 의사나 교사도 아니었고, 그렇다고 교수나 발레리나는 더욱 아니었거든. 여자의 자존심 따윈 걸어보지도 않았어. 오로지 아빠의 아내가 되는 것이 꿈이었단다. 호호호."

민욱은 어릴 때의 꿈을 역설하는 유나의 손을 잡고 빙그레 웃었다. 그런 남편을 쳐다보는 유나의 눈망울은 그 꿈을 이룬 행복을 여실히 증명했다.

"못 말리는 우리 엄마! 호호호~~."

세라는 손뼉까지 치면서 쾌활한 웃음으로 부모님을 쳐다보며 즐거워했다. 엄마의 얘기를 듣고 있던 명훈이가 한마디 거들었다.

"역시, 우리 어머니다워요. 그래서 우리가 태어났으니 감사하게 생각하고 있어요. 우리 남매는 아버지 어머니를 제일 존경해요."

엄마의 적극적인 구애로 인해 자신이 태어난 것에 항상 감사하게 생각한다고 거듭 말했다. 아빠를 차지하려는 사랑이 실패했다면 자신은 이 세상 어디에도 없었을 것이라며 엄마의 승리에 경이로움을 표했다. 그러자 세라는 아빠에게 포문을 열었다.

"그럼, 아빠의 꿈은요?"

이번에 민욱의 차례였다. 남매는 아빠의 답변이 궁금했다.

"아빠의 꿈은 한마디로 말해서 고아답지 않게 사는 거였거든. 고아라는 울타리에서 필사적으로 탈출하는 것이 꿈이었고 목표였으니까. 여기에 미래가 있다고 생각했어. 그 꿈을 이루기 위해 당연히 엄마를 택했고, 엄마의 동행으로 황무지에서 꿈을 이룰 수 있었던 거지. 너희들도 여러 번 들었던 얘기라 새롭지는 않잖아."

그랬다. 수없이 들었던 아빠의 하나 된 정신세계였다. 고아란 이름을 부숴버리고 싶어 했던 아빠! 고아란 틀에서 벗어나려고 몸부림쳤던 아빠! 고아란 싸늘한 시선에서 떠나 있고 싶었던 아빠!

고아의 신분을 피하지 않고 정면으로 돌파했던 아빠! 고아의 서러움에도 울지 않으려고 애쓰며 이겨냈던 아빠! 그런 아빠였음을 알고 있는 남매는 아빠의 위대한 도전에 항상 감사했다.

"우리 아빠 엄마는 위대한 승리자예요. 어렸을 때, 무지개를 잡으려고 초원을 달렸던 나폴레옹처럼 아빠는 위대했어요. 아빠 엄마의 딸이라서 기뻐요. 세라가 많이 사랑하고 존경해요."

세라는 엄지를 세우며 아빠의 등 뒤에서 살며시 안았다. 엄마와 함께 아메리칸드림을 성공적으로 이룬 두 분의 딸이란 사실을 마냥 자랑했던 세라였다. 소녀 시절에는 친가나 외가가 존재하지 않아 일가친척이 없어서 외로움을 느낄 때도 있었지만, 인성이 올바른 세라와 명훈은 진정으로 부모의 출신성분을 부끄러워하지 않는 깔끔하고 스마트한 남매였다.

고아답지 않게 사는 것이 꿈이었던 지혜로운 아빠와 아빠의 아내가 되는 게 꿈이었던 영리한 실속파 엄마를 가장 존경하는 남매는 이들의 자식으로 태어났음을 자랑스러워했다. 소박한 것 같았지만, 어떻게 보면 가장 위대하고 아름다운 꿈이란 걸 알았기 때문이다. 포기하지 않는 강인한 근성으로 고독하고 험준한 길을 마다하지 않고 당당하게 걸어온 부모의 강한 열정을 존경했다. 꿈은 화려하지 않은 것이란 걸 미정과 희정이가 깨달았으면 했다.

"이모! 우리 해수욕해요."

희정이가 세라의 팔을 잡고 끌며 말했다. 희정의 이마에는 땀이 소록소록 맺혔다. 이런저런 얘기를 하다 보니 해수욕하는 것을 잊고 있었다.

"그래, 그러자."

세라는 미정의 손도 잡았다. 빨강 노랑 파란색의 옷을 입은 튜브

2개는 명훈이가 담당했다. 처음 만났지만, 낯을 가리지 않는 자매가 귀엽고 예뻤다. 사춘기 소녀 희정이나 예민한 숙녀 초년생 미정은 세라와 명훈을 꺼리지 않았다. 두 소녀는 세라의 손을 놓고 첨벙첨벙 바닷물로 뛰어들었다. 깊지 않아서 위험하지 않았지만, 세라는 희정과 함께 튜브에 매달렸고, 미정은 삼촌 명훈과 튜브에 몸을 의지하여 넘실거리는 파도와 장난을 치며 즐거워했다.
"미정은 앞으로 뭐가 되고 싶니?"
나란히 튜브에 매달린 명훈은 미정일 보며 물었다. 고국의 여고생들이 무엇에 관심이 있는지 궁금했다.
"꿈은 시시해요. 호호호~. 피아노를 전공해서 중고등학교 음악 선생님이 되는 거예요."
파도의 시기로 물에 흠뻑 젖은 얼굴로 대답했다.
"그게 왜 시시해? 누구에게나 꿈은 아름답고 위대한 거야. 학생들을 지도한다는 건 자신감과 희생이 따라야 해. 훌륭한 꿈을 가졌구나. 삼촌이 응원할게."
"훌륭한 건 아닌 것 같아요. 삼촌은 변호사가 꿈이었어요?"
"난, 꿈이 몇 번이나 바꿨어. 하하하~~. 어릴 땐 미국 대통령이었다가 또 풋볼 선수였다가, 아버지처럼 대학교수인 적도 있었어. 결국에는 어머니의 응원으로 로스쿨에 진학하여 변호사가 된 거야. 그렇다고 후회하진 않아. 그런대로 보람을 느끼고 있거든."
"호호호~~ 대통령보다 변호사가 더 좋은 거 같아요. 대통령은 골치도 아프고, 5년이면 끝나잖아요. 자칫하면 탄핵도 되고요."
"맞아. 나도 그렇게 생각해. 하하하~~."
미정은 여중생 때, 자신이 좋아하는 여성 대통령이 무참히 탄핵되는 아픈 현실을 경험했으므로 대통령이란 직업이 혐오스럽다고 했다. 미혼의 여성 대통령 탄핵이 사춘기 소녀에게 큰 충격이었던 것 같았다. 탄핵의 상황을 느껴보지 못했던 명훈은 허탄하게 웃으며 미정의 생각을 인정했다. 미정에게 친근감이 든 명훈은 동생 같은 기분이 들어서 거리낌이 없었다.

남매로 자란 명훈은 동생을 매우 선호했다. 어렸을 때는 엄마한테 매달려서 떼를 쓰며 여동생과 남동생을 낳아 달라고 했던 명훈이었다. 그런 까닭에 오늘 만난 미정과 희정에게 마음이 솔깃했다. 영원은 아닐지라도 예쁜 조카들이 생긴 것에 즐거워할 수 있어서 해수욕장 피서는 최상의 조건을 갖추었다고 좋아했다. 저만치에 있던 세라와 희정의 튜브가 가까이 접근했다.

"언니~ 삼촌하고 무슨 얘기 했어?"

희정은 언니에게 물장구를 치며 말했다. 미정은 물세례를 맞으며 혀를 내밀고 희정을 골려줬다.

"그건 비밀이야. 메~롱~"

"언니는 치사해. 메롱~이다. 히히히~~."

언니 미정보다 명랑하고 쾌활한 희정도 혀를 내밀며 언니를 반격했다. 사이가 좋은 자매의 모습은 초콜릿처럼 달콤했다. 저 멀리 물가에는 민욱과 유나, 그리고 아주머니가 바닷물에 발을 담그고 소박한 피서를 즐기는 모습이 포착되었다. 아주머니는 다정스럽게 환자인 유나에게 양산을 받쳐주고 있었다. 민욱은 자녀들과 한 차례 수영 실력을 발휘했지만, 두 여인은 발만 담그는 것으로 만족한 것 같았다.

그런 부모님의 모습을 바라보며 튜브팀도 물가로 서서히 밀려 나갔다. 어느새 점심시간이 되었다. 밥 먹을 때가 되니 물속의 인파도 절반이나 줄었다. 무엇을 먹는다는 것은 행복한 일이기에 누구도 부정할 수 없었다. 먹기 위해서 사느냐? 살기 위해서 먹느냐?는 중요하지 않았다. 가족들은 정오가 지나서 인근 식당을 찾아 시원한 냉면 한 그릇으로 맛있는 점심 식사를 끝냈다. 아직도 떠나는 사람, 피서 오는 사람들로 해수욕장은 북적거렸다. 작은 카페에서 냉커피를 한 컵씩 들고 텐트 쪽으로 이동하고 있었는데, 이때 중년 남자가 다가와서 민욱에게 꾸벅 인사부터 건넸다.

"시카고대 강 교수님이시죠?"

"네, 그렇습니다만 누구시더라?"

이곳에서 아는 사람을 만난다는 것은 생각도 못 했었다. 중년 남자는 비켜서지 않았으며, 민욱 곁으로 더 다가섰다. 가족들은 신기하다는 얼굴로 그 남자를 주시했다. 그 남자는 반가워하며 다시 한번 확인했다.

"시카고대학 경제학과 강민욱 교수님 맞으시죠?"

중년 남자도 가족들과 피서 온 것 같았다. 민욱은 누구인지 언뜻 머리에 떠오르지 않았다. 그 남자는 2002년부터 3년간 시카고대학에서 경제학 석사과정을 공부했었는데, 그때 석사논문 책임교수가 민욱이었다고 했다. 한국 유학생들이 간혹 있었으므로 다는 기억할 수 없었지만, 얘기를 듣고 보니 얼굴은 낯설지 않았다.

"그렇긴 한데, 누구세요?"

"김명기라고 합니다. 여기서 교수님을 만나다니 행운이군요. 그렇잖아도 뵙고 싶었습니다."

그는 가족들을 소개했다. 아내와 초등생 중학생 정도의 딸과 아들이 있었다. 그는 대전에 있는 국립대학교에서 교수로 있다며 청바지 뒷주머니에서 꺼낸 지갑에서 명함을 건네고 악수를 청했다.

"나는 명함이 없어요. 은퇴했으니 완전히 백수에요. 하하하."

민욱은 사랑하는 아내와 예쁘고 믿음직한 남매를 자신 있게 소개했다. 남매가 대학교수와 변호사인 걸 자랑스럽게 생각했다.
"하하하~ 교수님이 왜 백수입니까. 은퇴하셨어도 유명하신 경제학자이시죠. 제가 존경하고 있습니다."
"이젠, 연구실에서 은퇴했으니, 학자도 아닙니다."
"왜 그런 말씀을 하세요? 하하하~~. 그런데 한국에는 어쩐 일이십니까?"
김 교수는 그 말을 농담으로 받으며 웃었다. 은퇴하고 나서 부부가 영구 귀국했다는 말에, 그는 한 번 연구실로 모시겠다고 했다. 제자들에게 민욱의 집필한 도서를 경제학 교재로 강의하고 있다면서, 저자 교수의 직강을 들을 수 있다면 제자들에게 유익하고 더없는 영광으로 생각할 거라며 특강을 간청했다.
"내 책을 교재로 채택하고 있다니 고마워요. 그런데 강의는 어려울 것 같네요. 한국에서 학술활동을 하지 않고 오롯이 아내와 여생을 즐기려고 왔거든요. 그래서 1년이 되었지만, 아무에게도 연락하지 않고 조용히 지내고 있어요."
미국에 있으면 대학이나 학술단체나 기업에서 강의를 요청하는 경우가 있어서 완전히 학계를 떠나서 개인적으로 안정된 노후생활을 위해서 귀국하게 되었다고 입장을 설명했다.
"그러시군요? 저한테 한 번 기회를 주세요. 식사를 대접하고 싶은데 시간 내어주시면 감사하겠습니다."
"그럴 필요는 없어요. 이렇게 만났으니 대접받은 거나 진배없어요. 나중에 시간이 나면 연락하도록 하죠. 내가 귀국했다는 것은 김 교수님만 알고 계세요. 하하하."
"그러시다면 알겠습니다. 교수님 댁은 어디세요?"

"대전 대덕연구단지인 용산동 단독주택에 살고 있어요."

"댁이 대전이라니 더욱 반갑습니다. 용산동이면 테크노파크가 있는 곳이네요. 거긴 떠오르는 신흥도시죠."

"그런 것 같더군요."

"기회가 된다면, 저희 집에 두 분을 초대하고 싶습니다."

그 남자는 유나를 바라보며 고개를 숙여 인사했다. 자신의 집은 학교가 가까운 둔산동 아파트라고 했다. 시원스럽게 확답을 듣지 못한 그 얼굴에 아쉬운 표정이 역력해서 민욱이나 유나는 민망한 생각이 들었다.

"김 교수님을 이렇게 만났으니 어쩔 수 없지만, 조금 전에도 말 했듯이 다른 분들에게는 만난 걸 비밀로 해주세요. 사람을 피하는 게 아니라 고국에서 될 수 있으면 학계활동은 안 하려고 해요."

"네, 알겠습니다. ..... 제자들에겐 너무나 좋은 기회인데 아쉽네요. 나중에라도 한 번 기회가 있었으면 합니다. 다시 뵐 기회가 있기를 기대합니다. 연락을 기다릴게요."

그 남자는 진심으로 아쉬워하는 눈치였다. 옆에 있던 김 교수의 아내가 그만하라고 남편을 말렸다. 가족들이 없었으면 생떼를 쓸 것 같은 분위기였다. 그런 그에게 민욱은 전화번호를 알려주는 호의를 베풀었다. 경상도 말투의 그 남자는 돌아보고 또 손을 들어 보이며, 국내외 학계에 널리 알려진 유능한 경제학자인 저자의 직강을 놓치고 싶지 않은 애석한 표정이었다. 유나를 부축하며 걷던 명훈은 감탄했다.

"아버지는 대단하세요. 여기서 제자를 만나다니요? 우리 아버지는 세계적인 석학이 맞네요. 아버지 아들이란 게 자랑스러워요."

명훈뿐만 아니라 유나도 세라도 감명 깊었던 시간이었다고 했다. 세계적으로 학계 지명도가 높다는 것을 익히 알고 있는 가족이지만, 그의 저서를 교재로 사용한다는 국립대 교수의 강의요청을 거절하는 모습에서 학계를 떠난 심정을 읽을 수 있어서 기분이 착잡했다.

"아들이 아빠를 인정해 주니 고맙다. 하하하~. 세상이 넓다지만 좁을 때도 있구먼. 반가운 만남이지만, 뒤가 꺼림직하다. 하하하."

"세상이 좁은 게 아니고요, 아빠의 학계 인지도가 넓으신 거예요. 우리 아빠의 강의를 듣고 싶은 학생들이 세계적으로 많을 거예요. 우리 학교에서도 그런 말을 많이 들어요. 내가 아빠 딸인 줄 알고 부러워하는 사람들이 많다니까요."

세라는 그새를 참지 못하고 아빠의 입술에 속도감 넘치게 접근했다. 흐뭇한 표정으로 이를 지켜보던 유나는 세라의 포동포동한 엉덩이를 토닥이며 질투했다.

"사람들이 보는 데서 다 큰 딸이 아빠한테 뽀뽀하니? 서른이 되었으면 철이라도 들어 봐. 아빠의 입술은 엄마 거란 말이다. 번지수가 틀렸어. 호호호."

유나는 농담으로 세라에게 주의를 주며 웃었다.

"엄마가 딸을 질투하시는구나. 히히히~~."

이 상황을 부러운 얼굴로 보고 있던 희정이가 입을 열었다. 민욱을 쳐다보는 눈빛이 여중생답지 않았다.

"아저씨는 미국에서 유명하신 교수님이셨나 봐요?"

"그렇단다. 경제학계에서는 유명하셨어. 지금은 은퇴하셨으니, 백수라고 하시잖아. 호호호~~."

세라는 망설이지 않고 아빠의 존재를 인식시켰다. 희정과 미정은 민욱을 쳐다보며 존경스러운 표정을 지었다. 발전소에서 엔지니어로 일하시다가 돌아가신 아빠를 생각하는 것 같았다. 존경받지 못할 직업이었지만, 딸로서 아빠를 사랑했던 효녀들이었다. 학자와 현장 엔지니어는 종이 한 장 차이였다.
"그래도 백수는 너무했어요. 호호호~~."
맏딸 미정은 민욱과 가족을 둘러보며 살며시 웃었다. 모든 가족이 따라 웃을 수 있는 시간을 가졌다. 아무리 은퇴하셨어도 백수는 아니라고 했다. 여고 2학년이면 진학을 준비해야 하므로 대학 사정을 조금은 알았다. 미정은 공주에 있는 G대학에 진학해서 피아노 전공하여 중고등학교 음악교사가 되려는 야멸찬 계획을 세우고 있었다.
"아빠~ 미정이가 백수는 너무 하셨다잖아요. 호호호~~."
"그러게. 하하하~~ 직업이 없으니, 백수가 맞아."
민욱은 미정을 보면서 웃어넘겼다. 한바탕 호쾌한 시간이 지나갔다. 유나는 자매를 보면서 감미로운 애교가 잘 어울리는 세라를 낳을 때를 기억했다. 미국 UCLA에서 석사학위를 취득하고, 뉴욕 발레단에 입단하여 활동하던 유나는 2세 생산을 위해 미련 없이 무대활동을 접고, 결혼 10여 년 만에 첫딸 세라를 낳았다. 세라를 낳은 후, 남편의 극성스러운 외조로 박사과정을 거치면서 대학교수로 활동무대를 옮겼었다. 부모의 깊은 사랑을 듬뿍 받으며 요정처럼 자란 세라의 뒤를 이어 듬직한 아들까지 생산했었다.
고아였으므로 부모의 애정결핍을 차가운 가슴으로 경험했던 민욱과 유나는 자식들에게만은 한없는 사랑을 빈틈없이 베풀었다. 남매를 유난스럽게 아끼면서 값진 사랑을 쏟으며 열혈 엄마를 마다하지 않았다. 부모의 사랑에 화답하여 남매는 좋은 인성을 갖춘 성인이 되었어도 부모를 한 번도 실망시킨 적이 없었다. 남매를 볼 때마다 든든하고 행복해서 밥을 먹지 않아도 배가 불렀다.

소화를 시킨 남매와 자매는 사람들의 틈을 비집고 바닷물 속에서 더위를 식히며 물놀이를 즐기는 모습은 평화로웠다. 이를 지켜보던 민욱은 유나의 손을 잡고 조심스럽게 바닷가로 향했다. 아주머니는 텐트 옆 그늘에서 쉬겠다고 했다. 노부부는 바닷물에 발을 담그고 많은 사람의 이모저모를 구경하며 즐거워했다. 병원 지하 식당가에서 의자에 앉아 방문객들을 구경할 때보다 더 아름다운 그림들이었다. 옷을 입은 채 물장난을 일삼는 청소년들의 패기는 나무랄 데가 없었다. 어떤 남자는 여자에게 바닷물을 먹이려고 하다가 졸지에 당하는 꼴도 유쾌했다. 장난기가 발동한 민욱은 유나의 얼굴에 바닷물을 튕겼다.

"물에 들어가고 싶어도 몇 년만 참아. 유나의 팽팽하고 멋진 몸매는 그때 가서 보여주자고. 하하하~."

"왜? 내가 물에 못 들어가니까 불쌍하게 보이세요? 그래서 얼굴에다 물을 뿌린 거예요?"

"그건 아닌데, 물가에 왔으니까 하는 말이야. 그때는 완치판정을 받고 한쪽 가슴도 복원하여 우아한 유나의 모습으로 돌려놓을 거야. 미국의 비치에서 자랑했던 몸매를 보여주자고. 하하하."

"지금도 괜찮으니까 너무 신경 쓰지 마세요. 그때가 되면 할머니 몸매를 뭐 자랑할 게 있다고 보여줘요? 우리 시대는 지나가고 있어요. 이젠 당신만 보셔야 해요. 호호호. 큰 애들, 작은 애들이 노는 것만 봐도 기분이 좋아요. 아주머니와 애들과 함께하니, 가족이 많아서 기쁨도 두 배, 행복도 두 배잖아요."

유나는 미정과 희정을 보며 더없이 기뻐했다. 아이들을 좋아하는 민욱도 다르지 않았다. 엄마와 떨어져서 살며 엄마의 정이 그리운 자매를 초대했다는 것에 크게 만족했다.

"그 정도는 아니야. 우리도 자신감을 가져. 60이면 어떻고, 70이면 어때? 유나의 미모는 나이가 들어도 아름다울 거야. 하하하."

"알았어요. 당신 눈에만 그렇게 보인다면 뭘 더 바라겠어요. 너무 애쓰지 마세요. 유나는 괜찮아요. 호호호~~."

유나는 남편의 볼에 입을 맞추며 고마워했다. 발가락 사이로 밀려오는 얕은 파도를 반기며 생긋이 웃었다. 발들을 간질이고 밀려가는 파도를 바라보는 유나의 얼굴에는 행복이 가득했다. 두 가지 암과의 투쟁을 벌인다는 느낌을 잊을 만큼 행복에 젖어 있었다. 한 손은 남편에게 잡힌 채 또 다른 손으로 바닷물을 담아 땀이 송골송골 맺혀 있는 남편의 얼굴에 뿌렸다. 이는 보복 차원이 아니었다. 애끓는 사랑의 증표였다.

"장난하고 싶어?"

"아니에요. 당신 얼굴의 땀을 씻겨주는 거예요. 헤헤헤~~."

"예전부터 유나는 장난꾸러기였잖아. 그때도 내가 늘 당했지."

"사실은 당하신 게 아니라 당해준 거죠. 다 알고 있었어요. 알면서도 신이 나서 더했으니까요. 헤헤헤~~."

"그랬구나. 그때는 참으로 예쁘고 귀여웠어."

"지금은요?"

"지금은 예쁘다는 경지를 넘어 우아하다고나 할까. 하하하~. 유나의 미모는 누가 뭐래도 천부적으로 타고났어."

"여보~ 고마워요. 남들이 들으면 닭살 돋는다고 기겁하고 도망갔을 거예요. 호호호~~. 남들이 있는 데서는 그러지 마세요."

유나는 주위를 살폈다. 이를 눈치를 챈 민욱은 말렸다.

"하하하~ 입술에 뽀뽀하려고 그러지? 대중들 앞에서는 그것도 참아. 조금 전에 볼에 했잖아. 닭살 돋는 게 문제가 아니라, 노인들이 대중들 앞에서 주책이라고 욕을 할 거야."

"헤헤헤~ 또 들켰네요. 하는 수 없죠. 집에 도착할 때까지 참아야죠. 당신의 눈은 속일 수가 없어서 미워요."

젊은이들이 부럽지 않은 노부부는 발 수욕을 끝내고 소나무 그늘로 돌아왔다. 아주머니는 피곤한지 자고 있었다. 자리를 옮겼다. 해변의 바캉스족들은 시간을 잊고 있는 듯했다. 어린 꼬마에서부터 노년에 이르기까지, 그 모두를 포용한 바다의 넓은 아량이 마음을 흡족하게 했다. 고국에서의 서해안은 대서양 해안을 부럽지 않을 만큼 만족스러웠다.

오후 5시가 지나서야 바다와 대화하며 해수욕을 마음껏 즐기고 돌아온 세라와 명훈, 그리고 자매는 체력이 소진된 것 같았다. 간식으로 배를 채우고 나서 덜 복잡한 시간에 해수욕장에서 철수하기로 했다. 일찍 팬션을 예약하지 못해서 숙박할 데가 없는 걸 아쉬워하며, 간단하게 샤워하고 편히 쉴 수 있는 곳을 찾아보기로 했다. 해수욕장 인근에서 '안면도휴양림'이란 안내판을 보고 그곳으로 향했다.

그런데, 아주머니는 자매를 데리고 집으로 가겠다고 했다. 아주머니의 불편한 점을 이해하기에 무리하게 붙잡지 않았다. 자매는 더 놀고 싶었지만, 고집부리지 않고 엄마의 의견을 따랐다. 늙은 부모님을 빨리 뵙고 싶은 엄마의 마음을 아는 듯했다.

미정과 희정은 오늘 하루 제일 즐거웠다고 고백했다. 소녀들의 얼굴이 햇볕에 그을린 모습이 귀여웠다. 피서의 흔적이 얼굴과 팔다리에 나타나기 시작했다. 그 흔적을 자매는 보람 있고 사랑스러워하는 눈치였다. 유나는 자매의 손을 잡고 아쉬워하며 겨울방학이전에라도 대전 집으로 놀러 올 것을 제안했다.

"금요일 저녁에 왔다가 일요일에 가면 되잖아. 엄마도 너희들이 보고 싶고, 너희들도 엄마가 그리울 때니까 가끔 놀러 오도록 해라. 아저씨와 아줌마는 언제나 너희들을 환영한다."

"정말 그래도 돼요? 히히히~~. 아이~ 좋아!"

희영은 너무 좋아했다. 앞뒤 가리지 않는 어린 마음이 애처로웠다. 엄마를 생활수단에 빼앗기고 조부모 슬하에서 건강하게 자란 홈이 없는 모습은 천진난만했다. 누구도 희정을 미워할 수 없을 것 같았다.

"그럼, 되고말고. 아줌마는 거짓말을 하지 않아. 너희들이 예쁘고 귀여워서 그런다. 미정이도 알았지?"

잠자코 있으면서 동생의 지나친 기분을 염려하던 미정이도 엄마의 표정을 살피며 가는 목소리로 대답했다.

"네, 아줌마! 고마워요."

희정보다 좋아하고 싶었지만, 엄마의 생각이 어떨지 몰라서 좋아할 수 없었던 미정이었다. 세 살 터울이지만, 엄마를 걱정하는 맏이는 역시 달랐다. 유나는 미정과 희정에게 손가락을 걸고 약속을 받아냈다. 희정이 나이 또래일 때, 민욱에게 손가락을 걸고 약혼과 결혼 약속을 받아냈던 그 실력을 유감없이 발휘했다. 유나는 민욱과 의논한 끝에 아주머니께 3일간의 특별휴가를 제공했다. 그리고 휴가비도 두둑이 건넸다.

"아저씨 아줌마 고마워요. 히히히~~. 이모와 삼촌도 감사해요."

희정은 팔짝팔짝 뛰며 토끼처럼 좋아했다. 네 가족을 돌아가며 안아주는 기쁨의 절정을 만끽했다. 민욱도 유나도 세라와 명훈도 희정의 반란에 정신이 하나도 없었다. 엄마의 특별휴가에 대한 희정의 감동적인 세리머니에 감탄하며 모두 기쁨으로 환호했다. 세라는 귀여운 희정을 응원했다.

"희정아! 엄마의 휴가가 그렇게도 좋아? 정신이 하나도 없다. 호호호~~. 어쩌면 이렇게나 귀엽니?"

"네, 이모! 너무 좋아요. 히히히~~. 엄마하고 같이 자면서 오늘 밤에는 젖도 만질 거예요."

희정은 거침없이 정말 좋아했다. 역시 막내는 철이 없었다. 그런 모녀를 떼어놓은 유나의 가슴은 쓰렸다. 엄마를 가장 필요로 하는 사춘기 소녀의 기뻐하는 모습은 많은 의미가 담겨있는 듯했다. 기뻐하고 고마워하는 모녀들의 그 모습은 무엇에 비할 수 없이 아름다웠다. 엄마가 그렇게도 좋은데, 하늘의 달과 별처럼 엄마의 사랑이 소중한데, 삶의 필요한 요소들을 채우기 위해 엄마를 그 현장으로 보내야만 했던 어린 딸의 환영은 죄가 아니었다. 그 모습을 보는 유나의 마음은 남달랐다. 딸들의 양손을 잡고 떠나는 그 광경은 저녁노을이 빨갛게 익어가는 것과 같았다. 이모와 삼촌을 언제 만날 수 있을지도 모르는 아쉬운 작별에도 곁에 엄마가 있었기에 소녀들은 슬퍼하지 않았다.

아주머니와 두 자매는 좋아서 어쩔 줄 몰라 하며 차에 올랐다. 예쁜 자매를 실은 SUV는 많은 추억을 파생시킨 해수욕장을 떠났다. 어느 사이에 버스 타는 곳에 도착했다.

세 모녀는 기쁨이 시들지 않은 모습으로 고향 집을 향했다. 모녀를 떠나보내고 해수욕장에서 만나 휴양림으로 자리를 옮겼다. 바다가 보이는 숲속에 쉴 수 있는 고즈넉한 공간이 있었다. 마침 비어 있는 방갈로를 임대했다. 싱그러운 숲과 초록의 자연과 호흡하며 하룻밤을 쉬어 가기로 하고 피곤한 육신에 휴식을 제공했다.

13. 44년의 상처를 묻으면서

　유나의 투병생활은 순조롭게 안정을 찾아가고 있었다. 서해안 바캉스를 즐기고 돌아온 세라는 3일 후에 학교의 주요 행사 관계로 혼자 출국했다. 10월 중순에 며칠 시간이 있다며, 그때 다시 오기로 하고 투병 중인 엄마를 오래 보살피지 못하고 무거운 마음을 안고 미국 시카고로 떠났다. 가족 모두 인천국제공항까지 배웅했다. 아픈 엄마를 두고 떠나는 딸 세라의 눈이 촉촉하게 젖었다. 그 얼굴을 바라보는 유나의 서운한 표정은 세라의 마음을 더욱 아프게 했다. 세라는 아쉬워하는 뒷모습을 남기고 게이트를 빠져나갔다. 가족들은 쓸쓸한 마음으로 용산동으로 돌아왔다.
　모처럼 가족이 다 모였었는데, 집안의 달콤한 꿀맛을 선사했던 세라가 떠나고 나니, 그 빈자리는 너무 넓었다. 아들 명훈의 애쓰는 흔적은 있어도 적적한 세라의 빈자리를 다 채울 수는 없었다. 이래서 애교 많은 딸의 역할이 크게 보였나 보다. 그러나 유나는 명훈에게 많은 애착을 가졌다. 착한 아빠의 성품을 닮아 어려서부터 공부를 잘한 수재였다. 언어소통 능력도 뛰어나서 적성에 맞는 로스쿨을 권했었다. 애교 덩어리 딸 세라에 못지않은 집안의 행복을 책임지는 장한 아들이 자랑스러웠다.

어릴 적에는 동생을 낳아달라고 보챘던 아들이지만, 사춘기에도 걱정을 끼치지 않고 잘 넘어간 아들이었다. 앞으로도 아메리카 대륙에서 약자를 변론하며 정의로운 법조인의 길을 굳건히 걸어가 주길 바라는 마음이기에 기대하는 바가 컸다. 유나는 아들의 든든한 모습에서 기운을 차렸다.

4차 항암주사를 투여한 지 일주일이 지났다. 유나는 항암주사 후유증을 거뜬히 이겨내고 안정적인 일상의 시간으로 돌아왔다. 그 일주일이 암 환자에게는 가장 힘든 시기였기 때문이다. 아들이 옆에 있기에 남편을 서린에게 보내기로 결심했다. 서린도 서린이지만, 투병 중인 민서가 아빠를 그리워하고 있을 것 같아서 늘 마음이 무거웠다. 43년 만에 아빠를 찾았는데, 가까이에 두고 5개월 동안이나 만나지 못하고 전화로만 가슴 태우는 민서를 생각하면 사람의 도리가 아니라고 생각했다.

"당신, 아들이 있을 때 광주에 며칠 다녀오세요."

느닷없는 아내의 말에 민욱은 당황했다. 할 말을 잊고 아내의 얼굴을 들여다봤다. 민욱으로서는 도저히 말문이 열리지 않았다. 아내를 바라보는 시선도 부끄러웠다.

"민서의 얼굴을 본지도 오래되었잖아요. 아빠와 딸의 관계라는 걸 알았는데, 부녀상봉이 너무 오래 걸리는 것 같아서 내가 가시방석에 앉아 있는 심정이에요. 유나 걱정은 하지 마시고, 마음 편히 다녀오세요. 그래야 유나 마음이 편할 것 같아요."

"그렇긴 하지만 ....."

"아빠를 보내 주지 않는다고 민서가 나를 원망하고 있을지 몰라요. 유나는 그런 나쁜 엄마가 되기 싫어요. 여~보~~."

불편한 심기인 남편에게 유나는 진심으로 말했다. 처음부터 이해하고 받아들인 일인데 새삼스러울 게 없었다. 이젠, 좋든 싫든 이 세상을 함께 걸어가야 하는 가족이란 사실을 인정했다.

"민서는 착하고 분별력이 뛰어나니까, 그러지는 않을 거야. 집으로 달려오지 않는 것만 봐도 자제하고 있다는 걸 알 수 있잖아. 심지가 깊은 애야."

민욱의 생각도 다르지 않았다. 자신의 그리움을 뒤로하고 엄마의 상봉을 먼저 주선한 민서였으므로 그 마음의 깊이를 알 수 있었다. 민서를 염려하는 아내가 한없이 고마웠다.

"그러니까 내일이라도 다녀오세요."

"그렇다고 내일 당장은 아니야. 광주에서도 준비할 시간이 필요하다고 했어."

준비할 것들이 있으니, 이틀 전에 알려달라는 서린의 부탁이 생각났다. 유나도 형식적이지만 혼례를 흉내라도 내려면 준비할 시간이 필요할 것 같다는 생각이 들었다.

"그러고 보니, 거기까지 생각하지 못했네요. 호호호~~. 유나가 너무 서둘렀나 봐요."

유나는 오늘 연락하라고 했다. 그래서 글피쯤에는 광주로 내려가라고 말했다. 그러는 유나의 표정은 밝기만 했다. 마음에도 없는 말이 아니란 것을 표정으로 여실히 보여줬다.
"이거 참! 염치도 바닥이 났다니까. 허허허~. 강민욱의 체면이 말이 아니야. 유나에게 면목이 없어서 어떡하지?"
민욱은 유나에게 몹시 미안했다. 힘든 투병생활을 견디고 있는 아내에게 이런 큰 정신적 부담을 안겨줘야 하는 자신이 몹시 미웠다. 이 강물은 피할 수 없으며, 반드시 건너야 한다는 원칙은 변할 수 없었다. 양심과 정도를 강물에 띄워 보내고 유나의 배웅을 받고, 서린과 민서를 만나야 하는 심정은 야릇하기도 했다.
"유나한테는 좋은 서양화가 친구가 생겼고, 예쁘고 정이 많은 딸이 생겼잖아요. 당신은 면목이 없다거나, 염치없어하지 않아도 돼요. 외로운 우리에게도 새로운 가족이 생겼어요. 당신은 유나의 좋은 남편인 건 분명해요."
"그렇게 생각한다니 정말 고마워. 유나는 내게 아내 이상으로 소중한 사람이야. 중환자한테 이런 짐을 맡게 하다니, 고맙지만 마음이 무척 무겁다."
"중환자는 아니에요. 이렇게 멀쩡하잖아요. 호호호~~. 빨리 서린씨한테 연락하세요. 당신의 예쁜 아내 유나는 괜찮아요."
유나는 팔을 뻗쳐 보이며 건강하다는 것을 과시했다. 늙지 않은 아내가 귀여웠다. 합리적인 판단으로 까다로운 일에 해결사로 나선 아내가 한없이 고마웠다.
"알았어. 염치없지만 어쩌겠어. 내게 주어진 숙제인데, 유나의 도움과 희생으로 풀어야지. 고마워."
민욱은 유나를 거실에 남겨두고 곧바로 서재에 와서 문자를 보냈다. 즉시 답장이 도착했다. 서두에 '야~호~~'라고 외치며 좋아하는 모습이 눈에 선했다. 아직도 20대처럼 발랄한 성격은 늙지 않은 것이 신기했다. 서린의 기뻐하는 모습이 눈앞에 영롱하게 빛났다. 그 모습이 눈앞에서 예전처럼 춤을 추었다.

이틀이 강물이 흐르듯이 지나갔다. 민욱에게는 아주 특별한 3일간의 휴가가 허락되었다. 명훈에게는 미안하게도 휴가의 진실을 속일 수밖에 없었다. 아들을 속여야 하는 노부부의 마음도 개운하지 않았다. 명훈은 아빠가 부득이하게 대학교 세미나 관계로 3일간 광주에 가는 걸로 알고 있었다.

"아버지! 세미나 가세요?"

학계활동은 하시지 않겠다고 하신 아버지께서 갑자기 세미나에 참석한다니 이해할 수 없었지만, 아버지께서도 거절할 수 없었던 그럴만한 사정이 있을 거란 생각에 의심하지 않았다. 아빠에 대한 두터운 신뢰가 뒷받침됐다.

"응. 아빠는 안 가도 되는데 아들이 있다고 엄마가 바람이나 쐬고 오라고 하네. 혼자서 잘할 수 있겠어?"

아들에게 거짓말해야 하는 양심이 걷잡을 수 없이 얼굴을 따갑게 할퀴었다. 아들의 얼굴을 보기가 민망했다. 27년간 쌓아온 부자간의 신뢰가 무너지는 것 같아서 괴롭기만 했다. 이러고 싶지 않지만, 얄궂은 운명을 벗어날 순 없는 것이 안타까웠다. 일평생 동안 살아오면서 이처럼 양심과 자존심이 아프고 저린 적은 없었다. 그래서 그의 양심과 인격은 무자비하게 꼬꾸라졌다.

"그럼요. 제가 엄마와 잘 지내고 있을게요. 아버지는 걱정하지 마시고 다녀오세요. 이를 데가 아니면 언제 시간을 내겠어요. 그간 간호하시느라 고생하셨는데, 어머니 말씀처럼 편안하게 바람 쐬고 오세요."

아무것도 눈치를 채지 못한 명훈의 대답은 시원시원했다. 민서에 대한 아빠의 어설픈 과거 행적을 이해하지 못할 자식들은 아니지만, 당장은 아내가 투병 중이므로 비켜있어야 하는 까닭에 고백을 다음 기회로 미룰 수밖에 없었다.
"고맙다. 아들아! 엄마를 잘 부탁한다."
아들의 어깨를 툭툭 치며 고마워했다. 다시 손을 잡고 힘 있게 악수하고 나서 서로 어깨를 살짝 부딪쳤다. 명훈은 얼굴에 든든한 미소를 그리며 아빠를 안심시켰다.
"네. 아버지! 엄마 걱정은 마시고 날씨도 더운데 조심해서 다녀오세요. 절대 무리하진 마세요. 아들은 아버지를 응원해요."
아들에게 밤낮으로 엄마와 안방에서 생활해야 한다고 당부하고 거실을 나왔다. 유나는 남편을 배웅하려 차고까지 따라 나왔다. 첫정을 나눈 여인에게로 잠시 돌아가는 남편에게 부탁하고 싶은 말이 있어서였다.
"나한테 신경 쓰지 마시고, 서린씨나 민서씨에게 짧은 시간이지만 많이 신경 써주세요. 따뜻한 마음으로 모녀의 마음을 보듬어줘야 해요. 어떠한 경우라도 모녀의 투정을 다 받아주세요. 당신이 잊고 지낸 세월이 자그마치 44년이란 걸 잊지 마시고요. 천신만고 끝에 웨딩드레스를 입는 서린씨를 기쁘게 해주셔야 해요. 나한테 하셨던 것처럼 말이에요. 당신이 아낌없이 베풀어 주신 사랑을 유나는 지금껏 누리고 살고 있으니까 미안해하지 마세요. 서린씨 한테 내가 축하한다고 전해주세요. 그리고, 내 몸이 어지간히 회복되면 모녀가 함께 우리 집에 놀러 오라고 하세요. 민서씨한테는 내가 보고 싶어 한다고 전해주세요."
맑은 눈빛으로 이런저런 당부를 전하는 유나의 목소리는 어느 때보다 차분했다. 허벅지 살을 도려내는 듯한 여자의 아픔이 있을 테지만, 이를 지혜롭게 이겨내면서 다른 여자의 아픔을 가슴으로 새기는 그 얼굴이 한없이 아름답게 피어났다.
"우리 유나가 어쩌면 이렇게 예쁠까?"
이런 면목 없는 상황을 벗어나려고 유나의 엉덩이를 장난스럽게 토닥였다. 유나는 행복한 얼굴로 자연스럽게 웃었다.
"예전부터 유나의 모두가 예쁘기는 하죠. 헤헤헤~~. 당신 혼자니까 운전 조심하세요. 여보~ 사랑해요."
젊어서부터 애교로 한몫했었는데, 그 애교는 예순을 넘겨도 색깔조차 바래지 않았다. 언제나 주위 사람들을 편안하게 하는 것은 유나의 고결한 특기였으며, 아름다운 배려는 숭고한 삶을 지켜왔다. 함께 있으면 즐거웠고, 바라보고만 있어도 행복한 여자였다.
"고마워. 젊은 남자하고 잘 지내야 한다. 하하하~~."
"호호호~~. 그러고 보니 명훈이가 당신보다 젊은 남자이긴 하네요. 우리 아들도 당신 닮아서 핸썸하고 멋있잖아요. 호호호. 관심 가져볼 만한데요."
농담도 장군 멍군이었다. 민욱은 유나를 안고 잠시 이별의 입맞춤을 남겼다. 유나를 집안으로 들여보내고 차에 오른 민욱은 차고를 빠져나와 북대전 IC를 통과하여 호남고속도로에 진입하니 기분이 새로워졌다. 고국에 돌아와서 혼자 드라이브하기도 처음이지만, 직접 핸들을 잡고 호남고속도로를 달려보는 것도 처음이었고, 전역 후에 광주를 방문하는 것도 처음이었다. 기억 속에 남아 있는 그곳 광주를 상상하며, 모두가 변했을 광주광역시로 내달았다. 다시 찾을 줄 몰랐던 광주, 전역한 사람들은 근무한 부대가 있는 쪽으로 오줌도 싸지 않는다는 우스갯말이 있을 정도로 근무했던 군부대를 혐오스러워한다는 속설이 있었다. 한창 젊은 나이에 간혀 살았던 힘든 군대생활을 생각하고 싶지 않다는 생각에서 나온 말일 것이다.

　민욱은 그 혐오를 뒤로하고, 과거 속으로 다시 빨려 들어가고 있었다. 타임캡슐을 타고 44년 전으로 돌아가는 심정은 아이러니했다. 깜찍하고 귀여웠던 여대생! 착하고 예뻤던 여대생! 쾌활하고 긍정적인 성격의 앳된 숙녀! 언제나 얼굴에 미소를 잃지 않고 말을 잘했던 서린! 그래서 여자의 소중한 성을 지켜주려고 무던히도 애를 썼건만, 결국은 강력한 마지막 허들을 뛰어넘지 못하고 쓰러지고 말았던 그곳! 아픔을 잉태한 광주로 들어가고 있었다.

　광주 톨게이트를 빠져나와 한참을 가다 보니 송정역이 나왔다. 논산훈련소에서 기초훈련을 마치고 논산 연무대에서 완행열차를 타고 새벽공기를 가르며 송정역에 내렸던 기억이 생생했다. 훈련을 마친 졸병이라 깔끔하게 군복을 차려입지 못하고 어설픈 모습으로 첫발이 닿았던 송정역을 보니 감회가 새로웠다. 병력인솔을 나온 선임상사의 안내로 짚차에 올라 사단사령부에 도착하여 전입신고를 했던 기억도 어렴풋이 떠올랐다. 갓길에 차를 세우고 잠시 차에서 내렸다. 그 옛날의 흔적은 어디에도 찾을 수 없었지만, 주위는 엄청나게 변모했다. 역전 건너편은 허허벌판이었던 것으로 기억하지만, 아파트가 하늘을 위협하는 광경은 선진국다웠다.

　다시 차에 올라 내비게이션의 남은 거리를 조심스럽게 달렸다. 초행길이니 모두가 새로웠다. 얼마나 지났을까? 내비게이션이 임무를 다했다는 멘트가 흘러나오는 아파트단지 입구에 차를 멈추었다. 광산구 XX동 XX노블랜드 X차 아파트단지였다.

　아파트 출입구에는 차단기가 있어서 출입할 수 없었다. 가장자리에 차를 세우고 내려서 사방을 두리번거렸다. 아파트 안쪽을 살피는 민욱의 눈앞에 젊은 여자가 손을 흔들며 달려오고 있었다. 한눈에 봐도 그 젊은 여자는 민서였다. 항암치료 중에 있으므로 행여 넘어질까 봐 걱정되어 다가선 민욱에게 민서는 덥석 안겼다. 민서가 태어나서 43년 만의 부녀상봉이 극적으로 이루어졌다.

"아~빠~~. 민서 아빠가 맞으시죠? 아~빠~. 엉엉엉~~"

민서는 처음으로 아빠라고 부르며, 그 품에 안겨 몸부림을 치며 구슬프게 울분을 토했다. 굵직한 눈물방울이 얼굴을 하염없이 적셨다. 그 눈물은 민욱의 가슴을 파고들었다. 오가는 사람들이 구경거리라도 생긴 것처럼 시선들을 쏘면서 슬금슬금 지나갔다. 민서는 그들을 개의치 않았다. 아빠라고 가슴 저미도록 외치며 민욱의 품으로 파고들었다. 한없이 불러보고 싶었던 아빠! 뼈가 부서지도록 그 품에 안겨보고 싶었던 민서! 친구들이 부러워서 얼굴도 모르는 아빠를 이렇게 저렇게 도화지에다 상상으로만 그려보았던 초등시절의 민서는 영리했다.

"그래. 아빠다. 아빠가 늦게 와서 미안하다."

어깨를 들먹거리며 흐느끼는 민서의 등을 쓰다듬으며 안타까워했다. 눈시울을 붉히는 민욱의 시야 저만치에서 서린은 양손으로 입을 가린 채 부녀의 상봉을 기뻐하며 재회의 시간을 기다리고 있었다. 20층이 넘는 고층 아파트들도 숨을 죽이며 이들 부녀를 내려다보고 있는 듯했다.

"얼마나 기다렸다고요. 아빠를 그리워하며 울기는 얼마나 울었다고요. 다른 친구들에게는 다들 있는 아빠가 민서에게 없다는 사실이 한없이 슬펐단 말이에요. 엉엉엉~~~. 왜 그동안 엄마를 한 번도 찾지 않았어요?"

"그러게 말이다. 할 말이 없구나. 아빠를 용서하지 마라."

"우리 엄마가 가엾잖아요. 불쌍하잖아요. 저를 낳게 된 것이 엄마의 선택이었다고 들었지만, 그래도 아빠가 미워요. 왜? 왜? 이제 오셨어요? 민서가 어렸을 때 오시지 않으시고요? 전사하셨다는 아빠를 얼마나 원망했다고요?"

아빠의 품에 안긴 민서는 43년간 쌓였던 애절한 절규를 토해냈다. 집 대문 앞에 앉아 지나가는 아저씨들을 바라보며 아빠를 찾았던 민서, 아빠가 근무했던 곳이라며 엄마가 데리고 간 군부대 면회소에서 군인의 바지를 잡고 아빠를 찾아달라고 애원하며 울었던 어린 민서, 놀이터에서 아빠와 놀고 있는 친구를 부러워하며 눈물지었던 민서가 그처럼 그리워했던 아빠를 만났다.

"그래, 민서의 마음을 안다. 변명하지 않으마. 미안하다 민서야! 엉뚱한 변명 같지만, 아빠는 민서가 태어났는지 몰랐어. 아빠가 무심했던 것 같다."

"왜 이제 오셨어요. 미국이 그렇게도 좋았어요? 엉엉엉~~ 민서가 없는 미국이 왜 좋았느냐고요? 아빠밖에 모르는 우리 엄마는 혼자서 어떡하라고 그러셨어요? 엉엉엉~~. 아~~빠~~. 민서 때문에 결혼하지 않고 평생 아빠만을 기다린 가여운 우리 엄마는 어쩌고요?"

민서는 한없는 눈물로 아빠한테 퍼부었다. 가슴 속에 쌓여있는 불만과 그리움들이 다이나마이트처럼 한꺼번에 폭발했다. 왜 아니겠는가? 아빠를 그리워했던 자신은 관두고라도 미혼모로 살아온 엄마가 가여워서 참을 수 없었다. 그 많은 세월 동안 남몰래 울어야 했던 엄마의 고통을 잊을 수 없었던 민서였다.

민서가 철이 들고부터는 엄마가 자신을 버리고 다른 남자 곁으로 가지나 않을까 하고 불안해서 외할아버지와 외할머니에게 매달려서 '엄마를 시집보내지 마세요'라고 애원하며 울었던 민서였다. '우리 아빠가 하늘나라에서 엄마를 지켜보고 있으니, 우리 엄마를 다른 남자와 결혼 못 하게 해달라'고 떼를 썼던 다부진 성격의 민서였다. 자신보다 엄마를 먼저 걱정하며, 아빠에 대한 그리움을 숨겼던 민서였으므로 그 눈에는 엄마가 가여워 보였다.

"미안하다. 아빠가 몹쓸 죄를 지었다. 네가 뭐라고 원망해도 아빠는 할 말이 없구나. 아빠가 잘못했다."

"아빠는 미워요. 민서가 태어났다는 걸 40년이 넘도록 존재조차 모르고 사셨잖아요. 무정한 아빠였어요. 아빠 없는 아이라고 얼마나 놀림을 받았는지 아빠는 모르실 거예요. 어떻게 그럴 수가 있어요? 아~빠~~ 엉엉엉~~~."

"민서 말처럼, 민서가 태어났으리라고는 꿈에도 생각하지 못했어. 어떻게 이런 일이 일어날 수 있었는지 안타깝기만 하다. 아무튼, 무심하고 죄 많은 아빠가 되고 말았구나."

민욱은 한숨을 크게 내쉬었다. 어린시절, 아빠가 없다는 이유로 겪어야 했던 서러움에 복받쳐서 발을 동동거리며 애처롭게 울부짖는 민서의 아픔을 그 형상 그대로 가슴에 받아들였다. 자신도 유년시절에 고아라고 손가락질을 받으며 자랐으므로 민서의 아빠 없는 서러움을 백분 이해할 수 있었다. 품에서 떨어진 민서는 두 팔을 높이 들고 가슴 속에서 솟아오르는 감격의 울분을 토했다.

"만~세~~. 우리 아빠는 전사하지 않았다~~."

세상을 향하여, 그 서러웠던 어린 시절을 향하여, 아빠가 없다고 놀리던 친구들을 향하여, 친구들이 부러워서 밤새 울었던 그 밤을 위하여, 민서는 **'아빠는 전사하지 않았다'**라고 두 번이나 소리 질렀다. 마흔이 넘은 민서는 부끄러워하지 않았고, 그동안 가슴에 쌓였던 울분을 남김없이 토해냈다. 그러고는 목이 메어서 울분을 이겨내지 못하고 그 자리에 주저앉고 말았다. 민욱은 몹시 놀랐다. 항암치료 중인 민서가 이렇게까지 소리치며 가슴 속의 응어리를 울분으로 토할 줄은 미처 몰랐다.

얼굴도 모르는 아빠를 빼앗아 간 베트남전쟁을 증오했던 민서였으며, 아빠의 손을 잡고 즐거워하는 친구들을 보면서 가슴으로 눈물을 흘리면서 부러워했던 민서였고, 아빠가 그립고 보고 싶을 땐 이불을 뒤집어쓰고 목이 터지도록 '아빠'라고 불렀던 민서였으며, 학교에서 가족관계를 조사할 때, 아빠의 이름난을 채우지 못하고 책상에 엎드려 흐느꼈던 가여운 민서였었다.

그런데, 전사했다는 아빠가 44년 만에 엄마 곁으로 돌아오셨다. 감격하지 않을 수 없는 민서는 소리 높여 동네방네 외치고 싶었다. 어렸을 때, 아빠가 없다고 무시했던 친구들이 이 땅 어디선가에서 들으라고 하늘을 향해 목이 터지도록 소리쳤다. 미혼모라고 수군거렸던 이웃 아주머니들이 들으라고 허공에다 외쳤다. 자신을 키우며 혼자 외롭게 살아온 엄마의 아픔을 어금니로 씹으며 부끄러움도 잊은 채 절규하며, 세상을 향해 감격의 메시지를 던졌다. **'우리 아빠는 전사하지 않았다'**라고. 그 피맺힌 울림은 민욱의 뼈가 허물어지듯 고통스럽게 가슴을 휘저었다. 민욱의 귀에는 아직도 그 외침이 요란하게 울리고, 또 울렸다. 영원히 사라지지 않을 핏빛 울림의 소용돌이는 가슴을 무참히 할퀴며 야유했다.

"늦게 와서 미안하다."

"몰라요. 아~빠~~ 왜 이제 오셨어요? 엉엉엉~~. 우리 엄마와 민서는 어떡하라고, 이제 오셨어요? 더 일찍 오실 수는 없었나요? 우리 엄마와의 추억도 생각나지 않았어요? 아~~빠~~."

눈시울을 적시며 멀찍감치 서 있던 서린은 민서 곁으로 급히 달려왔다. 민욱은 젖은 눈으로, 피로 얼룩진 가슴으로 민서를 일으켜 세우면서 안았다. 서린은 아픈 가슴으로 울부짖는 가여운 민서의 등을 안았다. 민서의 기막힌 퍼포먼스를 짐작하지 못했던 서린의 얼굴은 당황한 기색이 역력했다.

"애가 왜 이래? 동네 사람들이 다 듣겠네."

서린은 주위를 살피며 민서를 나무랐다. 서린의 염려와는 달리 사람들의 행적은 뜸했다. 이 광경을 의아해하며 지나가는 사람은 몇몇 되지 않았다. 그 얼굴들은 생소했다.

"다 들으라고 소리쳤단 말이야. 아~ 엉엉엉~~. 우리 아빠가 살아 계셨는데, 엄마는 왜 전사했다고 거짓말하셨어요? 엄~마~~. 이건 아니잖아요. 아빠가 어디엔가 살아 계신다고 하셨으면, 더 일찍 찾아 나섰을 테니까 이보다 빨리 만날 수 있었을지도 모르잖아요. 엄마도 나빠요. 엄마는 공범이에요. 흐흐흐~~."

아직도 민서의 속이 후련하지 않은 것 같았다. 민서의 울부짖음은 계속되었다. 민서의 팔을 잡은 서린은 혼이 나간 것 같은 민욱에게 악수를 청하며, 미안해서 안아주며 환영했다. 그 품에서 입을 열었다.

"오시느라고 고생하셨어요. 오시자마자 이런 모습을 보여드려서 죄송해요. 민서가 이런 성격은 아닌데, 오늘은 아빠를 만나서 그런지 이상하네요."

서린은 예상하지 못한 민서의 돌발 상황을 어리둥절해하며 미안한 마음을 드러냈다. 민욱은 불편한 표정을 지우려고 애쓰며 대답했다. 눈가의 물기도 지웠다.

"괜찮아요. 민서의 심정과 그 한을 이해해요. 나도 그런 아픔과 한을 겪으며 자랐거든요. 이해한다고 해서 민서의 숱한 한이 사라지겠어요? 그 상처가 아물도록 노력할게요."

서린은 민서를 달래면서 등을 토닥였다. 민서의 얼굴에는 눈물이 범벅이 되어 그 슬픔과 아픔을 슬프게 그려 놓았다. 그 아픈 자국들을 서린은 손수건으로 지우며 아픈 가슴을 진정시키도록 달랬다. 오히려 서린은 민욱의 품에 안겨 속이 후련하도록 울고 싶었는데, 우선순위를 딸에게 뺏긴 것이 허탈했다.

"차를 지하 주차장에 주차하세요."

서린은 관리실에 방문 차량등록을 해뒀다고 했다. 세 사람은 차에 올랐다. 민서의 흐느낌은 멈추지 않았다. 그래도 아빠가 운전석에 오를 때까지 그 손을 놓지 않았다. 차는 차단기를 통과하여 서린이 안내하는 지하 주차장에 멈추었다. 청결하고 잘 정돈된 주차장이었다. 슬픔을 멈춘 민서는 다시 아빠의 손을 잡고 승강기에 나란히 올랐다.

"서린씨! 미안하고 고마워요."

승강기 안에서 민욱은 옆에 선 서린에게 말했다. 이때, 민서가 서린의 대답을 재빨리 가로챘다. 민서의 기분이 조금은 회복된 것 같아 마음이 놓였다.

"아빠! 서린씨가 뭐에요? 우리 엄마니까 '여보'라고 부르세요. 두 분은 민서의 아빠 엄마란 말이에요. 이웃 아저씨나 아줌마처럼 그런 호칭은 듣기 거북스러워요. 아빠~ 아셨죠?"

민욱은 당황해하면서도 자연스럽게 모녀를 보며 웃었다. 민욱의 난처함을 포착한 서린은 상황을 마무리했다.

"호칭은 앞으로 차차 정리하면 돼. 민서야! 처음부터 아빠를 너무 힘들게 하지 마라. 네가 아빠를 편하게 해드려야 엄마도 마음이 놓인단다. 알았지? 아까는 왜 그랬어? 엄마는 얼마나 놀랐다고? 아빠는 또 어떻고? 어떻게 엄마도 모르게 그런 무시무시한 만남의 세리머니를 준비했니? 나 참! 말이 안 나온다. 호호호~."

 서린은 민서의 어깨를 쓸어주며 고착된 민욱의 기분을 생각해서 웃겨보려고 즉흥적으로 시도했다.

 "엄마가 전사하셨다고 했던 아빠가 살아서 돌아오셨잖아요. 이 세상 모든 사람에게 우리 아빠가 전사하지 않았다는 걸 광고하고 싶었어요. 민서에게도 아빠가 계신다는 걸 세상 사람들은 알아야 한단 말이에요."

 "그건, 그런데 너무 지나쳤어. 아빠가 당황스러워하셨잖아. 지나가는 사람들한테 이상하게 보일 수도 있고 말이다."

 "아빠 엄마가 창피했나 보네요. 그래도 그 정도로는 후련하지 않았어요. 제가 받았던 그 많은 서러움을 한순간에 날려버릴 수는 없었어요. 지금이라도 옥상에 올라가서 다시 소리치고 싶단 말이에요. 그렇다고 아빠를 원망하는 건 아니에요. 아빠는 민서가 태어난 걸 몰랐으니까, 엄마한테 무심하긴 했어요."

 민서는 당황했을 아빠의 얼굴을 쳐다보며 미안한 표정을 지었다. 전사했다고 알고 있었던 아빠를 맞이하는 민서는 흥분되어 있었고, 그 감격을 감출 수 없었으므로 가슴 속에서 용암처럼 분출하는 울분을 자제하지 못했다. 병원에서 아빠란 걸 확신했을 때, 아빠가 야속했었다. 하루라도 빨리 민서의 아빠로 돌아오길 소망하며 며칠 밤을 설쳤던 민서였다. 제국주의로부터 독립한 것처럼, 그렇게 기뻤으니까 그럴 법도 했다. 승강기는 13층에 멈췄다. 세 사람은 아파트 현관문을 열고 안으로 들어섰다.

 민욱은 한국의 아파트 실내를 처음 구경하는 셈이다. 아파트 실내가 이처럼 넓은 것에 놀랐다. 거실은 앞마당처럼 넓었고, 고상하게 꾸며진 실내는 첫눈에 봐도 예술가(화가)의 냄새가 물씬 풍겼다. 보라색을 띤 고급스러운 소파와 장식장 속의 소품들이 여유를 부렸고, 작은 화분의 다육과 화초들이 이곳저곳을 조화롭게 장식되어 있었으며, 벽에는 화가의 거실답게 화려한 색채를 자랑하는 대형 그림 몇 점이 걸려있어서 예술적 품위를 더했다. 신기한 눈빛으로 두리번거리며 소파에 앉았다. 베란다 너머로 보이는 아파트와 그 옆으로 푸른 초원이 넓게 펼쳐진 공원도 보였다.

서린은 미리 준비해 둔 복숭아 주스를 탁자에 놓고 맞은편에 앉았다. 민욱의 옆을 잠시도 떠나지 않은 민서는 소녀처럼 아빠가 좋아서 어쩔 줄을 몰라 하며, 그 팔에 매달리다시피 했다. 그런 민서를 보는 서린의 가슴은 아렸다. 아빠를 저렇게 좋아하는데, 지금에서야 만나게 되었으니, 그 그리움을 짐작할 수 없었다.

"우리 아빠, 정말 멋쟁이야. 젊었을 때는 얼마나 멋졌을까? 상상이 안 되네요. 그때, 아빠가 계셨으면 유치원 친구들, 초등학교 친구들, 중고등학교 친구들한테 멋진 아빠를 많이 자랑했을 텐데 말이에요. 너무 늦어서 속상해요. 호호호~~."

민서는 좀 더 일찍 만나지 못한 것을 못내 아쉬워했다. 유아원이나 유치원에서, 동네 길가에서, 놀이터에서, 마트에서, 학교 운동회에서, 야외 나들이에서, 이 모든 곳에서 아빠가 있는 친구들을 부러워하며 엄마 몰래 울었던 민서였다. 이젠 아빠가 계셔도 그 시간으로 돌아갈 수 없다는 것이 가슴을 아프게 했다. 유치원부터 고등학교까지 동문회를 소집하여 그 친구들을 다 모아놓고 잔치를 벌이며 아빠를 자랑할 수 없다는 것이 속상했다.

"민서는 투병 생활이 괜찮아? 방사선치료를 받고 있으니 힘들지? 아빠가 해줄 수 있는 게 없어서 미안하다."

　일찍 투병 생활을 염려하지 못하고 이제야 여유를 가지고 입을 열었다. 아내 유나로부터 보호자로 충분히 경험했기에 환자의 힘든 과정을 잘 알고 있었다. 마흔둘의 젊은 나이에 암을 앓고 있는 민서가 한없이 가여웠다.

　"아빠! 민서는 괜찮아요. 전 작은 혹만 떼어냈거든요. 아줌마는 완전히 제거했으니 많이 힘들어하시죠? 거기다가 림프종까지 앓고 계시니 말하면 뭘 하겠어요. 물으나 마나죠. 아빠 혼자 간병하시니 힘들어서 어떡해요? 민서는 괜찮으니까, 아줌마를 잘 간호해 주세요."

　민서는 가벼운 증상이라서 항암주사보다 한 단계 낮은 방사선 치료를 하고 있다고 아빠를 안심시키는 여유까지 보였다.

　"그렇다니 다행이다. 아줌마도 잘 이겨내고 있어. 위험한 고비를 넘겼다고 생각하니 마음이 놓여. 아줌마도 민서를 많이 걱정하고 있어. 그러니까 민서만이라도 빨리 나아서 건강을 회복해서 학교로 돌아갔으면 좋겠다. 아빠는 힘들지 않아. 걱정하지 마라."

　"네, 저는 염려하지 않으셔도 돼요. 회복하게 될 거예요."

　듣고 있던 서린이가 확신했다. 첫사랑의 아내도, 귀여운 딸 민서도, 모진 암 투병에서 속히 자유를 얻으리란 기대에 차 있었다. 양쪽 집안에 암 환자가 힘든 투병 생활을 하고 있다는 상황은 바람직하지 못하지만, 유나와 민서가 동시에 발병한 암으로 인해 **44**년 만의 만남이 성사되어 기적의 결과를 낳았기에 암이란 존재를 미워만 할 수 없었다. 전사했다고 속였던 아빠를 민서에게 선물할 수 있었다는 것만으로도 아이러니한 축복이라 여겼다.

　서린은 민서를 잉태했을 때도, 민서를 낳아 기르면서도, 민욱을 찾으려고 나서지 않았다. 지금까지도 팔방으로 수소문하거나 전국을 이 잡듯이 뒤지고 다닌 적도 없었다. 정해진 민욱의 삶에 끼어들고 싶지 않았다. 고아에서 얻은 그 행복을 엉망진창으로 만들고 싶지 않았었다. 자신이 강경하게 원해서 한 섹스로 민서가 태어났으니 혼자서 감당하기로 한 것이다. 그런데, 운명은 이런 착한 서린을 외면하지 않았다. 운명은 유방암이란 위험한 도구를 사용하여 유나와 민서를 희생양으로 이용했다. 같은 시기, 같은 병원, 같은 병실에 입원하게 되었으므로 해서 운명의 문이 열린 것이다. 우연이라고 하기엔 너무나 분명한 사실이기에 운명을 논하지 않을 수 없었다. 그 운명 앞에 민욱과 서린은 한없이 나약한 존재가 되었다.

"당신이 우리 집에 오게 될 줄은 몰랐어요. 당신이 집에 들어오시니까 집안의 구성요소가 만들어진 것 같아서 기분이 무척 좋아요. 항상 나 혼자 쓸쓸한 집안에서 그림자도 없는 당신을 찾으며 돌아다녔어요. 그러다가 소파에서, 카펫 바닥에서, 침대에서, 작업실 간이침상에서 아이처럼 아무렇게나 잠들곤 했어요. 그게 혼자 사는 여자가 누릴 수 있는 자유였나 봐요. 호호호~~."

서린은 웃으며 말했지만, 그 미소 뒤에 숨은 괴리는 민욱을 심하게 고문했다. 44년을 혼자 살아온 여자의 한이 겨울의 지독한 한파처럼 엄습했다. 그래서 에어컨 바람이 싫어졌다.

"그랬군요. 면목이 없어요."

민욱은 기껏해야 짧은 한마디가 전부였다. 텅 빈 집안에서 자신의 그림자를 찾아다니다가 지쳐서 아무런 곳에서나 잠들었다는 말은 양심으로는 도저히 받아들일 수 없었다.

"집안 분위기는 어때요?"

"처음에는 실내가 너무 넓어서 얼떨떨했어요. 이런 아파트 분위기는 처음이거든요. 지금은 서린씨의 집이라고 생각하니 낯설지만, 아늑한 기분이 들어요. 민서도 있으니, 남의 집 같은 기분이 들지 않아요."

듣고 있던 민서가 아빠를 쳐다보며 한마디 했다.

"아빠가 계시니까 집안이 꽉 찬 것 같아요. 호호호~~. 민서도 이젠 기분이 좋아졌어요. 아빠가 곁에 계신다는 게 아직도 믿어지지 않아요."

세 사람은 서로를 보면서 밝은 미소를 교환했다. 이 집에 발을 들인 남자라고는 친정 오빠와 사위, 해외에 거주하는 조카들이나, 미국 유학중인 외손자뿐이라고 했다. 여섯 번째 남자인 샘이었다. 방문객이 아니라 집에 꼭 있어야 할 주인이란 걸 분위기가 증명했다. 얼마나 환상을 그리면서 기다렸던가? 날마다 군복 속의 남자를 기억하며 환상으로 소환했던 서린 만의 제한구역에 환상 속의 남자가 현실 속에 나타난 것이다.

운명의 혜택을 몸소 체험한 민서는 소파에서 일어나 아빠의 손을 잡고 끌었다. 영문도 모르고 민욱은 서린의 눈치를 살피며 일어났다. 민서는 커다란 거울 앞에 섰다. 엉뚱하게도 자기의 모습과 아빠의 모습을 거울에 비췄다. 거울에 비친 두 개의 얼굴이 어딘가 모르게 닮은 듯했다. 병원 아주머니들의 말처럼 얼굴의 이미지와 눈, 코, 입술이 닮았다는 것을 민서는 더 확실하게 확인했다.

"정말, 민서가 아빠를 많이 닮았네요. 눈도, 코도, 입술도 닮았어요. 그래서 민서는 아빠 딸이 맞나 봐요. 아~빠~~. 민서는 아빠와 엄마를 골고루 닮았어요."

민서는 돌아서서 아빠의 품에 안겼다. 그 품을 그리워했던 43년의 기막힌 세월을 원망하지 않으며 달콤하고 이슬 맞은 풀잎 같은 아빠의 냄새를 맡으며, 아빠가 그리웠던 어린 시절로 돌아가려고 애썼다.

"맞아. 민서는 아빠 딸이야. 내가 봐도 아빠 딸 냄새가 나는걸. 하하하. 아빠 엄마의 좋은 점만 닮아줘서 고맙다."

민서는 가슴에서 얼굴을 들어 아빠를 쳐다보며 말했다.

"그런데, 그때 병원에서는 왜 아빠가 아니라고 우겼어요?"

"하하하~. 그땐 진짜 확신이 없었거든. 민서의 말대로 민서의 아빠는 베트남전쟁에서 전사하신 줄 알았었어. 엄마의 말이 거짓말일 줄은 생각도 못 했던 거지."

"그건, 엄마가 거짓말했던 거란 말이에요."

민욱과 민서는 소파에 앉아 있는 서린을 힐끔 바라다보았다. 거짓말쟁이가 되어버린 서린은 주방으로 들어가며 입을 삐죽거리고 대응했다.

"그래. 엄마가 거짓말쟁이고, 엄마가 죄인이다. 이제 됐니?"

엄마의 마음이 상한 것 같아 민서는 아빠 품을 떠나 재빠르게 주방으로 달려갔다. 엄마의 모두를 사랑하는 민서이기에 엄마를 위로해 주고 싶었다.

"엄마~~. 그게 아니에요. 말하다 보니까 그렇게 됐어요. 미안해요. 엄마는 딱 한 번만 거짓말한 민서의 훌륭하신 엄마예요."

민서는 변명하며 엄마의 등 뒤에서 와락 안으며 애교를 떨었다.

"알았어. 누가 뭐래? 미안해서 그러지."

"우리 엄마가 화났을까 봐요. 이젠 미안해하지 마세요."

"화 안 났어. 그게 사실이잖아. 지금 생각하니 거짓말한 엄마가 미안하지 뭐. 거짓말에 속은 네가 가엽기도 해."

아빠가 전사했다는 그 말을 아픈 가슴에 안고 40여 년을 슬픔에 묻혀서 살아왔다. 엄마의 거짓말을 사실로 믿으며, 자신을 그렇게 조정하고 다스리며 살아온 세월이 그만큼이나 길었다. 그 속속들이 맺힌 고통을 알지 못하는 민서를 나무라기 싫었다. 거짓말을 사실처럼 알고 자란 민서의 심정을 모르는 것도 아니었다. 민서가 믿었듯이 자신도 그 말을 사실로 받아들였기에 견뎌내고, 이겨내고, 극복할 수 있었다고 인정했다.

"그건, 엄마의 잘못이 아니에요. 엄마가 민서를 낳아주시고, 예쁘게 길러주셔서 감사해요. 민서를 외면하지 않고 버리지 않아서 너무나 고맙게 생각하고 있어요. 민서 때문에 엄마는 결혼도 못 하셨잖아요."

"결혼을 못 한 게 아니라, 안 한 거야. 민서 때문은 더욱 아니야. 싫다는 한 남자에게 순결을 바치고 사랑했던 건 엄마의 선택이었고, 그 선택에서 민서가 태어났으니까, 민서는 엄마의 생명 같은 존재였어. 민서는 절대 미안해하지 마. 엄마는 민서가 있어서 행복했단다."

서린은 돌아서서 민서를 안아주며 이마에 입을 맞추었다. 어렸을 때, 아빠가 계신 집으로 데려달라고 떼를 쓰기도 했었고, 왜 민서 아빠만 없느냐고 심하게 투정도 부렸으며, 아빠는 왜 전쟁터에 갔으며, 왜 죽었느냐고 앙탈을 부리며 가슴을 찢어놓았던 어린 민서였다. 유난히 아빠를 찾았던 민서의 어린 시절은 서린에게는 참기 어렵게 곤혹스러운 시간이기도 했다.

"엄마! 사랑해요."

민서는 혼자 주방에서 나왔다. 점심을 준비하는 엄마를 도우려고 했지만, 아픈 사람은 주방 일을 하지 않는다는 엄마의 말에 순순히 쫓겨났다. 집안의 화초들과 그림들을 구경하는 아빠 곁으로 자리를 옮겼다.

"주방에서 추방당했구나."

"네, 맞아요. 쫓겨났어요. 호호호~. 어떻게 알았어요? 아빠?"

"그야, 민서의 표정을 보면 아는 거지. 하하하."

민서는 거실 벽에 걸려있는 엄마의 대형 그림 앞으로 아빠를 안내했다. 지금까지 서글프게 바라만 봤던 그림이었다. 그곳의 인물을 가리키며 아빠를 쳐다보면서 말했다.

"여기 얼굴 없는 군인이 아빠예요."

화려한 저녁노을이 붉게 타고 있는 노란 은행나무 밑에서 아름다운 여자와 나란히 앉아 있는 군인을 가리켰다. 민욱은 한눈에 봐도 예전의 부대 면회소의 작은 연병장과 가장자리에 줄지어 서 있던 은행나무인 것을 어렴풋이 기억했다. 멋진 군인의 자태와는 달리 얼굴이 하얗게 비어 있었다. 얼굴 윤곽은 또렷했지만, 얼굴에 있어야 할 눈썹, 눈, 코, 입과 입술과 표정이 그려지지 않은 영원한 미완성 작품이었다.

"그런데 얼굴은 왜 비어 있지?"

민욱은 이상하다는 듯이 얼굴 없는 군인을 가리키며 물었다.

"얼굴 없는 아빠래요. 엄마가 아빠의 얼굴을 그리지 않았어요. 얼굴을 보면 아빠가 그립고 보고 싶어서 안 그렸다고 했어요."

순간, 민욱은 잔잔한 충격이었다. 다리에 힘이 빠져나갔다. 그리워하게 될까 봐, 보고 싶을까 봐 군인의 얼굴을 그려 넣지 않았다는 말은 귀에서 떠나지 않고 쟁쟁거렸다. 그 심정을 어떻게 짐작할 수 있으랴? 그 가슴에 흘렀던 눈물의 양을 어떻게 추정할 수 있으랴? 날마다, 밤마다 가슴을 쥐어박아 그 멍든 아픔보다 마음이 얼마나 아팠을지 누가 가늠할 수 있으랴? 생각하면 할수록 민욱의 가슴이 미어지고 찢어졌다.

아파트로 이사 오기 전, 단독주택에 살 때는 방문객들이 많아서 보는 사람마다 얼굴 없는 군인을 궁금해하며 엄마를 괴롭혀서, 한때는 화실 창고로 추방됐던 적도 있었다고 했다. 집이 넓은 데다 엄마를 혼자 있게 할 수 없어서, 결혼하고도 15년 동안은 자신이 태어난 집에서 엄마하고 살다가 5년 전에 그 집을 임대하고, 엄마와 각각 신축 아파트에 입주했단다. 엄마가 단독주택을 관리하고 청소하는 것이 힘들어서 초대형 아파트를 분양받았다며, 민서는 옆 동 12층 중형 아파트에 살고 있다고 덧붙였다.

"그랬구나. 어쩐지 아파트가 엄청나게 크다고 생각했어."

"맞아요. 아마 광주에서는 가장 큰 평수에 속하는가 봐요. 전용면적이 80평이 넘는대요. 우리 엄마의 손이 좀 큰 편이에요. 정원이 있는 넓은 주택에 살다가 좁은 아파트에는 적응하기 힘들다고 가장 큰 아파트를 택했다고 했어요. 호호호."

민욱의 입이 다물어지지 않았다. 좀 과장을 하자면, 거실이 용산동 집의 마당처럼 넓은 것 같았다. 거실에서 방으로 가려니 너무 멀게만 느껴졌다.

"그렇구나. 그래서 넓긴 넓다. 아빠 집에 비하면 곱은 되는 것 같다. 엄마는 예전부터 독특한 성격을 가지고 있었어. 하하하."

"그렇긴 해요. 아빠~ 우리 아파트는 43평인데 엄마가 사줬어요. 우리가 버는 돈은 노후를 위해 저축하라고 했어요. 우리 엄마가 엄청 부자거든요. 호호호~~. 미국에 유학 중인 우리 아들의 학비와 생활비도 전액 엄마가 지원해 주거든요."

"민서는 엄마가 부자라서 좋겠다. 하하하~. 아빠가 가장 부러워해야 할 사람은 민서구나. 아빠는 부모님이 계시고, 부자인 가정에서 자라는 학생들을 많이 부러워했거든."

경제적으로 걱정이 없는 민서가 그나마 행복하게 보여서 다행스러웠다. 자신은 어디에도 기댈 데가 없는 고아의 어려운 환경 속에서, 유학비와 생활비를 벌기 위해 전쟁터를 택했으니 무슨 말이 필요하겠는가? 아빠의 사랑은 받지 못했지만, 다행히 경제적으로 넉넉한 엄마를 만난 민서가 다행스러웠다. 부모의 끊임없는 사랑과 행복한 환경과 경제적인 안정이 무엇보다 삶의 비중이 높다는 것을 온몸으로 경험했기 때문이다.

"아빠도 필요한 게 있으면 엄마한테 말씀하세요. 아빠의 청이라면 엄마는 백두산이라도 사주실 거예요."

마흔이 넘은 민서의 생각은 아직 천진난만했다. 엄마의 경제적 능력을 과시하는 민서가 그래도 밉지 않았다.

"아빠도 돈이 꽤 많아. 그간 미국에서 검소하게 생활하며 억척스럽게 모았거든. 민서가 가지고 싶은 거 있으면 말해. 아빠가 사줄 테니까. 만나게 된 기념으로 아빠가 승용차 사줄까?"

민욱은 가진 것에 주눅이 들고 싶지 않았다. 서린 만큼은 아닐지라도 가진 것으로도 노후자금은 전혀 부족하지 않다고 생각했다. 고아들을 위해 무엇인가 도와주고 싶은 계획도 있으므로 마음은 푸근해서 부자 못지않았다.

"아빠! 그러시지 않아도 돼요. 민서는 좋은 차가 있어요. 선물은 아빠를 보는 것으로 충분해요. 아빠! 미안해요. 아까 말은 취소에요. 히힛~히힛~."

센스가 빠른 민서는 필요한 게 있으면 엄마한테 부탁하란 말에 아빠가 편하지 않았다는 것을 알아차렸다. 그런 아빠를 위로하려고 팔에 매달리며 어리광을 떨었다.
"괜찮아. 아빠를 생각하다 보면, 그럴 수도 있지 뭐. 하하하~~. 엄마가 부자인 것이 잘못은 아니잖아. 훌륭하고 위대한 엄마야. 나중에라도 필요한 것이 생각나면 민서한테 먼저 말할게."
오히려 민욱은 민서를 위로했다. 얼굴 없는 군인을 돌아보고 또 돌아보며 서린의 마음을 이해하려고 노력했다. 민욱의 씁쓸한 기분을 감지한 민서는 살그머니 다시 주방으로 들어갔다.
"나가서 아빠하고 놀아. 왜 또 왔어?"
"지금, 아빠는 혼자의 시간이 필요해요. 히히히~."
민서는 개구쟁이처럼 웃으며 말했다. 서린은 그런 민서의 눈빛을 살폈다. 주방으로 피신한 것이 무슨 사고라도 친 것 같았다.
"또, 사고 쳤어?"
"민서는 뭐 사고만 치는 줄 아세요? 앗~ 맞다. 사고는 사고였네. 호호호."
민서는 엄마 곁에 바싹 다가서서 팔을 잡고 애교작전으로 돌입했다. 서린은 하던 일을 멈추고 민서를 주시했다.
"사고라니? 아빠 마음을 상하게 하면 안 돼."
"그림 속의 얼굴 없는 군인이 아빠라고 했거든요. 히히히~~."
민서는 진짜 사고 친 내용은 삭둑 빼먹었다. 부자인 엄마를 자랑하다가 실수한 것은 숨겨 놓았다.
"그거라면 괜찮으니까, 아빠 혼자 계시게 하지 말고 나가 봐. 민서 주 무기가 있잖아. 새콤달콤한 애교 한 번 풀어놓아 봐. 어서~. 아빠가 심심하시잖아."
서린은 민서를 주방에서 밀어냈다. 민서는 아빠가 소파에 앉아 있는 걸 목격했다. 얼른 주방에서 밀려 나온 마흔이 넘은 딸이 아빠의 무릎을 허락도 없이 슬그머니 엉덩이를 밀고 점령했다. 기분이 안 좋은 아빠를 위로했던 세라의 방식과 흡사했다.

"아빠의 기분이 언짢아 보여서 다시 왔어요. 히히히~."

민욱은 40대의 딸 민서를 부담스럽지 않게 무릎에 앉히고 포근히 안았다. 투병 중인 암 환자라는 이미지는 희미하기만 했다.

"아빠는 애교 많은 민서가 있어서 기분은 괜찮아. 얼굴을 그리지 못한 엄마의 심정을 이해할 수 있어."

"아빠! 얼굴 없는 군인은 신경 쓰지 마세요. 아빠가 오셨으니까, 내일이라도 멋지게 그려 넣을 거예요. 지금까지는 미완의 작품이었지만, 다음 전시회 할 때는 우두머리 전시품이 될 거예요. 엄마의 성격이 유별나거든요. 호호호."

민서는 아빠의 굳었던 마음을 사르르 녹였다. 아빠의 입술에 뽀뽀로 기분 전환까지 시켰다. 민서의 애교에 속수무책으로 기분 좋게 당했다.

"엄마가 민서를 모나지 않게 예쁘게 잘 키웠구나. 아빠는 민서가 아직도 여대생같이 느껴진다. 깜찍하고 귀여워. 그놈의 암이 이처럼 예쁜 민서를 괴롭히고 있으니, 아빠는 그게 속상해서 안타깝다."

"정말! 민서가 여대생처럼 예뻐요?"

"그럼, 그렇고말고. 하하하."

"아빠~~ 데이트할 그때 엄마보다 누가 더 예뻐요?"

"그야, 민서가 더 예쁘지. 하하하~~."

"엄마가 알면 속상해할 것 같아요. 헤헤헤~~. 엄마가 더 예쁘다는 건 민서도 알고 있어요. 아빠의 마음을 떠보려고 장난으로 물어본 거예요."

"하하하~ 엄마한텐 비밀이야."

"알았어요. 엄마에게 말하지 않을게요. 헤헤헤~~."

"고맙다. 그나저나 민서가 빨리 나아야 할 텐데 걱정이구나."

"걱정하지 마세요. 아빠~ 꼭 완치판정을 받을 거예요."

"당연히 그래야지."

"그렇지만, 암이 아빠를 만나게 했잖아요. 그래서 민서는 암세포를 고마워하고 있단 말이에요. 얼마나 고마운데요. 헤헤헤~~. 그래서 아빠 만난 것을 생각하면 방사선치료도 힘들지 않아요."

"하하하~ 그러고 보니 그러네. 아무튼 미워할 수 없는 두 마리의 악동들이구나. 그렇지만, 오래 사귈 인물은 아니야. 이번 한 번만으로 결별해야지."

"호호호~ 대전 어머니도 빨리 나았으면 좋겠어요."

민욱은 갑자기 아내 유나를 '대전 어머니'라고 부르는 민서가 놀라웠다. 해맑은 미소가 감싸고 있는 민서의 눈을 응시했다.

"뭐? 대전 어머니라고?"

"엄마가 그렇게 부르라고 했어요. 아빠의 아내이니까 저한테는 어머니라고 했어요. 엄마가 현명한 것 같아요. 우리 엄마의 마음도 예쁘고 착하죠?"

민서는 무릎에서 내려와 옆에 앉으며 말했다. 이 모두가 서린의 작품이란 사실이 더욱 놀라게 했다. 전에도 서린의 생각을 따라잡을 수 없었던 민욱은 오늘도 서린에게 당한 것 같았다.

"고맙다. 민서야! 대전 어머니도 네 마음을 알면 무척 좋아하실 거야. 그렇지 않아도 민서를 보고 싶다고 전해주라고 했거든."

"대전 어머니한테 민서가 응원하고 있다고 전해주세요. 입원실 동기였으니, 완치판정 동기가 되자고 말이에요. 호호호~~."

"그래. 완치판정 동기라니 기가 막히는 발상이다. 하하하~~. 꼭 전해주마. 민서가 그랬다면 배꼽을 잡고 웃을 거야."

자신의 배를 아프게 하지 않고 얻은 딸이라고 민욱을 위로했던 유나였다. 아내 유나가 참으로 기뻐하리란 생각에 마음이 따뜻했다. 아내를 생각해 주는 서린도, 민서도 고마웠다. 유나도 일가친척이 없는 것을 마음 아파했으므로 어떤 이유에서 건 가족이 생겼다는 것은 좋은 일이라고 생각했다. 엄밀히 말하면, 서린과 민서네 가족을 포함해도 다섯 가족밖에 되지 않았다. 민서 외삼촌의 가족도 새로운 가족의 일원으로 플러스가 되는 셈이다.

"아빠! 대전 어머니는 정말 미인이에요. 발레리나였다니 존경스러워요. 민서에게 서양화가 엄마, 발레리나 어머니도 계시니 참 좋아요. 그것도 30년 전이라도 만나게 되었다면 얼마나 좋았겠어요? 히히히~~."

"민서는 젊어. 지금부터라도 아빠와 대전 어머니의 사랑을 받을 민서는 행복한 거야. 아빠가 여대생 같아서 귀엽다고 했잖아. 장성한 남매를 둔 엄마로서 철이 없긴 하지만. 하하하~~."

"아빠~ 철없는 건 아니에요. 아빠한테 귀여운 딸이 되고 싶어서 그렇단 말이에요. 어릴 때, 애교떨지 못했던 거 다 하고 싶어요. 민서는 수현이 수진이 엄마가 아니라 열다섯 살 소녀의 아빠 딸이에요. 그래서 무겁고 거추장스러운 철과 나이는 달고 다니지 않아요. 호호호~."

민욱의 가슴은 멍했다. 날아오는 홈런 볼에 맞은 것 같았다. 태어나서 처음으로 만난 아빠 앞에서 애교쟁이 철없는 딸이 되고 싶었다는 말은 충격이었다. 민서의 청순하고 앳된 마음과는 달리 미국에 유학 중인 아들 수현이가 있었다. 지난 5월에 텍사스주 휴스턴에서 고등학교를 졸업하고, 항공우주공학에 관심을 가지고 대학 진학을 앞두고 있다. 엄마인 민서는 항암치료 중이라 졸업식에 참석하지 못했고, 외할머니인 서린과 민서 남편이 참석했단다. 내년에 딸 수진이도 중학교를 졸업하면, 아들한테 보내기로 준비 중이라고 했다.

"그게, 얼마나 자랑스러워. 다 큰 중고등학생 자녀가 있는데, 엄마는 여대생처럼 젊고 발랄하니 얼마나 행복해. 민서가 철이 없어도 귀여운 딸이니까 아빠는 괜찮아. 하하하."

"아빠는 지금 민서가 중년 여인이라고 놀리는 건 아니죠?"

"그건 아니다. 놀리기는 누가 놀려. 민서가 철들면 아빠는 재미없을 것 같단 말이야. 철없는 소녀 같은 민서가 좋다는 거지."

"아무래도 민서가 그 정도는 아닌 것 같은데요. 호호호~~. 아무튼 민서는 아빠를 기쁘게 해드리는 딸이 될 거예요. 앞으로 기대하셔도 좋아요. 나이는 할 일 없어 붙어있는 숫자에 불과해요."

민서는 아빠에게 예쁜 윙크를 발산했다. 민욱은 그런 민서가 귀여워서 사랑스러웠다. 43년의 벽을 단번에 허물어 버린 그 마음이 애틋했다. 한 치의 거리도 두지 않은 민서의 애절한 마음, 그리움에 함몰되었던 아픈 시절의 기억을 물리치고 고운 마음으로 아빠를 향해 무한 질주하는 민서의 귀여운 행동은 민욱의 마음을 아프게 했다. '**아빠는 전사하지 않았다**'라고 소리치던 민서와는 사뭇 달랐다. 이때, 주방에서 서린의 목소리가 새어 나왔다.

"민서야~. 식사하시게 아빠 모시고 오너라."

"네, 엄마~."

민서는 아빠의 손을 잡고 주방으로 향했다. 꼭 자기의 손으로 한 끼를 준비하고 싶다고 했던 서린은 맛집 식당이나 레스토랑을 택하지 않았다. 모친을 닮아서 손끝이 야무지다는 서린은 맛과 씨름했던 실력을 유감없이 발휘했다. 그 고귀한 결과물이 식탁을 푸짐하게 꾸몄다. 세 식구의 일생일대의 역사적인 식사가 시작되었다. 생선회와 생선요리를 좋아하는 민욱의 식성을 예전에 파악하고 있었던 터라 어렵지 않게 생선으로 식탁을 풍성하게 차렸다.

물론, 생선회 요리는 맛을 더하기 위해 유명한 횟집에서 공수했다고 실토했다. 직접 조리한 생선구이, 갈치조림, 우럭매운탕, 문어숙회 등은 민욱의 구미를 자극하는데 부족하지 않았다.

"처음이라 입맛에 맞을지 자신하지 못하지만, 최선을 다했어요. 좀 부족하더라도 맛있게 드세요. 당신을 위한 첫 밥상이니 점수를 후하게 줘야 해요. 헤헤헤~~."

서린은 예전처럼 시들지 않은 애교 웃음을 퍼뜨렸다. 이날을 얼마나 기다렸던가? 사랑하는 사람에게 한 끼의 밥상도 차려주지 못한 서글픔의 세월은 얼마였던가? 수많은 시간을 뛰어넘은 서린은 흥분되고 긴장되었다.

"아빠! 얼른 드셔보세요. 맛있을 거예요. 우리 엄마 음식솜씨는 끝내준단 말이에요. 전문 쉐프 뺨친다니까요. 헤헤헤."

엄마를 응원하며 민서는 멍하니 식탁을 내려다보며 감격하는 아빠를 재촉했다. 한눈에 봐도 자신을 위한 식탁이란 걸 짐작한 민욱은 어렵지 않게 감동했다. 서린에게 염치없이 이런 밥상을 받다니 꿈만 같았다.

"보기에도 맛있겠는걸요. 서린씨의 실력이 보통 솜씨가 아닌 것 같아요. 이런 멋지고 푸짐한 밥상은 처음입니다. 너무 황송해요."

민욱은 목에 메이도록 고마워하며 감동한 얼굴로 숟가락을 들었다. 눈에 눈물이 맺혀 몇 번 눈을 깜박거리며 위기를 모면하기도 했다. 그렇지만 모녀에게 들킨 것 같았다. 서린에게서 이처럼 정성스러운 밥상을 받을 자격이 있는지 자신에게 물었다. 정말로 면목이 없었다. 얼굴도 들 수 없는 양심은 용광로처럼 들끓었다. 그러나 어쩌겠는가? 민욱은 어릴 때부터 좋아하는 갈치조림 한 점을 입에 넣었다.

"맛이 어떠세요?"

서린은 민욱을 빤히 쳐다보며 궁금해했다. 민서도 다를 바 없었다. 민욱의 표정은 감동과 면목 사이에서 엎치락뒤치락했다.

"표현할 수 없을 정도로 맛있어요. 요리 실력이 대단합니다. 레스토랑을 개업해도 되겠어요. 하하하."

민욱은 맛을 느낀 대로 격찬을 아끼지 않았다. 전문 횟집 쉐프의 손을 빌린 생선회를 비롯하여 모든 요리가 입맛을 자극했다. 민욱의 칭찬이 싫지 않은 서린의 얼굴엔 안도하는 빨간 행복으로 물들었다.

"아무튼 맛있다니 다행이에요. 첫 식사를 손수 대접한다는 생각에 나도 많이 긴장했거든요."

"우리 엄마 손맛은 대단해요. 외할머니를 닮아서 그렇대요. 호호호~. 아빠도 엄마의 음식솜씨를 인정하시는 거죠?"

"그럼, 인정하고말고. 이런 맛은 흔치 않아. 긴장할 필요가 전혀 없어. 이 정도면 아빠가 먹은 생선요리 중에 최고의 맛이야. 정말, 감동이다. 하하하."

민욱은 민서를 보고 엄지를 세워 보이며 환하게 웃었다. 서린은 활짝 웃으며 좋아했다. 맛있다고 칭찬하는 민욱을 보는 서린의 마음은 하늘을 나는 새처럼 기분이 상쾌했다. 이 운명적인 밥상을 차리기까지 자그마치 44년이나 걸렸다는 사실은 기막혔다.

"정말! 그 정도예요? 호호호~~. 너무 비행기 태우는 것 아니에요? 막 어지러워지려고 해요."

"정말 그렇다니까요. 난 거짓말 할 줄 몰라요. 하하하. 괜히 하는 말은 절대 아닙니다. 정말 서린씨의 음식솜씨가 대단해요. 호텔 요리사 음식이 부럽지 않아요."

민욱은 서린의 손맛을 분명하게 높이 평가했다. 일품요리에 놀란 민욱은 유나에게 비할 수도 없다는 것을 알았다. 엄마의 손맛을 느껴보지 못하고 보육원에서 자란 유나에게 비교하는 것은 무리인 줄 알았다. 누구의 지도도 받지 않았으며, 오롯이 삶의 현장에서 실습으로 터득한 솜씨로는 대단하다고 생각했다. 지금은 유나의 손맛에 길들여져 있지만, 유나의 손맛도 나무랄 정도는 정녕 아니기에 그 맛을 좋아했다.

"다행이에요. 지나치게 칭찬해 줘서 고마워요."

자신이 만든 요리를 맛있게 먹는 것을 보는 것만으로도 배가 불렀다. 이런 모습이 눈에, 머릿속에, 가슴에 속속들이 새겨졌다. 이 모습이 보고 싶어 뼈에 사무쳤던 지난 44년 세월이 무심했다. 손재주가 많은 여자는 음식의 맛을 내지 못한다는 설이 있었다. 그렇지만, 서양화가인 서린의 손맛은 타의 추종을 불허했다. 요리솜씨도 일품이었고, 그림 실력도 정평이 높은 수준이었다.

"절대 지나치지 않아요. 제 표현이 부족할 뿐입니다. 이렇게 맛난 음식을 먹게 해줘서 영광입니다. 내 입이 모처럼 호강하는군요. 그림 그리는 솜씨만 대단한 줄 알았는데, 음식솜씨도 대단하니 말입니다. 서린씨는 팔방미인입니다. 하하하~~."

"그렇다니 고마워요. 호호호. 앞으로 기회가 되면 자주 해드릴게요. 가족들을 위해 요리하는 건 제 취미이고 기쁨이에요."

새하얀 미소를 그리는 서린의 얼굴에는 기쁨이 넘쳤다. 그림 그리는 것 못지않게 각종 요리에도 자신이 있다고 했다. 그러하기에 스스로 메뉴를 결정하고 준비한 것을 후회하지 않았다.

"아빠! 우리 엄마 다른 요리도 잘해요. 아빠가 드시고 싶은 게 있으면 말씀만 하세요. 엄마는 한식, 양식, 일식 요리 자격증도 있어요. 저녁에는 뭐가 드시고 싶으세요?"

민서는 엄마를 업고 자신 있어 했다. 익히 엄마의 요리 실력을 알고 있기에 거침없이 메뉴선택을 요구했다. 엄마를 닮아서 손맛이 야무진 서린은 간간이 시간을 내서 3대 조리사 자격증을 취득한 공인된 요리사였다. 서린은 생각했다. 오늘의 밥상을 차리기 위해 요리를 연마한 것 같다고 생각했다.

"그럴 것 같아. 생선요리가 까다롭다고 하는데, 먹어보니 완벽하니까 민서의 말을 의심하지 않아. 그런데 저녁은 엄마의 수고를 덜어주려고 아빠가 레스토랑에서 한 턱 쏘고 싶은데 ....."

이를 듣고 있던 서린은 딱 잘랐다. 매정하게 한마디의 여유도 주지 않았다. 예전의 주도적인 성격이 얼굴을 내밀었다. 군에서 데이트할 때는 언제나 서린의 생각이 앞섰었다.

"그건 안 돼요. 광주에 오셨으니까, 매 끼니는 내가 집에서 차려드릴 거예요. 가족을 위해 요리하는 건 힘들지 않아요. 당신을 위한 식탁을 얼마나 차리고 싶었다고요. 그 소원을 풀 수 있도록 당신이 양보해 주세요. 당신을 위해 음식을 만드는 건 내 행복의 근원이기도 해요. 호호호."

세 사람은 서로의 얼굴을 확인하며 만족한 미소를 지었다. 자신을 위한 밥상을 차리는 것이 소원이었다는 말에 가슴이 싸늘했다. 그 감동은 무심했던 민욱을 메마른 사막으로 내몰았다. 이래저래 화기애애한 분위기에서 44년이나 걸린 꿈의 만찬은 끝났다. 어느 것 하나 나무랄 데가 없는 생선요리를 푸짐하게 즐긴 민욱은 미안하고 고마워서 설거지라도 도우려고 했으나, 민서와 함께 여지없이 주방에서 추방당하는 서러움을 겪었다.

"나가셔서 큰 아기 재롱이나 받아주세요. 설거지하고 시원한 음료 가지고 나갈게요."

서린은 능숙한 동작으로 설거지에 몰두했다. 풍성한 음식을 준비하고 설거지까지 하는 서린의 모습은 애석했다. 설거지할 나이는 지난 것 같은데, 시집간 딸은 환자이고, 더구나 며느리가 없으니, 민욱은 진심으로 도와주고 싶었다. 평소에는 가사도우미가 있지만, 민욱이 올 때면 손수 식사를 준비해 대접하고 싶어서 가사도우미에게 특별휴가를 보낸 정성이 가득한 서린이었다.

쫓겨난 부녀는 나란히 소파에 앉았다. 민서는 말했다. 자신이 아프고부터 온 가족이 엄마네 집에서 밥을 먹는다고 했다. 딸을 목숨처럼 아꼈던 엄마였기에 사랑하는 딸의 고통을 알고 그 수고를 덜어주기 위해 엄마가 희생하고 있다며 미안해했다. 대신 아파주지 못하는 엄마의 마음을 잘 알고 있다며, 불효하는 딸이라며 가슴 아파했다.

"엄마니까 딸을 위해 희생할 수 있는 거야. 그런 엄마의 마음이 어떡하겠어. 그 마음을 민서가 알고 있으니 괜찮아. 미안해하지 마. 엄마는 그걸 원하지 않아. 내 입으로 이런 말을 하는 건 우습지만, 엄마는 대단하고 위대한 열혈 엄마가 분명한 것 같다. 엄마를 보면, 아빠가 부끄러울 뿐이다."

"아빠 마음도 알아요. 아빠가 아시고 우리 모녀를 외면하신 건 아니잖아요. 이젠 자책하지 마세요. 지금부터라도 엄마한테 좋은 남편이 되어주세요. 대전 어머니한테는 미안하지만요. 대신 민서가 대전 어머니를 기쁘게 해드릴게요. 세 분에게는 없어서는 안 될 착한 딸이 되어 드릴 자신이 있어요. 아~빠~~."

민서는 아빠를 옆에서 안았다. 민욱은 그 손을 잡았다. 그 마음이 고맙고, 감사해서 눈물이 나올 것 같았다. 미혼모였던 엄마를 위해 민욱과 유나를 기쁘게 하는 착한 딸이 되겠다는 민서의 마음이 아무도 밟지 않은 넓은 평원에 펼쳐진 새하얀 설원 같았다.

"고맙다. 민서야! 지금도 민서는 엄마나 아빠한테 착한 딸이야. 우리 딸 민서는 아프지 않았으면 좋겠어. 앞으론 감기도 걸리지 마라. 아빠 마음이 아플 것 같다."

민욱은 오른팔을 뻗쳐서 민서의 빡빡머리를 쓰다듬었다. 실내에서는 헝겊 모자를 벗은 머리통이 개구쟁이처럼 귀여웠다. 자기의 머리를 어루만지는 아빠를 쳐다보며 배시시 웃는다. 표정을 보니 조금은 부끄러운 모양이다.

"아빠~. 민서 머리통도 예쁘죠?"

"하하하~. 민서가 안 예쁜 데가 있어야지. 아빠가 보기엔 다 예쁘고 귀여워. 그래서 아빠가 더 미안한 생각이 들어. 그 예쁜 마음속에 아빠가 남겨놓은 어두운 그림자가 많이 남아 있으니, 그 그림자를 지워주지 못하는 아빠가 미안할 뿐이다."

"미안해하지 마세요. 이제라도 만났으니 됐잖아요. 아빠가 계셔서 너무 좋아요. 아빠같이 학자로서 유명하시고 훌륭하신 분이 민서 아빠라서 너무 기뻐요. 히히히~~."

"그래. 더 늦지 않아서 다행이야. 머리카락도 무성하게 자라서 빨리 건강을 찾아야 한다. 앞으론 민서 마음이 아프지 않도록 아빠가 애쓰마."

"아빠~~. 고마워요. 민서는 아빠를 만나서 너무 좋아요. 이젠 우리 엄마를 외롭지 않게 해주세요. 엄마는 지금도 아빠를 많이 사랑하고 있을 거예요. 환갑이 지났어도 아직 예쁘잖아요."

"고맙다. 그럼, 엄마는 지금도 예쁘고말고."

"아빠! 그러시면 주방에 가셔서 엄마를 뒤에서 안아주세요. 엄마가 무척 좋아하실 거예요. 엄마가 외로워할 때, 민서가 항상 뒤에서 안아줬거든요. 이젠 아빠한테 양보할게요. 빨리요 아빠~."

민서는 아빠를 소파에서 일으켜 주방으로 밀어 넣었다. 등 떠밀려 주방에 들어온 민욱은 용기를 내어 떨리는 마음으로 서린을 뒤에서 안았다. 그리곤 등 뒤에서 조용히 속삭였다.

"서린씨! 미안하고 고마워요. 너무나 늦었지만, 사랑한다는 걸 고백할게요. 서린씨! 사랑합니다."

서린은 엉겁결에 설거지하던 손을 멈추고 고무장갑을 싱크대에 팽개치고, 민욱의 손을 풀면서 화들짝 돌아섰다. 민욱의 눈을 빤히 지켜보며 행복한 얼굴에 눈가를 적시며 말했다.

"당신이 왜 미안해요. 당신의 허락도 없이 나 혼자 저지른 일인데요. 그렇게 따진다면 내가 미안하죠. 나와 민서를 거부하지 않아서 너무나 고마워하고 있단 말이에요. 사랑한다는 말은 44년 전에도 듣고 싶었어요. 그 말을 이제야 듣는군요. 늦었지만 그래도 너무 좋아요. 저도 사랑해요. 여보~."

서린은 망설이지 않고 '여보'라고 부르며 민욱의 입술에 가볍게 입을 맞추었다. 그러고 다시 입을 열었다.

"그날 대전에서 약속을 안 지켰다고 심하게 몰아세운 거 사과드려요. 그것도 따져보면 나 혼자 일방적으로 정한 약속이었잖아요. 당신을 처음 보니까, 27년을 기다린 끝에 바람맞고 울었던 것이 분해서 그랬어요. 가슴에 묻어두었던 화가 폭발했던 거예요. 많이 당황하신 줄 알아요."

"아닙니다. 그것도 내가 잘못했어요. 어찌 되었든 약속은 약속 이었으니까요. 솔직히 말하면, 그때는 나도 제정신이 아니었어요. 첫 경험이라 혼이 반쯤 나갔었거든요. 하하하."

"그랬을 테죠. 어린 것이 당돌하게 옷을 벗고 덤벼들었으니까요. 호호호. 지금도 그 생각을 하면 창피한데, 그때는 왜 부끄러워하지 않았는지 모르겠어요. 내가 생각해도 당신을 진짜 사랑했나 봐요. 호호호~. 사랑할 시간이 그날 밤뿐이었으니, 사랑한다는 증표를 내 몸에 남기고, 보내고 싶었던 거죠."

젖은 눈으로 웃어주니 고마웠다. 민욱은 다시 양어깨를 안았다. 낯설지 않은 체취는 늙지 않았음을 알았다.

"그땐 나도 많이 놀랐는걸요. 서린씨는 겁이 없는 여대생이었어요. 너무 당당해서 내가 무서웠다니까요. 하하하~~."

"당신 품에 이렇게 안겨 있으니, 그때 저지른 일이 잘한 일 같아요. 지난 세월이 아깝긴 하지만요. 그래서 한 번도 후회하지 않았어요. 내가 좋아서, 내가 간절히 원해서 했던 일이었으니까요. 당신은 내 몸을 송두리째 가질 매력이 넘치는 남자였으니까 그럴 자격이 있었어요. 내가 그런 일을 저지르지 않았으면 평생 후회할 만큼 당신을 좋아했거든요. 그랬으니까 이런 날이 왔잖아요. 호호호~~. 앞으로 우리가 사랑할 시간은 44년이나 남았잖아요."

"그랬군요. 후회하지 않는다니 다행입니다. 왠지 겁을 많이 먹고 왔거든요. 아무런 대책도 못 세우고 말입니다. 잘못했으니까 그냥 그만큼 당하자고 무방비로 왔으니까요."

"잘하셨어요. 서린은 생각이 없는 여자가 아니에요. 무턱대고 분통을 터뜨리지는 않아요. 호호호~~~. 모르긴 몰라도 당신을 얼마나 사랑했는데요. 그때도 꿈이 아니어서 너무 좋았어요."
"나를 그토록 사랑했다니 몸 둘 바를 모르겠군요. 서린씨의 사랑을 받을 자격이 있나 모르겠어요."
"또, 그 자격이에요? 호호호~."
 두 사람은 아쉽게 팔을 풀었다. 민욱은 서린의 새하얀 미소를 뒤로하고 거실로 나왔다. 시침을 뚝 떼고 민서는 소파에서 케이블 TV 뉴스를 시청하고 있었다. 고개를 돌려 민욱의 시선 앞에 엄지를 세워 보이며 응원했다. 민욱은 빙그레 웃으며 민서 옆에 앉았다. 모든 광경을 다 보았을 민서의 마음이 애처로웠을 것 같았다.
"우리 민서가 아빠보다 한 수 위야. 하하하~~~. 엄마한테 좋은 점수를 받으려면, 앞으로 민서에게 많이 도움을 받아야겠는걸. 부탁한다. 민서야~~."
"민서가 분위기를 만들어 주려는 거예요. 우리 엄마는 사랑 한번 제대로 해보지 못한 불쌍한 여자였잖아요. 이젠 아빠가 계시니까 불쌍하지 않아서 좋아요. 민서는 잘 알아요. 여자의 행복은 남자한테 달렸다고 하잖아요. 엄마의 가슴에는 많은 공간이 비어 있어요. 그 공간을 아빠의 사랑으로 가득 채워주셔야 해요."
"민서가 아빠보다 어른 같구나. 염려하지 마라. 엄마가 그만하라고 손을 저을 때까지 사랑해 줄 거야. 하하하~."
 민욱은 호쾌하게 웃었다. 그때는 사랑할 만큼 가까운 사이도 아니었다. 연인들처럼 그런 고백을 나눈 적도 없었다. 그러나, 보이지 않는 가슴 깊은 곳에서 사랑이 싹트고 있었는지 알 수 없었다. 듣고 보니 불쌍한 건 서린이었다. 민서의 말처럼, 사랑 한번 열정적으로 하지 못한 채 이별이 두려워서, 사랑한 사람을 그냥 보내기 싫어서, 여자의 목숨 같은 순결을 내놓았던 순간과 가슴 저미었던 사랑의 불꽃은 숭고하게 여겨졌다.
 설거지를 마치고 서린은 시원한 생과일주스를 들고 나타났다. 다정하게 잘 조화를 이룬 부녀의 모습이 보기에도 좋아 입가에 엷은 미소는 꽃을 피웠다. 저토록 엄마의 편안한 얼굴을 본 적이 없는 민서의 기분도 매우 좋았다. 주스 잔을 비운 민서는 약을 먹고 쉬어야 한다며 황금보다 값진 두 분의 시간을 허락했다.
 "아빠! 엄마하고 데이트하고 오세요. 옛날 추억을 회상하며 그때로 잠시나마 돌아가 보세요. 우리 엄마가 행복하게 말이에요."
 민서는 아빠의 손을 잡고 외로웠던 엄마를 부탁했다. 어릴 때는 아빠가 없다고 엄마를 힘들게 했던 민서였지만, 사춘기를 지나고 성장하면서 엄마의 외로움을 알았고, 다른 집의 환경을 눈여겨보면서 혼자 사는 엄마의 고독함을 알고부터 엄마에게 미안했던 착한 딸이었다. 그래서 아빠를 만난 엄마가 행복하길 원했다.
 "알았다. 민서 말대로 그렇게 하마."
 민욱은 고운 마음으로 엄마를 생각하는 민서가 너무 예뻤다. 민서의 어깨를 쓰다듬어 주는 마음도 짠했다. 민서의 배려를 거절할 이유가 없었다. 민서는 안방에서 나온 엄마와 마주 섰다.
 "엄마~ 아빠하고 데이트하고 오세요."
 "그럴까. 너도 같이 가자."
 "싫어요. 민서도 분위기 파악은 한단 말이에요. 호호호. 오늘은 두 분이 오붓하게 즐기세요. 헤헤헤."
 "호호호~. 그래 준다면 고맙지."
 서린은 딸 앞에서 솔직했다. 속이 훤하게 다 보여서 거짓말을 할 수 없었다. 역시 딸이 잘 자랐다는 생각이 들었다. 아빠 없는 자식이라고 무례하다는 말을 듣지 않도록 애쓴 보람을 느꼈다. 그런 민서가 귀엽고 예뻤다.
"엄마 마음을 아니까 민서가 양보하는 거예요. 호호호~."
민서는 아빠와 엄마를 번갈아 보며 상큼하게 웃었다. 서린과 민욱은 민서를 쉬게 하고 나란히 집을 나섰다. 지하 주차장에서 서린의 차에 올랐다. 주차장에서도 눈에 확 들어오는 노란색 옷을 입은 지프 승합차는 독특했다. 화려한 서린의 성격을 닮았다. 주차장을 빠져나온 지프는 어디론가 부지런히 달아났다.
주위를 둘러봐도 예전의 모습을 찾아볼 수 없었다. 무슨 아파트 단지가 그렇게 많은지 동네마다 하늘로 치솟은 콘크리트 구조물(아파트, 건물)의 위엄을 보니 경제부국의 지방 도시다웠다. 그 위용을 자랑하는 모습들이 천태만상이었다. 그동안 강산이 네 번이나 변했으니 그럴 만도 했다.
"광주가 많이 달라졌네요."
"그렇죠. 지금도 날마다 변화하고 있어요. 오랜만에 가보면 여기도 달라졌고, 저기도 달라진 게 눈에 쉽게 보여요."
"그때는 저런 아파트가 없었는데 말입니다."
"지난 세월이 얼만데요. 그래서 우리가 그만큼 늙었다는 거예요. 도시환경이 급속도로 변하는 걸 보면, 세월 가는 것이 서글프기도 하잖아요. 좋은 세월인데 몸은 늙어가니 말이에요. 호호호."
"그렇기도 하네요. 세월 가는 게 우리에게는 좋은 게 아니군요. 더 늙어갈 테니까 말입니다. 하하하~~."
"그래서 슬퍼지나 봐요. 호호호."
시내를 벗어나서 한적한 북쪽으로 달렸다. 그 많은 세월 동안 변한 것은 여기저기에 거대한 아파트단지가 운집한 것 같았고, 패널식 조립식 건물들이 옹기종기 모여 있는 산업단지나 농공단지도 눈에 띄었다. 물론, 사람들의 생활 수준도, 삶의 질도 그만큼 향상된 조국이 세련되어 보였다. 이때 문자가 도착했다. 민서에게서 온 문자였다.

<아빠! 데이트 잘하고 계시죠? 다투시는 건 아니죠? 히히히~~. 우리 엄마 외롭게 살아오신 분이에요. 이 시간만은 즐겁고 기쁘게 그리고 행복하게 해주세요. 엄마는 아빠 한 사람만 사랑했잖아요. 옛날부터 엄마 가슴에는 한 남자, 아빠밖에 없었어요. 이는 민서가 증명할 수 있어요. 아빠가 없는 엄마가 불쌍했거든요. 하나밖에 없는 과거가 전부인 여자란 말이에요. 다른 남자에게는 사나우리만치 포악했던 엄마였거든요. 엄마는 예전부터 아빠만의 여자였어요. 엄마를 안아주시고 뽀뽀 많이 해주셔야 해요. 사랑해요. 아빠~~. 예쁜 딸 민서 올림>

민서의 장황한 문자는 엄마를 향한 애틋함이 구구절절했다. 민욱은 위트가 넘치는 짤막한 답을 보냈다.

<분부대로 하겠습니다. 공주 나리!>
<고맙습니다. 아바마마! 히히히~~>

답장도 역시 애곳덩어리 민서다웠다. 문자를 주고받는 민욱을 보며 서린이가 말했다.
"누구한테서 온 문자길래 기분이 그렇게나 좋으세요?"
"민서가 엄마를 부탁한다는군요. 마음 씀씀이도 예쁘게 잘 컸어요. 서린씨의 인성과 사랑, 수고와 희생이 겹겹이 묻어있는 것 같습니다. 내가 부끄러울 뿐입니다."

"난 또, 대전에서 왔나 걱정했어요."

"집에는 아파트 입구에 도착해서 통화했어요. 그쪽은 걱정하지 않아도 돼요. 아들이 옆에 있으니, 안심되거든요. 내가 알아서 틈틈이 통화할 테니, 그쪽은 염려하지 않아도 됩니다."

집안일은 도우미가 있으니 염려 없으며, 아내는 미국서 온 아들이 간호하고 있다고 먼저 말해준 적이 있었다. 그러나 서린의 걱정은 그런 게 아니었다. 같은 여자로서 같은 남자를 사랑하고 있는 여자만이 느낄 수 있는 아픔을 내비친 것이다. 자신은 오래전부터 경험했으므로 그 아픔의 진통을 알고 있었다.

"그래도 환자잖아요. 내 욕심 때문에 집안을 비웠으니 왜 걱정이 안 되겠어요. 환자는 심신이 편해야 하는데 말이에요. 그래서 마음이 상쾌하진 않아요. 미안하기도 하고요."

"서린씨는 이럴 자격이 있어요. 이번은 서린씨의 사정을 이해한 아내가 허락한 겁니다. 허락했으니 고마워하긴 해도 미안해하진 마세요. 아내에게도 허락했을 만한 이유가 있을 겁니다."

"어디 사람의 마음이 그래요? 그렇지 않아도 이 모두를 고맙게 생각하고 있어요. 머지않아 만나게 되면 마음으로 보답해야죠."

"아내가 서린씨와 민서를 초대했어요. 기회가 되면 대전으로 오세요. 아내의 몸이 어지간히 안정되면 연락할게요."

"그럴게요. ...... 당신은 여기가 어딘지 아세요?"

민욱은 차창 밖을 살폈다. 주위 환경은 많이 변했지만, 시내를 한참 벗어났기에 지리적으로 낯익은 곳이란 걸 알았다. 잡초가 우거졌던 대지, 계절 따라 벼와 보리가 무성하게 자라던 논의 벼와

채소들이 무성하던 밭, 나무들이 어우러졌던 낮은 산들도 보이다가 말다가를 반복했다. 시대의 발전으로 희생된 곳들이었지만 어딘지 눈치를 챘다.

"알 것 같네요. 내가 근무했던 군부대 가는 길이군요."

"맞아요. 면회소에 가는 거예요."

서린은 소녀처럼 해맑게 웃었다. 노란색 지프는 도로변에 마련된 일렬 주차장에 멈추었다. 면회소 입구 주차장이었다. 예전에는 이런 주차장이 없었는데, 마이카시대에 부응하여 면회객을 위한 편의시설이 마련됐다는 것을 고맙게 생각했다. 두 사람은 차에서 내렸다. 면회소를 들어갈 수 없어 위병 근무자의 눈치를 살피다가 나무 그늘에 몸을 피했다. 전에는 비포장도로에서 풀썩풀썩 날리던 고약한 먼지가 눈앞을 괴롭혔는데, 지금은 도로포장이 잘 되어 있어서 심하게 먼지는 날리지 않아서 다행이었다. 참, 세월은 날로 변하기 위해 잠자지도 않았고, 환경들도 많이 변한 면회소 주위 풍경 또한 많이 달라졌다.

"첫 데이트 장소가 면회소라니 의외인데요."

민욱은 생각지도 못한 장소였다. 면회소에 올 줄은 미처 몰랐다. 가장 기억에 붙잡혀 있는 곳이라는 생각도 들었다. 기쁨으로 만났던 곳이기도 했으며, 외출을 나갈 수 없다는 말에 속상해서 화난 서린은 다시는 면회 오지 않겠다고 공언하며 슬픈 모습으로 돌아갔던 그곳이었다.

"내겐 큰 의미가 있는 장소에요. 당신을 만나면 제일 먼저 여길 오고 싶었어요. 꿈을 이루는 데 너무 오래 걸렸죠? 왠지 아세요? 이곳은 당신과의 추억이 많이 남아 있는 곳이에요. 그때는 당신이 보고 싶으면 언제나 달려올 수 있었던 곳이었거든요. 당신이 떠나고 없을 때도 당신과의 기억을 더듬으며 내가 유일하게 찾아올 수 있었던 추억의 심장 같은 곳이기도 했어요. 이만하면, 44년 만의 첫 데이트 장소로 손색이 없지 않아요? 호호호~."

민욱도 기억했다. 베트남에서 귀국한 후에 위문편지로만 맺어진 인연이었으나, 이 면회소에서 감격스러운 만남을 가졌던 기억이 선명했다. 두 사람에게는 큰 의미 이상이 부여된 장소였다. 서린의 심장 소리를 들은 민욱은 그 마음을 알지 못했던 그때의 자신을 미워했다. 그처럼 여자의 일생을 맡길 만큼 자신을 사랑하고 있는 줄 몰랐던 어리석음에 짜증이 났지만, 만약에 알았더라도 사랑할 수 없었던 관계는 분명했었다. 그래서 속속들이 한이 맺힌 서린의 아픔이 한없이 가슴을 때렸다.

민욱이가 떠나고 나서, 몇 개월이 지나 임신이란 충격을 이겨내지 못하고 요동치는 마음과 생각을 진정시키기 위해 그림자도 없는 면회소를 찾았다는 서린의 입술은 파르르 떨렸다. 입구에서 머뭇거리는 자신을 낯익은 위병이 '면회 오셨느냐?'고 하며 출입을 허락할 때도 있었다면서 눈가에 이슬을 만들었다.

만삭의 몸으로 민서를 낳기 며칠 전에도 면회소와 운명의 그 모텔 앞을 다녀갔단다. 볼록한 배를 받치고 면회소 안을 바라보면서 눈시울을 적셨던 서린, 민서를 잉태케 했던 모텔 앞에서 흐느끼면서 차마 그 모텔방에 가보지 못하고 발길을 돌렸다는 서린, 그 서린은 만 가지 상념에 잠겨 아이를 낳았다고 했다. 민서가 초등학교 입학하기 전에, 아빠가 보고 싶다고 투정을 부리거나 심하게 보채면 민서를 데리고 이곳을 몇 번 찾은 적이 있었다고 고백했다. '민서 아빠가 어디 있어요?'라고 지나가는 군인의 바지를 고사리손으로 붙잡고 앙탈을 부리던 민서를 안고 같이 쪼그리고 앉아 울었던 그날 후에는 면회소를 찾지 않았다고 했다.
"이곳은 내게 숙명 같은 곳이에요. 당신을 처음 만난 순간부터 사랑이란 걸 느꼈거든요. 그래서, 여기는 당신이 있었던 곳이며, 당신의 냄새와 흔적과 그림자가 남아 있는 첫사랑의 고향이나 마찬가지예요. 여기에 오면 당신의 영상이 또렷해졌고, 당신의 냄새도 맡을 수 있을 것 같았거든요. 아~~ 이런 말까지는 안 하려고 했는데 ....."
서린은 목이 메어 먼 하늘을 바라보며 눈을 깜박거리며 손수건으로 작은 물기를 제거했다. 민욱은 그 표정이 애처로워서 그녀의 손을 잡았다. 서린은 다시 입을 열었다.
"내 그림 중에 얼굴 없는 군인을 보셨죠?"
"네. 봤어요. 그걸 보고 가슴이 아팠어요."
"주인공은 당신이에요. 당신의 노블레스 한 얼굴을 멋지게 그려 넣고 싶었지만, 자신이 없었어요. 그 얼굴을 보면서 당신이 보고 싶어서 울기 싫었거든요. 민서는 그 군인을 '얼굴 없는 아빠'라고 했어요. 누가 알려주지 않았는데, 초등학교 고학년 때부터 그렇게 불렀어요. 그럴 때마다 가슴이 엄청 아팠어요."
어떤 때는 아빠 얼굴을 그려달라고 조르기도 했고, 그것이 관철되지 않자, 자기가 스케치북에 군인의 얼굴을 이 모양 저 모양으로 수없이 그리기도 했단다. 미술시간에 얼굴 없는 군인을 그렸다고 선생님으로부터 호출을 받아 면담까지 했던 사건이 있었다고 했다. 그때, 아파하는 민서의 마음을 위로 하거나 달래줄 방법을 찾지 못해 마음이 찢어진 적이 있었다며 다시 눈물을 글썽거렸다.
"미안하다는 말밖에 할 수 없네요. 서린씨와 민서에게 용서받을 수 없는 엄청난 죄를 지었군요. 미안합니다."

민욱은 크게 한숨을 토했다. 서린의 한마디 한마디가 비수가 되어 가슴에 꽂혔다. 기막힌 모녀의 몸부림도 모른 채, 고아에서 탈피하고 꿈을 이루기 위해 정신없이 달렸던 삶이 부끄러웠다.

"피는 못 속인다고 민서가 당신을 많이 닮았잖아요. 잠든 민서를 내려다보면 당신의 얼굴이 또렷하더군요. 당신을 간접적으로 보는 것 같아 그리움을 조금이나마 달랠 수 있었어요. 워낙 영리했던 게 더욱 나를 힘들게 했던 것 같아요. 무던히도 아빠를 찾고 그리워했으니까요."

자신이 원했던 첫 관계였고, 그로 인해 예상하지 못한 민서를 잉태하게 되었으며, 민욱의 의사와는 상관없이 출산을 결심했고, 부모님과 주위 사람들의 만류와 반대를 무릅쓰고 고귀한 한 생명을 선택했다고 했다. 부모님께서 '아빠가 누구냐?'고 심문하듯 할 때, 민욱의 삶에 장해가 되지 않도록 베트남전쟁에서 전사했다고 거짓말을 했으며, 고아이므로 가족도 없다고 말했다며 입술을 지그시 다물었다. 서린의 눈빛에서, 그 표정에서 얼마나 고통스러웠고, 모습이 처참했는지 짐작하는 민욱은 전신에 소름이 돋아났다.

"왜? 그런 거짓말을 했어요?"

민욱은 오래전부터 궁금했었다.

"모두가 내가 원해서, 내가 좋아서 한 일이라 당신에게 짐이 되고 싶지 않아서였어요. 민서를 빌미로 당신이 선택한 삶을 혼란스럽게 하고 싶지 않았거든요. 당신이나 당신의 아내는 의지할 가족도 없었잖아요. 그렇지만, 내게는 가족이 있었으니까 이겨낼 수 있었어요. 만약에 사실을 말했더라면 온 가족이 당신을 찾아 나섰을 거예요. 난 그게 싫었어요."

민욱만을 따르는 보육원 여동생(유나)이 있다는 것을 편지에서,

데이트할 때의 고백을 통해 기억하고 있었다. 고아라는 동질성에 20여 년 동안 유독 의지하고 사랑을 갈망하는 그 여동생이 자신과 같은 또래였고, 고아라는 까닭에 상처 주고 싶지 않았다고 했다. 그 여동생 때문에 자신을 경계하는 것도 알았고, 그래서 사랑하지 않으려고 밤잠을 설쳤지만, 결국엔 그의 앞에서 알몸이 되었던 것은 사랑하지 않을 수 없어서 떠나는 사람에게 아무 조건도 없이 몸을 허락하고 싶었다는 서린은 그때가 수줍은 듯했다.

"서린씨의 생각을 따라잡을 수가 없네요. 독특한 성격과 개성이 돋보였는데, 내가 생각하기엔 그날의 서린씨 판단력이 옳았다고 할 수 없군요. 당황하고 무척 놀라웠고 걱정스러웠거든요."

"좀 엉뚱하긴 했어요. 내 생각과 결심에 대한 고집을 버리지 못하는 게 못된 병이기도 했나 봐요. 그에 상응하는 대가를 치렀잖아요. 몇 번인가 말했지만, 후회하진 않아요. 이것만은 확실하게 말할 수 있어요."

서린의 확고한 의미가 부여된 웃음에 민욱의 뼈들은 녹아내렸다. 꽃다운 청춘을 앗아간 그녀의 무정한 세월을 의식했다. 무엇으로도 보상할 수 없는 애석한 시간을 생각하면 몸서리쳤다. 여자의 올바른 길을 허공에 던져버렸던 핏빛이 영롱한 389,760시간, 그 엄청나고 어마어마한 시간을 감히 생각할 수도 없었다. 영겁의 세월 속에 파편처럼 박혀있는 고통과 아픔의 숫자이기에 이 모두가 서린의 가슴에 켜켜이 쌓여있다는 것이 몹시 안타까웠다.

"당신한테 넋두리하고 나니 속이 후련하네요. 당신을 원망하지도 않을 테니 불안해하지 마세요. 다 내가 선택한 거예요."

민욱의 입에서 간간이 뿜어 나오는 한 숨소리가 부담스러웠던 모양이다. 의아하게 지켜보는 위병에게 민욱은 다가가서 악수를 청했다. 위병은 무장군인의 예를 갖추고 큰 소리로 외쳤다.
"충성!"
그러고 나서 악수에 응했다. 왼쪽 가슴에 부착된 계급장은 상병이었다. 군대생활을 절반 이상 했을 것 같았다. 악수를 마치고 민욱은 44년 전에 이 부대에서 전역을 했다고 자신을 소개했다. 그간 외국에 살다가 귀국하여 옛 추억을 찾아 잠시 들린 거라고 그 이유를 설명했다. 위병은 그때 서야 의아했던 표정이 풀렸는지 가벼운 표정으로 웃었다.
"선배님! 잘 오셨습니다."
"고마워요. 건강하게 근무 마치고 전역하길 바랍니다."
"감사합니다. 충~성~!"
민욱도 거수경례하고 나서 웃으면서 위병 곁을 벗어났다. 병영생활을 할 때, 바깥세상을 그리워했던 그때를 생각하며 잠시 추억에 잠겨봤다. 이를 보며 흐뭇한 얼굴의 서린도 손을 흔들어 위병과 작별인사를 남기고 두 사람은 추억이 잠들어 있는 면회소를 홀연히 떠나왔다. 만삭의 임산부가 홀로 찾았던 면회소, 아장아장 걷는 민서를 데리고 민욱의 그림자를 밟았던 그 면회소, 여섯 살 민서가 군인의 옷자락을 잡고 아빠를 찾아달라고 울부짖었던 가슴 아린 면회소, 첫사랑의 고향이란 서린의 고백처럼, 그 첫사랑의 여운이 길게 남아 있는 면회소를 벗어나서 시내로 들어온 서린은 어느 낯선 건물 앞에 차를 세웠다.
"여기가 어딘지 아세요?"
서린은 밝은 얼굴로 민욱의 눈동자를 살피면서 말했다.
"글쎄요. .... 서린씨가 여기에 온 걸 보면 특별한 의미가 있을 듯하네요. 면회소에서 얼마 걸리지 않았으니, 애석하지만 어렵지 않게 짐작은 됩니다.”

 민욱은 차창 밖을 살폈지만, 옛 모습은 찾을 수 없었다. 그러나 부대에서 얼마 걸리지 않았으므로 어렴풋이 짐작하는 데는 어렵지 않았다. 서린의 운명을 가른 그 모텔이란 생각이 들었다.

 “이곳이 내 운명을 바꿔놓은 곳이에요. 당신은 잊었겠지만, 내게는 의미가 깊은 곳이죠. 서린의 몸속에 당신의 피가 흐르게 한 곳이에요. 바꿔서 말하면, 강제로 당신의 여자가 된 곳이기도 하죠. 호호호~.”

 “그런 것 같았어요.”

 민욱이가 짐작했던 대로였다. 그 모텔은 온데간데없었고 높고 낮은 빌딩들만 나란히 줄지어 있는 도심의 풍경이었다. 44년이나 지났는데 3층짜리 붉은 벽돌 건물이 있을 리가 만무했다. 주위도 온통 변해서 알아볼 수 없는 민욱은 서린의 얼굴을 보는 것이 부담스러웠다.

 “맞아요. 우리가 살을 맞대고 첫 경험을 했던 그 모텔이 있었던 곳이에요. 모델이 있을 때는 당신이 생각나서 종종 들렸던 곳이에요. 그렇다고 모텔 방에 가본 건 아니고 밖에서 쳐다보기만 했어요. 당신도 감회가 새롭죠?”

 “아~~ 네에~~ 감회라기보다 범죄자가 사건현장을 보는 것 같아서 가슴이 아파요. 별로 유쾌하지 않네요.”

 지나친 비유이긴 했어도 이는 민욱의 솔직한 심정이었다. 그때를 상상하고 싶지 않았다. 엉겁결에 여자의 몸을 탐했던 그 시각으로 돌아가고 싶지도 않았다. 기억 속에서 영원히 지워버리고 싶은 사건이었다. 다시 그 모텔 앞에 와서 못된 추억을 회상하리라고는 생각도 못 했던 터라 기분이 묘했다.

"당신을 괴롭히려고 여기 온 것은 아니에요. 그저 우리의 기억 속에 자리하고 있는 몇 안 되는 추억의 장소라고 생각해서 온 거예요. 우리를 발가벗겨서 한 덩어리로 묶어놓았던 곳이잖아요. 그때 오르가즘의 황홀함을 처음으로 느꼈어요. 호호호. 그러니까 이곳을 미워하거나 그날의 일들을 원망하지 마세요. 서린에게는 여자로 다시 태어나게 한 축복의 장소에요."

"알아요. 내 비유가 지나쳐서 미안해요. 지난 일을 생각하니 어리석었던 내가 부끄러워서 그랬어요."

"당신의 입장도 알아요. 그렇게 따진다면 내가 주범이죠. 그러니 당신의 잘못은 아니란 말이에요. 우리에게 민서가 있으니, 축복으로 생각하며 살아요."

두 사람은 고품위를 자랑하는 지프에서 내려 그 앞을 천천히 걸었다. 서린은 민욱의 손을 잡았다. 그녀의 가슴 아린 고백이 이어졌다. 아이를 잉태하고 뱃속에서 발차기하며 놀고 있는 태아를 보듬고 모텔을 찾았던 적이 있었다고 했다. 함께했던 그 방에 들어가 남아 있을지도 모르는 냄새라도 맡고 싶었고, 환상이라도 볼 수 있길 바랐으며, 그리움에 목 놓아 울고 싶었던 때가 있었다고 고백했다. 그래서 가끔, 정신 나간 여자처럼 이곳을 찾았다는 서린은 어설픈 미소를 입가에 담았다. 그러다가 민서를 낳고 뜸하다가 민서가 2~3살이 되었을 때, 올케언니와 어딜 가는 길에 모텔 앞에 내려서 민서와 사진으로 남겼다고 그때의 사연을 들려줬다.

"언니! 여기 좀 세워줘요."
"알았어요."
승용차가 멈추고 서린은 카메라를 챙겨서 민서를 안고 내렸다.

민서의 예쁜 모습을 놓치지 않으려고 서린의 핸드백에는 손바닥만 한 디지털카메라가 항상 동행했다. 카메라를 올케언니에게 넘기고 모텔 앞에서 모녀는 이런저런 포즈를 취했고, 올케언니는 영문도 모르고 렌즈의 포문을 열었다.

"아가씨? 하필이면 모텔을 배경으로 사진을 찍으세요? 뭔가 수상한데요?"

"수상할 것까진 없어요. 나중에 민서에게 얘기를 들려줄 기회가 있을지 몰라서 기념으로 찍어두는 거예요."

센스가 빠른 올케언니는 금세 그 이유를 알아차렸다. 민서에 대한 출생의 비밀을 들어서 알고 있었으니, 추론하는 데는 어렵지 않았다. 그래서 노골적으로 그 사실을 꼬집었다.

"아~ 알겠어요. 아가씨가 민서를 잉태하게 한 곳이 여기인가 보네요. 호호호~~. 아가씨도 보면 볼수록 대단해요."

"맞아요. 민서를 이 땅에 태어나게 한 그곳이에요. 헤헤헤~~. 부끄러워하지 않고 뻔뻔하다고 욕하는 거죠?"

활달한 성격의 서린은 숨기지 않았다. 자신의 순탄한 운명을 가르고 민서를 이 땅에 태어나게 한 소중한 곳이라고 말했다. 부끄러워하지도 않았다. '처녀가 애를 낳아도 할 말이 있다'라는 옛말처럼 서린은 언제나 자기의 행동에 당당했다.

"욕하는 건 아니에요. 나 같으면 그런 용기가 없을 것 같아요. 그래서 대단하다는 거예요. 아마 이 세상에 더는 없을 거예요."

"호호호~ 농담한 거예요. 내가 좀 그런 성격이에요."

자리를 옮겨가며 몇 컷을 찍었다. 모녀의 모습을 렌즈에 담는 올케언니의 코끝이 시렸다.

"여기에 오면 민서 아빠가 많이 생각나겠어요?"

"꼭 그렇지는 않아요. 어디에서나 시도 때도 없이 생각나니까요. 죽은 사람을 생각하면 뭘 하겠어요. 돌아올 수도 없잖아요."

순간, 서린의 눈가가 촉촉하게 젖어왔다. 살아있는 사람을 고의로 죽은 사람 취급하는 그 마음엔 시시콜콜 갈등도 많았다. 자신 외에는 누구도 생존하고 있다는 사실을 알지 못하니 의심하는 사람도 없었다.

"내가 괜히 민서 아빠 얘길 했나 봐요. 미안해요. 아가씨!"

"괜찮아요. 언니! 하루 이틀이 아니고, 평생 품고 살아가려면 강해져야 하잖아요. 그래서 강해지려고 애쓰는 중이에요. 예수님 같으면 부활했겠지만, 그렇지 못하니 다시 돌아오지 못할 사람이잖아요. 가슴에 묻을 수밖에 없어서 안타까워요."

서린은 눈가를 닦으며 담담한 표정을 지었다. 강한 모습을 보이려고 노력하는 것이 애처롭기까지 했다.

"아가씨는 성격이 참 좋아요. 그 성격이 부러울 때가 많아요."

"언니! 부러워하지 마세요. 좋은 게 아니에요. 이 성격이 엄마 말씀처럼 대책도 없는 사고뭉치였으니까요."

"사고뭉치든 뭐든 아가씨 성격은 너무 화끈해서 마음에 들어요. 난 내성적이라서 생각과 행동이 따로 놀아 오히려 갑갑할 때가 많거든요."

올케언니는 긍정적이었다. 서린보다 두 살이 많았지만, 생각하는 것은 언니다웠다. 그래서 서린은 올케언니를 잘 따랐다고 했다. 지금도 앨범 속에 그 사진들이 자리 잡고 있다며, 올케언니와의 뼈아픈 한순간을 털어놓았다.

서린의 아픈 고백을 듣고 등골이 오싹했다. 무심했던 자신이 멍청해 보였다. 이런 줄도 모르고 아메리칸드림이랍시고 미국 땅에서 온갖 서러움에 가슴을 뜯으며 무한의 허들을 뛰어넘었던 그 세월이 무서워졌다.

넓은 대지를 아우르고 있던 고속버스터미널도 보이지 않았다. 예전의 낙후된 모습에서 생활권이 완전히 도심권으로 바뀐 그곳은 활기가 넘치고 있어도, 사방을 둘러보는 민욱에겐 생소했다. 그 아픈 과거를 소환하고 싶지도 않았다. 이를 눈치챈 서린은 걷던 걸음을 멈추고 기다리고 있던 노란색 지프에 올랐다. 청순한 여대생의 일탈이 빚어낸 아름답지 못한 곳을 떠나 어느 낯선 동네에 닿았다.

오래된 고급 주택들이 즐비했다. 신흥도시로 개발되지 못하고 긴 잠을 자고 있는 조용한 주택가였다. 지프가 멈춘 곳 옆에는 백색의 단독양옥이 숨을 쉬고 있었다. 녹 슬은 철대문 안으로 넓은 마당이 보였다. 전에 단독주택에 살았다는 민서의 말을 들은 터라 민욱은 쉽게 짐작했다.

"여기가 어딘지 아시겠죠?"

환한 미소를 담은 얼굴로 서린은 말했다. 민욱은 고개를 끄덕였다. 오래된 단층 양옥집이라 쉽게 예측할 수 있었다.

"네. 민서와 살았던 집이군요."

"맞아요. 아빠에게서 이곳으로 쫓겨난 집이기도 해요. 민서가 이 집에서 태어났어요. 유치원, 초등, 중고등, 대학까지 여기에서 마쳤어요. 결혼해서도 15년을 같이 살았으니까요. 30년은 훌쩍 넘게 살았던 곳이고, 우리 모녀의 애환이 숨 쉬고 있는 소중한 곳이라서 처분하지 않았어요."

서린은 집을 둘러보며 말했다. 대문이 잠겨있어 안으로 들어가진 못하고 밖에서 추억을 회상했다. 전에도 가끔 들려서 집과 무언의 대화를 나눈다고 했다.

"서린씨답군요. 민서가 좋은 환경에서 사랑받으면서 자라고 살았으니 구김이 없는 거군요. 민서를 보면 서린씨의 희생이 고스란히 묻어있어요. 집을 보면 가슴이 아리기는 하지만, 아픈 추억까지도 사랑하는 서린씨의 마음을 존경해요."

"그렇다면 다행이에요. 이 집을 당신에게 보여줄 수 있다는 게 기뻐요. 내가 그냥 두기를 잘했다고 칭찬하고 싶어요. 아버지께서 저를 집에서 내쫓으며 가슴 아프게 주신 첫 선물이기도 해서 소중하게 지키고 싶었어요. 집에서 쫓겨나서 이 집에서 당신이 보고 싶고 그리워서 많이도 울었던 곳이에요. 곳곳에 서린의 눈물이 흥건히 고였던 집이에요. 그래서 이래저래 팔 수 없었어요."

"정말 할 말이 없어요. 그런데 평수가 넓어 보이네요?"

"200평이 좀 넘어요. 값어치 있게 쓰려면 새로 건축하는 것이 좋을 듯한데, 아직은 생각 중이에요."

"주택으로는 아주 넓은 공간입니다. 구도심이긴 하지만 교통편이 좋으니 잘 생각해 보고 결정하세요."

민욱도 대지가 넓어서 마음에 들었다. 건물을 신축하여 임대사업을 해도 손색이 없을 것 같았다. 어쩌다 보니 본론이 퇴색되고 삼천포로 빠진 것 같았다. 토지의 사용문제가 아니라 자신이 잊고 살아올 때, 서린과 민서가 이곳에서 미혼모의 아픔을 묻으며, 아빠 없는 아이로 자랐다는 것이 가슴을 저리게 했다.

"당신이 경제전문가니, 비상한 머리로 좀 도와주세요. 어떤 방법이 좋은지 말이에요. 지리적으로도 가치가 있다고 생각해요. 돈 벌 생각 없는 거 아시죠? 참고로 하세요. 호호호~."

"그건, 나중에 의논해요. 서린씨와 민서의 아픔이 묻혀있고, 서린씨의 눈물이 스며 있는 곳이라 생각하니 가슴은 아프지만, 그곳이 아직도 남아 있다는 것이 의미가 깊은 것 같습니다."

이 집을 서린이 소유하고 있다는 사실을 소중하게 생각했다. 여대생이 태아를 품고 집에서 쫓겨 나왔지만, 아빠가 마련해 준 집이며, 첫 독립생활을 했던 곳이므로 지닐 가치가 있었다. 형형색색의 추억이 잠들어 있기에 고결한 뜻이 있어 그 형상 그대로 존재한다는 것에 큰 의미를 부여했다. 집 건너편에서 대로까지 공터였는데, 지금은 여러 형태의 다세대 주택들이 옹기종기 모여 있는 생활권으로 변해 있어서 옛 모습은 사라지고 없었다.

"나도 그렇게 생각해요. 당신의 말을 들으니, 이제야 내가 잘한 것 같다는 생각이 드네요. 아픔이 많았던 곳이었지만, 남다른 기쁨도 있었던 곳이에요. 당신을 만나고 보니 그만한 무형의 가치가 있을 것 같아요."

만약에 매매 했었다면, 주인이 집을 헐고 신축했으면 형상 그대로 보여줄 수 없어서 서운했을 거라고 했다. 조금 전에 들렸던 모텔이 사라진 것처럼 아쉬워했을 거라고 말했다.

"정말, 서린씨가 잘했어요. 선견지명이 있었나 봐요. 나도 이 집을 보니까 서린씨의 30년이 희미하게나마 영상으로 보이는 것 같습니다. 내 머릿속에는 영화필름처럼 돌아가고 있어요."

"그렇다니 다행이에요. 어떤 생각에서든 보존 가치가 있을 것 같았어요. 이 모양 저 모양의 추억들이 많은 곳이잖아요. 부모님으로부터 졸지에 독립한 곳이기도 하고, 우리 모녀에게는 소중한 곳은 분명했으니까요. 한쪽 바퀴가 없는 자전거처럼 불균형의 신혼살림을 차린 곳이기도 해요. 지금 생각하면 어떻게 그 숱한 세월을 이겨냈는지 기특하다는 생각이 들어요. 호호호."

그 불균형의 삶을 끌면서 넘어지고 자빠지면서 울부짖었던 여대생의 고단한 삶, 미혼모의 허물을 벗으려고 무던히도 발버둥 쳤던 고립된 터전, 남편이 존재하지 않은 절름발이 신혼생활을 눈물로 채워갔던 삶의 현장, 그곳은 새롭게 호흡하며 민욱을 맞았다.

"그렇기도 하겠어요."

민욱의 표정이 불편해 보였다. 서린은 바짝 다가섰다. 그리고 민욱의 눈동자에 자기의 모습을 그려 넣었다.

"이 집안에서 당신한테 안겨보고 싶었어요. 얼마나 보고파서 그리워하며 애태웠는지 몰라요. 밖이지만 안아주세요. 집은 우리를 보고 있을 거예요."

서린은 주위의 시선도 살피지 않고 민욱의 가슴에 덥석 안겼다. 민욱은 힘껏 안아주었다. 그리고 가볍게 입을 맞추었다. 서린은 행복을 즐겼다. 그 집 앞에서의 포옹과 입맞춤은 무엇과도 비교할 수 없는 행복이었다. 44년을 뛰어넘은 것처럼 가슴이 설렜다. 민욱을 쳐다보는 눈빛은 태양과도 비교되지 않았다. 이때, 대문이 열리고 중년 여인이 나타났다. 서린을 알아보고 깍듯이 인사했다.

"어떻게 오셨어요? 집을 파시는 건 아니죠?"

그 여인은 민욱을 살피며 서린에게 말했다. 혹시 집을 팔려고 사람을 데리고 왔는지 의심하는 눈치였다. 서린은 여유를 가지고 대답했다.

"지나가다가 집을 구경시키려고 들렸어요. 우린 가족이에요."

"네, 그러시군요. 그럼, 집을 다시 지으실 거예요?"

여인은 놀라서 눈이 동그라졌다. 집도 넓고 마당도 넓어서 사는데 불편함이 없었다. 전세금도 시중 시세보다 훨씬 싸다는 장점도 있었다. 건축하게 되면 부득이 이사 가야 하니, 큰 걱정을 하는 것 같았다. 이 시대 세입자의 슬픔이었다.

"호호호~~ 건축하지는 않아요. 그런 계획은 없으니 안심하세요. 어쩌면 몇 년 후에나 신축할지는 몰라요. 당장은 아니에요."

여인은 안도의 숨을 쉬었다. 신축하더라도 시간이 걸린다는 말에 안도하는 것 같았다. 이것이 세를 사는 사람들의 고통일 수밖에 없었다. 여인은 안으로 들어오라고 초대했지만, 서린은 사양했다. 불편한 민욱을 생각해서 오래 머물지 않았다. 여인의 인사를 받으며 지프에 올랐다. 지프는 정해진 곳을 따라 움직였다. 민욱은 이번에 어디로 가는지 궁금했다. 추억이 될 만한 장소를 기억 속에서 물색해도 적당한 곳이 떠오르지 않았다. 그냥, 모든 과정을 서린에게 맡기는 편이 옳다고 생각했다.

어느 대형마트 주차장에 차는 멈추었다. 차에서 내린 민욱은 슬쩍 서린의 손을 잡았다. 이제 몇 시간이 흘렀다고 교감이 부드러워진 것 같았다. 서린 역시 그 손을 뿌리치지 않고 미소로 답했다. 매장에 도착한 서린은 민욱과 몸을 맞대고 나란히 카터를 밀며 쇼핑했다. 서린의 표정이 몰라보게 밝아졌다.

"우리의 추억이 깃든 곳이 아닌 마트에는 왜 온 줄 아세요?"

"글쎄요? 마트의 본 기능 같으면 묻지도 않았겠죠."

"호호호. 역시 머리가 뛰어나시네요. 지혜로운 당신에게 이 정도는 당연한 것 같네요. 내 마음과 생각을 속속들이 꿰뚫어 보고 있을 테니까요. 그래도 당신이 옆에 있어서 기분이 얼마나 좋은지 몰라요. 그래서 당신을 자랑하려고 마트에 온 거예요."

서린은 민욱을 쳐다보며 우아한 미소를 무한 발산했다.

"그렇지 않아요. 그냥 넘겨짚는 거죠. 하하하~."

"그래도 당신 앞에서는 내 생각이 날개를 펼 수 없나 봐요. 괜히 마음이 도청당하는 느낌이라고 할까요? 심리학까지 연구하신 분이라 다르긴 다르네요. 호호호~."

"그러니까 내가 부담스러워요. 우리 그런 얘긴 하지 말아요. 이젠 나도 평범한 자연인이에요. 이빨 빠진 호랑이라고나 할까요. 흔히 말하는 백수이기도 합니다. 하하하."

"그렇다고, 이빨 빠진 호랑이도 아니고, 백수는 더욱 아니에요. 서린의 멋진 남자란 말이에요. 호호호~. 전에 여기에 오면, 부부가 나란히 카터를 끌고 쇼핑하는 모습이 제일 부러웠거든요. 그 사람들을 정신없이 바라보다 민서한테 '엄마! 정신 차리세요'라고 혼난 적도 여러 번 있었으니까요. 그때마다 기억 속에 희미한 당신의 모습을 생각하면서 카터 옆에 당신의 그림자를 세웠거든요. 드디어 오늘에서야 그 한을 푸는군요. 살아보니 행복은 돈이나 사회적인 명예나 지위가 아니었어요. 극히 사소하고 작은 것이란 걸 알았지만, 내가 필요로 하는 당신은 옆에 없었거든요. 내 가슴에서 애초에 당신을 놓아줬기에 그나마 참고 견딜 수 있었나 봐요."

"그랬다니 애석하게 생각됩니다. 서린씨의 생각과 삶을 이해할 수 없는 것이 안타깝기만 해요. 무어라고 할 말이 없어서 난감하네요."

서린은 정말 행복한 표정을 서양화풍으로 얼굴에 나타냈다. 지금에서야 비로소 소박한 여자의 행복을 실감하는 눈치였다. 눈언저리는 촉촉하게 젖어 들고 있었다. 민욱은 세련되고 능숙하게 한쪽 팔로 서린의 어깨를 다정하게 감았다. 서린은 어린아이처럼 민욱을 쳐다보며 행복한 미소를 지었다. 가슴이 저리도록 부러워했던 일을 지금 스스로 행하고 있다는 사실에 춤이라도 덩실덩실

추고 싶은 것처럼 기분이 매우 좋아졌다.

민욱은 즐거워하는 서린을 보는 것이 가시밭에 뒹구는 것처럼 전신이 따가웠다. 너무나 늦었지만, 지금이라도 행복해하는 모습을 볼 수 있다는 것으로 조금의 위로를 받았다. 그리고 다행스러웠다. 서린은 주저하지 않고 '서린도 남편과 함께 쇼핑하고 있다'라고 외치고 싶다고 고백했다. 아파트 출입구에서 민서가 '우리 아빠는 전사하지 않았다'라고 소리쳤던 것처럼 소리치고 싶다고 속마음을 털어놓았다. 그러나 그럴 용기가 나지 않는다고 머리를 조아렸다. 용기와 깡이 있었던 민서가 한없이 부럽다고 덧붙였다.

카터에 소고기, 문어, 낙지, 야채와 과일 등을 담는 손길은 가볍고 경쾌했다. 가느다랗게 콧노래까지 흘러나왔다. 44년 동안 남의 행복을 훔쳐보던 서린은 옆에 민욱이 있다는 사실만으로 행복을 단숨에 거머쥐었다. 만나는 사람마다 붙잡아 놓고 '이 남자가 내 남편이에요.'라고 자랑하고 싶은 서린은 입술이 근질근질했다.

서린은 시간 가는 것이 아쉬웠다. 더 많은 사람에게 더 오랫동안 다정한 부부의 모습을 파노라마로 보여주고 싶었다. 얼마나 많은 날을 부러워하며 살아왔던가? 눈이 따갑도록 바라만 보았고, 가슴이 저리도록 그리워하며 살았던 서린만의 아픈 세월이었다. 서린의 시간은 멈추지 않았다. 마트에서 쇼핑을 마치고, 쇼핑 아케이드(백화점)를 찾아왔다. 남성복매장으로 민욱을 안내했다.

"다른 건 준비했는데, 양복은 당신의 기호나 치수를 몰라 못했어요. 마음에 드시는 걸 골라보세요. 양복 입은 모습을 한 번도 본 적이 없었잖아요."

서린은 민욱의 팔을 끌며 양복을 고르게 했다. 점원이 골라준 서너 종류의 양복에서 서린은 하나를 적극 추천했다.

"이거 어떠세요? 당신한테 잘 어울릴 것 같아요."
"양복은 내가 준비해 왔는데 ....."
"아니에요. 그래도 결혼식인데 새것으로 장만해야죠. 어서 입어 보세요. 예전부터 이런 건 신부가 준비한단 말이에요."
 서린은 양복을 들고 재촉했다. 결혼식이란 말에 더는 거절할 수 없어 탈의실에서 양복을 갈아입고 서린의 앞에 섰다. 잘 어울리는 양복은 맞춤처럼 손볼 것도 없었다. 바지 기장만 마무리하면 완전했다. 민욱은 그 시대 한국 남성의 기본 체형에 가까웠다. 175cm의 훤칠한 키에 배가 적당한 나온 몸을 유지했다. 나이가 들면서 배가 나와서 품위 있게 늙어가는 모습이 보기에 좋았다.
"너무 잘 어울려요. 이 옷으로 해요."
 서린이 추천한 검정색 양복으로 낙점했다. 바지 기장을 가공하는 데 30분의 시간이 소요된다고 했다. 기다리는 시간에 셔츠매장으로 자리를 옮겼다. 긴팔 체크무늬 셔츠를 입고 있었으므로, 취향을 알아차린 서린은 여름용 긴팔 흰색 셔츠를 골랐다. 미국에서 여름에도 긴팔 셔츠를 입었으므로 대학의 교직원이나 동료들과 학생들 사이에 멋쟁이 교수로 정평이 나 있었다는 것을 서린은 알지 못했다.
"역시, 당신은 뭐가 달라도 달라요. 지금 시니어 모델을 해도 손색이 없을 거예요. 호호호~~. 서린이 신랑 정말 멋져요."
"그런가요? 늙은이한테 너무 후한 점수를 주니 쑥스럽군요."
 두 사람은 서로의 얼굴을 마주 보며 웃었다. 셔츠를 구매하고 넥타이와 구두까지 마련한 후에 수선한 양복을 찾아서 즐거운 쇼핑을 마감하고 커피숍에 앉았다. 나이가 나이니만큼 마트와 아케이드에서 쇼핑하는 것이 힘에 부쳤지만, 서린은 마냥 즐거워했다.

"데이트하는 것보다 쇼핑이 힘들죠?"

"쉬운 게 아니지만 이 정도는 괜찮아요. 미국은 쇼핑 아울렛이 너무 넓어서 돌아다니다 보면 지칠 때가 있거든요. 나가는 출입구를 찾지 못해서 헤맬 때도 있었거든요. 하하하."

미국의 대형 쇼핑몰에 비하면, 마트나 아케이드는 한걸음 거리밖에 되지 않았다. 쇼핑몰을 종횡무진할 때면 지칠 경우를 많이 경험했으므로 이 정도는 약소했다. 민욱은 여자들 못지않게 쇼핑을 즐기는 편이었다. 미국에 있을 때는 거의 매주 쇼핑몰이나 식재료와 잡화는 한국마트에서 조달했다.

"괜찮다니 다행이에요. 호호호~. 오늘은 내 욕심만 채우느라 당신이 고생하셨어요."

"서린씨만 즐거웠다면, 이 정도는 별것 아닙니다. 하하하~~."

"고마워요. 그래서 아내들은 가끔 남편을 피곤하게 하나 봐요. 경험해 보니 이해가 되네요. 호호호~~."

간혹, 쇼핑하다가 어떤 부부를 볼 때면, 남편은 짜증 내면서 따라다니는 것을 목격하고도 그 모습을 부러워했다고 했다. 싸우고 토라져서 남북으로 갈라지는 부부의 모습도 부러웠고, 서로 티격태격하다 입을 다물고 멀뚱거리는 부부도 부러웠다며 웃었다. 이런 부부, 저런 부부 모두 부러웠다는 서린의 얼굴에는 행복의 새 순이 44년 만에 돋아나고 있었다.

"그랬군요. 산다는 것이 그런 게 아니겠어요. 하하하~. 서린씨의 부러워했던 요소들을 들으니, 마음이 짠합니다."

"따져보면 그렇긴 하네요. 모두가 살아 있다는 의미가 아닐까요? 사람은 살아 있다는 것에 감사하면서 살아야 할 것 같아요. 그래야 서린처럼 이런 날도 오잖아요. 호호호~~."

"서린씨의 마음이 곱고 아름다워요. 조물주가 서린씨를 너무 돋보이고 남다르게 창조하신 것 같아요. 내가 늘 놀라거든요."
"당신 앞에서만 그러는 거예요. 호호호~."
사회에서는 냉정할 수밖에 없었다. 미혼모라는 사회적 수모를 극복할 힘과 능력을 길러야 했으며, 아빠 없는 민서를 키우기 위해서 강인한 정신으로 무장한 독한 엄마가 되어야 했고, 이 사람 저 사람들의 냉혹한 시선을 감당하려면 인격과 소양을 갖추어야 했으며, 그들을 이해시키기 위해 사회적 지위를 얻어야 했었다고 야무지게 고백했다.
어떤 때는 다정한 엄마에서 자상한 아빠의 몫을 민서에게 쏟아야 했으므로 수없이 천당과 지옥을 오가면서 자신과 싸웠다는 서린의 눈빛은 많은 사연을 함유하고 있었다.
"할 말은 없지만, 서린씨는 훌륭한 엄마였고, 대단한 여자였어요. 무서우리만치 철저한 자기관리를 통해 모두 이루었잖아요."
소녀 시절의 꿈이었던 프랑스 유학을 포기한 것과 남편이 없었다는 것만 빼고, 나머지 소원은 다 이룬 억척같은 여장부였다. 주위의 야릇한 시선도 달가워하지 않았고, 무수한 유혹의 손길도 단번에 거절했던 철갑선을 두른 여전사였다. 그 어떤 누구도 넘보지 못하게 하는 자기관리와 민서가 아빠 없는 아이로 조롱당하지 않도록 철저하게 관리하고 엄호했던 열혈 엄마는 분명했다.
"당신이 칭찬하니 기분이 좋아지네요. 그렇다고 무서운 여자로 보지 마세요. 알고 보면, 서린이도 봄바람에 하늘거리는 개나리 꽃잎처럼 아주 연약한 여자예요. 호호호~~."
서린은 수줍게 웃었다. 민욱에게만은 자신이 강하고 무서운 여자로 어필되는 것을 원하지 않았다. 단지, 보호받고 싶은 마음이 여린 여자이고 싶었다.

"자신을 지키기 위해 강해지는 건 지혜로운 겁니다. 위대한 선택이기도 해요. 아무나 할 수 있는 것도 아닙니다. 서린씨니까 가능했을 겁니다. 그렇지 않았으면 위대한 엄마의 자리가 무너졌을지 모릅니다."

"그래도 당신에게까지 강한 여자로 보이는 건 싫어요. 당신 앞에서 여자다운 여자로만 살고 싶단 말이에요. 서린은 연약한 꽃잎처럼 하늘거리는 여린 여자란 말이에요. 호호호."

"그래요. 서린씨는 마음이 여린 여자는 맞아요. 하하하~. 내 앞에서는 무섭지도 않고 강한 여자는 아닙니다."

미혼모의 몸으로 숱한 아픔을 이겨낼 수 있었으므로 행복한 오늘이 존재한다는 걸 인정했다. 행복은 긍정적인 생각에서, 열어진 따뜻한 가슴에서, 현실을 바라보는 시선에서, 이 시대를 포용하는 지혜에서, 후회하지 않는 자신 있는 삶에서, 사계절 가리지 않고 아름답게 피어나는 향기로운 꽃이었다. 주스를 마시며, 과거 속으로 시간여행을 다녀온 두 사람은 집으로 돌아왔다. 기다리고 있던 민서가 반갑게 맞았다.

"아빠! 엄마하고 데이트 잘하셨어요?"

민욱은 서린을 한 번 쳐다보고 나서 고개를 끄덕이며 밝게 웃었다. 열 마디 말보다 한 번의 표정이 중요했다. 손에 주렁주렁 든 쇼핑백들이 민서를 불만스럽게 하고 말았다.

"엄마 아빠는 데이트하시라니까 쇼핑만 하셨나 봐요?"

민서는 아빠와 엄마를 번갈아 보며 불만을 토로했다. 민서의 생각은 추억이 깃든 곳(면회소 등)에서 아름다웠던 여대생 시절을 회상하며 행복한 시간을 즐겼기를 바랐기 때문이다. 민욱은 빙그레 웃었다.

"쇼핑하는 게 엄마가 원하는 데이트 코스 중의 하나였어. 추억이 깃든 곳에도, 네가 태어나서 30년을 살았던 집에까지 다녀왔어. 그러니 걱정하지 마라. 하하하."

민욱은 추억의 장소에도 들렸고, 쇼핑은 엄마가 원하는 것이었으니 실망하지 말라는 메시지를 전했다. 그러자 서린은 미소를 머금고 행복한 얼굴로 민욱을 거들었다.

"쇼핑이 어때서? 아빠와 함께 가장 엄마가 해보고 싶었던 게 쇼핑하는 거였어. 오늘 마트에도 가고, 백화점에도 갔으니, 그 소원을 성취했잖니. 엄마는 지금 기분이 좋아. 나중에 재래시장과 오일장터에만 가보면 돼. 호호호~~."

서린은 덧붙여서 면회소와 살던 집에도 갔었다고 자랑했다. 모텔이 있던 곳에 갔다는 것만 빼버렸다. 그 말을 들은 민서는 어린 아이처럼 손뼉 치며 좋아했다.

"정말이에요? 엄마?"

민서의 눈에는 갑자기 눈물이 핑 돌았다. 엄마의 심정이 그 정도인지 깨닫지 못했다. 아빠가 있는 아이들을 부러워할 때, 엄마는 남편과 함께 쇼핑하는 여자들을 부러워했다는 사실이 놀라웠다. 아빠가 없는 엄마의 옆을 지켰던 민서의 마음이 아팠다.

"그렇다니까. 엄마가 언제 거짓말하는 것 봤니? 전에도 넋 나간 사람처럼 그들을 본다고 네가 엄마한테 핀잔줬잖아."

"그랬던 적이 있었죠. 그 정도인지는 몰랐어요. 민서가 오늘 충격 먹었어요. 엄마의 깊은 속마음을 몰랐다니, 아빠가 보고 싶은 민서 생각만 했나 봐요."

잔잔한 충격을 받은 민서는 지금이라도 즐거워하는 엄마의 모습이 보기 좋아서 그나마 다행스러웠다.

"딸아! 너도 알겠지만, 소원이란 게 거창한 것이 아니라 알고 보면 소박한 거란다. 호호호~~. 그렇다고 충격 먹을 것까지는 아니야. 엄마는 기분이 좋아."

상쾌한 웃음을 남겨두고 서린은 민욱의 옷가지가 든 쇼핑백을 들고 안방에 와서 옷장에 나란히 정돈했다. 그 옷장 문을 열어놓고 바라보며 흐뭇한 미소를 날리며 움직이지 못했다. 남자 옷이 없던 옷장에 한 벌의 남성복이 자기의 옷들과 사이좋게 걸리게 되는데, 무려 44년이란 세월이 걸렸다는 사실에 감격스러운 얼굴에 눈물이 핑 돌았다. 양복을 만지작거리는 그 표정은 진정으로 행복해 보였다. 운동선수가 수상한 금메달을 벽에 걸어놓고 지켜보면서 기뻐하는 그 모습과도 흡사했다.

얼굴에 미소를 가득 뿌리고 안방에서 나온 서린은 음식 재료를 챙겨서 주방으로 사라졌다. 기뻐하는 엄마의 뒷모습을 보며 안쓰러운 표정을 지우지 못한 민서는 아빠 옆에 앉았다.

"엄마가 행복해하니까 기뻐요. 아~빠~~ 고마워요. 우리 엄마 많이 사랑해 주세요. 사랑에 흠뻑 취해서 정신을 차리지 못하도록 말이에요. 호호호."

민서는 아빠의 볼에 입을 맞추며 고운 미소를 선물했다.

"고맙긴 .... 아빠도 가슴은 아프지만, 엄마의 기분이 좋으니까 아빠 기분도 좋아. 엄마가 이처럼 좋아할 줄은 몰랐어. 그래서 엄마한테 엄청 미안해."

"아빠~~ 가슴 아파하지 마세요. 엄마도 아빠가 아파하시는 걸 원하지 않을 거예요. 아빠는 엄마를 지금부터라도 사랑해 주시면 돼요. 헤헤헤~~."

"알았다. 민서가 사랑 전도사 같구나. 하하하~."

민욱은 크게 숨을 내쉬며 웃었다. 서린은 주방에서 분주하게 저녁 밥상을 준비하고 있었다. 굴비도 굽고, 문어숙회와 낙지볶음, 갈비 바비큐와 스테이크를 준비하는 서린의 손은 바삐 움직였다. 거실까지 흘러나오는 엄마의 콧노래 소리를 들은 민서는 코가 시큰했다. 저토록 엄마가 즐거워하는 모습을 본 적이 있었는지 생각도 나지 않았다. 엄마의 가장 큰 행복은 아빠에게 있었다는 사실을 부정하지 않았다. 너무나 단순하고 명료한 이치이기 때문이다.

"아빠! 또 다른 데는 안 가셨어요?"

"엄마가 말한 대로 아빠가 근무했던 부대 면회소에 갔었지. 엄마가 아빠를 만나면 제일 먼저 가보고 싶었던 곳이라고 했어."

"아~~. 그랬군요. 추억의 장소는 맞긴 맞네요. 히히히~. 어렸을 때, 민서도 가봤어요. 면회소 마당에서 아빠 찾아 마구 다녔어요. 군인 아저씨 붙잡고 우리 아빠 찾아달라고 울었던 적도 있었어요. 호호호~."

민서는 아빠를 쳐다보며 애교 미소를 발산했다. 면회소란 엄마에게는 가장 가슴 속에 남아 있는 추억의 장소라 생각했다. 자신이 어렸을 때, 엄마 따라 몇 번 가본 적이 있었던 것을 기억했다. 면회소에서 군인을 붙잡고 아빠를 찾아달라고 떼를 쓰며 엄마를 힘들게 했던 그 시절을 소환한 민서는 주방으로 향했다.

혼자 남은 민욱은 거실을 둘러봤다. 벽의 바닥에서부터 천장까지 작은 그림들이 계단형식으로 예쁘게 장식된 것을 감상했다. 그림에 조예가 깊지 않았고, 감상할 수 있는 작은 상식도 갖추지 못했지만, 묘한 곡선의 흐름과 색채의 놀라운 조화와 역동적인 아름다움을 공감할 수 있어서 화폭에 담긴 작품의 의미가 대단하다는 것을 느꼈다.

 미혼모의 몸으로 사회의 따가운 시선을 받으면서도 굴하지 않고 꿈을 이루기 위해 그림을 손에서 놓지 않았던 그 집념이 위대한 빛을 발했다고 생각했다. 홀몸으로 낳은 딸을 사랑과 열정으로 지키며, 모진 세파와 혈전을 벌이면서 대학을 졸업하고, 고등학교 미술 교사를 하면서 대학원(석사, 박사)을 거쳐 대학교수로 재직하며 미술계에 크게 이바지했으며, 서양화가의 정상에 오른 서린의 승리가 경이롭기까지 했다.

 다시 얼굴 없는 군인의 모습이 담긴 그림 앞에 섰다. 손가락으로 조심스럽게 물감이 묻지 않은 밋밋한 얼굴을 어루만지며 형체도 없는 눈썹과 눈, 그리고 코와 입술을 손가락으로 그려봤다. 오랫동안 얼굴을 나타내지 못한 군인에게 이젠 그 얼굴을 찾아주었으면 하는 마음이 간절했다. 지금껏 얼굴 없이 예쁜 숙녀의 옆자리를 지켜온 군인의 모습이 가여웠기 때문이다. 민욱은 주방 쪽을 살피며 미안해서 그 얼굴 부분에 살며시 입을 맞추었다.

 문이 열려있는 옆방으로 들어갔다. 서린의 작업공간인 듯했다. 다양한 그림 도구며, 화가의 왼손에서 색채의 예술을 만들어 내는 팔레트도 다양한 색상으로 화장하고 여기저기서 쉬고 있었다. 이 모습 저 모습의 그림들이 이리저리 널려있었으며, 원목 이젤과 스틸 이젤 위의 캔버스에는 작업 중인 미완의 작품도 화가의 손길을 기다리고 있는 모습이 여유 있어 보였다. 거기에는 화가의 절대적 화풍이 어우러져 있었고, 서린의 여자다운 향기가 묻어있는 아름다운 공간이었다. 여러 그림에서 화려한 색채와 손잡은 어두운색의 조화는 민욱의 마음을 흔들어 놓았다. 화려한 겉과는 달리 속을 채운 어두운 명암의 흐름이 고독한 삶을 대신 말해주는 것 같아 순간 숙연해졌다. 그림들은 마음 놓고 민욱의 중추신경을 자극하고 많은 생각에 잠기게 했다. 미혼모의 이름으로 외로움을 벗 삼아 캔버스를 채웠을 서린의 마음과 생각이 곳곳에 묻어있음을 느낄 수 있었다. 이때, 민서가 들어왔다.

"아빠! 여기 계셨어요?"

"응. 그림을 구경하는 중이야. 멋진 그림들이 많이 있네."

"이곳은 엄마가 밤에 잠도 안 오고 외로움을 느낄 때 작업하는 곳이랬어요. 그림을 그리다가 그리움이 몰려올 때는 울 때도 있었데요. 그래서 엄마만의 소중한 공간이에요."

그림을 그리면서도 고독해서 울고, 외로움에서 울고, 그리움이 사무쳐서 울었다는 작업실은 민욱에게 많은 질문을 던졌다. 머리가 혼란스러웠다. 눈앞은 안개에 휩싸였다. 은장도로 허벅지를 찌르는 아픔을 수없이 경험했을 서린의 처절한 모습이 방 안에 가득했다. 그래서 서린의 고상한 냄새도 나는 것 같았다.

"그렇구나. 엄마에게는 의미 있는 공간이네. 없어서는 안 될 아주 소중한 공간이구나."

"네. 그래요. 여기서 아빠 생각도 수없이 했을 거예요. 지금은 어디에서 어떤 모습으로 살고 계실까? 행복하게 살기는 한 걸까? 신비스러움을 경험했던 그날 밤을 기억하기는 하는 걸까? 하고 많은 질문을 던졌을 거예요."

민서의 의미 있는 말에 코끝이 시큰거렸다.

"그래서 그런지 방 안 공기가 싸늘하게 느껴진다. 아빠가 죄인이라서 그런가 봐."

서린의 슬픈 울음소리가 사방 벽에 부딪힌 흔적이 보이는 것 같았다. 천장을 쳐다봤다. 에어컨 환기통이 넓은 자리를 차지하고 시원한 공기를 뿜어냈다. 천장은 그 울음소리를 남김없이 담아놓은 것처럼 느껴졌다. 어두운 밤에 혼자 있으면 외로워서 우는 서린의 애절한 슬픔이 들려올 것 같았다.

"그건 아니에요. 아빠! 참, 우리 신랑이 왔어요. 나가요. 아빠!"

민서는 상큼하게 미소 지으며 팔짱을 끼고 방을 나왔다. 거실에는 듬직한 젊은이가 기다리고 있었다. 병원에서 익히 인사를 나눈 사이로 낯설지 않았다.

"여보~ 병원에서 만났던 아저씨가 아니고, 이젠 우리 아빠야. 자기한테는 장인 어르신이지. 우리 아빠는 전쟁터에서 전사하지 않으시고 이렇게 살아계셨어."

민서는 감격스러운 표정을 지으며 남편에게 아빠를 소개했다. 민욱은 먼저 여유 있는 미소로 악수를 청하며 입을 열었다.

"반가워요. 이렇게 여기서 만나게 됐군요."

민서 남편은 공손하게 허리를 굽혀 악수를 받았다. 그 얼굴에는 아직도 믿을 수 없다는 희미한 그림자가 자리하고 있었다.

"네, 반갑습니다. 사위 양동철입니다. 장인어른!"

민서의 남편은 어딘가 모르게 부자연스러운 표정을 지우지 못했다. 전사하셨다던 장인이 갑자기 나타났으니 그럴 법도 했다. 온다는 얘길 듣고 마음의 준비를 했겠지만, 자연스럽지는 않아 보였다. 사위의 목소리를 들은 서린이 주방에서 얼른 나왔다.

"양 서방! 정식으로 인사드리게. 민서 아버지이고, 자네 장인어른이셔. 병원에서 만났다니까 초면은 아니라서 다행이다. 앞으로 좋은 친구 같은 장인이 될 걸세."

서린은 부자연스러운 표정의 사위 손을 잡고 원활하게 가족 간의 교통정리를 하며 예를 갖추었다. 민욱을 거실 카펫 바닥에 방석을 깔고 앉게 하고, 민서 부부가 큰 절로 정식인사를 하도록 했다. 서린은 다정하게 민욱 옆에 앉아 손을 잡았다. 민서 부부는 다소곳하게 큰 절로 인사를 드렸다. 민욱은 사위의 절을 받는 것이 부담스러웠다. 준비된 밥상에 수저만 올리는 격이 된 현실이 부끄러워서 사위를 보는 장인 마음이 몹시 불편했다.

"내가 두 사람의 절 받을 자격이 있나 싶네. 아빠로서 아무것도 해준 게 없으니 부끄럽다. 양 사방! 앞으로 친하게 지내도록 해요. 부족하지만 좋은 장인이 되도록 노력할 테니까요."

큰절로 의식을 마치고 바로 앞에 나란히 앉은 민서가 고운 미소로 답했다. 가시방석이 따로 없었다.

"아빠는 민서 아빠잖아요. 해주신 게 왜 없어요? 민서를 이 세상에 태어나게 해주셨잖아요. 아빠! 고마워요. 앞으로 좋은 딸, 좋은 사위가 되도록 노력할게요."

잠자코 있던 사위가 표정을 정리하며 무겁게 입을 열었다.

"그럼요. 우리 둘의 아버지이십니다. 어머님이 행복하게 보여서 우리 부부는 더 바랄 게 없어요. 어머님을 잘 부탁드립니다."

말수가 적다는 사위였지만, 나름대로 각오하고 준비한 것 같았다. 그 말의 의미를 느낀 민욱은 자신의 존재를 받아들인 사위가 고마웠다. 민욱은 사위 앞으로 가서 처음으로 포옹했다.

"고마워요. 늦었지만 지금부터라도 좋은 아버지가 되도록 노력할게요. 우리 친구같이 잘 지내요. 내게는 더없이 소중한 사위예요. 정말 만나서 기뻐요. 이렇게 든든한 사위가 생겼다니 꿈만 같네요. 하하하~~."

두 남자의 포옹을 보며 모녀는 감동하는 표정으로 좋아했다. 기뻐하는 민욱의 모습이 아버지의 자리를 빛나게 할 줄 의심하지 않았다. 비록, 자주 만날 수 없는 현실에 가려져 있을지라도 가족이란 든든한 울타리를 지켜줄 사람으로 믿었다.

"아버님으로 불러도 되죠?"

"아무렴, 편할 대로 불러요."

"아버님! 말씀 낮추세요. 듣기가 거북합니다."

"그래요. 하하하~. 사위가 거북하다니 그래야겠군요."

민욱의 기분은 최상급이었다. 모두 카펫 자리를 거두고 소파에 앉았다. 민서 남편은 장모의 행복해하는 표정에서 한결 마음이 편안했다. 언제나 혼자서 외로움과 벗하는 모습을 오랫동안 곁에서 가슴 아리게 지켜봐 왔었기에 달라진 장모의 모습이 너무나 예뻐서 생소하기도 했다.

"아빠! 이렇게 우리 같이 살았으면 좋겠어요."

이것이 민서의 솔직한 심정이었다. 서린의 바람이기도 했다. 그러나 운명은 그리 가볍지 않았다. 기적 같은 만남은 허락했지만, 같이 생활할 삶은 아직 허락되지 않았다. 민서와 서린의 바람은 영원히 이루어지지 않을지도 모른다.

"민서야! 그런 말을 하면 안 돼. 아빠가 힘들어하시잖아. 아빠를 만나고, 같이 시간을 보낼 수 있으니, 이것에 만족하고 욕심을 부리지 말자. 아빠를 편안하게 해드려야 해."

서린은 민욱의 곤란한 표정을 읽고 민서를 타일렀다. 서린도 민서처럼 그러고 싶은 마음은 강물처럼 흐르지만, 그럴 수 없는 현실을 외면해서 안 된다는 생각은 변함없었다. 욕심내지 않기로 일찍이 각오한 서린이다. 제한된 구역에서, 허락된 시간에서 존재가치를 일깨우며 양가의 화목을 지키고 싶어 했다.

"알았어요. 미안해요. 아빠! 민서 생각이 짧았어요."

민서는 아빠의 눈을 지켜보며 그 심정을 이해한다는 눈빛을 보냈다. 아빠를 44년 만에 만났지만, 엄마와 같이 살 수 없다는 것이 무척 서글펐다. 아빠가 옆에 있어서 기뻐하는 엄마의 모습이 눈앞에서 지워지는 것을 원하지 않았다. 아빠가 떠나고 나면, 또다시 외로움을 안고 사는 엄마의 모습을 볼 자신이 없었다. 자신이 아무리 발버둥 쳐도 해결할 수 없는 어려운 문제이므로 생각하면 눈앞이 캄캄했다.

"아빠가 자주 올게. 민서하고 엄마가 가끔 대전을 방문해도 되잖아. 민서의 눈을 보니 무얼 걱정하는지 알겠어. 가능하면 엄마가 예전처럼 외로워하지 않도록 아빠가 노력할게. 엄마 곁에 민서와 양 서방이 있어서 아빠는 마음이 든든해."

"아빠의 눈은 속일 수 없네요. 아빠 앞에서 마음을 감출 수 없어서 속상해요. 히히히~~. 아빠를 만나 행복해하는 엄마가 가엽게 보여요."

"내가 모른 체 할 걸 그랬나? 하하하~~. 엄마는 가엽지 않아."

민서의 심술 궂은 애교에 민욱은 민망하게 웃었다. 그 웃음에 가족들은 환한 미소를 얼굴에 그렸다. 이때였다. 현관문이 열리고 귀한 손님이 도착했다. 만면의 미소가 가득한 얼굴로 점잖아 보이는 덩치의 남자와 품위 있는 여인이 나타났다. 민욱과 의논한 서린은 오빠와 올케언니를 초대한 것이다. 거실 분위기는 조금 전과는 달랐다. 잠시 적막이 흘렀다. 민욱은 얼른 일어나서 눈이 마주친 백 회장께 머리 숙여 초면 인사부터 했다. 뺨이라도 때리면 맞을 각오로 기다린 민욱은 몸짓이 우둔해 보였다. 외삼촌을 대하는 아빠의 무거운 표정과 싸늘한 분위기를 인식한 민서가 분위기 반전에 나섰다.

"삼촌! 숙모! 어서 오세요. 오랜만이에요. 호호호~~."

민서는 삼촌에게 안겨 볼에 입술을 찍으며 환영했다. 애교스러운 민서의 환영을 외삼촌은 좋아서 만면에 미소를 그렸다.

"민서하고 오랜만이었나? 하하하~ 우리 가여운 귀염둥이 항암치료는 잘하고 있어?"

삼촌은 민서의 얼굴을 들여다보며 항암치료 중인 조카를 딱한 마음으로 살피며 다정하게 안아줬다. 그 인자한 모습이 아빠처럼 친숙했다. 아빠 없이 외롭게 자라는 민서를 곁에서 지켜보며 언제나 가슴 아파했던 외삼촌이었다. 외삼촌에게는 민서가 아픈 손가락이었다.

"네, 삼촌! 이젠 많이 좋아졌어요. 걱정하지 않아도 돼요."

숙모에게 와락 안겼다. 숙모도 민서의 건강을 걱정했다. 집안에 아들만 둘을 두고 있어서 민서의 재롱과 애교를 언제나 좋아하며 친딸처럼 생각했던 외숙모였다. 오늘도 민서의 재롱잔치가 막을 올렸다. 불편한 마음으로 우두커니 서 있는 민욱의 손을 잡고 오빠와 올케언니에게 인사시켰다. 민욱은 가까이 다가서서 무겁게 입을 열었다.

"처음 뵙겠습니다. 강민욱입니다. 이렇게 뵙게 될 줄은 생각도 못 했습니다. 면목이 없어서 죄송할 따름입니다."

백 회장은 부드러운 표정으로 민욱을 찬찬히 살펴보며 손을 내밀었다. 민욱은 그 손을 조심스럽게 잡았다.

"만나게 되어 반갑습니다. 서린의 오빠 백승호라고 합니다. 알고 계시겠지만, 우린 친구 같은 오누이입니다. 서린의 그간 아픔이 내 아픔이었죠."

체격이 듬직한 오빠는 굵직한 톤으로 분위기를 압도했다. 서두부터 긴장한 민욱에게 무거운 겁을 주었다. 서린의 아픔이 자신의 아픔이란 말에 민욱의 얼굴은 굳어버렸다. 불편한 얼굴의 민욱은 옆에 있는 올케와도 인사를 나누었다. 민욱을 관찰하는 올케의 눈빛도 장난이 아니었다. 사냥감을 발견한 매의 눈과 같았다.

"만나고 보니, 젊었을 때는 우리 애기씨가 반할 만도 했네요. 호호호~. 애기씨를 생각하면 언제나 미웠고 원망스러운 상대였어요. 만나 뵈니 훨씬 마음이 편안해요."

원망스러웠던 표정을 상기시키면서 첫인상에 품위가 있는 호남형의 민욱을 나쁘게 평하진 않았다. 여자의 예리한 감성은 민욱의 훌륭한 인품과 지적인 의미를 짐작했다. 인사가 끝나고 가족들은 소파에 마주 보고 자리를 잡았다. 세월의 연륜이 쌓였어도 이 분위기를 이겨내지 못한 민욱의 표정은 불편한 마음에서 조금도 벗어나지 못했다.

"만나면 뺨이라도 때리고 싶었는데, 동생을 봐서 참아야겠네요. 그만큼 세월도 많이 흘렀으니 어쩌겠어요. 하하하~. 민서가 저렇게 컸으니 말입니다. 만약, 그때 만났으면 몸이 성치는 못했을 겁니다. 팔다리가 부러지도록 두들겨 팼을 테니까요. 이게 그때의 제 심정입니다."

백 회장은 거친 언행을 쏟으면서도 여유로운 표정으로 지금 만난 것을 다행이라고 말했다. 민욱의 불편한 심정을 알기라도 한 것 같았다. 하늘 아래 둘도 없는 예쁜 여동생을 인생 최대 위기로 몰아넣은 장본인에 대한 원망은 그 어디에 비길 데도 없었다.

"죄송합니다. 할 말이 없습니다. 지금이라도 화풀이하신다면, 당할 각오를 하고 왔습니다."

옆에 앉은 서린은 민욱의 동정을 열심히 살피며 불편하지 않도록 적극적으로 도왔다. 가시방석에 앉은 것 같은 민욱의 불편한 심정을 알기 때문이다. 오빠의 인품으로 봐서 폭력은 없을 것으로 확신했어도 민욱의 표정에는 불안의 그림자가 너울거렸다.

"당신 잘못이 아니라고 했잖아요. 당신의 이런 모습 싫어요. 우리 오빠도 당신을 이해할 거예요. 긴장하지 마세요."

민욱은 잠자코 있으라고 서린에게 눈짓했다. 어려운 관계의 초면이니 그럴 수밖에 없다는 시그널을 보냈다. 이를 눈치를 챈 백 회장이 미소를 지으며 편안하게 말했다.

"서린아~ 그래 두둔하지 않아도 오빠는 알아. 하하하~~. 민서 아빠가 잔뜩 겁을 먹고 있으니, 네가 그럴 만도 하다. 내가 초면에 좀 무섭게 한 것 같구나. 하하하."

백 회장은 잔뜩 긴장한 민욱을 살피며 서린을 안심시켰다.

"그럼요. 지나간 건 잊어버리세요. 이젠 한 가족이 되었잖아요. 우리 애기씨의 이처럼 행복한 얼굴은 제가 시집온 후로 처음 봤어요. 이것만으로도 얼마나 다행이에요. 애기씨 모습이 너무 보기 좋아요. 그간의 일로 욕심을 부린다면 한이 없을 테지만 이거면 됐어요. 저이가 괜히 그러시는 거예요. 호호호."

무거운 분위기를 탈피하기 위해 올케까지 거들었다. 민서의 아빠를 만날 수 있다고 감격하며 좋아하던 서린을 생각했다. 친구 같은 올케의 자리, 친정엄마의 역할까지 마다하지 않고 서린의 심중을 보살폈던 올케였다. 그러기에 얼굴에 구름이 걷히고 밝은 미소가 찾아온 것에 환호성을 울렸던 올케였으니, 오늘이 두 사람에게 얼마나 소중한 날인지 알고 있었다.

"언니! 고마워요. 호호호~~. 내가 언니 덕으로 살았어요."

서린에게는 친언니보다 더 소중한 존재였다. 슬픈 일이 있어도 올케언니에게 안겨서 위로받았고, 기쁜 일이 있어도 올케언니에게 달려갔으며, 민서를 키우면서 심적인 도움을 수없이 받았던 서린이었다. 무슨 일이 있어도 올케언니와 의논했던 아주 절친한 시누이올케 사이는 한 번도 비뚤어지지 않았었다.
 "내가 애기씨한테 오히려 삶에 대한 지혜를 많이 배웠어요. 호호호~~. 사회적으로 보면 내가 후배예요."
 시누이올케 간의 다정한 얘기를 들으면서 민욱의 긴장도 조금씩 풀렸다. 백 회장은 민욱을 용서했다. 동생이 고통스러운 나날을 보내고 있을 때, 묻힌 곳을 알면 무덤이라도 파내서 때려주고 싶었던 오빠였다. 동생의 처절한 아픔을 보면서 하늘을 쳐다보며 탄식하고 울분을 토했던 사이좋은 오누이였다.
 "우리 잘 지내봅시다."
 백 회장은 다시 한번 손을 내밀었다. 민욱은 얼른 몸을 반쯤 일으켜서 악수했다. 아까는 느끼지 못했던 큼직한 손아귀의 힘이 전달되었다. 압도되고 말았다.
 "감사합니다. 잘하도록 노력하겠습니다."
 "민서 아빠와 친구가 되고 싶어요. 나이는 나보다 두 살이 많은 걸로 아는데, 사회에서 친구 사이에는 그 숫자가 상관없잖아요. 어떻게 보면 좋은 친구가 될 것 같습니다."
 "친구가 되어주신다니 환영합니다. 서린씨에게 들으셔서 아시겠지만, 사람의 정이 몹시 그리운 사람이거든요. 형님으로 모시며 좋은 친구가 되도록 노력하겠습니다."
 "좋은 친구가 생겨서 좋습니다. 하하하~~. 우리도 외로운 가족이에요. 나까지 삼대가 외동이었거든요. 앞으로 좋은 가족이 되어주세요. 그런 의미에서 좋은 날을 택해서 대전 가족을 우리 집으로 한 번 초대할게요."

백 회장은 민욱과 유나를 집으로 초대하겠다고 했다. 미운 사람이지만, 그의 올바른 인성을 일찌감치 파악한 것 같았다. 사업가는 첫눈에 사람을 잘 파악하는 소질이 있다는 것이 널리 알려진 사실이다. 첫 대면에 마음을 연 것을 보면 백 회장의 인품도 어렵지 않게 알만 했다.

"삼촌! 우리 아빠 유명한 경제학박사예요. 우리나라에도 번역된 책이 많은데 대학에서 교재로 사용하고 있데요. 헤헤헤~~."

"응, 그래! 그렇다면 유명한 경제학박사가 친구고 매제라니 더 신이 난다. 하하하~~ 민서는 훌륭하신 아빠가 계셔서 좋겠다. 유별나게 아빠를 그리워하며 우는 너를 많이도 달래줬던 그때가 생각나는구나. 이젠 삼촌은 걱정하지 않아도 되겠다."

"네, 삼촌! 삼촌을 괴롭혔던 생각이 떠올라요. 호호호. 우리 아빠가 경제학박사라서 좋아요. 그것도 세계적으로 명문 대학인 스탠퍼드대학교 경제학박사잖아요. 호호호~~."

민서는 어린아이처럼 좋아하며 아빠를 자랑하는데 인색하지 않았다. 엄마 옆을 차지하고 있는 멋진 아빠에게 애교스럽게 윙크를 쏘았다. 그 윙크는 아빠에게 용기를 심어줬다.

"그래, 민서가 자랑할 만하다. 삼촌도 스탠퍼드대학을 잘 알아. 내 친구가 경제학이 아니고 박사도 아니지만, 스탠퍼드대학을 졸업했거든. 하하하~~."

가족들을 입을 모아 유쾌하게 웃었다. 백 회장은 전남대학 경영학과를 졸업한 엘리트였다. 아버지로부터 대형운수업체를 물려받아 경영일선에서 많은 사람으로부터 신망받는 경영인이 되었으며, 사업을 알뜰하게 확장하여 건설업과 유통업 등 몇 개의 사업체를 거느린 호남지방 중견그룹의 회장이었다.
　그의 집은 부모님께서 사시던 지산동의 고급저택에 살고 있었다. 건축회사를 운영하고 있으니 집을 리모델링 하는데 어렵지 않았다. 신축보다 더 신경이 쓰였다고 했다. 부모님의 숨결이 살아 숨 쉬고 있는 곳이기에 조심스러웠다고 고백했다. 워낙 사람을 좋아해서 찾아오는 손님들이 많아서 시끄러우니까 아파트는 적당하지 않아서 단독주택이 편안하다며 웃었다. 넓은 대지에 정원까지 갖춘 저택이라고 민서가 거들었다.
　슬하에는 아들이 둘 있는데 결혼해서 외국에 있단다. 첫째 아들은 영국에서 컴퓨터공학과를 졸업하였고, AI관련 사업을 하고 있었으며, 둘째는 영국에서 기계공학과를 졸업하였고, 우즈베키스탄에서 자동차 판매사업(신차, 중고차)을 한다고 했다. 백 회장은 경험 삼아 꿈을 펼쳐보라고 허락했다고 고백했다.
　"초대해 주신다니 감사합니다. 이처럼 좋은 가족을 만날 수 있는 것이 모두 서린씨의 덕분입니다."
　민욱도 어지간히 긴장이 풀린 것 같았다. 어렵고 무거운 자리에서 편안함을 느낄 수 있었다. 서린은 오빠 가족이 있는데도 불구하고 민욱을 옆에서 안아주는 다정함을 보여줬다.
　"오빠도 서린이 신랑이 마음에 들죠?"
　"우리 서린인 환갑이 지났어도 못 말린다. 하하하~~. 그래 마음에 든다. 이제 됐니? 말썽꾸러기 동생아! 오빠도 이젠 마음이 놓인다. 민서 아빠가 계시니까 한결 마음이 편안하다."
　"호호호~~. 오빠도 언니도 민서 아빠를 부담스러워하지 않아서 너무 좋아요. 이젠 서린이 걱정은 하지 않아도 돼요. 오빠와 언니가 44년을 기다린 가치를 알아줘서 너무나 고마워요. 오빠! 언니!

사랑해요."

 손가락 두 개의 하트를 발송하며 예쁜 미소를 지었다. 서린의 풀포기 애교를 본 백 회장은 민욱에게 한마디 던졌다.
 "민서 아빠! 우리 서린이가 저런 여자였어요. 오래도록 기억해야 합니다. 이젠 서린을 울게 하지 마세요. 그만큼 울었으면 이젠 울 눈물도 남아 있지 않을 겁니다."
 "형님! 그런 줄 알고 있습니다. 형님 말씀을 명심하고 살겠습니다. 서린씨도 이젠 울지 않을 겁니다. 흘린 눈물도 다시 찾아주고 싶을 뿐입니다."
 온 가족의 한바탕 웃음보가 터지고 말았다. 분위기를 회복한 민욱의 유머가 터져 나왔다. 민욱의 불편했던 심정이 회복된 걸 안 서린은 그 입술에 뽀뽀까지 선물했다. 동생의 그런 모습을 보는 오빠의 심정은 맨몸으로 자갈밭을 기어다니는 기분이었지만, 보기 흉하진 않았다. 44년 동안 여자의 황금기를 눈물로 보냈던 동생이었는데, 이제 서야 그 남자를 옆에 두고 좋아하는 그 모습이 가슴을 저미게 했다. 백 회장도 울분으로 점철되었던 지난날을 기억에서 지우려고 애썼다. 지금의 이 행복이 서린의 곁에서 영원히 떠나지 않길 바라는 마음이 간절했다.
 만남의 희열을 가슴에 담아놓고 가족들은 식탁으로 자리를 옮겼다. 서린의 손과 수고와 정성으로 차려진 저녁 식탁은 푸짐했다. 넉넉한 밥상에 민욱은 놀람을 금치 못했다. 진수성찬이란 말이 부족했다. 임금님의 궁중 수라상이 조금도 부럽지 않았다. 화려한 밥상은 시각적인 맛의 즐거움과 마음의 풍요로움과 맛의 진미를 일깨워 주는 아름다운 밥상이었다.
 "입맛에 맞을지 모르겠어요. 정성으로 차렸으니 드셔보세요."

서린의 얼굴은 무척이나 밝았다.

"이런 밥상을 받다니 영광이고 감동입니다."

민욱은 감동을 숨기지 못했다. 맛깔스러운 음식들의 환영이 분에 넘쳐났다. 낮에도 이미 맛을 경험했으므로 그 맛을 의심할 수 없는 민욱은 고마움에 가슴 속으로 진한 눈물을 흘렸다. 백 회장과 올케도 놀람을 금치 못했다. 엄마를 닮아서 손맛이 뛰어나다는 것을 알고는 있었지만, 오늘의 밥상은 이외였다. 서린이가 정성으로 차려준 밥상에 모두가 무한 감사했다.

"우리 엄마가 기분을 엄청내셨네. 너무 맛있을 것 같아요. 아빠! 어서 드세요. 우리 엄마는 그림도 잘 그리지만, 음식도 맛있게 만드는 마법사의 손을 가졌나 봐요. 민서의 손은 엄마를 닮지 않아서 라면도 맛있게 끓이지 못한다고 신랑한테 혼나면서 살거든요. 히히히~~."

맞은편의 민서는 민욱을 재촉하며 엄마를 치켜세웠다. 미안한 마음으로 서린의 얼굴을 스캔하고 있던 민욱은 식사에 돌입했다. 그 맛을 가늠할 수 없는 민욱은 감동하는 눈빛을 서린에게 선물했다. 서린으로부터 두 번째 받아보는 밥상은 만족 그 이상이었다. 눈으로 그 맛을 담고, 그 맛으로 행복을 실감하는 순간은 즐거움으로 가득했다. 서린의 마음처럼 고운 정성에 감동하고, 놀라운 맛에 또 감동했다.

굴비구이와 갈치조림은 맛을 평가한다는 것이 어리석게 생각되었고, 얼큰한 우럭매운탕과 문어숙회와 별미의 낙지볶음은 입맛을 자극하는 데 일등공신 역할을 감당했다. 환자인 민서를 위한 스테이크와 갈비 바비큐 또한 예상을 뛰어넘는 맛을 제공했다.

"이것도 드셔보세요."

갈비 바비큐에 수저가 오지 않은 민욱에게 갈비 살점 한 토막을 숟가락에 얹어주며 상큼한 미소를 보냈다. 그러고 나서 오빠와 언니의 눈치를 살피며 예쁘게 웃었다. 이를 지켜본 민서가 그냥 넘어가지 않았다.

"우리 엄마 고생하신다. 음식 만드느라 고생하셨고, 아빠에게 반찬 올려주느라고 고생하시니 말이에요. 호호호~~."

서린은 민망한 표정을 감추지 못하고, 오빠와 언니에게, 민서와 사위에게도 한 토막씩을 올려주며 작은 불만을 토로했다.

"넌 어째 그냥 넘어가는 법이 없니? 딸이 엄마를 도와주면 안 돼? 잠자코 밥이나 먹었으면 예쁘기나 하지. 호호호~~."

이 말을 듣고 있던 백 회장이 분위기 파악을 못 한 민서를 귀엽게 꾸짖었다.

"엄마 말이 맞아. 민서가 좀 지나쳤어. 두 사람은 지금 열애 중이란 말이야. 민서가 눈치 없진 않은데 지금은 실수한 것 같다. 하하하~~."

아들만 둘인 백 회장은 딸 같은 민서를 무척 좋아했다. 성격이 명랑하고 애교가 많아서 민서를 많이 귀여워했다.

"엄마 미안! 삼촌 미안! 이게 민서의 한계에요. 헤헤헤~~."

민서는 엄마에게, 삼촌에게 파노라마 윙크를 날렸다. 이때, 사위가 싱긋이 미소를 얼굴에 띄우며 말했다.

"어머님! 보기 좋습니다. 수현이 엄마가 샘이 나서 그런가 봐요. 집에 가면 바가지를 긁겠는데요. 하하하."

"여보~ 그건 아니지. 내가 언제 바가지 긁은 적이 있었어?"

민서는 옆에 앉은 남편의 팔을 살짝 꼬집었다. 동지의 배신을 허락하지 않은 민서의 공격은 적절했다. 민욱과 서린은 딸과 사위를 보며 다정하게 웃었다.

"그래 맞다. 양 서방 말처럼 민서의 속이 들킨 거야. 호호호."

서린은 민서를 약 올렸다. 민서는 즉시 백기를 들었다.

"민서가 전패 당하고 말았네요. 우군이 배신해서 적군이 되었으니, 말이에요. 그래도 우리 집에 가면 우군으로 돌아올 거니까 걱정하지 않아요. 히히히~~."

가족의 끈끈한 정을 느끼는 순간이었다. 민욱은 가족구성원의 소중함을 다시금 경험했다. 고아였다는 신분을 잊을 정도였다. 고아의 자리에서 울먹였던 옛날이 가슴으로 다가왔다. 함께 웃어줄 가족도 없었고, 함께 울어줄 친척도 없었으며, 위로해 줄 친지도 없었다. 가족의 따뜻한 정의 절실함을 느끼면서 자라온 세월이 멀기만 했다.

"그건, 배신도 아니고, 적군도 아니란다. 화목한 가정을 위해 플러스와 마이너스는 적절하게 있어야 해. 민서가 이해해라."

"아빠까지 이러시기에요?"

"민서야! 아빠는 언제나 중립이야. 하하하~~."

가족 모두 한바탕 웃음으로 식탁을 풍성한 행복으로 채웠다. 웃음이 한껏 피어나는 식탁, 얼굴마다 행복의 빛이 영롱한 식탁, 맛을 즐거움으로 나누는 식탁의 빛깔은 어둠을 밝히는 청사초롱 같았다. 열렬하게 사랑을 했으면서도 그 사랑을 고백하지 못했던 서린, 영원히 헤어진다는 그 충격을 청초한 몸으로 덮었던 서린, 첫사랑이라 붙잡지 못하고 아픈 가슴으로 보내 준 도도하고 당당했던 서린은 이제 서야 그 사람을 위해 차린 밥상 앞에서 행복을 경험하고 있었다.

가슴에서 지울 수 없는 사람을 막연히 그리워하며 지나온 길고도 긴 세월 동안 수없이 그 사람을 위한 밥상을 상상 속에 차렸던 서린이었다. 이제, 44년이 훌쩍 지나서 그 상상이 현실로 돌아왔다. 그를 위해 음식을 준비하는 손길도 즐거웠고, 먹는 것을 보는 것은 행복이었으며, 바라보는 눈빛은 기쁨으로 소용돌이쳤다.

"정말, 잘 먹었어요. 요리 실력과 손맛이 대단합니다. 이 맛은 오래 기억될 겁니다. 이런 식단을 마련해줘서 고마워요."

민욱은 더 칭찬할 수 없는 것이 아쉬웠다. 이 말을 듣기까지 많은 세월이 걸렸다는 사실을 안타까워하는 서린의 가슴에 잔잔한 파고가 일었다. 기쁜 일이나 슬픈 일이 있을 때마다 곁에 오빠와 올케언니가 있었으므로 위로가 되었던 서린이었다.

"맛있었다니 내가 고맙네요. 호호호."

스무 살 여대생의 몸에 다이아몬드로 치장한 것도 아닌데, 어여쁜 몸을 보여주려고 과감하게 옷을 벗었던 철부지 여대생, 무모하고 역동적이었던 어설픈 성적 행위, 그 사랑을 이제 서야 가슴에 안은 예순이 넘은 여인은 아픈 과거를 되돌아봤다. 완전하게 여물지도 않았던 보석보다 소중한 순결한 여대생의 사랑, 그 하나만을 간직한 채 긴 세월과 첫사랑의 그림자와 동행했던 서린은 지치지 않았다. 그토록 무색했던 첫사랑에 아름다운 색깔을 서서히 입히고 있는 모습은 우아했다. 어둡고 침침했던 색을 하얀색으로 걷어내고 화려한 색을 덧입히는 작업은 그녀의 몫이었다.

저녁 만찬을 끝낸 가족들은 거실에 자리를 잡았다. 무더위를 식히며 시원한 과일로 후식을 즐겼다. 서린을 바라보는 백 회장의 얼굴에 흐뭇한 미소가 번졌다. 애처롭기만 하던 동생이 늦었지만, 혼례를 올린다니 이보다 기쁜 일은 없었다. 민욱을 보는 눈빛도 온화했다. 미워할 수만 없는 고마운 사람으로 생각했다. 민욱의 마음도 차츰 편해지고 있었다.
 "아빠~ 이리 오세요."
 민서는 외삼촌 앞에 앉아 있는 아빠의 팔을 잡고 끌었다. 이를 흐뭇한 미소를 입가에 띠우며 바라보던 서린은 설거지하려 주방으로 들어갔다. 올케언니도 뒤를 따랐다. 민욱은 민서의 손에 이끌려 어느 방으로 들어갔다.
 "아빠! 이 방은 엄마의 보물창고예요."
 방안을 살핀 민욱의 눈은 휘둥그레졌다. 정말 값진 보물이 눈앞을 황홀하게 덮쳤다. 가정에서 이처럼 귀한 것을 볼 수 있을 줄은 정말 몰랐다. 잘 정돈된 희귀 미술작품이나 고려청자의 위풍당당한 모습과 귀중한 골동품들은 화려하고 고풍스러웠다.
 "이게 다 뭐야!"
 단번에 시선을 제압한 피카소 그림 두 점과 네오날드 다빈치 그림이 놀라게 했다. 이름이 생각나지 않는 유명 화가들의 그림들도 여러 점이 거만하게 벽을 차지하고 있었다. 넓은 방에는 화려하고 고운 빛을 발산하는 도자기(청자, 백자, 주전자, 항아리, 접시, 화병 등) 여러 점은 유리상자의 보호를 받으며 위엄한 자태를 뽐내고 있었고, 고풍스러운 나전칠기 문갑류 등도 문항이 다른 여러 점이 시대적 시간여행을 보여주고 있었다.
 "희귀하고 고가의 개인 소장품으론 정말 엄청나다. 엄마의 새로운 면을 볼 수 있구나. 대단한 열정의 수집가네."
 서린의 또 다른 면에 감탄했다. 전문가는 아니지만, 그간 미국에서 귀로 듣고, 눈으로 보며 부러워했던 경험이 있으므로 소장품이 대단하다는 것을 느낄 수 있었다. 서린에게 이런 취미가 있는 줄은 미처 생각하지 못한 민욱은 놀람을 금치 못했다. 놀라서 입을 다물지 못하는 민욱에게 민서는 말했다.

"아빠~, 엄마의 열정에 값어치를 따질 수 없지만, 엄마가 그러는데 100억은 훨씬 넘는데요. 우리 엄마 대단하죠?"

세계적으로 유명한 경매사이트에서 낙찰받은 것도 많고, 외국에 전시회 관계로 여행하면서 고가로 구매한 것들도 있다고 했다.

"대단한 게 아니라 놀라서 말이 안 나온다. 하하하~~."

민욱은 머리가 멍했다. 민서는 부연설명을 했다. 피카소 등 유명화가들의 그림은 영국이나 유럽, 프랑스, 미국 등에서 경매에 직접 참여하여 낙찰받았고, 도자기 종류와 문갑 등은 우리나라를 비롯해서 일본, 중국 등에서 경매로 구매했다고 했다. 경매에는 엄마가 현지에서 응찰했다면서, 그 집념은 누구도 못 말린다고 자랑했다. 민서가 자랑할 만했다.

"그래. 엄마는 무섭도록 철저하고 겁이 없는 여자인 것 같다."

보물창고를 구경한 민욱은 서린의 또 다른 모습을 보는 것 같아 경악하지 않을 수 없었다. 돈도 문제였지만, 두려움이 없는 대담한 성격과 외국의 경매장을 이용한 진취적인 행동에 놀라움을 가눌 길이 없었다.

"맞아요. 엄마는 좀 별난 여자예요. 뭐든지 무서워하지 않아요. 생각했던 일은 꼭 성취하고 마는 저돌적인 성격이에요. 아빠에게 그랬던 것처럼 말이에요. 호호호~."

"하하하~. 그건 맞는 말이다. 예전에도 그랬던 것 같았어."

"그랬나 봐요. 엄마니까 민서를 낳게 되었나 봐요. 헤헤헤~~."

"다른 건 몰라도 민서를 낳은 것이 잘한 건지, 잘못한 건지 모르겠어. 민서를 생각하면 엄마가 잘한 것 같기도 해. 하하하~~."

부녀는 서로를 쳐다보며 호쾌하게 웃었다. 이때 서린이 나타났다. 놀라워하는 민욱에게 그림을 수집하다 보니 판이 커졌다며 대수롭지 않게 웃으며 말했다. 사실은, 민욱에 대한 그리움을 달래고, 미혼모의 강퍅한 스트레스를 풀고, 혼자 사는 여자의 울적함을 해소하려고 시작했던 아름다운 희생의 부산물이라 했다.

"나중에 집을 지으면 그림과 도자기를 드릴게요."

"그건 안 돼요. 귀한 걸 받을 수 없어요. 아틀리에가 완성되면 전시실을 만들어 전시하는 게 좋겠어요. 귀한 것들이니 여러 사람이 감상하는 편이 옳을 것 같아요. 하나하나에 서린씨의 수고와 열정이 묻어있는 소중한 것들입니다. 귀하게 대접을 받아야죠."

민욱은 반대했다. 민서도 아빠의 의견을 존중한다고 동의했다. 왠지 서린은 서운한 것 같았다. 자신의 성의를 무시당하는 것 같아 기분이 썩 좋지 않았다. 잠시 냉기류가 흘렀다. 민서는 이 기류를 피하려는 절호의 기회를 선택했다.

"아빠 엄마! 결혼 전날 즐거운 밤 보내세요. 민서네는 이만 물러갈게요. 행복한 밤을 기대해요. 아빠! 호호호."

민서는 부모님의 시간으로 돌려드리고 남편과 함께 집으로 가겠다고 했다. 오빠와 올케언니도 민서의 아량을 지지하며 둘만의 시간을 위해 소파에서 일어났다. 내일의 거사를 위해 이브의 밤을 제공하기로 했다. 백 회장은 민욱의 손을 잡고 인사를 나누었다.

"민서 아빠! 동생하고 좋은 밤 보내세요. 서린을 행복하게 해줘야 해요. 그렇더라도 무리하지 마시고 내일의 큰일을 위해 편안하게 쉬어요. 하하하."

민욱은 백 회장의 당부가 쑥스러웠다. 얼굴이 달아오를 정도였다. 꽃다운 청춘도 아닌데, 둘만의 꿈 같은 시간을 허락받는 게 부담스러워했다.

"애기씨! 행복한 밤을 보내요. 호호호~. 아름다운 꿈을 꿔요."

올케언니도 짓궂게 동참했다. 서린도 어색한 듯이 미소 짓는 얼굴로 민욱을 쳐다봤다. 그 표정도 부끄러워하고 있었다.

"고맙습니다. 내일 뵙겠습니다. 조심해서 가세요."

민욱은 빙그레 웃으며 순간을 모면했다. 민서와 사위는 손을 흔들며 현관을 나섰다. 눈치 빠른 가족들의 배려에 고마워하는 서린의 입가에는 행복한 미소가 몽글몽글 피어올랐다. 오빠와 올케언니, 딸과 사위가 떠난 넓고 조용한 집안은 44년 만에 만난 두 사람의 아름다운 무대로 탈바꿈했다. 멋쩍은 분위기를 바꾸려는 서린은 데이트를 신청했다.

"우리 나가서 좀 걸어요. 옆에 작은 공원이 있으니 바람도 쐬고 데이트해요. 당신하고 밤에 걷고 싶었던 곳이에요."

"그랬다면 그게 좋겠네요."

두 사람은 나란히 집을 나섰다. 아파트 공원으로 향하는 길에는 더위를 식히려는 사람들이 드문드문 모여들었다. 두 사람은 손을 잡았다. 단지 내에서 서린을 아는 사람은 극히 드물다고 하며 민욱의 부담을 덜어주었다. 서린은 적극적인 자세로 팔짱을 깊이 끼고 스무 살의 여대생처럼 연신 방긋방긋 웃어 보였다. 아름답고 청초한 그 시절을 회귀하는 것 같았다.

"당신하고 십여 년을 같이 산 것 같이 느껴져요. 이처럼 빠르게 가까워질 수 있나 싶어요? 그때도 몇 번 만나지 않았는데 사랑하게 되었고 몸을 섞을 수 있었으니, 말이에요. 호호호~. 사랑하는 마음에는 브레이크가 없나 봐요."

"나도 그렇게 느껴지네요. 그건, 서린씨와 내가 특별한 관계였다는 증거가 아닐까요? 우리 몰래 숨겨졌던 사랑의 힘이 그만큼

컸나 봐요. 그날 밤을 생각하니 쑥스럽네요."

"그랬나 봐요. 지금도 그때의 감정들이 느껴진다는 거예요. 당신이 날 밀어내지 않았으니까 그런 거예요. 당신은 그때도 다정했고 따뜻했거든요. 당신의 좋은 성품은 변하지 않았어요. 그때 당신은 나를 사랑하지 않으려고 애썼잖아요. 그걸 알면서도 당신을 사랑했는데, 제대했다는 말에 완전히 미쳐버렸던 거죠. 호호호. 지금 당신의 마음은 어때요?"

서린은 얼굴을 들어 빤히 쳐다보았다. 무슨 말이 듣고 싶은지 귀를 쫑긋했다.

"서린씨께로 향하는 내 마음은 사랑한다고 말하고 있어요. 그때는 그럴 수밖에 없었거든요. 이젠 멀리하려고 애쓰지도 않을 겁니다. 나를 향한 서린씨의 사랑이 엄청나다는 걸 이번에 알았어요. 도망가고 싶지 않습니다."

"고마워요. 여~보~~"

서린은 걸음을 멈추고 민욱을 와락 안고 눈빛을 살폈다. 그녀의 입술이 민욱의 입술을 열정적으로 덮었다. 실버존의 제한된 사랑과는 확연하게 달랐다. 서린의 사랑에 대한 집념은 늙지 않았음을 여실히 증명했다. 민욱도 힘껏 안아주었다. 사랑에 목마른 암사슴 같은 서린의 가슴은 요동치고 있었다. 엷은 남방 사이로 전해지는 육체적 접촉은 새로운 느낌을 전해줬다. 아직 어둠이 찾아오지 않은 공원길에는 늙은 연인의 두려움이 없는 애정 표현에 의아한 눈길을 보내는 사람들도 있었다. 두 사람은 개의치 않았다. 마음은 청춘이니까 부끄러워하지도 않았다.

"내가 너무 섹시한가 봐요? 늙은이들이 주책이라고 욕을 하겠죠? 우린 그런 것에 상관하지 말아요. 우리가 만들어 갈 세계는 따로 있으니까요. 호호호~~."

서린의 공격적인 성격을 익히 알고 있는 터라 신경 쓰지 않았다. 언제 어디서 돌발행동이 일어날지 예측도 불가능했다.

"예전에도 그랬잖아요. 그때도 키스는 서린씨의 고유권한 같은 것이었거든요. 이젠 당황스럽지도 않아요. 하하하~~. 그때로 돌아온 것 같습니다."

"맞아요. 예전에도 키스해달라고 조르기도 하고, 먼저 시도하기도 했었죠. 더욱이 싫다는 당신 앞에서 창피한 줄도 모르고 옷을 훌렁훌렁 벗고 순결을 포기하고 망설임도 없이 덤벼들었잖아요. 왜 그랬는지 이해는 돼요. 당신이 좋았으니까 그러지 않고 그냥 보내면 후회할 것 같은 생각이 들었거든요. 그렇다고 헤픈 여자는 아니었어요. 지금까지 당신이 처음이었고 마지막이었어요."

갓 피어난 숫처녀가 남자 앞에서 옷을 벗은 알몸으로 성관계를 종용했던 그때를 생각하며 웃었다. 도도하고 당당했던 여대생의 모습을 생각하는 민욱은 그때가 아련하게 떠올랐다. 그 기억을 잊어서는 안 된다는 것을 알면서 오랜 세월 동안 잊고 살아온 잘못을 뉘우치기에는 너무 늦었다고 생각했다.

"내가 떠나고 나서도 후회하지 않았어요?"

"그 일로 후회하진 않았어요. 후회했으면 미혼모로 살진 않았겠죠. 민서를 낳지도 않았을 것이고, 떳떳하지 못한 몸을 숨기고 다른 남자를 기만하며 그의 아내가 되었겠죠. 당신이 곁에 없었을지라도 민서 아빠임에는 변함이 없었으니까요. 늦었지만 민서가 희생하면서 당신을 만나게 한 걸 보면, 착한 딸이고 대단한 효녀인가 봐요. 호호호~~. 나의 선택이 옳았다는 증거예요."

걷던 걸음을 멈추고 빈 벤치에 나란히 앉았다. 자전거도 휙~

획~ 지나갔다. 서서히 일몰이 짙어지고 어둠이 뒤를 따랐다. 여름밤은 까맣게 익어가고 있었다. 하루살이들이 저들의 세상을 만난 것처럼 눈앞에서 야단법석을 떨며 시비를 걸었다. 생명은 소중하지만 가까이 두고 싶지 않은 귀찮은 존재들이었다.

"그렇긴 해요. 아직도 깜찍하고 귀엽잖아요. 민서는 예쁘고 착한 딸이 맞아요. 정말, 서린씨가 어디를 보나 부족한 곳이 없도록 훌륭하게 길렀어요. 그랬으니, 효녀가 될 수밖에 없었을 겁니다."

"그렇다니 고마워요. 내 딴엔 아빠 없는 아이로 상처받을까 봐 노심초사하며 온 정성을 쏟았어요. 아빠의 사랑을 받지 못하니 내가 곱으로 사랑을 아끼지 않았던 건 사실이에요. 우리 모녀는 살아오면서 부족한 가슴을 채우려고 무던히도 애썼던 것 같아요. 민서가 철이 들어서 엄마를 이해하고 많이 도와줬어요."

아빠하고 같이 노는 아이들이 있으면 다른 곳으로 이동하여 민서의 관심을 돌렸다는 서린은 그때의 심정을 애달프게 얼굴에 그렸다. 이를 지켜본 민욱은 아무 말도 하지 못했다.

"영리한 민서는 엄마의 행동을 이해했던 것 같았어요. 많이 보채지는 않았거든요. 사춘기를 맞아 가끔 속상하게 할 때는 있었지만, 여자애들이란 게 다 그렇잖아요. 자신에게 부족한 것들을 이겨내기는 힘드니까요. 그 모든 걸 부모로부터 채우려고 하잖아요. 그게 문제였어요."

"그랬을 테죠. 보지 않아도 눈에 선합니다. 그 수고와 희생의 순간들을 말로 다 할 수 있겠어요. 잘 이겨낸 위대한 모녀라고 말하기에 내가 무척 부끄럽네요."

"이제 서야 옛말을 하니 새삼스럽네요. 당신은 내게 소중한 존재예요. 당신도 당신대로 힘든 과정이 있었잖아요."

공주처럼 떠받들어 키워준 부모 슬하에서 쫓겨나 민서를 낳고 유모하고 살 때도, 혹시나 하고 올케언니에게 민욱의 전화라도 오면 부모님이나 오빠 몰래 연락처를 받아놓으라고 당부한 적도 있었다고 했다. 그래서 몇 년이 되어도 연락이 없다는 것을 알고 실망도 했고, 원망도 했었다고 솔직하게 털어놓았다.
　"당신은 참 냉정한 사람이었어요. 나와 육체적인 관계까지 가졌는데, 그것도 서로의 첫 경험이었는데, 유학을 떠나기 전에 한 번이라도 연락해 볼 생각도 없었어요?"
　"변명이지만, 그때는 복학하고 유학준비 때문에 정신이 없었어요. 그리고 서린씨가 단호하게 연락하지 말라고 해서 어리석게도 그 말을 믿었거든요. 또, 서린씨가 나보다 먼저 파리에 유학을 떠난 것으로 생각했어요."
　"그랬군요. 처음엔 잊는다는 게 힘들었어요. 그러다가 몇 개월이 지났을 때, 민서가 생겼다는 걸 알았고, 그때부터 당신이 기다려졌어요. 내 뱃속에 당신이 남긴 생명이 자라고 있다는 사실에 문득문득 생각이 나더군요. 산부인과 의사가 그러더군요. 임신 중에는 아기 아빠가 옆에 있어야 산모와 아기가 안정된다고 말이에요. 나도 역시 여자였나 봐요. 그때 비로소, 찾지도 연락하지 않겠다고 내가 뱉은 말을 후회했다니까요. 호호호~~."
　굳어진 민욱의 얼굴을 본 서린은 짓궂게 웃었다. 그러고 나서 민욱의 어깨에 살며시 얼굴을 기대고 조용히 말을 이었다.
　"수없이 말하지만, 당신 잘못은 아니에요. 지금이라도 내 옆에 있어 줘서 너무 감사해요. 당신의 냄새를 맡고 있으니, 기분도 좋고 행복하다는 느낌이 들어요. 지금 서린은 예순이 넘은 나이를 잊어버리고, 스무 살의 여대생으로 돌아왔어요. 당신과 하나가 되어 격렬한 몸짓으로 하룻밤을 보냈던 것은 축복이었나 봐요. 우리 연애하는 거 맞죠?"

"맞습니다. 서린씨의 말처럼 우린 연애하고 있어요. 우리 나이에서 44년을 무조건 무시해 버려요. 지금부터는 우리 마음대로 하자 구요. 하하하~~."

"호호호~~. 그러면 재미있겠네요. 당신의 유머는 여전해요. 우리 오빠와 올케언니도 당신을 좋아하는 것 같았어요. 당신을 보는 사람이면 싫어할 사람은 없을 거예요. 우리 올케언니가 반할 만했다고 했잖아요. 그만큼 당신을 좋게 봤다는 얘기에요."

"그런 것 같았어요. 처음에는 긴장하고 겁을 많이 먹었거든요. 내심 뺨이라도 맞을 각오를 했다니까요. 하하하~. 오빠가 그럴 분이 아니란 것을 알고는 마음이 가벼워졌어요."

"호호호~~ 그러셨어요. 우리 오빠는 폭력을 행사할 사람은 아니에요. 그 당시였으면 몰라도 지금 와서 나쁜 감정이 있겠어요. 당신의 마음이 불편한 것 같아서 내가 옆에서 손을 꼭 잡고 있었잖아요. 오빠가 그 모습을 보고 웃더라니까요."

"그래서 죄를 짓고는 살 수 없나 봐요. 하여튼 짧은 순간의 홍역을 겪은 건 사실입니다. 하하하~."

"당신은 죄인이 아니라니까요."

"알았어요. 하여튼 내 마음이 그랬어요."

두 사람 사이는 한결 가까워졌다. 놀랍도록 다정한 황혼 연인의 모습은 낡지 않았다. 열정적으로 격렬한 관계를 통하여 피를 나눈 장성한 딸이 있으며, 미혼모로 가슴을 움켜쥐고 살아온 44년의 기막힌 세월을 무시할 수 없기에 민욱은 예전처럼 서린을 경계할 수 없었다. 자신이 뿌린 위대한 남성이 하나의 소중한 생명을 잉태했다는 사실을 인정하고 더는 외면하지 않기로 했으므로 부부가 아닌 또 다른 부부관계가 캔파스 위에 그려지고 있었다.
"날씨도 후덥지근한데, 우리 생맥주나 마시려 갈까요? 이렇게 더울 때는 생맥주가 제격이거든요."
민욱은 서린에게 제의했다. 젊은이들처럼 데이트를 즐기고 싶었다. 서린도 거절하지 않았다.
"그럴까요. 예전에 데이트할 때도 당신이 맥주를 즐겨 마셨잖아요. 맥주를 좋아한다는 걸 알고 있었어요."
"그랬죠. 난, 독한 소주보다 순한 맥주 체질이거든요. 소주가 독하기도 하지만 냄새가 싫었어요. 터프한 남자가 아닌가 봅니다."
"그때도 그렇다고 말했어요. 당신은 귀공자 타입이에요. 여름에 민서 부부와 맥주를 마시면서 당신 생각을 아주 많이 했었어요. 맥주 마시는 당신의 모습이 보고 싶어지더군요."
"그랬다니 가슴이 아프네요."
민욱은 미안한 표정을 얼굴에 나타냈다. 서린은 예쁜 미소를 입가에 달았다. 두 사람은 벤치에서 일어나 후문에 들어서서 아파트 쪽으로 걸었다. 정문을 벗어나 우측에 즐비한 상가들이 도열 해 있는 인도를 걸었다. 생맥주 가게로 들어섰다. 빈자리가 하나도 없었다. 도로 옆을 차지한 간이탁자에도 손님은 만원이었다. 누가 봐도 생맥주가 제철을 만난 것 같았다.
"만원이네요. 다른 곳을 찾아봅시다."
민욱은 가게를 나오면서 주위를 두리번거리며 말했다.
"지금 시간에는 어디든 마찬가지예요. 여기서 기다리면 사장님이 자리를 마련해주실 거예요. 조금만 서서 기다려요."
서린은 단골이라도 된 것 같았다. 길가에 서서 기다리는 시간에 서린은 고백했다. 데이트할 때가 생각나서 민서하고 가끔 생맥주를 즐겼다고 털어놓았다. 평소에는 배가 불러서 맥주를 좋아하지 않았는데, 전에 데이트하면서 어부지리로 좋아하게 되었단다. 그런데, 민서가 민욱을 닮아서 맥주를 아주 좋아한다고 했다. 부전여전이라며 웃었다.
 "하하하~. 그런 걸 닮으면 안 되는데요. 아뿔사 이를 어쩌나?"
 "그래서 당신의 딸은 맞나 봐요. 호호호~. 민서에게 맥주 정도는 괜찮아요."
 서린의 말처럼 10여 분을 서성거렸더니 주인 양반이 자리를 마련해줬다. 그것도 실내가 아닌 길가의 삐거덕거리는 플라스틱 탁자였다. 불만 없이 민욱은 빨간 플라스틱 의자에, 서린은 파란 플라스틱 의자에 엉덩이를 무리 없이 맡겼다. 서린은 민욱의 의견도 듣지 않고, 생맥주 가게의 기본 메뉴인 생맥주 1,000cc 두 잔과 오징어와 노가리 구이를 시켰다.
 "데이트할 때는 노가리를 좋아하는 것 같았는데, 오늘은 오징어구이도 한 번 먹어봐요."
 "그래요. 맥주 안주야 별것 있나요. 거기서 거기죠."
 "이 집 오징어는 덜 마른 걸 사용해서 말랑말랑해서 맛있어요. 당신 치아는 어떠세요?"
 "치아가 썩 좋은 편은 아니에요. 학술대회가 있을 때나 이웃 나라에 왔을 때마다 서울에 들여 치아치료를 받았어요. 미국에서는 워낙 비싸거든요. 한국의 의술이나 의료수준이 최고잖아요. 미국에서의 치과 치료비면, 한국에서 치료받고 항공권과 숙박료, 여행경비까지 충분하다는 소문이 있거든요. 이건 교포사회에서 널리 알려진 사실입니다. 하하하."

"그렇다는 얘기를 들은 것 같아요. 어릴 때부터 치아관리를 잘 못하셨나 봐요. 게으른 분이 아닌데 어째서 그랬어요?"

"말하자면, 잘못 관리한 셈이죠. 그 당시에는 전쟁이 끝난 후라서 보육원의 열악한 환경이 치아 위생까지 챙기지 못한 거 같아요. 물론 유전적인 요소도 있겠죠. 그런데 고등학교 다닐 때, 치아 하나를 다쳤는데, 경비를 아끼려고 삼선교 무허가 의사한테 치료한 것이 화근이 되었어요."

다친 치아 좌우를 걸어 씌운 탓에, 치아 세 대가 몇 년이 지나면 다섯 대로 늘어났고, 그러다 보면 어금니까지 손상을 입어 치아치료에 이루 말할 수 없이 많은 고통을 겪었다고 고백했다.

"고생 많았네요. 치아치료는 보통 힘든 게 아니잖아요."

"그랬어요. 이젠 괜찮아요. 작년에 귀국해서 서너 대를 임플란트 시술을 받았어요. 앞으로 10년 이상은 거뜬할 겁니다. 아래쪽엔 덧니가 있었는데 뽑아내고 좌우 정열을 끝냈어요."

"그랬군요. 다행이에요. 나이가 들수록 치아 건강이 중요하잖아요. 그래도 조심하셔야 해요. 딱딱한 것은 피하는 게 좋겠어요."

서린은 부모님께 받은 치아가 건강하다고 자신했다. 오복 중에 속하는 치아가 건강하다는 서린이가 다행스러웠다. 종업원(알바생)이 안주와 생맥주를 차례로 탁자에 내려놓았다. 서린은 장기자랑이라도 하듯이 돌돌 말린 뜨거운 오징어를 손가락으로 잡고 호호 불며 찢어놓고 그 한 점을 집어 고추장에 찍어 민욱의 입에 넣어주고 나서 자기의 입에도 제공했다. 입안에 우물거리며 옆자리에 들리지 않도록 나직이 속삭였다.

"내일 우리의 결혼을 위해 건배해요."

두 사람은 무거운 맥주잔을 들고 건배했다. 한 마음으로 속삭이듯이 '우리의 결혼을 위하여!'라고 44년 반만의 축배를 들었다. 생맥주 맛은 첫사랑처럼 달콤하게 혀끝을 감미롭게 자극했다. 오늘따라 맥주 맛이 유별나게 입맛을 돋우었다.
"이게 얼마 만이에요?"
서린의 눈가는 촉촉해졌다. 주위의 눈치를 보며 네프킨으로 눈물을 찍어내며 수줍은 듯이 배시시 웃는 표정이 소녀 같았다. 작은 일에도 감동하는 서린의 모습이 가엽기만 했다. 외롭게 혼자 살아온 가련한 여인의 모습이기도 했다. 이런 연약한 여인을 세상에 버려두고 몰랐다는 사실이 안타까웠다. 어느 면으로 보나 누구에게나 사랑받을 자격이 충분히 갖추었는데, 그 사랑을 스스로 발로 걸어찬 서린을 보는 감정은 곤두박질쳤다.
"그러게요. 서린씨를 너무 오래도록 외롭게 둬서 미안해요. 이런 서린씨의 모습을 보면 면목이 없어요. 나도 이기적인 사람인가 봐요. 내 생각만 했으니까요."
민욱은 포근한 마음으로 안아주고 싶었다. 많은 시선이 오가고 있어서 주책을 부릴 수 없는 게 한스러웠다. 수없이 많이, 너무나도 속절없이 무모하게 흘러버린 세월, 여자의 젊음을 송두리째 앗아간 16,240일의 아픈 그림자는 서린의 전신을 휘감고 있었다. 그 숱한 숫자를 그녀의 몸에서 떼어내기란 불가능하다고 생각했다.
"이제, 당신이 오셨잖아요. 몇 번을 얘기하지만, 당신 탓이 아니에요. 당신은 당신의 삶을 위대하게 꾸렸어요. 우리 우울한 얘기는 하지 말아요. 우리의 결혼식 전날이니 좋은 얘기만 해요."
서린은 내일 웨딩드레스 입는 일련의 행사를 결혼식이라 했다. 틀린 말은 아니다. 결혼 전날이라는 그 말이 민욱의 가슴을 헤집고 파고들었다. 황혼 결혼식, 무엇으로도 그 고상한 감정을 표현할 수 없는 민욱은 서린의 눈 속을 깊은 애정으로 산책했다.

"결혼하는 날이라 생각한다니 왠지 마음이 짠하네요."

민욱의 생각은 그랬다. 결혼식이라 하면, 남들이 보기에도 그럴듯하게 해주고 싶은 마음이 용솟음쳤다. 그 많은 세월 동안 손가락을 헤며 기다려 왔는데, 고작 웨딩드레스를 차려입고 몇몇 가족들과 부모님의 영정 앞에서 간단한 의식을 치르고, 기념 촬영으로 결혼식을 대신한다니 마음은 홀가분하지 않았다.

"괜찮아요. 서린은 이것만으로도 너무 행복해요. 호호호~. 이젠 미혼모도, 미망인도 아니에요. 더욱이 처녀 귀신은 면했잖아요."

서린은 이 모든 구차한 레벨에서 벗어난다는 사실을 좋아했다. 여자의 가슴에 응어리진 아픔들이 사라진다는 것에 기쁨을 더했다. 서린의 애틋함이 안개처럼 몰려왔다.

"서린씨가 숱하게 겪어온 아픔의 세월에 비하면 너무 초라한 것 같아 마음이 아프네요. 차차 준비해서 나중에 멋지게 하면 안 될까요?"

민욱의 마음은 내키지 않았다. 불편하기 이를 데 없었다. 미혼모, 미망인, 처녀 귀신을 들먹거린 서린의 고백에 더 많은 상처의 아픔들이 자신에게로 돌아와 가슴을 찔렀기 때문이다.

"괜히 요란스럽게 하고 싶진 않아요. 그런 화려한 형식이 중요하지 않잖아요. 웨딩드레스 입은 내 옆에 당신만 있으면 만사가 오케이에요. 더는 욕심 부리지 않을래요. 상상만 해도 우리의 모습이 너무 멋지지 않아요? 호호호~~."

죽기 전에 이런 일이 찾아온 것에 감사하고 고마워했다. 미혼모의 수치스러웠던 옷을 벗어 던지고 웨딩드레스를 차려입는 것만도 행복하다는 서린의 얼굴은 너무 평화로웠다. 수백억의 자산가인 서린의 검소한 생각을 바꿀 수도 없었다.

"서린씨의 생각이 그렇다면 어쩔 수 없군요. 내가 서린씨의 생각을 뛰어넘을 수는 없는가 봐요. 익히 서린씨의 대쪽 같은 추진력을 알거든요. 하하하."

민욱은 고집부리지 않고 서린이 결정한 대로 할 것을 스스로 다짐했다. 자신이 생각하기에 부족한 점이 많지만, 부족한 대로 서린의 기분을 맞추는 데 최선을 다하기로 했다. 주위 손님들이 힐끔힐끔 보는 것이 부담스러웠다. 이를 눈치챈 서린은 그들을 의식하며 보란 듯이 다정한 부부임을 과시했다.

"여보~~ 우리 500cc 한 잔 더 마셔요. 오랜만에 당신과 마시니까, 오늘 맥주 맛이 좋은데요. 호호호~~."

애교스러운 미소까지 얼굴 가득히 깔았다. 유쾌한 서린은 누구에게도 지기 싫어했다. 그들의 엉뚱한 시선도 두려워하지 않았다.

"그럽시다. 술이 맛있는 날이면 사고를 친다는데 괜찮겠어요?"

민욱은 농담했다. 서린은 괜찮다는 의미로 술기운이 오른 눈으로 윙크했다. 민욱은 종업원에게 생맥주 500cc 두 잔을 시켰다. 묵직한 유리컵을 둔탁하게 부딪치며 남은 맥주를 상쾌하게 들이켰다. 사이좋은 황혼 부부란 걸 의심할 수 없으리만치 그 모습은 맥주 맛에 흠뻑 젖었다. 그들 앞에 작은 두 잔이 교차했다.

"여보~~ 이러다간 돼지 되겠어요. 호호호~."

서린은 긴 남방에 가려진 배를 쓰다듬으며 어리광을 부렸다. 그 모습에서 예전의 철없던 귀여운 모습이 회귀 되었다. 자신을 남자로 경계하지 않았던 서린의 당돌했던 모습도 고개를 들었다. 좋은 가정환경에서 모든 걸 풍요롭게 자란 그 모습에서 자신은 고아라는 절박함에 번뇌했던 그때의 일들이 서서히 다가왔다. 그래서 그녀의 몸을 탐할 수 없는 사람이었기에 멀리하고 싶었다. 살고 있는 환경이 너무나 다르고, 신분적으로도 가까이할 수 없다는 것을 사회로부터 피비린내 나도록 산교육을 받았으므로 그녀의 마음을 선뜻 받아주지 않은 까마득한 과거가 새로운 모습으로 몰려왔다.

"서린씨는 돼지가 되어도 귀여울 것 같아요. 하하하~~."

"아무리 귀엽다고 해도 돼지는 싫어요. 여보~~ 돼지는 안 할래요. 차라리 여우가 낫겠어요. 호호호~."

"그럼, 돼지를 취소하고 여우로 하죠."

"고마워요. 여보~."

맥주를 다 비우지 못하고 자리에서 일어났다. 갈기갈기 찢어진 오징어도 남았고, 처참하게 해부당한 노가리도 남았다. 그렇다고 먹을 수는 없었다. 미련을 버렸다. 더위에도 불구하고 서린은 팔짱을 끼고 속삭이며 집으로 향해 나란히 걸었다. 아파트의 아는 이웃이 봐도 개의치 않았다. 장난꾸러기 서린은 비틀거렸다.

"여~보~~ 나 취했나 봐요. 다리가 풀려서 말을 안 들어요. 어떡하죠? 당신이 업어줘야겠어요."

취객 연기를 하는 서린의 허리를 안아줬다. 속아주는 척했다.

"내가 업기에는 너무 무거운 것 같아요. 서린씨는 먼저 다이어트를 해야겠어요. 진짜 그새 돼지가 되었나 봐요. 하하하."

민욱은 시치미를 뚝 뗐다.

"돼지는 싫다고 했잖아요. 서린은 돼지가 아니라 당신의 아름다운 신부란 말이에요. 업어주기 싫어서 그런 거죠?"

서린은 업어주지 않는 민욱이 미웠다. 속아주길 바랐는데 서린은 실망이 얼굴에 가득했다.

"하하하~~. 서린씨가 장난을 치니까 농담한 거예요. 어디에 이렇게 귀여운 돼지가 있겠어요. 그래도 업어줄까요?"

"싫어요. 당신 때문에 술이 다 깼단 말이에요. 호호호~~."

예비 신랑신부는 서로를 바라보며 행복하게 웃었다. 다정한 모습의 두 사람은 아파트에 도착했다. 대궐처럼 넓은 현관에는 아무도 없었다. 소파에 앉아 시원한 과일주스 한 잔으로 더위를 식혔다. 넓은 집에 둘만 남고 보니 분위기가 야릇하게 흘러갔다.

"당신이 먼저 샤워하세요."

서린은 민욱의 손을 잡고 일으켜 욕실 앞으로 안내했다. 민욱은 어린아이처럼 겉옷을 탈의하고 고분고분 욕실로 들어갔다. 서린은 준비해 놓은 속옷과 잠옷을 침대 위에 가지런히 놓았다. 그러고 나서 화장대 앞에 앉아서 타월로 머리를 감싸고 세안 크림으로 얼굴의 불순물을 깨끗하게 닦아내는 데 열중하는 마음은 화려하게 여름 밤하늘을 날고 있었다. 젊음은 멀리 있지 않았다.

한 남자(강민욱)만을 그리워하며 살아온 지난 세월이 짧게만 느껴졌다. 44년이나 지난 오늘에 그 남자와의 두 번째 밤을 준비하는 황혼의 마음은 스무 살의 청순함을 잃지 않았다. 엷은 잠옷 속에 가려진 몸을 거울에 비춰보며 젊음을 잃어버린 것에 대해 안타까워했다. 많은 세월과 홀몸으로 부딪치고, 고독한 시간과 숱하게 싸워온 60대의 몸이지만, 아직은 실망할 정도는 아니란 걸 스스로 진단했다. 예순의 나이를 비웃듯이 가슴은 여전히 탱글탱글했고, 곡선미와 피부의 탄력도 지나온 세월을 잊고 있었다. 엉덩이도 빵빵해서 부실하지 않다는 자신감을 가졌다. 그만큼 피땀으로 몸을 관리했던 수고를 칭찬하며, 싱그러운 몸매에 감사했다.

샤워를 마친 민욱은 타월을 몸에 두르고 안방에 준비해 놓은 속옷과 잠옷을 걸치고 새신랑처럼 화사한 모습으로 나타났다. 서린은 젊은이들 못지않게 다가서서 입을 맞추었다. 새색시처럼 수줍은 듯이 욕실 안으로 몸을 숨겼다. 민욱은 싫지 않은 미소를 지으며 가방에서 스킨과 로션을 꺼내서 촉촉한 얼굴에 봉사했다. 가방에는 아내가 준비해 준 속옷과 잠옷이 얼굴을 내밀어 미안한 생각이 들어서 피식 웃었다.

거실에 나온 민욱은 CNN뉴스 등 외국 뉴스채널로 돌렸다. 집에서 하던 습관은 어쩔 수 없었다. 세계를 총망라한 다국적 뉴스이므로 그 폭이 넓은 것이 장점이었다. 경제전문가로서 안전한 몇 곳에 주식투자를 하고 있었으므로 미국의 주식시장(나스닥 등)과 세계의 경제동향을 체크할 필요가 있었다. 그리고 세계 이곳저곳에서 발생한 사건들이 특파원을 통해서 생생하게 전해져서 세계의 움직임을 알 수 있어 고마워했다. 그러기를 얼마의 시간이 지났을까?

샤워를 끝낸 서린은 아름다운 여인이 되어 나타났다. 도저히 60대로 보이지 않는 젊은 여자의 모습으로 밝은 미소를 머금고 사뿐사뿐 걸어 나왔다. 긴 머리카락을 타월로 동여매고, 큰타월을 몸에 두른 여자는 분명 서린이었다. 민욱은 가슴으로 감동했다. 민욱의 놀람을 아는지 모르는지 서린은 가벼운 걸음으로 화장대 앞에 앉았다. 화장대에 비췬 민욱을 보며 말했다.

"잠깐만 기다리세요. 금방이면 돼요. 남자들은 아내가 화장하는 시간이 길어서 가장 싫어한다고 들었어요. 난 오래 걸리지 않아요. 당신도 그러세요?"

"그렇진 않아요. 이해해 주는 편이에요. 유나가 무대에 서기에 특별히 얼굴과 몸매를 가꿔야 한다고 생각하거든요. 그래서 이젠 익숙해졌어요."

"그렇군요. 다행이네요. 호호호."

민욱은 서린의 싱그러운 아름다움에 놀람을 금치 못했다. 화장하는 뒷모습과 거울에 비친 모습을 한꺼번에 보면서 만족스러운 표정을 지었다. 아내 유나는 발레리나였으므로 무대화장은 메이크업 전문가의 손을 빌렸지만, 평소에는 옅은 화장으로 청순한 피부를 자랑했다. 부지런한 손길로 지속적인 관리를 통해 몸매가 균형을 잃지 않은 아름다움을 유지하고 있었다. 화가인 서린도 그에 못지 않은 아름다움을 과시하고 있다는 사실이 놀랍기만 했다. 그래서 감탄했다. 험난한 44년의 세월 동안 그 아름다움을 혼자 지켜낸 무던한 수고와 가슴 저린 희생이 빛을 발한 것으로 생각했다.

대충 머리를 말리고 엷게 화장한 서린은 나이트가운을 입고 거실에 나왔다. 화려한 샹들리에 불빛마저도 부끄러워서 흔들렸다. 그 불빛은 아름다움을 잃지 않은 여인의 몸으로 탄생시켰다. 덜 마른 긴 머리는 촉촉하게 어깨 밑으로 늘어져 있어 순박한 소녀 같았다. 옆에 바싹 붙어 앉아 생긋이 웃는 서린의 얼굴이 새하얀 카라꽃(순수, 천년의 사랑)처럼 너무나 화사하고 우아했다.

"여보~~ 당신 무릎에 앉아보고 싶어요."

민욱은 대답을 대신해서 두 팔을 벌렸다. 예전 여대생 때도 무릎에 앉아 애교떨고 싶었던 서린은 44년 만에 그 무릎을 점령했다. 민욱을 보내놓고 해보지 못한 것들이 너무 많았는데, 만약 그런 날이 다시 돌아온다면 해보고 싶다고 막연하게 기다렸던 시간이 아깝지 않았다. 여름 해변에서 야한 비키니를 입고 민욱과 마음껏 즐거워하며 손잡고 모래 위를 달리고 싶었던 순간도 있었다. 경험하지 못한 모두를 구름에 실어 보내며 눈물로 하직인사를 나누었던 시간이 언제였는지 기억도 나지 않았다. 그렇지만, 이제 서야 그 무릎에 앉은 서린은 소원을 쟁취했다.

"당신 무릎에 처음으로 앉아보는군요. 당신을 그리워한 지난 세월이 헛되지 않았나 봐요. 너무 행복해요. 그런데 왜 이리 떨리죠? 그날 밤에 당신 앞에서 발가숭이가 되었을 때도 떨리지 않았는데, 이렇게 늙어서도 떨리니 이상해요. 호호호."

떨린다는 서린은 행복을 마음껏 내 품으며 팔은 민욱의 목을 감고 예쁘게 눈웃음을 지으며 입술을 포갰다. 두 사람의 숨소리가 거칠어졌다. 목마른 사슴이 샘물을 허겁지겁 마시는 것처럼, 몸속에 있는 수분을 다 빨아들일 듯이 숨 가쁜 호흡은 멈추지 않았다. 나이는 숫자일 뿐이란 말을 실감했다. 욕구의 열정은 나이와는 거리가 멀었다. 사랑에 한이 서린 노년의 역동적인 욕정은 젊은 청춘의 열정을 돌아오게 했다. 첫사랑은 결코, 늙지 않았음을 보여줬다. 서린의 애잔한 신음소리가 거실을 자유롭게 날아다녔다.

"여보~. 이제 나를 안고 침대로 가요."

입술을 뗀, 서린은 애교스러운 매혹적인 미소를 얼굴에 띠우며 어리광을 부렸다. 이 역시도 해보고 싶었던 일이었다. 이런 아름다운 과정을 거치지 않고, 자신이 먼저 옷을 벗고 관계를 강요했던 것을 아쉬워했던 적을 소환했다. 늦었지만, 외국영화에서 받던 장면을 연출하여 아름다운 히로인이 되고 싶었다. 왕년의 '오드리 햅번'이나 '비비안 리'처럼, 소피 마르소, 데미 무어, 안젤리나 졸리'처럼 남자를 압도하는 강렬한 사랑을 실감하고 싶었다. 허락된 짧은 시간에 이것저것 모두 경험하고 싶은 본능적인 여자의 간절함이 속속들이 방안을 사랑의 향기로 채웠다.

"내가 안을 수 있을까요? 어디 한번 해보죠. 하하하~~."

"날씬해서 50kg밖에 안 된단 말이에요. 호호호."

"그 정도면, 안을 수 있겠네요. 하하하."

민욱은 소파에서 일어나 서린을 받쳐 안고 안방으로 성큼성큼 걸어갔다. 다행히도 별일 없이 침대까지 이동하는 데 문제는 일어나지 않았다.

"50kg은 거짓말 같아요. 제법 무거운걸요. 하하하~~."

"호호호~~ 거기다가 7kg을 뺐어요."

"이러면 앞으로 서린씨의 말을 신뢰할 수 없어요."

민욱은 농담으로나마 강력하게 서린을 압박했다.

"미안해요. 이번만 그냥 속아주세요. 당신에게 안겨서 침대에 눕고 싶었단 말이에요. 호~응~"

"하하하~ 그렇다면 생각해 볼게요."

침대는 이들을 한 덩어리로 묶어버렸다. 60대의 노련한 육체는 하나로 뒤엉켜서 강렬한 불꽃을 튀겼다. 황혼의 로맨스는 빛이 바래지 않았을 아름다운 실존의 그림을 그리기 시작했다. 시원한 에어컨 바람도 속수무책이었다. 땀으로 온몸이 흠뻑 젖었어도 피곤한 기색은 보이지 않았다. 고통의 숱한 세월을 말끔히 씻어버릴 듯이 서린의 몸은 뱀이 꿈틀거리듯이 강렬했고, 멈출 수 없이 요동을 거듭했다. 서린은 숨 가쁘게 말했다.

"많은 세월이 흘렀지만, 내 몸은 당신을 알아보는 것 같아요. 내 마음처럼 몸도 많이 기다렸나 봐요. 정말 신기해요. 으~음~~."

서린은 육체의 대면을 즐거워하며 혼미한 상태에 빠지고 말았다. 44년 만의 육체적인 결합의 열정은 잠들지 못하고 여름밤을 곱게 장식했다. 아름다운 여름밤은 이들에게 축복의 갈채를 보냈다. 여자의 진정한 행복을 진한 색깔로 아름답게 수놓은 서린은 자신도 여자였음을 증명하고 느껴본 아주 행복한 시간이었다고 고백했다. 그 얼굴에는 행복의 그림들이 이 모습, 저 모습으로 그려졌다. 한 번의 육체적인 열정으로 용광로에 불을 지핀 두 사람의 몸은 황홀했던 순간에서 벗어나지 못하고 흐느적거렸다. 순간의 결합은 서린을 행복의 도가니에 몰아넣었다. 서린은 그 순간을 즐겼다. 44년의 공간을 단순에 뛰어넘었다.

　스무 살의 여대생이 거침없이 옷을 벗었던 그날은 부끄럽지 않았다. 몸에 다이아몬드라도 박혀있는 것처럼 옷을 벗어 던지고, 아리따운 숙녀의 수줍은 몸을 보여줬던 서린은 44년 만에 그 남자 앞에서 다시 옷을 벗었다. 황혼에 접어들었지만, 서린은 행복한 스무 살의 노래를 불렀다.

14. 534개월을 밝힌 횃불

 서린의 눈앞에 새로운 세계의 아침이 하얗게 밝아왔다. 지난 아름다운 밤을 잊을 수 없었다. 여자로서 44년 만에 느껴보는 황홀함에 아직도 정신이 몽롱하고 몸은 흐느적거렸다. 44년 전에는 몰랐던 또 다른 여자만의 신비로운 육체가 지닌 정신적으로 소중한 경험을 터득하고, 가슴에 깊이 새겼다. 남자 품에서 환상을 경험한 지난밤은 무엇에 비할 수 없이 경이로운 순간이었다. 무엇과도 바꿀 수 없고, 처음으로 느껴본 아름다운 오르가즘의 기막힌 순간을 기억했다. 그래서 아침은 아쉬움을 더했다.
 그렇다 하더라도 오늘은 서린을 위해 존재하는 특별한 날이다. 밤잠을 설쳐가며 젊은 날에 못다 한 사랑의 판타지를 거침없이 쏟아냈던 두 사람은 여느 신혼부부처럼 피곤한 기색을 감추었지만, 표정은 어느 때보다 밝았다. 44년의 공간을 불사른 욕정만은 더 달리고 싶은 듯 아쉬워하는 눈빛이다. 짧은 여름밤이 야속했던 것 같았다. 빛바랜 첫사랑을 향한 서린의 열정도 미련을 버리지 못했다. 결혼식이고 뭐고 간에 단둘이 오붓하게 침대에서 쉬고 싶은 마음이 간절했다.

"여보~~ 피곤하시죠? 헤헤헤~~."

여자이기에 수줍어하는 얼굴로 가슴을 파고들며 애교 웃음을 울렸다. 잠도 제대로 잘 수 없도록 이런 얘기 저런 얘기로 밤을 밝힌 것이 미안해서였다. 할 말이 너무 많았다. 가슴에 쌓인 사연도 한없이 많았다. 이 밤이 아니면 할 수 없을 것 같아 그리움에 갇혔던 마음의 문을 열어 가슴에 묻혀있던 사랑을 몽땅 누리고 싶었던 그녀였다. 그때처럼 아침이 오면, 떠나버리지나 않을까 하고 불안했던 것도 사실이다.

"이쯤은 거뜬해요. 하하하~."

"고마워요. 여~보~~. 나도 내가 이 정도로 당신을 사랑하고 그리워했는지 정말 몰랐어요. 이게 여자의 또 다른 행복인가 봐요. 여자의 행복은 다른 데 있는 것이 아니란 걸 이제 알았어요. 나이를 잊어먹은 것 같아 주책스럽고 창피하기도 해요. 호호호~~."

서린은 수줍은 듯이 쳐다보며 행복을 실감했던 순간을 기억했다. 44년 동안 그 짜릿한 행복을 외면하고 살았으며, 행복을 찾아 나서지도 않았던 어리석은 여자로 살았다. 행복이 어디에서 오는지 알지도 못했고, 행복이 가지고 있는 진가도 맛보지 못한 채, 그 수많은 세월을 여자 혼자의 몸으로 버티어 온 서린은 결코, 무모하지 않았다.

"괜찮아요. 자신을 속이지 않는 서린씨가 보기 좋았어요. 공격적인 성격의 서린씨도 알고 보니 여자였어요. 서린씨가 연약할 줄은 몰랐거든요. 하하하~~. 그나마 그로 인해서 행복하다니 내 기분도 좋아요."

"호호호~~. 그러셨어요? 그럼, 여자가 아니고 뭔 줄 알았어요?"

서린은 해맑게 웃으며 민욱의 눈 속을 들여다보았다.

"그게 말이에요. 하하하~. 불도저 같은 무적의 여전사인 줄 알았다니까요. 다음을 예측할 수 없어서 무섭기도 했어요."

언제나 할 말을 다 하는 화통한 성격에다 개성이 또렷한 서린에게 여자다움이 가려져 있었다. 민욱의 입술에 입을 맞추고 나서 새하얀 속살이 보이는 나이트가운만 걸치고 침대에서 일어났다.

"그런 무서운 여전사는 아니에요. 서린도 남편의 사랑을 먹고 살고 싶은 평범한 여자란 말이에요. 호호호~~. 알고 보면, 마음도 여리고 겁이 많아요. 내가 먼저 샤워할게요."

서린은 안방 욕실로 사라졌다. 민욱은 얼른 일어나서 거실 욕실에서 시간에 쫓기듯이 속전속결로 샤워를 끝냈다. 아직 서린은 안방에도 나타나지 않았다. 민욱은 평상복으로 갈아입고 현관문을 열고 신문을 들고 소파에 앉았다. 어제 탁자에 조간신문이 있었던 것을 기억했었다. 신문을 펼쳐 읽고 있을 때, 서린은 반바지에 티셔츠를 입고 나타났다.

"아침은 간단하게 해결해요."

번잡스럽게 준비하는 것이 마음에 걸려 민욱은 먼저 요청했다. 집에서처럼 간단한 아메리칸 스타일을 원했다. 입안이 깔깔해서 밥 먹을 생각도 없었다.

"알았어요. 간단한 걸로 준비할게요. 조금만 기다리세요."

서린은 주방에서 가벼운 아침상을 준비했다. 그래도 예식 중에 허기지면 안 된다고 등심을 넣은 샌드위치와 계란 후라이, 야채 샐러드, 과일주스를 내놓았다. 만면의 미소를 머금은 서린의 얼굴에는 행복이 만발했다. 얼굴이 꽃밭으로 변한 황혼 새색시의 모습은 화려한 빛을 창조하는 저녁노을과 같은 신부였다. 식사를 마친 두 사람은 외출준비를 서둘렀다. 아니나 다를까? 상큼한 얼굴을 앞세운 민서가 환한 미소를 머금고 나타났다.
 "아빠! 엄마! 안녕히 주무셨어요?"
 "그래. 어서 와."
 거실에서 민욱은 쑥스러운 얼굴로 민서를 맞는다. 이를 아는지 모르는지 엄마의 때늦은 결혼식을 준비하는 외동딸의 마음도 들떠있었다. 엄마의 한을 풀어드리는 딸의 마음도 바쁘게 느껴졌다.
 "아빠! 행복한 밤이었어요? 어째 피곤해 보이지 않으시네요? 엄마를 혼자 주고 일찍 주무신 건 아니시죠? 44년 만에 만난 우리 엄마를 독수공방시키지는 않으셨겠죠? 헤헤헤~."
 민서는 장난기가 가득한 얼굴로 농담까지 했다. 엄마와 즐거운 밤을 보냈을 그 야릇한 그림을 눈앞에 그리는 민서는 개구쟁이처럼 경험자답게 웃었다.
 "민서는 장난꾸러기 같구나. 어른을 놀리면 못써요. 하하하~. 한숨도 못 잤다는 말이 듣고 싶은 게로구나."
 민욱은 웃으면서 능숙하게 응수했다. 민서의 예감은 빗나가지 않았다. 멋쩍어하는 아빠의 표정에서 진한 사랑의 열정을 발견할 수 있었다. 엄마가 행복했을 것으로 짐작하는데 부족하지 않았다.
 "아빠의 표정을 보니까 이제 알 것 같아요. 호호호~~. 아빠! 엄마를 많이 사랑해 주셔서 고마워요. 그리고, 엄마와의 결혼도 민서가 제일 먼저 축하해요."

"뭔지 모르지만, 민서가 생각하는 게 정답인 것 같다. 하하하~~ 축하해 줘서 고맙다."

민욱은 난처한 위기를 가까스로 넘겼다. 민서는 애교스러운 미소를 남기고 안방에 있는 엄마에게로 갔다. 깜찍한 민서는 엄마를 등 뒤에서 안았다.

"엄마! 행복하셨어요? 독수공방하신 건 아니죠? 그간의 한을 말끔히 푸셨어요? 헤헤헤."

"얘는 그럴 걸 묻고 그러니? 네가 선배면서 …. 호호호~~. 엄마가 44년을 독수공방했는데, 그게 뭐가 좋다고 또 했겠니?"

"아~~. 맞다. 내가 선배지. 히히히~~. 우리 엄마 정말 짱이다."

"엄마가 좀 그렇지? 엄마는 그런 엄마란다. 호호호~."

모녀는 보랏빛 웃음을 나누었다. 짓궂은 민서의 미션도 끝났다. 세련된 가발로 빡빡머리를 숨긴 민서의 모습은 청아하고 예뻤다. 얼굴에도 윤기가 흘렀다. 매끄러운 화장이 잘 어울렸다. 화사한 한복을 차려입은 모습을 처음 보는 민욱에게는 그 모습이 선녀같아 보였다. 엄마의 한이 풀어지는 순간을 준비하는 딸의 마음이 한 송이 백합화처럼 피어났다. 마흔셋의 민서가 엄마의 늦은 결혼식을 준비하는 그 마음은 하늘을 날았다.

이미 모든 준비는 모녀의 손에서 끝난 상태였다. 예식장소는 서린의 아틀리에였다. 웨딩에 필요한 것들은 이벤트업체에 모두 맡겼다. 우아한 웨딩드레스도 준비되었고, 신랑신부 화장도 출장 서비스가 준비되어 있으므로 문제는 없었다.

"우리 엄마 시집가는 날이네요. 엄마! 축하해요."

"고맙다. 이게 다 우리 딸 덕분이다. 그런데, 이 나이에 결혼식을 올린다니 좀 쑥스럽기도 하다. 어쩌지?"

"호호호~~. 우리 엄마가 진짜 시집가시나 보다. 신부는 쑥스러운 거예요. 내가 선배잖아요. 호호호. 우리 엄마 정말 예뻐요."

기뻐하는 엄마의 화사한 얼굴이 새색시처럼 고와서 민서는 만족스러웠다. 미혼모라는 너덜너덜한 옷을 벗어 던지고 많이 늦었지만, 새하얀 웨딩드레스를 입을 엄마를 상상하니 가슴이 찡했다. 민욱은 새로 준비한 양복으로 멋진 모습으로 단장을 마쳤으며, 서린도 우아한 한복 속의 아름다운 여인으로 탄생했다.

"엄마는 웨딩드레스를 입으면 너무 예쁠 거예요."

민서는 엄마의 아름다운 모습을 눈앞에 그리며 좋아했다. 한복을 입은 엄마의 모습이 예사롭지 않았다. 나이를 잊은 듯한 아름다운 엄마를 보는 것이 참으로 기뻤다. 서린의 모습에서 정신을 잃은 민욱은 싱글벙글거리며 민서에게 말했다.

"지금도 예쁜데 뭘."

한 남자만을 가슴에 담고 살아온 서린에게 해줄 수 있는 것이 고작 때늦은 결혼식을 올리는 일이라서 마음은 무거웠지만, 기쁨을 함께하는 가족이 있어서 허전하진 않았다. 이처럼 한복이 잘 어울리는 우아한 여인의 젊음을 세월이 갉아먹게 두었다는 생각에 자신이 어리석기까지 했다.

"원래 우리 엄마가 예쁘기는 하죠. 헤헤헤."

민서도 맞장구치며 애교 웃음으로 아빠를 기쁘게 했다. 황혼 결혼식 아침에 집안은 행복한 기운으로 채워졌다. 세 사람은 지하주차장에서 서린의 지프에 올랐다. 노란색의 지프도 아침 일찍 사위의 수고로 깨끗하게 단장되어 있었다. 그리 멀지 않은 곳에 서린 소유의 7층짜리 건물이 있었으며, 그 1층 넓은 공간이 아틀리에(전시실, 작업실, 접견실 등)였다. 얼마 걸리지 않아 도착했다.
　먼저 준비된 출장 화장 서비스는 작업실에 마련된 임시 서비스룸에서 민욱과 서린은 아름답고 멋지게 다듬어졌다. 레드카펫이 깔린 웨딩 코스도 스텝들의 손에서 한창 준비되고 있었다. 웨딩홀에는 생화로 장식되었고, 레드카펫 좌우에는 서린의 예전 그림들로 우아하게 양쪽으로 진열되어 있어 화가라는 분위기를 띄웠다. 그 위로 주황색 불빛이 영롱하게 도열했다. 민서는 화장 서비스룸과 행사장을 종횡무진하며 꼼꼼하게 살폈다. 웨딩마치를 경쾌하게 울려줄 그랜드피아노 앞에는 연주자가 앉아 리허설에 열중하고 있었다. 규모와 아트장식은 호텔예식장을 능가했다. 예술적인 감각이 뛰어난 모녀의 웨딩 작품은 나무랄 데가 없었다.
　초대받지 않은 특별한 하객들이 속속 모습을 나타냈다. 민서의 남편이 말쑥하게 차려입고 첫 테이프를 끊었다. 다음으로 서린의 오빠 부부가 선물상자를 무겁게 들고 위엄한 자태로 환한 미소로 홀에 들어섰다. 신랑과 신부를 차례로 안아주며 축하해 주는 오빠와 올케언니의 얼굴에도 촉촉하게 젖은 기쁨이 너울거렸다.
　"매제! 축하합니다. 매제가 어떤 사람인지 궁금해하셨던 부모님께서도 서린이가 결혼식을 하니까 기뻐하시며, 두 사람을 보고 축하하시리라 믿어요. 정말 아름다운 결혼식이 될 겁니다."
　"축하해 주셔서 감사합니다. 부모님께는 죄인으로서 면목이 없습니다. 용서는 바라지 않습니다. 보시고 기뻐하셨으면 좋겠어요."
　민욱은 얼굴을 들지 못했다. 근엄하시고, 자상하신 부모님의 영정사진을 본다는 것이 가슴이 가시에 찔린 것처럼 따가웠다. 왕궁의 공주처럼 아끼고 사랑하던 딸의 몸을 더럽히고, 부모님의 마음을 상하게 한 파렴치한 행동이 가슴을 쥐어뜯었다.

"아닙니다. 사위가 왔다고 좋아하실 겁니다. 하하하~~. 집을 나가게 하셨지만, 끝까지 서린을 사랑하신 좋은 분들입니다."

백 회장은 민욱의 손을 힘껏 잡아줬다. 그런 모습이 듬직해서 민욱의 마음은 차츰 평안을 찾았다.

"그러셨을 테죠. 면목이 없습니다."

아버지와 어머니께선 5년 전, 3년 전에 유명을 달리하셨으므로 영정사진으로만 고명딸의 결혼식에 참석하셨다. 5년만 더 사셨으면, 아니 결혼식이 5년만 앞당길 수 있었으면 하는 마음들이 간절했다. 단상 중앙에 자리한 영정사진은 보는 이로 하여금 숙연하게 했다. 가장 기뻐하고 즐거워하시며, 딸 서린을 마음껏 축하해 주실 분들인데 말이다. 부모님의 한을 생전에 풀어드리지 못한 서린의 마음을 짐작할 수 있는 애석한 광경이기도 했다. 안타깝기 그지없었다. 민서의 딸 수진이가 예쁜 미소를 흘리며 들어왔다.

특별 초대 손님도 도착했다. 서린의 대학 여자친구 세 명이 서린을 아픈 가슴으로 축하했다. 가끔은 미혼모라고 골려주기도 했고, 결혼하라고 남자를 소개하려 했던 얄미운 친구들이었다. 그런 친구들을 미워하지 않았다. 남편을 먼저 저세상으로 보낸 친구, 남편이 아파서 힘들게 요양하는 친구가 있었으므로, 나머지 한 친구도 남편을 대동하지 않았다.

아쉽지만 초대받은 하객은 전부였다. 자리가 협소할 정도로 초대할 친지(화가 동료, 안타까워했던 여교수, 보듬어 주셨던 은사님 등)들이 많았지만, 민욱을 불편하게 하지 않으려고 여자친구 셋만 초대했다. 셋 친구에게만은 민욱을 마음껏 자랑하고 싶었기 때문이다. 오빠의 두 아들의 가족들은 외국에 있었고, 민서의 아들 수현이도 미국에 있는 관계로 참석하지 못했다. 애석하게도 신랑 측에는 축하객이 한 사람도 없었다. 이 땅에서는 아내 외엔 가족이 없는 고아였다는 사실을 몸소 느낄 수 있었다. 사실, 오늘만은 이런 경우가 나쁘지 않았다.

민서는 웨딩드레스 입은 엄마를 보며 눈물을 글썽거렸다. 때가 지나도 훨씬 지났지만, 그 황혼의 모습은 너무도 아름다웠기 때문이다. 아직도 중년인 듯 오해할 것 같은 생각에 엄마를 바라보는 눈빛은 애잔한 기쁨이 이글거렸다.

"우리 엄마! 너무 예쁘고 아름답다. 이런 신부는 처음 봐요."
"고맙다. 딸아! 그렇게 위로하지 않아도 고마워. 엄마는 사람들이 주책이라고 하지 않았으면 다행이라 생각한다. 호호호~"
"아니에요. 우리 엄마는 정말 아름다운 여름 신부예요."

서린은 딸에게 수줍은 미소를 지우지 못했다. 첫사랑! 그 순결했던 사랑은 결코, 늙지 않았다는 것을 여실히 보여주었다. 어느 사람이 서린을 예순이 넘은 여인으로 보겠는가? 보는 사람마다 그 아름다움에 감탄했다. 민서는 엄마의 손을 꼭 잡았다. 학이 되어 어디론가 날아가 버릴 것 같은 충동을 느꼈다. 예전에도 수없이 느꼈던 민서만의 불안한 심리였다. 자고 나면, 엄마가 없을까 봐 손을 잡고도 잠들기를 두려워했던 민서였으니까 말이다.

"엄마~ 웨딩드레스를 입은 엄마의 모습을 보니, 이제 마음이 놓여요. 엄마가 민서를 시집 보내던 날에 엄마의 눈물을 보았거든요. 이젠 울지 마세요. 아빠도 계시고, 민서도 옆에 있잖아요. 엄마~ 사랑해요."

민서는 웨딩드레스가 망가지지 않도록 엄마를 살포시 안았다. 모녀의 모습은 예쁜 그림 같았다. 신랑신부와 민서는 식장으로 이동했다. 하객보다 행사준비 스텝들이 더 많은 기현상의 상황은 보기에 나쁘진 않았다. 모든 준비가 끝나고 사회자(사위)의 멘트와 웨딩마치의 장엄한 음률에 따라 고결한 결혼식은 막이 올랐다.

어린 남녀 아이의 들러리가 앞서 걸으며 생화 장미꽃 잎을 예쁜 손으로 뿌리며 미소를 짓는 모습이 천진난만해서 잘 어울렸다. 뒤를 따라 신랑신부가 손을 잡고 행복한 미소를 쏟으며 나란히 입장했다. 몇 안 되는 하객들의 박수와 환호성이 울렸다. 아주 특별한 결혼식은 아름다웠다. 신랑신부는 단상 앞에 섰다. 사회자는 축전이 도착했다며 소개했다. 축전의 주인공은 외국에 거주하고 있는 조카와 미국에서 유학 중인 손자였다.

오빠의 첫째 아들 경문은 영국 런던에서, 둘째 아들 경춘은 우즈베키스탄에서 고모의 결혼을 축하한다며 선물까지 보냈다고 했다. 그리고 미국 휴스턴에서 대학에 재학 중인 민서의 아들 수현은 할머니의 결혼을 축하한다고 했다. 하객들과 신랑신부도 활짝 웃으며 박수로 화답했다. 결혼식 분위기는 화기애애했다.

단상에는 주례사를 대신해서 다정한 모습으로 행복한 미소를 짓고 있는 근엄하신 부모님의 사진이 향기로운 꽃송이에 안겨 있었다. 딸의 결혼식을 지켜보는 듯해서 모두가 숙연했다. 그 사진 앞에서 신랑신부는 때늦은 큰 절로 인사드렸다. 서린은 부모님께 울먹이며 고백했다.

"아빠! 엄마! 편안히 계시죠? 아빠 엄마의 가슴을 아프게 했던 딸 서린이 두 분 앞에서 늦은 결혼식을 올려요. 아빠 엄마께서 미워하면서도 보고 싶어 하셨던 민서 아빠를 만나서 결혼하는 거예요. 살아 있는 사람을 전사했다고 거짓말해서 죄송해요. 그때는 그럴 수밖에 없었어요. 못난 딸을 용서해 주세요. 민서 아빠는 아무것도 모르고 당했으니 미워하지 마시고 예쁘게 봐주세요. 너무 늦어서 죄송해요. 살아 계실 때, 이런 모습을 보여드리지 못해서 안타까워요. 사위가 마음에 드시죠? 미워하지 마세요. 이젠 걱정하지 마시고 편안하게 쉬세요. 아빠! 엄마! 사랑해요. 호호호~~~."

서린은 일어나지 못하고 부모님의 영정 앞에서 몹시 흐느꼈다. 민욱은 슬퍼하는 서린의 어깨를 안으며 무슨 말인가 귓속으로 속삭이는 듯했다. 손수건으로 서린의 눈물을 닦아주는 민욱을 향해 박수가 터져 나왔다. 모두 눈물을 훔치며 감동의 순간을 함께 했다. 민욱은 다시 부모님 앞에 무릎을 꿇었다.

"장인 장모님이라고 부르기 부끄러운 강민욱이 인사드립니다. 외람되지만, 오래도록 서린씨의 가슴을 아프게 했던 민서 아빠입니다. 너무 늦어서 죄송합니다. 저를 많이 원망하셨을 줄 압니다. 너무도 당연합니다. 그 원망을 제가 지금부터 감당하며 서린씨를 사랑하겠습니다. 왜 좀 더 기다리지 않으셨어요? 저는 이런 사실을 잊은 채 살았습니다. 용서는 바라지 않습니다. 거듭 말씀드리지만, 죄송하고 면목이 없습니다. 지금부터라도 서린씨를 행복하게 웃을 수 있도록 지켜주겠습니다. 염려하시지 않으셔도 됩니다. 계시는 곳에서 평안하세요. 장인 장모님! 사랑합니다."

민욱은 가라앉은 목소리로 고인이 되신 장인 장모님께 첫인사를 드렸다. 이어서 신랑신부는 반지를 교환했다. 민서가 준비된 반지를 아빠에게, 엄마에게 전달하였고, 신랑신부는 서로의 손가락에 끼워주며 여생 동안 사랑할 것을 언약했다. 하객들의 숙연한 박수에 미소로 답했다.

이 결혼식의 하일라이트 특별한 순서가 기다리고 있었다. 그것은 결혼식 축가였다. 축가를 부를 사람은 딸 민서와 외손녀 수진이었다. 민서가 엄마의 결혼을 위해 특별히 만든 자작곡 '엄마의 웨딩드레스'였다. 피아노를 전공한 민서는 작곡 능력도 뛰어났다. 피아노 반주는 민서의 대학 동기인 여고 동창생이 맡았다. 모녀 듀엣의 청아하고 애틋한 목소리는 축가를 듣는 사람들의 마음을 파고들었다. 잔잔하게 흐르는 음률과 '엄마의 허물어진 가슴에 향기로운 꽃을 안긴다'는 애잔한 가사와 '아빠는 전사하지 않았다. 아빠는 엄마 곁으로 44년 만에 돌아오셨다'라는 가사에 눈시울을 적시게 했다. 애틋한 멜로디가 가슴과 가슴으로 옮겨 다녔다. 신부 서린은 축가를 열창하는 모녀를 바라보며 연신 눈물을 손에 낀 흰 장갑으로 찍어내기에 바빴다. 민서의 눈에서도 이슬이 빤짝이다가 기어코 양쪽 볼을 타기 시작했다. 엄마의 눈물은 본 수진의 눈가에도 물기가 잔잔하게 번졌다.

"앵~콜~~."

숙연해진 분위기를 끌어올리기 위해 백 회장이 나섰다. 그는 힘차게 앙코르를 외치며 요란하게 박수를 보냈다. 이에 질세라 양 서방이 동참했다. 눈물바다가 된 예식장의 분위기가 좀처럼 바뀌지 않았다. 침울한 표정의 백 회장과 올케언니가 일어나서 감정을 다스리지 못하는 신부와 조카를 달래기 시작했다. 그 심정 또한 눈가에 눈물이 고였다.

모두에게 많은 것을 생각하게 하는 애틋한 축가였다. 민서는 아빠에게 다가가서 가볍게 안으며 '아빠! 고마워요. 그리고, 사랑해요.'라고 속삭이며 트레이드 마크인 뽀뽀를 볼에 선물했다. 할머니께 다가선 수진은 할머니를 안으며 '우리 할머니 너무 예뻐요. 할머니의 결혼을 축하해요'라고 말하고 볼에 뽀뽀를 찍었다. 수진은 옆에 있는 할아버지 민욱을 안으며 '할아버지! 돌아오셔서 감사해요. 우리 할머니가 기뻐하시니 너무 좋아요. 수진이도 할아버지를 사랑해요.'라며 애교스럽고 깜찍하게 뽀뽀까지 연출했다. 모전여전이 따로 없었다. 딸과 손녀의 축가에 고마워하며 눈시울을 붉힌 신랑신부는 다소곳이 팔짱을 끼고 흥겨운 워킹으로 식을 마감했다. 갑자기 마이크를 잡은 민서가 흐느끼면서 애절하게 말했다.

"민서 아빠는 전사하지 않았어요. 우리 아빤 이렇게 살아계셨단 말이에요. 우리 아빠 아주 핸썸하고 멋지죠? 호호호~~~."

민서의 의미심장한 멘트는 모두에게 감동적인 눈물을 요구했다. 애타게 보고 있던 정이 많은 외숙모가 다가와서 민서를 안고 같이 흐느꼈다. 그 모습을 지켜보던 신랑신부는 움직이지 못하고 석고처럼 굳어버렸다.

"쟤는 왜 저래? 순서에도 없었는데 저러니?"

서린은 투덜거리며 옆에 선 민욱에게 미안한 표정을 지었다.

"그냥 두세요. 가슴이 아팠겠죠. 아픔은 터뜨려야 해요. 그게 가슴에 담아놓은 민서의 아픔일 겁니다. 그 아픔들을 깨끗하게 클린해 주는 것이 우리의 숙제입니다."

"당신의 말을 듣고 보니 그렇기도 하겠네요."

서린은 측은한 눈빛으로 민서를 바라보며 가슴 아파했다. 딸이 간직한 아픔의 깊이를 짐작하지 못했던 서린은 마음이 애달팠다. 그러나 오늘만은 울고 싶지 않았다. 그러는 사이에 짤막하고 의미 깊은 고상한 결혼식은 막을 내렸다. 많은 것을 생각하게 하는 결혼식은 많은 사연과 여운을 속속들이 남겼다. 세계에 둘도 없을 아름다운 황혼 결혼식이었다. 서린의 오빠가 다가섰다.

"부모님께서 너의 결혼하는 모습을 지켜보시며 기뻐하셨을 거야. 그간 고생 많았다. 많이 늦었지만, 이제라도 너의 행복해하는 모습을 보여줘서 고맙다. 그간, 마음고생이 심했던 내 동생! 사랑한다. 그리고 축하한다. 이젠 울지 마라. 하하하~~."

촉촉하게 젖은 눈빛으로 오빠는 동생 서린의 결혼을 진심으로 축하했다. 그 행복한 얼굴을 보고 흡족해했다. 동생을 염려하고, 안타까워하며 늘 곁에서 보살피며 응원했던 믿음직한 오빠였다. 아버지와의 가교역할을 하며 사랑하는 동생을 챙겨주며 아꼈기에, 민욱을 몹시도 미워하고 원망했던 오빠이기도 했다.

"오빠! 고마워요."

서린은 많은 말이 필요하지 않았다. 둘밖에 없는 세 살 터울의 남매는 어려운 사회적 환경의 엄습에도 굴하지 않고 고운 남매의 정을 지켜온 터라 서로를 너무도 잘 알고 있었다. 남매는 서로를 안고 기쁨을 함께 나누었다. 그러고 나서 백 회장은 옆에 서 있는 민욱의 손을 잡았다. 어제 만나서 마음의 탐색은 이미 끝났으므로 두 사람 사이에 깊은 골은 존재하지 않았다.

"내가 많이 미워했던 사람인데, 미우나 고우나 이제 매제가 되었으니 어쩌겠어요. 반가워요. 늦은 것만큼 서린을 더 사랑해 주세요. 어제도 말했지만, 앞으로 우리도 잘 지내도록 노력해요. 나이는 나보다 많지만, 좋은 친구가 될 것 같아요. 하하하."

"죄송하고 면목이 없습니다. 변명은 하지 않겠습니다. 드릴 말이 없어요. 서린씨의 가슴에 쌓인 한을 하나하나 깨뜨리며 상처를 치유하는데 정성을 다하겠습니다. 형님의 말씀을 명심하며 살겠습니다. 감사합니다."

민욱은 고개를 숙였다. 자신보다 두 살이 아래지만 처가 촌수론 형님이었다. 뺨이라도 맞을 준비가 되어 있었는데, 실상 어제 만나고 보니 인자하신 분임을 깨달았다. 거대한 운수사업을 대를 이었고, 다른 여러 사업체를 거느리고 지방 중견그룹의 회장으로서 그룹을 순탄하게 이끌어 가고 있는 사업가다운 품격을 발견할 수 있어서 믿음직스러웠다. 바람직한 CEO의 큰 덕목을 갖추었음을 느꼈기에 친구가 될 수 있다는 자신감을 가졌다.

"만나보니 서린이가 왜 일생을 걸고 그리도 좋아했는지 이해할 수 있을 것 같군요. 내 동생이 겪으며 살아온 그 많은 세월의 공간을 다 메울 수는 없더라도 지금부터라도 너무 행복해서 손을 저으며 그만하라고 할 때까지 행복하게 해주세요. 내 동생이지만, 그만큼의 사랑을 받을만한 인성을 갖춘 착한 여자라고 생각해요. 오빠로서 진심으로 부탁해요."

"네, 알고 있습니다. 부족한 점이 많지만, 정성을 다할 터이니 지켜봐 주세요. 잘못된 점이 있으면 언제나 꾸짖어 주세요."

민욱은 조금은 우둔한 자세로 다짐했다. 이때, 서린은 오빠의 옆구리를 가볍게 찌르며 민욱을 도왔다.

"오빠! 민서 아빠 너무 겁주지 마세요. 이러다가 우리 신랑이 주눅 들어서 기가 죽겠어요. 호호호~~."

서린은 오빠에게 익살스러운 윙크를 쏘았다.

"하하하. 걱정하지 마라. 그럴 리는 없을 테니까. 서린이 네가 행복하다면 오빠는 더 바랄 것이 없다. 이젠, 울지 마라. 너의 눈물은 오빠도 이제 더 이상 볼 자신이 없다. 하하하."

오빠는 호탕하게 웃으며 서린의 애교작전에 넘어가고 말았다. 남달리 정이 많았던 오누이였기에 지난 세월 동안 심적으로 겪어야 했던 아픔을 알기에 오빠를 이해할 수 있었다. 서린은 활짝 핀 미소를 남기고 자리를 옮겨 올케언니에게 고마움을 전했다. 어려운 상황을 맞았을 때마다 자신의 편에서 응원해 줬던 친구 같은 올케언니였다. 두 사람은 늘 다정한 자매와도 같았다. 같은 대학의 선후배이기도 했다. 오늘도 많지 않은 다섯 가족과 세 친구와 직원들이 참석한 조촐한 결혼식이었지만, 세계에서 가장 아름답고 멋진 결혼식이었다고 올케언니는 칭찬했다. 민서의 자작곡 축가는 더 큰 의미로 가슴에 울렸다며 찬사를 아끼지 않았다. 축가뿐만이 아니라 이 모든 행사를 기획한 것에 예능 감각이 탁월한 서린과 민서의 공동작품을 높이 평가했다. 아빠에 대한 그리움과 아픔으로 살아온 민서의 마지막 멘트의 의미가 깊었다고 애잔했다.

"서린아! 너무 예쁘다. 축하한다. 이렇게 예쁜 신부는 처음 본다. 워낙 예뻐서 나이는 보이지 않는다. 신랑신부가 잘 어울린다."

"신랑이 핸썸하고 정말 미남이다. 네가 젊음을 송두리째 걸었던 남자답게 멋있는 사람이다. 신랑은 짱이다. 호호호."

"너의 행복한 모습으로 보니 친구로서 기쁘다. 너무 보기 좋다. 네가 왜 한 남자에게 미쳤는지 이제 알 것 같다. 호호호."

셋 여자친구는 진심으로 서린의 결혼을 축하하며 기뻐했다. 44년을 기다린 세월이 허송세월이 아니었다고 입 모아 칭찬했다. 친구는 하나같이 환갑을 지나 결혼하는 행복한 서린을 부러워했다. 친구를 미혼모로 살게 한 민욱을 두들겨 주고 싶으나 참는다고 소신을 말하기도 했다.

조촐했지만, 전혀 단순하지도 않았다. 가슴 속속들이 파고드는 의미가 산더미처럼 쌓인 뜻깊은 행사였다. 리허설도 전문가도 없었던 행사는 한 점의 오차도 없이 만족도를 최대한 높인 결과였다. 결혼식 모두를 비디오에 담았으며, 단출한 가족사진 촬영을 비롯해서 몇 컷의 스냅사진 촬영까지 깔끔하게 마무리했다. 세 친구가 있었지만, 부케는 결혼을 계획 중인 아뜨리에 여직원이 받고 활짝 웃었다. 신랑신부도 예복을 벗고 시원하게 평상복으로 갈아

입었다. 한여름의 결혼식은 웅장하지 않으면서 참으로 대단한 삶의 무게가 부여된 이벤트로 막을 내렸다.

"민서야! 우리 딸 수고했다. 축가는 너무 감동적이었어. 아빠가 오래 기억하게 될 거야. 정말 고맙다."

민욱은 민서에게 고마움을 전했다. 항암치료를 받으며 투병 중인 민서가 짧은 기간에 축가를 만들고 다듬어서 딸과 함께 감성적인 목소리와 가슴속에 고인 눈물을 뿜어 올리며 애절하게 열창한 것에 감동하지 않을 수 없었다.

"아빠! 제가 피곤해요. 안아주세요."

팔을 벌리고 안아달라고 어리광을 떠는 그 모습을 보는 외삼촌과 외숙모는 얼굴에 기쁨을 감추지 못했다. 아빠를 잘 따르는 40대 민서의 행동을 귀여워했다. 민욱은 망설이지 않고 민서를 다정스럽게 안아주고 그 이마에 입을 맞추었다. 그런, 부녀의 그림이 너무 아름답게 보여서 모든 가족은 위로받았다.

가족들과 세 친구와 수고한 직원들은 오빠가 예약해 둔 호텔 레스토랑으로 이동했다. 무등산 자락에 자리한 고급 레스토랑에 도착하여 테이블에 가족들과 직원들은 마주 보고 앉았다. 민욱은 해산물을 좋아한다는 말을 서린에게 전해 들은 오빠는 미리 랍스타 요리 정식과 최고의 생선초밥을 주문해 뒀었다. 테이블에 음식들이 채워지기 시작했다. 가족들과 직원들은 출출했던 터라 랍스타 요리와 생선초밥으로 맛있는 오찬을 즐겼다. 음식을 음미하면서도 서린 오빠는 민욱을 조심스럽게 살폈다.

자신의 준비된 삶과는 다르게 고아의 신분으로 저명한 경제학자로, 대학교수로 아메리칸드림을 성공시키며 40년 이상 타국에서 힘들게 이룬 삶의 성과를 높이 평가했다. 민욱에 대해서 아는 것이라고는 전쟁고아였으며, 안정된 학업을 위해 베트남전에 참전했었고, 세계적으로 인지도가 높은 대학에서 경제학전공 석박사를 취득하여 시카고대학 교수로 있었으며, 경제전문가로서 여러 권의 경제저서(원서)와 연구 논문들이 세계적인 학술지에 등재되었으며, 지금은 영구 귀국하여 대전에서 암 투병 중인 아내와 외롭게 살고 있다는 것이 전부였다.

가끔 눈을 마주치게 된 민욱은 그 시선이 부담스러웠다. 그렇지만 서린의 오빠란 이유로 자신의 이모저모를 탐색하는 그 심정을 이해했다. 여동생을 지극히 아낀다는 오빠의 심정을 이해하는데 어렵지 않았다. 구태여 심리적으로 접근하지 않아도 일상적으로 느낄 수 있는 것은 인간의 기본적인 사고력에 반하기 때문이다.

조금은 어색했던 오찬은 끝났다. 모두 주차장에 마주 섰다. 황혼 부부의 신혼여행(?)을 배웅하기 위해서였다. 오빠는 여행경비에 보태라고 서린에게 봉투를 손에 쥐어 줬다.

"오빠! 나 돈 많아요. 이러지 않아도 돼. 나 주고 나면 오빠 용돈이 없잖아요."

서린은 차분하게 거절했다. 그룹 회장의 용돈을 걱정하는 깜찍한 모습의 서린은 진심인 듯했다.

"나보다 부잔걸 알고 있어. 그러나 이건 부모님을 대신해서 신혼여행 경비로 주는 거니까 아무 소리 말고 받아. 안 받으면 부모님께서 서운해하실 거야."

부모님 대신해서 준다는 말에 서린은 더 이상 거절할 수 없었다. 봉투를 받아 든 예순이 지난 서린은 오빠의 볼에 뽀뽀를 선물하는 감사를 베풀었다.

"그렇다면 받을게요. 오빠! 언니! 고마워요. 잘 쓸게요."

서린은 새하얀 미소를 흘리며 두툼한 봉투 속을 엿보는 장난기를 발동했다. 거기엔 100만 원권 수표 10장이 들어있었다. 오빠다운 처신에 고마워했다. 그때였다. 민서 남편도 봉투를 내밀었다.

"장인, 장모님! 여행 잘 다녀오세요. 장모님이 부자시니까 안 받으실 줄 알고 약소하게 한 끼 밥값만 넣었어요. 하하하~."

"그래. 고맙다. 많고 작고가 문제겠니. 천 배 만 배로 생각하고 쓸게. 장모 결혼시키느라고 양 서방이 아들 노릇 하느라 고생 많았어. 여행 갔다 와서 내가 맛있는 거 많이 해줄게. 내가 광주에 없는 동안 우리 민서를 잘 부탁한다."

자식들의 성의가 담긴 것이라 거절하지 않았다. 서린은 사위와 딸, 그리고 손녀를 따뜻한 마음으로 안아주었다. 오빠는 회의가 있다면서 올케언니와 먼저 주차장을 빠져나갔고, 직원들도 미소로 하직인사를 예쁘게 나누고 각기 떠났으며, 세 친구는 집들이할 때 보자고 하며 자리를 비웠다. 민서는 민욱 앞에 섰다.

"아빠! 엄마와 행복한 시간 보내세요. 엄마의 모습이 행복하게 보여서 너무 기쁘고 좋아요. 아빠~ 민서가 사랑하는 거 아시죠? 많이, 아주 많이 사랑해요."

"그래. 알았다. 며칠간 환자인 민서가 딸 노릇 하느라고 고생했어. 피곤할 터이니 집에 가서 푹 쉬도록 해라. 환자를 너무 부려먹은 것 같아서 미안하다. 면역성이 떨어지면 힘드니까 무리하지 말고 조심해야 한다. 몸살을 앓지 않을까 걱정이다."

민욱은 걱정스러웠다. 행사를 준비하며 힘들었을 민서에게 미안했다. 세상에 하나뿐인 축가를 만들어 불러준 민서와 수진이가 고마웠다. 가슴을 찡~하게 했던 마지막 멘트도 민서의 아픔이 묻어 있어서 인상적이었다. 민서 가족들을 보내고 두 사람은 신혼여행

치장을 생략한 노란색의 지프에 올랐다. 신부 서린은 운전석을 내어주지 않았다.

"내일 올 때, 당신이 하세요. 당신은 이쪽 지리를 잘 모르시잖아요. 갈 때는 내가 할게요. 나보다 당신이 더 피곤하신 것 같아요. 오늘 고생하셨어요. 장가들기 힘드셨죠?"

"그렇긴 하지만, 서린씨만큼은 아닙니다. 서린씨 고집은 당할 수가 없다니까요. 하하하~~. 내가 꼭 가볼 때가 있어요. 그곳으로 안내해요."

"그곳이 어디예요? 당신이 광주에서 가볼 곳이 어디 있다고 그러세요? 우리가 데이트했던 곳은 많지 않은데요."

서린은 의아한 얼굴로 민욱을 쳐다봤다. 데이트할 기간이 짧았으므로 기껏해야 무등산이나 광주공원, 아니면 여름에 여수 만성리해수욕장 등이 전부였다. 그런데, 예식을 마치고 처음으로 가볼 때가 있다니 의아했다. 서린은 짐작할 수 없었다.

"글쎄, 나도 가볼 때가 있어요. 영리한 서린씨가 둔할 때도 있다니 실망인데요. 하하하~~."

"호호호~ 그러게나 말이에요. 당신을 만나고부터 내가 점점 더 멍청해지려고 하잖아요. 어디로 가는 건데요?"

어딘지 짐작하지 못한 서린은 민욱이 가고자 하는 그곳이 어디인지 무척이나 궁금했다.

"서린씨의 부모님이 계시는 곳으로 가요. 식장에서 인사드렸지만, 이제 사위가 되었으니, 계시는 곳에서 정식으로 인사드려야죠. 혼날 거 각오하고 있어요."

서린은 화들짝 놀랐다. 핸들이 휘청거릴 정도였다. 거기까지 생각하고 있었는지 차마 몰랐다. 그 마음 씀씀이가 너무나 고마웠다. 그런가 하면, 민욱은 처음부터 생각하고 있었던 속죄의 시작을 알리는 소중한 장소였다.

"어떻게 그런 생각을 다 하셨어요?"

"내 나이가 몇 살입니까? 나 때문에 가장 가슴이 아팠을 두 분이시잖아요. 두 분한테는 용서받지 못할 못된 죄인입니다. 늦게나마 잘못을 사죄하고 위로해 드리고 싶어요. 그렇다고 용서는 바라지도 않아요. 염치없다는 말은 듣고 싶지 않거든요. 하하하."

이는 민욱의 진심이었다. 부모님의 얼굴도 이름도 모르는 고아였던 민욱의 삶에서는 장인이나 장모가 하늘과 같은 존재였다. 그래서 돌아가셨지만, 두 분을 존경했으며 뵙고 싶었다. 서린은 감동하지 않을 수 없었다. 민욱의 얼굴이 딴 사람으로 보이기까지 했다. 이루 말할 수 없으리만치 감동하고 말았다. 작은 감동에도 서린의 가슴은 두근거렸다.

"여~보~~ 고마워요. 그런 기발한 생각을 하셨다니 역시 당신의 브랜디는 달라요. 나도 그럴 생각을 잠깐 했지만, 당신이 부담스러울까 봐 말하지 못했어요. 아까 식장에서 인사드렸으니까, 그걸로 만족했어요."

"무서운 게 없는 서린씨가 나한테 말하지 못하는 것도 있긴 있군요. 하하하~~. 근데 좀 더 일찍 생각했어야 했는데 말입니다. 어제 다녀왔으면 좋았을 걸 그랬어요. 결혼식을 올리기 전에 인사드리지 못한 것이 아쉽고 죄송하게 생각되는군요."

"나도 순박한 여자란 말이에요. 호호호~~. 오늘이면 어때요? 찾아주시면 우리 사위 왔느냐고 아빠 엄마는 많이 기뻐하실 거예요. 아마 저승에서 춤이라도 추시며, 많은 사람을 모아놓으시고 잔치라도 벌일 줄 몰라요. 좋아하시는 모습이 눈앞에 선해요."

"기뻐하실 거라니 다행입니다. 혼나지만 않았으면 좋겠어요."

금세 눈가에는 물기가 피어올랐다. 부모님께 마음을 열어준 게 더없이 고맙고 감동했다. 자신이 무작정 사랑했던 사람다워서 기분이 매우 좋았다. 서린은 지프를 부모님이 계신 곳으로 몰았다. 멀지 않은 교외였다. 화순으로 통하는 길에서 남으로 향한 야산에 도착하여 낮은 산길을 오르다가 지프는 중턱에 멈춰 섰다. 100m쯤 산길을 걸어서 올라가니 넓고 호화롭게 조성된 산소가 눈에 들어왔다. 가문의 명예와 부를 상징하는 선산은 민욱의 마음을 압도했다. 조상과 부모를 알지 못하는 민욱에게는 부러움의 대상이었다. 경건한 마음으로 조심스럽게 산소 가까이 다가섰다.

제단 앞의 화병에 아직도 시들지 않은 하얀 꽃들이 장식되어 있었다. 누군가 최근에 다녀간 흔적을 발견했다. 준비한 꽃다발을 그 옆에 놓으며 서린을 쳐다보았다.

"오빠 내외가 어제 다녀갔나 봐요. 내가 결혼한다고 말씀드린 것 같아요. 난 왜 이런 걸 생각하지 못했을까요? 당신 만난 것이 기뻐서 데이트하느라고 생각할 여유가 없었나 봐요. 아직도 못된 딸인가 봐요. 효녀는 아닌 것 같아요."

"그런가 봅니다. 그러니 손윗사람이 아니겠어요. 그렇다고 너무 마음 아파하지 마세요. 어제 서린씨가 기뻐하는 모습을 부모님께서 보셨을 테니까요."

"그럴까요? 그렇다면, 아빠 엄마가 오셔서 우리 결혼식에 참석하셨을 거예요. 우리 오빠와 올케언니가 초대하셨을 테니까요."

부모님께 민욱을 인사시킬 생각을 하지 못한 것을 몹시 안타까워했다. 민욱을 만나서 추억의 장소로 데이트할 생각에 머물렀던 자신을 원망하는 눈치였다. 민욱은 그런 서린을 위로하며 오는 길에 준비한 술과 과일과 생선포를 깨끗한 제단 위에 정성으로 차리고 나서 두 잔의 술(정종)을 따랐다. 두 사람은 나란히 서서 큰절로 부모님께 인사를 드린 다음에 무릎을 꿇고 앉았다.

"아빠 엄마! 많이 원망도 하셨고, 보고 싶어 하셨던 민서 아빠가 오셨어요. 전사했다고 거짓말해서 죄송해요. 그때는 사정이 그럴 수밖에 없었어요. 용서해 주세요. 우리 오늘 아빠 엄마의 영정을 모시고 결혼식을 올렸어요. 아빠 엄마도 오셔서 보시고 기뻐하셨으리라 믿어요. 딸 서린은 이제 미혼모도 아니고, 남편이 전사한 전쟁미망인도 아니에요. 호호호~~. 민욱씨는 아빠도 아시는 미국의 유명대학인 스텐퍼드에서 경제학박사 학위를 받으셨고, 시카고대학에 교수로 계시다가 정년 퇴임하시고 한국으로 돌아오셨어요. 서린이가 똑똑한 사람이라고 말씀드렸잖아요. 이것만은 거짓말이 아니었어요. 아빠 엄마가 보시기에도 사위가 멋지고 잘 생겨서 기쁘시죠? 야단치지 마시고, 다 용서하시고 예쁘게 봐주세요. 서린이도 기쁘고 행복해요. 앞으론 서린이 걱정은 하지 마시고, 불쌍하다고 천국에서 울지도 마세요. 서린이 옆에 민서 아빠 강민욱씨가 있거든요. 호호호~~. 아빠~ 엄마~ 너무 보고 싶어요. 아빠와 엄마가 계셨으면 얼마나 좋았을까요? 호호호~."

서린은 가슴 깊은 곳에서 복받쳐 오르는 눈물을 참지 못했다. 가슴에 담긴 한의 문을 열고 울도록 말리지 않았다. 민욱은 얼굴을 들고 나란히 누우신 두 분을 바라보며 입을 열었다.

"아버님 어머님! 본의 아니게 두 분 가슴에 대못을 박았던 몹쓸 사람인 강민욱이 왔습니다. 따님이 이렇게 살고 있는 줄도 모르고 살았으니 죄송합니다. 너무 늦게 찾아뵙게 되어 송구스럽습니다. 서린씨의 말처럼 부모님의 영정을 모시고 결혼식을 올렸습니다.

천국에서 보시고 기뻐하셨으리라 믿습니다. 저의 손을 잡아주세요. 용서는 바라지 않습니다. 지금부터 서린씨를 사랑하고 아끼면서 울지 않도록 지켜주겠습니다. 염려하지 마세요. 저는 부모님 성함도, 얼굴도 모르고 조상의 뿌리도 알 수 없는 전쟁고아입니다. 이젠 먼 곳에 계시지만 부모님도 생겼고, 새로운 가족이 있어서 외로운 고아가 아닌 것이 참으로 기쁩니다. 두 분의 영혼이 저를 서린씨에게로 돌아오게 하셨으니, 이젠 우리를 지켜봐 주세요. 이렇게라도 뵙게 되어 영광입니다. 종종 찾아뵙겠습니다. 안락한 곳에서 두 분께서 손잡으시고 기뻐하시며 평안을 누리시길 바랍니다. 아버님! 어머님! 편안히 쉬세요."

긴 인사말을 전한 민욱은 일어나지 못하고 죄송해서 눈물을 보였다. 두 분을 아프게 한 것이 못내 마음에 걸렸다. 그 아픔을 짐작할 수도 없기에 용서를 구할 수도 없었다. 자식을 키우며 아빠로 살면서 자식에 대한 부모의 마음을 알기에 자신을 용서할 수도 없었다. 그래서 용서는 바라지 않았다.

"그만 일어나세요. 아빠 엄마도 당신을 보셨으니 좋아하셨을 거예요. 당신의 고백을 들으시고 지금 많이 기뻐하고 계실 거예요. 딸이 사랑했던 남자가 허튼사람은 아니었구나, 하시면서 좋아하실 거예요. 당신을 좋은 사위로 인정하시고 용서해 주실 거예요."

두 사람은 얼싸안고 기쁨을 나누었다. 부모님 전에서 일어나 위쪽에 계시는 할아버지 할머니께도 인사를 드렸다. 두 사람은 한결 마음이 개운했다. 산허리를 둘러보며 안정을 찾았다. 멋지게 조성된 산소와 그 주위는 평화롭고 운치 있는 경관이 참으로 아름다웠다. 넓은 산야 가장자리에는 단아하게 정돈된 정원수가 가지각색으로 위풍당당을 과시했다. 민욱에게는 생소한 전경이었다. 조상의 뿌리가 있다는 것이 새삼스럽게 부러웠다. 웅대하고 아름답게 조성된 선산만 보아도 후손들이 부를 누리고 있다는 분명한 메시지를 전하는데 충분한 것 같았다.

"오늘따라 당신이 더 위대한 사람으로 보여요. 이게 당신의 본모습이라 생각해요. 당신을 종일 업고 다니고 싶어요. 호호호~."

서린은 기뻐서 춤이라도 출 것 같았다. 부모님 산소를 쓰다듬으며 잡초를 뽑는 민욱을 지켜보는 서린은 기쁨을 감추지 못했다.

"내가 할 수 있는 게 너무 없어요. 이제 서린씨를 외롭지 않게 할게요. 노력하는 것만큼 진심이 보일지는 모르겠어요."

"아니에요. 너무 잘하고 계셔요. 아빠 엄마도 아마 감동하셨을 거예요. 어쩌면 말을 그처럼 잘하셨어요? 내가 놀랐어요. 호호호~~. 역시 지성을 갖춘 사람은 남달랐어요."

"그랬어요? 그랬다니 다행이네요. 하하하~."

"다행이 아니에요. 아주 잘하셨다니까요. 호호호~."

마주 보고 웃는 모습이 잘 어울렸다. 그 웃음은 가슴 속에 응고되었던 지난 아픔들을 산산조각으로 부숴버렸다. 아빠 엄마의 영혼도 웃고 계실 것으로 생각했다. 서린은 감동한 얼굴로 말했다.

"우리 아빠는 '어찌나 미워했는데, 어디 있다가 이제 왔는가? 좀 더 일찍 오지 않아서 서운하다네.'라고 하셨고, 엄마는 '자네가 몹시 원망스러웠지만, 늦게라도 내 딸과 혼례를 올렸으니 고맙네.'라고 하셨을 거예요."

"그 말은 서린씨가 하고 싶었던 말일 것 같군요."

"에~헤~ 들켰다. 호호호~ 들키긴 했지만, 부모님 마음이 제 마음인 건 맞아요. 이곳에 영혼이 계신다면 아마, 그러셨을 거예요. 호호호~~."

"하긴 그렇기도 하네요. 하하하~~."

기쁨에 묻혀있는 두 사람은 부모님께 하직인사를 올리고 나서 다정하게 산에서 내려왔다. 뜻이 깊고 의미 있는 행사를 마친 두 사람은 홀가분한 마음으로 진짜 신혼여행 길에 올랐다. 산길을 빠져나온 노란색 지프는 여수 바닷가로 향했다. 국도를 이용해서 벌교를 지나 순천을 거쳐서 여수 돌산대교를 통과하여 예약한 호텔에 오후 늦게 서야 도착했다. 스페셜(글램핑) 룸으로 체크인을 마치고 피곤한 몸으로 룸에 입실했다. 에어컨이 작동했어도 혼례를 하느라고 온몸이 땀에 덮인 관계로 우선 샤워부터 시작했다. 더운 기온도 만만찮았다.

"당신이 먼저 샤워하세요."

가방에서 속옷을 준비한 서린이 말했다. 여름을 잘 이겨내는 터라 민욱은 서린에게 우선순위를 양보했다. 더위에 강한 까닭에 긴 팔 셔츠를 입을 수 있는 민욱의 특별한 체력조건을 과시했다.

"난, 더위를 잘 견뎌요. 서린씨가 먼저 해요."

"헤헤헤~~. 그럼, 우리도 젊은 애들처럼 같이 샤워할까요?"

서린은 수줍은 듯이 애교 웃음을 웃으며 민욱의 표정을 살폈다. 서린은 평소에도 동경하고 꿈꿔왔던 행사였다.

"에이~. 그건 좀 이상하잖아요."

"뭐 어때요? 못 본 것도 없고, 숨길 것도 없잖아요. 우린 신혼부부예요. 같이 샤워하는 것이 서린의 소원이란 말이에요. 요즘 젊은 부부들은 그렇게 한단 말이에요. 호호호~~."

"그래도 그건 아닌 것 같은데요. 하하하~."

민욱은 싱겁게 웃으며 서린을 욕실로 밀어 넣었다. 서린은 혼자 들어가지 않으려고 민욱을 안고 버티었다.

"혼자는 싫어요. 당신하고 같이 샤워할래요. 으~~응~~. 오늘만 허락해 주세요. 오늘은 특별한 날이잖아요."

미련이 소복이 담긴 눈빛을 날리며 서린은 가느다랗게 콧소리를 흘리며 반항했다. 서린은 민욱과 해보고 싶은 것이 그처럼 많았다. 여자란 몸으로 홀로 외로이 40년을 넘게 살아오면서 미디어를 통해 보아왔고, 또 생각했던 이런저런 것 모두 '남편이 있었으면 해보고 싶다.'라는 마음으로 꿈꿔왔었다. 그 많은 것들을 짧은 시간에 다 해볼 수 없다는 것도 알았다. 마지못해 포기한 서린은 입을 내밀고 욕실 안으로 사라졌다. 서린의 아쉬워하던 표정을 생각하는 무정한 민욱은 빙그레 웃으며 창밖의 바다 풍경에 시선을 던졌다. 오래 걸리지 않아 샤워를 마친 서린은 소녀처럼 물기에 젖은 미소를 얼굴에 담고 타월로 몸을 감싸고 민욱의 앞으로 다가왔다.

"이제 당신 차례에요. 당신은 무정한 남자예요. 그게 뭐 어떻다고? 시대에 어울리는 것도 나쁠 건 없을 텐데 ....."

"알았어요. 다음에 생각해 볼게요. 하하하."

민욱은 얄미운 윙크를 던지고 욕실로 피신을 시도했다. 실패하고 말았다. 아뿔사! 서린의 손에 잡히고 말았다.

"우린 신혼여행 온 신혼부부란 말이에요. 어째 신랑이 나무토막 같아요. 부드러운 신랑은 어디 보냈어요? 앞에 있는 분이 신랑이면 달콤하게 키스해 주세요."

애교 있는 불만을 토로하며 서린은 예전처럼 저돌적으로 입술을 내밀었다. 도망갈 수도 없는 민욱은 그 입술을 외면하지 않았다. 입술과 입술은 짧게나마 팡파르를 울렸다. 여대생으로 변해버린 서린을 남겨두고 욕실로 들어갔다. 소정의 목적을 이룬 서린은 상큼하게 웃으며 화장대 앞에 앉았다. 그리곤 몸에 둘렀던 타월을 풀어서 벌거숭이 몸을 거울에 비췄다. 탄력을 잃지 않은 젖가슴을 두 손바닥으로 받히며 만족스러워했다. 40대의 탱글탱글함과 완숙한 아리따운 몸매가 그대로 유지 되어 있는 것 같아 고맙기까지 했다. 환갑이 지난 늙은 할머니의 주책이 아니길 바랐다.

"아직은 쓸 만하네. 호호호."

바디로션을 몸에 바른 다음에 타월로 섹시한 몸매를 가렸다. 간단하게 얼굴화장을 마치고 일어나 길게 기지개했다. 생애 이런 날이 올 줄은 생각지도 못했던 일이다. 모두가 남의 얘기 같았고, 소설 같고 영화 같았다. 그러나 현실이 자신을 외면하지 않은 것에 참 다운 행복을 소복하게 느꼈다. 형편없이 망가지지 않은 젊음이 육체에 고스란히 남아 있다는 것도 축복이란 생각을 지우지 못하고 얄밉게 미소 지었다.

콧노래를 흥얼거리며 옷을 갈아입었다. 새빨간 반바지에 노란색 무늬가 있는 긴 팔 셔츠를 입었다. 셔츠 손목은 7부로 걷어 올렸다. 여름 바다에 잘 어울리는 여자였다. 검은 선글라스를 이마 위에 올리고 민욱을 기다리는 모습은 실로 행복하게 보였다. 아니나 다를까, 욕실에서 민욱이 나타났다.

"서린이 신랑 정말 멋져요. 우리 신랑을 누가 60대로 보겠어요. 40대 젊은이 같아요. 에~헤헤헤~~."

서린은 시들지 않은 애교 한방으로 실내를 기쁨으로 가득 채웠다. 신혼여행의 분위기가 뽀송뽀송했다.

"너무 놀리지 말아요. 더 늙어버린 것 같잖아요. 하하하."

"놀리는 게 아니에요. 내 눈에는 그렇게 보인단 말이에요. 정말이에요. 서린은 신랑을 잘 만난 것 같아요. 44년을 그리워한 보람이 있네요. 호호호."

 서린은 행복한 얼굴을 감추지 못하고 엄지를 세우며 아이들처럼 즐거워했다. 그리고 나서 자신이 하겠다는 민욱의 얼굴에 스킨과 로션으로 화장을 시켜주는 과잉서비스에 애교를 곁들였다.

 "그때의 스무 살 여대생을 보는 것 같아서 즐거워요."

 행복해하는 얼굴엔 청순하던 그때의 모습이 어른거렸다. 나이에 어울리지 않게, 귀여운 모습과는 딴판으로 저돌적이고 막무가내였던 서린의 모습이 주마등처럼 펼쳐졌다.

 "그때를 기억하시는군요. 다 잊어버린 줄 알았는데 ..... 아무튼 기억한다니 고마워요. 난, 한시도 당신을 기억에서 지우지 않았거든요. 수많은 남자로부터 끈질긴 유혹을 뿌리치느라고 속이 상했다니까요. 유혹이 있을 때마다 당신은 내 눈앞에 있었고, 내 머릿속을 조정했고, 내 가슴을 장악하고 지켜줬어요. 당신이 주는 힘과 용기로 순간순간을 이겨낼 수 있었어요. 서린이 잘했죠?"

 얼굴화장을 마친 서린은 그의 입술에 입을 맞추었다. 입맞춤은 사랑하는 사람들의 일상에서 시간과 장소를 가리지 않는 필연적인 요소라고 여대생 때부터 주장했었다.

 "참 잘했어요. 그 말을 들으니, 마음이 너무 아파요. 그러지 않았어도 되는데 말입니다. 면목이 없어요. 한 번쯤은 유혹에 넘어가 보는 것도 나쁠 건 없었을 텐데요. 하하하~."

 "당신의 생각과는 상관없는 내 선택이었어요. 그 선택이 옳았다는 게 현실로 증명해 주고 있잖아요. 내가 지닌 자존감으론 다른 남자의 아내가 될 수 없었어요. 호호호. 아직 늦지 않았어요. 지난번에도 말했지만, 당신이 앞으로 44년 동안 지독하게 사랑해 주면 되거든요. 이건 잊지 마세요. 호호호~~."

서린은 소녀처럼 해맑게 웃었다. 대전에서 만났을 때도 이런 말을 들었으므로 앞으로 남은 시간이 얼마인지 걱정되기도 했다. 44년은 아닐지라도 그 절반이라도 함께할 수 있었으면 좋겠다고 생각하는 민욱은 아쉬움이 더했다.

"서린씨는 아주 특별한 사람이에요. 속된 말로 하면 별종 같다고나 할까요. 여하튼 그때나 지금이나 연구대상입니다."

"부모님이나 주위 사람들도 그렇다고 하더군요. 그게 서린의 매력이에요. 그래서 당당하게 미혼모, 전쟁미망인이란 말을 부끄러워하지 않으면서 민서와 잘 살 수 있었잖아요. 서린은 누가 뭐래도 서린이였으니까요. 당신이 알거나 모르거나 한 남자 강민욱만이 가졌던 정숙한 여자로 살고 싶었거든요. 호호호~."

심각한 분위기로 몰아가지 않으려고 애쓰며 자신의 또렷했던 주관을 애교스럽게 피력했다. 바보 얼간이 같은 여자, 여자란 이름을 무섭도록 학대한 여자, 아름답고 향기로운 여자의 청순한 꽃잎을 무자비하게 밟아버린 어리석은 여자, 순정을 내어줬던 한 남자만을 가슴에 품고 그리워하며 살아온 불쌍하고 가련한 여자, 온전하게 사랑 한 번 제대로 하지 못한 첫사랑을 끝까지 버리지 않은 지독한 여자, 그 여자는 백서린이었다.

"면목이 없군요."

민욱은 서린을 똑바로 바라보지 못했다. 그 얼굴을 볼 자신이 없었다. 의도적으로 외면한 것이 아닐지라도 도의적인 책임을 무겁게 느끼고 있기 때문이다. 한 여자의 인생을 바꿔놓았다는 사실은 명백했다. 청순한 여대생은 자신의 사랑을 증명하기 위해 정숙한 여자란 이름을 포기했었다. 그것이 첫사랑임을 육신으로 체험하며 그 첫사랑의 그림을 가슴으로 그리고 간직했던 서린이 앞에서 민욱은 자유로울 수 없었다.

"몇 번을 말하지만, 당신의 잘못은 아니니 당당하셔도 돼요. 당신이란 남자에게 내 인생을 걸 만큼 가치가 있었으니까요. 우리 나가요."

위축된 모습의 민욱을 보고 싶지 않은 서린은 팔짱을 끼고 방을 나섰다. 밖에는 많은 여행객과 피서객으로 붐볐다. 인피니트 풀장과 파크 풀장을 사용할 수 있는 혜택이 있으므로 풀장으로 향했다. 젊은 남녀들이 물놀이를 즐기는 모습이 부럽기도 했다. 수영복을 입지 않은 두 사람은 눈으로만 시원하게 즐기고 나서 바깥으로 나와서 정원을 산책했다. 어디에나 사람은 만원이다. 서성이던 이들 앞에 마침 비워지는 벤치를 발견하고 재빠르게 엉덩이를 밀어 넣으며 행운을 잡았다는 생각에 야무지게 웃었다.

"우리가 늙었다고 양보해 준 건 아니겠죠?"

"그럴 테죠. 서린씨는 젊어 보이잖아요."

"당신도 젊어 보여요. 호호호."

서로를 쳐다보며 웃는 두 사람의 그림은 너무 아름다웠다. 늙어서 자리를 양보받지 않았다고 예순 중후반의 나이를 숨기려는 모습이 안타까웠다. 지정석이 없는 지하철이나 공공장소에서 자리를 양보받는다는 것은 서글픈 일임은 분명했다. 민욱과 서린은 아직 그런 서글픔을 느끼고 싶지 않았다.

"당신은 염색하면 더 젊어 보일 거예요."

서린은 민욱의 긴 머리(귀를 덮을 정도)를 만져보며 말했다. 유난히 머릿결이 부드러운 민욱의 머리는 숲도 무성하지 않았다. 그렇다고 염색하길 원하는 것은 아니다. 서린의 머리도 20% 정도는 연회색으로 변했으나 염색할 생각은 없다고 했다.

"그러고 싶진 않아요. 구태여 잘 굴러가는 세월에 저항할 생각은 없어요. 머리가 검다고 젊은 육신이 돌아오는 건 아니잖아요. 염색한다는 건 조금이라도 젊게 보이고 싶은 욕망의 분출일지도 몰라요. 그런 반복적으로 소모적인 일은 당하고 싶지 않아요."
 "맞아요. 나도 같은 생각이에요. 그런대로 세월이 부여해 주는 자연스럽고 중후한 멋이 있어서 좋아요. 염색은 피부와 눈에도 해롭다고 하잖아요. 그게 인간의 매력이죠. 당신의 머리카락은 회색과 흰색의 균형감이 조화롭게 어우러져서 정말 멋져요."
 두 사람은 머리카락을 희끗희끗하게 변색시킨 세월을 탓하지 않았다. 현실이 만들어 놓은 시간과 스쳐 지나가는 순간에 충실하고 싶어 했다. 지혜로운 판단이며, 현명하고 윤택한 선택이었다. 여수 바닷가에도 서서히 일몰이 덮이기 시작했다. 벤치에서 일어나 신혼부부는 팔짱을 끼고 호텔 레스토랑으로 향했다. 뷔페식당이었다. 소식가인 민욱의 쟁반에는 생선초밥 몇 개와 새우튀김, 영양밥 한 줌과 김치, 과일야채 샐러드와 감자조림이 전부였다. 서린은 생선류와 김밥류, 육류와 야채샐러드 등 다양하게 구색을 갖추었다. 마주 앉아 서로의 쟁반을 확인하며 웃었다.
 "당신 접시는 단백질과 칼로리가 많이 부족한 것 같아요. 이거 같이 드세요. 그걸로는 식사가 부실해서 안 돼요. 오늘은 체력을 충분히 보강해야 해요. 헤헤헤~~."
 서린은 민망스럽게 미소 지으며 안심구이 한 점을 민욱의 입으로 공수했다. 기력을 유지하기 위해서는 단백질을 섭취해야 한다는 첫날밤을 맞이할 신부의 잔소리였다. 민욱은 순순히 받아먹었다. 민욱은 답례로 서린의 입에 생선초밥을 제공했다. 두 사람은 주거니 받거니 하며, 늦게나마 깨가 쏟아지는 시간을 가졌다. 한 번의 순회로 식사를 마치고 나서, 과일 몇 조각과 시원한 식혜로 간단하게 후식까지 끝내고 밖으로 나왔다.
"고급 뷔페지만, 서린씨의 밥상에는 많이 미치지 못하는군요. 비교하려는 자체가 무식하다는 생각이 들어요."
"그게 정말이에요?"
"그렇다니까요. 실은 뷔페를 즐기긴 않아요. 단일 식단을 좋아하거든요. 솔직히 말하면, 너저분하게 차려진 뷔페 음식을 싫어하는 편이에요. 서린씨의 음식솜씨만은 대단하고 감동적이었어요."
"뭐! 감동까지 .... 호호호."
민욱의 얼굴을 빤히 쳐다보며 기뻐했다. 그 표정은 소녀처럼 해맑았다. 자신의 손맛에 감동하는 표정이 감동적으로 들렸다.
"아닙니다. 그런 맛은 생전 처음이었어요. 우리 도우미 아줌마도 괜찮은 편인데, 서린씨 손맛에는 훨씬 미치지 못하는 것 같아요. 정말 대단한 요리 실력자입니다."
"그랬다니 고마워요. 앞으로 많이 기대하세요. 호호호. 당신에게는 언제든지 열려있어요. 가족을 위해 음식을 만드는 것이 취미가 되었어요."
서린도 자신의 손맛이 괜찮다는 걸 익히 알고 있었다. 아빠 엄마와 오빠네 가족들과 딸의 가족들과 친지들, 그리고 직원들의 칭찬을 누누이 받아온 터라 민욱의 호평을 부정하지 않았다. 특별히 배우기도 했지만, 엄마의 손맛을 닮아 뛰어난 맛의 조화를 이뤄낼 수 있었다. 가끔 방송이나 인터넷을 통해 조리를 실습하며 시대의 변천에 따라 변화하는 자신만의 황금 식단을 개발하여 새로운 맛을 창조하기도 했다.
서린의 집에도 가사도우미가 상주하고 있었다. 자신의 조리실력을 믿는 서린은 민욱의 방문을 기점으로 하여 가사도우미에게 휴가를 제공했었다. 민욱에게 올리는 44년 만의 밥상은 손수 차리고 싶었기 때문이다. 또 하나의 이유는 집안에 민욱과 둘만이 있고 싶어서였다. 어부지리로 가사도우미만 횡재한 셈이었다. 평소에는 넓은 집 안을 청소하고 관리하는 것은 도우미의 손길이 절실했다. 그래서 민욱이 돌아가면 가사도우미는 복귀하게 된다. 민욱을 향한 서린의 정성은 독보적이었다.

"앞으로 입이 호강하겠네요."

"얼마든지 호강해도 괜찮아요. 당신이라면 언제나 대환영이에요. 서린의 손은 항상 비상대기하고 있을게요."

신혼여행 온 황혼 부부다웠다. 44년 반, 그리고 534개월의 애환이 선물한 최고의 시간은 아름다운 밤하늘을 일곱 빛깔 무지개색으로 칠했다. 여느 젊은 신혼부부도 넘나들지 못하는 사랑과 영혼의 파노라마는 순간과 순간을 예쁘게 엮고 있었다. 젊었을 때 다 하지 못했던 사랑을 걸음마다 옮겨 놓으며 싱그러운 사랑의 향기를 뿌렸다.

더위를 마다하지 않고 소중한 시간을 헤아리는 두 사람은 걷고 또 걸었다. 어둠 속을 날개 짓하는 하루살이들의 무수한 공격도 만만치 않았다. 거기에다 지독한 해변의 모기들도 더욱 극성을 부렸다. 빠른 손놀림도 무기력했다. 더는 버틸 수 없는 두 사람은 호텔로 바삐 돌아왔다. 그나마 두 사람은 긴팔 셔츠를 입었으므로 많은 헌혈은 피할 수 있었다. 그러나 반바지를 입은 서린의 다리는 무사하지 못했다. 이곳저곳에 파렴치한 그들의 공격 포인트가 민욱의 얼굴을 찡그리게 했다.

"여름 바다의 모기는 정말 극성이에요."

"그러네요. 못된 모기들을 쫓느라 고생했어요. 불필요한 헌혈을 많이 했네요. 서린씨의 피가 맛있었나 봐요."

불빛에 비친 서린의 종아리를 보며 안타까워했다. 쪼그리고 앉아 예전에 유나에게 했던 것처럼 침을 발라주고 싶은 생각은 굴뚝 같았다. 민욱은 모기로 인한 상처가 없었다. 결국에는 밝은 곳에 서린을 세워놓고 모기의 공격을 받은 부위에 민욱은 자기의 침을 손가락에 묻혀서 정성스럽게 발라줬다. 이를 내려다보며 거부하지 않은 서린의 얼굴엔 행복한 미소가 만발했다.

"어렸을 때였어요. 야외에서 벌레에 물렸을 때, 아빠가 손가락으로 침을 발라주셨던 생각이 문득 떠오르네요. 그때로 돌아간 기분이 들어요. 호호호."

"더럽다고 소리 지를 줄 알았는데 의외네요. 서린씨는 예측을 불가능하게 만드는 기술이 있어요."

민욱은 쪼그렸던 몸을 일으키며 다행이란 생각을 했다. 예전에 유나는 더럽다고 얼굴을 찡그리며 불만을 털어놓았던 기억이 났다. 서린의 생각은 유나와 대조적이었다.

"아빠 생각이 나서 좋은데요. 당신이어서 더 행복해요. 다리는 샤워하지 않아야겠어요. 호호호~. 오래도록 당신의 침을 그대로 두고 싶어요. 이러는 내가 우습죠?"

"아닙니다. 그런 생각을 한다니 존경스러워요."

"존경은 아니지만, 좋은 경험이에요. 당신처럼 여자에게 이런 행동을 할 수 있는 남자가 몇이나 되겠어요. 침의 효력이 나타날 거예요. 가렵지도 않아요. 그나마 심하게 물리진 않았어요."

주위에 사람들이 드문드문 보였지만, 서린은 개의치 않고 민욱의 입술을 탐하며 점령했다. 민욱은 그런 서린이가 옛날처럼 깜찍하고 귀여웠다.
"귀한 것을 너무 남발하지 마세요. 아껴둡시다. 하하하~~."
"이런 날을 얼마나 기다렸다고요. 아낄 필요는 없어요. 나한테는 샘물처럼 펑펑 솟아나거든요. 예전부터 키스는 내 특기란 걸 알잖아요. 44년 동안 입술이 굳어서 경련이 일어나는 줄 알았단 말이에요. 이젠 그런 걱정은 하지 않아도 되니 다행이잖아요. 며칠 몇 밤 동안 쉬지 않고 입술이 부르트도록 키스했으면 좋겠어요. 헤헤헤~~."
예쁘게 수줍어하는 서린의 애교 미소는 스무 살의 여대생 그때와 닮았다. 해맑은 웃음은 민욱의 귓가를 즐겁게 했다. 당당하고 적극적인 성격과 애로틱한 행동은 아내 유나와 닮아도 너무 닮았다는 생각을 버릴 수 없었다.
"정말! 서린씨의 애교는 그때나 지금이나 못 말려요. 하하하."
"늙어서 주책이죠? 호호호~~. 그동안 애교부릴 때가 없어서 속상했거든요. 그렇지만, 애교는 녹슬지 않았을 거예요. 당신을 만나고부터 내 안에서 옹달샘처럼 새롭게 애교가 솟아나고 있어요."
"맞는 말이에요. 사용하지 않았으므로 녹슬지 않은 애교가 더 풍성해진 것 같아요. 아직도 그때처럼 깜찍하고 귀여워요. 서린씨의 모습이 보기에도 좋아요. 하하하."
신혼부부의 대화는 꽃과 나비였다. 카페에 들어와서 와인을 시켰다. 민욱은 와인 애호가는 아니었지만, 서린이 좋아한다니 싫을 이유가 없었다. 와인이 준비될 때까지 민욱은 서린에게 양해를 구하고 집으로 통화하려고 카페를 나왔다. 그간 몇 차례 통화를 했지만, 그때마다 아들 명훈과 같이 있어서 아내에게 미안하고 고마운 마음을 전하지 못하고 엉뚱한 말 만하고 끊었었다.

"유나야! 잘 지내고 있는 거지?"
"네 잘 있어요. 당신은 별일 없는 거죠? 참! 분위기가 망가지니 전화하지 마세요. 당신은 주어진 특명에만 충실하시면 돼요. 유나 걱정은 하지 마세요. 호호호."
"무슨 일이 있을 게 뭐 있어. 특명이라니 우습다. 하하하. 그건 그렇고 명훈이 옆에 있어?"
"조금 전에 샤워해야겠다며 올라갔어요. 금방 내려올 거예요."
민욱은 모처럼 아내와 대화할 기회를 잡았다. 쓸쓸한 기분으로 통화하는 처지가 당당하지 못했다. 어딘가 모르게 아내에게 고통을 주고 있다는 사실이 개운하지 않았다.
"유나야! 미안하다. 내가 여기 있어도 마음은 유나 옆에 있는 줄 알지? 유나에게 죄를 짓고 있어서 가시방석이야. 나한테 왜 이런 일이 벌어져야 하는지 모르겠어. 다 내 잘못이긴 하지만, 유나한테 몹쓸 마음의 죄를 짓고 있으니 속상하다."
"알아요. 내 생각은 그만해도 돼요. 당신의 잘못은 아니니까 걱정하지 마시고 미안해하지도 마세요. 그러면 내가 나쁜 여자가 되잖아요. 아무튼 좋은 시간을 만드세요. 서린씨의 아팠던 상처들을 조금이라도 걷어내어 주세요. 난, 가족이 생겨서 좋아요. 우리가 그동안 외롭고 적적하게 살았잖아요. 내가 아파보니 가족(부모)의 위로가 그리울 때가 많았어요. 당신 혼자서 간호하느라 얼마나 힘들었는지 다 알고 있거든요. 단번에 가족으로 구성할 수 없을지라도 우리 차근차근 좋은 관계의 가족으로 만들어 가요. 당신은 할 수 있어요. 여~보~~ 사랑해요."
유나는 남편의 미안한 마음을 거두어줬다. 서린과 민서를 가족으로 인정하는 유나의 마음은 차분했다. 거부할 수 없는 환경에다 민서가 친딸처럼 귀여웠고, 서린의 아파하며 견뎌낸 심정을 외면할 수 없었으므로 욕심을 내려놓고 가족이 되어야겠다는 마음을 굳혔다. 민서를 낳고도 남편을 찾아 나서지도 않았고, 가정의 행복을 지켜주기 위해 홀로 모든 걸 감당한 서린을 존경하고 있기에 질투의 감정은 없었다.

"그렇게까지 생각한다니 고마워."

"유나 생각은 그만하고 즐거운 시간 보내세요. 내가 축하할 자리는 아니지만, 그래도 축하한다고 서린씨에게 전해주세요. 미안해하지 말라는 말도요."

유나의 목소리는 잔잔했다. 남편을 다른 여자의 품으로 보내놓고 의연할 수 있는 마음이 놀라웠다. 그만큼, 아내로서 자신 있다는 증거였다. 64년을 같은 울타리 안에서 함께 살아온 사랑의 완전한 결정체를 한 점도 의심하지 않은 것이 고마웠다.

"알았어. 서린씨도 많이 고마워할 거야. 서린씨와 동갑이니 좋은 친구가 될 수 있을 거야. 유나야~ 사랑한다."

"유나도 당신을 많이 사랑해요. 좋은 시간 만드세요. 짝사랑했기에 여자의 자존심을 짓밟고 당신을 택했던 마음은 소중해요."

"고맙다. 유나가 편한 마음으로 쉴 수 있었으면 좋겠어."

"당신의 아내 유나는 편하게 있어요. 헤헤헤~~. 괜히 서린씨한테 눈치 보이니까 전화하지 않아도 돼요. 내일은 오실 거죠?"

"알았어. 오후에는 도착할 거야."

"그러시면 광주에서 출발하고 나서 통화해요. 이젠 전화하지 마세요. 부탁해요. 유나도 잘 거예요. 호호호."

이들의 통화는 오래 걸리지 않았다. 유나는 남편의 심정을 알기에 자주 통화하는 것을 꺼렸다. 서린의 눈치를 살피면서 전화하는 남편의 불편한 모습을 원하지 않았다. 그리고 서린의 불편할 마음도 헤아렸다. 무거웠던 민욱의 마음이 조금은 가벼워졌다. 표정을 정리하며 서린이 앞에 앉았다. 테이블엔 이미 와인이 준비되어 있었다. 서린은 미소로 민욱을 맞았다.

"통화 잘하셨어요? 유나씨는 잘 있데요?"

"네. 그리고, 서린씨께 축하한다는 말을 전해달라고 했어요."

"그 분한테 축하받을 일은 아닌 것 같은데 어쩌죠? 내가 못 할 짓을 하는 것 같아서 쥐구멍에라도 들어가고 싶어요. 당신 아내는 천사고 서린은 악마 같아요. 호호호~~. 이를 어쩌죠?"

"그렇게 생각하진 마세요. 미안해하지 말라고 부탁도 했어요. 이해할 만하니까 하는 게 아니겠어요."

서린의 불편한 마음을 달랬다. 같은 동갑내기 여자이기에 가시를 가슴에 안은 것처럼 마음이 따가울 거란 생각에 민욱의 마음도 편하지는 않았다.

"양심도 없는 여자가 되고 싶지 않았는데 ...... 내 욕망만 채우고 있었으니, 유나씨한테 파렴치한 여자가 되었나 봐요. 이 죄를 어떻게 씻으며, 이 은혜를 어떤 식으로 갚아야 할지 답이 생각나지 않아요. 당신은 머리가 좋으니까 가르쳐주세요."

서린은 죄스러움을 감추지 못하고 민욱의 눈빛을 살폈다. 그 눈빛은 진실에 흠뻑 젖었다.

"그런 생각은 안 하는 게 좋아요. 우리가 불륜을 저지르고 있는 건 아니잖아요. 우리 세 사람에게는 오래전부터 부여된 운명이라고 생각해요. 지금부터는 우리에게 주어진 퍼즐을 맞추며 불협화음 없이 좋은 가족이 되는 게 답입니다. 아내는 가족이 생겼다고 좋아하더군요. 지금까지 우린 외로운 사람이었잖아요. 이 세상에서 달랑 2플러스 2의 가족구성이 전부니까요. 한 사람의 다정한 이웃도 소중한 우리였거든요."

민욱은 와인 한 모금으로 목을 축이고, 서린의 심적 부담을 덜어주기 위해서 계속 말을 이었다.

"미국에서 고아라는 신분을 잊고 살았는데, 한국에 돌아오고 보니 예전처럼 고아로 돌아온 기분이 들 때가 많았어요. 어디를 봐도 반겨 줄 가족이 없었거든요. 그러던 중에 건강검진에서 아내가 유방암 판정을 받았는데, 눈앞이 캄캄하더군요. 아무것도 생각나지 않았고, 사방을 둘러봐도 하소연할 한 사람도 없었어요. 불안에 떠는 아내만 있었거든요. 그때, 다시 고아라는 사실에 치를 떨었어요. 이 땅에 오면, 고국이라서, 많은 세월이 흘렀으므로 고아란 이름이 지워졌을 줄 알았어요. 그런데 아니었어요. 우리를 숨막히게 하고, 가슴을 도려내는 아픔을 주었던 고아란 이름은 42년 동안 지치지도 않고 우리를 기다리고 있었던 것 같았어요. 그래서 돌아온 것을 후회하기도 했어요."

민욱은 입술이 타는지 와인 한 모금으로 목을 축였다. 가슴 속을 싸늘하게 고개를 들었다.

"온 천지가 외로움으로 가득하더군요. 발을 옮겨 놓을 때도 없었어요. 우린 다시 고아란 이름에 빨려 들어가는 것 같았어요. 다른 방법이 없더군요. 혼자 욕실에서 샤워기를 틀어놓고 얼굴도 이름도 알 수 없는 아버지 어머니를 부르며, 미친 듯이 오열하기도 했었어요. 이것도 소용이 없더군요. 내 의지로 벗어날 수 없는 고아의 올무는 세월이 흘렀어도 견고했어요. 수술하고 암울한 시간을 보내고 있을 때, 민서를 만나게 되었죠. 이게 결국은 고아란 운명을 바꿔놓았나 봐요. 그 후에 생각하니, 나를 외면했던 운명의 신은 나의 울부짖음을 들은 것 같았어요."

서린은 애석한 얼굴에 젖은 눈으로 민욱을 바라보았다. 그리고 자리에서 일어났다. 서린은 눈이 촉촉하게 젖은 민욱을 얼싸안았다. 서린의 눈에서도 슬픔이 가늘게 흐르고 있었다. 신은 언제나 누구에게나 응답하지 않는다는 것을 경험한 서린은 그때가 존재한다는 걸 알았다.

"당신이나 유나씨는 이제 고아가 아니에요. 우리 가족들이 두 분의 손을 잡고 놓지 않을게요. 당신 곁에는 서린과 예쁜 딸 민서와 믿음직한 사위, 그리고 외손자(수현)와 외손녀(수진)와 오빠네 가족들까지 있어요. 당신은 이제 우리 가족의 어른이에요. 외로워하지 마세요. 앞으로 두 분에게 외로울 틈을 주지 않을 거니까요. 고아란 바이러스를 청결하게 씻어줄 거예요. 민서네는 직장이 있어서 어렵고, 내가 용산동 가까운 곳으로 이사 갈까요?"

"그렇다니 고마워요. 그런데 이사라면 우리가 광주로 오는 게 쉬울 것 같은데요. 서린씨는 광주가 고향이고, 삶의 터전이고, 예술활동 무대이기도 하잖아요. 서린씨는 여기서 할 일이 많아요. 우린 백수라서 기회가 되면 어디라도 갈 수 있어요."

민욱은 서린의 고운 마음에 고마워했다. 가족으로서 고아의 옷을 벗겨주겠다는 그 마음은 천금을 얻은 것보다 값지다고 생각했다. 두 사람은 마주 보고 서서 서로의 눈물을 닦아주며 웃었다. 고통의 시간에 더는 머물고 싶지 않은 것은 같은 마음이었다. 서린은 다시 자리로 돌아왔다.

"그러고 보니 그게 좋겠어요. 오신다면, 내가 조용한 곳에 멋진 주택을 마련해 놓을게요. 당장 내일이라도 환영이에요."

서린은 결정이라도 된 것처럼 무척이나 좋아했다. 당장이라도 뛰쳐나가 집이라도 구할 것 같은 표정을 지었다.

"그건, 급한 것이 아니니 차차 생각해 보기로 해요. 내가 괜히 서린씨의 심적 부담을 덜어주려다 내 푸념만 늘어놓고 말았네요. 서린씨 말처럼, 이젠 가족이 생겼으니 외롭지 않을 것 같군요."

민욱은 농담으로 한 말이 큰 짐이 될 뻔했다. 진심으로 받아들이는 서린이 순진해 보였다. 그렇다고 전혀 불가능한 것은 아니란 생각을 했다. 대전이 연고지가 아니기 때문에 아내와 의견이 일치한다면 얼마든지 가능한 일이라 생각했다.

"가족이 생긴 것이 아니고 오래전부터 기다리고 있던 가족을 이제 서야 만난 거예요. 지금부터라도 가까이에서 얼굴을 마주 보고 오순도순 살았으면 좋겠어요."

서린도 가족이 많지 않다고 했다. 할아버지, 아버지, 오빠가 외아들이라 고모 한 분이라 고종사촌뿐이라고 했다. 그런데 고모네 가족들은 오래전에 인도네시아로 이민을 떠났으므로 지금 눈에 보이는 가족이 전부라며 외로운 집안이라고 털어놓았다. 대대로 풍족한 환경이었지만, 가족들은 번성하지 못했다고 아쉬워했다. 그래서 민욱의 가족을 한 가족으로 인정하고 싶었다.

"그렇군요. 우리야 문제 될 건 없지만, 당장은 어렵고, 시간이 필요할 것 같아요. 나중에 자세히 얘기해요. 거처를 옮긴다 해도 아내의 치료가 어느 정도 끝나야 가능할 것 같아요."

경제적으로 부유한 서린에게나, 연고나 생활권에 구애받지 않는 민욱과 유나에게는 문제 될 것이 전혀 없었다. 민욱과 유나에게 서린의 경제적 도움은 필요하지 않았다. 대전 주택도 10억대에 이르기에 시골에 주거공간(주택건축)을 마련하는 데는 어렵지 않을 것으로 생각했다. 현금자산과 미국의 주식자산도 만만치 않았다.

고아로 힘든 경제적 어려움을 족히 경험했으므로 고아라고 남의 눈치를 살피며 궁핍하게 살려면 아예 귀국하지 않았을 것이다. 고아의 아픔과 고통을 온몸으로 견뎌내야 했으며, 무시와 멸시, 학대가 쏟아지는 학창시절을 보냈던 쓰라린 기억이 꿈틀거리는 고국의 대접은 온화하지 않았지만 원망하지도 않았다.

"여보~~. 내가 당신과 유나씨를 외롭게 두지 않을 거예요. 당신과 유나씨는 외롭지 않을 권리가 있어요. 더는 내가 허락하지 않아요. 이제 그 아픈 곳에서 엑소더스 하세요. 유나씨만 괜찮다면, 자주 대전에 들러서 좋은 친구가 되어 줄 생각이에요."

서린은 상체를 앞으로 굽혀 속삭이듯 말했다. 고아였다는 옷이 너무 헐벗고 초라했나 보다. 민욱의 가슴을 짓누르고 있는 고아란 바윗덩어리가 잔인하게 느껴진 것 같았다. 유나가 요양할 수 있는 공기 좋고, 경치 좋은 곳이 있다고 서린은 말했다.

"그래요. 내가 부모형제 복은 없어도 여자 복은 많은가 봐요. 하하하~~. 서린씨는 내게 복덩어리에요."

"에~~. 정말이에요?"

"내가 이런 복을 누려도 되는지 모르겠어요? 서린씨는 예전부터 내게 너무 과분했어요. 그래서 가까이하기엔 어울리지 않는 사람이었어요. 그런데 사고를 쳤으니 어떡하겠어요. 이 모두를 덮으려면, 앞으로 44년 동안 서린씨를 업고 다녀도 감사의 시간이 부족할 겁니다. 하하하~."

"절대 과분하지 않아요. 서린은 당신을 사랑하기 위해 존재했는지도 몰라요. 어떤 남자에게도 흔들리지 않았거든요. 헤헤헤~~. 대학 다닐 때, 남학생들의 많은 유혹을 받았지만 끄떡하지 않았어요. 당신이 내 가슴 속을 장악하고 있었거든요. 어떤 남자도 그

틈을 비집고 들어오지 못했거든요."

"그렇다니 쑥스럽지만 영광이네요. 하하하~~. 서린씨의 확고한 고집과 독특한 성격을 알아줘야 해요."

두 사람은 다시 경쾌하게 건배했다. 어름에 잠겼던 시원한 와인은 목을 통과해서 장까지 짜릿하게 했다. 민욱의 말대로 여자 복은 있었다. 유나나 서린은 보통 여자와는 다른 성격을 소유한 사랑할 줄 아는 특별한 여자였다. 개성이 남다른 발레리나 유나는 미국에서도 영화배우 '소피 마르소'(얼굴은 청순하고, 미소가 아름답고, 날씬한 몸매를 가진 미녀)를 닮았다는 말을 많이 들었다. 독특한 감성을 지닌 서양화가 서린은 야무진 캐릭터를 가졌다. 두 여자는 서로 다른 환경에서 자랐지만, 추구하는 사랑의 욕망은 다르지 않았다. 여자의 본성이 아름답고 독특했으며, 올바른 인성을 소유하고 있는 것과 긍정적으로 바라보는 시각도 다르지 않았다. 한 남자를 택한 심성도 닮았으며, 상대를 이해하고 포용하는 현실 감각도 자매처럼 닮았다.

"처음부터 물어보고 싶었는데, 혹시 대전을 택한 특별한 이유가 있어요?"

서린은 처음부터 그게 궁금했다. 서울에서 대학까지 다녔는데, 연고가 없어 보이는 대전을 택한 특별한 이유가 무엇인지 궁금했다. 그 이유를 알아야 앞으로 주거이전을 권유할 수 있겠다는 판단에서였다.

"특별한 이유는 없어요. 서울은 아픈 추억이 많았던 곳이라 애초에 제외했어요. 교통체증도 심하고, 주말마다 도심을 마비시키는 각종 집회도 문제였고, 집값도 비싸고 적당한 전원주택지도 찾을 수 없었어요. 대전은 한국 땅의 중간쯤이고 교통요충지란 이점이 작용했어요. 가장 핵심적인 건 드라이브를 좋아하니까 전국 어디라도 쉽게 갈 수 있다는 것이 높은 점수를 받은 편이죠."

"그러세요. 또렷한 연고는 없는 곳이네요. 대전처럼 한반도의 중간은 아니더라도, 광주도 드라이브 여행 다니기에 좋은 곳이에요. 남도의 아름다운 섬들도 있지만, 남해는 한려수도에 아기자기한 곳이 너무 많아요. 목포나 신안 쪽 서해안에는 크고 작은 아름다운 섬들이 수백 곳이 있어 여가를 즐기기에 좋은 곳이에요. 다음에 두 분이 드라이브해 보시고 서해안을 고려해 보세요."

민욱의 머리가 번쩍했다. 유나가 특별나게 바닷가를 좋아했기 때문이다. 그래서 몸을 추스르며 요양하기에는 적당하다는 생각이 들었다. 차차 유나와 의논해 보기로 마음을 정했다.

"그렇긴 하겠군요. 여수엔 군에 있을 때, 서린씨 하고 해수욕장에서 데이트했던 곳으로 유일하게 기억하고 있어요. 미국에 가기 전에 한 번도 여행한 적이 없었거든요. 오로지 보육원, 학교, 도서관뿐이었으니까요. 참으로 단순하고 고립된 학창시절을 보냈죠. 경제적인 문제로 마음의 여유가 없었으니 그럴 수밖에 없었던 거죠. 한 치의 허튼 낭비는 허락할 수 없었으니 말입니다."

"그때의 상황은 이해가 돼요. 그 어려운 환경에서 원대한 꿈을 이뤘으니, 당신은 위대한 승리자예요. 이젠, 아픈 과거에 집착하지 마세요. 그 언저리에도 얼씬하지 마세요. 한 발도 들여놓지 마세요. 앞으로 서린이가 두 분의 옆에 있을게요."

"집착은 안 하지만, 문득문득 생각이 나는 건 어쩔 수 없어요. 출생의 아픔이었으니까 살아있는 한 잊을 수는 없잖아요. 100세를 산다고 해도 인생의 4분의 1을 그 세계에 몸담고 악몽을 꾸었으니 말입니다. 고아란 그 이름은 거머리처럼 몸에 붙어서 집요하게 괴롭히며 우리의 피를 빨아 먹었거든요."

민욱은 출생의 아픔을 되새기며 씁쓸한 표정으로 웃었다. 고아란 사회에서 철저하게 고립된 인간의 생활권을 타인이 이해하기란 쉽지 않을 것이다. 당사자가 아니면 도저히 이해할 수 없는 권역인 고아의 집약된 특수성이 존재했다. 그래서 어린 시절에는 살점을 도려내는 아픔을 감내하며 살 수밖에 없었으니, 고아는 무서운 괴수처럼 악랄했다.

"우리 우울한 얘긴 그만 해요. 내가 당신 곁에 있잖아요. 당신은 이제 이 땅에서 서린에게 선택받은 소중한 사람이에요. 어떠한 일이 있더라도 당신과 당신 가족의 손을 놓지 않을 거예요."

와인잔이 민욱을 위로하며 다시 부딪쳤다. 경쾌한 소리는 우울한 기분을 날려버렸다. 처절한 고아의 아픈 골을 뭉개버릴 수 있어서 서린의 마음에 무한 감사를 보냈다. 이제 응원군(서린, 민서 가족, 백 회장과 사모)이 있어서 어떠한 외로움과 고독을 잊을 수 있을 것 같은 힘이 생겼다. 잊으려고 해도, 생각하지 않으려고 해도, 지겹도록 쫓아다니는 고아의 아픈 기억을 물리치지 못했던 날들을 미워했다. 좋은 기분을 망칠 수 없는 민욱은 머리를 흔들며 기억을 털어버렸다. 남쪽 나라의 여름밤은 점점 깊어만 갔다.

"와인을 무척 좋아하나 봐요?"

민욱도 미국에 있을 때는 유나와 자녀들과 함께 종종 즐겼던 와인이었다. 그러나 서린처럼 좋아하며 즐겨 마시는 편은 아니었다. 적당히 분위기를 맞춰가는 수준에 불과했다.

"와인 중독자예요. 호호호. 중독자란 건 농담이고요, 그만큼 와인을 좋아한다는 말이에요. 여자가 혼자 살면서 늘어난 건 와인이에요. 어떤 때는 와인을 마시지 않으면 잠들 수 없었어요. 그래서 주방에 와인바를 만들었잖아요. 호호호~."
 그랬다. 주방에 설치된 와인바에 놀라기도 했었다. 세계적으로 유명한 와인과 위스키로 구색을 갖춘 훌륭한 바였다. 와인을 즐기는 서린의 심정을 충분히 이해했다. 와인의 힘을 빌리며 살아온 서린을 생각하면 아프지 않을 곳이 없었다. 아픈 마음을 이끌고 카페를 나와서 객실로 올라왔다. 새하얀 신혼 방은 이들을 반가이 맞았다. 어떤 누구도 간섭하지 않는 방에 갇혔다. 서린은 오빠에게 전화했다. 신혼여행을 왔으니, 부모를 대신하고 있는 오빠와 올케언니가 생각났다.
 "잘 도착했어?"
 "응, 오빠! 고마웠어요. 오빠와 언니가 있어서 서린은 기분이 좋아요. 호호호~~. 이젠 내 걱정은 하지 마요. 앞으론 울지 않고 웃기만 할게요."
 "서린이가 그렇다니 내가 눈물이 나려고 한다. 고맙다. 언제나 난 서린의 오빠야. 늙어도 넌 예쁜 내 동생이야. 오늘 정말 내 동생이 예쁘고 아름답다는 걸 새삼 느꼈어. 그렇게나 아름다운지 오빠는 미처 몰랐어. 하하하~."
 "오빠! 나 늙지 않았어요. 아직 40대란 말이야. 헤헤헤~."
 "그래. 내 동생은 늙지 않았어. 오빠가 실수했다. 하하하~~. 그러나 40대는 너무했다. 그렇게 되면 민서하고 같은 세대잖아."
 "호호호~ 그러고 보니 그러네. 하여튼 서린은 늙지 않았어요. 이제 새 신부잖아요. 헤헤헤~~. 그런데 오빠~. 어제 오빠가 언니하고 산소에 다녀가셨어요?"
 "응. 어제 언니하고 다녀왔지. 우리 고집불통 말썽꾸러기 동생이 결혼한다고 부모님께 보고드린 거란다. 부모님께서 기뻐하셨을 거야. 그런데, 그걸 어떻게 알았어?"

"우리도 여수에 오기 전에 아빠 엄마 산소에 다녀왔어요. 민서 아빠가 인사드리러 가자고 하더라고. 나도 감동해서 눈물이 났어요. 우리 잘했죠?"

"그랬구나. 부모님 산소에 갔었다니 고마운 일이네. 어떻게 그런 생각을 했을까? 보면 볼수록 멋진 사람이다. 하하하."

오빠는 몹시 놀라는 반응을 보였다. 그 반응은 서린을 기쁘게 했다. 그래서 민욱의 생각과 처신에 고마워했다.

"민서 아빠가 무릎을 꿇고 한참 동안 흐느끼면서 부모님께 마음을 아프게 해서, 늦게 와서 죄송하다고 고백하는 바람에 나도 울었어요. 정말 가슴이 찡했어요. 오빠 말처럼, 아빠 엄마도 기뻐하셨을 거예요. 오빠도 그렇게 생각하죠?"

"그러셨겠지. 고마운 사람이네. 나도 거기까지 생각도 못 했어. 역시, 지식과 인격을 갖춘 사람이라 생각하는 게 다르긴 다르다. 아무튼 사람은 괜찮은 것 같다. 부모님도 많이 기뻐하셨을 거야. 그런 사람이니까, 우리 서린이가 일생을 걸 만치 반했나 보구나. 그럴만한 가치가 있는 사람은 확실하다. 하하하~~."

"오빠~~. 괜찮은 정도가 아니고, 훨씬 멋지잖아요. 헤헤헤~~. 내가 너무 속 보이게 편을 드는 건가요?"

"내 동생 못 말린다. 하하하~. 나도 민서 아빠를 용서하려고 노력하고 있어. 좋은 관계로 발전하면 좋은 친구가 되겠지. 나중에 회사경영에 대한 경제자문역을 맡길 생각이거든. 저명한 경제전문가가 가족이 되었으니, 마땅히 자문받아야 하지 않겠니?"

"그건 오빠가 너무 나가는 거 같아요. 민서 아빠는 노후를 위해 왔으니까, 일은 하지 않는다고 했어요. 대학교 특강 요청도 거절했다고 했거든요."

"그건 차차 풀어보자고. 어쨌든 오빠가 해결해야 할 일이야."

오빠는 이어서 말했다. 서린에게 결혼식을 한다는 얘길 듣고 민욱에 대해서 알아봤다고 했다. 그 사람의 인성과 학자로서의 지명도까지 인터넷과 시카고대학에서 열람이 가능한 연구자료 인지도를 통해 알 수 있었다고 말했다. 그래서 민욱을 신뢰한다며 좋은 점수를 줬다고 했다.

"오빠가 뒷 조사했구나?"

"그건 아니야. 서린이가 일생을 건 남자가 어떤 사람인지 오빠가 알아야 하잖아. 그것뿐이야. 나쁘게 생각하지 마."

"농담한 거예요. 호호호~~. 오빠! 고마워요. 언니한테도 고맙다고 전해줘요. 기다려요. 민서 아빠 바꿔줄게요."

"그렇게. 좋은 시간 보내라. 늙지 않았어도 젊지 않으니 무리하지 마라. 그리고 다시 한번 축하한다."

"오빠! 쑥스럽게 놀리지 마. 호호호."

서린은 뿌듯한 마음으로 오빠와 통화를 끝내고, 저만치에 있던 민욱에게 핸드폰을 넘겼다. 민욱은 정중한 어조로 인사를 나누었다. 부모님 산소를 찾은 것에 감동하는 것에 도리어 부끄러웠다. 당연한 것에 칭찬받는 게 시대적 환경이란 사실이 못마땅했다. 부모의 존재조차 모르는 민욱에게는 서린의 부모는 아주 특별했다. 전사하셨다는 아버지의 이름을 모르는 관계로 전사자의 묘역도, 위패도 찾지 못하는 심정은 이루 말할 수 없었다. 그런 까닭에 장인 장모의 산소는 큰 의미가 있었다. 두 사람의 통화는 길게 이어지지 않았다. 짧았지만 서로의 교감을 나누는 좋은 시간이었다.

신혼의 밤은 두 사람을 위해 화려하게 열렸다. 유나가 신혼 첫날밤에 요구했던 것처럼 서린도 다르지 않았다. 서린이가 원했던 대로 두 사람은 벌거숭이가 되어 나란히 욕실로 향했다. 서린의 탱탱한 몸매에 다시 한번 감탄했다. 뱃살도 나오지 않았고, 피부에도 젊은 윤기가 흘렀다. 엉겁결에 발생한 사건이라 스무 살의 몸매를 기억에 담지는 못했지만, 지금 그 모습은 한마디로 놀라워하지 않을 수 없었다.

"몸매가 20대 같아요. 너무 아름다워서 놀랐어요."

"그때 내 몸이 어땠는지 기억이나 하세요?"

"그걸 어떻게 기억해요. 황홀하긴 했지만, 정신이 하나도 없었는데요. 눈에 담을 여유가 없었어요. 그러나 아름답고 예뻤고, 신비스러웠다는 건 기억나네요. 하하하~~."

"그랬군요. 나도 그랬어요. 헤헤헤~~. 당신을 처음 만났던 몸이니까 당신 것이라고 지켜줬나 봐요. 예쁘게 잘 관리도 했지만, 엄마 아빠가 주신 게 더 많아요. 선천적으로 받은 행운이에요."

"그렇군요. 아무튼 여러모로 부모님께 감사드려야겠군요."

"항상 고마워하고 있어요. 헤헤헤~~."

물줄기 속에서 웃기만 해도 행복했다. 서린은 민욱을 안았다. 서린의 가슴은 감미롭게 민욱의 가슴과 인사를 나누며 즐거워했다. 초로의 육체는 시간을 거꾸로 거슬러 올라갔다.

"여보~~. 나 지금 너무 행복해요. 이 행복에서 깨고 싶지 않아요. 당신은 옛날에 나하고 처음으로 섹스할 때는 어땠어요?"

물이 흠뻑 젖은 얼굴에 섹시한 눈빛으로 쳐다보며 물었다. 그 눈빛은 행복을 말하고 있어서 민욱의 가슴이 뜨거웠다.

"처음이라 아무 생각도 없었어요. 이러면 안 되는데 하고 죄책감만 들었거든요. 내가 원했던 건 아니었지만, 끝까지 책임지지도 못할 거면서 .... 죄스러웠다는 것밖에 다른 생각은 안 나요."

"내가 강제로 덤벼들었으니까 그럴 만도 했겠네요. 히히히~~, 난 기분이 이상야릇하긴 했어요. 밤새 몇 번을 했으니, 나중에 어딘가는 심하게 아프긴 했지만, 그래도 기분은 좋았어요. 처음이었으니까 그랬나 봐요. 헤헤헤~~."

그 첫 경험을 생각하며 살았다는 서린의 표정은 천진난만한 소녀 같았다. 소꿉장난했던 어린 시절을 떠올리는 것처럼 그 희한한 동침을 되새기며 즐거워하는 모습은 청순한 것 그 자체였다.

서린은 말했다. 자기의 몸은 엄마를 닮아서 선천적으로 만들어졌다고 또 고백했다. 돌아가신 엄마도 60대일 때는 몸이 망가지지 않았단다. 몸의 균형이 이탈하지 않은 것은 선천적인 요인도 있지만, 20~40대에 이르기까지 탄력 있는 몸매 관리에 신경을 썼다고 했다. 또 27년 후, 남산팔각정에서 만날 그때를 위해 피부관리를 했다며 방긋방긋 웃어 보였다.

"선천적이긴 했지만, 남산에서 당신을 만났을 때 망가진 아주머니의 모습을 보일 수 없다고 생각했었어요. 그랬는데, 27년을 기다린 운명적인 데이트에 바람맞은 기분은 정말 숨이 끊어질 것 같은 충격과 배신감을 느꼈었어요. 승용차에 오르니까 나도 모르게 눈물이 펑펑 쏟아졌거든요. 호호호."

서린은 해맑게 미소 지으며 민욱의 가슴을 살짝 꼬집었다. 민욱은 그 부분에 대해서는 입이 열 개라도 할 말이 없었다. 그냥 투정 부리는 누드의 그녀를 힘껏 안아줄 수밖에 없었다.

"당신을 만날 수 있었다는 게 꿈만 같아요. 투병 중인 민서가 안타깝지만, 자신의 암을 통해서 엄마에게 큰 선물을 안겨줘서 미혼모의 소원인 결혼하게 되었잖아요. 유나씨와 민서의 희생으로 얻은 행복이지만, 감사하게 너무 좋아요. 그렇다고 나쁜 여자나 엄마는 아니겠죠? 차근차근 보답할 거예요."

"그렇진 않아요. 아내의 투병을 원했던 건 아니지만, 바꿔 생각하니 아이러니하네요. 민서는 이래저래 효녀인 것 같아요."

"그러네요. 효녀가 맞네요. 세월의 시기와 질투에도 별로 망가지지 않은 모습을 보여드릴 수 있어서 기쁘고 행복해요. 내 몸과 마음은 그때도 지금도 당신을 위해서만 존재했나 봐요."

서린은 고개를 들었다. 시원한 물줄기는 멈추지 않고 이들의 몸을 공평하게 어루만져 주었다. 젊지 않은 노년에 민욱은 순간순간 부끄럽기도 했지만, 행복을 노래하는 서린을 위해서 참아냈다. 물에 젖은 눈망울은 한 남자만을 가슴에 지니고 살아온 여자의 진실을 밝히는데 어렵지 않았다.

"오늘도 당신의 냄새가 너무 좋아요. 그때 당신의 체취를 기억하거든요. 사람은 떠났어도 당신의 냄새는 내 코끝을 떠나지 않더군요. 사람의 냄새에 반하면, 그 사람을 영원히 잊지 못한다는 친구의 말이 사실이란 걸 느꼈어요. 친구 말이 맞나 봐요. 사라지지 않은 당신의 냄새를 지금 맡고 있어서 너무 좋아요. 헤헤헤~~."

어떤 이가 서린을 60대의 할머니라고 하겠는가? 정녕코 그 말은 어울리지 않았다. 그녀의 사고력과 몸은 젊은 시절에 머무르고 있었다. 탄력 있는 몸매! 시들지 않은 미소! 녹슬지 않은 애교! 깜찍한 행동은 이를 증명했다. 그렇지만, 기뻐하고 행복해하는 모습을 보는 민욱의 가슴은 난도질당하는 것처럼 몹시 고통스러웠다. 그 한편으로는 늦었지만, 행복해하는 모습이 아름다워서 다행스럽기도 했다. 에덴동산의 아담과 이브처럼 벌거숭이 몸을 마주한 두 사람은 서로의 몸을 비누 거품으로 닦아주는 샤워를 마치고 나란히 욕실을 나왔다.

꿈의 소원을 이룬 서린의 얼굴에는 행복한 미소가 자리를 잡은 듯했다. 물기를 닦은 몸에 얇은 가운을 걸치고 민욱은 소파에 앉았다. 서린은 작은 아이스백을 열었다. 거기에는 집에서 준비해 온 고급 와인과 잔과 마른안주(육포, 견과류)가 얼굴을 내밀었다. 이를 탁자에 놓으며 만면의 화려한 미소를 꽃피웠다.

"역시 와인 애호가는 틀리는군요. 하하하~~."

민욱은 와인까지 준비해 올 줄은 예감하지 못했다. 서린의 와인 사랑을 알만 했다.

"이 좋은 밤에 마시려고 준비했어요. 프랑스에 갔을 때, 고가로 구입한 귀한 와인이에요. 그때는 생각 못 했지만, 당신하고 첫날밤에 축배로 마시려고 준비한 것 같아요. 호호호~~."

'까베르네 소비뇽'이란 1960년산 레드와인이라고 소개했다. 와인에 조예가 깊지 않은 민욱은 아는 것이 별로 없었다. 금액으로 따진다면, 짐작하건데 수백만 원은 족히 될 것 같았다.

"이렇게 귀한 것을 어떻게 마셔요?"

"귀한 것이니까 오늘 같은 날 마시는 거예요. 오늘 밤을 위해 준비된 것이라고 했잖아요. 헤헤헤~~. 우리는 마실 조건을 갖추었어요. 신혼 첫날밤이란 말이에요."

서린은 익숙한 자세로 여유를 보이면서 뚜껑을 열었다. 먼저 민욱의 잔을 채우고, 자신의 잔을 채운 서린은 건배를 외쳤다.

"우리 가족의 행복을 위하여~ 건~배~~, 우리의 첫날밤을 위하여~ 건~배~~."

화려한 불빛도 분위기를 파악하고 예쁘게 미소 지으며 축배의 잔을 호위했다. 와인잔의 팡파르는 감미롭게 방안에 퍼져나갔다.

민욱은 와인 맛을 가늠할 수는 없었지만, 왠지 혀끝을 자극하는 신기한 맛을 처음으로 경험했다. 귀하고 값진 와인 맛과 코끝에 맴도는 도도한 향에 깊숙이 빠져들었다. 그래서 애호가들은 비싸고 희귀한 와인을 좋아한다는 것을 깨달았다. 그 오묘한 맛과 향이 이를 대변했다.

와인 맛과 향에 젖어 든 두 사람은 세상의 투박한 벽을 허물고 행복이란 아늑한 방안에 몸소 갇혔다. 두려워할 장애물도 없었다. 시기하거나 방해할 개체도 존재하지 않았다. 이 기쁨을 가로채 갈 더러운 하이에나의 그림자도 없었다. 둘만이 고상한 빛깔의 시간을 수놓을 수 있는 공간이 허락되었다.

"당신이 계셨던 미국에도 전시회 참관이나 박물관을 둘러보려고 몇 번 가셨어요. 시카고에도 가셨고요. 시카고에 당신이 계실 줄은 생각도 못 했거든요. 그때 왜 당신의 냄새를 못 맡았는지 모르겠어요. 헤헤헤~. 아마 내 코가 고장 나셨나 봐요."

서린은 기분 전환으로 민서가 여중생이 되고부터 해외 나들이(전시회, 특강 등)를 종종 다녔다고 했다. 민서가 결혼한 후에는 자유롭게 방학을 이용하여 세계 곳곳의 유명한 박물관 방문이나 유명한 화가들과의 전시회에도 참가하였으며, 가끔은 수집품 경매에 참여하기도 했단다. 1년에 한두 번, 유럽과 프랑스에서 전시회를 둘러보고 여행하며 스케치했다는 서린의 얼굴엔 예쁜 꽃이 활짝 피었다.

"그랬군요. 시카고에도 왔었다니 마음이 묘하네요."

"당신을 찾아간 건 아니에요. 어디에 사는지 몰랐거든요. 미국 유학간다는 말을 들었으니까, 미국에 있을 줄은 짐작했어요. 그래서 그런지 미국 땅을 밟으면 불현듯 당신 생각이 많이 나긴 했어요. 이 땅 어디엔가 당신이 있다는 사실을 짐작하니까 그런 거 같았어요. 당신을 찾지 않은 내가 이상하죠?"

공항에서나 비행기에서 혹시나 하고 이 사람, 저 사람을 살폈다는 서린은 민욱의 얼굴에 시선을 고정했다.

"이상한 게 한두 가지라야 말하죠? 하하하."

"하긴 그러네요. 온통 이상한 게 주렁주렁 달렸으니까요. 호호호. 당신으로 인해 좀 특별하긴 했어요. 남들이 이해하지 못하는 행동을 많이 했으니까요. 그게 서린의 살아가는 방법이 아니겠어요. 그래도 이렇게 만났잖아요."

"우리의 만남이 무섭도록 독특한 방법이긴 했죠."

"당신은 아닌데, 내가 혼자만 사랑했으니까, 그 정도는 능히 감수해야 하지 않았겠어요. 많은 걸 내줬어도, 또 많은 걸 얻기도 했어요. 당신의 몸을 강요한 대가로 가장 소중한 민서를 선물로 받았잖아요. 하룻밤 동침으로 이만한 횡재가 어디 있어요?"

서린은 잃어버린 389,760시간과 여자의 황금보다 귀한 젊음과 외로움과의 핏빛 전쟁보다 민서의 탄생과 존재를 횡재했다니 할 말이 없었다. 여자의 고귀한 영역을 뛰어넘는 자신의 선택을 후회하지 않았다. 만나야 할 사람은 반드시 만나고야 만다는 운명의 굴레를 기다렸기 때문인지도 모른다.

"서린씨의 생각은 놀라워요. 그래서 그 머릿속에 한 번 들어가 봤으면 좋겠어요."

"들어와도 별거 없어요. 당신의 생각으로 가득 차 있을 테니까요. 늘 이상하다고 생각하셨던 것일 거예요. 호호호~~."

두 사람은 호탕하게 웃으며 와인잔을 입술에 기울었다. 가슴까지 와닿는 와인의 위력을 짜릿하게 느끼며 늦은 시간에 잠자리에 들 채비를 서둘렀다. 하얀 가운을 벗은 각기 다르게 생긴 두 개의 육체는 어렵지 않게 하나가 되었다. 짧은 한여름 밤은 깊어 가고 무더위 속에서도 광적인 체온을 느끼며 육체의 격렬한 찬가는 침대 위를 난장판으로 만들었다. 반주나 배경음악이 없어도 세월을 무시한 육체는 뒤엉켜서 현란하게 그들만의 춤을 추었다. 젊은이들 못지않은 신비하고 은밀한 작업은 아름다운 멜로디와 화음을 연주했다. 그 어떤 것에도 간섭받지 않은 고결한 결합은 그들만을 위한 율동을 허락했다. 활화산에서 분출하는 불꽃도 두려워할 열정은 끝없이 이어졌다.

그 누구도 흉내조차 낼 수 없는 오묘하고 정감 어린 멋이 풍기는 황혼의 첫날밤을 후회 없도록 소중한 시간을 낭비하지 않고 마음껏 즐겼다. 살을 맞대고 질풍처럼 이글거리는 성욕으로 뒤엉켰다. 사랑을 갈망하고 육체의 성스러운 희열을 체감하는 사랑의 영혼은 결코, 녹슬지 않았으며, 늙지도 않았다.

이들에게 엄청난 의미를 부여했던 여름밤은 야속하게 꼬리를 감추었다. 오래도록 지켜주지 못한 까만 밤은 하얀 속내를 드러내고 어스름이 새벽을 밝혔다. 일곱 색깔 무지개가 영롱했던 밤은 고귀한 행복을 소복하게 잉태했다. 순결했던 첫사랑을 탐닉하며 44년 만에 맞았던 신혼의 첫날밤은 그리움을 친구처럼 달고 살아온 한 여자를 행복한 여왕으로 화려하게 재탄생시켰다.

"여보~~ 오늘 당신을 보내드려야 하네요. 그때하곤 다르지만요. 솔직히 보내고 싶지 않지만, 유나씨를 생각해서 욕심은 부리지 않을래요. 우린 또 머지않아 만날 수 있잖아요. 서린은 당신을 만날 때마다 신혼이고, 연애하는 기분일 거예요."

자리에서 일어나지 않은 서린은 팔을 베고 민욱의 가슴에 손을 엎어놓고 조용한 어조로 아쉬워했다. 만날 때마다 신혼이고, 연애하는 기분일 것이란 말은 이별이 아쉬운 자신을 위로하기 위해 최면을 걸었다.

"그럼요. 그때하곤 다르죠. 얼마든지 우린 만날 수 있어요."

"지난 이틀 밤은 44년 전의 그날 밤처럼 내 생애 가장 행복했었어요. 정말, 여자의 행복은 대단한 것이에요. 누가 만들어 놓았는지 정말 위대하다는 생각이 들어요. 이젠 당신이 없으면 못살 것 같아요. 60대가 되다 보니 인내력도 많이 약해졌나 봐요. 내 엄살이 심해졌죠? 호호호~."

"그래요. 엄살이 심각하긴 하네요. 하하하~. 내가 보기엔 50대인 것 같습니다. 60대는 아직 멀었어요."

두 사람은 얼싸안고 침대 위를 다시 뒹굴었다. 청춘을 보상이라도 받은 것처럼 즐거워하는 모습은 황혼이 여우처럼 꼬리를 감추었다. 서린은 다시 피어나는 꽃처럼 그 심성이 너무 아름다웠다. 젊어서 풀지 못했던 정욕의 절정을 나눠 가졌다. 서린의 열정과 적극적인 욕정은 젊은이 못지않았다. 44년 동안 잠자고 있던 사랑의 용암이 한꺼번에 뜨겁게 분출하여 객실을 덮쳤다.

"엄살이 아니란 말이에요. 왠지 스무 살로 되돌아간 느낌이란 말이에요. 서린이도 여자인가 봐요. 당신을 만나기 전까지는 여자가 아닌 나무토막처럼 무감각으로 살았거든요. 그렇다고 남자는 더욱 아니었죠. 내가 나를 모르고 살았나 봐요."

"그런 독특한 성격과 당당한 모습이 서린씨의 매력이에요. 너무 직설적이고 공격적인 행동이 부담스럽기도 했어요. 가끔은 내숭도 좀 떨어보세요. 그것도 괜찮을 것 같은데요. 하하하~."

"내숭은 죽어도 못 떨어요. 가슴에 담아놓고 끙끙거리는 건 내 취향에 맞지 않아요. 죽는 한이 있어도 화끈한 게 좋아요. 당신도 이런 성격이 좋다고 했잖아요."

"물론, 나도 그런 서린씨의 성격을 좋아해요. 그렇지만 결국엔 서린씨만 힘들고 손해 보니까 그렇죠."

"당신이 좋아하시면 됐어요. 이젠 손해 볼 것도 없잖아요. 이대로 당신이 좋아하는 서린으로 살래요. 호호호~~."

서린은 밝게 웃으며 민욱의 가슴을 살짝 꼬집었다. 젊었을 때였으면 이들의 열정은 쇠붙이도, 바위라도 녹아나게 했을 것이다. 그렇기에 때늦은 황혼 사랑은 밤이 늦도록 대단한 열기를 뿜어냈다. 그 열기를 심신으로 느끼면서 황홀한 시간을 마냥 즐겼다. 곤히 잠들지 못한 밤을 보낸 두 사람은 호텔 레스토랑에서 아침식사를 한 후에 일찍이 체크아웃했다.

무수한 44년의 세월을 혼자 살아온 서린에게 허락된 시간은 너무나 짧았다. 가까운 곳의 돌산 케이블카를 이용하여 돌산 해안전경을 구경하고, 지나간 여수박람회장을 잠시 둘러봤다. 서린은 민서네 가족과 박람회를 구경했던 곳이라며 가이드를 자처했다. 특산품매장에서 선물꾸러미도 푸짐하게 준비하고 나서, 수산물시장에서 여름 보양식 생선인 고급 어종 민어(5kg) 세 마리를 샀다. 큼직한 아이스박스에 한 마리가 가득 채워졌다. 이는 민욱과 오빠에게 전할 선물이며, 한 마리는 민서와 사위에게 요리해서 먹이기 위해서였다.

"힘든 노동을 하셨는데 운전이 괜찮겠어요? 히히히~~."

서린은 철부지처럼 짓궂게 민욱을 골려주며 농담까지 했다. 그 반응이 궁금했다.

"하하하~~. 아직 그 정도는 아니니까 걱정하지 않아도 돼요. 그렇게 따진다면, 서린씨가 갑절로 수고했을 텐데요. 허허허~~."
 민욱도 만만치 않게 농담을 잘 소화하며 서린의 정곡을 찔렀다. 민욱은 여유 있게 운전대를 잡았다.
 "내가 무리하긴 했나 봐요. 조금 피곤하긴 하네요. 헤헤헤~~. 나이는 못 속이나 봐요. 다리의 힘이 풀리니 말이에요."
 "내가 그럴 줄 알았어요. 하하하~~. 어찌나, 과격하든지 걱정되었어요. 오빠가 무리하지 말라고 하셨다면서요? 그래서 일어났으니 다행입니다."
 "당신도 공범이에요. 호호호."
 여수 바닷가를 출발한 노란색 지프는 잘 포장된 고속화도로를 힘차게 달렸다. 중간 휴게소에서 핫도그 한 개씩으로 간편하게 점심을 때우고 다시 도로 위를 질주했다.
 "베스트드라이버니까 안심하고 좀 눈이라도 붙이세요. 얼굴이 피곤한 것 같은데요. 개구쟁이 민서가 보면 또 놀림 받을 것 같아요. 하하하."
 "싫어요. 당신을 보고 있으면 피곤한 줄도 몰라요. 호호호~~. 민서는 걱정하지 않아도 돼요. 내가 가진 무기가 있거든요."
 "그건, 아닌 것 같은데요. 하하하~. 서린씨 얼굴에 '난 피곤해요'라고 쓰여 있는걸요. 이래서 민서를 피할 수 있을까요?"
 "에이~ 거짓말! 호호호~~. 당신이 놀리고 싶어서 그러는 줄 알고 있어요. 광주에 가면 당신을 보내야 하니까 이 모습, 저 모습 모두 눈 속에 차곡차곡 담아놓을래요."
 "정말! 예전 그때처럼 말을 안 듣는군요."
 "호호호~~. 착한 학생이 아닌가 봐요. 이런 진한 농담을 할 수 있으니, 우리가 결혼하고 첫날밤을 보낸 신혼부부가 만나 봐요.

신부가 늙어서 창피한 것도 모르니 어쩌죠? 헤헤헤."
 서린은 특유의 매혹적인 애교 웃음으로 부끄러움을 덮었다. 사랑이 붉게 물든 농담으로 순간순간을 즐겼다. 도로 위를 묵묵히 질주하던 지프는 어느새 아파트를 시야에 담았다. 오후 2시쯤, 아파트 지하 주차장에 무사히 도착했다. 서린은 많은 선물꾸러미(건어물, 갈치 박스, 전복 소라 박스, 키위와 무화과 등이 들어있는 과일 박스)와 가장 중요한 민어 박스를 민욱의 차 트렁크에 가득 실었다. 오빠네 것은 지프에 남기고, 나머지 짐을 나눠서 들고 집으로 올라갔다.
 아니나 다를까? 민서가 환한 미소를 머금고 기다리고 있었다. 민서는 일어나 어린아이처럼 달려와서 아빠의 품에 덥석 안겼다.
 "아빠! 신혼여행은 즐거웠어요?"
 "그래. 대답하기 쑥스럽긴 하지만 즐거웠어. 하하하~~."
 "우리 엄마 행복하게 해주셨죠?"
 "그건 엄마한테 물어봐. 엄마의 얼굴을 보면 알 거야. 하하하."
 "우리 아빠가 부끄럽구나. 호호호~. 아빠는 새신랑 같아요. 어째 아빠가 피곤하지 않고 엄마만 피곤한 것 같아요. 우리 엄마가 무리하셨나 봐요."
 결국은 예상했던 대로 민서한테 들키고 말았다.
 "아빠 엄마를 놀리면 쓰나. 착한 민서가 왜 이러지? 하하하~."
 민서는 아빠의 품에서 떨어져 엄마 앞에 섰다. 서린은 민서가 물어보기 전에 먼저 자신 있는 표정으로 자백했다.
 "엄마는 행복했어. 행복하니까 피곤하지도 않아. 딸아! 아빠를 민망하게 하지 마라. 호호호~. 아빠가 쑥스러워하시잖아. 얘는 어른들을 놀리려고 작정했나 봐? 엄마가 무리해서 그런 거야."

"우리 엄마는 이제 아빠 편이란 말이죠? 이거 43년을 함께 한 딸로서 서운해지려고 하는데요. 괜히 배신감까지 드네요."

"뭐, 배신감 식이냐? 대답하기 곤란한 아빠를 도와준 것뿐이야. 넌 선배잖아. 그때 기분을 잊어버렸을지도 모르지만. 호호호~~. 엄마에겐 생명보다 소중한 결혼 첫날밤이었다는 것만 알아."

"우리 엄마! 반격이 샌데요. 호호호~ 제가 농담한 거예요. 서운하지도 않고요. 배신감도 들지 않아요. 우리 엄마만 행복했다면 더 바랄 게 없어요. 호호호~~. 엄마의 피곤한 모습은 보기에도 너무 좋아요."

"딸아! 고맙다."

민서는 냉장고에서 시원한 과일주스를 내왔다. 이 과일주스는 아빠 엄마를 위해서 민서가 미리 준비해 둔 것이라고 했다. 세 사람은 에어컨의 시원한 바람을 맞으며 소파에 앉았다. 주스를 마신 민욱은 중대 결심을 하고 입을 열었다.

"서린씨! 이제 얼굴 없는 군인의 얼굴을 그려주세요. 가슴이 찡해서 보기가 부담스러워요. 미완의 작품으로는 너무 아까워요."

서린에게는 뜻밖의 부탁이었다. 그렇지 않아도, 그럴 생각을 가졌던 그 마음이 들킨 것 같아 아쉬워했다.

"나도 그럴 생각이었어요. 얼굴 없는 군인의 임무는 이미 끝났거든요. 베트남전쟁에 참전했던 씩씩하고 위대한 군인의 모습으로 돌려놓을 테니, 그건 걱정하지 마세요."

"그랬군요. 내가 괜한 걱정을 했네요. 하하하~~."

민욱은 주제넘은 부탁을 괜히 했다는 생각이 들었다. 그때, 옆에 있던 민서가 아빠를 거들었다.

"우리 아빠 최고예요. 거기까지 생각하셨어요?"

"처음부터 부담스러웠거든. 훌륭한 그림인데 그것 때문에 빛을 보지 못하고 있어서 보기가 짠하잖아."

민욱의 마음은 후련했다. 자신의 무관심을 용서받은 것 같은 기분이 들었다. 그 그림을 생각하면 죄스러웠기 때문이다. 그동안 얼굴 없는 군인은 민서에게 못된 아빠 노릇을 했을 것이고, 서린에게는 무정한 군인이었을 테니까 자신의 자화상 같았다고 생각했으므로 더는 그대로 방치해 두고 싶지 않았다. 단번에 얼굴 없는 군인, 얼굴 없는 아빠가 사라지게 될 것이 기뻤다. 부담되었던 사건을 해결한 민욱은 자리에서 일어났다. 황혼의 신혼여행을 다녀온 새신랑에서 다시 다른 구역, 본연의 일상으로 돌아가는 시간을 맞이했다.

세 사람은 지하 주차장에서 마주 섰다. 아쉬운 이별을 준비하는 모습은 그리 유쾌하게 보이지 않았다. 서린의 표정이 많이 일그러졌다. 행복했던 시간들을 되돌릴 수 없는 서린의 마음은 비어가고 있었다.

"아빠! 민서 아빠라서 감사해요. 대전 어머니한테 아빠를 보내줘서 감사하다고 전해주세요. 앞으로 좋은 딸이 되겠다는 말도 잊지 마세요. 다음에 엄마하고 대전에 갈게요."

"그러마. 민서는 아빠의 딸이니까 대전 엄마의 딸이기도 해. 대전 엄마도 민서를 예뻐하고 좋아하고 있어. 좋은 가족이 생겼다고 좋아했거든. 민서야! 고맙다."

"민서도 아름다우신 대전 어머니를 좋아해요. 아빠 사랑해요."

민욱은 민서를 안아주었다. 민서는 아빠의 입술에 뽀뽀하고 먼저 자리를 떴다. 엄마에게 시간을 드리는 딸의 사랑스러운 배려였다. 서린이 다가섰다. 그리고 그 입술을 가볍게 덮쳤다. 이별을 아쉬워하는 짧은 키스는 아쉬움을 노래했다.
"당신이 보고 싶을 거예요. 많이 보고 싶으면 대전으로 갈게요. 빨리 유나씨도 만나보고 싶어요. 나한테 많은 걸 내어주었잖아요. 모른 척하는 것도 염치없어 보여서 싫거든요. 내 성격은 빚지고 못 살아요. 호호호."
서린은 촉촉해지는 눈을 감추려고 애쓰며 속마음을 드러냈다. 그런 서린을 사랑스럽게 안아주었다. 이별이 아쉬운 건 민욱도 마찬가지였다. 서린을 두고 떠나야 하는 마음도 애잔했다. 행복하다고 가쁜 숨을 쉬며 말하던 서린의 목소리가 발길을 무겁게 했다.
"서린씨 마음을 잘 알아요. 서린씨 마음이 내키면 그렇게 해요. 못 만날 이유는 없죠. 내가 빨리 자리를 마련할게요."
품에서 떨어진 애틋한 서린의 모습을 보는 것이 힘든 민욱은 주저하지 않고 차에 올랐다. 44년 만에 다시 만나서 늦은 신부가 된 서린을 두고 가는 신랑의 마음 또한 발길이 떨어지지 않았다.
"여보~~ 많이, 아주 많이 사랑해요."
차창에 대고 말하는 서린의 목소리는 떨리고 있었다. 서린의 눈가에 물기가 번지기 시작했다. 민욱은 손을 흔들며 주차장에 서린만을 남겨두고 지하를 빠져나와 아파트를 벗어났다. 개운하지 않은 민욱의 마음은 쇳덩어리처럼 무거웠다. 육신은 고속도로 위를 달리고 있어도 마음은 서린의 곁을 떠나지 못했다.

15. 스무 살 여대생의 반란

"아버지! 세미나는 잘 마치셨어요?"
 아들을 속이는 민욱의 마음이 무척이나 불편했다. 아들을 보는 마음은 한없이 미안했고, 아내 유나의 얼굴을 대하는 그의 심정은 두더지처럼 땅속 깊이 파고들었다. 아빠로서, 남편으로서 할 짓이 아니란 걸 잘 알고 있었다. 지금까지 떳떳하게, 당당하게 살아온 삶이 한꺼번에 무너지는 충동을 느꼈다. 칠십이 다 되도록 자신 있게 가정을 만들어왔던 민욱의 마음은 부정이란 토네이도에 박살 나고 있었다.
 "응. 우리 아들 고생했다. 별일 없었지?"
 "네, 어머니하고 잘 지냈어요. 먼 길을 운전하셔서 피곤해 보이네요. 샤워하시고 좀 쉬세요."

민욱은 든든한 아들의 어깨를 토닥거렸다. 피곤한 것을 들켜버린 민욱은 얼굴이 화끈거렸다. 미안한 얼굴로 서 있는 민욱의 앞에 안방에서 유나가 마중 나왔다. 유나의 표정은 여느 때나 다름없이 밝은 미소가 가득했다. 그 얼굴에 구름도 깔리지 않았고, 불만의 그림자도 찾을 수 없었다. 유나의 밝은 표정을 본 민욱은 민망스럽기 그지없었다.

"당신! 오셨어요?"

"응, 방금 왔어. 잘 지내고 있어서 다행이다."

유나는 남편을 안고 아들이 보고 있음에도 불구하고 입술에 입을 맞추는 것을 잊지 않았다. 3일 만의 반가운 입맞춤이었다. 미국에 있을 때, 샌프란시스코와 LA를 오갔던 이산부부였을 때와 뉴욕발레단 소속 무용수로 있을 때를 제외하면, 한시도 떨어지지 않았던 유나에게는 더없이 긴 시간이었다. 명훈은 선물상자와 아이스박스를 두 번에 걸쳐 주방으로 옮기고 2층으로 올라갔다.

"몸은 괜찮아?"

민욱은 유나를 뜨거운 마음으로 안았다. 여름이라 기온이 높은 것도 있지만 고마운 마음은 하늘 높이 쌓였고, 미안한 마음은 눈앞을 어둡게 했다.

"네. 다 좋아요. 자주 통화했잖아요. 그런데 뭘 이렇게 많이 사왔어요? 주방이 가득하네요. 호호호."

"내가 산 건 아니고, 민서 엄마가 유나한테 선물한 거야. 별것은 아니고 생선과 건어물, 전복과 소라와 과일이야. 참! 남도의 보양식이란 민어 한 마리도 있어."

"어머~ 민서 엄마는 손도 크나 봐요. 이러지 않아도 되는데, 신경을 많이 쓴 것 같네요. 민어는 무척 비싸다는데 그걸 보냈군요. 명훈이가 있을 때 푹~ 끓여서 몸보신해야겠어요. 호호호. 우리 아주머니가 바쁘겠군요."

유나는 입이 딱 벌어졌다. 비싼 민어 한 마리가 종아리보다 커서 아이스박스를 독차지했다. 여름 보양식으로 특급 대우를 받는 고급 생선이란 걸 유나도 알고 있었다. 전복과 소라도 풍성했고, 반 건조된 생선들도 있었다. 정리하는 도우미의 눈도 동그라지게 했다. 그에 반해서 민욱은 밝은 얼굴의 유나를 보는 심정이 생선 가시를 삼킨 기분이 들었다. 착하고 순한 아내의 마음을 힘들게 한 죄가 가볍지 않았음을 알고 있기 때문이다. 깊은 산장 연못가에 한 포기 외로운 수선화 같은 아내의 고운 마음에 상처를 입혔다는 사실은 씻지 못할 죄라고 생각했다. 앞으로 계속될 여정이기에 가슴은 타들어 갔다. 남자라는 이유로 두 여인을 품에 안아야 하는 심정은 손가락이 불에 데인 것처럼 아렸다. 그 심정을 쓸어안고 유나의 눈빛을 보며 말했다.

"유나야! 고마워. 또 미안해."

"당신답지 않게 왜 이러세요? 부부 사이에는 미안해하지 않는 거예요. 유나는 당신만의 아내잖아요. 당신의 아내니까 이해할 수 있었던 거예요. 당신을 탓하지 않아요."

유나는 고마워하고 미안해하는 남편의 속마음을 알았다. 아내로서 받아들이기 가장 어려운 여자에 대한 예민한 문제였지만, 아내의 자리에서 이해해야 하는 필연의 문제임을 인지했기에 현실을 거부하지 않을 수 있었다.

"그래서 고맙고 미안하다는 거야. 아무나 할 수 있는 일이 아니기 때문이지. 우리 유나는 이 지구상에 하나밖에 없는 희귀한 여자야. 60년을 넘게 함께했으니, 눈빛만 봐도 알잖아. 하하하~~."

"당신은 유나가 태어나고부터 모든 성장과정을 지켜봤으며, 젖병을 물려주고, 기저귀도 갈아주고, 목욕도 시켜주고, 속옷도 갈아입혀 준 당신이잖아요. 여자로서 좋은 인격 형성을 할 수 있도록 도와준 신 같은 존재예요. 유나의 인성은 당신에게 나왔으니 미안해하지 않아도 돼요. 그렇다고 희귀한 여자는 절대 아니에요. 지극히 정상이란 말이에요. 유나는 당신의 아내가 되기 위해 태어났다고 해도 과언은 아니에요. 호호호~~."

유나가 젖먹이 아기 때부터 중학생이 되었을 때까지(민욱이 고교를 졸업하고 18세에 독립할 때까지) 같은 공간에서 친오누이처럼 예쁜 마음을 나눴던 때를 회상했다. 유나가 초등학교 저학년일 때에 중학교 다니던 민욱이가 하교하다가 길가에서 국화빵을 팔고 있는 리어카 앞에 서서 그것이 먹고 싶어 걸음을 떼지 못하고 손가락을 빨고 있는 유나를 발견했다. 돈이 없었던 민욱은 머뭇거리지 않고 버스표 한 장을 주고 국화빵 다섯 개를 바꿔서 유나를 먹게 했던 오빠였다. 그런 까닭에 민욱은 먼 길을 추위에 떨면서 몇 번이나 걸어서 통학했었다. 이처럼 숱한 감명의 스토리가 산처럼 쌓인 오누이였다. 그 많은 사연을 열거하기도 막막했다.

"아무튼 내 마음은 그렇다는 거야. 내 아내가 되려고 태어난 건 맞는 말이야. 하하하~~. 우리의 만남은 우연은 아니었으니까."

"호호호~~ 알았어요. 더우니까 어서 씻으세요."

부모님에게 재회의 기쁨을 즐기라고 자리를 비켜주며 2층에 올라갔던 아들이 내려와 소파에서 노트북을 만지는 모습이 보였으므로 자세한 얘기는 나눌 수 없었다. 명훈은 아무것도 알지 못하면서 부모님의 다정한 상봉에 마음이 흐뭇했다. 유나는 민욱의 손을 잡고 안방으로 들어갔다. 샤워하도록 속옷을 준비하고는 거실로 나왔다.

"어머니는 아버지를 3일이 아니라, 석 달 만에 만나신 거 같아요. 아무튼 두 분의 사랑은 특별하시다니까요. 어머니 같은 여자를 만나지 못해서 장가갈 자신이 없어졌어요. 하하하~~."

명훈은 엄마에게 다가오며 부모님의 유별난 상봉 장면을 상기하며 부러워했다. 결혼하지 않은 이유를 농담이나마 어머니를 닮은 여자를 만날 수 없다며 궁색한 감정 탓으로 돌리며 웃었다.

"호호호. 아들아! 흉보지 마라. 엄마 아빠는 유별나지도 않고, 그저 평범하단다. 너도 결혼해 보면 이해할 수 있을 거야. 다시 말하지만, 엄마 같은 여자는 어디에도 없을 거야. 아빠와 엄마는 처음 만나서 결혼하기까지 자그마치 24년이나 걸렸다는 걸 잊지 마라. 쓸데없이 애쓰다가 시간만 낭비하지 말고 일찍이 차선책이라도 택하는 게 좋을 거야. 우리 아들 어떡하니? 정말 걱정된다. 호호호~~."

유나는 아들을 약 올리기로 작정한 것 같았다. 대학을 졸업할 때까지 24년 동안 민욱만 바라보는 해바라기가 되어 다른 사람에게 눈을 돌리지 않았던 외골수 유나였다. 중학생이 되어 신체적 변화를 경험하며 사춘기를 겪고 있을 때부터 민욱과 결혼하길 원했고, 여고생 때는 무모하게 입맞춤을 시도했던 당돌한 유나였으니까 말해서 뭘 하겠는가?

"그렇다고 흉보는 건 절대 아니에요. 그냥 부러울 뿐이에요. 과연 어머니 같은 여자를 만난다고 하더라도 제가 아빠처럼 할 수 있을까 싶거든요. 하하하~. 이것도 저것도 문제긴 문제에요."

"그건, 네가 마음먹기에 달린 거야. 법전을 외우는 것처럼 어려운 게 아니니까 겁부터 먹으면 안 돼. 모르긴 몰라도 우리의 유전인자를 가지고 있으니까 걱정하지 않아도 될 거야. 호호호~."

"그건, 그렇기도 하겠네요. 하하하~."

"부러우면 빨리 장가가서 며느리와 손자를 볼 수 있게 해주겠니? 아빠나 엄마가 목마르게 기다리고 있으니까, 신경 좀 쓰도록 해라. 아빠와 엄마 나이도 무시할 수 없잖니?"

"또, 장가, 며느리, 손자 얘기에요? 갈 때가 되면 가겠죠. 너무 부담 주지 마세요. 스트레스받는단 말이에요."

"그러니까, 아들아~ 스트레스 같은 거 받지 말고, 그때를 앞당기란 얘기야. 세월이 기다려 주지 않는다는 건 알고 있겠지?"

"알았어요. 긁어 부스럼만 만들었네요. 하하하~~."

명훈은 무안해서 죄 없는 머리만 긁적거렸다. 명훈은 변명했다. 우아한 미모에 좋은 성품의 엄마만 보고 자라서 여자라면 당연히 엄마 같은 여자라야 한다는 엄격한 규정이 정해졌다고 했다. 그래서 엄마의 책임이 무거우며, 엄마에 대한 영향력이 엄청나다고 덧붙었다. 그런 까닭에 지금 만나고 있는 치과의사 '마리안나'도 비교 대상이라고 털어놓았다.

"이 세상에 엄마 같은 여자는 없어. 엄마는 아빠를 만나기 위해서 특별히 태어나서 열흘도 되기 전에 아빠를 만났거든. 엄마는 말이다, 젖먹이 아기 때부터 아빠를 무척 좋아했었어. 태어나서 만난 첫 남자였어. 아까도 얘기했지만, 함께했던 시간이 24년이란 얘기야. 그러니까 너무 욕심부리지 마라. 그건 절대 불가능한 일이야. 호호호~~. 너를 위해 태어난 여자가 있다고 한들, 그 여자를 찾는다는 것은 운명적인 기적이란 게 있어야 가능할지도 모르지. 아들아! 그렇게 생각하지 않니?"

"어머니! 그건 법학보다 어려워요. 하하하~. 어머니의 심리적 논리와 특별한 운명적 현실은 상상이 안 돼요. 심리학에 조예가 깊으신 아버지를 닮으셨나 봐요."

"호호호. 같이 살다 보면 부부는 닮게 된단다. 그게 부부의 장점이고 삶과 연륜으로 쌓아온 꽃이거든. 그래서 부부가 닮으면 가정이 화목해지고, 그 삶이 향기롭다는 거야."

"어머니는 무용학뿐만 아니라 인문학을 강의하셔도 되겠어요."

마음이 통하는 모자는 마주 보면서 즐거워했다. 주방에서는 도우미 아주머니가 저녁상을 준비하고 있어서 맛있는 냄새가 후각을 자극했다. 가족의 건강과 입맛을 충족시키기 위해 정성을 다하는 모습은 언제나 아름다웠다. 오늘은 특별히 여름 보신용 민어 맑은탕과 시원한 미역냉국의 그 맛은 일품이었다. 어려서부터 음식 만드는 것을 배우지 못한 유나였지만, 아주머니와 공동 요리한 유나의 손맛도 나쁘진 않았다.

미국에 있을 때는 교포사회에서 봉사활동을 하면서 배운 솜씨로 김치를 곧잘 담그곤 했다. 맛은 어딘가 모르게 조금 부족했어도 민욱과 자녀들은 고마워하며 맛있게 먹어주었다. 뒤돌아보면, 젊은 시절에는 발레에 전념하면서 많은 시간을 빼앗겼고, 대학교수로 바쁜 일상에서도 가정주부의 자리를 악착같이 지켜내며, 정성으로 김치를 손수 만들었던 유나였다. 아내와 엄마의 자리를 빈틈없이 철저하게 지키고 다듬으며 한순간도 가족들에게 게을리하지 않은 유나의 일상은 위대하기만 했었다.

무서운 암과 싸우고 있는 유나의 심성은 아주 건강했다. 그것도 유방암, 림프종이란 두 종류의 암을 두려워하지 않으며 고통스러운 항암주사를 거뜬히 이겨내고 있는 것도 삶에서 얻은 가족의 힘이 작동했기 때문이다. 태어나고부터 고아였기에 강인한 의지와 끊임없는 투지는 기본적인 소양에 불과했다. 아름다움과 매혹적인 몸은 이름도 얼굴도 알 수 없는 부모님이 주셨지만, 그 속에 흐르는 피는 여느 여자와는 달랐고, 생각은 정확하고 명료했으며, 행동은 신속하고 진취적이었다. 그에 따른 집념과 열정은 누구도 말릴 수 없었다. 그 옛날을 더듬어 본다.

중학교 3학년 이른 봄이었다. 의지했던 오빠 민욱은 보육원에서 법적으로 독립하여 수재들만 가능한 S대학 문리대 영어영문과에 수석으로 입학했다. 유나를 자주 만나기 위해 보육원 가까운 곳에 방을 얻어 자취생활을 시작했다. 유나는 학교를 파하고 자취방 앞에서 민욱을 기다렸다. 그러나 넉넉하지 않은 독립자금에만 의지할 수 없었으므로 생활비를 충당하기 위해 교수님의 주선으로 학생들을 가리키고 있었기에 항상 귀가 시간이 늦었다. 그래서 날마다 오빠를 만나지 못하고 보육원으로 돌아가야 했다. 그러던 어느 날은 보육원 양모이신 수녀님께 야단맞을 각오를 하고 밤늦게까지 오빠를 기다렸다.

"유나야! 네가 왜 이 시간까지 여기 있어?"

문 앞에서 쪼그리고 앉아 기다리고 있는 유나를 보고 적지 않게 놀랐다.

"오빠~~ 흐흐흑~~"

유나는 민욱에게 안기며 흐느껴 울었다. 열다섯 소녀의 흐느낌은 애걸했다. 민욱은 놀라서 달래는 데 급급했다.

"유나야! 무슨 일이야? 엄마한테 야단맞았어? 학교에서 무슨 일이라도 있었어? 아니면, 학생들이 고아라고 놀린 거야? 도대체 왜 우는 거야고?"
 민욱은 집요하게 추궁하고 유나를 달래면서 걱정을 내려놓지 못했다. 보육원의 생활하는 사정이나, 학교에서의 학대와 놀림을 잘 아는 민욱은 예민한 사춘기 소녀를 걱정하지 않을 수 없었다.
 "그런 건 아니야. 오빠가 보고 싶어서 어제도 기다리다가 갔단 말이야. 유나도 오빠하고 같이 살면 안 돼? 유나는 오빠하고 같이 살고 싶단 말이야."
 눈물이 흠뻑 젖은 눈망울로 쳐다보며 말했다. 그때 서야 민욱은 안심했다. 부모에게 버림받은 처지에 친남매처럼 교감을 나누었던 정이 특별했던 터라 민욱의 독립을 받아들이지 못하는 무서운 사춘기를 앓고 있는 유나의 돌발행동임을 눈치챘다.
 "난 또 뭐라고. 걱정했잖아. 유나가 고등학교를 졸업하면 그때 오빠하고 살 수 있어. 지금은 안 되는 줄 유나도 알잖아. 오빠가 시간 내서 유나 만나러 자주 갈게."
 "싫어. 그때까지 언제 기다려. 유나는 학교에 안 다녀도 좋아. 청소도 하고 밥도 할 수 있단 말이야. 오빠하고 같이 살게 해줘. 유나는 오빠의 동생이잖아."
 민욱은 어이가 없어 웃었다. 유나를 달래는 데 한계에 도달했다. 고집불통인 억지를 무너뜨리기엔 역부족이었다.
 "하하하~~. 유나가 이러면 오빠는 실망이야. 오빠가 우리 유나한테 기대하는 것이 얼마나 많은데 학교를 안 가겠다니 너무 충격이다. 유나는 공부도, 무용도 잘하는 영리하고 똑똑한 여학생이잖아. 이런 고집을 부리면 안 되는 건 잘 알고 있는 거지?"
 민욱은 유나의 양 볼을 잡고 눈 속을 파고들며 실망을 감추지 못했다. 벌써 가슴이 나오고, 오래전에 초경까지 치른 소녀는 사춘기에 접어든 이유 있는 투정이었다. 민욱은 2년 전, 고등학생일 때 유나의 부탁으로 엉겁결에 생리대 심부름을 했던 적도 있었다.

"오빠가 다른 여자를 좋아하거나, 다른 여자들이 오빠를 좋아할까 봐 불안하단 말이야. 유나는 오빠 와이프가 되고 싶어. 오빠를 누구보다 사랑하니까 오빠는 유나만 사랑해야 해. 흐흐흑~"

이 고백은 처음 듣는 것이 아니었다. 어린 것이 민욱을 다른 여자한테 뺏길까 봐 걱정되어 학교도 다니지 않고 같이 살겠다는 심정을 이해하지만, 지나친 생각을 돌리기에는 쉽지 않았다.

"또, 그 소리야! 정말 실망이다. 누누이 말하지만, 오빠는 다른 여자를 좋아하지 않아. 오빠한테는 유나밖에 없어. 그러니까 지금은 학생의 본분과 자신을 스스로 지키며 공부하는 거야. 고아인 우리가 할 수 있는 건 열심히 노력하여 여느 학생들에게 뒤지지 않는 실력과 냉대받는 사회에서 떳떳하게 살아갈 수 있는 강인한 정신력을 길러야 해."

유나를 타이르고 설득하는 게 쉽지 않았다. 아빠처럼 의지하고 따르던 유나였기에 민욱이 없는 보육원 생활은 무의미했을 것이다. 한참 예민한 사춘기에 당한 냉혹한 현실을 이해하고 이겨내기엔 열다섯 소녀에게는 힘들 수밖에 없을 것 같았다.

"보육원에 가기 싫단 말이야. 거긴 오빠가 없잖아. 흐흐흑~"

"오빠가 앞으로 유나와 같이 살기 위해 계획하고 있는 것이 있어. 착한 유나를 대학에 보내고, 같이 미국 유학까지 가서 유명한 발레리나로 무대에 세우고 싶어. 유나가 오빠의 말을 잘 듣는다면 반드시 우리의 꿈은 이루어질 거야. 오빠는 확신한다. 그러니까 유나가 고등학교 졸업할 때까지만 참아. 내년에는 고등학교에 진학해야 하니 공부도 무용도 더 열심히 하는 거야. 알았지? 우리 유나는 충분히 할 수 있어. 오빠는 똑똑한 유나를 믿는다."

민욱은 자신이 생각하고 있는 계획까지 들먹이며 장황하게 유나를 타일렀다. 유나는 흐느낌을 멈추고 민욱을 쳐다봤다.

"정말이야? 오빠?"

"언제 오빠가 유나한테 거짓말하는 거 봤어?"

"그건, 아니지만 .... 오빠! 다른 여자 만나면 안 돼. 유나도 아기를 낳을 수 있는 여자란 말이야. 오빠 아기는 유나가 낳을 거야."

"유나야! 그런 엉뚱한 생각은 하지 마. 유나는 중학생이야. 그런 생각을 하면 나쁜 학생이 되는 거야. 하하하~. 그런 생각은 대학을 졸업하고 해도 늦지 않아."

나이에 어울리지 않은 생각을 하는 유나가 걱정되었지만, 한편으로는 깜찍하게 귀여웠다. 그렇지만 귀엽게만 여길 수 없으니, 사춘기 소녀의 일탈이 걱정되었다.

"대학교에는 예쁜 여대생들이 많단 말이야."

"하하하~ 아무리 예뻐도 우리 유나만큼 예쁠까? 오빠 눈에는 유나가 제일 예쁘고 귀여워. 지금까지 유나보다 예쁜 여자를 본 적이 없어. 정말이야."

그때 서야 유나의 얼굴에 미소가 모락모락 피어올랐다. 민욱은 유나의 얼굴에서 눈물자국을 지워줬다.

"그럼, 뽀뽀해 줘."

유나는 예쁜 입술을 내밀었다. 철부지 유나의 그런 모습도 깜찍하고 귀여웠다. 민욱은 유나의 입술을 인지로 밀어 넣고 대신 이마에 뽀뽀해 줬다.

"그러면, 불량소녀야. 유나는 흠도 티도 없이 예쁘고 아름답게 성장해야 하는 거 알지? 그래야만 오빠가 끝까지 유나를 지켜줄 수 있어. 오빠를 실망시키지 마라."
"오빠하고 뽀뽀하는 게 어때서?"
"그건 옳은 행동이 아니야. 그런 건 나중에 결혼하면 얼마든지 할 수 있어. 지금은 아니야. 오빠가 데려다줄게. 집에 가자."
청아하게 맑은 마음을 가진 유나의 손을 잡고 보육원으로 향했다. 민욱에게 설득당한 유나는 아무 저항도 하지 못하고 보육원으로 돌아갔다. 항상 민욱의 약속을 떠올리며 소녀의 마음을 다스린 유나는 밝고 티 없이 성장의 시간을 열어갔다.

여중생 사춘기 소녀의 한 가닥 에피소드를 생각한 유나는 빙그레 미소 지으며 샤워를 마치고 욕실에서 나오는 남편을 맞았다. 나중에는 결혼할 때까지 여자의 순결을 지켜준 민욱에게 고마워했다. 끝까지 지켜주겠다던 그날의 약속을 빈틈없이 지켜준 남편을 고마운 마음으로 안아줬다.
단, 한 번의 실수라기보다, 여자의 첫 성을 바치겠다는 집요하게 공격적인 여인에게 어쩔 수 없어 무너진 남자의 순정, 그로 인해 보석과도 같은 가족이 생길 수 있었다는 것을 겸허히 받아들이는 유나의 마음은 평화로웠다. 두 남녀의 질풍 같은 행위를 단죄하지 않은 유나는 남편 민욱을 신뢰했고, 절대적으로 의지하고 있기 때문이다. 잃어버린 0.01%보다 자신이 소유한 99.99%란 남편의 위대함이 유나에게 불사조처럼 존재했다.
"여보~ 당신 얼굴이 조금 핼쑥해진 것 같아요. 호호호~."
유나는 민욱의 얼굴에 스킨과 로숀을 발라주며 짓궂은 농담을 던지며 하얀 미소로 그 표정을 살폈다.
"이 사람이 또 놀리려고 그래. 하하하."

"아니에요. 제 눈에 그렇게 보인단 말이에요. 그새 몇 키로는 빠진 것 같단 말이에요."

"싱거운 소리하지 마. 면목이 없으니까."

유나는 그 입술에 입술을 찍었다.

"내가 잘못 봤나? 헤헤헤~~."

애교부리는 유나의 이마에 가벼운 꿀밤을 입혔다. 어쩌면 개구쟁이 같은 그 성격이 싫지 않았다. 어떤 경우에라도 살며시 다가오는 예쁜 미소는 천하일품이었기 때문이다.

"우리 유나는 못 말려. 하하하~~. 내가 이길 수가 없어."

"아니에요. 당신만 할 수 있어요. 호호호~~"

귀여운 토끼처럼 다시 입술을 훔쳤다. 지난 3일간 못 한 애교의 보따리를 풀었다. 남편을 향한 사랑의 순도와 농도는 훨씬 높아진 것 같았다. 그래서 보석보다 값진 유나의 존재였다.

명훈은 메일 보낼 것이 있다며 주스 잔을 들고 제 방으로 올라가고 부부는 소파에 나란히 앉았다. 전면 창 너머로 길 건너 과수원과 소나무 정원수, 그리고 전민동으로 통하는 탑립동의 좁은 길이 시야에 들어왔다. 그 길옆으로 낮은 산이 길게 남북으로 병풍처럼 누워있는 모습은 평화로웠다.

"유나의 몸이 회복되면 시골로 이사 갈까?"

"갑자기 이사라뇨? 여기가 싫으세요?"

"싫은 건 아니야. 항암주사와 표적주사가 끝나면 요양이 필요할 것 같아서. 공기가 맑은 한적한 바닷가가 좋을 것 같다는 생각이 들어. 환자가 요양하기는 도시보다 맑은 공기가 있는 쾌적한 환경이 좋지 않겠어. 눈앞에 펼쳐지는 망망대해가 가슴을 뻥~ 뚫어줄 테니까 말이야."

서린이가 광주로 이사 올 것을 바랐지만, 광주로 갈 생각은 아니었다. 기왕이면 광주가 가까운 바다가 눈앞에 보이는 해변이면 금상첨화일 것 같았다. 바다가 보이는 언덕에 안락한 집을 지어 아내의 요양을 도우며 여생을 보내고 싶다는 생각을 돌출했다.
"도시보단 좋겠죠. 대전도 우리의 연고지는 아니잖아요. 아직 표적주사까지 끝나려면 2년도 더 남았으니 차차 생각하기로 해요. 어떤 결정을 하든지 당신 생각을 따를게요. 유나도 여기가 썩 마음에 드는 곳은 아니에요."
아내가 이 집을 고수하지 않으니 다행스러웠다. 길은 쉽게 열릴 것 같았다. 바닷가와 인연은 없었지만, 아내가 바다를 좋아한다는 것을 미국 생활에서 알게 되었다. 낭만이 겹겹이 쌓여있는 해변에서 갯바위에 앉아, 아니면 모래 위에 앉아 파도 소리와 갈매기의 노래를 들으며 여유를 즐기는 것이 건강 회복에 큰 도움이 될 것 같다는 생각이 들었다. 같은 값이면 다홍치마라고, 바닷가가 크게 그의 머리에 부상했다.
"그래, 급할 건 없으니 차차 생각하기로 하자. 우리 유나가 좋아하고 편하게 요양할 수 있는 곳을 여유를 가지고 물색하자고. 우아한 우리 유나가 요양할 좋은 곳이 어딘가에 있을 거야."
우선, 일상생활을 할 수 있는 항암주사와 표적주사 치료가 끝나고 나면, 이주가 가능하다고 생각했다. 서두를 생각은 없었다.
"만약에 이사 가게 된다면, 우리의 생활 취향에 맞게 집을 지어요. 세라한테 도움을 받으면 좋은 작품이 나올 거예요."
"그럴까? 그것도 좋은 방법이지. 건축전문가인 세라의 설계와 유나의 예술적인 감각을 덧입힌다면 멋진 작품이 나올 수 있겠다. 획기적인 건축물이 좋겠지. 바닷가라면 유럽의 고급 별장들처럼 말이야. 하하하~~."

"생각만 해도 멋져요. 호호호~~. 곧 그 고즈넉한 풍경이 보일 것 같아요."

"집을 지으려면 땅을 매입해야 하는데 현지답사를 하려면 쉬운 문제가 아니야. 유나의 몸이 좋아지면, 같이 섬들이 있는 서해 바닷가를 돌아다니며 천천히 물색해 보자 구. 찾다 보면, 우리가 원하는 멋진 풍경이 있을 거야."

민욱의 머리에 번뜩 떠오른 것은 서린이었다. 아름다운 섬들이 즐비한 신안 앞바다 쪽이라면 서린을 통하면 쉬울 수도 있을 것 같았다. 광주에서도 부동산 네트워크를 이용한다면 얼마든지 가능해 보였다. 그런 날이 오면, 서린과 의논하기로 생각했다.

"당신이 이사 얘기를 하니 마음이 끌리네요. 몸이 아파서 그런지 이 집에 정이 들진 않아요. 입주한 후에 아이러니하게도 암 판정을 받았잖아요. 주님의 자녀가 이런 생각을 하면 안 되는데 말이에요. 유나도 나약한 여자인가 봐요. 호호호~~. 기왕이면 바다가 보이는 곳이면 좋겠네요. 당신도 바다를 좋아하시잖아요."

이심전심이란 것이 이런 것이다. 민욱이 생각했던 바닷가를 선호하는 유나는 남편의 마음을 알기라도 한 것 같았다. 보육원 생활에서 바다를 구경하지 못했던 유나와 민욱은 미국에 있을 때 유난히 바다를 좋아했다. 그렇지만 바다를 구경하기란 하늘의 별 따기처럼 어려웠다. 한국에 있을 때는 심적, 물적 여유가 없었던 시절이었으므로 삼면이 바다인 나라에서 단둘이 바다 구경이나 여름바캉스를 가본 적이 없었다. 어쩌다 학교행사 관계로 한두 번 정도 참여했던 날은 있었다.

미국에서는 여름에 자녀들과 함께 바다를 종종 찾았다. 플로리다의 마이애미 해변을 비롯하여 수많은 비치를 누볐던 적도 있었다. 멀리는 캘리포니아 산타모아 해변, 롱비치 등의 해변을 다니며 바다를 몹시 사랑했던 유나였다. 대학교 동료 교수들과 1년에 한두 번은 1박 2일로 플로리다 해안이나 텍사스 남쪽 바다를 찾아 바다낚시를 즐기기도 했었다. 바다낚시가 취미생활은 아니었지만, 동료들과 유대관계를 돈독히 하는 결과를 소중하게 생각했다.

"나도 바다가 보이는 한적한 곳을 생각하고 있었어. 낭만적이잖아. 우린 마음이 통했나 봐. 하하하."

"그러게요. 우린 천상의 파트너인가 봐요. 호호호."

두 사람은 손을 잡으며 어린아이들처럼 좋아했다. 생각이 일치한다는 것은 매우 바람직했다. 기분으로는 벌써 고국의 어느 해변에 아늑하고 멋진 집을 짓고 있는 듯했다.

"유나의 몸이 좋아지면 드라이브하는 기분으로 한 번 출동하지 뭐. 목포나 신안 쪽에 섬들이 많으니까, 유나의 마음에 드는 곳이 있을 거야. 민서가 사는 광주도 가깝고 하니, 그쪽이 좋을 것 같다는 생각이 들어."

목포나 신안 앞바다를 가본 적은 없었다. 그러나 수많은 섬들이 옹기종기 모여 있는 그 아름다운 전경을 사진으로 본 것이 유일했다. 그래서 머리로 상상할 수 있었다.

"호호호~ 광주에 서린씨가 있어서는 아니고요?"

유나는 웃으며 민욱의 정곡을 찔렀다. 농담이었지만 가시가 있는 말이었다. 민욱은 비밀이 탄로 난 사람처럼 순간적으로 얼굴이 화끈 달아올랐다.

"그게 그렇게 되나. 하하하~. 유나한테 내 속이 다 보였구나. 좀 그냥 넘어가 줬으면 좋았을걸. 유나가 미워지려고 하네."

"내가 너무 솔직하게 찍었나요? 헤헤헤~~. 그냥 그렇다는 얘기에요. 너무 속상해하지 마세요. 유나는 당신의 아내예요."

"그거야, 예전부터 유나의 트레이드마크잖아. 마음에 담아두지 못하는 성격이 큰 장점이기도 해. 언제나 내가 당하니까 말이야. 유나 말이 맞아. 내가 또 당할 줄 알았어. 하하하~~."

"어떻든 간에 그쪽이 좋겠네요. 우리나라 옛말처럼 임도 보고 뽕도 딸 수 있으니, 말이에요. 당신은 서린씨란 님도 보고, 유나는 바닷가에서 건강을 회복하는 뽕을 따면 되잖아요. 호호호."

유나는 일찍이 마음을 내려놓았다. 가족이라 생각했으니까 가까운 곳에 있으면 자주 볼 수 있으니, 덜 외로울 것 같아 다행스럽다고 했다. 외부의 인기척이 전혀 들리지 않은 이곳 대전에 비할 바가 아니란 생각도 들었다. 기왕에 가족으로 인정하고 받아들였으니, 이런저런 이해타산이나 감정 따윈 결부시키고 싶지 않은 유나였다. 자신한테도 친구가 필요했기에 마음만 먹으면 자주 만날 수 있는 부담 없는 거리였으면 좋겠다고 생각했다.

"유나 마음이 내키지 않으면 다른 곳을 택해도 괜찮아. 굳이 신안 쪽이 아니라도 돼."

속마음이 들킨 민욱은 머쓱했다.

"유나 마음을 떠보려는 엉큼한 생각은 버리는 게 좋을 것 같아요. 호호호~~. 내가 그랬다고 마음 쓰지 마세요. 당신은 유나를 잘 알잖아요. 내 말이 신경 쓰였다면 미안해요. 유나가 원하는 곳이 어디 있겠어요. 당신이 좋으면 유나도 만족해요."

유나는 애교가 넘치는 몸짓으로 남편의 입술에 입술을 찍었다.

"그런 건 아니야. 유나가 생각하는 곳이 있나 해서...."

"이사를 생각해 본 적도 없어요. 호호호~. 서린씨와 민서네 가족은 이제 우리 가족이에요. 명절이라도 외롭지 않고, 낙엽이 지는 가을이면 쓸쓸하지 않을 것 같고, 눈 내리는 겨울이라도 마음이 따뜻할 것 같아요. 가족이 뭐 달리 가족이겠어요. 필요로 할 때, 옆에 있어 주는 게 가족이라 하잖아요. 우리가 젊었을 때, 이 땅에 살면서 터질 듯한 가슴으로 수없이 경험했던 거잖아요."

"유나의 생각이 옳아. 우린 그런 걸 해소하려고 부부가 되었잖아. 고아의 아픔을 내던지고, 고아의 눈물을 삼키면서 우리는 하나가 되었어. 여기까지 오고 보니, 우린 천상의 커플이 맞는 것 같다. 낙오되지 않고 잘 버텨준 유나가 고마워. 이 모두 유나가 내 옆에 있었기에 가능했다고 생각해."

민욱은 애잔한 심정으로 유나의 어깨를 안았다. 유나는 머리를 민욱의 어깨에 기대며 말했다.

"그래서, 유나는 이 땅의 어떤 여자보다 사랑을 듬뿍 받으며 행복하게 살고 있잖아요. 당신을 떠나서는 살 수 없는 유나예요."

"그렇다니 고마워. 이 나쁜 애들(암세포)에게도 지혜롭게 이겨내자. 다시는 유나에게 접근하지 못하도록 멀리 물리쳐 버리자고. 영원히 유나를 기억하지 못하도록 말이야. 하하하~~."

고통스러운 항암치료를 힘겹게 이겨내고 있는 아내가 가여웠다. 우울해하지 않고, 발랄한 천성을 무기로 사용하여 가족을 편안하게 하려고 고군분투하는 모습은 지쳐 보이지 않아서 다행스러웠다. 짜증도 내지 않았고, 투정 한 번 부리지 않은 그 모습이 안쓰럽기만 했다. 우울증에 빠지기 쉬운 외로운 암 환자이지만, 스스로 최면을 걸듯이 얼굴을 찡그리며 고통을 참을 때는 차마 보고 있을 수 없었다. 그러기에 고통스러워하는 환자를 곁에서 돌보는 아픔을 일찍이 터득한 민욱이었다.

두 사람은 소파에서 일어나 안방으로 자리를 옮겼다. 고요하고 아늑한 안식처는 달콤한 공기로 부부를 어루만졌다. 시간에 맞춰 약을 공급하는 보호자의 자리를 아들로부터 넘겨받은 민욱은 그 임무에 충실했다. 유나를 자리에 눕혔다. 피곤이 쌓이면 환자에게는 치명적인 상황을 맞이할 수 있기 때문이다.

유나의 헝겊 모자를 벗겼다. 개구쟁이 같은 까까머리를 쓰다듬으며 긴 한숨을 토했다. 머리카락이 무성히 자라 어깨까지 치렁치렁할 때까지 기다려야 한다니 그 마음은 착잡했다. 어릴 때부터 긴 머리를 좋아했던 유나였다. 그래서 긴 머리가 더욱 잘 어울리는 유나에게 머리카락이 없다는 것은 슬픈 일이다. 이와 동행하고 있는 몸은 얼마나 고통스러울지 가슴은 쓰라렸다.

"여보~~ 머리카락은 다시 날 거예요. 왜 한숨을 쉬어요?"

머리를 만지며 한숨 쉬는 민욱의 마음을 알기라도 한 듯이 쳐다보며 위로의 말을 던졌다.

"그야 그렇겠지. 그때까지 우리 유나가 고통스럽고 힘들잖아. 나쁜 친구(암)들이 더는 유나를 좋아하지 않았으면 좋겠어."

민욱은 시시때때로 유나가 암에서 자유를 얻어 건강이 회복되길 원하며 기도했다. 성당에서 운영하는 보육원에서 자랐으므로 고국에서는 천주교인으로 미사를 드렸던 부부였다. 미국에서는 침례교회에서 믿음이 충만한 장로와 권사의 직분으로 교회와 성도들을 섬기고 봉사하며 성실하게 주님의 나라를 건설했던 그리스도인이었다. 귀국해서는 아직 교회를 정하지 못해 기도하고 있을 때, 암이란 날벼락을 맞았으므로 아직 교회를 택하지 못했다.

"당신이 옆에 있으니까 견딜 만해요. 유나는 어릴 때부터 강했잖아요. 걱정하지 마세요. 당신의 아내 유나에게는 이까짓 암은 별것 아니에요. 당신만 곁에 계시면 그 무엇도 두렵지 않아요."

유나는 팔을 뻗쳐 남편의 얼굴을 쓰다듬으며 위로했다. 그 손길은 부드러웠고 따뜻했다. 민욱은 그 손을 잡아주며 웃었다. 암 환자를 돌보는 보호자의 심정은 하루에도 열두 번은 몰래 가슴을 쓸어내려야 했다. 그 가슴으로 소리 없이 울부짖기도 했다.

"생각 외로 잘 이겨내고 있어서 마음이 놓이는 건 사실이야. 이제 편안하게 쉬도록 해. 생각도 무리하면 피곤하거든."

유나의 입술에 입을 맞추고 민욱은 안방을 나왔다. 울적한 기분을 달래려고 TV를 켰다. BBC 뉴스에 귀를 기울였다. 영국을 비롯한 세계 곳곳의 사건 사고들이 앵커의 해설을 통해 화면을 부산하게 채웠다. 뉴스를 보다 말고 2층 아들 방으로 갔다. 방문은 열려있었다. 명훈은 책상 앞에 앉아 노트북으로 변론자료를 검토하고 있었다. 민욱은 열어진 문을 잡고 노크했다.

"아들아! 들어가도 되겠니?"

명훈은 노트북 화면에서 시선을 떼지 못하고 대답만 했다. 초스피드로 문자판을 두드리는 솜씨가 프로다웠다.

"네, 들어오세요."

"뭘 하는지 모르지만, 아직도 멀었니?"

아들에게 방해가 되지 않을까 해서 멈칫했다. 명훈은 멈출 기색 없이 손가락은 컴퓨터 위에서 재주를 부렸다.

"다 끝나 가요. 아버지! 조금만 기다리세요."

"그래. 알았다."

민욱은 침대에 걸터앉았다. 열심히 무언가를 작성하고 있는 아들의 모습이 든든했다. 약간의 시간이 흘렀다. 명훈은 작성한 문서를 로펌에 메일로 송부하고 나서 책상 앞에서 벗어났다.

"어머니하고 재미가 없었어요? 이 시간에 제 방에 다 오시고."

"엄마는 쉬고 있어. 환자에게는 적당한 휴식이 필요하거든. 그래서 아들이 뭣 하고 있나 궁금해서 왔지. 뭐 방해된 건 아니지?"

"방해는 아니에요."

"이제 이틀 남았네. 우리 아들이 가면 쓸쓸해서 어떡하지?"

명훈의 어깨에 팔을 얹고 아쉬운 얼굴을 했다.

"어머니도 그러시더니 아버지도 그러세요. 짬짬이 휴가가 있으니까 올 거예요. 저도 투병 중인 어머니가 많이 걱정되거든요. 가능하다면, 1~2년 휴직도 생각했는데, 로펌 사정상 휴직은 어려울 것 같아요. 아버지 혼자서 힘드시잖아요. 자주 병원을 오가야 하니 운전이라도 제가 덜어드리고 싶어서요."

"무리하게 애쓰지는 마라. 엄마의 의지도 강하고, 아빠가 있지 않니. 건강수치가 호전되고 있다니 차차 나아질 거야. 엄마가 생각보다 잘 이겨내고 있어. 무엇보다 다행이지 뭐야. 운전은 별거 아니야. 아빠는 드라이브를 좋아하잖아. 운전은 문제 되지 않아. 사람이 그리워서 그렇지."

민욱은 걱정하는 아들을 안심시켰다. 부모와의 정이 남다른 자식들이기에 그 걱정은 막을 수 없었다. 딸 세라도 아침저녁으로 염려가 묻어있는 문안전화로 안타까움을 나타냈다. 몸은 미국에 있을지라도 마음만은 부모님 곁에 있다는 딸의 고통스러운 심정을 느낄 수 있어서 민욱의 마음도 짠했다.

"아들로서 마땅히 감당할 일이에요. 병원 오가는 것이 기분 좋은 드라이브는 아니잖아요. 저의 마음도 착잡해요."

명훈은 로펌에 휴직이 안 되면 퇴직까지 생각하고 있었다. 엄마가 2년 이상 경과해야 일상생활을 할 수 있다니, 그때까지 엄마를 돌보며 아빠를 도와주고 싶은 심정에서였다. 그 후에 미국으로 돌아가서 그만한 로펌에 취업하기란 어려울 테지만, 자신감은 잃지 않았다. 그래서 갈등을 다스리고 결정하기란 쉽지 않았다.

"그렇지만, 로펌을 그만두는 건 허락할 수 없다. 엄마도 같은 생각일 거야. 그처럼 명성을 가진 로펌을 구하기 쉽지 않은 건 너도 알잖아. 어리석은 행동은 영리한 아들에게 어울리지 않아. 로펌에서 인정받고 있으니 엉뚱한 생각은 하지 마라."

"그래서 갈등하고 있었어요. 아버지께서 결정할 수 있도록 도와주시면 안 돼요?"

"다시 말하지만, 그건 옳은 일이 아니야. 갈등할 필요도 없어. 아빠 엄마는 절대 원하지 않아. 세라도 같은 생각일 거야. 그 문제는 더는 거론하지 말자. 아들의 마음은 충분히 알았으니까 됐어. 마음 쓰지 마라. 좋은 결과가 있을 거야."

명훈의 로펌 퇴직 문제는 거론의 여지가 없었다. 더는 명훈의 입이 열리지 않았다. 아버지의 결단을 뒤집을 수 없다는 것을 너무도 잘 알고 있기 때문이다. 명훈은 아빠를 바라보며 자기의 생각을 정리했다. 아들의 앞날을 위하는 일이라면 자다가도 벌떡 일어나는 아버지였으니, 자기의 무모한 생각을 관철시킬 수 없다는 것을 깨달았다.

"알았어요. 아버지! 아버지 어머니를 사랑하고 존경해요. 아버지와 어머니를 위해 열심히 기도할게요. 어머니는 반드시 건강을 회복해서 지난날의 우아한 모습으로 돌아올 거예요."

시카고 교회에서도 목회자와 성도들이 합심하여 기도하고 있다고 했다. 교우관계가 원활했던 부부에게 적은 전혀 없었다. 애석한 마음으로 기도하는 그들이 고맙다고 아들에게 전했다.

사랑은 포기할 줄 모른다 2 261

"그래, 우리 착한 아들! 고맙다. 교우들의 기도가 힘이 될 거야. 엄마의 투병 생활에 변화가 있을 것이다. 할렐루야!"

민욱은 언제 봐도 든든한 아들이 믿음직하기까지 했다. 보고만 있어도 흐뭇하고 위로되는 아들의 존재는 대단했다. 민욱은 아들을 힘껏 안아주고 방에서 나와 임자도 없는 딸의 방으로 자리를 옮겼다. 책상 위에 놓인 세라의 사진을 들었다. 상큼하게 미소 짓는 딸의 입술에 입을 맞추었다. 밝은 표정의 미소는 눈동자 속으로 파고들었다. 그 미소는 민욱의 마음을 평화롭게 했다. 무엇과도 바꿀 수 없고, 비교할 수 없으리만치 소중한 가정의 보물이다. 맏딸의 자리를 굳게 지키며 그 역할을 마다하지 않는 착하고 예쁜 딸이다. 한 번도 속을 썩이지 않았고, 실망시키지 않았던 딸이기에 가슴에서 내어놓지 않았다. 그 입술에 달콤한 온기를 남기고 2층에서 내려왔다.

열어진 문틈으로 안방을 들여다보았다. 아내는 곤한 잠에 빠져 있었다. 거실의 불을 껐다. 희미한 등이 거실에 퍼져나갔다. 소파에 앉은 민욱은 어두운 마당에 시선을 멈추었다. 서린과의 재회시간들이 주마등처럼 펼쳐졌다. 추억의 장소를 찾아 과거로 돌아갔던 데이트와 서린이 갈망했다던 대형마트 쇼핑, 이색적인 황혼 결혼식과 가슴을 울린 민서와 수진의 축가, 산소에서 만난 장인 어르신과 장모님께 진심으로 사죄한 사실, 44년 만의 야했던 첫날밤의 애절한 소나타, 맛을 평가할 수 없을 정도로 서린이 차려준 진수성찬, 주차장에서의 애틋한 이별의 키스, 그 숱한 순간들을 기억하는 민욱은 실없이 웃으며 앞마당 야경을 즐겼다.

한편, 민욱을 떠나보낸 서린은 하루 종일 아무 일도 손에 잡히지 않아 아틀리에서 손을 거두고 집으로 왔다. 44년 만에 맛본 첫 사랑의 달콤한 순간들이 서린을 에워쌌다. 여자 나이 육십이 넘어 시들지 않은 육체의 향기를 뿜으며 첫사랑의 찬가를 다시 불렀던 이틀 밤은 환상적이었지만 너무 짧기만 했다. 그 시간을 행복으로 덮었던 순간에서 헤어나지 못했다. 자신이 그리움으로 보내버린 그 많은 시간에 비하면 턱도 없이 부족하고 짧은 시간이었다.

"처음 그때보다 더욱 그리운 건 무슨 까닭일까?"

서린은 자신에게 물어보았다. 젊었을 그때도 이러지 않았는데, 그리움이 가슴에 사무쳤다. 그때로 다시 돌아간 것처럼 스무 살의 서린을 불러냈다. 44년 전의 아팠던 과거로 시간여행을 떠났다.

군에서 전역한 민욱에게 스무 살의 청순한 여성을 바치고, 그 남자를 영원히 떠나보낸 지 3개월이 되었다. 화려함을 자랑하던 벚꽃이 자취를 감춘 4월 어느 봄날이었다. 개학하여 캠퍼스를 거닐며 민욱을 그리워할 때, 그가 남긴 생명의 흔적이 몸속에 나타났다. 대학교 2학년 여대생의 뱃속에 새로운 생명이 숨 쉬고 있다는 임신 8주 진단을 받았을 때는 아무 생각도 없었다. 재빠르게도, 자신의 무모한 누드 사태에 당황해하던 민욱의 얼굴이 떠올랐으며, 그 반대편에는 부모님의 노한 얼굴이 강하게 엄습했다. 불안한 심정을 어찌할 수 없었지만, 그렇다고 여린 마음에 어디에도 하소연할 수도 없었다. 결단을 내리지 못한 서린은 담담해지기 위해 자신을 타이르는 엄숙한 시간을 가졌다. 우선, 엄마를 속이는 데 안간힘을 쏟아야 했고, 거울 앞에서 배를 쓰다듬으며 배가 부르지 않아 다행이란 생각도 했다. 그래도 불안한 마음을 다스리며 닥쳐올 암울한 전쟁을 생각하지 않을 수 없었다. 참담한 순간을 맞을 준비도 필요했고, 이 일이 가져올 엄청난 회오리바람을 감당할 각오도 하나둘 준비했다.

단단히 각오하고 자신을 지혜롭게 다스리면서 규칙적으로 떳떳하게 산부인과 진료를 받으며 어려운 현실과의 싸움을 시작했다. 걱정하는 의사의 권유도 있었지만, 자신을 택한 생명을 존중하고, 사랑한 사람이 마지막으로 선물하고 간 생명이기에 결정하는 데는 오래 걸리지 않았다. 당당하지 못한 엄마의 사정을 알고 입덧도 하지 않은 어린 생명에게 배를 쓰다듬으며 감사하는 예비 엄마의 마음을 전했다.

"아가야~ 고맙다. 내가 엄마가 될 자격이 있는지 모르겠다. 그렇지만, 네가 엄마로 택했으니 두려워하지 않으려고 애쓰고 있다. 불안한 엄마를 도와다오. 아무튼 엄마 뱃속에서 건강하고 영리하게 성장하길 바란다. 그다음 문제는 엄마가 책임질 거야. 엄마에게 힘을 실어주고, 아빠가 떠나고 없는 철부지 엄마를 네가 지켜다오. 네밖에 없다. 엄마는 너만 믿는다."

철없이 여리고 준비되지 않은 철부지 엄마는 태아와 첫 대화를 시도했다. 여대생 엄마를 택한 생명을 원망하지 않았다. 그 택함에 분명한 이유가 있다고 생각했다. 하룻밤의 풋사랑으로 그냥 지나칠 수도 있었는데, 고귀한 생명으로 잉태한 태아를 축복해 주려고 애썼다.

"아가야~~ 아빠가 아주 떠났다는 걸 너는 알고 있니? 네가 나를 엄마로 택했으니, 떠난 아빠는 어떡하니? 아빠도 너의 존재를 알게 할 수 없는 거니? 엄마는 이제 고작 대학교 2학년이고, 곧 프랑스로 유학을 가야 하는데 어떡하면 좋아? 엄마에게도 꿈이 있단다. 이 꿈을 버리지 않을 방법이 있다면, 네가 엄마를 도와주면 안 되겠니? 너의 훌륭한 엄마가 되고 싶다. 너를 사랑할 수 있도록 엄마를 끝까지 붙잡아다오."

피를 토하는 심정으로 횡설수설하며 어린 생명에게 고백했다. 서린으로서는 믿을 곳이 그 생명뿐이다. 어린 생명이 주는 힘과 용기가 필요했다. 포기하지 않는 정신적 지주가 어린 생명이란 것을 느꼈다. 생명의 존엄성은 이를 지키고자 하는 자신에게 용기를 줄 것으로 믿었다. 연약한 육신의 행동이나, 나약한 인간의 어리석은 선택을 이겨내야 하는 힘든 정신적 세계에 머무르고 있는 서린의 의지도 지쳐가고 있었다.

"아가야~ 어떡하니? 엄마에게는 많은 시간이 없다. 엄마의 손을 잡고 이끌어다오. 엄마는 널 미워하지 않고 사랑하려고 노력하고 있단다. 너를 잉태하게 된 것은 엄마의 선택이었어. 엄마는 어떠한 일이 있더라도 널 포기하지 않는다. 엄마에게서 끝까지 떠나지 말고 건강하게 버텨다오. 네가 엄마를 믿으면 엄마는 이 상황을 이겨낼 자신 있어. 엄마에게 네가 가진 능력을 시시때때로 충전시켜다오. 아빠가 엄마 곁에 없으니, 엄마는 너만 믿는다."

피가 마르는 시간이 속절없이 지나가고 있었다. 잡을 수도 없었다. 손에 아무것도 잡히지 않았다. 시간은 서린을 조롱하듯이 혀를 날름거리며 세상 속으로 도망쳤다.

그렇게 조마조마한 몇 개월이 또 흘렀다. 어느 날 저녁, 여름방학을 맞은 7월 하순이었다. 몇 개월째 엄마와 목욕을 가지 않은 서린의 행동이 엄마의 의심을 유발했다. 엄마의 직감을 피하기를 포기했다. 엄마는 예견한 것처럼 서린의 배를 확인했다. 여름이라 겉옷만 입고 있었기에 엄마의 눈과 손이 쉽게 접근하고 말았다. 더 이상 엄마에게까지 숨기고 싶지 않았다. 서린의 배를 만져본 엄마는 소스라치게 놀랐다.

"이게 무슨 일이야? 네 배가 왜 이래?"

엄마는 눈을 동그랗게 뜨고 서린을 지켜봤다. 그리고 서린의 손을 잡았다. 어떻게 키운 귀한 딸인데, 공주처럼 부족한 것 없도록 예쁘게 키운 황금보다 소중한 딸이기에 엄마는 쉽게 믿으려 하지 않았다. 옷을 걷어 올리고 배를 세심히 확인했다.

"엄마! 미안해요. 잘못했어요."

서린의 목소리는 가늘게 떨렸다. 엄마의 화난 얼굴이 무서워서 몸도 파르르 떨고 있었다. 두 손으로 엄마의 손을 잡고 무릎을 꿇었다. 눈에는 눈물이 핑 돌았다. 친구 같은 다정한 엄마였는데, 그 앞이 지옥과도 같을 줄은 예상하지 못했다.

"이게 어찌 된 일이야? 내 딸이 이러리라고는 생각도 못 했어. 네가 어떻게 엄마 아빠를 이렇게 배신하는 거니? 어떻게 이런 일을 저질렀다니? 말도 안 돼. 이게 말이 되는 일이야?"

가슴을 치는 엄마의 눈에 이슬이 고였다. 그 충격으로 방바닥에 주저앉아 목 놓아 한탄했다. 가장 사랑하는 딸이 결혼도 하지 않은 여대생의 몸으로 임신했다는 사실을 받아들일 수 없는 엄마는 한숨을 크게 토하며 하늘이 무너지는 충격에 어찌할 바를 몰랐다. 남의 일로만 생각했던 엄마는 자기의 딸이 불미스러운 일을 저질렀다는 사실에 기겁하고 말았다. 그처럼 착하고 예쁜 딸이었는데, 이 같은 청천벽력을 일으킬 줄은 생각하지 못했다.

"엄마! 용서해 주세요. 내가 잘못했어요."

"용서하는 게 문제가 아니잖아. 용서한다고 이런 일이 없는 것으로 되니? 도대체 몇 개월이나 됐어?"

" .... 6 개월 ...."

"아이 구! 이를 어째? 이렇게 되도록 엄마를 속이면 어떡하려고 그랬니? 우리 딸이 어떡하다 이 꼴이 됐어? 엄마한테 말할 자신이 없었으면, 이러기 전에 너 혼자서라도 일찍 해결했어야지. 이 바보 같은 것 싸. 똑똑하던 내 딸이 어쩌다 멍청이가 됐니?"

"엄마! 엄마한테는 나쁜 딸이 되겠지만, 나를 엄마로 택한 생명을 버릴 수 없었어요. 어떠한 일이 있어도 죄 없는 아기는 낳을 거예요. 아가를 지켜주고 싶어요. 엄마가 도와주세요."

서린은 각오하고 당돌하게 말했다. 그간 많은 생각을 했으므로 엄마 앞이라고 주저할 이유를 느끼지 못했다. 두려움 따윈 문제가 되지 않았다. 어차피 자신에게 운명의 숙제로 던져진 일이니, 마땅히 자신이 풀어야 한다는 생각에는 변함이 없었다. 나이는 어리지만 자신을 택한 생명의 소중함을 깨달았기에 강한 엄마가 되겠다고 결심했다.

"애를 낳겠다니? 그게 무슨 소리야? 넌 말이 된다고 생각해? 학교는 어떡하고? 또 파리 유학은 어떡하니? 이런 상황에서 애를 낳겠다고 하니 정신이 있는 거야?"

엄마는 서린의 당돌함에 어쩔 줄 몰라 하면서 무서운 얼굴을 했다. 금방이라도 산부인과에 끌고 가서 무서운 짓을 할 것 같아서 당황한 서린은 배를 안고 불안에 떨었다.

"엄마~ 아기가 나를 선택한 게 잘못이 아니잖아요. 내 잘못을 숨기려고 아기를 희생시킬 순 없었어요. 엄마~ 이건 인정해 주셔야 해요. 제발 부탁해요. 엄마! 서린의 잘못을 아기에게 돌리고 싶지 않아요."

"학생이 애를 낳겠다니 말이 되는 소리야? 이 어리석은 것아! 어쩌다가 네가 이 모양이 됐니? 말이 안 나온다."

엄마는 분통을 터뜨렸다. 서린의 양팔을 잡고 마구 흔들며 애통해했다. 복받쳐 오르는 울분을 감당할 수 없는 엄마는 감정을 추스르지 못했다.

"엄마~ 정도는 아니지만 생명은 소중하다고 생각해요. 무슨 벌이라도 다 받을게요. 이 어린 생명만 지키게 해주세요. 엄마~ 서린이가 부탁할게요. 엄~마~."

서린의 볼에도 아까부터 눈물이 사정없이 흘러내렸다. 뱃속에서 아기가 놀고 있는 것을 느끼며 힘을 얻었다.

"아이 구! 내가 못 살아. 어째 내 속에서 이런 딸이 나왔는지 모르겠다. 이제 어떡하면 좋아? 흐흐흐~~. 내가 못 살아."

엄마는 서린을 원망하며 방바닥을 손바닥으로 치며 애절하게 슬퍼했다. 그 모습을 무릎 꿇고 울고 있는 서린을 호되게 꾸짖었다. 때마침 2층에는 아무도 없었다. 건너편 방의 오빠는 외출해서 돌아오지 않았고, 아빠 역시도 운수사업이 바쁜지라 퇴근할 시간이 아직 멀었다. 2층에는 모녀뿐이었지만, 1층엔 가정부 아줌마가 있었지만, 문제 되지 않았다.

"서린이가 엄마 아빠를 실망시켜서 죄송해요. 용서는 바라지 않을게요. 아이만 지키게 해주세요."

"이걸 엄마더러 허락하라고? 그게 말이 된다고 생각하니? 학생이 애를 낳겠다니 ...... 아~~휴~~ 누가 널 이렇게 만들었어? 그놈이 누구냐고? 그놈은 알고 있니? 엄마가 그놈을 만나 봐야겠다."

이제 터질 것이 터지고 말았다. 엄마는 눈물을 주룩주룩 흘리며 가슴을 쓸어내렸다. 가슴이 미어지도록 아팠고, 그 가슴은 갈기갈기 찢어졌다. 예쁜 딸, 착하고 똑똑한 딸, 영리해서 분별력이 남달랐던 딸, 지금까지 부모를 걱정시키지 않았던 딸이 이 엄청난 일을 저지른 것을 엄마로서는 용서되지 않았다. 하늘이 무너지고 땅이 꺼진들 그 고통이 이만할까? 괴롭고 고통스러워하는 엄마를 바라보는 서린의 눈에도 눈물이 고였다가 쉼 없이 흘러내렸다.
"엄마! 잘못했어요. 미안해요. 흐흐흐~~"
서린은 흐느끼면서 자초지종을 말했다. 그러나 민욱의 존재에 대해서는 그와의 약속을 지키려고 거짓말했다. 아기 아빠는 베트남전에서 전사했다고 거침없이 말했다. 편지를 몇 번 해도 답이 오지 않아 부대에 알아봤더니 전사했다는 소식을 들었다며, 고아로 자랐기에 유골을 인수할 가족도 없었다고 말했다. 가족이 없는 관계로 나라에서 장례를 치렀고, 그 후론 어떻게 되었는지 아무것도 모른다고 미리 생각했든 각본대로 거짓을 능숙하게 소화 시켰다. 자신이 자초하여 저지른 일이므로 혼자 이 모두를 짊어지겠다는 결심은 변함이 없었다. 딸을 아끼는 엄마는 아연실색했다.
"애비도 없는 애를 낳겠다고? 이것아! 앞으로의 네 인생은 어떡하고? 내년에 파리 유학은 어떡하느냐고? 서린아! 정신 차려라! 절대 애를 낳아서는 안 돼. 또 아빠가 아시면 어떡하니? 내가 못 살아! 흐흐흐~~. 이를 어떡하면 좋아?"
"각오는 하고 있어요. 아빠 엄마에게는 면목이 없지만 나를 택한 생명을 위해서 유학은 포기할 수 있어요. 엄마가 도와주세요."
서린은 한마디도 지지 않고 또박또박 반박했다. 각오하고 결심했으니 장해 요소는 없는 것 같았다. 갈등의 고리도 제거되었다. 더 이상 생각할 여지도 없어 보였다.
"이게, 네 각오나 엄마가 도와서 될 일이니? 유학까지 포기하고 애를 낳겠다니 대책이 없다. 벌써 6개월이 되었으니 어떻게 한다니? 왜 엄마한테 일찍 말하지 않았어?"

엄마는 서린의 양어깨를 잡고 흔들며 속상해하셨다. 서린은 뻔뻔하게도 엄마의 품에 안겼다. 다른 대책은 없었다. 아빠의 걱정을 이겨낼 자신도 없었다. 그냥 무방비로 잘못을 인정하며 당하는 수밖에 별다른 방법이 없다고 생각했다. 아빠가 크게 노하실 것은 분명했고, 질질 끌지 않은 성격이라 단호하게 처신하실 것도 불 보듯 뻔한 일이었다. 이제 엄마가 아셨으니 새로운 생명에 대한 고행의 길이 시작되었음을 인지한 서린은 착한 딸이길 포기했다.
 "엄마! 미안해요. 그랬다면 엄마는 나쁜 생각을 했을 거잖아요. 생명은 소중해요. 엄마~ 호호호~~"
 "어쩌다 내 딸이 이렇게 됐니? 어쩌다 뿌리도 알지 못하는 고아한테 몸을 맡쳤느냐고? 어떤 생각으로 전쟁터에 가는 놈한테 몸을 맡겼느냐고? 똑똑한 내 딸이 어쩌다 이 모양이 됐단 말이니? 아빠의 실망과 원망을 어떻게 감당할지 눈앞이 캄캄하다. 아빠가 널 얼마나 사랑하고 아끼시는지 알잖아. 우리 모녀는 쫓겨나든지, 먼저 도망가든지 해야 할 거야. 다른 방법이 없다."
 엄마는 울분을 토하며 탄식했다. 딸에 대한 실망이 태풍처럼 몰려왔다. 그 태풍의 중심에서 피를 토하는 아픔으로 절규했다. 금이야 옥이야 길러온 딸이 혼전 임신을 했고, 아빠도 없는 아이를 낳겠다고 하니 하늘이 와르르 무너져 내렸다.
 "엄마가 뭘 걱정하는지 알아요. 그 사람의 신분은 고아지만 똑똑하고 좋은 사람이에요. 고아라고 무시하지 마세요. 무시당할 사람이 아니란 말이에요. 서린이가 처음으로 사랑한 멋진 남자예요. 그 사람이 전사한 건 가슴 아픈 일이지만, 그 사람의 선택은 아니었어요. 아무것도 모르는 생명에게는 죄가 없잖아요. 낳아서 내가 키울 거예요. 호호호~~."

엄마는 의미심장한 표정으로 서린을 설득에 나섰다. 엄마는 위험을 무릅쓴 마지막 카드를 꺼냈다. 이 길은 남은 최선의 길이라 생각했다.

"안 된다. 그래도 그놈을 두둔하고 싶어? 그럴 수는 없어. 네 말대로 아기를 낳는다 해도, 그다음 문제는 엄마가 해결할게. 엄마가 생각해 볼 테니, 넌 잠자코 있어. 당분간은 아빠나 오빠한테 들키지 않도록 조심해라. 무슨 대책이라도 세운 후에 아셔도 아셔야지. 이러다간 무슨 일이 터질 것 같아 불안하다."

아기를 낳아도 키울 수 없다는 엄마의 말이 무서웠다. 그럴 수는 없었다. 딸을 가진 엄마의 마음을 백분 이해하지만, 자신이 낳은 아기는 끝까지 책임지고 싶은 것이 어린 서린의 모성애였다. 민욱도 부모로부터 버려졌던 고아였는데, 그 자식마저 고아로 만들 수는 없었다. 고아로 대를 이을 생각은 추호도 없었다.

"엄마! 다른 생각은 하지 마세요. 서린을 무섭게 하시면 안 돼요. 아기가 다 듣고 있을 거예요. 요즘 나하고 자주 얘기하고 있단 말이에요. 지금도 지켜달라고 말하는 것 같아요. 아기는 내가 꼭 키울 거예요. 어떤 어려움이 있어도 다른 사람의 손에 넘기지 않고, 내가 꼭 키울 거예요. 호호호~~."

어린 나이의 서린은 벌써 엄마가 될 마음의 준비를 갖추고 있었다. 뱃속에서 발길질로 엄마와 대화를 시도하는 생명, 엄마의 입장을 알고 입덧도 생략한 착한 생명, 엄마가 공부할 수 있게 배도 심하게 나오지 않도록 성장을 조정하는 생명, 첫사랑의 남자가 떠나면서 남긴 존엄한 생명의 소중한 선물인 아기, 그 아기를 진정으로 지키고 사랑하려고 애썼다. 자신을 택한 생명이나, 떠난 민욱을 원망하지도 않았다.

"내 잘못이다. 내가 딸을 잘못 키웠다는 생각은 못 했는데, 이제야 생각하니 내가 널 잘못 키운 것 같다. 어째서 이런 황당한 일이 네게 일어났다니? 이런 일은 전혀 걱정해 본 일도 없었는데, 너에게 닥치다니 세상이 무심하고 야속하구나. 내가 무슨 죄를 지었기에 이런 일을 당해야 하니? 내 딸만은 정도를 벗어나지 않길 바랐는데, 세상에서 손가락질받을 어리석은 여자가 내 딸이라니 정말 세상 사람들 보기가 두렵다. 흐흐흑~~."
  엄마의 숨 막히는 충격과 처절하리만치 잔인한 절망은 좀처럼 수그러들지 않았다. 행복한 가정에서 사랑을 독차지하며 자란 서린이었지만, 엄마를 고통 속으로 몰아넣은 딸이 되고 말았다. 가족의 행복한 웃음과 즐거움을 제공했던 보석 같은 집안의 행복 마스코드였는데, 그 모두 뜨거운 여름의 태양 아래에서 산산이 부서지고 말았다. 그러기에 아빠가 출근할 때나, 퇴근하여 귀가하면 서린을 안아주고 뽀뽀해 주는 다정한 아빠의 사랑을 한 몸으로 받았던 서린은 이젠 아빠 앞에 서는 것이 두려웠다. 그 자상한 아빠가 자기로 인해 실망하는 모습을 보고 싶지 않았지만, 다른 방법이 없는 것이 한스러웠다. 정면으로 부딪쳐야 하는 운명을 탓하지 않았다.
  임신으로 인한 고난들이 산을 슬금슬금 기어올라 이제 정상에 닿았다. 얇게 도톰한 딸의 배를 쓰다듬으며, 손바닥에 반응하는 생명을 의식한 엄마는 안타까워했다. 지금으로서는 이러지도 저러지도 못한다는 절박함에 고통만이 이글거렸다. 몹시 가슴으로 몸부림쳤다. 철없는 딸이 엄마가 되겠다니, 아비도 없는 아기를 낳겠다니, 학교는 어떡하고, 또 파리 유학은 어쩌려고, 어떤 어려움이 있어도 아기를 키우겠다니 청천벽력이 따로 없었다. 예쁜 딸을 가진 엄마의 꿈이 산산조각 나고 말았다. 못된 짓을 한 장본인이 전사했다니 원망도 할 수 없어서 가슴만 더욱 타들어 갔다. 어디에 묻혔는지 알기라도 하면 찾아가서 묘소를 파헤쳐서라도 멱살을 잡고 따지고 싶은 애달픈 심정이었다. 누구에게도 하소연할 곳이 없는 엄마는 애처로운 딸을 안고 몸부림쳤다. 엄마의 속은 숯덩이가 되어가고 있었다.

서린은 할 말이 없었다. 생각했던 것보다 크게 실망하는 엄마가 가엽게 생각됐다. 엄마로서 잘못한 일은 손톱만큼도 없는데, 딸의 잘못된 처신을 몸소 떠안고 고통스러워하니 두렵고 무서웠다. 엄마는 그 배에다 입술을 대고 원망했다.

"애야, 너는 어째서 서린일 택했다니? 아기를 원하는 많은 엄마가 있는데, 하필이면 아직 결혼도 하지 않은 내 딸을 엄마로 택했느냐 말이다. 너무 야속하구나. 내 딸은 대학도 다녀야 하고, 곧 파리 유학을 떠나야 하는데, 어떡하라고 네가 태어나기 위해 왜 서린의 발목을 잡느냐고? 내 딸은 어떡하라고 이러는 것이냐고 말이다? 호호호~~~."

서린은 엄마의 어깨를 잡고 일으키며 말했다.

"엄마! 이러시면 안 돼요. 아기가 듣고 있단 말이에요. 나중에 엄마의 좋은 손주가 될 거예요. 지금은 가슴이 아프고 힘들겠지만 미워하지 마세요. 생명을 잉태하는 건 천륜이라 하잖아요. 원하는 여자들이 있는데, 그녀들을 마다하고 왜 저를 택했겠어요?"

서린은 갑자기 중년 여인이라도 된 것처럼 엄마를 타이르며 달랬다. 스무 살의 여대생으로서 생명의 숭고함이 묻어났다. 아직 세상의 희로애락을 알기도 전에 새로운 생명을 잉태했으니, 예쁜 딸을 요정처럼 키운 엄마는 가슴이 여지없이 뭉개졌다.

"아이 구! 이것아! 엄마 하기가 말처럼 쉬운 줄 알아? 엄마 되기는 쉬워도, 엄마 노릇 하기는 어려운 거야. 아빠도 없는 아이를 어떻게 키우겠다는 건지 앞날이 까마득하다. 해결해야 할 문제가 한두 가지 아니잖아. 이를 어쩌면 좋아? 아빠의 실망하는 얼굴을 어떻게 봐야 할지 눈앞이 캄캄하다. 무섭고 두렵다. 호호호~."

"아빠에겐 죄스럽지만, 각오하고 있어요. 그렇지만, 아무리 각오해도 아빠가 무서운 건 사실이에요. 우리 아기는 나를 도와줄 거예요. 엄마도 서린을 도와주세요."

서린은 능청스럽기까지 했다. 엄마가 되어 아기를 지켜야 한다는 생각에 부끄러움도 양심까지도 뻔뻔스럽게 변했다. 제일 관문은 통과했다는 생각에 안도했다. 남아 있는 거대한 산을 넘어야 한다는 생각에 여린 가슴은 조마조마했다. 엄마는 강하다는 말이 거저 있는 것이 아닌 것 같았다. 6개월의 생명을 잉태하고 있는 어린 엄마는 어느 것도 두려워하지 않으려고 안간힘을 다했다.

"내가 뭘 도와줘야 하는데? 이것아! 딸 교육을 잘못시켰다고 엄마도 쫓겨날 판인데, 뭘 도와달라는 거야. 이 뻔뻔한 것아! 아~휴~ 생각하면 숨통이 막힌다. 으~음~."

"지금은 아무것도 생각나지 않아요. 다만, 아빠와 오빠가 덜 실망하도록 엄마가 도와주세요. 아빠한테는 한없이 죄송스럽고 나쁜 딸이 되었지만, 아빠의 어떠한 조치가 있더라도 따를 거예요. 다만, 아기만 포기하라는 말만 아니면 말이에요."

"이렇게 엄마를 실망시켜 놓고 그런 말을 하고 싶니? 엄마 딸 이기는 한 거야? 어린 것이 배가 불러오는 데도 부끄러워하지도 않아. 엄마 같았으면 얼굴도 못 들었을 거야. 세상이 참 좋아졌다. 처녀가 임신해도 할 말이 있으니 말이다. 도리어 얼굴을 들고 도와달라고 하니, 기가 막혀서 복장이 터진다. 내가 어쩌다가 딸을 이렇게 키웠는지 한심하다. 내가 죄인이다."

엄마는 딸의 얼굴을 똑바로 바라보며 가슴을 치고 또 쳤다. 예쁘고 귀엽던 딸은 온데간데없고, 그 자리에 불효한 여식이 있다는 게 미웠다. 어디에 내어놓아도 부끄럽지 않은 똑똑하고 예쁜 딸이었는데, 어쩌다가 이 꼴로 전락했는지 도무지 이해할 수 없는 엄마는 가슴이 터져버렸다. 베트남으로 파병되기 전날 밤에 상대는 원하지 않았으나 딸이 강요하여 저질러진 일이라니, 더욱 한심하기 이를 데 없었다.

"엄마! 사랑해요."

"사랑한다면서 엄마를 이처럼 고통스럽게 하니? 그런 사랑은 받고 싶지 않다. 너로 인해 이렇게 엄청난 실망을 하게 될 줄은 몰랐어. 너무 절망적이다. 앞으로 일을 어떡하니? 걱정이 태산이고 눈앞이 캄캄할 뿐이다."

엄마의 걱정은 태산이 맞는다. 남편을 어떻게 설득하고, 크나큰 실망을 잠재워야 할 건지 눈앞이 캄캄하고 머리가 무거워서 한숨밖에 나오지 않았다. 넘어야 할 산은 높고 험준하기에 오를 엄두가 나지 않았다. 남편의 노여움을 진정시킬 자신이 없었다. 캠퍼스 커플인 까닭에 결혼 전에 남편과 관계를 맺었던 일을 회상하며 괴로워했다. 그 죄를 딸이 감당하게 했다는 생각에 가슴이 아팠다. 그러나 혼전에 임신하지 않았다는 것은 위로가 되었다.

"그만 하세요. 엄마! 서린한테는 우리 가족뿐이에요."

"말은 잘한다. 가족뿐이라면서 부모 몰래 이런 엄청난 일을 저질렀어? 말이나 못 하면 밉지나 덜하지. 내 속에서 어떻게 이런 딸이 나왔는지 엄마가 한심하다."

"엄마 잘못은 아니에요. 그렇지만, 서린을 미워하지 마세요. 서린은 엄마보다 더 힘들단 말이에요."

"누가 그 힘든 걸 하랬어? 네가 택한 인과응보다. 모텔로 따라가서 처녀가 발가벗고 남자에게 몸을 맡겼다니 영특한 애가 어째 창피한 것도 없었는지 모르겠어? 그게 처녀가 할 짓이야?"

"엄마! 엄마까지 서린을 미워하면 싫어요. 사랑하고 싶어서 어쩔 수 없었단 말이에요. 아무튼 생명은 소중하잖아요. 생명을 버리는 건 서린의 인성이 아니에요. 엄마를 닮아서 악하지 못해요. 엄마! 서린은 엄마 외엔 의지할 데가 없잖아요. 엄마뿐이에요."

이 와중에도 서린은 애교를 얼굴에 잔뜩 그려놓았다. 미워도 미워할 수 없는 딸이기에 한숨만 쌓였다. 걱정거리는 산처럼 쌓였어도 딸과의 입씨름은 문제를 해결할 수 없다고 판단한 엄마는 자리에서 일어났다. 해결책을 모색해야 하는 엄마의 마음은 철근처럼 무거웠다. 엄마는 한숨을 앞세우고 서린의 방을 나왔다. 서린은 배를 쓰다듬으며 안도의 숨을 쉬고 나서 아기와 대화했다.

"아가야! 엄마를 지켜줘서 고마워. 네가 힘이 되었어. 앞으로도 힘든 엄마를 부탁해. 네가 엄마를 도와줘야 해. 좋은 엄마가 되도록 노력할게. 아가야~ 사랑한다."

서린은 나이답지 않게 연기자처럼 엄마의 흉내를 곧잘 소화했다. 눈물의 흔적을 지운 서린은 엄마가 걱정되어 아래층으로 내려왔다. 아니나 다를까 안방에서 울음소리가 새어 나왔다. 가정부 아줌마는 시장에 가고 집에 없었다. 서린은 조심스럽게 안방으로 들어갔다. 엄마는 침대에 엎드려 구슬프게 울고 있었다. 엄마의 그런 모습을 처음 보는 서린의 여린 마음은 곤두박질쳤다. 침대 옆에 우두커니 섰다.

"엄마~~ 울지 마세요. 서린이가 잘못했어요."

"아빠 엄마가 너를 어떻게 키웠는데, 이게 뭐니? 우리 딸이 아빠도 없는 애를 가졌다니 말이 되는 거냐고? 그놈이라도 살아 있었으면 이렇게 막막하지는 않았을 텐데, 이게 뭐냐 말이다. 네가 이럴 거라곤 생각도 못 했는데, 이제 엄마가 어떡하란 말이야?"

엄마는 상체를 일으켰다. 눈물이 범벅이 된 얼굴로 딸을 쳐다봤다. 서린은 눈물을 글썽이며 엄마를 가슴으로 안아주었다.

"아빠 엄마께 죄송해요. 아빠 엄마의 잘못은 아니에요. 그 사람을 사랑한 서린이 잘못이에요. 그냥 전쟁터로 보내면 나중에 후회할 것 같아서 제가 스스로 옷을 벗고 관계를 고집한 거예요. 그 사람은 순결을 지켜주려고 끝까지 거절했어요. 임신을 원했던 건 아니지만, 저를 택한 생명의 잘못은 아니에요. 그 사람을 사랑한 대가로 그 사람이 남긴 선물이라 생각해요. 그래서 앞으로도 후회하진 않을 거예요. 엄마~."

"이 바보야! 후회고 뭐고 간에 사랑한다고 처녀가 무턱대고 남자를 몸에 받아들이고, 덜컹 애를 가지면 어떡하니? 이 맹추야! 남자는 거절했는데 왜 그랬어? 스무 살의 나이에 그게 그렇게도 하고 싶었던 거야?"

엄마는 서린의 어깨를 마구 때리며 울분을 토했다. 그래도 그 엄청난 화는 풀리지 않았다. 생각할수록 분통이 터졌다.

"엄마~ 맹추는 아니니까 걱정하지 마세요. 좋은 엄마가 될 거예요. 아들이든 딸이든 훌륭하게 키울 자신 있어요. 아기가 있으니까 파리 유학은 포기하더라도 대학은 졸업해서 아빠 엄마가 원하시는 유명한 서양화가가 될 거예요. 서린은 자신 있단 말이에요. 엄~마~~"

서린은 흐느끼며 엄마를 안심시키기에 혈안이었다. 지금은 부끄러운 딸일지라도 머지않아 당당한 딸의 모습을 보여줄 것을 자신했다. 예쁜 딸! 귀엽고 깜찍한 딸! 애교가 뜨겁게 달아오르는 딸! 착하고 아름다운 딸! 똑똑하고 영리한 딸! 숲속의 요정 같은 아리따운 딸! 이 모두를 잃었을지라도 어엿한 엄마의 자리를 지키며 꿈을 잃지 않고 달려갈 수 있다고 자신했다.

"네가 어떻게 그 모진 세월을 이겨내겠다는 거야? 세상이 네 생각처럼 호락호락하지 않다는 걸 몰라. 자신감으론 어림도 없어. 엄마는 지금도 이게 꿈이었으면 좋겠다. 이것이 꿈이길 바랄 뿐이다. 서린아~ 엄마는 어떡하면 좋으니? 호호호~~"

엄마는 서린을 붙잡고 애절하게 절규했다. 온실의 화초처럼 밤낮을 가리지 않고 애지중지 길러온 그 딸이 되돌릴 수 없는 성적 비행을 저질렀다는 것을 인정하지 않으려고 몸부림쳤다. 서린은 조용히 흐느꼈다.

"아빠한테는 어떻게 말씀드릴 거야? 다음 주 휴가 때, 가족이 제주도로 피서가기로 했잖아. 너도 알다시피 봄에 항공권과 호텔까지 예약해 두었는데, 어떻게 할 거냐고? 그 몸으로 수영복을 입고 아빠 앞에 설 자신이 있어? 어떻게 말씀을 드려야 할지 엄마도 막막하고 겁이 난다."

"엄마가 곤란하면 기회를 봐서 제가 말씀드릴게요. 이번 휴가 때는 적당히 학교 핑계를 대고 빠지면 되잖아요."

"아빠가 널 얼마나 예뻐하시는지 몰라서 핑계로 통하겠니? 아빠가 받으실 충격과 실망이 어느 만큼일지 분간도 안 된다. 정말 이를 어떻게 해결해야 하니? 이 못난 내 딸아~~"

서린도 그 문제가 가장 걱정스러웠다. 아침저녁으로 사랑스럽게 뽀뽀해 주며 안아주는 자상한 아빠였다. 거대한 운수사업과 물류 사업 등을 하시는 냉정한 사업가이지만, 딸이나 가족에게는 더없이 다정하고 자상한 아빠였고, 빈틈없는 남편이었으며, 세상의 풍파를 막아주는 든든한 가장이었다. 딸이 원하면 치아까지 뽑아줄 아빠였기에 그 충격과 실망은 짐작할 수도 없었다.

"엄마~~ 미안해요."

"넌 잠자코 있어. 아빠한테는 기회를 봐서 엄마가 말씀드릴게."

딸의 입장을 아는 엄마는 결론을 내렸다. 어차피 거쳐야 할 과정이라면, 남편이 먼저 눈치채기 전에 고백하기로 마음을 정했다. 매도 미리 맞는 것이 낫다고 생각했기 때문이다. 서린은 불만 없이 엄마의 결정에 따르기로 했다. 시장에 갔던 가정부가 돌아오는 소리가 들려 바삐 눈물을 지운 서린은 2층 방으로 얼른 피신했다.

그렇게 숨 막히는 며칠이 흘렀다. 고심하던 엄마가 죽을 각오를 하고 아빠에게 이 모든 사실을 말씀드렸다는 얘기를 들었다. 그런데, 왠지 집안은 조용했다. 아빠는 말씀도 없이 싸늘한 표정으로 서린을 차갑게 대했다. 이틀이 훌쩍 지나갔다. 저녁 식사 때에 가족이 한자리에 앉았다. 오늘따라 아빠의 심기가 무척 불편해 보였다. 서린은 아빠의 눈치를 살피며 불안한 마음을 가눌 길이 없어 밥이 목구멍으로 넘어가지 않았다. 엄마도 일찍이 눈치채고 식사하는 둥 마는 둥 했다. 오빠도 심상찮은 분위기에 엄마의 표정을 살폈다. 아직 오빠는 상황을 모르는 것 같았다. 아빠는 식사를 중단하고 주방을 나가셨다.

서린은 아빠의 심중을 짐작하고 수저를 놓고 한숨을 토해냈다. 오빠는 무슨 일이라도 있느냐고 엄마에게 물었다. 엄마는 고개를 끄덕이며 잠자코 있으라고 얘기했다. 가족 모두가 식사를 제대로

하지 못하고 일어났다.

 잠시 후에 아빠가 심각한 표정으로 서린을 서재로 불렀다. 올 것이 왔구나 하고 서린은 떨리는 가슴을 진정시키며 입술을 깨물고 떨리는 몸으로 서재에 들어섰다. 다리가 후들후들 떨렸고 몸도 몹시 긴장했다. 서재의 분위기는 전쟁이 휩쓸고 지나간 것처럼 삭막했고, 공기는 설산에서 불어오는 바람처럼 차갑게 느껴졌다. 전에는 느껴보지 못했던 찬바람이 전신을 엄습했다. 떨리는 심장을 움켜쥐고 아빠 앞에 다소곳이 섰다.

 "아빠가 너를 왜 불렀는지 말하지 않아도 알고 있겠지?"

 전에 없이 위엄한 목소리는 서린을 꽁꽁 얼어붙게 했다. 지은 죄가 엄청나다는 걸 모르진 않았다. 아빠의 성난 눈빛이 무서워서 나직이 대답했다. 아빠를 이처럼 무서워한 적은 없었다. 사형장에 올라온 사형수처럼 떨었다. 숨을 곳도, 도망칠 출구도 없었다. 그저 죽으면 죽으리란 심정으로 버티고 섰다.

 "네. 아~빠~. 잘못했어요."

 "긴말하지 않겠다. 이틀 전에 엄마한테 얘기는 다 들었다. 한 번만 확인하겠다. 그 일을 네가 자진해서 저지른 게 사실이야?"

 이처럼 무서운 아빠의 얼굴은 처음인지라 불안한 마음을 어찌할 바를 몰랐다. 당장이라도 서재를 뛰쳐나가고 싶었다. 그러나 자신이 저지른 일이니, 이 정도는 이겨내야 한다고 자신을 타이르며 몸을 파르르 떨었다. 이 와중에도 뱃속의 아가에게 도움을 요청했다. '아가야! 엄마를 도와다오'라고 속으로 당부했다. 정말 철저한 엄마의 길을 택한 서린의 간절함이었다.

 "네. 아빠! 서린이가 잘못했어요."

 울음이 터져 나오려고 했지만, 아빠의 화를 증폭시킬 것 같아

용케도 입술을 깨물며 참아냈다. 아기를 위해 강한 모습을 보여야 한다는 생각에 떨리는 양손을 마주 잡았다. 스무 살의 서린은 엄마가 되기 위한 최악의 시간에 머무르고 있었다.

"실망이구나. 네가 아빠를 이렇게 배신할 수 있니? 네가 저지른 이 끔찍한 상황을 아빠더러 이해하고 용서하란 것은 아니겠지? 아빠가 어떻게 키우고, 얼마나 아끼고 사랑하는지 알고 있느냐?"

"네. 알고 있어요. 아~빠~."

"이미 엎질러진 물이니 너를 탓하고 싶지 않다. 널 이렇게 키운 것이 아빠 엄마였으니까 누굴 원망하겠어. 아빠는 널 잘 알고 있다고 자부했는데, 그게 아닌 것 같아 괴로울 뿐이다. 아빠는 너의 성격을 누구보다 잘 안다. 엄마에게 말한 대로 아기를 키우고 학교에 다닐 각오는 되어 있는 거야?"

"네. 아빠! 각오하고 있어요. 아빠를 실망시켜 드려서 죄송해요. 아~빠~~. 아빠가 용서할 수 없다는 것도 알고 있어요."

"각오하고 있다니 할 말이 없다. 아빠는 서린한테 많이 실망했다. 너를 보고 있는 것이 너무나 고통스럽고 괴롭다. 너도 힘들겠지만, 아빠는 착하고 예쁜 딸을 갑자기 잃은 심정이다. 너의 뺨이라도 후려치고 싶은 심정이지만, 뱃속에 새 생명이 있으니 참으마. 더 얘기해 봐야 서로에게 상처만 남을 것 같다. 너의 각오가 그러하다니 더는 말하지 않겠다. 엄마한테 얘기해 뒀으니까 더는 고집부리지 말고, 엄마가 하자는 대로 해라. 그만 나가 봐라."

아빠는 서린을 보지도 않았다. 눈을 맞추기도 거부했다. 사탕을 빨던 것처럼 달콤하게 사랑하고 예뻐했던 딸이었는데, 그 딸의 배신으로 인해 아빠는 몹시 고통스러운 구렁텅이로 빠져들고 있었다. 예쁜 딸의 얼굴을 볼 수 없는 괴로움은 아무도 모를 것이다.

"아~빠~. 서린의 뺨이라도 때려주시면 안 돼요. 아빠한테 맞을 준비가 되어 있어요. 아빠가 덜 속상하시도록 아빠한테 맞을래요. 용서는 바라지도 않아요. 아~빠~ 흐흐흑~~."

용기를 낸 서린은 경직된 몸으로 아빠 앞에 무릎 꿇고 아빠의 힘들어하는 얼굴을 쳐다보며 울음을 터트렸다.

"아무리 속이 상해도 널 때릴 수는 없다. 때린다고 화가 풀리고, 상황이 달라지지 않는다는 것을 아빠는 알고 있다. 너처럼 어리석은 아빠가 되고 싶지 않구나. 우리 이제 냉정하게 생각하자. 서린이 넌 아빠를 버리고 배신했고, 아빠는 널 잃은 것처럼 보내주마. 더 이상 아무런 말도 필요하지 않다. 이후로 아빠는 서린의 아빠가 아니고, 서린은 아빠의 예쁜 딸이 아니니까, 서로 보지 않기로 하자. 이젠 아빠의 가슴속에 착하고 예쁜 딸만 기억하고 싶다. 지금 너의 모습과 행동은 아빠의 예쁜 딸 서린이가 아니다."

아빠는 사랑하는 딸을 냉정하게 잘라냈다. 아빠의 입술은 냉혹했고, 그 눈에서 흐르는 눈물은 핏빛으로 물들었다. 서린의 가슴은 찢어졌다. 그처럼 사랑을 폭풍우처럼 퍼부어 주시던 아빠였는데, 그런 다정한 아빠의 훈훈한 모습은 어디에도 없었다. 서린은 무릎을 꿇은 채로 아빠 앞으로 기어갔다. 민욱을 사랑하고 싶어서 여자의 성을 던진 것이 이처럼 엄청난 회오리바람을 일으킬 줄은 몰랐다.

"아빠~ 서린이가 잘못했어요. 용서를 바라진 않아요. 아빠가 하라는 대로 할게요. 한 번만 안아주시면 안 돼요. 아빠가 너무 무서워요. 아~빠~ 집을 나가더라도 한 번만 아빠 품에 안겨보고 싶어요. 흐흐흐~~. 마지막이라도 좋아요. 아~빠~~."

서린은 움직이지 않고 눈물을 뚝뚝 떨어뜨리며 아빠의 손길을 기다렸다. 슬퍼하는 딸의 모습을 본 아빠는 눈물을 닦으며 고개를 돌렸다. 그 가슴에는 폭포수 같은 피눈물이 따갑게 쏟아지고 있었을 것이다.

"아니다. 그냥 나가거라. 내가 널 보고 있을 수가 없다. 너를 안아줄 아빠의 가슴이 너무 아파서 안을 수가 없다. 어서 나가거라. 너를 보고 있으면 내 가슴이 터질 것 같구나. 이 모두 너를 잘못 키운 아빠의 업보라고 생각하마."

아빠는 냉정하고 단호하셨다. 그 전의 다정하게 뽀뽀해 주시던 아빠가 아니었다. 예리한 칼로 무를 자르듯이 그 어마어마한 부녀의 깊은 정을 잘라냈다. 어느 꽃보다 예쁜 딸의 어리석은 배신을 용납하고 싶지 않았던 아빠는 몸서리치며 딸의 비행을 용서하지 못하는 자신을 혹독하게 매질하고 있었다.

"아빠~ 서린이가 아빠 입술에 뽀뽀하면 안 돼요?"

서린은 아빠의 무릎 앞까지 기어갔다. 아빠의 얼굴이 눈앞에 보였지만 더 가까이 다가갈 수 없었다. 전에 같으면 아빠의 입술에 얼른 뽀뽀하고 약을 올리면서 달아났을 텐데, 그러지 못하는 딸의 입장이 비참하게 여겨졌다. 아빠의 입술에 뽀뽀하기를 원하는 마음은 방바닥에 곤두박질쳤다.

"그냥 나가거라. 지금부터 넌 아빠가 알고 있었던 귀엽고 예쁜 내 딸이 아니다. 아빠는 그 전의 서린이만 기억하고 싶을 뿐이다. 어서 나가거라."

아빠는 냉정하게 서린의 마지막 소원을 받아주지 않았다. 서린은 이제 단념할 때가 되었음을 짐작했다. 더 이상 아빠 앞에서 버틸 자신이 없었다.

"아빠~~ 건강하세요. 서린이 때문에 화나서 술을 많이 드시면 안 돼요. 술을 많이 드시면 서린이 마음이 아프니까요. 아빠 딸 서린이는 하루하루 아빠의 사랑이 그립고, 아빠가 보고 싶을 거예요. 아빠가 서린이 보고 싶으실 때는 언제나 찾아오세요. 서린인 어디에 있더라도 아빠를 기다리고 있을 거예요. 아빠는 서린의 아빠이니까요. 아~빠~ 사랑해요. 많이많이 사랑해요. 호호호~~"

서린은 아빠께 긴 작별 인사를 올렸다. 아빠의 따뜻한 품을 느껴보고 싶었는데, 그 입술에 예쁘게 뽀뽀하고 싶었는데, 아빠는 허락하지 않고 냉정하셨다. 아빠에게 마지막 인사를 하고 서재를 나온 서린은 울면서 2층으로 줄행랑을 쳤다. 방으로 달려온 서린은 침대에 쓰러져 슬픔을 이기지 못했다. 서럽게 울었다. 아빠의 냉대가 전신에 가시처럼 꽂혔다. 그런 아빠를 미워할 수 없는 서린은 흐느껴 울었다.

엄마에게 황당한 사실을 전해 들은 오빠가 서린의 방에 들어왔다. 가족을 어이없도록 실망시킨 여동생의 뺨이라도 후려치고 싶은 심정이었지만, 그것이 능사가 아니란 걸 알았다. 누구보다 괴로운 건 서린이란 것을 아는 오빠는 이러지도 저러지도 못하고 참담한 얼굴로 울고 있는 서린을 지켜보며 괴로워했다. 노여워하시는 아버지를 설득할 문제가 아니란 것도 알았다. 아버지도 힘든 상황을 이겨내려면 시간이 필요할 것 같다는 생각에 혼자 계시게 하고 싶었다. 침대에 엎드려 흐느끼는 서린의 어깨에 손을 얹고 위로했다.

"서린아~. 오빠는 널 이해하려고 노력한다. 그렇지만 우리 세대의 무분별한 성적 행위들을 아버지께 이해를 구할 순 없다. 이건 우리 세대가 책임져야 해. 착하고 똑똑한 내 동생이 어쩌다 엄청난 사고를 쳤어? 아무리 그 남자를 사랑해서 그런 일이 있었더라도 임신만은 막았어야지. 네가 경솔했다."
"오빠! 미안해. 흐흐흐~~. 임신할 줄은 꿈에도 몰랐어. 나를 택한 생명을 포기할 수 없었단 말이야."
서린은 얼굴도 들지 못하고 궁색하게 변명했다.
"어머니한테 얘기를 듣고 오빠도 화가 났어. 서린이가 그 엄청난 일을 저질렀다는 걸 믿을 수가 없어. 어딜 보나 모범생인 서린이잖아. 그래서 오빠도 실망이 커. 착한 내 동생이지만, 오빠도 이 상황을 받아들이기 힘들어. 그런데 아버지의 심정은 어떠하시겠니? 네가 아빠의 심정을 이해해야 한다."
오빠는 차분하게 서린을 위로하며 타일렀다. 3살 터울의 오빠지만 맏이란 책임을 다하는 모습이 어른스러웠다. 여동생을 지극히 아꼈던 오빠였기에 가능했다.
"나도 알아. 내가 잘했다는 건 아니야. 미안해. 오~빠~~."
"일어나서 앉아 봐. 오빠하고 얘기 좀 하자."
"오빠 얼굴을 볼 자신이 없단 말이야. 오빠가 무슨 말이 하고 싶은지 다 알아. 지금은 아무 말도 듣고 싶지 않아. 혼자 있고 싶으니까, 나가 줘. 나중에 얘기해. 흐흐흐~~."
서린은 몸을 일으키지 않고 고집을 부렸다. 안타까운 심정으로 한숨을 토하는 오빠는 동생이 가여웠다. 어떤 남자였기에 서린을 이 지경이 되게 했는지 패주고 싶었다. 그러나 어머니께 들은 얘기로는 베트남 전장에서 전사했다니 패줄 수도 없어서 속만 타들어 가고 울화통이 머리를 덮었다.
"알았어. 아버지께서 널 얼마나 아끼고 사랑하셨는지 너도 알지? 오빠가 질투 날 정도로 예뻐하시고 귀여워하셨어. 이건 부정하지 않을 거야. 아버지와 어머니께서 아파하시는 그 마음을 안다면, 이렇게 울고 있지만 말고 해결의 실마리를 찾아봐. 너의 이런 모습을 보는 오빠도 화가 난다."

오빠는 조용히 타일렀다. 집안이 적막하고 뒤숭숭한 분위기가 정말 싫었다. 언제나 웃음꽃이 피어나던 집안에 태풍이 몰아쳐서 그 아름다운 꽃들을 사정없이 망가뜨리고 말았다. 꽃잎은 시들어 찢어졌고, 그 위에 촉촉한 비가 내리고 있었다.

"미안하다고 했잖아. 잘못했다고 했잖아. 엄마한테 다 들었을 텐데 나보고 어쩌라고. 흐흐흐~~."

"마음을 단단히 먹어. 어떠한 선택이든 영리한 넌 이겨낼 수 있을 거야. 오빠의 도움이 필요하면 얘기해. 힘이 되어 줄게. 아버지께서 마음의 안정을 찾으실 때까지 어떠한 일이 있어도 참아야 한다. 알았지?"

"흐흐흐~~. 오빠 고마워."

"얼굴이라도 들어 봐. 오빠가 보고 싶어서 그래."

기어코 서린은 오빠 앞에 얼굴을 보여주지 않았다. 창피한 것도 있지만, 슬픔으로 범벅이 된 추한 얼굴을 보여주고 싶지 않았다.

"오빠는 나간다. 울지 말고 진정해."

오빠는 침대에서 일어났다. 여자의 인생에 치명적인 잘못을 저질렀지만, 그 모습은 참혹해서 한 번이라도 안아주고 싶었던 오빠였다. 자신도 사귀는 여학생이 있기에 할 말은 많지 않았다. 남자의 쟁취할 욕심을 앞세웠던 적이 있었으니까, 서린을 나무랄 자격도 없었다. 갑자기 여자친구의 얼굴이 나타나 비웃는 것 같았다. 그래서 슬픔에 절어진 서린의 얼굴도 보지 못하고 방을 나왔다.

아들이 딸의 방에서 나오자 기다리고 있던 엄마가 들어섰다. 서린은 그때 서야 몸을 일으켰다. 아빠의 노여움과 무서운 마음을 인지한 서린은 앞으로 있을 상황을 이미 예감하고 있었다. 엄마의 어두운 표정이 뒷받침해 주고 있기도 했다.

아빠로부터 단호한 조치를 전달받았을 엄마의 눈에도 이슬이 보였다. 딸을 보는 그 눈빛은 애석했다. 남편의 결단을 응석받이 어린 딸이 감당하기엔 너무 가혹해 보였지만, 엄마로서도 어쩔 수 없는 최선의 조치라고 생각했다. 더 일을 시끄럽게 확대시키지 않고, 지혜롭게 처신한 남편의 현명함을 고맙게 여겼다.

"뭘 잘했다고 울고불고 그래?"

엄마의 속도 말이 아니었다. 공주처럼 떠받들어 키운 딸인데, 이렇게 어리석은 행동을 했다니 좀처럼 믿기지 않았다. 지금도 남의 집 일인 듯했다. 딸에 대한 실망과 배신은 남편 못지않았다.

"엄마~~. 미안해요."

"미안해서 될 일이었으면 좋겠다. 애를 낳기로 각오했으니, 아빠의 노여움쯤도 각오했겠지?"

엄마는 겁에 질린 서린을 노려보았다. 딸을 미워할 수도, 원망할 수도, 포기할 수도 없는 엄마는 가슴에 숯불이 타고 있었다.

"아빠가 나한테 집에서 나가라고 하셨죠?"

"알기는 아는구나. 아빠를 원망하지 마라. 그런 아빠의 심정을 너는 이해할 수 없다. 엄마도 아빠의 결정에 어쩔 수 없었어. 큰 소란이 없이 끝난 것으로 위안받아라. 현명한 아빠의 피치 못할 결정이란 것을 잊지 마라. 너도 아이를 키우다 보면, 언젠가는 부모의 마음을 알 때가 올 거야."

슬프게 울고 있는 딸을 달래는 엄마의 심정도 하늘에서 가슴에 유성이 떨어지는 것 같았다. 서린은 일어나서 엄마를 안았다.

"아빠 엄마를 원망하지 않아요. 아빠가 하라는 대로 할게요. 흐호호~~. 아빠가 무서워서 안아달라고, 뽀뽀하게 해달라고 했는데, 허락하지 않았단 말이에요. 아빠가 서린을 미워하나 봐요."

"이 철없는 것아! 이 상황에 아빠가 널 안아주고 뽀뽀하라고 하시겠니? 스무 살은 어디로 먹었니? 이 철없는 것아! 아빠는 너와 정을 떼려고 피가 맺히도록 혀를 깨물고 계실 거다. 그 심정을 누가 알겠니? 엄마도 모르고 너도 모른다. 다만, 아빠가 불쌍하게 여겨질 뿐이다."

엄마는 가여운 딸을 안고 한숨을 토하며 등을 마구 두들겼다. 분통이 터졌다. 가슴이 미어졌다. 숨이 막힐 것 같았다. 일찍이 이런 날은 예상하지도 못했기 때문이었다.

"미안해요. 엄~마~~. 호호흑~~."

서린은 엄마 품에서 서러움에 복받쳐 울었다. 그런 서린을 가슴에서 떼어내고 나서 아빠의 조치를 조목조목 일러줬다. 그 조치는 서린이가 집을 나가야 하는 것이다. 엄마가 말하기를, 아빠가 가까운 곳에 급히 집을 마련하셨다면서 지금 리모델링 공사 중이라 공사가 끝나면 며칠 내로 입주할 수 있을 거라고 말했다. 생활은 어렵지 않도록 가정부를 두기로 했으므로 학교는 다녀야 한다고 했고, 아기를 낳으면 유모까지 붙여준다고 했다. 모든 생활비와 학비 등은 아빠가 부담한다며 경제적인 염려는 하지 말라고 걱정하지 말라고 했다. 아빠의 격리 조치가 서운하긴 해도 강압적으로 출산을 반대하지 않아 아기를 지킬 수 있어서 천만다행이란 생각에 서린은 고맙게 받아들였다. 초호화판으로 집에서 쫓겨나는 서린은 다소 마음의 안정을 찾았다.

"이게 말이 되는 일이니? 아비도 없는 애를 배서 집에서 쫓겨난다는 게 말이 되느냐고? 남들이 알까 봐 걱정된다."

"엄마~. 아기가 듣는단 말이에요. 그런 말은 제발 하시지 마세요. 내 잘못이지 아기 잘못은 아니잖아요."

"아휴~~. 할 말이 없다. 옛말이 하나 틀린 게 없다니까. 처녀가 애를 낳아도 할 말이 있다더니 네가 그 꼴이다."

"서린은 아직 아기를 낳지 않아서 그 말은 틀린 거예요."

"그래도 농담이 하고 싶니? 쥐 수십 마리가 놀다간 얼굴을 하고선 .... 이 와중에도 농담하는 걸 보니, 백서린은 백서린이다."

"엄마 딸 서린이란 말이에요."

"지금 같아선 서린이 엄마는 하고 싶지 않다. 서린이 이름만 들어도 몸서리가 난다."

가슴 저미는 엄마의 솔직한 심정이었다. 엄마의 그런 마음을 알지만, 친구처럼 다정했던 엄마에게만은 거리를 두고 싶지 않은 서린이었다. 아빠와 결별했는데, 엄마만은 곁에 있어 주길 원했다.

"엄마~ 그러지 마세요. 잘못했다고 했잖아요. 아빠한테 쫓겨났는데, 엄마마저 미워하면 우리 아가랑 어떻게 살아요?"

"아이 구! 맙소사! 우리 아가! 말이나 못 하면 ..... 그럼, 엄마 되기가 네 말처럼 그렇게 쉬운 줄 아니? 이 어리석은 딸아!"

엄마는 기가 찼다. 스무 살의 어린 것이 배 속의 아기를 생각한다는 것에 할 말을 잊었다. 딸 하나로 보면 가엽고 애처로웠지만, 사건을 생각하면 분이 풀리지 않아 딸 방에서 나왔다. 찬바람이 도는 집안 분위기는 숨이 찼다. 더운 여름이지만 아빠 방에는 찬바람이 불었다. 봄부터 준비했던 제주도 가족 바캉스도 취소되고 말았다. 그 주범은 말할 것도 없이 서린이었다. 집안의 냉랭한 분위기는 쉽게 사라지지 않았다.

이튿날 아침이었다. 말 한마디 없는 식사는 숨이 막히듯 끝났다. 어수선한 집안 분위기에서 탈출하고 싶은 오빠도 아버지의 눈치만 살피느라 온전하게 밥을 먹지 못했다. 서린은 여느 때처럼 아빠의 출근을 배웅하기 위해 엄마와 나란히 현관에 섰다. 배웅을 말리는 엄마 말을 듣지 않은 것이다. 아빠는 엄마와 포옹하시고 입을 맞추었고, 서린에게는 눈길도 주지 않으시고 돌아서서 현관을 나가셨다. 부모님은 캠퍼스 커플로 맺은 인연을 소중하게 간직하고 변함없는 정을 나누며 살고 있는 잉꼬부부였다.

"아빠~ 저도 있잖아요. 저도 안아주시고 뽀뽀해 주세요. 아빠를 실망시켜드렸지만, 이 집을 나가기 전까지는 아빠의 딸 서린이란 말이에요. 호호호~~."

아빠는 앙탈을 부리며 울먹이는 서린의 간곡한 애원을 들은 척도 하지 않았다. 세상에 둘도 없는 끔찍한 부녀관계의 허물어짐은 서린의 마음을 박살 내고 말았다. 서린은 아빠 뒤를 따르며 뒤통수에 대고 야무지게 퍼부었다.

"아빠는 나빠요. 저도 아빠를 미워할 거예요. 호호호~~. 저의 아빠는 이러지 않았어요. 아빠가 서린한테 너무 하시잖아요. 이제 집을 나가면 아빠를 볼 수 없는데, 예쁜 딸을 안아주고 뽀뽀해 주고 가시면 되잖아요. 아~빠~~. 너무 하세요. 호호호~~."

아빠는 아무런 반응이 없었다. 철없이 앙탈을 부리는 서린을 돌아보지도 않으셨다. 서린은 슬피 울며 그 자리에 주저앉고 말았다. 발버둥을 치고 애걸하는 딸의 울부짖음을 뒤로 하며 연신 손가락으로 눈물을 닦는 모습의 아빠는 승용차 뒷자리에 올랐다. 외제 대형승용차는 천천히 차고를 빠져나갔다. 아빠의 지극한 사랑을 먹고 살았던 서린은 자신이 택한 하나를 얻었지만, 더 소중한 아빠를 잃고 말았다. 눈물로 부녀의 생이별을 지켜보던 엄마는 서린을 데리고 안방으로 들어왔다.
"아빠의 실망과 노여움이 그만큼 크시다는 거다. 아빠가 너를 괜히 싫어하는 게 아니란 걸 너도 알지? 아빠에게도 시간이 필요하지 않겠니? 이 엄청난 일을 지금은 감당하실 수 없으실 거야. 널 그만큼 아끼고 사랑했으므로 실망과 상처도 크다는 것을 알아야 해. 이러는 아빠의 마음은 편하겠니? 너의 잘못이 엄청나니 아빠에게 시간을 드리는 것이 좋겠다."
엄마는 딸을 달랬다. 아빠의 냉정함에 상처받은 서린일 보는 것이 안타까웠다. 가슴이 찢어지듯 아팠다.
"아빠는 너무해요. 제가 무척이나 미운가 봐요."
"아빠는 널 미워서 그러는 게 아니야. 이 충격을 피해 가려는 아빠만의 방법이 아니겠니. 큰소리 지르며 화내시지 않으신 건 너를 사랑하니까 상처 주지 않으시려는 거야. 피를 토하는 아픔을 짓누르고 계실 거다. 아빠한테 네가 어떤 딸이니? 서운하더라도 나가는 날 동안은 아빠와 마주치지 않게 조심해라. 아빠도 괴로울 테니까 그 아픈 상처를 건드리지 마라."
"알았어요. 엄마~ 저도 아빠를 사랑한단 말이에요. 그래도 아빠는 미워요. 호호호~."
눈물을 닦으며 2층 방으로 올라왔다. 엄마의 조언대로 아빠의 상처를 건드리지 않으려고 아침저녁 식사는 별도의 시간에 해결했고, 그 후론 아빠의 출퇴근 때에 배웅이나 마중하는 자리에 서지 못했다. 서린은 아빠 앞에서 전염병 환자처럼 소외된 것이 무척이나 서운했지만, 자신이 저지른 일이 워낙 엄청났으므로 가슴만 앓았다. 얼굴을 마주하지 않는 아빠를 미워하지 않았다. 미워하고 싶어도 미워할 수 없는 소중한 존재였기 때문이다.

아빠를 마중할 수 없는 서린은 2층에서 아빠의 늦은 귀가를 살피곤 했다. 매일 술을 드시고 늦게 돌아오시는 아빠의 축 처진 모습을 보는 마음도 괴로웠다. 2층으로 얼굴도 돌리지 않는 아빠를 아침저녁으로 물기에 젖은 눈으로 2층 계단에 앉아 지켜보는 서린의 마음은 중심을 잃었다. 배웅도 마중도 할 수 없는 서린은 아빠가 출근할 때도, 퇴근해서 집으로 돌아올 때도, 2층 계단에 앉아 물끄러미 아빠의 지친 모습을 지켜보며 가슴 아파했다. 한 번도 아빠와 눈이 마주치지 않아서 서러움은 굳어갔다.

술에 취해서 비틀거리며 거실에 들어서는 아빠를 보았을 때, 달려가서 아빠를 품에 안고 싶은 충동을 잠재우며 서린은 소리 없이 울었다. 아빠의 가슴에 새겨진 상처가 얼마나 큰지 알기에 그럴 수도 없었다. 엄마는 딸의 그런 모습을 보았으므로 아빠를 편하게 나 두라고 서린을 설득했다. 그러나 서린은 엄마의 말을 듣지 않았다. 서린의 애석한 모습을 날마다 봐야 하는 엄마의 마음도 휴지처럼 구겨졌다.

매일 같이 서린은 계단에 앉아 혼잣말로 '아빠! 잘 다녀오세요. 오늘은 술 드시지 마시고 오세요.'라고 아빠를 지척에서 배웅했다. 저녁 늦은 시간에도 '아빠! 수고하셨어요. 오늘도 술을 드셨네요. 몸이 상하니 내일은 드시지 마세요. 부탁드려요.'라며 속상한 마음으로 중얼거리며 아빠를 혼자 눈물로 마중했다. 서린은 일어나지 못하고 무릎에 얼굴을 묻고 흐느껴 울었다. 이런 딸의 애처로운 모습을 쳐다본 엄마가 2층으로 올라왔다.

"아빠가 보시면 어떡하려고 이러나?"

엄마는 딸을 일으켜서 바삐 방으로 들어왔다.

"엄마! 아빠가 가여워요. 매일 술에 취하신 아빠의 모습을 보는 것이 가슴 아파요. 어쩌면 좋아요? 엄~마~?"
 "걱정하지 마라. 그게 상처를 치료하는 아빠만의 방법일 테니까. 술이 없었다면 아빠의 속이 터졌을 거야. 그나마 술이라도 있었으니, 엄마는 다행이라고 생각한다. 시간이 해결할 거야."
 "엄마가 좀 말리세요."
 "그건 안 된다. 아빠에게는 술이 약이고, 술을 못 먹게 하는 건 독약이나 마찬가지야. 아빠에게 술을 이겨내는 시간이 필요해."
 아빠의 심정을 누구보다 잘 아는 엄마의 결론이었다. 어떤 경우에는 독이 약이 되기도 하고, 어느 때는 약이 독이 되는 시대에 살고 있는지 모른다.
 "그러다가 아빠 몸이라도 상하시면 어떡해요?"
 "몸이 상하시면 약도 있고 병원도 있지만, 딸이 저지른 충격에는 약이 없는 게 문제란다. 엄마 말이 야속하게 들리겠지만, 네가 저지른 일이니, 아빠의 고통은 네가 감수해라. 우리 가족이 모두가 너 하나 때문에 이런 고초를 겪고 있다는 것만 잊지 마라."
 "호호호~~. 엄마! 미안해요."
 "아빠가 보시면 걱정하시니까 내일부터는 2층 계단에 앉아 있지 마라. 아빠가 보실까 봐 엄마가 불안불안하다."
 "알았어요. 엄~마~~."
 서린은 엄마의 말에 수긍했다. 온 가족을 고통의 세계로 몰아넣은 장본인으로서 또렷한 대책이 없었다. 입이 열 개라도 할 말이 없었고, 몸이 열 개라도 상황을 되돌릴 비책이 없는 서린은 애통하기만 했다. 2층 계단에 앉아서라도 아빠의 모습을 볼 수 없다는 사실이 가슴 아팠다.
 평소에 아빠가 술에 취하여 집에 돌아오시면, 현관에 들어서자

사랑은 포기할 줄 모른다 2

마자 '우리 예쁜 딸 서린아~~.'하고 큰 소리로 부르시던 달콤한 목소리도 듣고 싶었다. 그 소리에 2층에서 허들을 뛰어넘듯이 계단을 순식간에 통과하여 아빠를 덥석 안으며 입술에 뽀뽀했던 날이 아득하게만 느껴졌다.
"아빠 입에서 술 냄새나요. 헤헤헤~~."
"하하하~~. 아빠가 술을 조금 마셨어. 기분이 참 좋아."
"아빠는 주태백이야."
"어~ 그건 아니지. 하하하~~. 사업하면서 이런 사람 저런 사람을 만나다 보면 어쩔 수 없단다. 그래서 주태백은 아니야."
 엄마가 부러워할 정도로 알콩달콩 대화를 나눈 아름다웠던 부녀 관계가 실종된 것을 가슴 아파했다. 술에 취해서 기분 좋아하셨던 아빠였는데, 지금은 그 딸의 비행으로 괴로움을 잊으려고 술을 드시니 그 심정도 알만했다. 이름을 불러주시던 아빠의 다정한 목소리가 그리웠다. 그 입술에 뽀뽀했던 시절이 먼 옛날얘기 같았다. 너무 많은 걸 잃어버린 탓에 상처의 흔적도 엉망진창이었다.
 스치며 지나가려는 사랑을 잠시 붙잡았을 뿐인데, 바라만 봐도 좋은 사랑을 육신으로 섬겼을 뿐인데, 그 사랑의 능력이 필연적으로 생명을 잉태시켰을 뿐인데, 후회하지 않을 사랑의 선물을 책임지려는 생각뿐인데, 어찌하여 이리도 혹독한 시련을 겪어야 하는지 서린은 서러웠다.
 그로부터 열흘 만에 숨 막히던 터널을 빠져나왔다. 20년 동안 공주처럼 살았던 왕궁에서 쫓겨나야 했다. 이사 갈 집의 보수공사가 끝났기 때문이다. 아빠는 엄마가 종종 들려볼 수 있도록 본가에서 가까운 외곽 끄트머리에 대지가 넓은 집을 마련해줬다. 본가와는 직선으로 500~600m 정도 떨어진 곳이며, 대지가 200여 평이나 되는 단층 콘크리트 주택이었다. 바깥에서 옥상으로 오르는 계단이 있었고, 앞마당과 아담한 정원이 있었다. 아빠의 세심한 배려로 본가가 가까운 곳을 급하게 택하다 보니, 좀 넓은 주택이 낙점되었다고 엄마한테 들어서 알고 있었다. 아기가 태어날 것을 생각해서 거실을 줄이고 안방에다 욕조가 있는 샤워실까지 갖춘 화장실을 신설했다. 물론 거실에도 욕실이 있었으며, 함께 생활할 가족의 방 2개(가정부, 유모)와 넓은 주방도 깔끔하게 단장되었다.

내부의 벽지와 장판을 교체했고, 안방과 주방, 거실에 값비싼 신혼가구로 아늑하게 채워졌다. 외부 벽은 새하얀 페인트로 옷을 입었다. 엄마의 수고로 가전제품과 가구들과 주방용품 등은 신혼살림을 훨씬 능가하도록 구색을 갖추고 있어서 생활하는 데 부족함이 없을 듯싶었다. 이는 집에서 추방된 것이 아니라, 풍성한 살림살이와 푸짐한 지참금을 가지고 호화롭게 독립했다는 느낌이 들 정도였다. 집에서 내보내는 아빠의 사랑을 짐작하고도 남았다.

집안은 시집온 새댁의 신혼집 같은 기분이 들었지만, 핸썸하고 믿음직한 신랑이 없는 것이 흠이었다. 철없는 임산부로 독립하고 보니 민욱이 몹시 보고 싶었지만, 어금니를 악물고 참아냈다. 더는 부모님을 실망시켜 드릴 수 없다고 다짐했기 때문이다. 부족한 점이 전혀 없도록 거처를 마련해주신 아빠에게 감사했다. 넉넉하게 지참금까지 받았으니 부러울 것도 부족한 것도 없었다. 거기에다 승용차를 독립(?) 선물로 받았다. 집을 떠나오면서 아빠께 하직인사를 드리지 못하고, 그 입술에 뽀뽀도 하지 못한 것이 서운했다. 아빠의 마음이 하루속히 회복되기를 기다리는 마음은 가시밭을 맨발로 걷는 심정이었다.

"신랑도 없는 딸에게 신혼집을 마련해서 보내고 있으니, 내가 한심하다. 이게 무슨 일이야? 속이 상해서 죽을 지경이다."
 "엄마~. 그러지 마세요. 엄마가 그러면 서린인 더욱 슬프단 말이에요. 아빠는 서린과 절교하셨잖아요. 혼자 아기를 키우면서 학교에 다닐 수 있도록 엄마가 도와줘야 해요."
 "입은 비뚤어져도 말은 바로 해라. 아빠가 너를 집에서 내보낸 것을 탓하지 마라. 아빠에게 네가 어떤 딸인데, 기가 막혀서 말이 안 나온다. 네가 한 짓은 생각도 안 나지? 철이 없는 건지, 모르는 척하는 건지, 내 속이 터진다. 집안일은 가정부가 할 것이고, 아기는 유모가 돌볼 텐데, 엄마가 뭘 도와야 하니? 널 학교까지 데려다줘야 하니?"
 "아무튼 아빠가 절교하신 거잖아요. 그러니까 엄마는 서린이 곁에 있어 줘야 해요. 학교 다니며 공부해야 하잖아요. 나중에 우리 아가가 크면 할아버지를 혼내주라고 할 거예요. 히~잉."
 입이 열 개라도 할 말이 없을 터인데, 서린은 꼬박꼬박 말대꾸하며 철없는 티를 보였다. 엄마는 기가 막혀서 웃고 말았다.
 "얼씨구? 혼나지나 마라. 호호호~~."
 "우리 엄마가 이제 웃었다. 헤헤헤~~."
 여전히 서린의 철없는 애교는 위급상황을 가늠하지 않았다. 그 애교는 상황을 파악하지 못했다. 파악하려고 애쓰지도 않았다. 서린 만의 독보적인 작전이었으니까 말이다.
 "이게 좋아서 웃는 거니? 하도 기가 막혀서 그런다."
 "엄마~. 우리 아가는 엄마 아빠 닮아서 예쁘고 똑똑하겠죠?"
 아기 아빠는 수재라서 공부도 잘했고, 아이큐가 천재 수준이라 똑똑했으며, 모든 면에서 뛰어나다며 자랑했다. 생긴 것도 부잣집 귀공자 같았다며, 서린은 엄마의 얼굴을 더욱 곤욕스럽게 만들었다. 지금으로서는 너무 지나친 주관을 펼친 것이다.

"내가 어떻게 알겠어. 정말로 죽었는지, 그 얼굴을 못 봤으니 알 게 뭐야. 그 화상은 사진도 없니?"

"네~. 없어요. 사진은 한 번도 안 찍었어요. 이럴 줄 알았으면 사진을 찍어놓을 걸 후회하고 있어요."

서린의 대답은 간단명료했다. 거짓말을 하려니, 들통이나 나지 않을까 봐 길게 늘어놓을 수 없는 것이 서린의 작전이었다. 지금도 비밀금고에 월남에서 보내온 편지와 사진을 깊이깊이 보관하고 있었다. 어떠한 일이 있어도 민욱의 사진을 공개하지 않기로 작정했다. 지금으로서는 신분을 노출시키고 싶지 않았다. 전사하지 않은 것은 명확한 사실이지만, 거짓을 뒤집을 수는 없었다.

"그 짓까지 했으면서 어째 사진 한 장도 안 찍었니? 죽었다니 멱살도 잡을 수 없으니, 낯짝이라도 보고 욕이라도 퍼부었으면 속이나 후련하겠구먼."

엄마의 그런 심정은 이해했다. 그렇다고 해도 민욱을 원망하는 엄마를 탓할 수도 없는 서린은 현실이 무서웠다. 괜히 욕먹고 있는 민욱에게 미안한 생각이 들었다. 찾아갈 생각도 없었고, 임신 사실을 알리기도 싫었다. 이 모든 일들을 혼자 감당하기로 결심했으니, 그 결심은 흔들리지 않았다.

"엄마! 그 사람 잘못이 아니라고 했잖아요. 욕하지 마세요. 따지고 보면 불쌍한 사람이에요."

"아무리 그래도 내 분을 풀 수도 없으니 어떻게 한다니? 그놈한테라도 욕이라도 해야 분이 풀리지. 그래도 서방이라고 두둔하는 것 좀 봐. 기가 막힌다."

"서린이가 엄마를 사랑하잖아요. 엄마~ 그 사람 원망하지 마세요. 이 땅에서도 혼자였는데, 이국땅 전쟁터에서 전사했으니 불쌍한 사람이잖아요. 욕하지 마세요. 엄~마~ 사랑해요."

서린은 애교의 꽃을 피우며 엄마의 볼에 뽀뽀했다. 이런 딸이 눈에 밟혀서 가정부가 있었지만, 엄마는 날마다 집을 드나들며 얄미운 임산부 딸을 보살폈다. 엄마의 보살핌으로 4학기를 어렵게 마친 서린은 두려움을 이겨내며 출산 준비에 들어갔다.

한편, 서린의 아빠는 술에 얼근하게 취해서 집에 오면, 당연하게 2층 서린의 방을 찾았다. 언제나 애교 미소를 온몸에 그리며 달려와서 목을 감고 매달려서 입술에 달콤한 뽀뽀를 찍었던 딸은 어디에도 없었다. 늦은 퇴근에도 집에 돌아오면 딸을 먼저 찾았던 인자한 아빠였다. 그런데, 집안에도, 딸의 방에도 서린이가 없다는 생각에 가슴은 공허하고, 마음은 울적하여 견딜 수 없었다. 벽에 걸린 서린의 사진을 손에 들고 그 입술에 뽀뽀하며 아빠는 서글프게 눈물을 흘리셨다.

"이놈아~ 네가 아빠한테 어떤 딸인데, 아빠를 이렇게 실망하게 하니? 아빠와 엄마는 널 먼지 하나 묻지 않도록 수정처럼 맑게 길렀다. 어느 나라 공주 부럽지 않게 키우려고 널 지독히도 사랑하고, 아꼈는데, 이게 뭐냐? 아빠를 네 마음대로 배신해도 되는 거냐고? 나쁜 딸아!"

아빠는 손에 든 사진을 놓지 못했다. 액자 위에는 눈물이 뚝뚝 하염없이 떨어졌다. 예쁘고 귀여운 딸을 집에서 쫓아낸 그 심정을 누가 알겠는가? 큰 집을 마련해주고, 미우나 고우나 딸이기에 승용차, 지참금, 가전제품과 가구, 거기에다 가정부, 유모까지 붙여서 보냈으니, 보기 드문 초호화판 축출이었다. 그러나 아빠의 마음은 놓이지 않았다. 눈앞에 두고 볼 수 없으니, 가슴이 메었다.

"서린아~ 아빠 딸 서린은 강해야 한다. 뿌리도 모르는 남자에게 몸을 맡겼으니, 네가 택한 길이니 어떡하겠어. 건강한 아기도 낳고, 대학은 꼭 마쳐야 한다. 넌 재능이 있으니 유명한 화가가 될 수 있어. 아빠를 원망하지 마라. 아빠로서는 더 이상 너의 몸이나 마음을 다치지 않은 길을 택했다. 생각하고 생각했지만, 더 좋은 방법은 생각나지 않았다. 아빠가 멀리서 지켜보마. 예쁘고 건강하게 열심히 살아야 한다."

아빠는 눈물을 멈추었다. 울먹이면서 '아빠! 술 많이 드시지 마세요.'란 말이 귓가에 쟁쟁하게 울렸다. 아빠는 쓸쓸하게 딸의 방을 나왔다. 하루 이틀도 아니었다. 날마다 딸이 없는 방을 찾아 딸과의 무수한 대화를 나누며 스스로 위로받기에 힘을 다했다. 이런 사실은 엄마밖에 알지 못했다. 딸의 가슴이 아플까 봐 엄마도 이 사실을 서린에게 말하지 않았다. 서린은 아빠를 염려할 여유가 없었다. 진통을 느끼는 서린은 엄마의 도움으로 산부인과에 입원했다. 엄마의 손을 잡고 불안한 얼굴을 감추지 못하는 서린은 배에 두 손을 얹고 능숙하게 아기와 대화했다.

"아가야~. 내가 엄마다. 엄마가 아프지도 않고 힘들지도 않게 해다오. 우리 착한 아가는 이제까지도 엄마 말을 잘 들었잖아. 엄마는 처음이라서 무서워. 아가야~ 엄마는 예쁜 아가를 기다리고 있다. 네가 엄마 볼 준비가 되었으면 엄마 뱃속에서 어서 나오너라. 엄마는 네가 빨리 보고 싶단다. 예쁜 아가야~~ 사랑한다."

서린은 아기와의 대화를 마치고 엄마를 쳐다봤다. 엄마의 표정은 밝지 않았다. 엄마는 불만스러운 어조로 한마디 했다.

"지금 영화라도 찍는 거야? 호호호~ 정말 신파극 같다. 그러고 싶어? 몇 번째 애를 낳는 아줌마 같으니 이걸 어떡하니?"

"엄마는 심술쟁이 할머니예요. 우리 아가가 두려워하지 않도록 예뻐해 주세요. 처음으로 할머니가 되시는 영광을 드렸잖아요."

"그런 영광은 필요 없다. 내가 할머니가 되고 싶어서 되는 거니? 억지로 되는 할머니는 영광이고, 뭐고, 징그럽다. 난, 그런 할머니는 안 하고 싶으니까, 정신이나 차리거라."

"엄마는 나쁜 할머니야. 흐~응~."

엄마의 그런 마음을 더 건드리고 싶지 않은 서린은 잦은 통증에 시달렸다. 문득문득 민욱의 모습이 눈앞에 나타났다. 황홀했던 그 날밤이 가슴으로 파고들었다. 그 기분을 기억하고 되새기며 통증을 참아냈다. 몇 번이나 '민욱씨~'라고 소리칠뻔했다. 엄마의 손을 민욱의 손으로 착각하고 힘주어 잡았다. 눈앞에 아무것도 보이지 않았다. 몸은 조금씩 지쳐갔고, 힘은 소진되었다. 서린은 신음하며 속으로 외쳤다.

"민욱씨! 도와주세요. 서린이가 너무 아파요. 당신이 내게 주고 간 선물을 기뻐하며 맞을 수 있도록 힘을 보태주세요. 민욱씨~~ 서린이가 힘들단 말이에요. 어서 아가가 나와서 품에 안기도록 아가를 불러주세요. 민욱씨~ 아~아~~~."

서린은 정신이 몽롱했다. 몸은 감각이 없었다. 눈앞은 어지러웠고, 그 속에서도 민욱의 모습을 눈앞에 떠올렸다. 허겁지겁 달려오는 민욱의 환상을 잡았다. 환상 속의 민욱은 웃고 있었다. 이때, 귓가에 아가의 신비스러운 울음소리가 들렸다. 서린은 정신을 가다듬었다. 엄마를 부르는 것 같은 그 울음소리는 너무 반가웠다. 간호사가 다가와서 핏덩이 아가를 안겨줬다. 서린은 눈물이 와락 쏟아졌다. 3kg의 건강하고 예쁜 여아였다. 이를 지켜보는 엄마도 안도의 숨을 쉬었다.

의사의 말에 의하면, 첫 출산인데 아주 쉽게 분만을 했다고 웃으면서 축하해 주었다. 오랜 시간의 진통과 고통을 경험하지 않았다. 산모도 큰 어려움이 없었으므로 엄마도 안심했다. 손녀를 안 아보면서 좋아하는 감정을 숨기지 못했다. 눈도 뜨지 않은 아가는 엄마를 아는지 고개를 이리저리 돌렸다. 신기하게 살펴보는 서린은 엄마가 되었다는 사실에 기뻐할 수만은 없었다. 엄마의 눈치를 살피는 것도 힘들었다. 앞으로 전개될 여러 가지 일들이 걱정되기도 했다. 긴장을 놓으니, 몸은 천 길 낭떠러지로 떨어지는 것 같았다. 간호사가 아가를 받아안았다.

"아기 아빠는 안 오셨나 봐요?"

간호사는 서린과 엄마를 번갈아 보면서 말했다. 서린은 엄마가 대답하기 전에 얼른 대답을 가로챘다.

"먼데 있어서 아직 못 왔어요."

"네에~ 그러시군요. 아빠가 없어도 잘 순산했어요. 호호호."

간호사는 고개를 끄덕이며 아가를 안고 영아실로 갔다. 간호사가 방을 나가자마자 엄마는 노한 푸념을 쏟아냈다.

"저의 새끼를 낳았는데도 모르고 있으니, 생각하면 내 속이 터진다. 아빠 없는 아이를 어떻게 키울지 앞으로가 걱정이 태산 같구나. 어휴~. 시집도 안 간 처녀가 애를 낳았으니 이를 어쩐다?"

엄마는 서린을 내려다보며 한숨을 크게 토했다.

"엄마~ 그러지 마세요. 엄마가 그러시면 속상하단 말이에요."

"그래도 그놈을 두둔하고 싶니? 너의 청춘이 불쌍하다. 이제 스물한 살 된 너의 인생은 어떡하나? 내 딸이지만, 한심하기만 하다. 애 엄마 노릇을 하며 학교에 다니기나 할 수 있을까 싶다."

"서린이가 잘 키울 거예요. 유학은 포기하더라도 대학은 마칠 거예요. 그러니까 엄마가 도와주셔야 해요."

"아~휴~ 내가 무슨 죄를 지었기에 이런 일을 당해야 하는지 분통이 터진다. 너 옆에 있는 엄마가 우습다."

"미안해요. 엄마~. 너무 그러지 마세요."

엄마의 노여움이 산처럼 높게 쌓이고 있는데도 불구하고, 문제의 당사자인 서린은 무서워하지 않으며, 사랑의 선물을 남긴 민욱에게, 출산하기까지 고통을 덜어주고 순산할 수 있도록 도와준 아가에게 고마워했다. 힘든 진통을 겪지 않고 고통의 시간을 줄이고 아가를 분만하게 한 것은 민욱과 아가라고 생각했다. 자신의 도움 요청을 거절하지 않은 아가에게 더욱 고마운 마음을 가졌다. 서린의 얼굴은 어느 때보다 한가로운 평화가 찾아왔다. 아무 일도 없는 것에 기쁜 마음으로 안도했다. 친정엄마로선 원치 않은 손녀였지만, 천륜이란 생각에 미워하지 않는 것 같았다. 말은 분통을 터뜨려도 딸의 순산을 무엇보다 다행스럽게 생각하셨다. 그 딸의 모습을 보며 엄마는 입을 열었다.

"애 이름이나 지어났어?"

서린은 얼굴에 예쁜 미소를 가득 담고 자신 있게 대답했다. 모태에 있을 때부터 지어둔 이름이 있었다. 한 번도 불러보지 않았고, 엄마한테도 비밀로 했었다.

"네, 지어났어요."

"이름이 뭔데?"

딸이 지어났다는 손녀의 이름이 궁금했다. 아빠가 없어서 미워할 수만 없는 손녀가 가엽기도 했다. 아빠가 지어야 할 이름을 딸이 지었다니 가슴이 아렸다.

"민서예요. 백민서. 호호호~~ 이름이 예쁘죠?"

"예쁘기는 하다. 부르기도 쉽고. 그나마 엄마 자격은 있는가 보네. 호호호~~. 엄마 성을 따다니 애가 불쌍하다."

"엄마는 ...."

서린은 탄생할 아가의 이름을 미리 생각해 뒀었다. 남자아이면 '서욱'이었고, 여자아이면 '민서'라고 부모의 이름에서 선택했다. 마침, 여자아이라서 예쁜 이름을 부여받았다. 아빠가 없다고 원망하지 않으며 건강하고 똑똑하게 성장해 주길 바라는 마음은 하늘보다 높았다.

건강하고 예쁜 여아를 순산한 서린은 철없는 여대생 엄마가 되었다. 영아실에 있는 아가를 볼 때가 가장 행복했다. 그 시간이 기다려졌다. 하루가 다르게 예쁜 모습으로 변해가는 민서의 모습에서 엄마가 되었다는 걸 시시때때로 실감했다. 앞으로 닥칠 산적한 문제들은 생각하지 않기로 했다. 앞날이 청명하지만 않더라도 민서와 함께 현실과 부딪치면서 보람 있게 살기로 다짐하는 서린에겐 두려움 따윈 없었다. 오로지 예쁜 딸로, 영특하고 귀여운 딸로, 아빠가 없어 불행한 아이가 아닌 훌륭한 딸로 키우겠다는 결심을 다져갔다.

"민욱씨! 서린인 민욱씨의 예쁜 딸을 낳았어요. 우리의 이름을 따서 민서라고 이름을 지었어요. 정말 예쁜 이름이죠? 민서가 민욱씨를 많이 닮은 것 같아요. 우리의 아이니까 물론 닮아야죠. 민서가 크면 아빠를 찾을 텐데, 그때는 어떡해야 해요? 벌써부터 그게 걱정이에요. 민욱씨가 꿈에서라도 가르쳐 주세요. 누가 뭐래도 민욱씨는 민서의 아빠란 말이에요."

민서를 안고 그 예쁜 모습을 보면서 혼자 중얼거렸다. 엄마의 고민을 아는지, 모르는지, 엄마를 살피며 예쁜 표정을 지었다.

"민서야! 아빠가 없다고 엄마를 원망하지 마라. 엄마가 아빠의 몫까지 해줄게. 아빠는 민서가 태어난 것도 몰라. 엄마가 사랑의 욕심을 채우다 보니, 민서가 엄마의 딸이 된 거야. 아무튼 건강하고 예쁘게 무럭무럭 자라야 한다."

 서린의 눈에는 물기가 급하게 번져나갔다. 새근새근 웃는 민서의 얼굴에 물방울이 떨어졌다. 민서는 개의치 않았다. 엄마의 눈물이란 걸 아는 것처럼 얼굴도 찡그리지 않았다.

 "엄마는 민서를 지키기 위해 강해질 거야. 어떠한 시련이 닥치더라도 물러서거나 포기하지 않으마. 미혼모라고 손가락질해도 당당하게 버틸 거야. 너를 낳은 걸 절대 후회하지 않을 거야. 민서 너도 아빠가 없다고 친구들이 놀려도 울면 안 돼. 아빠는 어디선가 민서를 지켜주고 계실 거니까 말이다."

 서린은 핏덩이 민서와 서둘러서 다짐과 당부를 거듭했다. 강한 엄마의 모습을 보여주기 위해 안간힘을 다하는 그 마음이 애처롭기만 했다. 여대생 엄마의 각오는 대단했다. 세상에서 날아오는 화살을 피하지 않으려고 강한 엄마의 의지를 보였다. 이제 스물한 살의 여대생답지 않았다. 아낙네의 냄새가 물씬 풍기는 것이 예사롭지 않았다. 집념도, 의지도, 바라보는 시각도 대단했다. 민서가 괜히 서린을 택한 것이 아니었다는 생각이 들었다. 택함을 받을 가치가 있는 서린이었으니까 말이다. 서린은 지혜로운 엄마가 되는 길을 알고 있었다.

 산후 회복이 빨라서 일주일 만에 퇴원하여 집으로 돌아왔다. 소중한 가족이 하나 늘어났다. 아빠에게도 예쁜 민서를 보여드리고 싶었다. 옹얼거리는 귀여운 민서를 안아보고 싶으실 아빠의 마음을 짐작했다. 그러나 민서를 안고 아빠에게로 달려갈 자신은 없었다. 민욱을 생각했다. 민욱에게도 이 소식을 전하고 싶었다. 그러나 서린은 이를 쉽게 포기했다.

철부지 엄마, 여대생 엄마는 온종일 유모와 함께 아가를 돌보는 데 모든 시간을 희생시켰다. 한 학기를 쉬면서 엄마의 도움과 유모의 지원으로 하루가 다르게 예쁘게 자라나는 민서를 귀여워하며 어렵지 않게 초보 엄마의 자리를 굳건히 만들었다.

민서를 안고 안방으로 들어온 서린은 또 대화를 시작했다. 민서는 엄마의 말을 알아듣고 있는 것처럼 생글생글 웃어주었다.

"민서야~ 민서에겐 아빠가 없어. 아빠가 없다고 엄마를 원망하고 힘들게 하면 안 돼. 우리가 같이 아빠가 언제 오시나 기다리기로 하자. 지성이면 감천이라고 우리 모녀가 기다리는 것을 아빠가 알면 언젠가는 오실 거야. 아빠는 민서를 예뻐하실 거야. 아빠는 공부도 잘하는 수재였고, 너무 핸섬하게 잘생긴 미남 아빠란다. 그러니까 민서도 아빠를 닮아서 영리하고 똑똑할 거야. 아빠는 민서 만나러 언젠가는 오실 거니까 기다리자."

민서는 엄마의 말을 듣고 그렇게 하겠다는 뜻으로 미소를 지어 보였다. 그런 민서가 너무 귀여워서 품에서 내려놓기 싫어했다. 안방을 떠나면 언제나 민서 가까이에는 유모가 지켜주고 있었다. 신랑이 없는 신혼살림은 부족한 것이 없을 정도로 풍족했다. 넉넉한 생활을 허락한 아빠에게 늘 감사하며 나날이 아빠를 기다렸다.

민서를 낳고 이듬해, 2월의 태양이 따뜻한 어느 날 아침이었다. 마당에서 민서를 안고 산책하다가 열어진 대문 사이로 저 멀리 길 건너 전신주 옆에는 눈에 익은 듬직한 모습의 남자가 포착되었다. 멀었지만, 서린은 그가 누구인지 금세 알아차렸다. 그 사람은 아빠였다. 순간 서린의 눈은 동그랗게 원을 그렸고, 가슴은 순간적으로 요동치기 시작했다. 당장 아빠에게로 달려가서 그 품에 민서를 안겨드리고 싶었다. 대문을 활짝 열고 나갔었을 때는 그리웠던 그 모습은 사라지고 없었다. 분명히 그곳에 계셨는데, 헛것을 본 것은 아니었는데, 그곳에는 아빠가 보이지 않았다. 서린은 민서를 안은 채 대문밖에 쪼그리고 앉았다. 어디선가 다시 나타나기만을 기다리며 여기저기를 살폈다.

"아~빠~. 보고 싶으시면 들어오시지 않고, 왜 거기 계시다가 도망가셨어요? 서린은 아빠가 보고 싶어서, 품에 안기고 싶어서, 따뜻한 입술에 뽀뽀하고 싶어서 기다린다고 했잖아요. 호호호~~. 서린과 민서를 보고 싶어도 찾아오지 못하시는 아빠가 불쌍해서 어떡해요? 서린은 아빠를, 민서는 할아버지를 기다리고 있단 말이에요. 호호호~~. 서린이나 민서가 보고 싶으시면 언제든지 오시란 말이에요. 서린은 아빠 딸이고, 민서는 아빠의 손녀잖아요. 서린은 아빠를 원망하지 않는단 말이에요. 아빠~ 사랑해요. 너무 보고 싶어요. 호호호~~."

서린은 눈물로 애태우며 일어나지 못했다. 안겨 있는 민서가 불편한지 칭얼거렸다. 민서의 울음소리를 들은 유모가 재빨리 나와서 민서를 받아 안고 집안으로 사라졌다. 서린은 혹시나 하고 일어나서 다시 사방을 유심히 살펴보았다. 그러나 어디에도 아빠의 모습은 보이지 않았다. 어깨가 무너져 내렸다. 그렇다고 무턱대고 집으로 달려갈 수 없었다. 걸어가도 5분이면 갈 수 있는 가까운 거리였지만, 서린의 앞에는 건너지 못할 강물이 소용돌이치고 있었으며, 넘어가지 못할 높은 바리게이트가 설치되어 있었다.

그런 일이 있고 나서 아빠의 모습을 볼 수 없는 서린은 아빠를 생각하는 마음이 애달팠다. 이를 엄마한테는 말하지 않았다. 아빠만의 자존심이 있을 테니까 이것만은 꼭 지켜주고 싶었다. 아빠가 직접 찾아오실 때까지 비밀로 하기로 했다. 그런데 하루가 지나고, 또 며칠이 지나도 아빠는 보이지 않았다.

 이른 봄이었다. 민서가 태어난 지 100일을 맞았다. 거창하고 성대하게 백일잔치를 준비할 수 없었다. 아빠도 없이 축복받지 못하고, 미혼모의 몸에서 태어난 민서에게 성대한 백일잔치는 허락되지 않았다. 가슴 저미며 기다린 친정 아빠도 오시지 않았다. 서운한 나머지 이벤트 회사의 준비된 백일상 앞에 앉아 사진만 찍고, 엄마, 오빠, 유모와 가정부까지 함께 레스토랑에서 식사하는 것으로 민서의 백일을 조촐하게 기념했다. 엄마와 오빠는 바로 집으로 돌아갔다. 식솔들과 집에 돌아온 서린은 민서를 내려다보며 백일상을 멋지게 차려주지 못한 미안한 마음을 가슴에 소복이 쌓았다. 백일 떡을 장만하여 이웃과 친지들 100집 이상을 나누어 먹어야 아기가 건강하게 자랄 수 있다는 백일의 진리도 이행하지 못한 까닭에 아쉬웠고, 민서한테는 한없이 미안했다.

 "민서야! 너의 백일상을 거창하게 차려서 축복해 주지 못해 무척 미안하다. 우리 민서가 얼마나 예쁜데, 사람들 앞에서 자랑하지 못하니 엄마도 가슴이 아프단다. 어쩌면 좋으니? 민서가 엄마를 위로하면서 붙잡아주렴. 가까이에 계시는 할아버지의 축복도 받지 못하니, 우리 민서가 불쌍해서 어떡하니?"

 스물한 살의 엄마 서린은 민서의 이마에 입맞춤을 남기고 젖은 눈으로 안방으로 들어갔다. 문을 잠그고 침대에 쓰러진 채 오열했다. 오늘따라 민욱이 몹시 보고 싶었다. 민서의 태어남도 모르고 있을 민욱의 생각이 간절했다. 민서를 안고 대학교로 찾아가고 싶은 충동을 날마다 느끼면서 자신을 달래야 하는 서린의 마음은 하루에도 천리를 걸었다.

"민서야~~ 아빠는 전사하지 않았어. 너의 아빠는 살아 계신단다. 그렇지만 넌 아빠가 전사한 것으로 알아야 해. 이게 엄마와 너의 운명이니 그대로 받아들이자. 아빠 없는 우리 민서가 가여워서 어떡하니? 엄마가 너무 미안하다. 흐흐흐~~."

서린의 흐느낌은 방안을 가득 채웠다. 방바닥에서 천장까지 한 점 공간도 없이 미혼모의 한으로 꽉 찼다.

"그래, 강민욱은 죽었어. 서린의 남편 강민욱도, 민서의 아빠 강민욱도 베트남 전장에서 전사한 거야. 흐흐흐~. 서린의 가슴에도 강민욱은 죽었어. 오~빠~~! 민욱씨!~~. 아~~ 이건 아닌데, 이게 뭐요? 흐흐흐~~."

"아니다. 민서야~. 아빠는 오실 거야. 이 땅에 운명이란 게 존재한다면, 그 운명은 우리 모녀를 외면하지 않을 거야. 우리 서두르지 말고 아빠를 기다리자. 아니면, 26년 후 2000년 8월 15일 정오에 서울 남산팔각정에서 아빠와 만나기로 했으니까, 그때는 아빠를 만날 수 있을 거야. 그때까지 참아야 한다. 민서야~ 아빠는 좋은 분이야. 민서한테 훌륭하신 아빠가 될 거야. 그러니까 오실 때까지 기다리자. 흐흐흐~~."

그렇게 얼마나 울었을까? 울다가 지친 서린은 잠이 들었다. 철없는 엄마! 스물한 살의 여대생 엄마라는 이름은 첫사랑과 첫정을 담았던 한 남자를 그리워하고 있었다. '죽었다'라고 자신을 속이지만, 또 한쪽에서는 '살아 있다'라고 반항이 일어나고 있었다. 생과 사를 뒤 엎은 자신의 선택이기에 진실을 가슴속으로 깊숙이 숨기며 반항을 잠재웠다.

사랑의 그림자가 넘실거리는 인자하신 아빠를 기다리고, 보고 싶은 민욱을 그리워하던 서린은 민서를 유모에게 맡기고 복학해서 5학기를 이어갔다. 그러나 순탄하지 않았다. 심신이 지쳐서 몸에 무리가 오기 시작했다. 검진 결과 특별한 병은 없지만, 심리적으로 요양이 필요하다는 진단을 받았다. 민서를 키우고 생활하는데 유모와 가정부가 있었으므로 몸에 무리한 것은 아니었지만, 엄마이기는 아직 어린 나이였으므로 가슴에 핏빛으로 맺힌 민욱에 대한 그리움으로 인해 심적인 고된 현실을 이겨내는데 힘들었던 것 같았다. 가까스로 5학기를 마친 서린은 지친 몸을 돌보기 위해 다시 휴학을 선택했다.

엄마는 서린의 기력을 회복시키기 위해 한약을 준비해서 정성으로 보살폈다. 젊은 서린은 회복이 빨랐다. 마음의 안정이 필요한 서린을 위해 민서가 첫돌을 맞았을 때, 보고 싶었던 아빠까지 서린에게 돌아오셨다. 아빠가 가까이에 계셔서 큰 위로가 되었고, 많은 힘을 얻어 복학하여 학업에 전념할 수 있었다. 예전처럼은 아닐지라도 아빠의 사랑을 민서와 나누어 받으며, 입학한 지 6년 만에 대학을 졸업했다. 꿈이었던 프랑스 유학은 떠날 수 없었어도 민서를 돌보며 단기간 코스(4~6개월) 몇 차례를 통해서 파리의 아트스쿨을 수료했다. 모교에서 대학원을 수료(석사)한 후, 여고 미술 교사로 사회에 첫발을 딛었다. 서린은 여기까지 과거와의 대화를 마쳤다.

지금도 본가에서 쫓겨나 홀로 신혼살림(?)을 차렸던 그 집을 처분하지 않고 소중하게 소유하고 있었다. 이 집은 여자의 일생에 애달픈 사연이 많았기 때문에 남에게 넘기고 싶지 않았다. 파란만장한 스토리를 하나 남기지 않고 기억하고 있을 집이기에 서린에게는 집 이상으로 소중했다. 그 집에서 민서가 태어났고, 넓은 마당에서 할아버지께서 마련해 주신 놀이시설을 이용해 뛰어놀면서 건강하게 자라서 학교에 다녔으며, 초중고를 거쳐 대학을 졸업한 민서는 중등교사 시험에 합격하였고 이듬해에 결혼했다. 그 집에서 신혼살림을 차렸었다. 엄마를 혼자 두고 떠날 수 없다는 민서의 절대적인 생각에 따라서였다. 30여 년 동안 그 집에서 살다가 몇 년 전에 아파트로 각기 이사했다. 고단하고 행복했던 추억이 깃들었고, 더욱이 미혼모로서 역경의 세월을 살았던 곳, 아빠 없는 서러움이 숨 쉬고 있는 민서의 애틋한 그림들이 추억으로 남아 있는 곳이기에 처분할 수 없었다. 지금 와서 생각하니 참 잘한 일이라고 생각했다.

민욱과의 첫 데이트 날에 그 집을 소개했었다. 민욱에게 집을 소개하고 나서 자기의 생각이 옳았다는 것을 증명받았다. 그 집에서 심적 힘든 과정을 소화하며 가족들이 안정을 찾았다면서, 민서네 가족과 함께 수많은 스토리를 엮어서 담담하게 소개했었다. 민서가 태어나서 유아 시절을 겪으며, 유치원, 초중등학교를 무난하게 졸업하고, 음대를 수료하고 나서 여중 교사로 부임한 후에 결혼하여 신혼살림을 차렸던 의미 깊은 집이었다고 얘기해줬었다.

과거를 들춰낸 서린은 민욱이가 보고 싶어졌다. 겨우 헤어진 지 몇 시간에 불과한데 가장 힘들었던 과거를 회상하다 보니, 보고 싶어지는 걸 막을 수 없었다. 부모님 생각도 불현듯 떠올랐다. 민욱을 만나 행복해하는 딸을 보지 못하신 부모님의 애석한 모습이 떠올랐다. 서린의 눈이 촉촉하게 젖기 시작했다.

16. 하얀 구름을 탄 여인

 아들 명훈은 미국으로 떠날 날이 내일로 다가왔다. 저녁 만찬을 즐긴 세 사람은 소파에 앉아서 낮에 이웃 탑립동 포도농장에서 한 박스를 구매한 포도를 따 먹으며 담소를 나눴다. 까만 포도 맛도 상큼하고 좋았다. 포도알이 입에서 녹아나는 맛을 볼 수 있는 여름 과일의 대표였다. 포도알을 빨면서 민욱은 느닷없이 민서의 얘기를 꺼냈다.
 "명훈아! 너한테 착하고 예쁜 누나가 생겼어. 나중에 기회가 되면 만날 수 있을 거야."
 명훈은 의아한 표정으로 아빠를 쳐다보았다. 아들보다 아내가 더 놀라워했다. 유나로서는 지금 고백할 때가 아니라고 생각하고 있었고, 몸이 원만하게 회복되면 정식으로 대면한 후에 천천히 자식들에게 알리기로 했는데, 갑자기 민서의 얘기를 뜬금없이 꺼내는 남편이 이해되지 않았다. 경솔할 분이 아니란 걸 알지만, 남편의 생각을 알지 못한 유나는 당혹스러워했다.
"누나라뇨? 어떤 누나가 생겼어요?"
유나는 남편에게 얘기하지 말라고 눈을 깜빡거리며 저지의 시그널을 보냈다. 지금으로서는 자식들에게 민서에 대한 예민한 상황을 알리고 싶지 않았다. 이런 아내의 마음을 아는 민욱은 그런 고백이 아니니 염려 말라고 눈빛으로 안심시켰다. 유나는 정확하게 알아차리지 못하고, 걱정스러운 표정으로 남편을 물끄러미 지켜보았다. 아내의 염려에 상관하지 않고 편안하게 말을 이어갔다.
"엄마의 병실에서 만난 마흔두 살의 아줌마인데, 안타깝게도 유방암 수술을 했어. 아빠를 잘 따르고 자신의 얘기들을 서슴없이 털어놓아서 친하게 된 특별한 아줌마였거든. 그런데 알고 보니 아빠의 얼굴도 모르면서 자랐더라고. 엄마의 배 속에 있을 때, 아빠는 베트남전쟁에 참전하셨다가 전사했다는구나. 그 말을 듣는 순간 마음이 짠했어."
"그러셨군요. 아버지께서도 베트남전쟁에 참전하셨잖아요. 어떻게 보면 같은 참전용사이기도 하네요."
"그랬지. 아빠는 결혼하기 전이였지만, 남의 일 같지 않았어. 나보고 아빠였으면 좋겠다고 해서 엄마의 동의하에 말로만이라도 아빠가 되어 주기로 했어. 참하고 애교도 많고 깜찍하게 생겼는데, 쾌활하고 성격도 좋은 것 같았어."
얘기의 내막을 눈치챈 유나는 그제 와서야 남편의 뜻을 알아차리고 아들 몰래 가느다랗게 한숨을 토했다. 자신과 의논도 없이 혼전의 딸이라고 폭탄선언 할 남편이 아니란 걸 알기에 말이다. 유나는 걱정을 내려놓고 화사한 미소를 지으며, 그때 서야 편하게 아들의 표정을 살폈다.
"당황스러워요. 아줌마에 대해 자세하게 알지 못하면서 아버지께서 아빠가 되어 준다는 게 ....."
명훈은 뜻밖의 상황을 받아들이지 못하는 눈치였다. 아빠의 입장을 알지 못한지라 검증되지 않은 가족의 출현을 달갑게 생각하지 않았다. 누나가 생겼다는 것은 좋은 일이었으나, 그에 수반된 많은 일들이 산적해 있다는 걸 인지했다. 그때, 유나가 지원사격을 했다.
"아빠 말씀처럼 말로만 아빠니까 심각하게 생각하지 마라. 엄마가 보기에도 심성이 착하고 좋은 여자 같았어. 중학교 음악교사를 한다더구나. 결혼해서 남매를 둔 엄마이기도 해. 그래서 아빠가 하고 싶으신 말씀이 계실 거야."
의아한 표정을 지우지 못하고 엄마를 바라봤다. 엄마까지 알고 있다는 것에 마음은 놓였다. 학부모인 아줌마라니 누나라는 말이 어울릴 것 같지 않았다. 민욱은 다시 입을 열었다.
"그래. 엄마 말이 맞아. 아빠가 얘기하고자 하는 건 다른 게 아니라, 그 누나의 아들이 미국에서 유학하고 있다는 거야. 지난 5월에 고등학교를 졸업하고, 가을학기에 휴스턴에 있는 대학에 진학한다고 했거든. 그러니까 기회가 되면, 너나 세라가 좀 도와주라고. 어린 학생이 부모를 떠나 타국에서 혼자 공부하고 있으니, 때론 심적인 도움이 필요하지 않겠어. 딸도 중학교를 마치면 내년에 미국으로 간데. 기왕에 너희들이 미국에 살고 있으니, 남매가 공부하는 데 조금이라도 도움이 되었으면 해서 얘기하는 거야."

자식들은 미국에서 태어났고, 대학교수와 변호사라는 사회적 지위도 있으니, 어린 학생들에게 힘이 되어 줄 수 있다는 판단에서 일찌감치 말을 꺼냈다. 민서나 서린의 부탁은 없었으므로 그 학생에 대한 자세한 내용은 알지 못했다. 어느 대학에 진학하는지도 모르고 있었다. 단지, 우주공학을 연구하고 싶다는 말을 민서에게 들은 것뿐이었다.

"그거라면 어렵지는 않아요. 어디에 있는데요?"

"휴스턴에서 고등학교를 다녔나 봐. 우주과학 분야에 관심이 많아 나사(NASA)에서 우주공학을 연구하고 싶다며, 컴퓨터 우주공학을 전공하려고 한다는 얘기를 들었어. 휴스턴에 나사(NASA) 본부와 우주연구센터가 있으니까, 고등학교도 휴스턴을 택했나 봐. 어느 대학에 진학했는지는 모르겠어. 나중에 자세한 것을 알아보고 알려줄게."

"그렇군요. 만약에 도움이 필요하다면 거절할 생각은 없어요. NASA가 휴스턴에 있다고 해서 꼭 그 지역 대학을 택할 이유는 없다고 봐요. 컴퓨터 우주공학이라면 시카고에도 좋은 대학이 있으니까요. 텍사스주는 부자 주니까 학비와 물가가 저렴하긴 하죠. 시카고는 학비가 갑절이나 비싸잖아요. 다른 지역이면 학비가 부담되지 않을까요?"

"그건, 걱정하지 않아도 돼. 친정어머니가 모든 비용을 부담하고 있다는구나. 친정어머니의 재산은 우리와는 비교할 수 없으리만치 광주에서 갑부 수준인 모양이야. 그러니까 적당한 대학이 있으면 추천해 봐. 친정어머니는 명성이 있는 서양화가래. 우리처럼 대학교수에서 은퇴하고 규모가 큰 갤러리와 전시기획사를 운영한다나 봐. 재혼하지 않고, 그 딸만 바라보고 살았다고 하는데, 나이는 엄마하고 동갑인 것 같아."
 민욱은 말하면서도 가슴에서 끓어오르는 감정이 있어 아내를 보며 싱긋이 웃어 보였다. 이렇게 말하는 자기의 얼굴이 간지러웠다. 아내 앞에서 양심 또한 뒤죽박죽되고 말았다. 그러나 아빠의 말을 들은 명훈의 마음도 열린 것 같았다. 민욱은 미국에서 학위 취득 기간을 빼면 35년이나 대학교수를 했으므로 머리에 떠오르는 몇몇 대학이 있었지만, 모두 자매에게 맡기기로 하고 학교 선정 문제는 입에 올리지 않았다.
 "여유 있는 집안이네요. 그렇다면, 어느 지역이든 상관없겠어요. 학교에 대한 상담이나 필요한 것이 있으면 도와야겠죠. 누나에게도 말해 놓을게요. 어린 학생들에게 유학생활이 힘들긴 할 거예요. 우린 부모님 덕에 어려움을 겪어보지 못했지만요. 하하하~."
 "아들아! 거절하지 않아서 고맙다. 도움이 필요한지 타진해 보고 미국의 연락처를 알려줄게. 엄마가 건강이 회복되어 완치판정을 받으면, 그때 가서 모두 한 자리에서 만날 수 있도록 자리를 마련할 생각이야. 그렇다고 부담가질 필요는 없어."
 민욱은 홀가분한 마음으로 아들과 함께 맥주를 즐겼다. 시원한 맥주는 가슴 속까지 더위를 씻어주었다. 뜻밖에 누나가 생긴 명훈은 궁금한 나머지 그날을 기대하는 눈치였다. 자식들이 많은 것을 부러워했던 아버지의 마음을 알기에 그 기분을 알만했다.
 "거절할 이유가 없잖아요. 아버지는 딸이 생겨서 좋겠어요."
 "아빠만 좋은 게 아니라 엄마도 좋아해. 이 땅에서 새로운 가족이 생겼다는 건 축복이 아니겠니. 너희들이 없으니 너무 적적했거든. 그런 데다 엄마까지 아프니 어떻겠니? 앞으로 부담 없이 왕래할 수 있는 관계로 발전한다면 좋은 가족이 될 거야."

민욱은 앞으로 있을 일을 기약했다. 그때가 되면 한바탕 태풍이 휘몰아칠 수 있을 것으로 예감했다. 자식들이 무난하게 받아들일 수 있기를 바라는 마음이 간절했다. 그렇다고 무리하게 몰아붙일 생각은 없었다. 옆에 있던 유나가 남편을 거들었다.
 "엄마도 아빠와 같은 생각이다. 우리도 경제적으로 넉넉하니 서로 폐 끼칠 일도 없을 테니까 좋은 관계로 발전할 수 있을 거야. 그러니 아빠의 말씀대로 부담 갖지 말고 너희들이 기회가 되면 학교문제나 유학에 불편이 없도록 도와주도록 해라. 어려운 일들이 많을 텐데, 현지에서 도와준다면 얼마나 힘이 되겠니. 세월이 많이 변하긴 했지만, 아빠 엄마도 처음에는 고생을 많이 했단다. 너희들은 유학생의 어려움을 모를 거야."
 유나도 아들이 거절하지 않길 바랐다. 절대 부담될 사람들이 아니란 걸 알기 때문이다. 나중에, 한쪽 피를 나눈 형제가 될 것이니 차근차근 마음을 열어놓는 것이 필요하다는 남편의 계획을 지지했다. 민욱의 마음은 후련했다. 맥주 맛처럼 시원하고 상쾌했다. 우선 민서의 존재를 아들에게 인식시키는 데 성공했다는 생각에 기분이 좋았다.
 "저도 새로운 가족이 생겨서 좋아요. 아버지 어머니께서 덜 적적하시고 외롭지 않으시다면 그분의 존재가 더없이 고마운 거죠. 우리의 걱정을 덜어주니 안심도 되고요. 하하하. 저도 학교에 다닐 때, 아르바이트하는 유학생들을 봐서 그 어려움을 알아요."
 "그럴 테지. 주위에 유학생들을 보았을 테니까. 겉으로 보는 것보다 그 내막은 더 무거울 수 있다. 하하하. 역시 우리 아들이다. 언제나 든든한 아들이 있어서 아빠는 기분이 좋다."
 세 식구는 서로를 쳐다보며 만족스럽게 웃었다. 타국에서 뼈저린 경험이 있는 민욱과 유나는 수현의 어려움을 짐작하기 때문에 자식에게 부탁할 수 있었다. 그러기에 이 밤이 지나면 하나의 웃음이 떠난다는 사실은 상쾌하지 않았다. 다 큰 아들이지만, 먼 곳으로 보내는 부모의 마음은 서운하기만 했다. 다행스러운 것은, 고향인 생활 터전으로 돌아가는 것이라 염려될 것은 없었다. 시카고에서 태어났고, 시카고에서 초중고와 대학과 로스쿨을 졸업했고, 시카고 법조계에서 보람된 사회생활을 하고 있어서 안심됐다. 시카고는 자식들의 제2의 고국이고 고향이었다.

"그런데, 아버지! 젊은 여자도 그런 병에 걸리나요?"

명훈은 아까부터 그것이 궁금했다. 그 병은 엄마처럼 나이가 지긋하신 분들이 걸리는 병인 줄 알고 있었다. 그 대답은 엄마가 가로챘다. 그런 의문은 민욱도 갖고 있었던 터였다.

"그럼, 나이에 상관이 없단다. 확률이 높고 낮을 뿐이지 젊고 늙음이 문제는 아니야. 전문의에 의하면, 요즘엔 20~30대에게도 발병한다는구나. 아직 엄마도 젊다. 호호호."

유나는 이해하기 쉽도록 간단명료하게 정리하며 농담도 던졌다.

"아~~ 그렇군요. 하하하. 어머니가 늙으셨단 말은 아니었어요."

"당연하지. 하하하~."

그런 쪽으론 신경 쓰지 않고 살았으므로 그 정도의 의문은 가질 수 있다고 생각했다. 얼굴은 보지 않았어도 명훈은 누나라는 여자에게 안타까워하는 표정을 지었다.

"아버지도 몰랐어요? 이번에 공부 많이 하셨겠어요?"

"그럼, 공부뿐이겠어. 이것저것 많이 경험했지. 엄마 병에는 의사와 간호사가 다 되었단다. 엄마 병에 대해서만 전문의라고나 할까? 아직도 공부는 계속되고 있어. 하하하~~ 나중에 논문이라도 쓸까? 하하하. 이건 농담이다."

민욱은 떠나는 아들의 마음을 안정시켜 주기 위해 시원스럽게 농담했다. 아빠와 거리감이 없는 명훈은 아빠를 누구보다 존경하고 있었다. 어디에서, 누구에게든지 아빠에 대한 자랑은 무수했다.

"아버지를 존경해요. 그렇지만, 힘드시니까 논문은 쓰지 마세요. 하하하~. 이젠 쉬기로 하셨잖아요."

"뭐 존경까지는 아니야. 엄마가 아프니까 보호자로서 약간의 연구가 필요하긴 한 것 같아. 하하하~."

"아~ 그렇군요. 하하하~."

명훈은 엄마를 보고 웃었다. 웃는 얼굴이 어렸을 때 개구쟁이 얼굴과도 같았다. 유나는 웃으며 명훈의 손을 잡고 손등을 쓰다듬어 주었다.

"아들아~. 엄마는 괜찮아. 아빠가 곁에 계시니까 엄마 걱정은 하지 마라. 호호호~."

거실의 분위기는 화기애애했다. 술자리를 끝내고 명훈은 2층으로 올라갔다. 여름밤은 점점 새벽을 향해 멈추지 않고 달리기만 했다. 그 시간을 잡지 못한 명훈은 그렇게 이른 새벽에 집을 떠났다. 투병 중인 엄마를 안고 눈물을 참지 못한 명훈은 아쉬움에 무거운 마음을 얼굴에 담았다. 아빠가 인천공항까지 배웅하려 했지만, 환자인 엄마가 혼자 있어야 한다는 생각에 거절하고 가까운 도렴동 공항버스 정류소까지 아빠의 도움을 받고 떠났다.

다시 집안은 조용했다. 노부부의 동행은 암세포와의 끊임없는 전투에 몰두했다. 시시때때로 찾아오는 고통을 이겨내기 위한 처절한 싸움이었고, 이를 지켜보며 속을 태우는 가혹한 형벌과의 애절한 결투였다. 혼자서 싸우는 것보다 부부가 혼연일체가 되어 전쟁을 치르고 있으니, 순간순간을 수월하게 극복해 나갔다.

아침나절에 부부는 마당 가운데 설치된 비치파라솔 밑에 마주 보고 앉았다. 항암 약을 복용하고 나서 현기증으로 어지럽기도 해서 바깥 공기를 맡는 것과 적당한 일조량(비타민D)이 도움 되지 않을까 싶어서 취한 조치였다. 마주 앉아 남편의 손을 꼭 잡은 유나의 얼굴은 다소 안정을 찾아 평화로웠다.

"우리 아들이 지금쯤 비행기를 탔겠네요."

"그렇지. 10시에 이륙했을 테니까 일본열도 위를 나르고 있을지도 몰라. 벌써 아들이 보고 싶은 게로구나."

"아들이 떠나고 나니 허전하네요. 당신도 그렇죠? 당신에겐 좋은 친구이기도 하잖아요. 나보다 당신이 더 심심할 것 같아요."

유나는 동쪽 하늘을 쳐다보며 친구 같은 아들을 떠나보낸 남편에게 아쉬운 표정을 지었다.

"그럼, 허전하고말고. 우리 딸도 보고 싶어지네. 하하하~ 이젠 한 집에서 같이 살 수 없으니 어쩌겠어. 우리가 각오했었잖아. 보고 싶어 하면서 그리워하며 살아야지. 그게 노후 인생인가 봐."

"그러게 말이에요. 아프다 보니 미국에서 한 각오가 무색해지려고 해요. 나약해지면 안 되는데 말이에요."

이 지구상에 친가도 처가도 없으니, 가족이라고는 넷뿐이었다. 그나마 자녀와 같이 살지 못하고 이국만리 떨어져 살아야 하는 시대적 환경이 달갑지는 않았다. 자신들이 택한 환경이기에 누구를 탓할 수도 없으니 안타까움만 쌓였다. 거기에다 병까지 앓고 있으니, 노부부는 이를 극복하는데 힘들어했다.

"각오한 일이긴 한데, 유나가 아프니까 더욱 힘든 건 사실이야. 아무튼 우리에게 닥쳤으니 극복해 보자 구. 유나만 건강해지면 기분도, 마음도, 생각도 달라질 거니까 절망하지 말자. 이러다 보면, 심신을 회복하는 날도 올 거야."

"맞아요. 그런 날이 올 거예요. 내가 이런 병에 걸리지 않았다면, 이런 투정은 부리지 않았을 거예요. 당신한테 미안해요. 유나는 예전부터 당신한테 짐이 되고 싶진 않았는데 말이에요."

유나의 눈에는 가느다란 물기가 번졌다.

"아픈 게 유나 탓은 아니잖아. 난, 한 번이라 유나가 짐이란 생각을 해본 일이 없었어. 우리가 아메리칸드림을 성공시키기 위해 심신이 얼마나 힘들었는지 알잖아. 위대한 성공 뒤에 따르는 후유증이라고 생각해. 그러니 미안해하지 마. 어떠한 경우에라도 우린 하나였잖아. 아무리 생각해도 우리의 만남은 완벽한 기적이었고, 신의 계시였어. 하하하~~."

유나의 기분을 바꿔주고 싶어서 웃었다. 환자의 마음은 하루에도 열두 번이나 바뀐다는 말이 맞는다. 그러기에 몸이 아프면 어린아이가 된다는 말도 옳았다. 민욱의 넉살스러움에 유나도 한 가닥의 기분 전환을 맛보았다.

"우리의 인연은 특별하긴 특별했나 봐요. 호호호~~."

오빠라고 유나의 기저귀를 갈아주고 목욕시키는 것을 도와줬던 민욱이었다. 위태롭게 안고 젖병을 물리며 얼레기도 했던 민욱이기에 장래 아내가 될 여자를 키운 것이나 다름없었다. 자랄수록 점점 예뻐지는 유나를 보며 남같이 않았다. 유나는 클수록 민욱밖에 몰랐고, 지독하게도 민욱만 따랐던 유나였기에 그때부터 부부의 인연이 시작된 것 같았다. 영리하고 똑똑했던 유나는 신체적으로나 정신적으로 다른 아이들보다 성장 속도가 빨랐다.

가슴이 점점 볼록하게 튀어나오고, 은밀한 곳에 체모가 돋아나는 걸 신기해했으며, 엉덩이가 탱탱하도록 제법 숙녀의 모습으로 갖추어질 때, 유나는 무척 예민했었다. 유별나게 사춘기를 어렵게 겪으며 민욱을 무척 힘들게 했던 시절도 있었다. 다섯 살이 많은 오빠라는 이유로 상처받게 하지 않으려고 무던히도 애썼다. 가을을 맞아 나무들이 예쁜 옷을 갈아입은 풍경이 아름다운 보육원에서의 어느 날 오후였다.

유나는 민욱의 방으로 들어왔다. 이 방을 자유롭게 출입할 수 있는 건 유나가 유일했다. 책상 앞에 앉아 공부하는 민욱의 뒤에서 어깨를 감싸 안았다.

"오빠는 유나가 싫어?"

"그게 무슨 소리야? 오빠가 유나를 왜 싫어하겠니?"

뒤를 돌아보지 않았다. 청순한 여자의 체취가 코끝에 스며들어서 야릇한 감정에 휘말렸기 때문이다. 유나는 중학교 1학년이지만 성숙한 편이었으며, 민욱은 고등학교 3학년이었다.

"그럼, 왜 자꾸 유나를 피하는 거야?"

"내가 언제 피했어?"

"자꾸 피했잖아. 오빠가 그러면 유나가 속상하단 말이야. 유나는 오빠가 좋은데, 오빠는 피하기만 했잖아."

그때서야 민욱은 의자를 돌려서 유나의 손을 잡았다. 예쁜 소녀의 표정이 말이 아니었다. 열네 살의 소녀는 풋사과처럼 싱그러웠다. 갓 피어나는 들꽃처럼 예뻤다.

"그럴 수밖에 없었어. 유나도 이제 많이 컸잖아. 오빠를 안고 뽀뽀하는 건 안 했으면 좋겠어. 다른 원생들이 이상하게 생각해. 양부모님 보시기에도 민망하잖아."

"오빠는 그게 뭐 어때서? 오빠는 유나를 좋아하지 않나 봐. 좋아하는 사람끼리는 뽀뽀하는 거야."

유나는 시큰둥한 얼굴로 항변했다. 남녀에 대한 유나의 관계성 철학은 아무도 말릴 수 없었다.

"그런 게 아니야. 오빠도 유나를 좋아해. 다른 사람들이 있는데 서는 조금만 조심하자는 거지. 양부모님이 아시면 혼난다고 이 바보야. 오빠가 동생한테 처신을 잘못했다고 혼날지도 몰라."

"그럼, 이 방에는 오빠와 유나뿐이니까 뽀뽀해도 되지?"

유나는 얼른 민욱의 입술에 뽀뽀했다. 피할 여유도 없었다. 무모한 유나를 물끄러미 쳐다보는 민욱은 할 말을 잃었다. 천방지축 사춘기 소녀의 일탈은 죄가 아니다. 민욱에게로 향하는 유나의 사랑하는 방향과 사고력은 면죄부가 되었다.

"유나야~"

"오빠도 유나가 좋다고 했잖아. 좋아한다니 유나의 선물이야. 히히히~. 유나의 뽀뽀는 달콤한 아이스크림이야."

유나의 기분은 좋아 보였다. 그건 다행스러웠지만 앞으로도 이런 행동을 계속한다면 어떻게 말려야 할지 걱정이 이만저만이 아니었다. 사춘기를 먼저 겪은 민욱으로서는 고민이 많았다. 뽀뽀를 달콤한 아이스크림이란 사춘기 소녀를 다스린다는 것이 어려운 숙제로 남았다.

"또, 이러면 오빠가 화낼 거야."

"유나는 오빠를 사랑한단 말이야. 헤헤헤~~."

"갈수록 태산이구나. 여중생이 그런 생각을 하면 못 쓰는 거야. 어른들한테 혼난다고 이 멍충아! 학생이면 올바른 생각을 해야 한다고 이 바보야!"

민욱은 긴 한숨을 토했다. 어른들한테 혼난다 해도 상관없다는 듯이 목적을 이룬 유나는 혀를 날름거리며 여우 꼬리를 끌고 방 안에서 유유히 사라졌다. 민욱은 그런 유나가 무척 염려했다.

어린 시절의 짤막한 추억을 되살린 민욱과 유나는 그 철없던 시절을 그리워했다. 두 사람은 일어나서 마당을 걸었다. 민욱은 유나를 옆에서 가볍게 부축했다.
"하여튼 유나는 대책 없는 말썽꾸러기 소녀였어. 하하하~."
"그랬었어요. 호호호~~. 당신을 다른 여자에게 뺏길까 봐 불안했던 사춘기 소녀였으니까요. 당신의 입술에 뽀뽀하면 왠지 모르게 기분이 좋아졌거든요. 내가 조숙했었나 봐요. 그때는 당신에게 뽀뽀하고 싶었으니까요. 그래서 달콤한 아이스크림이라고 했을 거예요. 호호호."
"아무튼 특별한 성격과 생각을 가진 유나였어. 사실, 그 성격을 다루는 나도 힘들었으니까 말이다. 그 철없는 어리광을 다 받아줬으니까, 지금의 우리가 존재하는 거야. 하하하~~."
"내가 그렇게 힘들게 했어요? 그게 정말이에요?"
"정말이지 않고. 무척 까다롭고 다루기 힘든 상대였지. 내가 아니었으면 누구도 유나 앞에서 제대로 버텨내지 못했을 거야. 하루에도 열두 번은 도망갔을걸. 하하하~~."
민욱은 내친김에 그때를 상기하며 솔직하게 털어놓았다.
"호호호~ 그건 인정해요. 내가 당신한테만 별나게 굴었으니까요. 지금 알고 보면 그게 사랑이었나 봐요. 아무튼 유나가 태어나서 제일 잘한 일이기도 해요."
자신의 대책 없었던 무수한 행동들을 모두 기억하고 있었다. 민욱은 이때다 하고 강한 무기를 들고나왔다.

"우리 기막힌 얘기를 해볼까?"
 민욱은 회심의 미소를 얼굴에 담았다. 유나는 무슨 얘기인가 귀가 솔깃했다.

 얘기인즉, 학교에서 돌아온 어느 날 오후였다. 볕이 따스했던 봄으로 기억했다. 성당 앞 벤치에 앉아 있을 때, 유나가 옆에 앉았다. 대뜸, 자기의 사타구니와 겨드랑이를 가리키며 이상한 표정으로 말했다.
"여기와 여기에 머리카락이 났어. 오빠도 거기에 머리카락이 났어? 머리카락은 왜 나는 거야?"
 순간 민욱의 얼굴이 화끈거렸다. 기가 막혀 말이 나오지 않았다. 순진한 건지? 아니면 생각이 없는 건지? 부끄럼도 모르는 천치바보인지? 민욱을 남자로 보이지 않은 건지? 분간할 수 없었다.
"넌, 학교에서 배우지도 않았어? 그게 왜 궁금한데? 여학생이 부끄럽지도 않아? 그런 걸 오빠한테 말하면 어떡해?"
"오빠는 이게 부끄러운 거야? 대충은 알고 있었지만, 신기해서 오빠니까 말하는 건데. 오빠도 유나처럼 그랬는지 궁금하잖아."
"그래, 내가 유나라면 혼자 간직했을 거야. 그건 남자나 여자나 성장하는 과정에서 일어나는 하나의 육체적인 변화일 뿐이야. 그걸 여학생이 오빠한테 얘기하면 어떡하니?"
"쇼킹한 뉴스잖아. 오빤데 어때서? 사실은 나도 성숙한 여자가 되어가고 있다는 증거를 오빠한테 자랑하는 거야. 헤헤헤~~."
"별거 다 자랑한다. 이젠 좀 그러지 마. 청순한 이미지가 손상되어서 유나가 여자로 보이지 않아. 앞으론 혼자 간직할 건 간직하고, 오빠한테 말할 것을 분별하도록 해라. 이번이 마지막 경고

하는 거야."
 "신체적 변화를 얘기할 사람도 없잖아. 엄마나 언니가 없으니, 유나 곁에는 오빠밖에 없는데 뭘. 그렇다고 실제로 보여준 건 아니잖아. 나더러 어쩌라고? 오빠가 순수하게 여동생의 궁금증으로 받아들이면 되는데, 꼭 이성적으로 생각하니까 기분이 나쁘단 말이야. 유나는 오빠의 동생이잖아. 동생이 여자로 성장하고 있다는 게 기쁘지도 않아?"
 금세 유나는 시큰둥했다. 유나의 말도 틀린 말은 아니었다. 절친한 오누이로서 순수한 생각으로 나눌 수 있는 문제였다. 오히려 예민하게 생각하는 민욱이가 문제인 것 같았다.
 "아무리 그래도 여자의 신체적 엄밀한 변화들은 오빠한테 말하는 건 아니야. 오빠는 남자야. 유나는 정말로 연구대상이다. 앞으론 그러지 마. 알았지?"
 유나는 기분이 상했다. 신체적인 변화의 일급비밀을 오빠니까 말한 것뿐인데, 경고를 받은 것에 분함을 참지 못했다. 유나는 일어나 자리를 떠나면서 한마디 남겼다.
 "오빠는 혼자서 유나의 신체변화에 대한 연구나 하라고."
 빵빵한 엉덩이를 실룩거리며 걸어가는 유나의 뒷모습을 보면서 싱겁게 웃었다.

 노부부는 철없던 소녀의 도발적인 일탈을 회상하며, 한때를 즐거워했다.
 "맞아요. 호호호~. 나도 그때를 기억해요. 그땐 몸에 털이 나는 것이 신기했거든요. 남자도 털이 나는지 궁금하기도 했고요. 호호호~ 하여튼 창피한 것도 모르고 내가 생각해도 별나긴 했던 것 같아요."

"하하하~. 철부지 천방지축을 가르치느라 내가 고생 많았지. 말하자면 끝이 없을걸. 여중생 시절부터 우리가 결혼할 때까지 수십 번은 될 거야. 하하하~. 여고생이 되더니 사랑해달라고 가슴을 내밀며 앙탈을 부리면서 덤비든지 정신을 못 차렸던 위험한 순간도 여러 번 있었어. 기억나기는 해?"

"호호호~ 기억나요. 그래도 당신은 용케도 참으며 유혹을 뿌리치고 순결을 결혼 첫날밤까지 지켜주셨잖아요. 엉뚱한 유나에 비해서 당신은 이성을 잃지 않았어요. 당신은 매사에 철저하고 대단한 집념의 남자였어요. 호호호~. 그래서 지금까지 고마워하고 살고 있잖아요."

남자의 첫 순정을 다른 여자(서린)에게 먼저 바친 것이 가장 아쉽다는 유나는 애교스러운 눈빛으로 민욱의 입술에 입을 맞추었다. 그런 행동들이 밉지 않았던 유나였으므로 영원한 사랑의 동반자가 되었다. 내 남자로 만들어야겠다는 일념으로 사고 치려고 했지만, 행동이 엉뚱하긴 해도 정녕 미워할 수 없으리만치 귀엽고 예뻤다. 민욱을 향한 사랑밖에 몰랐던 철부지 시절을 회상하는 두 사람의 얼굴에는 불안했던 추억의 꽃이 피었다.

한낮으로 이어지는 시간이라 볕이 뜨거워지기 시작했다. 두 사람은 시원한 거실로 들어왔다. 얼마간 여름날의 태양이 주는 영양소를 섭취한 유나는 잠시 휴식에 들어갔다. 쉽게 피곤하고 피로가 몰려오는 시점에는 쉬는 것이 명약이었다. 다른 치료법은 존재하지 않았다. 아내를 쉬게 하고 서재로 잠시 이동했다.

민욱도 정신적으로나 육체적으로 피곤했다. 아내의 힘들어하는 모습을 볼 때마다 가슴이 무너져 내렸다. 예쁜 모습으로 태어나서 부모의 사랑을 받지 못하고, 고아란 올가미를 쓴 채 보육원에서 자란 가여운 유나를 곁에서 지켰던 민욱으로서는 더욱 그러했다.

못된 친구들은 손가락질하면서 '쟤는 고아야. 쟤네 집은 고아원이야.'라는 멸시를 밥 먹듯이 받았으며, 웃는 것보다 가슴이 아파서 눈물을 흘릴 때가 많았으므로 스스로 강해졌던 그들이었다. 같은 또래로부터 전염병 환자처럼 따돌림받으며 학대받았던 민욱과 유나는 그럴수록 자신들의 존재를 더욱 소중히 여겼다. 존재가치를 잃으면 고아의 올무를 벗어날 수 없다는 것을 일찍이 깨달았다. 고아란 신분은 자신들의 선택이 아니었기 때문이다. 그러기에 고아라는 이유로 손가락질을 받지 않으려고 무던히도 공부에 매진하여 절대 뒤지지 않았던 수석의 민욱, 우등생의 유나가 된 것이다. 고아의 허물을 벗으려고 쾌활하고 명랑한 성격을 뼛속까지 채우며 세상에 도전했던 유나, 사회의 냉대와 사람들의 멸시를 물을 마시듯이 경험하면서도 언제나 좌절하거나 절망하지 않았던 유나였다.

몇 푼 되지 않은 용돈을 모아서 고등학생 오빠의 생일선물(털장갑)을 마련해주며 수줍어했던 유나는 착한 성품의 소녀는 분명했다. 가끔 엉뚱한 행동으로 당황하게 했지만, 미운 구석은 어디에도 없는 예쁘고 귀여운 유나였다. 성장 속도가 빨라서 생각이 앞섰던 단점조차도 즐거움으로 승화시켰던 깜찍한 여학생이었다. 민욱에게는 일만 가지 행복과 즐거움을 가져다준 숲속의 요정과도 같은 미모의 파트너였다. 그러기에 무서운 두 가지 암과 투병중인 그 허약한 모습을 보는 민욱의 심정은 하루에도 열두 번은 천당과 지옥을 넘나들었다.

고아인 자신을 학대하지 않고, 민욱을 만나게 한 고아의 운명을 더없이 기뻐했던 유나였으며, 그러기에 예민한 소녀의 위험한 사춘기에서 민욱을 통해 이겨낼 수 있었고, 20대의 청순하고 발랄한 젊음을 마음껏 노래하며 고아란 신분을 두려워하지 않았다. 보육원 생활에서 실시간으로 유나를 지켜줬으며, 유학 생활에서 유색인종에게 향하는 싸늘한 눈총과 핍박의 방패막이 되어주었기에 낯선 아메리카 대륙에서 발레리나로 등극하여 여자의 아름다움으로 화려한 무대 위에서 동양의 프리마돈나로 다시 태어났던 우아한 유나였다. 무대에서 일찍이 은퇴하고 두 자녀를 키우면서 박사학위를 취득하여 대학교수란 지위까지 얻어냈던 당찬 유나였음을 의심하지 않았다.

슬프게도, 요즘 한국사회 정치판의 입과 입에서 무수히 쏟아져 나오는 '금수저와 흙수저'란 언어들이 활개 치고 있는 것이 몹시 우스꽝스러워서 헛웃음을 흘렸다. 부모의 혜택에 무임 승차한 사람들을 탓하는 '금수저'들의 횡행, 부모의 혜택을 입지 못했을지라도 자수성가했다고 자랑하는 '흙수저'의 외침도 못마땅했다. 하나 같이 선택받은 소중한 출생일진 데, 정치적 행태와 시대적 환경에 오염된 더러운 정치생태계 같아서 가슴이 쓰라렸다.

선택받지 못한 출생으로 부모에게 사랑을 받지 못하고 버려졌던 어린 생명! 얼굴도 이름도 알 수 없는 부모에게 버림받은 절대적 고아의 신분! 아빠 엄마를 불러보지 못한 한스러운 운명을 안고 살아가는 고아의 피비린내 나는 삶! 부모의 따뜻한 품에 안겨본 경험이 없는 비통한 생명을 원망할 수도 없는 고아의 비애! 부모와 다정하게 손잡고 거니는 아이들이 부러워서 바라보며 몰래 울어야 했던 고아의 유년시절! 몸이 아파도 어떤 누구에게 어리광도 부릴 수 없어 기막힌 시간에 갇혔던 고아의 숙명! 우수한 성적

표와 상장을 받고서도 칭찬해 줄 부모가 없어 눈시울을 적셔야 했던 고아의 서글픈 승리! 함께 웃고, 함께 즐거워하고, 함께 행복을 노래할 부모형제가 없다는 사실에 고아의 운명을 잠시나마 미워했던 순간의 시간들! 부모를 선택할 수 없었으므로 부모에게 선택받지 못해 버림받은 것도, 버려진 것도, 죄는 결코 아닐텐데 .... 사회의 무분별한 멸시와 냉대, 많은 사람의 싸늘한 시선들과 선입견으로 인한 접근 기피증에 시달리며 전염병 환자처럼 숨어야 했고, 숨이 막히도록 잔인한 시간의 흐름에 갇혔던 민욱과 유나의 청소년 시절!

그토록 따가운 시선을 주던 고국에 돌아오니, 사회지도층 인사들이 '금수저, 흙수저'를 테이블에 올려놓고 말장난하며 옥신각신 언성을 높이는 걸 TV로 보면서 노부부는 안타까움을 금치 못했다. '금수저'면 어떻고 '흙수저'면 어떠하랴? '금'이든 '흙'이든 간에 부모 슬하에서 온갖 사랑을 경험한 사람들일 진데, 욕심이 과하다고 판단했다. 자신들에게 굳이 이름을 붙인다면, '버려진 수저'란 단어가 불현듯 떠올랐다. 호사스럽게 말장난하는 이들은 '버려진 수저'가 있다는 사실을 외면하는 이기주의자들이 아닐까 라고 생각했다. 사회적인 구성요소와 적대적 행위가 지푸라기 날리듯이 난무한 정치적 환경과 궤도를 이탈한 시대적인 지적 시스템이 문제였지, 그들만의 잘못은 아닌 것 같았다.

민욱은 쏩쓸하게 웃었다. 혼자서 '금수저, 흙수저, 버려진 수저'를 중얼거리면서 말이다. 가슴에 지닌 올바른 인성과 살아온 삶의 질과 사회에 미친 인간 본연의 영향력과 걸어온 인생의 온전한 모습들이 무시되는 것 같아서 그들의 파렴치함을 안타까워하며 서린에게 전화했다. 서린의 목소리는 헐벗은 가슴을 따뜻하고 풍성하게 했다.

"잘 지내고 있어요?"

"네, 난 잘 있어요. 당신은요? 그리고 유나씨도 잘 있죠?"

서린의 목소리는 밝았다. 무지개를 바라보며 달리는 순수한 소녀처럼 목소리도 청아하게 맑았다. 가슴이 후련했다.

"나도 잘 지내고, 아내도 잘 견디고 있어요."

"그렇다니 다행이에요. 요즘은 맨 날 당신 생각만 하고 있어요. 밤마다 당신 꿈을 꾸는걸요. 꿈을 깨고 나면 공허하지만, 당신 꿈을 꿀 수 있어서 얼마나 행복한지 몰라요. 전에는 당신 꿈을 꾸지 못했거든요. 호호호~~. 당신은 서린이 꿈 안 꿔요?"

서린은 쑥스럽게 웃었다. 연애하는 연인들처럼 애틋한 사랑을 몰고 오는 듯한 마음을 들킨 것에 대한 수줍은 의미였다.

"하하하~ 서린씨의 옛날 모습이 떠오르는군요. 나도 서린씨 꿈을 꿀 때가 있어요. 틈틈이 서린씨의 생각을 많이 하거든요."

"내 생각을 하고 있다니 고마워요. 그런데 내가 그때도 이랬어요? 호호호~. 얌전한 여학생인 줄 알고 있거든요."

"모든 일에 자신감이 넘쳤죠. 내가 감당할 수 없을 정도로 자기주장이 강했던 보기 드문 여대생이었으니까요. 늘 내가 끌려다녔고 당하기만 했으니까요. 대단한 성격이었어요. 하하하."

"맞아요. 내 성격이 좀 별나긴 했어요. 호호호~ 그랬으니까 다시 당신을 만날 수 있었잖아요. 당신과 결혼식도 올리고 신혼여행까지 다녀왔으니, 여한이 없어요. 지금은 떨어져 있지만, 우린 누가 뭐래도 신혼부부예요. 호호호~~. 밤이면 당신 품에 안겨서 잠자는걸요. 헤헤헤."

서린은 법적인 부부가 아닐지라도 결혼식을 올린 부부란 사실에 좋아했다. 나이는 숫자에 불과하다는 현대인들의 외침이 허사는 아닌 것 같았다. 나이를 먹지 않고 20대에 머물러 있는 것 같은 예쁜 생각을 나무랄 수만은 없었다.

"그렇지만, 서린씨가 잃은 게 너무 많고, 포기한 것들도 너무나 많아서 생각하면 안타깝기만 하네요."

민욱은 미안한 마음을 어찌할 수 없어 가슴이 답답했다. 자신도 모르게 지은 죄가 너무나 크고 육중해서 감당하기 힘들었다. 서린의 잃어버린 젊음과 사랑, 포기할 수밖에 없었던 숱한 행복의 가치들, 바라보고 그리워했던 아득한 그리움의 시간들, 그 모든 사연은 민욱의 가슴 속에 차곡차곡 쌓였다.

"잃은 게 아니에요. 지나가는 세월과 시간들을 가슴에 묶어 놓았거든요. 포기한 것도 없으니까 죄책감 같은 건 버리세요. 지금 이대로가 좋아요. 어찌하든 두 번째로 당신의 아내가 되었잖아요. 첫 번째 아내의 자리는 내 것이 아니었나 봐요. 이제 서린이 생각도 조금씩 해주세요. 많이 바라지 않을게요."

"서린씨한테는 당할 수가 없네요. 서린씨 생각에서 첫 번째, 두 번째라는 말은 지워버리세요. 조금이 아니라 서린씨를 많이 생각하고 있어요. 금수저인 서린씨가 왜 이처럼 마음이 나약하게 되었을까요? 하하하."

유나는 남자의 첫정을 서린에게 바쳐서 서운하게 생각하고 있어서 한없이 죄스러웠으며, 서린은 두 번째 아내가 되었다고 하니 마음이 어수선하게 얽혀서 괴로웠다.

"아니, 금수저라니 그건 또 무슨 말이에요?"

금수저란 말에 서린은 놀라는 눈치였다.

"요즘, 사회지도층이나 여의도 정치판에서 서로를 헐뜯으며 치졸하게 공격하는 금수저, 흙수저 말입니다. 하하하~ 서린씨도 아마 뉴스를 통해서 많이 들었을 거예요"

"그거였어요. 호호호~~. 그런 시시콜콜한 말은 귀담아듣지 않기로 해요. 잘못된 인성을 가진 나약한 사람들이 나라와 국민은 안중에도 없고, 자신들의 이익을 위해서만 엉뚱한 사람한테 시비 거는 거예요. 주어진 일은 하지 않고, 맨날 저질스러운 말로 싸움만 하는 나쁜 사람들이에요. 내게 '금수저'란 말은 싫어요. 혐오스럽단 말이에요 당신은 '왕수저'이니까요. 헤헤헤~~."

순발력이 뛰어난 서린은 민욱의 태생에 대한 인간본능의 불균형을 지워내고 싶어 하면서 민욱을 위한 새로운 비속어 '왕수저'를 탄생시켰다. 고아란 서러움을 겹겹이 경험한 민욱의 심정을 이해하기에 그 마음을 위로하려고 노력하는 모습이 가상했다. 핏빛으로 영롱한 출생의 아픔을 서린이란 예쁜 보자기에 고이 간직하려는 마음이 꽃보다 아름다웠다.

"하하하~~ 그러고 보니 '왕수저'도 있군요. 말이 되네요. 서린씨의 위트도 대단해요. 정치판에서 시끄럽게 난무하기에 그냥 해본 소리였어요. 서린씨의 즉흥적인 기발한 아이디어이니 정치판에 홍보라도 해야겠는걸요. 특허를 내서 사용료를 받으면서 말입니다. 하하하~~."

"그것도 싫어요. 앞으론 그런 말은 절대 사절이에요. 남의 아픔을 생각지도 않고 자신들의 이익만 추구하는 그 사람들만의 이기적인 논쟁거리에 불과해요. 호호호~ 당신은 유나씨의 소중한 남편이며, 동시에 서린에게 없어서는 안 될 남편이기도 하잖아요. 이 두 가지의 절대적인 가치만 기억하면 돼요. 호호호~~."

서린은 민욱의 머릿속에서 고아란 잔재를 말끔히 씻어내고 싶어 했다. 어디에서나 누구에게나 소중한 존재임을 각인하고 싶은 마음이 소용돌이쳤다. 이런 서린의 마음을 아는 민욱은 눈물 나도록 고맙기만 했다. 그래서 문득 44년 전의 야릇했던 밤에 서린의 당돌했던 한 장면을 생각했다.

발가벗은 몸으로 민욱의 앞에 앉아서 눈물로 호소했었다.
"얼굴도 예쁘고 몸매와 가슴도 예쁜데 왜 싫다는 거냐고? 내 몸과 마음을 가지란 말이야. 곡선미도 날씬하고 히프도 빵빵하잖아. 옷 벗은 내 몸이 안 보여? 오빠는 남자가 아니야? 내 몸을 보고서도 아무런 감정이 없는 거냐고?"
민욱은 서린을 바로 볼 수 없었다.
"그래. 서린이 말처럼 얼굴도 몸매와 가슴과 히프도 예뻐. 마음도 예뻐서 너무 귀여워. 공부도 잘하고 성격도 쾌활해서 나무랄 데가 없어. 너무 완벽해서 오빠한테는 넘쳐난다고. 그런 서린이가 어리석게 왜 이러는 거야?"
"그건 다 좋아. 예쁘다니까 주저 말고 가지란 말이야. 내 몸을 탐내며 못된 수작을 거는 남학생들도 있다고. 오빠를 사랑하니까 오빠 앞에서 부끄러워하지 않고 옷을 다 벗었잖아. 예쁜 거 다 보여주고 있잖아. 그렇다고 헤픈 여자는 아니야. 남자는 오빠가 처음이야. 그래도 싫어?"
"서린은 지금 무엇인가 착각하고 있어. 사랑은 몸으로만 하는 게 아니야. 서린이 마음을 알았으니까 이제 옷을 입고 얘기하자. 당장 하늘이 무너지는 게 아니잖아."
"내 하늘은 무너졌단 말이야. 오빠가 제대했다는 말을 듣는 순간에 하늘이 무너졌어. 서린이도 어쩔 수 없어. 처녀성을 오빠에게 주고 싶어. 어리석다고 해도 후회하지 않을 거야. 이미 내 마음도 오빠가 가져갔으니까 성스러운 것도 가져가란 말이야."

서린은 싸움닭처럼 덤벼들었다. 민욱은 속수무책으로 당했다. 이런 환경에서 끝까지 서린의 신비한 처녀성을 지켜주지 못하고 말았다. 그래서 민서란 딸이 존재하게 되었다.

민욱과 유나는 지난 40여 년 동안 미국(샌프란시스코, 시카고, LA, 뉴욕 등)에서 고아란 사실을 잊어가면서 살았었다. 아니, 고아란 이름은 한국 땅에서 주어진 조롱과 멸시의 대상일 뿐, 미국 땅에서만은 자기들의 것이 아니라고 외쳤었다. 그 너머에 기다리고 있는 약소국가의 유색인종이란 사실을 받아들이며, 핍박과 편견의 전장에서 쓰러지지 않으려고 고군분투하면서 물러서지 않았던 동양인의 투지, 그 하나로 무섭고 두려운 인종차별을 극복하는 데 피 말리는 시간을 경험했었다. 그 결과 승리의 월계관을 당당하게 거머쥘 수 있었던 그때의 감격을 스멀스멀 회상했다.

"내게는 과분하지만, 서린씨의 마음을 받을게요. 서린씨는 참 좋은 여자입니다. 속이 넓고, 남다른 생각은 번갯불처럼 번뜩이거든요. 내 곁에 있기에는 너무 아까운 여자입니다."

"여보~~ 나도 여자예요. 당신이 있어서 행복한 여자일 뿐이에요. 달리 생각하지 마세요. 당신의 여자라서 행복해요."

"그렇지 않아요. 서린씨는 아무나 넘보지 못할 고귀한 여자예요. 이건 내가 잘 알고 있어요. 아랍의 공주처럼, 스페인 왕궁의 공주처럼 보석 같은 여자예요."

"호호호~. 그건 아니에요. 오히려 당신이 서린에게 위대한 존재예요. 내가 존경하고 있다는 걸 잊지 마세요. 정말, 대단한 지성과 인격을 겸비한 유능하고 위대한 경제학자이기도 하고요. 무엇 하나 빠지지 않는 서린의 남편이고, 민서의 아빠란 말이에요."
 "그렇다니 고마워요. 나도 서린씨를 많이 존경하고 있어요. 나보다 더 엄청난 것을 혼자서 이뤄냈잖아요. 위대하고 현명한 여자라면 마땅히 서린씨가 분명해요. 혼자의 몸으로 엄청난 것을 이루었으니 두말하면 잔소리죠. 하하하."
 "그렇게 생각해 주시니 고마워요. 호호호~ 당신이 그러니까 교만해지려고 하는데요."
 "절대 교만은 아니에요. 누가 서린씨한테 교만하다고 하면 나한테 데리고 오세요. 내가 혼내줄 테니까요. 하하하~"
 "호호호~ 든든한 백이 있어서 좋네요. 당신이 너무 보고 싶어요. 그럴 나이도 지났는데, 다시 겁 없이 무모했던 여대생으로 돌아간 기분이 들어요. 참 이상하죠? 그래서 인간은 간사한가 봐요. 더욱이 여자는요. 호호호."
 보랏빛이 화려하게 춤을 추는 이들의 대화는 나이를 잊고 있었다. 그래서 사랑은 색깔이 바래지 않았다. 나이에서 44년이란 공간을 빼버린 것 같았다. 이는 이들만의 고유 권한이기도 했다. 이는 이들만이 누릴 수 있는 과거와 현재를 잇는 공간의 사랑 세계였다. 열렬한 연애를 한 번도 해보지 못하고, 44년을 속절없이 보내버린 서린의 황혼 들녘에 새싹처럼 파릇파릇한 영혼이 묻어있는 사랑이 피어오르고 있었다. 민욱은 말했다.
 "이상할 건 없어요. 생각과 감성은 때론 세월을 넘나들기도 하니까요. 사는 것이 공간을 채워가는 시간여행이라고 하잖아요. 서린씨는 공간을 되돌려서 44년 전으로 돌아갔나 봐요."
 "당신도 그러세요?"

"네, 그래요. 서린씨도 보고 싶고, 우리 귀여운 큰 아기 민서도 보고 싶어요. 여대생일 때의 서린씨 모습이 희미하게나마 떠올라서 웃기도 했어요. 그러니까, 서린씨는 완벽하게 정상이에요."

"심리학에 조예가 깊은 당신이 그렇다니 믿음이 가네요. 늙어서 주책이라 할까 봐 걱정했거든요. 호호호~ 민서도 전화할 거예요. 민서도 당신을 무척 보고 싶은가 봐요. 많이 예뻐해 주세요. 호호호~~ 오늘 밤엔 꿈에서 당신을 찾아갈 거예요. 여~보~ 내 꿈도 꾸셔야 해요. 사랑해요~~."

서린은 나이에 어울리지 않게 달콤한 초콜릿 애교를 가득 담았다. 젊은 신혼부부처럼 떨어져 살고 있는 그리움을 길고 긴 공간에 틈도 없이 연결했다. 보지 못하는 시간의 흐름을 아쉬워하는 서린의 마음은 한시도 민욱을 떠나지 않았다. 현실이 쳐놓은 유리의 바리게이트를 부숴버리지 못하는 안타까움은 서린을 구속했다.

"그럴게요. 잘 지네요."

대화의 시간은 닫혔다. 대전과 광주의 하늘을 나르던 한 쌍의 비둘기는 아쉽게 나래를 접었다. 44년을 되돌리려는 노년의 연인은 한계를 경험했다. 용광로처럼 불타지는 않아도 서로를 그리워하는 열정은 식지 않았다. 회색빛 사랑을 직감한 민욱은 미안한 마음을 앞세우고 안방으로 걸음을 옮겼다.

까까머리 유나는 개구쟁이 소녀처럼 곤한 휴식을 취하고 있었다. 민욱은 침대에 걸터앉아 깔끄러운 머리를 쓰다듬으며 평화롭게 잠들어 있는 유나가 숨을 쉬고 있는지를 체크했다. 이는 항암치료를 받으면서 생겨난 필수적인 보호자의 충격적인 임무였고, 가슴이 쓰리고 녹아내리는 불안의 표시였다. 아내가 숨을 쉬고 있다는 사실이 고마워서 이마에 뽀뽀를 선물했다.

유나는 남편의 인기척을 느끼며 부스스 눈을 떴다. 눈앞의 남편을 확인하고 팔을 뻗쳐 가슴으로 당기며 안았다.
"잠자는 귀여운 요정을 내가 괜히 깨웠구나."
"아니에요. 많이 잤어요. 그런데 난데없이 웬 요정? 당신은 뭣 하고 계셨어요?"
"유나가 잠자는 모습이 옛날 보육원 그림책에서 봤던 숲속의 작은 요정 같았어. 그 모습이 너무 평화로웠거든."
"헤헤헤~~ 뭔가 미안하니까 그러죠. 당신은 거짓말을 못 하잖아요. 누굴 속이지도 못하시고. 호호호."
민욱은 아내의 가슴에서 몸을 일으켰다. 유나도 따라서 상체를 세웠다. 남편의 얼굴에 시선을 멈추었다. 민욱은 솔직하게 털어놓았다. 이젠 가족이니까 숨길 필요도 없었다.
"민서 엄마하고 통화했어. 내가 좀 뻔뻔스럽지?"
아내에게 숨기지 않는 자신의 태도를 나무라고 싶었다. 아내가 모르는 편이 나을 수 있다는 판단이 들었다. 그러나 왠지 숨긴다는 것은 더욱 남편의 도리가 아닌 것 같기도 했다. 아내를 재워놓고 서린과 통화한다는 것에 불편한 마음이 들었다.
"뻔뻔스럽긴 하지만 이해해요. 당신하고 같이 산 햇수가 60년이 훨씬 넘었는데, 당신을 모르겠어요. 눈을 감고 있어도 당신이 뭘 하시는지 보이고, 당신의 눈빛만 봐도 무슨 생각을 하고 있는지를 아는 경지에까지 올랐다고요. 호호호~~."
유나는 화사하게 웃었다. 암 환자답지 않게 표정이 밝은 것이 유나만의 특징이었다. 얼굴도 창백하지 않았고 피부도 고왔다. 가발을 쓰고 외출하거나 백화점 쇼핑을 해도 투병 중인 환자로 보는 사람은 존재하지 않았다. 조금은 기력이 달리고 쉽게 피곤을 느끼는 것은 암 환자이니 어쩔 수 없었다.

"맞아. 하하하~ 갓난아기 때부터 내가 애써 키웠으니까 그렇기도 하겠네. 아기 때는 기저귀도 갈아주었고, 어설프게 안고 우유병도 빨게 했었고, 목욕하는 것도 도와주었지. 유별나게 까칠한 사춘기의 스트레스도 몸소 겪었으니 그 세월이 얼만데."

"또 그 얘기에요? 그러고 보면, 내 기저귀도 갈아주고 찌찌도 닦아줬으니, 당신이 키운 게 맞는가 봐요. 그래서 여자로 태어나서 남자라고는 당신밖에 모르잖아요. 호호호~. 그 넓은 미국 뉴욕에서 유혹하는 남자들이 수없이 많았어도, 내 가슴에는 당신만 존재했고, 당신만을 사랑할 줄밖에 몰랐으니까요. 호호호~~."

민욱은 샌프란시스코, 유나는 LA에서 대학원을 다니면서 별거 부부로 4년을 훌쩍 넘었으니, 유나는 유혹도 많이 받았다. 그러고 나서 박사학위를 취득한 민욱은 시카고에, 석사학위를 취득한 유나는 뉴욕발레단에 3년을 떨어져 있었으니, 뉴욕 남자들의 치근덕거림에 골치가 아팠던 유나이기도 했다.

"이런 바보. 하하하~~."

민욱은 유나의 볼을 가볍게 꼬집었다. 바라보고만 있어도 귀엽고 사랑스러운 여자, 옆에만 있어도 기분이 좋아지는 여자, 그 여자가 바로 아내 유나였다. 고아였다는 것을 부끄러워하지 않았고, 고아라는 놀림에도 당당했던 강하고 영리한 유나였다. 이런 유나가 곁에 있었기에 미래를 위해 죽음을 두려워하지 않으며, 베트남 전쟁터를 마다하지 않고 적극적으로 지원했던 민욱이었다. 곁에 유나가 없었다면 불가능했을 일들은 너무나 많았다.

"당신도 유나밖에 몰랐으니 바보잖아요. 딱, 한 번의 불가피한 외도는 있었지만 말이에요. 따지고 보면, 서린씨도 보통 여자는 아니었어요. 당신에게는 독특한 개성의 여자가 한 명 더 필요했나 봐요. 그 대가로 좋은 가족이 생겼으니 다행이긴 해요."

"그 딱 한 번의 잘못이 40년이 넘어서야 유나에게 이처럼 미안하게 될 줄은 몰랐어. 그래서 그토록 서린의 순결을 지켜주려고 안간힘을 다했는데, 결국은 마지막 이별하는 하룻밤에 무너지고 말았거든. 그게 내 의지에 구멍을 만들고 말았어."

"그렇다고 서린씨를 원망하시면 안 돼요. 그분도 얼마나 당신한테 사랑받고 싶었으면 20살 여대생이 그랬겠어요. 마음이 좀 걸리긴 하지만, 나보다 먼저 당신의 아이를 낳았고, 당신한테 매달리지 않았고, 유나한테서 당신을 뺏어가지 않았으니까, 얼마나 다행한 일이에요. 그래서 지금에서야 당신 옆을 서린씨에게 잠시나마 내어주는 거예요. 그게 좀 묘하긴 해도 어쩌겠어요. 우리 세 사람의 정해진 운명인걸요."

유나는 뽀얗게 미소 지으며 자신의 심정을 솔직하게 털어놓았다. 같은 여자로서 미혼모로 살아온 수많은 역경을 미흡하게나마 떠올릴 수 있으므로 서린을 미워하지 않았다. 남몰래 흘러야 했던 피눈물의 아픔을 짐작할 수 있었기에 어릴 때부터 사랑과 열정으로 지켜왔던 남편의 옆을 허락한 것이다. 서린의 잃어버렸던 그 44년의 세월 동안, 남편의 사랑과 귀여움을 독차지하며 살았던 유나, 그 시간에 서린은 달갑지 않은 미혼모라는 이름으로 어린 딸을 키우며 싸늘한 사회의 눈길과 싸우며, 엉큼한 남자들의 유혹을 뿌리치면서 고독한 여인으로 살아온 것을 생각하는 유나는 아내라는 이름의 단단한 욕심의 문을 허물었다.

"고마워. 유나는 어느 누가 봐도 이 시대의 보기 드문 착하고 지혜로운 여자야. 그래서 유나는 힘든 투병생활도 거뜬히 이겨낼 수 있을 거야. 유나의 마음이 곱고 아름다우니까, 하느님께서 능히 우리가 감당할 수 있는 것으로 시험하시는 걸 거야."

민욱은 전능하신 하느님을 내세우며 아내를 칭찬하며 위로했다. 위로할 말은 많지 않았지만, 칭찬할 일은 입으로는 다 할 수 없을 정도로 무수했다. 착한 성품은 물론이거니와 육신의 아름다움과 악마도 웃게 할 살인적인 미소는 그녀만의 소중한 가치를 빛내는 불멸의 자산이였다.

"하느님께서는 나보다 당신을 더 좋아하시잖아요. 지금까지 당신의 소원을 모두 이루어 주셨잖아요. 그래서 더욱 우리를 강건하게 하시려나 봐요. 좋으신 하느님은 언제나 어디서나 우리를 잊지 않으시고 우리 편에 서 계실 거예요."

"아니야. 유나가 예쁘고 착하고 아름다우니까 더 좋아하시는 거야. 하느님께서도 예쁜 여자를 좋아하시나 봐. 하하하~~. 난 말이야 덤으로 유나의 후광에 편승하는 걸 거야."

"아닌 것 같은데 ....? 겸손도 지나치면 교만하다는 거예요. 당신을 두고 하는 말 같아요. 호호호~~."

유나는 남편의 품에서 사랑스럽게 웃었다. 어려서부터 성당에서 운영하는 작은 보육원에서 자라며 성부와 성모와 성신의 사랑을 흠뻑 먹고 성장했으므로 믿음은 남달랐다. 미국 유학에서는 침례교회에서 하느님과 예수님을 섬기고 의지하며 고단하고 힘든 이국생활을 이겨냈었다. 서로 다른 대학에서 앞서거니 뒤서거니 하며 민욱은 박사학위를, 유나는 석사학위를 취득하여 아메리칸드림의 7부 능선을 넘었고, 마침내 둘 다 대학교수로 원대한 꿈을 이루어 아메리칸드림을 퍼팩트하게 완성했었다.

"그래, 우린 축복 받은 거야. 비록 출생은 축복받지 못했지만,

우리의 만남은 축복이었고, 그래서 우리는 악착같이 모든 과정을 이겨내고 정상을 탈환할 수 있었어. 이건 명백한 사실이야."

"난, 출생도 축복이었다고 생각해요. 부모님이 없었다면 태어나지도 못했고, 또 버리지 않았다면 당신을 만날 수 없었을 테니까요. 호호호~ 비록 서운하긴 하지만, 우리를 버린 엄마를 원망하지 않기로 해요. 난, 지금도 당신을 만나게 된 것에 대해, 나를 버린 엄마에게 감사하게 생각하고 있었어요. 엄마를 만날 수만 있다면 이렇게 말할 거예요."

유나에게는 버려진 고아였던 것이 감사의 조건이었다. 아이러니하게도 고아였으므로 민욱을 만날 수 있어서 그것이 축복이라고 생각했다. 고아가 아니었으면, 엄마가 보육원 앞에 버리지 않았다면, 민욱을 만날 수 없었을 테니까, 이 모두 축복이라고 했다. 또, 민욱이 있는 보육원 앞에 버려진 것을 더 나아가서 행운으로 받아들였다. 그만큼 민욱을 목숨처럼 사랑한다는 유나는 병석에서도 두려워하지 않았다.

"남들이 생각하면 어리석은 생각일지라도, 따지고 보면 그렇기도 해. 하하하~~. 그 보육원이 아니었다면 어디에서 이처럼 아름답고 마음씨가 곱고 귀여운 유나를 만날 수 있었겠어. 버린 엄마에게 감사한다니, 유나 생각이 틀리지 않아. 나도 감사하게 생각해야겠는걸. 아마 이 세상에도 계시지 않을지 몰라. 세월이 어쩌다 보니 그렇게 많이 흘렀을까? 하하하~~."

어디에 내어놓아도 손색없는 부창부수였다. 너무나 잘 어울리는 한 쌍의 우아한 학과도 같았다. 무자비하게 공격하던 두 마리의 암세포도 넋을 잃은 듯했다. 투병생활의 고통은 이들의 지독한 사랑과 달콤한 감정과 긍정적인 투지를 외면하지 못할 것이다. 괴로움은 잠시뿐이고, 나쁜 것은 지나갈 것이기에 시들지 않는 행복 또한 영원할 것으로 믿고 있었다.

"아니에요. 당신은 혼자였으면 더 예쁜 금발의 여자를 만났을지도 몰라요. 어떤 모임에 가면, 날씬하고 아름답고 멋지고 매혹적인 금발 여자들이 당신을 많이 좋아했잖아요. 당신의 품에 안겨 춤추는 그녀들이 몹시 미웠다니까요. 호호호."

"질투했구나. 그건 좋아서가 아니라 약간의 호감이 작용한 거야. 그녀들은 그게 본능이야. 그렇다고 해도 유나처럼 예쁘고 우아한 여자는 그 어디에도 없었어. 그 여자들에게 마음을 준 적도 빼앗긴 적도 없었지만 말이야. 하하하~."

"파티나 모임에서 너무 지나치게 좋아하는 여자를 보고 약간 질투가 날려고 그랬던 적이 있었어요. 그래서 당신 옆에 껌딱지처럼 붙어있었잖아요. 유나도 어쩔 수 없이 질투하는 여자였나 봐요. 호호호~~."

"그렇게 따진다면 오히려 남자들이 유나한테 관심이 많았잖아. 유나의 미모는 어디를 가나 빛을 발했어. 미국에서도 대단한 동양의 미모로 인기를 몰고 다녔어. 남자들이 나를 부러워했다니까. 유나와 춤추는 그들의 표정이 무척 행복하게 보이더라고."

"그들은 우리의 삶에서 엑스트라에 불과해요. 유나는 당신 옆에서 당신의 광채를 받아야만 빛을 발할 수 있었어요. 당신은 유나의 전부이고, 삶의 구세주이고, 행복의 원천이고, 생명의 근원이잖아요. 호호호."

유나는 촉촉한 눈빛으로 민욱을 쳐다보며 말했다. 수없이 들었던 말이었다. 그래도 그 말이 싫지 않았다. 노부부답지 않은 신뢰의 애정 표현은 세월을 잊고 있는 듯했다. 민욱은 사랑의 미소로 그 입술에 입을 맞추었다. 한 치의 양보도 없는 사랑의 파티는 끝이 보이지 않았다. 시간에 쫓기며 발바닥에 모터를 달고 살아야 했던 미국에서의 삶을 돌이켜보며, 이상의 나래를 펴고 꿈의 그림을 완성시키기 위해 동분서주했던 그 시절을 회상했다. 보석처럼 알알이 박혀있는 세월 속의 시간들을 하나둘 둘러보았다. 후회 없는 도전이었고, 한국인의 은근과 끈기로 이뤄낸 승리의 전장이었다고 자부했다.

"그래서 다들 우리를 닭살 부부라고 했잖아. 때와 장소를 가리지 않고 유나가 유별나기도 했어. 하하하~~"

"호호호~ 닭살이든 누가 뭐라든 상관없어요."

암 환자란 무서운 그림자가 드리워 있어도 두렵지 않았다. 가꾸어 온 사랑 하나면, 투병 중일지라도 행복할 수 있다고 확신했다. 열두 번을 투약하는 항암주사가 아직 절반이나 남았지만, 이겨낼 자신이 있었다. 약물의 효능에 심하게 시달리지 않으며 지치지 않는 강한 정신을 소유하고 있었으므로 무난하게 한 단계, 한 단계 넘어서고 있었다. 허들을 숨 가쁘게 뛰어넘는 육상선수처럼 말이다. 힘든 순간을 이겨내기 위해서 위대한 사랑을 고통에 접목시키고 있는지도 모른다. 이들의 변함없는 사랑은 정말 새하얀 백합(웅대한 사랑)처럼 우아하고 아름다움을 과시했다.

17. 가족이라는 울타리

"엄마! 집에 가는 길에 아빠 만나고 갈까요?"

침상에 누워 항암주사를 투여받고 있는 민서가 옆에 앉아서 애처로운 눈빛으로 바라보고 있는 엄마에게 말했다. 그 뽀얀 얼굴을 손끝으로 만지며 민서도 아빠를 보고 싶어 한다는 것을 알았다. 아빠 없는 아이로 태어나서 43년을 그리워하며 살아온 민서가 아빠 앞에서 어린아이처럼 어리광을 부리고 싶을 그 마음을 모르진 않았다. 아빠를 기적적으로 만났으나, 함께하지 못하고 멀리서 바라볼 수밖에 없는 민서의 심정을 알고도 남았다.

"아빠가 시간이 있으실지 모르지만, 네가 힘들잖아."

"아빠가 안아주시면 힘이 날 것 같아요. 많이 힘들진 않아요.

아빠가 보고 싶어서 그래요. 엄마의 표정을 보니, 나보다 더 보고 싶어 하시는 것 같은데요."

"그렇긴 하다만, 아빠에게도 사정이 있지 않을까?"

"알았어요. 주사 다 맞고 나서 아빠한테 전화해 볼게요."

민서는 주사약을 쳐다보았다. 아직 절반 이상이나 남아 있는 약물이 야속했다. 병실에는 주사 투약을 마치고 나가는 환자들과 호명을 듣고 투약하려고 들어오는 환자들로 자연스럽게 침상의 주인이 교체되고 있었다. 서린은 늘 느끼는 일이지만 정말 암 환자들이 많다는 사실에 놀람을 금치 못했다. 병원에 오면 모두가 환자같이 보였고, 자신도 환자처럼 느껴진다는 생각에 피식 웃었다.

"아빠가 시간을 봐서 광주에 오신다고 했는데 ....."

전화하겠다는 민서를 말리지 않았다. 말리고 싶은 생각이 없었다. 민서 덕분에 민욱을 만날 수 있는 것이라면, 이보다 더 좋을 순 없다고 생각했다.

"그건 쉽지 않을 거예요. 아빠의 성격에 대전 어머니를 혼자 두시고 집을 비울 수 있겠어요. 자녀분들도 모두 미국으로 갔다고 했어요. 그래서 집에는 가사도우미뿐이잖아요."

아빠와 가끔 통화하기에 아빠의 사정을 꿰뚫고 있었다.

"그렇긴 해. 엄마도 그런 생각을 했어. 그래서 엄마도 욕심부리지 않고 느긋하게 기다리기로 했어. 우리가 보채면 아빠가 신경 쓰시잖아."

"그러니까 우리가 집 근처로 가면 되잖아요. 집에는 안 들어가도 잠깐 아빠 얼굴만이라도 봐요. 아빠도 간병하시느라 고생하시잖아요. 새로운 에너지를 공급해 줘야 해요. 내가 안 아팠으면 도와드렸을 텐데 말이에요."

"어머! 우리 딸, 마음 쓰는 것 좀 봐. 우리 딸은 마음도 예뻐. 아빠가 들으시면 좋아하시겠다. 호호호~~."

서린은 속으로 생각했다. 네가 아프지 않았으면 아빠를 만날 수 없었다고 말하고 싶었지만, 상처받을까 봐 참았다. 그렇지만, 그 아픈 결과는 고마웠다.

"엄마 닮았나 봐요. 우리 엄마 마음은 더 예쁘잖아요. 엄마를 보면, 민서가 많이 미안해져요. 민서 때문에 엄마는 많은 걸 포기하고 살았잖아요. 그 마음을 아빠도 알고 계실 거예요."

"그렇지 않아. 엄마는 민서가 있어서 암울한 현실과 싸울 수 있었던 거야. 민서가 아빠 몫까지 했어. 그래서 엄마는 너를 낳을 걸 후회하지 않아. 이 자리까지 오게 된 것도 너의 힘이 컸었어. 민서는 엄마의 최첨단 무기였거든. 어떤 곳에서나 어떤 방법으로도 사용이 가능한 가공할 엄마만의 고상한 무기였어. 엄마는 사실을 숨기지 않는다."

"호호호~~. 거짓말이라 하면, 한 가지 대형사건이 있잖아요."

"또 그 얘기야? 호호호~~. 그걸로 엄마의 발목 잡을 생각은 아예 하지 마라. 엄마의 체면을 봐서라도 그럴 수밖에 없었던 그때의 상황을 안다면, 그 거짓말에 고마워해야 할 거야. 거짓말을 하지 않았다면, 네가 태어났을지 의문이거든."

"우리 엄마가 충격받으셨구나? 호호호~~. 알았어요. 엄마가 잘 하셨어요. 엄마 딸이라서 행복해요."

"충격까진 아니야. 엄마의 양심이 좀 아플 뿐이지."

"이젠 그 얘긴 안 할게요. 호호호~~."

민서의 마음 씀씀이에 서린은 만족했다. 언제 봐도 예쁜 마음으로 잘 자라준 딸이 기특하고 고마웠다. 그 유방암만은 피할 수 있었으면 얼마나 좋았을까 하고 생각했다가도, 민서의 암으로 인해 민욱을 만나게 되었으니, 암을 원망할 수 없는 서린은 그저 웃기만 했다. 세상의 이치가 뒤죽박죽된 기분이 들었지만, 한쪽으로만 생각하면 행복할 수 있는 조건이 있어서 정말 산다는 것이 요지경 속과 같다고 생각했다.

한 방울 또, 한 방울이 떨어지는 주사약을 지켜보는 서린의 눈 속에는 애틋한 그림들이 이글거렸다. 조잘거리던 민서는 눈을 감고 휴식에 들어갔다. 그 손을 잡은 서린의 심정은 갈팡질팡했다.

서린은 일어났다. 주사실을 빠져나가고 싶었다. 말없이 밖으로 나왔다. 5층은 항암주사를 투약하러 온 환자들과 보호자들이 득실거렸다. 그 무리들을 피하여 좁은 엘리베이터에 올랐다. 계획도 없이 1층에서 내렸다. 만남의 장소가 가까운 중앙통로에 임시로 전시된 그림들이 눈에 띄었다. 한 사람의 그림 20여 점이 전시되어 있었다. 서양화가 아닌 동양화였다. 색채의 구성과 시각적인 효과를 노린 화가의 의도를 살폈다. 그림을 보는 시선은 남달랐지만, 그 화려한 화풍이 마음을 끌었다. 화가의 이름과 연혁이 소개된 카탈로그를 보았으나 기억에는 없었다. 한 점 한 점 둘러본 서린은 걸음을 옮겼다.

커피 한 모금이 생각났지만, 카페를 그냥 지나쳤다. 두리번거리며 아는 사람이라도 있나 하고 살폈지만, 이내 실망이 돌아왔다. 동관, 서관 접수대에는 퇴원하는 사람, 입원하려는 사람과 짐들(여행용 가방)로 복잡했다. 서린도 민서로 인해 겪었던 일이라 희비가 엇갈리는 병원 분위기가 어수선했다. '정말 아픈 사람들이 많구나.'하고 혼자 중얼거렸다.

저만치에서 걸어오는 민욱의 희미한 환상을 그려보았다. 얼굴은 좀 수척해 보였고, 그 눈가에 흐르는 인자한 미소는 서린을 들뜨게 했다. 금방 눈앞에서 사라지는 형상이었지만, 생각만은 달콤했다. 수많은 사람 중에 단, 한 사람을 생각하는 마음은 절실했다. 병원 로비에서 우두커니 서서 누구를 찾는 듯한 그 모습은 쓸쓸했다. 참새처럼 조잘대는 민서가 옆에 없어서 더욱 허전한 것은 어쩔 수 없었다.

그런, 자기의 모습을 상상하며 혼자 피식 웃으며 이곳저곳으로 시선을 돌렸다. 그 많은 사람 중에 자신이 보고 싶어 하는 사람이 없다는 것이 불만스러웠다. 온통 아파 보이는 사람들로 가득했다. 병원 원장이 이걸 보고 있다면 온통 돈으로 보이지 않을까 하는 엉뚱한 생각도 해봤다. 짓궂었지만 생각하니 재미있었다. 역시 인간사회를 지배하는 우두머리는 비겁하고 냉정한 돈이란 생각에서 자유로울 수 없는 것 같았다. 서린의 생각은 상쾌했다.

회전문을 따라 밖으로 튕겨 나왔다. 여름은 끝자락에 있는 8월의 태양은 아직도 뜨거웠다. 눈앞에서 요란한 굉음을 울리며 응급환자를 실은 앰뷸런스가 응급실을 찾는 광경이 안타까웠다. 서린은 소름이 끼치도록 몸을 떨었다. 문득 돌아가신 부모님의 얼굴이 떠올랐다. 사랑스러운 딸을 집에서 쫓아내고 퇴근하시고 밤마다 독한 술로 아픔을 달래셨던 아빠! 그 모습을 보면서 한없이 딸을 원망하며 눈시울을 적셨던 엄마! 자신보다 백 배는 더 아파하셨을 부모님! 딸의 효도를 눈앞에 두고서 저세상으로 가신 부모님의 슬픈 얼굴은 아직도 지워지지 않았다.

서린은 얼른 안으로 들어왔다. 가슴에 파고드는 그 소리가 더는 듣고 싶지 않았다. 편안한 1인용 소파가 있는 서관 출입구 쪽의 휴게실을 찾았다. 마침 비어 있는 소파가 눈에 들어왔다. 횡재했다는 기분으로 덥석 그 자리에 엉덩이를 밀어 넣었다. 서린은 그 곳에 앉아 등을 편안하게 기댔다. 자상하고 다정했던 보고픈 아빠를 떠올렸다.

그러니까 민서의 백일 날이었다. 낮에 백일사진 촬영 때나, 식사 자리에 참석하지 못하신 아빠가 저녁 무렵에 집 앞에서 서성이는 것을 발견했다. 일몰 후라서 날이 조금 어두워지기 시작했을 때였다. 한 손에는 선물꾸러미, 또 다른 손에는 큼직한 과일바구니를 무겁게 들고 계셨다. 서린은 가정부가 머리가 아프다고 해서 약국에서 두통약을 구매하여 돌아오는 길이었다.
"아~빠~~."
서린은 달려가서 그 품에 와락 안겼다. 여섯 달 만에 아빠 품에 안긴 서린은 서럽게 울었다. 아빠는 서린을 밀어내지 않았다. 선물상자와 과일바구니를 대문 앞에 내려놓고 가슴에 사무치는 딸을 안아주었다. 그 가슴에서 날마다 술과 한풀이를 했던 아빠의 심정을 스스로 느낄 수 있었다. 오랜만에 맡아보는 아빠의 냄새가 서린을 더욱 슬프게 했다.
"아빠~~. 보고 싶었어요. 왜 이제 오셨어요. 서린이가 얼마나 아빠를 기다렸다고요. 흐흐흐~~. 아~빠~. 아니에요. 지금이라도 찾아와 주셔서 울고 싶도록 고마워요."
전에도 서린은 아빠가 집 근처까지 오셨다는 것을 알고 있었다. 딸이 그토록 보고 싶으셨던 아빠였다. 저지른 일은 엄청나서 그 행동이 미웠어도 딸만은 미워하지 않았다. 그러므로 해서 야박하게 맨몸으로 쫓아내지 않고, 공주 같은 풍성한 대접으로 추방(?) 시켰다. 넓은 단독주택(보수공사 필), 신혼가구 및 가전제품 풀 세트, 승용차, 가정부, 유모(손녀를 위한), 생활비와 대학 학비지원, 그리고 여유자금(지참금)까지 주었으니, 초호화판 징계처분이 아닐 수 없었다.

"그런 짓을 하고도 아빠가 보고 싶었어? 아빠 가슴은 아직도 아물지 않았어. 나중에라도 민서한테 원망을 듣지 않으려고 온 거야. 네가 보고 싶어서 온 게 아니야."

"네, 아빠~. 아빠가 무슨 말씀을 하셔도 서운하지 않아요. 민서도 할아버지가 오셔서 좋아할 거예요. 앞으로 서린이가 용서받기 위해서 잘할게요. 아빠~~ 죄송해요. 호호호~~."

서린은 얼굴을 들지 못하고 아빠 가슴에 파고들며 흐느꼈다. 그동안 참았던 눈물을 모두 쏟아내고 싶었다. 눈물이 가뭄에 말라 터진 논바닥을 적실 때까지 울고 싶어 했다.

"아빠가 왔다고 너의 무모한 행동을 용서하는 건 아니다. 다만, 아빠도 없는 민서가 불쌍해서 할아버지라도 축하해야겠다는 생각이 들어서 엄마나 오빠는 모르게 왔을 뿐이다."

아빠의 눈가에도 이슬이 빤짝거렸다. 두 번이나 민서 때문에 왔다는 것을 강조하시는 아빠의 진심을 알았다. 품에 안겨 흐느끼는 딸을 따뜻한 마음으로 위로하지 못하는 그 심정은 더 많이 아플 것으로 느꼈다.

"그렇다고 해도 고마워요. 민서는 아빠의 손녀이기 전에 서린의 딸이잖아요. 호호호~. 그래서 서린은 아빠 딸이에요."

"널 어떻게 키웠는데 이게 뭐냐? 너희 친구들이 부러워할 그 이상의 혼수로 호화롭게 결혼시키려고 했는데, 아빠 엄마를 이렇게 실망시키다니, 넌 이래저래 못된 딸이야. 원망해도 어쩔 수 없다. 아빠의 실망과 충격은 무엇으로도 회복시킬 수 없다."

딸을 용서하지 않는다는 아빠는 딸을 가슴에서 떼어놓지 못했다. 서린을 진정으로 사랑하고 아끼는 아빠의 말과 마음은 따로 놀았다. 흐느끼는 서린은 그런 아빠의 심정을 느끼고 있었다.
"흐흐흐~~. 서린이가 잘못했어요. 용서하지 않으셔도 괜찮아요. 그냥, 보고 싶을 때 아빠를 볼 수 있게만 해주세요. 아빠의 딸이 아빠를 보지 못한다는 건 너무 슬프단 말이에요. 아~빠~~."
"말이라도 못하면 밉지나 덜 하지. 아빠를 그토록 배신해 놓고선 왜 아빠가 보고 싶어? 아빠의 딸이라고? 아빠 인생에 가장 고통스러운 일을 저질러놓고 그런 말이 입에서 나와? 아빠가 무섭지도 않아?"
"죄송해요. 아빠! 아빠는 서린이 아빠잖아요. 서린인 아빠의 딸이 맞으니까, 아빠가 보고 싶은 거란 말이에요. 아빠가 보고 싶은 걸 어떡해요? 서린이 아빠인데 왜 무서워요? 무섭지 않아요."
서린은 눈물이 자욱한 얼굴을 들었다. 아빠를 쳐다보는 그 눈빛은 강렬했다. 그런 딸을 야단도 칠 수 없는 마음은 안쓰러웠다.
"아빠~~. 서린이가 뽀뽀해도 되죠?"
서린은 아빠의 허락도 떨어지기 전에 그 입술에 입을 맞추었다. 이는 가족에 대한 서린의 독보적인 애정표현의 일환이었다. 기습으로 당하신 아빠는 서린을 다시 힘차게 안아주셨다.
"이러니 아빠가 약해질 수밖에 없구나. 딸 하나는 예쁘고 반듯하게 키웠다고 생각했는데, 어떡하다가 우리 부녀 사이가 이렇게 되었니? 네가 너무나 밉구나."
"아빠! 서린이가 잘못했어요. 안으로 들어가세요. 민서가 할아버지를 어떻게 맞을지 궁금해요. 어서 들어가세요."
품에서 떨어진 서린은 양 손바닥으로 볼에 흐르는 눈물을 대충 닦아내고 아빠의 손을 잡고 끌었다. 선물상자는 서린이가 들고, 무거운 과일상자는 아빠가 들고 집 안으로 들어갔다. 현관에 들어서자마자 거실에서 머뭇거리는 가정부와 유모에게 다정한 목소리로 아빠를 소개했다.

"아주머니! 우리 아빠예요. 민서 할아버지예요. 저도 보고 민서가 보고 싶어서 오셨데요."

서린은 신이 나서 말했다. 갑작스러운 상황이라 가정부와 유모는 당황스러워하며 정중하게 "안녕하세요."라고 인사했다. 그녀들의 표정은 조금 굳은 것 같았다.

"철없는 것을 맡겨놓고 이제 서야 인사드리네요. 그간 수고하셨고, 또 고마웠습니다. 앞으로도 잘 부탁해요."

아빠는 진심으로 그녀들에게 고마워하셨다. 딸을 가진 아빠로서 예를 갖추었다. 서린은 아빠를 민서의 방으로 안내했다. 유모는 자리를 비켜줬다. 민서는 때마침 깨어서 공갈 젖꼭지를 빨며 놀고 있었다. 안전망이 지켜주는 이동용 유아침대에 누워있던 민서는 새로운 인물의 등장에 관심을 보였다. 서린은 얼른 민서를 안아서 아빠 품에 안겨드렸다.

"민서야~. 할아버지야. 우리 민서가 '안녕하세요. 할아버지! 저 100일 전에 태어난 민서예요'하고 인사드려야지."

민서를 받아 안은 아빠는 딸의 태도가 신기했다. 철없는 천방지축 딸인 줄 알았는데, 제법 엄마의 모습을 보여주는 것이 기특하고 신기했다. 그런 딸을 가상하게 보면서 눈을 맞추는 민서의 손을 잡고 좋아했다. 아빠의 입꼬리가 옆으로 길게 뻗어나갔다. 3세를 처음 안아보는 아빠의 표정은 무척 기뻐 보였다. 그러나 기쁨은 반쪽에 지나지 않았다.

"민서야! 내가 네 할아버지다. 너를 만나는 데 백일이나 걸렸구나. 앞으로 할아버지가 자주 오 마. 건강하게 잘 자라야 한다. 나중에 커서 엄마를 절대 닮으면 안 된다. 알았니?"

아빠와 민서의 첫 만남은 순조롭게 이어졌다. 생각했던 것 이상으로 아빠의 대처가 너무나 고마웠다. 서린의 입가에는 미소가 춤을 추었다. 민서도 낯을 가리지 않고 초롱초롱한 눈으로 요리조리 살피며 할아버지를 의식하는 것 같았다.

"우리 민서 예쁘죠?"

서린은 그 앞에서 벗어나지 않았다. 아빠와 민서를 번갈아 보면서 환한 미소를 얼굴에 띄웠다. 서린은 예정에도 없던 아빠의 방문으로 큰 위안을 받았다.

"널 닮아서 예쁘구나. 낯을 가리지 않아서 귀엽다. 허허허~~. 너도 아기 때는 이랬는데 말이다. 다 커서 이렇게 엄청난 속을 썩일 줄은 몰랐지. 부모의 뒤통수를 쳤으니까. 하하하."

민서를 내려다보던 아빠가 처음으로 웃었다. 민서가 귀여워서 어쩔 줄 몰랐지만, 지나친 표현은 하시지 않으려고 노력하는 아빠가 애처롭게 보였다. 마음껏 기뻐할 수 없어 말을 잇지 못하시는 아빠를 이해했다.

"민서가 지네 아빠도 닮았어요. 좋은 것만 닮은 것 같아요. 공부하는 머리도 닮았으면 좋겠어요."

서린은 아차! 실수하고 말았다. 아빠 앞에서 민욱의 얘기는 조심할 필요가 있다는 것을 알았지만, 들떠있는 기분에 순간적으로 걸러내지 못했다. 기뻐하는 아빠에게 찬물을 끼얹고 말았다.

"아빠 앞에서도 그 사람 얘길 하고 싶어? 다시 묻는데 전사한 게 맞느냐? 사기당하거나 농락당한 것 아니냐?"

서린은 서운한 표정으로 아빠의 얼굴을 쳐다보며 말했다.
"아빠! 그 사람을 나쁘게 비약하지 마세요. 그 사람은 나쁜 사람이 아니에요. 착하고 마음이 따뜻한 남자였어요. 떠나는 그날까지 저의 순정을 지켜주려고 애썼단 말이에요. 제가 사랑하고 싶어서, 그 사람에게 제가 몹쓸 짓을 한 거예요. 아~빠~~."
서린은 아빠 앞에서 몸을 사리지 않고 당당했다.
"알았다. 개운하지 않아서 다시 확인한 거야. 이제 어쩌겠어."
"아빠~. 미안해요."
이 상황을 알지 못하는 민서는 할아버지를 쳐다보며 옹얼거렸다. 피는 속일 수 없나 보다. 민서의 예쁜 행동으로 아빠의 기분이 회복된 것 같았다. 이때 간단한 음료와 과일을 접시에 담아 가정부가 들어왔다. 탁자와 두 개의 의자가 있었다. 그러나 아빠는 의자에 앉지 않고 민서를 안고 무언의 시선으로 소통하고 계셨다. 서린으로서는 다행스러웠다.
"아빠~~. 앉으셔서 과일 드세요."
"아니다. 난 됐다."
"아빠~~. 민서가 귀여우시죠? 순해서 보채지도 않아요. 그래서 유모가 힘들지 않아서 좋데요."
"그렇다니 다행이다. 할아버지를 알아보는 것 같아서 기쁘구나. 예쁘고 귀엽기도 하고. 거듭 말하지만, 헛똑똑이 엄마는 닮지 않았으면 좋겠다. 너도 이제 딸을 길러보면 부모의 아픈 마음을 알게 될 거야. 하늘이 무너져도 그 충격보다 가벼울 거야."
민서는 할아버지를 쳐다보며 옹알옹알거렸다. 무슨 말이라도 하려는 듯이 예쁜 입술을 움직이는 모습이 인형처럼 예뻤다. 처음 보는 얼굴을 낯설어하지 않는 것이 할아버지로서는 귀엽고 예뻐서 한없이 기뻐하셨다. 귀여움을 받는 것도 민서의 하기 나름이란 말이 적중되었다. 지금까지의 일로 보면, 어린아이지만 엄마의 입장을 감지하고 힘들게 하지 않았으며, 할아버지를 알지는 못하더라도 엄마를 도와줘야겠다는 천성이 움직인 것 같기도 했다.

"아빠~ 미안해요. 우리 민서는 안 그럴 거예요. 반성하는 마음으로 예쁜 손녀로 키울게요. 힘드시니까 그만 내려놓으세요."

서린은 민서를 받아서 침대에 눕혔다. 침대에 누워서도 민서는 엄마와 할아버지를 쳐다보고 예쁜 미소를 흘리며 귀여움을 떨었다. 첫 손녀를 보는 아빠의 모습이 보기 좋았다. 선물상자에는 민서처럼 예쁘고 귀여운 인형이 웃고 있었다. 그 인형을 꺼낸 서린은 민서 앞에 흔들어 보이며 좋아했다.

"민서야~. 할아버지의 첫 선물이야. 할아버지한테 고맙다고 인사드려야지. 우리 민서는 부자 할아버지가 계셔서 좋겠다."

민서는 알아들었는지 엄마에게 예쁘게 웃어 보이기까지 했다. 그 모습을 보는 두 얼굴에도 환한 웃음이 일렁거렸다. 서린은 아빠의 허리를 안았다.

"아빠~~. 저번 집에서 쫓겨나기 전에 서린이가 두 번이나 안아달라고, 뽀뽀해달라고 했을 때, 왜 거절하셨어요?"

서린은 아빠의 마음을 알면서도 짓궂게 물어봤다. 지금은 아빠의 심중이 어떠하신지 궁금했다.

"네가 어마어마하게 예쁜 짓을 해서 아빠가 정신이 없어서 그랬다. 그런 짓을 저지르고도 뻔뻔하게 그런 말이 나왔니? 내 딸이지만, 너무 예쁜 짓을 해서 감히 뽀뽀할 수 있었겠니? 지금까지 이 말이 듣고 싶었어?"

"헤헤헤~~ 아무리 그렇다고 해도 그땐 너무 서운했어요. 아빠한테 버림받은 느낌이었단 말이에요. 얼마나 속상했다고요."

"20년을 공주처럼 애지중지 기른 딸에게 배신당한 아빠의 속은 어떠했겠어? 자식들은 제아무리 영특하다 해도 부모의 사랑하는 마음을 몰라. 서운하고 속상한 걸로 치면, 아빠 엄마는 너보다 천 배, 만 배는 더했을 거다. 속상했다는 말이 어디에서 나와?"

이것이 부모의 마음이란 걸 모르는 서린이가 아니었다. 부모님을 늘 즐겁게 했던 애교 만점 효녀였던 서린은 한 남자를 만나서 가슴으로 품었기에 불효한 여식이 되고 말았다.

"지금도 서린이가 미우세요?"

"평생 미워할 거다. 20년 동안 주야로 쌓은 공든 탑이 하루아침에 와르르 무너졌는데, 그 자리가 빨리 복원되겠니? 노랫말처럼 세월이 약이겠지만, 20년은 족히 걸릴지도 몰라. 그렇지 않아? 너도 양심이 있으면 원망은 하지 않을 줄 안다."

"아~빠~~. 빨리 우리 사이가 회복되었으면 좋겠어요. 20년은 너무 길어요. 그러면 마흔 살의 아줌마가 된단 말이에요. 서린은 아빠 사랑을 받지 못하면 서운하고 힘들어요. 아빠~~."

"입술에 침이나 바르고 말해라. 아빠의 사랑이 필요한 네가 아빠의 뒤통수를 쳐? 하하하~~. 아빠가 널 믿은 게 잘못이었어. 내 딸만은 그렇지 않으리라 생각했는데, 엄마와 아빠가 보기 좋게 딸에게 당한 거지."

"뒤통수를 친 건 아니에요. 좋은 사람을 만났으니까, 사랑을 해보고 싶었단 말이에요. 그 사람은 떠나갔지만, 귀한 보물을 선물 받았잖아요. 지금도 후회하지 않아요."

서린은 팔을 풀고 새침한 표정으로 아빠를 쏘아봤다. 금방 죽는 한이 있어도 할 말을 다 하는 성격의 서린은 아빠를 무서워하지 않았다. 이것이 서린의 주 무기였다. 이런 딸을 외면하지 못하시는 아빠는 다시 서린을 안아주고 이마에 입을 맞추었다.
 "너를 누가 말리겠니. 말은 청산유수구나. 그렇다니 할 말이 없다. 서두르지 마라. 회복하는 데는 시간이 필요하다. 20년 후에 민서가 너 나이가 되면, 그때 다시 민서를 앉혀놓고 얘기하자. 그때도 할 말이 있는지 보자꾸나."
 어이가 없으신 아빠는 민서의 손을 잡고 이마에 입을 맞추며 작별인사를 하셨다. 20년 후에 민서가 스무 살이 되면, 엄마와 4자 대면으로 얘기하자는 아빠의 말씀이 가슴에 비수처럼 꽂혔다. 서린은 그런 아빠의 얼굴을 살피며 눈물을 글썽거렸다. 그런 딸을 보는 아빠는 아픈 가슴을 달래지 못하고 작별인사를 하셨다.
 "민서야~ 할아버지는 간다. 다음에 또 만나자. 건강하고 예쁘게 무럭무럭 자라야 한다. 다시 말하지만, 절대 엄마는 닮지 마라. 엄마는 할아버지와 할머니를 속상하게 한 나쁜 딸이었어. 알았지? 그러니까 넌 엄마한테 말썽 피우지 않는 착한 딸이 되어야 한다."
 아빠는 알아듣지도 못하는 민서에게 뼛속까지 시린 말을 남기고 집을 나섰다. 서린은 자신에게 돌아오는 메시지인지라 오싹한 기분이 들었다. 아빠가 받은 충격의 강도를 다는 알 수 없었다. 무서움이 없는 서린은 아빠 앞에서도 거침없었다. 당돌한 성격은 여전했다.
 "아빠는 잔인해요. 아빠는 인자하신 분이셨는데, 지금 보니까 뒤끝이 장난이 아니시네요. 호호호~~. 민서도 엄마 닮지 말라는 아빠의 말씀에 귀가 따가웠을 거예요."
 "네가 한 행동에 비하면, 아빠의 말은 아무것도 아니야. 알아들었어? 네 말처럼 아빠의 뒤끝은 끝나지 않았다. 알겠니?"

"그러지 마세요. 그렇게 말씀하시면, 아빠 같지 않아서 이상하단 말이에요. 서린이 아빠는 인자하신 분이란 말이에요."

"그렇다 해도 어쩔 수가 없다. 네가 아빠를 이런 꼴로 만들었으니까. 참고 참은 것이 이 정도인 줄 알고 반성하기나 해라."

서린은 입을 삐죽거리며 아빠를 배웅하려 따라 나왔다. 아빠는 집과 마당을 둘러보며 만족하신 표정을 지었다. 그 마당에 대한 계획이라도 있는 것 같았다. 민서의 예쁜 모습이 눈에 밟힌 아빠는 입술을 꾹 다물고 천천히 대문을 나섰다.

"너도 몸 관리 잘해라. 네가 아프지 않고 건강해야 민서도 키우고 공부도 할 수 있잖아. 무엇을 하든 무리하지 말거라. 더는 말썽 피우면 안 된다. 명심해라."

야속한 딸이지만 어부지리로 엄마가 되어 마음의 고생이나 하지 않았으면 하고 바랐다. 미운 딸이지만, 철없는 엄마의 자리가 녹록하지 않다는 걸 알기에 남편도 없이 험한 세상을 살아야 하는 딸을 한없이 걱정스러워하셨다.

"집에 와주셔서 고마웠어요. 또 오셔야 해요. 기다리고 있을게요. 아빠~~. 조심해서 가세요."

운전기사와 승용차를 보내신 아빠는 걸어서 어둠 속으로 멀어졌다. 그 어둠을 살피던 서린은 한껏 기분이 좋아서 덩실덩실 춤을 추며 집으로 들어왔다. 6~7개월 만에 아빠를 만난 서린은 날아갈 듯이 기뻐했다. 아빠의 품에 안겨도 보고, 그 입술에 뽀뽀도 했으니 말이다. 아빠가 너무나 고마웠다. 용서하지는 않으셨지만, 딸로 인정하시는 아빠의 마음에 감사했다. 거기다가 민서를 너무 귀여워하시는 아빠의 모습에 기분이 엄청 좋았다. 역시 아빠는 위대했고, 민서의 외할아버지로서 만점이었다.

그 후로 가끔 집에 들러서 손녀 민서를 귀여워하며 같이 놀아주기도 하셨다. 민서도 할아버지를 잘 따르고 재롱을 부렸다. 귀여움을 독차지했다. 그러던 이듬해 봄이었다. 첫돌이 지난 민서는 예쁘게 자랐다. 그 모습을 귀여워하시며 예쁜 민서를 위해서 마당 한쪽에 미끄럼틀, 그네 등 다섯 종류의 놀이시설을 전문업체가 동원되어 완벽하게 설치해 주셨다. 할아버지의 손녀 사랑은 집안과 마당에 가득했다. 민서가 다치지 않도록 바닥에는 부드러운 모래를 두껍게 깔았다. 민서에 대해 신경을 쓰시는 것을 보면, 서린의 기분이 하늘을 날았다. 서린은 문득 부모님이 보고 싶어졌다.

아빠와의 화해를 위한 한 때를 추억한 서린은 소파에서 일어나 주사실로 올라왔다. 마침 주사약이 거의 끝나 가고 있었다. 민서의 표정이 힘들어 보였다. 귀여운 얼굴이 조금은 일그러졌다.
"엄마~ 어디 가셨어요?"
"응, 1층에서 사람 구경하다 왔어. 엄마를 기다렸니?"
"눈을 뜨니 옆에 안 계셨어요. 아빠한테 전화하셨어요?"
"안 했어. 네가 한다고 했잖아. 그런데 이 몸으로 아빠를 만날 수 있겠어? 널 보면 걱정하시겠다. 이리 보면 딸이 암 환자, 저리 보면 와이프가 암 환자니, 아빠의 마음이 편하시겠니?"
서린은 그게 걱정되었다. 자신이 보고 싶은 건 둘째 문제였다. 민욱의 아픈 마음을 건드릴 것 같아서 대전에 들린다는 것이 유쾌하지만은 않았다.
"침대에서 일어나면 괜찮아져요. 저번에도 그랬잖아요. 엄마도 아빠가 보고 싶으면서 괜히 그러세요."
"그건 그렇다만. 엄마는 아빠가 너를 보고 속상하실까 봐 그게 걱정돼서 그러지."

"아빠도 엄마를 보고 싶어 하신단 말이에요. 엄마를 보시면 기분이 더 좋아지실 거예요. 두 분은 황혼 열애 중이잖아요."

"네가 아빠를 보고 싶어서 그러는 건 아니고? 괜히 조용히 있는 엄마를 끌어들이지 마라. 엄마는 참을 수 있단 말이야. 열애 중이란 말은 빼고, 신혼부부였으면 좋겠다. 호호호."

"호호호~. 그건 민서가 실수했어요. 신혼부부가 맞아요. 호호호. 어쨌든 따지고 보면 꿩 먹고 알 먹는 거잖아요."

모녀는 가뿐하게 웃었다. 민서는 오늘로 항암주사 투약은 끝났다. 다음부터는 방사선치료로 전환되었다. 증세가 경미한 까닭에 유나와는 달리 항암주사도 조기에 끝나고, 표적주사는 해당되지 않았다. 그래서 마음은 한결 가벼웠다. 주사 투약을 마치고 1층으로 내려온 민서는 잠시 정신을 가다듬고 나서 아빠에게 전화했다.

"아빠~~. 민서예요. 잘 지내시죠?"

"응, 아빠는 잘 있다. 어디야? 날짜를 보니 병원인 모양이네."

"하여튼 우리 아빠는 못 속여. 호호호~~."

"네가 항암주사 맞을 때가 되었잖니. 주사 맞는 고행은 끝난 모양이구나. 민서가 무척 힘들겠구나."

"맞아요. 아빠! 이제 항암주사는 아주 끝났어요. 앞으론 방사선 치료를 할 거예요."

"그렇구나. 다행이다. 그 힘든 걸 마쳤으니 축하한다. 그래도 긴장을 늦추면 안 돼. 양 서방하고 왔니?"

항암주사를 마쳤다니 다소 안심하는 눈치를 보였다. 민서의 지친 얼굴이 눈앞에 나타났다. 그 힘든 과정이란 것을 아내를 보면서 알고 있었으므로 늘 마음에 걸렸던 아픔이었다. 한 번도 주사 맞는 딸의 옆을 지켜주지 못한 아빠의 마음은 고통이었다. 방사선 치료도 만만치 않을 것 같다는 생각이 들었다.

"엄마하고 왔어요. 아빠는 엄마와 민서가 보고 싶지도 않으세요? 민서는 매일 보고 싶은데 말이에요."

"그랬구나. 누구 딸인데, 왜 안 보고 싶겠어. 아빠도 눈만 뜨면 보고 싶단다. 아빠라고 곁에 있지도 못하고, 한 번도 아빠 노릇을 못해서 미안하다."

엄마하고 왔다니 갑자기 서린의 분위기 있는 얼굴이 떠올랐다. 서린과 민서에게 미안한 마음은 이를 데 없었다. 가시밭을 맨발로 걷는 것처럼 따가웠다.

"엄마도 아빠가 보고 싶데요. 아빠~ 미안해하지 마세요. 어쩔 수 없는 현실이니 이해하고 있어요. 민서는 괜찮아요."

"그랬어? 하하하~~. 그렇다니 고맙다."

민욱은 서린이가 보고 싶다는 말을 차마 하지 못하고 웃어넘겼다. 그 웃음 속에는 진실이 숨어있었다. 이를 민서는 눈치챘다.

"아빠는 엄마가 많이 보고 싶으면서 .... 호호호~~. 민서는 아빠 마음을 다 알아요. 그래서 아빠 딸이잖아요."

"민서한테 아빠 마음이 들켰구나. 하하하."

"엄마 바꿔드릴게요. 두 분이 타협하세요."

핸드폰을 엄마에게 넘겼다. 부녀의 대화를 엿듣고 있던 서린은 미소를 지으며 전화기를 받았다. 언제 들어도 가슴에 와닿는 목소리는 서린을 기쁘게 했다.

"왜 딸하고 무슨 문제가 있었어요? 핸드폰이 넘어오게요?"

"아무것도 아니에요. 엄마를 보고 싶다고 말하지 않았다고 토라진 모양입니다. 내 마음이 들켰나 봐요."

"그랬군요. 우리 민서가 나를 닮아서 좀 별나긴 해요. 호호호~~. 집에 가는 길에 당신 얼굴만 보고 가려고요. 그래도 괜찮겠어요?"

"그건, 상관없는데 민서가 힘들지 않을까요?"

"가는 길인데 어때요. 민서도 그러기로 했어요. 저가 아빠 보고 싶으니까, 엄마 핑계를 대는 거예요. 잠깐이면 되니까 주소를 찍어주세요. 밖에서 커피나 한잔해요."

"알았어요. 그럴게요."

서린은 재빠르게 해결했다. 병원 동관 지하주차장으로 내려가는 길에 주소 문자가 도착했다. 정오가 조금 지났으므로 지하 식당가에서 식사하기로 했다. 일식집 앞에서 길게 줄을 섰다. 점심 식사 시간 때이므로 식당마다 긴 줄이 형성되어 있어서 식당가는 복잡했다. 홀이 넓은 까닭에 5분을 기다린 끝에 좌석을 배정받아 생선초밥으로 식사를 마치고, 커피는 대전에서 마시기로 하고 지하 2층에서 모녀는 노란색 지프에 몸을 실었다.

내비게이션의 안내로 하남에서 중부고속도로에 진입했다. 음성휴게소에서 잠시 스트레칭으로 몸을 풀고 나서 고속도로 주행을 이어갔다. 집으로 가는 정해진 코스였다. 중부고속도로를 빠져나와 경부고속도로를 만났다. 몇 분 걸리지 않아 호법 교차로에서 호남고속도로를 진입한 지프는 북대전 톨게이트를 통과하여 종착지 용산동 주택단지에 도착했다. 집 앞에는 가지 않고 도로변에 지프는 멈춰 섰다. 민욱은 인도에서 기다리고 있었다. 민욱을 발견한 민서는 재빨리 내려서 아빠한테 달려가 어리광을 부리며 품에 안겼다.

"아~빠~~."

"오느라고 고생했다. 몸은 괜찮니. 우리 민서가 힘들어서 어떡하나? 아빠가 지켜주지도 못했으니 말이다."

민욱은 품에 안긴 민서의 등을 애석한 심정으로 토닥여 줬다. 아빠의 정이 그리울 딸이란 걸 알면서 따뜻하게 품어주지 못하는 심정은 한없이 추락하고 있었다.

"아빠~~. 민서는 괜찮으니 걱정하지 마세요. 대전 어머니가 빨리 회복해야 할 텐데 그게 걱정이잖아요."

"고맙다. 다행히 잘 이겨내고 있어서 그렇게 힘들지는 않아. 본인이 많이 참는 것 같아서 안쓰럽기는 해."

"정말 다행이에요. 민서가 응원한다고 전해주세요. 호호호~~."

"그러마. 아줌마에게 민서의 응원이 많은 힘이 될 거야. 민서도 다음부터 방사선치료를 한다니 잘 이겨내야 해. 아빠가 아무것도 도울 수 없어서 면목이 없다."

"아니에요. 아빠! 민서는 괜찮아요. 아빠를 만나서 암이 완치된 것 같아요. 호호호~~."

"하하하~~. 그렇다면 다행이고."

민서는 아빠의 걱정을 덜어주기 위해 애교작전으로 돌입했다. 차에서 내린 서린은 부녀의 상봉이 끝나기를 몇 발짝 뒤에서 기다렸다. 드디어 행동을 개시했다. 욕심쟁이 딸을 밀치고 집 앞을 살피더니 민욱을 와락 끌어안고 입술을 맞췄다.

"고생 많으시죠? 내가 도울 수 있는 것이 있었으면 좋으련만...... 그러지 못해서 안타깝네요. 당신 얼굴이 핼쑥해졌어요. 이런 얼굴을 보니 속상해요."

칠순이 가까운 나이에 병중인 아내를 간호하는 민욱의 모습이 안쓰러웠다. 그 힘든 손길과 정신적인 고통을 덜어주지 못해서 안타까워했다. 말로는 가족이라 하지만, 가족의 생태계 연결고리가 다르다는 것이 확연했으므로 가슴이 저려서 속상해했다.

"아내가 많이 보채지 않고 힘들게나마 이겨내고 있어서 견딜만 해요. 처음보다는 많이 좋아졌어요. 항암주사 맞고 일주일이 큰 문제였어요. 지켜보는 마음이 속상할 때가 많지만, 다행히 악성이 아니라서 불안하지 않아요."

"그렇다니 다행이에요. 보지 않아도 두 분의 고생하는 모습이 눈앞에 훤하게 보이네요. 아무것도 도울 수가 없으니 애석한 마음이 들어요. 생각 같아선 내가 용산동에 있었으면 해요."

"서린씨에게는 민서도 있는데, 우리까지 걱정을 끼치는군요. 아내가 서린씨의 마음을 고맙게 받을 겁니다. 아내도 서린씨 생각을 많이 하고 있어요. 걱정하지 마세요."

"걱정도 걱정이지만, 뭐라도 도울 수 있었으면 좋겠어요. 당신 혼자서 애쓰는 걸 보니까 안타까워서 그래요. 내가 용산동에 잠시만이라도 와 있을까요?"

"괜찮아요. 그 정도는 아닙니다. 하하하~~. 민서가 서운해하겠어요. 집안일은 가사도우미가 하니까 훨씬 수월해요. 거동이 불편한 환자가 아니라서 그냥 옆에서 지켜보는 정도에요. 다른 중환자에 비하면 이 정도는 간병하는 것도 아니죠. 하하하."

민욱은 속마음을 들키지 않으려고 애쓰며 웃어 보였다. 도움을 주지 못해서 안타까워하는 서린의 생각과 마음이 고마웠다. 가족이란 울타리가 힘이 되고, 많은 위로가 되는 걸 실감했다. 그래도 서린은 안쓰럽게 생각하며 민욱을 바라보았다.

"몸보다 정신적으로 힘들다는 얘기에요. 당신 얼굴이 까칠하단 말이에요. 핸썸한 얼굴이 출장 갔나 봐요. 호호호."

민욱을 걱정하는 마음은 절실했다. 말이 없는 민서는 아빠와 엄마의 대화를 들으면서 흐뭇한 표정을 지었다. 회포를 풀던 세 사람은 지프에 올랐다. 멀지 않은 곳에 카페가 있었다. 길 건너편 전민동으로 넘어가는 탑립동 길옆에 있는 카페로 안내했다. 서쪽으로 향한 2층 조립식 건물이다. 1, 2층이 모두 카페였다. 동과 남으로는 낮은 산이 둘러있었고, 서와 북으로만 열려있는 지역이라 시원했다. 조금 떨어진 곳에 화원(화초, 다육)이 있었고, 길 건너에는 예쁜 소나무 정원수들이 넓은 대지를 차지하고 고객을 기다리고 있는 모습이 지루해 보였다. 주위에 다른 건물은 없었지만, 골짜기에 거대한 불상이 지키고 있는 종교(불교 조계종)건물이 웅장하게 버티고 있었다.

여유 있는 주차장에 닿았다. 지프에서 내려 2층으로 올라온 세 사람은 마주 보고 앉았다. 역시 민서는 아빠 옆자리를 차지했다. 엄마에게 미안한지 한마디 하는 것도 잊지 않았다.

"은행나무는 암수가 마주 봐야 열매가 열린다고 하잖아요. 헤헤헤~~. 그래서 아빠의 앞자리는 엄마한테 양보한 거예요."

민서의 애교나 행동을 보면 서린과 판박이였다. 닮아도 너무 닮은 것이 흠이었다. 그런 민서를 서린은 미워하지 않았다.

"호호호~ 이거 고마워서 어떡하니? 이러지 않아도 되는데 …. 그렇더라도 행여 네 동생은 꿈도 꾸지 마라. 호호호~. 그럴 리는 없다는 것을 미리 말해두는 거야."

서린은 민서의 얄미움에 대응사격을 퍼부었다. 그렇다고 해도 밉지 않은 귀여운 딸임에는 분명했다. 투병 중일지라도 언제나 옆에서 재잘대는 행복 마스코트였다. 주문한 커피 두 잔과 주스 한 잔이 테이블에 도착했다. 커피를 즐기지 않는 민욱은 주스 잔을 들었다. 얼음조각이 윙크하는 커피와 주스는 입안을 시원하게 바꿔놓았다. 갈증은 한순간에 해소되었다.

"집을 옮기는 문제는 어떻게 되었어요?"

달리 도울 방법이 없는 서린은 무척이나 궁금했다. 가까운 곳에 있으면 자주 볼 수도 있지만, 자신의 음식솜씨를 뽐낼 수 있다고 판단했다. 여러 방법으로 도우며 진짜 한 가족처럼 살 수 있다는 생각이 들었기 때문이다.

"아내도 동의했어요. 광주 가까운 바닷가 얘길 했더니 좋다고 하더군요. 그런데 표적주사까지 마치고 기력이 좀 회복되면 자리를 알아보자고 하네요. 내 생각도 같아요."

"그럼요. 서두르지는 마세요. 우선 건강 회복이 최우선이잖아요. 집터는 내가 알아볼게요. 대지는 먼저 준비해도 상관없으니까요. 내가 아는 곳도 있고 하니 맡겨주세요."

"나중에 시간 내서 아내하고 둘러보기로 했어요. 그렇지 않아도 바쁠 텐데, 그러지 않아도 돼요. 좋은 곳이 있으면 나중에 소개는 부탁할게요."

"그 마음은 아는데, 그렇게 선 그으면 내가 섭섭해요. 물론 당사자가 보고 마음에 들어야죠. 내가 독단적으로 한다는 건 아니에요. 오해하지 마세요. 입지 선정은 두 분이 하시면 되잖아요."

서린의 얼굴은 서운한 기색이 역력했다. 지역환경을 잘 알기에 도와주려는 것뿐인데 도움을 거절하니 마음이 상했다.

"내 말은 그런 뜻이 아닙니다. 우리 일로 시간을 뺏기면 안 되니까 그런 겁니다. 서린씨가 오해하는 것 같아요."

"오해가 아니잖아요. 지금도 우리 일, 우리 일이라며 선을 긋고 있잖아요. 가족이라면서 이러는 게 가족이에요. 우리 일, 지네 일을 구분하는 게 속이 상했단 말이에요."

분위기가 심상찮게 돌아가는 것이 왠지 민서는 불안했다. 엄마도 한 성질 한다는 걸 알고 있기 때문이다. 자신이 개입할 순간을 체크하고 있던 민서가 적소에 끼어들었다.

"아빠~ 엄마~ 이러다가 싸우시겠어요. 진정하세요. 두 분이 이러시면 민서가 속상하잖아요. 다투면서 괜히 보석보다 아까운 시간만 낭비하시는 거예요."

두 사람은 서로를 바라보며 입을 다물었다. 어디서부터인가 잘못 되었음을 찾는 중이었다. 민욱은 서린의 도움을 자제시키는 과정에서 오해가 발생했다는 것을 쉽게 찾아냈다. 서린의 화가 날 만했다는 생각이 들었다. 민서의 중재로 잠시 숨을 돌린 민욱은 먼저 입을 열어 사과했다.

"미안해요. 서린씨! 내가 말을 잘못했어요. 내 딴에는 바쁜 서린씨의 시간을 뺐을까 봐 말린다는 것이 지나쳤나 봐요. 내 생각이 짧았어요. 죄송합니다."

민욱은 솔직히 잘못을 시인하고 사과했다. 그제 와서야 서린의 마음도 풀린 것 같았다. 민욱의 사과를 받아들였다.

"나도 이해력이 부족했나 봐요. 철저하게 자신을 지키려는 당신의 생각을 깜빡 잊고 있었어요. 가족이란 생각에 욕심이 지나쳤나 봐요. 가족이란 의미가 무색하잖아요."

중재인의 역할이 빛을 발했다. 두 사람의 가벼운 언쟁은 빠르게 종지부를 찍었다. 다시 민서가 나섰다.

"아빠와 엄마는 애들 같아요. 호호호~~ 교통순경이 없었으면 두 분은 부딪칠 뻔했어요. 역시 아빠 엄마한테는 민서가 있어야 한다니까요. 호호호~."

민욱과 서린은 민서 덕에 활짝 웃을 수 있었다. 잠깐의 충돌로 인한 큰 화를 면하게 해준 민서를 고마워했다. 넓은 홀에 시끄러운 중년 여자 손님들이 있어서 자신들의 트러블이 드러나지 않은 것에도 다행스럽게 생각했다. 계모임 팀인지? 아니면 교회구역 모임인지? 여덟이나 되는 여자들은 신나게 수다의 시간을 즐기고 있었다. 몹시 소란스러웠다. 예측불허한 상황을 정리한 민서는 조심스럽게 엄마의 눈치를 살피면서 아빠에게 말했다.

"아빠~ 신안 앞바다 큰 섬에 엄마가 은퇴 후를 위해 마련해 둔 땅이 있어요. 엄마도 머지않아 그곳에 노후를 위한 전원주택을 지으려고 하거든요. 아빠~ 같은 곳에 아빠도 전원주택을 지으면 좋잖아요. 한 가족끼리 같은 마당에서 살면 좋을 것 같아요. 민서도 퇴직하면 갈게요. 아빠~~."

"그렇구나. 그런데 민서야. 이제 막~ 만난 엄마한테 부담되고 싶지 않아. 가족끼리 부담된다는 것이 옳지는 않지만, 엄마를 만난 게 부담 주려는 건 아니야. 지금의 아빠 생각은 그래. 가까이 사는 건 아빠도 좋아."

민서의 개입에도 민욱의 마음은 흔들리지 않았다. 딸 민서의 생각도 옳았고, 민욱의 생각도 나무랄 수 없었다. 한 가족으로 만났지만 아직은 문제가 있어 보였다. 시간이 더 필요했다. 잠자코 있던 서린이가 차분하게 입을 열었다.

"당신의 뜻은 알았어요. 나중에 보시고 내 땅이 마음에 드신다면 매입할 때의 시세로 땅값은 받을게요. 가족이라 해도 당신의 자존심이 있으니까, 무상으로 제공하지 않으면 되잖아요. 이러면 되는 거죠?"

서린도 듣고 있다 못해 교통정리에 나섰다. 쉽게 풀어갈 수 있는 수학공식이 아니란 걸 인식했다. 느긋하게 시간과의 싸움이 필요하다는 것을 깨달은 서린의 현명한 선택이었다.

"서린씨! 아직도 화났어요?"

"네, 화났어요. 네 것 내 것 따지니 서운하지 않겠어요. 내가 돈이 많아서 과시하는 건 아니잖아요. 나도 가족으로서 당신에게 도움이 되고 싶단 말이에요. 당신이나 유나씨가 예전처럼 외롭지 않았으면 좋겠다는 마음에서 생각하는 거예요."

서린의 눈망울이 붉어졌다. 민서는 양쪽 눈치 보느라 정신이 없었다. 이러다가 다시 2라운드가 울리면 어떡하나 하고 걱정이 태산 같았다. 옆에 있는 아빠의 손을 잡았다. 손가락으로 아빠의 손바닥을 간질이며 엄마를 달래주라는 시그널을 보냈다. 영리한 민서의 방법이 과연 통할 수 있을까?

"서린씨! 마음이 상했다면 죄송해요. 나와 아내의 신분이 그런 탓에 무엇에나 경계선이 분명했던 건 사실입니다. 서린씨로서는 도저히 이해할 수 없으리만치 우리는 어려서부터 본의 아니게 냉정한 사회로부터 가혹한 훈련을 받으며 자랐거든요. 그러지 않으려고 해도 그게 몸속에 배인 것 같아요. 고아의 심리적인 자기 보호본능이 아마 병적인지도 몰라요. 상처를 받지 않으려는 발버둥 같은 거죠. 남을 의지하지 않는다는 고아의 독립성 같은 겁니다."

민욱의 변론에 서린과 민서는 아무런 말도 하지 못했다. 그저 젖은 마음으로 민욱의 얼굴을 주시했다. 그 얼굴에는 힘들었던 고아의 고통스러운 그림들이 희뿌옇게 아른거렸다. 그런 까닭에 민욱과 유나가 살아왔던 그 세계를 이해한다는 것은 거리감이 있었다. 그 아픈 실타래에서 한 올 한 올 엉키지 않도록 어찌 풀 수 있을까? 장담할 수 없는 서린은 막막했다.

"아직도 당신이 그런 것 때문에 힘들어하는지 몰랐어요. 지금은 당신 곁에 서린과 딸 민서가 있잖아요. 이젠 모두 날려버리세요. 상처로 얼룩진 가슴에 당신의 여자인 서린과 예쁜 딸 민서가 치료해 줄게요. 예전의 당신과 유나씨의 아픔을 깨끗하게 지워버릴 수 있어요. 당신의 자존심을 건드려서 미안해요."

서린의 볼에는 눈물이 줄을 이었다. 민서는 옆에서 아빠의 옆구리를 안았다. 지금도 아빠에게 고아란 상처가 그토록 깊을 줄은 짐작하지 못했었다. 부모에게 버림받았다는 고아의 아픔을 실감할 수 없는 민서는 소리 없이 눈물만 흘렸다. 이르려고 아빠를 보고 싶어 하지 않았는데, 아빠의 아픈 곳을 들춰내려고 만난 것은 아니었는데, 왜 이리 아파해야 하는지 아빠의 과거를 미워했다. 아빠를 버린 할머니가 용서되지 않았다. 한편으론 자신을 버리지 않은 엄마가 한없이 고마웠고 감사했다. 아빠를 쳐다보는 민서의 눈에서는 그칠 줄 모르는 눈물이 달음박질쳤다.

민욱은 자신으로 인해 슬퍼하는 모녀에게 미안했다. 만남의 기쁨도 안겨주지 못하고 모녀의 마음을 아프게 하였으니, 면목이 없었다. 서린도 옆으로 와서 눈물에 젖은 가슴으로 애석하게 민욱을 안았다. 이처럼 모녀에게 위로받을 일은 아니었는데, 이상하게 꼬이고 말았다. 수습하자니 난감했다.

"미안해요. 전원주택 문제는 당신이 시키는 대로 할게요. 당신의 그런 아픔을 오해해서 내가 잘못했어요. 당신에게 지금도 고아의 잔재가 그처럼 뼈저리고 뿌리 깊게 남아 있는지 몰랐어요. 이젠 아파하지 마세요. 누구라도 당신을 손가락질하고 무시할 사람은 없어요. 당신은 훌륭한 분이란 말이에요."

서린은 경솔했던 자신을 탓하며 민욱을 위로하기에 바빴다. 도우려다 혼이 나간 서린은 머리가 무거웠다.

"아닙니다. 서린씨의 잘못은 아니에요. 나도 다 씻어버린 줄 알았는데 고국에 돌아오니 그게 아니었어요. 그러다가 아내가 입원하고, 수술을 받고, 항암치료를 하다 보니 다시금 그것들이 피부로 전해졌어요. 16일 동안 병원에 입원하고 있을 때, 위로해 줄 가족이 한 사람도 없다는 게 무서워지더군요. 병원 특실이 감옥과도 같다는 생각까지 했으니까요. 지겹도록 외로움에 시달렸던 아픈 16일이었어요. 그래서 출생의 헐벗은 옷은 영원히 벗을 수 없다는 걸 알았어요."

민욱은 주스를 한 모금 마시고 말을 이었다.

"나와 아내는 서린씨와 민서가 가족이란 사실에 기뻐하고 있어요. 이 땅에 피붙이 가족이 있다는 것은 축복이라 생각해요. 그러니 네 것, 내 것 따진다고 마음 아파하지 마세요. 만나자마자 경제적으로 의지한다는 것은 불편하다는 생각이 들어서 그래요. 그런 경험이 전혀 없었거든요. 마음으로만 도와줬으면 해요. 이런 걸 우리 부부는 바라고 있어요. 서린씨가 속이 상했다면 대지만은 고맙게 받을게요. 다 잊어버려요. 하하하~~."

물기 젖은 눈으로 지켜보는 모녀를 위해 민욱은 억지로 웃었다. 버스표로 국화빵을 바꿔 유나를 먹이고 추운 겨울에 등하교를 걸어 다녔던 그때처럼 가난하지 않았다. 모녀는 그러는 민욱의 얼굴을 약속이나 한 것처럼 동시에 쳐다보았다. 민욱의 가슴 아픈 고백을 들은 모녀는 아픔이 잦아들지 않았다. 고아로서 이 땅에서 살아남기 위해 전쟁터를 택해야만 했던 민욱의 심정을 위로할 수 없는 것을 괴로워했다. 대학을 졸업하고, 유나와 유학을 떠나 혹독한 환경에서 아메리칸드림을 이루기 위해서 목숨처럼 필요했던 종잣돈 마련의 기회(베트남 파병)를 놓치지 않았던 그가 위대하게 보였다. 촉촉한 마음으로 서린은 민욱을 위로했다.

"앞으로 조심할게요. 마음 같아선 당신의 머릿속에, 가슴속에 똬리를 틀고 있는 그 무서운 것들을 내 손으로 끄집어낼 수 있었으면 좋겠어요. 민욱씨! 당신이나 유나씨는 예전의 그런 신분이 아니란 말이에요. 당신을 사랑하는 서린은 가족으로서 당신을 존경해요. 지금부터 그것들을 기억에서 지워버리세요."

민서는 아빠의 얼굴을 만지며 입을 열었다.

"아~빠~~. 그렇게 아픔이 많았던 아빠인 줄은 몰랐어요. 미안해요. 아빠~~. 그동안 전사하신 아빠만 원망하고, 그리워하며 살았는데, 아빠를 만나고부터 민서의 욕심만 채우려고 했나 봐요. 그래도 아빠를 가여워하지 않을래요. 고아라고 학대받으셨던 아빠에 비하면, 아빠가 없다고 놀림 받았던 민서는 새 발의 피군요. 아빠 곁에서 엄마와 민서가 외로울 틈도 주지 않을 거예요. 민서는 아빠가 무척 자랑스럽고 위대한 분이라고 생각해요. 그런 분이 민서 아빠라서 너무너무 좋아요. 헤헤헤~~."

눈물의 흔적을 지우고 한껏 애교의 꽃을 피운 민서는 아빠 입술에 입을 맞추며 가족의 힘을 실어주었다. 이런 부녀의 모습에 얼었던 서린의 얼굴이 서서히 해동되기 시작했다. 민욱은 민서의 예쁜 가발을 쓰다듬었다.

"그래, 아빠를 이해해 주는 엄마도 고맙고, 우리 딸 민서도 고맙다. 앞으론 외로울 틈도 없을 거야. 하하하."

"아빠~~. 가발 벗겨져요. 호호호~~."

민서의 톡톡 튀는 애교 퍼레이드에 이웃 자리를 금방 차지한 손님들이 웃으며 즐거워했다. 그러나 민서는 부끄러워하지 않았다. 워낙 귀여운 외모가 다른 사람에게 거부감을 주지 않는 편안한 이미지를 소유했기에 말이다. 간신히 고조되었던 분위기가 평안을 찾았다.

"아빠! 대전 어머니한테 전화하고 싶어요?"
"그래라. 번호는 알지?"
"네, 저장되어 있어요."

민서는 백에서 핸드폰을 꺼내 들었다. 그걸 보고 있던 서린이 한마디 했다.

"아픈 사람한테 뭘 전화하니? 전화 받는 것도 불편하실 텐데."
"그 정도는 아닐 거예요. 병원에 있을 때, 얘기 많이 나누었단 말이에요. 인사만 드릴 거예요. 집 앞까지 왔는데 인사하지 않으면 서운해하실 거란 말이에요."

서린은 졸지에 민서에게 한 방 먹고 말았다. 서린은 무안해서 민욱을 쳐다보며 엷게 웃었다. 민서는 유나와 통화를 시도했다.

"대전 어머니! 민서예요."
"어머! 민서씨~ 오랜만이에요."
"대전 어머니가 힘들어서 어떡해요?"
"낭, 별로 힘들지 않아요. 민서씨는 항암주사 맞았으니, 무척 힘들 것 같은데?"
"저는 괜찮아요. 끄떡없어요. 헤헤헤."
"아이 구! 민서씨는 언제 봐도 씩씩해서 보기가 좋아요. 호호호~. 젊다는 게 그래서 좋군요. 나도 견딜만해요. 여기까지 왔는데 같이 나가지 못해서 미안해요. 아빠를 만났으니 재미난 시간을 보내야지 전화는 왜 했어요?"
"대전 어머닌 환자잖아요. 그래서 민서가 이해해요. 호호호~.

만약에 민서가 전화하지 않았으면 서운해하셨을 거잖아요?"

"호호호~ 민서씨는 내 마음을 꿰뚫고 있군요. 민서씨의 목소리는 언제 들어도 즐거워요. 몸이 회복되면 내가 집으로 초대할게요. 엄마한테도 안부 전해주세요."

"네. 알았어요. 어머니! 불란서 영화배우 같은 어머니의 우아한 모습이 많이 보고 싶어도 참을 수 있어요. 헤헤헤~~."

"불란서 영화배우는 너무했다. 호호호~~. 내가 부끄러워요."

"정말이에요. 어머니! 호호호~~. 몸조리 잘하세요."

"호호호~~. 조심해서 내려가요. 아빠가 보고 싶으면 언제라도 와서 만나요. 아빠도 늘 보고 싶어 하는 것 같았어요."

"네, 그럴게요. 고마워요. 대전 어머니! 나중에 뵐게요. 몸조리 잘하세요. 가끔 민서 생각도 해주시고요. 헤헤헤."

"엄마가 딸을 생각하는 건 당연하잖아요. 호호호."

"헤헤헤. 그걸 미처 몰랐어요."

통화는 끝났다. 깜찍한 민서의 행동에 민욱과 서린의 표정이 밝아졌다. 세 사람은 카페를 나와 지프에 올랐다. 집에 오르는 길옆에 민욱을 내려주고 지프는 그 자리를 천천히 벗어났다. 백미러로 민욱의 모습이 멀어지는 것을 보는 서린의 심정은 애잔했다. 지프를 세우고 민욱에게로 달려가고 싶은 충동을 느꼈다. 아마, 옆에 민서가 없었다면 그럴 수도 있었을 것이다. 용산동을 떠난 지프는 북대전 톨게이트를 통과해서 호남고속도로에 진입하여 남으로 뻗은 고속도로를 유유히 달렸다.

아쉬운 이별은 매서운 한파 같았다. 44년 만에 극적으로 만나게 되었지만, 서로의 생활권역으로 나뉘는 운명에서 그리움은 날로 쌓여갔고, 만남과 이별은 막을 수 없는 기상이변과도 같이 반복되었다. 사람이 사는 공간에서는 쉬지 않고 이어지는 만남과 이별의 문제는 상시 존재했다.

　미국에 있는 명훈은 여름에 출국하고 나서 한 번 부모님을 방문하여 일주일을 체류했었고, 세라는 두 번을 귀국하여 2박 4일의 짧은 일정을 소화하고 엄청난 고통을 치렀던 2018년이 저물고 말았다. 자매는 거대한 태평양을 마치 동네 개울을 건너듯이 자주 오갔다. 민욱과 유나는 때마다 아쉬워하며 자식들을 배웅해야 했다. 하루에도 한두 번은 통화하지만 아쉬움을 달래기에는 형편없이 부족했다. 그래서 지척에 있는 충동을 느낄 때도 있지만, 팔을 펼쳐보면 아득히 먼 곳, 태평양 건너에 있음을 느끼고 나서는 허탈한 마음을 보듬었다.

　새해를 맞았고, 겨울방학이 끝나 갈 무렵이었다. 용산동에는 귀여운 여학생 손님들이 방문했다. 서천 터미널에서 버스로 대전유성 터미널까지 온 자매는 택시 편으로 용산동 집에 무사히 도착했다. 지난여름, 꽃지해수욕장에서 만났던 가사도우미의 딸들이었다. 민욱과 유나의 초대로 자매는 대전 나들이에 나선 것이다. 시골 소녀들의 도시 나들이는 의미가 깊었다. 엄마가 가사일을 돕는 집(일터)에 처음으로 발을 들어놓았다. 이러기가 쉬운 일은 아닌데, 워낙 사람을 좋아하는 민욱과 유나에겐 별일이 아니었다.

　"어서 와요. 추운데 오느라고 고생했어."

　유나가 자매의 차가운 손을 잡고 반갑게 맞으며 환영했다. 서재에 있던 민욱도 인기척을 듣고 나와서 자매를 기쁘게 맞이했다. 엄마의 얼굴은 반가움에 입이 한 치나 더 길어졌다.

　"안녕하세요? 저희들이 왔어요."

미정이가 수줍은 듯이 인사를 건넸다. 미정과 희정의 표정도 밝았다. 추위에 노출되었던 얼어버린 얼굴이 따뜻한 실내에서 하얗게 녹았다. 각각 흰색과 빨간색의 두툼한 파카 점퍼를 입은 자매는 차가운 얼굴을 문지르며 집안을 두리번거리며, 유나의 안내로 소파에 앉았다. 엄마가 건네는 따뜻한 우유로 추운 몸을 데쳤다.
 "엄마가 보고 싶어서 추운 것도 몰랐지?"
 민욱은 미정과 희정에게 잘 왔다고 악수했다. 수줍어하는 소녀들의 불편을 덜어주기 위해서 농담을 던졌다. 궁금증이 많은 희정이가 깜찍한 표정으로 말했다.
 "아저씨! 집이 넓고 좋아요."
 중학교 2학년에 진학할 사춘기 소녀 희정은 알고 싶은 것도 많았다. 이 집의 사정에 대해서는 엄마한테 들어서 알고 있었지만, 처음 보는 화려한 고급 진열장과 그 속을 채운 귀한 물건(도자기 등)들이 눈을 동그랗게 했다. 넓은 실내의 아늑한 분위기를 부러워하는 눈치도 숨기지 않았다. 시골 할아버지 집과는 비교가 되지 않는다는 것을 알았다.
 "그렇다니 고마워. 늙은이들만 있으니 고리타분하지 않아? 요즘 학생들은 우리가 자랐을 때와는 달라서 생각도 글로벌하잖아. 하하하~~. 미정이 희정이도 그렇지?"
 "아니에요. 아저씨와 아줌마는 늙은이가 아니에요. 중년이에요. 호호호~. 도시는 매연이 있어서 공기가 안 좋다고 해도, 저는 도시가 좋아요. 시골에는 거름 냄새가 나서 싫어요."
 희정의 생각은 솔직했다. 시골길을 걸어도, 집 마당에만 나가도 온통 퀴퀴한 거름 냄새가 진동한다며 까칠한 성격을 드러냈다. 민욱은 사춘기 소녀의 정상적인 환경의 변화된 인식이라고 여겼다.

논밭이 가까이에 있는 시골집의 환경을 꼬집은 것이다.
"건강한 냄새, 우리에게 먹을 것을 제공하는 고마운 냄새라고 생각해. 우리 인간들에게 식생활을 책임지는 냄새이니 애교로 봐줘야 하지 않을까? 하하하~. 희정 학생이 나중에 냄새나지 않는 거름이나 좋은 냄새가 나는 거름을 연구해서 만들어 봐."
민욱은 희정의 생각을 응원했다. 무한한 발전을 품고 있는 소녀의 생각이 순수해서 좋았다. 시골에 살아보지 않은 민욱이지만, 상상으로 충분히 소녀의 심정을 이해할 수 있었다. 가끔 '서울A병원'에 가는 길에 중부고속도로 음성휴게소에서 이천휴게소까지의 구간을 지날 때는 양쪽에 논밭들이 있어서 이른 봄에는 고약한 거름 냄새가 자동차 안을 습격하여 곤혹스러울 때가 많았다. 창문을 닫아도 그 냄새의 위력은 대단했다는 걸 느꼈다. 그런 경험이 있었으므로 희정의 불만을 충분히 이해했다.
"언니는 공부를 잘하는데, 저는 공부를 못해서 머리로는 연구할 수 없을 것 같아요. 연구는 아저씨가 하시면 되잖아요. 호호호. 아저씨는 박사님이시니까요."
희정의 대답 또한 깜찍했다. 듣고 있던 미정이가 말문을 열었다. 희정이가 공부를 못한다고 한 것이 마음에 걸렸나 보다. 언니로서 동생의 자존심을 지켜주고 싶었다.
"희정이도 공부 잘해요. 나보다 똑똑하고 영리하면서 괜히 그러는 거예요. 열심히 하면 저보다 더 잘할 거예요."
미정은 동생을 치켜세웠다. 참으로 믿음직한 언니이고, 착한 동생이었다. 그 모습에 민욱과 유나는 잔잔하게 감동받았다.
"언니 말이 맞아. 희정인 똑똑해서 노력하면 언니처럼 공부도 잘할 수 있을 거야. 나도 그 나이 때는 그랬는걸. 호호호~."

유나는 어릴 때의 자신을 보는 것 같았다. 보육원에서 독립한 민욱의 뒤만 따라다니며 성가시게 했던 기억들이 문득 머리에 스쳐 지나갔다. 민욱에게 치근덕거리며 약혼하자고, 결혼하자고 손가락을 걸었던 말썽꾸러기였으니까 말이다.

"에~~ 거짓말 .... 우리 엄마가 그러셨는데, 아저씨도 아줌마도 미국에서 박사님이시고, 대학교 교수님이셨다고 했거든요. 아줌마는 미인 발레리나라고 엄마가 부러워했단 말이에요."

희정은 그러면서 주방에 계시는 엄마를 돌아봤다. 그러자 미정이가 동생을 가볍게 나무랐다.

"희정아~ 그런 말을 하면 어떡해? 엄마가 곤란하시잖아."

엄마까지 생각하고 걱정하는 미정은 역시 맏딸다웠다. 민욱과 유나는 자매의 모습을 보고 감탄했다. 서로 의지하고 위해주는 모습이 너무도 보기에 좋았다. 남매를 키운 즐거움을 아는 이들은 자매의 다정한 관계는 인상적이었다.

"우린 괜찮아. 호호호~~ 역시 언니다워. 그런데 희정아~ 아줌마는 발랄하고 착한 심성의 너희들을 둔 엄마가 부럽단다."

유나는 웃으며 마음속의 고백을 털어놓았다. 주방에서도 이 상황을 눈치챈 도우미의 얼굴에 미소가 가득했다. 생활이 힘들고 고단해도 딸들만 보면 힘이 나서 살만하다고 했던 그 말을 기억하는 유나는 이제 서야 그 마음을 읽을 수 있었다.

"언니! 내가 엄마를 곤란하게 한 거야?"

"아마, 그럴지도 몰라."

"미안해. 언니! 조심할게."

희정이도 깍듯하게 잘못을 인정하고 사과하는 모습에 자매가 인성도 건강하게 자라고 있음을 알았다. 희정은 일어나서 엄마한테 갔다. 엄마의 등을 안고 어리광을 부렸다. 그 고운 심성이 예쁜 꽃처럼 아름다웠다.
"엄마~ 내가 말하는 거 들었어?"
"응, 들었어. 그래도 괜찮아. 아저씨 아주머니의 흉을 본 게 아니니까 이해하실 거야. 다 너희들에게 용기를 주려고 말했던 거야. 엄마는 우리 막내 마음을 잘 알고 있잖아. 호호호~."
"알았어. 엄마~. 힘들지 않아?"
"엄마가 좋아서 하는 일이야. 너희들을 생각하면 힘이 나거든. 하나도 힘들지 않아. 호호호~."
도우미는 돌아서서 희정의 손을 잡아주며 예쁘게 머리를 쓰다듬었다. 희정은 주방에서 나왔다. 천연덕스럽게 혼자서 가구도 만져보고, 진열장의 물건들이 궁금해서 살펴보기도 하고, 벽에 걸린 그림도 구경하고, 화초에 코를 대고 향기를 맡으며 거실을 돌아다녔다. 심심한 민욱은 짓궂게 한마디 농담을 던졌다.
"화분에도 거름이 있는데 냄새 안 나니?"
"호호호~. 안 나는데요. 화분과 꽃들이 참 예뻐요."
희정은 농담을 정성스럽게 받아주고 손으로 언니를 오라고 불렀다. 피아노 옆 벽을 크게 장식한 춤추는 여자의 대형사진이 걸려있었다. 미국 뉴욕발레단에서 공연할 때, 유나의 환상적인 모습이다. 미정도 희정의 옆을 차지했다. 아름다운 발레리나의 모습은 천사와 같았다. 자매는 그 여자가 유나란 걸 쉽게 알아차렸다.
"언니! 아름답고 예쁘지? 몸매도 날씬해서 끝내주잖아."
희정은 자기의 몸 아래위를 살피면서 부러운 시선으로 말했다. 이를 눈치챈 미정은 그 모습을 보면서 웃었다.
"호호호~ 넌 아직은 아니야. 비교하려고 애쓰지 마라."

"언니가 눈치챘구나. 히히히."
"그래. 열심히 노력해 봐. 너에게도 가능성은 있어."
미정은 동생이 실망하지 않도록 용기를 줬다. 언니다운 믿음직한 면이 엿보였다.
"알았어. 언니! 고마워."
"정말 환상적이다. 아줌마는 미국에서도 유명한 발레리나였나 봐. 너무 아름답지 않니? 부러움의 극치다."
"맞아. 그런 것 같아."
희정은 저만치에 서서 지켜보고 있는 유나를 힐끔 쳐다봤다. 사진에서의 환상적인 모습이 보였다. 그 모습이 부러워서 자매는 움직이지 않았다. 미정은 피아노를 전공하려는 여고 3학년에 진학 예정이었다. 수험생이 되는 것이다. 집에는 피아노가 없으므로 연습할 수도 없었으며, 그렇다고 경제 사정상 학원에도 다니지 못하고 있었다. 피아노가 눈에 들어온 미정은 그 뚜껑을 만져봤다. 눈치가 빠른 희정이가 말했다.
"언니! 피아노 치고 싶어. 내가 아줌마한테 말해 볼까?"
"희정아! 안 돼."
자신의 마음이 들킨 것을 쑥스러워했다. 이 대화를 엿들은 유나가 다가와서 피아노 뚜껑을 열고 미정에게 실력을 보여달라고 요청했다. 발레가 전공인 유나는 피아노, 바이올린, 플루트, 첼로 등 악기연주도 수준급이다. 발레리나들은 기본적으로 악기 몇 가지는 연주할 수 있는 높은 수준의 실력을 갖추고 있는 것이 현실이다.
"피아노 쳐봐도 돼요?"
미정은 유나를 쳐다보며 물었다. 유나는 미소를 가득 담은 얼굴로 허락한 것을 확인시켜 줬다.

"그렇다니까. 아줌마가 체크해 줄게."

유나는 전문연주자 실력을 갖추고 있었다. 현역에서 은퇴했으므로 피아노 연주에 손을 놓은 지 오래되었어도 실력은 녹슬지 않았다. 미정은 조심스럽게 피아노 앞에 앉았다. 이제 배우고 있는 수험생의 입장이니 전문가 앞이라 가슴이 두근거렸다. 민욱은 서재에 있었고, 유나는 피아노 곁에서 미정을 응원했고, 희정은 언니에게 기대를 걸었다. 미정은 떨리는 손으로 건반을 두드리며 손가락을 풀었다.

"그랜드 피아노는 처음 쳐봐요."

미정은 유나를 쳐다보며 부푼 가슴을 억눌렀다.

"그렇구나. 그렇다고 겁먹지 말고 쳐봐. 건반은 같으니까."

희정이도 옆에서 긴장하는 얼굴을 하고 언니의 손가락만 내려다봤다. 평소에 언니가 피아노 치는 것을 본 적이 없었다. 그래서 언니의 실력이 궁금하기도 했고, 한편으로는 엉터리 실력이 들통나서 창피하지나 않을까 싶어 걱정하고 있었다.

희정의 걱정을 모른 척하고 미정의 손가락은 건반 위에서 사뿐사뿐 춤을 췄다. 학교에서 음악시간에 배운 대로 실력을 발휘했다. 유나는 고개를 끄덕였다. 미정의 실력을 짐작한 것 같았다. 희정은 언니의 실력이 그런대로 마음에 들었지만, 전문가인 아줌마의 생각이 궁금해서 유나의 표정을 살폈다. 미정은 작은 실력이나마 열심히 건반을 두드렸다. 주방에서 일손을 멈추고 딸의 연주를 처음으로 들어보는 엄마는 흐뭇한 표정을 지었다.

"음~ 잘했어. 이제 시작이니 잘 다듬으면 되겠어. 소질이 있는 것 같아. 여느 악기도 마찬가지이지만, 피아노는 연습을 많이 해야 한다. 연습량이 곧 실력이야."

학원을 거치지 않고, 학교에서만 배운 실력으로는 상당하다고 칭찬을 아끼지 않았다. 그러고 나서 부족한 점을 조목조목 짚어가며 지적해 줬다. 미정은 고개를 끄덕이며 자신이 부족하다는 것을 시인하며 열심히 연습하여 보완하겠다고 약속했다. 유나의 지적에 감탄했다. 선생님으로부터 늘 지적받았던 문제였으니까 유나의 실력이 대단하다는 것을 인정할 수 있었다. 듣고 있던 희정이나 엄마는 좋아서 얼굴이 활짝 펴졌다. 미정과 희정은 유나에게 연주를 부탁했다. 전문가의 연주를 듣고 싶어 하는 자매의 요청을 거절하지 못한 유나는 피아노 앞에 오랜만에 앉았다.
　유나는 대중적인 곡을 골랐다. 누구나 편한 마음으로 감상할 수 있는 '아드리느를 위한 발라드'를 택했다. 감미로운 선율이 거실을 훨훨 날아다녔다. 서재에 있던 민욱도 익숙한 멜로디를 듣고 거실로 나와서 소파에 앉아 감상에 젖었다. 실은 민욱이 가장 좋아하는 곡이었다. 모두의 마음이 편안해졌다. 미정은 부러운 시선으로 유나의 손가락을 내려다보며 감탄했다. 희정은 눈을 동그랗게 뜨고 감동하는 눈치였다. 자매를 위한 연주가 끝났다. 모두 환호하며 박수를 보냈다. 희정은 축제장에라도 온 것처럼 환호성을 지르며 앙코르를 요청했다. 그 모습이 귀엽고 열정적으로 보여서 다시 한 곡을 준비했다.
　이번에는 피아노 전공을 희망하는 미정을 위한 수준급 연주를 택했다. 영화 '불멸의 여인'에서 OST로 유명한 '베토벤의 월광 소나타'로 정했다. 1악장 Adagio sostenuto, 2/2박자의 연주는 막이 올랐다. 건반 위에서 열 손가락은 나비가 날듯이 유연하게 날아다녔다. 미정은 옆에서 떠나지 않고, 감정을 표현하는 표정과 동작까지도 눈여겨보며 감동했다. 부러움이야말로 이루 말할 수 없었다. 유나가 존경스러웠다. 발레리나였는데, 피아노 연주까지 전문가다움에 놀라고 말았다. 희정이 역시 유나의 연주하는 아름다운 모습을 보면서 감탄사를 그치지 않았다. 거실에 흐르던 피아노 음률은 아쉽게 멈추었다. 모두의 박수를 받으며 피곤한 기색의 유나는 피아노에서 내려왔다.

"아줌마~ 대박이에요."

희정은 엄지척하며 눈을 동그랗게 뜨고 감탄했다. 그 모습이 귀여워서 유나는 한껏 미소 지으며 고마워했다.

"호호호~ 고맙다. 오랜만에 쳤더니 좀 피곤하네."

미정도 멋진 연주라고 좋아하며 유나에게 박수를 보냈다. 유나는 소수의 관객 자매에게 피곤한 표정으로 말했다. 자매는 유나의 피곤해하는 모습에 안타까워했다.

"아줌마가 피곤해서 좀 쉬어야겠다. 잘 들어줘서 고마워. 아줌마가 관객의 요청에 무리했나 봐. 이따 보자."

민욱은 얼른 소파에서 일어나 유나 곁으로 다가왔다. 유나는 자매에게 손을 흔들었다. 투병 중이다 보니 힘든 기색이 역력했다. 민욱은 유나를 데리고 안방으로 들어갔다. 유나의 피곤해하는 모습을 본 자매는 미안한 생각이 들었다. 철부지 희정은 환자에게 무리한 요구를 한 것 같아서 마음이 편치 않았다. 엄마가 다가와서 걱정하지 말라며 다독여 줬다. 자매는 엄마 방에서, 평소에 집에서 입었던 간편한 운동복으로 갈아입고 침대에 벌러덩 누웠다. 엄마를 쳐다보며 희정이가 말했다.

"엄마! 아줌마는 재주가 많은가 봐. 젊었을 때는 엄청 미인이었던 것 같아."

"지금도 미인이잖아. 악기는 다 다룰 줄 아시는 것 같더라. 집에서 가끔 플루트, 바이올린, 첼로를 연주하는 것을 봤어. 아름답고 예쁘기도 하니 팔방미인이란 말이 있는 게 아니겠니? 우리 미정이도 피아노를 좋아하니까 잘할 수 있을 거야. 엄마는 예쁜 우리 딸들을 믿는다."

엄마는 누워있는 딸들의 머리를 쓰다듬으며 다 채워주지 못하는 것들에 미안한 얼굴을 보였다. 번번이 학원도 보내주지 못하고, 학교를 파하면 집안일 뿐만 아니라 쉽지 않은 논밭 일을 돕게 했으니, 엄마로서 면목이 없었다. 그렇지만, 불평하지 않고 착하게 잘 자라준 딸들이 고마웠다.

"아줌마가 피아노 치는 걸 보니까 나도 피아노를 배우고 싶어."

희정이가 말하자 미정이가 이를 극구 만류했다. 취미라면 몰라도 한 집에서 자매가 피아노를 전공한다는 것을 원하지 않았다. 그렇다고 가정형편이 어려운데 취미생활로 피아노를 배우는 것은 사치라고 일축했다. 희정이도 언니의 말을 인정하고 농담이었다고 실토했다. 꿈 많을 나이에 희정은 아직 꿈을 정하지 못한 것 같았다. 소녀의 작은 꿈도 어려운 가정형편 때문에 닫힌 것 같아서 안타까웠다. 아주머니는 희정의 머리에 꿀밤을 가하며 말했다.

"넌, 어째서 꿈이 하루가 멀다고 달라지냐?"

그러나 희정은 개의치 않고 엉뚱하게 빗나갔다.

"호호호~~ 엄마~ 그럼 아이돌 가수나 할까?"

"쓸데없는 데 신경 쓰지 말고 공부나 하셔. 그런 걸 배우려면 돈이 한두 푼 드는 줄 아니? 엄마는 감당할 수도 없어서 자신 없거든. 희정아~ 엄마가 힘들지 않도록 도와다오. 호호호~."

엄마는 철없는 희정을 달래주고 방을 나갔다. 저녁식사 준비할 시간이 되었다. 미정은 언니답게 희정을 타일렀다.

"엄마 말이 맞아. 넌, 공부하는 게 좋을 거다."
"알았어. 그러지 뭐. 공부하는 건 어렵지 않아."
희정은 새침했다. 별로 기분이 좋아 보이지 않았다. 소녀의 풋풋한 감성이 묻어있는 표정을 지으며 언니를 바라봤다.
"진로 문제는 아직 시간이 있으니까 차분하게 생각해. 고등학생이 되어 결정해도 늦지 않아. 그동안 과목점수를 끌어올려야 해. 언니가 이런다고 기분 나빠하지 마. 언니는 아무도 얘기해 주는 사람이 없었어. 넌 언니가 있어서 행복한 거야."
미정은 어른스럽게 동생을 타일렀다. 3살 터울이지만 제법이다.
"알고 있어. 언니가 있어서 좋아. 나도 언니를 사랑해."
희정은 언니를 안았다. 새콤달콤하게 웃었다. 까만 눈망울은 맑게 빛났다. 해맑은 얼굴이 무척 귀여웠다. 역시 막내는 막내였다.
"언니도 네가 있어서 너무 좋아."
미정은 동생을 안고 침대에서 한 바퀴 돌았다. 다정한 자매는 깔깔거리며 웃었다. 자매는 큰대자로 누웠다. 미정은 침대에서 일어났다. 희정을 두고 방을 나왔다. 엄마가 식사 준비를 하는 주방으로 왔다. 넓은 주방을 둘러보는 미정은 감동했다. 품격이 있어 보이는 3대의 냉장고와 큼직한 오븐 등 각종 가전제품이 미정을 놀라게 했다.
"엄마~ 내가 도와줄게."
엄마 옆으로 다가서며 말했다.
"희정이는 뭐 하고 있어?"
"피곤한가 봐. 버스에서도 졸더라고. 쉬라고 뒀어."
"너도 쉬어라. 도울 것도 없어."
"아니야. 나도 잘한단 말이야."

미정은 말을 듣지 않고 고집을 부렸다. 엄마는 빙그레 웃으며 딸이 기특하게 생각했다.

"너의 손맛은 할아버지 할머니 집에서나 통하지 여기서는 안 통해. 아주머니가 환자라서 신경 써야 한다고. 알았니?"

"그건 아는데, 엄마가 힘들잖아. 시키는 대로 조수 역할만 할게. 엄마가 맏딸을 조수로 써주면 안 될까?"

미정은 생각을 굽히지 않았다. 가사도우미란 직업을 못마땅하게 생각했던 미정이었다. 그런데 아저씨, 아주머니께서 가족적인 분위기에서 잘 대해준다는 엄마의 말을 듣고 마음을 바꿨다. 실제로 지난여름 해수욕장에서나, 오늘 가정을 방문해서 잠시나마 겪어보니 정말 좋은 분들이라는 걸 생생하게 느꼈다. 그래서 엄마의 직업을 탓하지 않기로 마음을 다졌다.

"엄마는 힘들지 않아. 너희들을 생각하면 힘이 난단다까. 너희 자매가 있어서 엄마는 행복하단다. 그러니 너도 오느라고 피곤하니까 방에 가서 좀 쉬어라. 방학인데도 친구들과 어울려 놀지도 못하고, 할아버지 할머니 일을 돕느라 네가 힘들었잖아. 우리 딸은 착한 딸들이야. 호호호."

미정은 엄마의 작전에 침몰하고 말았다. 바쁘게 움직이는 엄마를 두고 거실로 나왔다. 엄마 방을 들여다보니 희정은 자고 있었다. 미정은 문을 닫아주고 소파에 앉았다. 농촌에서 살다 보니 이곳은 왕궁처럼 넓고, 안락하고 좋았다. 이렇게 살 수 있는 사람들은 얼마나 행복할까? 하고 생각하니 부러움이 밀물처럼 밀려왔다.

일찍 돌아가신 아빠가 미웠다. 물론 사고였지만 아빠의 잘못은 아니었다. 공업전문대학에서 화공학을 전공한 아빠는 화력발전소에 취직하여 생활전선에 뛰어들었으며, 그곳에서 여고를 졸업하고 사무원으로 근무하는 엄마를 만나 결혼했다고 들었다. 부유하지는 않았지만, 시골에서 탄탄하게 잘살고 있었다. 그 모든 건 아빠가 돌아가심으로 서서히 무너졌다고 생각했다. 철이 들고 보니 아빠의 존재가 위대했다는 것을 느꼈고, 그 빈자리는 차마 말로는 형언할 수 없을 만큼 크고, 높고, 넓었다.

아빠가 돌아가신 후에 형편이 어려워지기 시작했다. 손맛이 야무진 엄마는 자식들을 위해 시골을 떠날 결심을 했고, 생활전선을 파고들었다. 서산에서 식당에, 대전에서 가사도우미를 한두 집에서 하다가, 지금은 용산동에서 좋은 조건으로 일하게 되었다. 엄마는 더 없이 만족한다는 것을 미정 자매는 알고 있었다. 또, 아빠가 보고 싶었다. 엄마가 가엽기도 했다.

"희정이는 어디 갔어?"

안방에서 나온 민욱은 우두커니 앉아 있는 미정에게 말했다. 미정인 소파에서 일어나며 대답했다.

"엄마 방에서 자고 있어요."

"그래. 오느라고 힘들었나 보다. 앉아라."

민욱은 미정이가 서 있는 맞은편 소파에 앉았다. 미정이도 앞에 앉았다. 미정은 민욱을 보며 배시시 웃으며 말했다.

"아저씨는 어떻게 많은 돈을 벌었어요?"

엄마한테서 대충 들었지만, 아까부터 그것이 알고 싶었다. 민욱은 빙그레 웃으며 궁금증을 풀어줬다. 어린 여고생에게 도움 될 정도만 간단하게 얘기해줬다.

"아저씨와 아주머니는 고아였어. 같이 5년 터울로 보육원에서 만났거든. 우리에게는 가족이라고 아무도 없었지. 부모로부터 버림받은 아이였으니까 말이다. 미정에게는 좋은 엄마가 계시고, 귀여운 동생 희정이도 있잖아. 아저씨를 부러워할 게 못 돼. 돈은 사회생활을 건실하게 하다 보면 모이게 마련이다. 욕심내지 않고 성실하고 올바른 인성으로 생활하면 돈과 명예도 얻게 된단다."

"그렇군요. 그런데 그게 어려운 거잖아요. 아무리 고아였다고 해도 아저씨와 아줌마는 사회적인 지위와 명예를 얻으셨고, 부를 누리시잖아요. 그래서 대단하시다는 생각이 들어요."

"미정아~ 결과보다 과정이 중요한 거야. 아주머니가 어릴 때는 아저씨와 결혼하는 것이 꿈이었고, 아저씨는 아주머니와 유학 가는 것이 꿈이었어. 이것이 우리의 1차 삶의 방정식이었단다. 우리는 2차 방정식을 뛰어넘으려고 끊임없이 노력했단다. 학생들은 꿈과 목표가 분명해야 하는 거야. 그러고 나서 앞만 보고 달려야지. 어떠한 일이 있더라도 포기하면 안 돼. 이 게 핵심이야."

미정은 귀를 쫑긋 세우고 경청했다. 미국 대학교의 저명한 교수였으니 귀담아들을 필요가 있다고 생각했다. 민욱은 베트남 파병으로 목표의 밑그림을 그렸고, 미국 유학을 통해서 유색 인종차별의 엄청난 고난을 이겨내며, 그 꿈을 이룬 스토리를 짤막하게 털어놓았다. 미정에게도 할 수 있다는 자신감을 심어주기에는 부족하지 않을 것 같았다. 목표와 도전정신, 꿈을 향한 포기할 줄 모르는 집념이 필요하다는 것을 주지시켰다.

"아저씨와 아줌마도 고생을 많이 하셨네요."

"그걸 말로는 다 할 수 없어. 그러니까 결과를 부러워하지 말라는 거야. 그 내막을 알면 엄청난 사연들이 잠재되어 있을 테니까. 사람들은 누구나가 제 몫이 있다고 하며 운명에 기대려고 하는데, 그건 잘못된 생각이라고 생각해. 자신의 현실과 미래는 분명히 자신이 개척할 책임이 있거든. 그래서 프론티어 정신이 필요해."

"아~ 머리가 복잡해지려고 해요. 호호호~."

"아저씨 말은 지금의 환경과 여건들을 미워하지 말라는 거야. 본인이 노력하기에 달렸다는 거지. '꿈은 이루어지기 위해서 존재하는 것'이라는 말이 있잖아. 그러니까 꿈을 가지고 있다는 것은 무엇보다 소중한 자산이야. 하하하."

"네, 무슨 말씀을 하시는지 알 것 같아요."

"그러면 됐어. 미정이도 반듯이 꿈을 이룰 줄 믿는다. 미래의 중고등학교 음악교사님 파이팅!"

"파이팅!"

민욱과 미정은 하이 파이브를 나누었다. 문득 중학교 음악교사인 민서가 생각났다. 민서를 꿈꾸는 미정을 응원했다. 닫혔던 안방 문이 열렸다. 잠자던 아기가 깨어서 나오듯이 유나가 회복된 표정으로 나왔다. 두 사람의 하이 파이브를 보고 한마디 날렸다.

"뭐가 그렇게 재미있어서 두 사람이 하이 파이브를 한데요? 급속도로 친해졌군요. 보기가 좋은데요. 호호호~~."

"미정이의 꿈을 위해 응원한 거야."

"그러셨어요. 난 또 나 흉보며 즐거워하는 줄 알았잖아요. 그런데 희정이는 어디 갔어요?"

"추위에 오느라고 힘들었는지 잠들었다네."

"그런가 보군요. 미정이도 같이 쉬지 않고?"

유나는 미정을 보며 말했다.

"저는 괜찮아요. 제는 너무 떠들고 나대서 피곤할 거예요."

"호호호~ 그렇기도 하겠지. 역시 언니는 강하다."

유나와 미정은 서로의 얼굴을 바라보며 즐겁게 웃었다. 이러는 사이에 일찍 어둠이 찾아오고 저녁상이 준비되었다. 잠자던 희정이도 일어났다. 용산동의 저녁상은 푸짐했다. 유나의 특별난 부탁으로 소녀들을 위해서 갈비찜과 안심스테이크가 식탁을 풍성하게 채웠다. 눈이 동그랗게 놀란 자매는 생전 처음 받아 보는 풍성한 식탁에 정신이 몽롱했다. 미정과 희정은 먹기보다 먼저 핸드폰으로 인증샷을 남기는데 치열한 경쟁에 분주했다. 순간적으로 식탁이 이 모양 저 모습으로 카메라에 담겼다.

"이제, 그만 찍고 먹도록 해라. 음식이 다 식는다. 호호호~."

유나는 그 모습이 낯설지 않았다. 47여 년 전, 여고생 때 수송동(민욱 가정교사 집)에 초대받아 갔었던 게 불현 듯이 머리에 스쳤다. 그때 식탁에 차려진 밥상을 보고 놀랐던 자기의 모습을 보는 것 같아서 가슴이 시큰했다. 그 시절에는 인증샷을 찍을 핸드폰 시대는 아니었으니 그렇다 치고, 놀라워하며 신기한 눈빛으로 관찰했던 행동은 다를 바 없었다.

"감사하게 먹겠습니다."

자매는 같은 목소리로 합창하면서 이것저것 먹기에 바빴다. 그 먹는 모습을 보는 민욱과 유나, 그리고 엄마 역시 먹지 않아도 배가 불렀다. 맛있게 먹는 모습도 예뻤고, 그 눈빛도 보기에 좋았다. 유나는 정신없이 그 모습에 취해서 먹는 것도 잊고 있었다. 부담스러워하지 않고 편안하게 먹는 자매의 모습은 아름다웠다. 자신들을 보고 있는 모습이 민망한지 희정이가 말했다.

"아저씨 아줌마는 왜 안 드세요?"

"너희들 먹는 모습만 봐도 배가 불러. 잘 먹으니 보기 좋다. 호호호~ 천천히 많이 먹으렴."

"헤헤헤~ 우리가 잘 먹긴 해요. 할아버지 할머니께서 복스럽게 먹는다고 칭찬하셨거든요."

"그래, 맞다. 아줌마가 보기에도 그런 것 같아. 호호호~~."

미정과 희정의 얼굴에 예쁜 꽃이 피었다. 그 모습을 보면서 유나도 식사했다. 미정은 갈비찜을 더 좋아했고, 희정은 스테이크를 더 좋아했다. 엄마의 표정도 흐뭇했다. 한편으로서는 고기를 굶겨 놓은 것 같아서 민망스럽기도 했다. 그러나 딸들의 먹는 모습을 지켜보며 기뻐하는 두 분을 생각하니 고맙기 한량없었다. 미정과 희정을 위한 만찬은 만족스럽게 끝났다. 식사를 끝내고 설거지하는 세 모녀의 모습도 아름다웠다. 자매의 재잘거림에 웃음소리가 떠나지 않는 주방에는 가사도우미의 행복한 한때가 영글어 가고 있었다.

민욱과 유나는 흐뭇한 마음으로 소파에 앉았다. 희정이가 깎은 단감을 접시에 예쁘게 담아서 탁자에 놓으며 귀여운 미소를 지었다. 노부부는 늦둥이라도 보는 것처럼 밝게 웃으며 말했다.

"희정이도 앉아라."

"아직 설거지가 안 끝났어요. 헤헤헤."

희정은 얄미운 표정을 지으며 주방으로 사라졌다. 착하고 성실한 자매, 우애가 누구보다 돈독해 보이는 자매, 다정한 세 모녀는 행복해 보였고, 그 그림은 참으로 아름다웠다. 가정환경이 어려울지라도, 부족한 것이 많을지라도, 세 모녀가 가지고 있는 순수한 마음은 아침이슬과도 같이 맑았다.

설거지를 마친 세 모녀가 거실로 나왔다. 가사도우미도 쉬어야 하는 시간이었고, 자매도 엄마와 오붓한 시간을 가질 시간이었다. 유나는 방으로 가서 세 모녀를 쉬도록 했다. 도우미 방에도 큼직한 TV가 있기에 함께 시간을 보내는 데는 불편하지 않았다. 세 모녀를 방으로 보내고 나서 유나는 주방으로 향했다. 그 뒤를 민욱도 따랐다.

주방에 들어온 노부부는 세 모녀의 디저트를 준비했다. 단감과 거봉포도, 그리고 쿠키와 음료 등을 두 접시에 나누어 담았다. 민욱은 양손에 들었고, 유나는 노크를 앞세우고 방문을 열었다. 문이 열리고 미정이가 고마운 마음으로 접시를 받았다.

"아저씨 아줌마~ 잘 먹겠습니다."

미정과 희정은 거의 동시에 울려 퍼졌다. 도우미도 고마워하며 환하게 웃었다. 여느 때보다 그 얼굴이 밝고 편안해 보였다. 자식을 품에서 떼어내고 혼자 일터에서 보낸 피곤한 시간들이 지워진 것 같아서 보기 좋았다. 가족이 함께 있다는 게 축복이란 사실이 그림으로 확연하게 그려졌다.

"엄마하고 재미있는 시간 보내라."

유나는 손을 들어 인사를 하고 방을 나왔다. 몇 개월 만에 모녀가 만났으니, 그들만의 시간을 허락했다. 부부는 잠시 소파에 앉아 단감을 디저트로 즐겼다. 어두운 하늘에서 새하얀 눈송이가 팡파르를 울렸다. 부부의 가슴에도 하얀 눈이 내렸다. 민욱은 아내의 몸속에 있는 암세포를 하얗게 덮어주길 바랐다. 힘들어하는 아내가 회복되어 하얗게 쌓인 눈길을 함께 걷고 싶었다. 그렇게 한참 동안 어두운 밤하늘에 하얗게 춤을 추는 눈을 바라보던 노부부는 거실에 커튼을 치고 나서 안방으로 들어왔다.

"여보~ 우리 미정이와 희정을 도와줘요."

자리에 눕기 전에 유나가 말했다.

"그런 생각을 했구나. 나도 그런 생각을 하고 있었는데."

"호호호~~ 그러세요."

이들의 생각은 동일했다. 미국에서 계획을 세웠었다. 고국에 가면 어려운 환경에 처한 학생들을 도울 생각이었다. 예전에 피를 토하듯 한 극한 어려움을 경험했으므로, 단 한 학생이라도 공부할 수 있는 여건을 마련해주고 싶어서였다. 이를 실행도 하기 전에 암과의 전쟁을 치르고 있는 현실이라 심적인 여유가 없어서 미뤄진 것에 불과했다. 가까운 곳에 도와야 할 착한 학생들이 있다는 것에 마음이 상쾌했다. 수소문하여 이곳저곳에 알아보는 큰 불편이 해소되었다고 좋아했다.

"그러게. 하하하~~."

남은 단감 접시를 가져온 민욱은 입안에서 우물거리며 맛을 음미했다. 민욱은 단감, 곶감, 연시를 무척 좋아하는 편이지만, 유나는 특별하게 좋아하지는 않았다. 부부는 얼굴을 맞대고 미정 자매를 돕기로 결론을 내리고 구체적인 방법을 모색했다. 적당한 시기를 봐서 도우미 아주머니와 의논하기로 의견을 모았다.

미정에게 대학 입학금과 전 학년 등록금과 피아노 레슨 비용과 혼자서도 훈련할 수 있도록 피아노를 선물하고, 생활비를 지원하며, 희정이가 공주의 고등학교에 진학하면 학비와 학원비를 지원하고, 대학에 진학하게 되면 미정이 수준으로 희정에게 지원하기로 했다. 미정은 공주에 있는 G대학 음대에 진학을 희망한다고 했으니, 학교 인근에 그럴듯한 자취방을 구해서 자매가 같이 생활할 수 있도록 준비해 주기로 결론을 내렸다. 사이좋은 자매를 떼어놓고 싶지 않았다. 이는 그 이상의 가치가 있다고 생각했다.

세상은 새하얀 옷을 입고 새로운 아침을 열었다. 아직도 눈은 흩날리고 있었다. 마당에 눈이 하얗게 쌓였다. 이번 겨울에 처음으로 흡족하게 눈이 내린 셈이다. 아침 식사를 마친 자매는 마당에서 눈사람 만들기에 열정을 쏟았다. 유나는 거실에서 부러운 시선으로 지켜보았고, 민욱은 자매와 동심으로 돌아가서 열심히 눈을 굴렸다. 그늘진 곳에 크고 작은 다섯 눈사람이 나란히 자리를 잡았다. 희정은 눈사람 하나하나에 이름을 부여했다. 제일 큰 것은 아저씨, 예쁘장한 건 아주머니와 엄마, 나머지는 언니와 희정이라고 하며 예쁘게 웃었다. 그 모습을 보고 민욱은 기뻐했다. 자매의 얼굴이 빨갛게 얼었다. 흐뭇한 마음으로 눈사람을 배경으로 기념사진도 찍었다. 눈과의 즐거움을 거두고 거실에 들어온 자매는 얼어버린 얼굴과 손을 녹이느라 분주했다.

정오쯤에 백화점 쇼핑에 나섰다. 엑스포공원에 있는 S백화점 지하 주차장에 도착했다. 우선 식사하기 위해 7층 식당가에 왔다. 소녀들을 위해 레스토랑 '아웃백(Out Back)'에서 갈비 바비큐와 안심, 등심 스테이크와 파스타로 푸짐한 식사를 즐겼다.

"이런 레스토랑에는 처음이에요."

희정은 테이블의 음식들을 보고 놀라워했다. 물론 미정이도 처음이라고 했다. 아빠가 계실 때도 외식이라고 해야 중국집이나 삼겹살을 구워 먹는 식당이었다고 했다. 시골에서야 흔히 볼 수 있는 외식의 꽃이었다. 민욱은 포크와 나이프를 들고 갈비와 스테이크를 적당히 썰어서 소녀들의 접시에 골고루 나눴다.

"그러니? 아저씨와 아줌마도 너희들만 했을 때는 이런 레스토랑은 모르고 살았어. 지금 시대가 좋아진 거지. 호호호"

유나는 마음이 짠했다. 전문 레스토랑이 처음이라는 소녀들의 눈빛이 예전의 자신을 닮은 듯해서 가슴이 아팠다. 그때는 중국집의 자장면은 졸업식이나 생일 때나 먹을 수 있었다. 고깃집 앞을 지날 때, 연탄불 위에서 고기가 익어가는 냄새를 맡으며 입맛을 다셨던 불쌍했던 시절도 생각났다. 가족들과 고기를 맛있게 먹고 있는 애들을 부러워하며 가슴으로 울었던 비참했던 학창시절(초중고)이 생각나서 코끝이 시큰거렸다. 시대가 변한 것만큼, 모든 것이 그만큼 풍족해졌지만, 지금도 자매가 누리는 열악한 환경이 가슴 아프게 했다. 자신들이 굶주렸던 세월이 40년이나 훌쩍 지났는데, 아직도 먹고 싶은 것을 먹지 못하는 청소년이 있다는 것이 애석했다.

미정과 희정은 조잘거리며 맛있게 먹는 모습이 귀여웠다. 어미 닭 옆에서 모이를 쫓는 병아리들처럼, 들녘에서 재잘거리며 모이를 먹는 참새떼처럼 귀여웠다. 이를 바라보는 엄마도 흐뭇했지만, 한편으론 딸들에게 미안하다는 표정을 지었다.

"이렇게 잘 먹는 것을 엄마가 못 해줘서 미안하다. 그리고, 우리 애들에게 이처럼 맛난 것을 먹게 해줘서 감사해요. 눈물이 나려고 해요. 정말 고마워요."

도우미 아주머니는 민욱과 유나에게 진심으로 고마워했다. 부모도 해주지 못한 값비싼 음식인데, 딸들을 초대하여 호의를 베푸는 것에 감동까지 했다. 자신도 처음 먹어본다고 실토했다.

"아줌마가 나 때문에 자식들과 떨어져서 고생을 많이 하잖아요. 물론 그 대가는 지급하지만, 성실한 마음이 고마워서 이런 자리를 마련했어요. 미정이와 희정이가 낯을 가리지 않아 가족 같아서 좋아요. 막둥이 딸 같다니까요. 호호호. 그러니 부담 갖지 마세요."

유나는 편안한 마음을 전했다. 미정과 희정은 먹던 것을 멈추고 엄마를 살폈다. 엄마의 얼굴이 슬퍼 보인다는 걸 알아차렸다. 착한 자매는 엄마를 위로했다.

"엄마! 우린 괜찮아. 다음엔 우리가 벌어서 엄마한테 맛있는 거 사 드릴게. 호호호. 앞으로 종종 먹으면 되잖아."

미정은 스테이크 한 점을 엄마의 입에 넣어주며 방긋이 웃었다. 우울한 엄마와 붙잡고 슬퍼하지 않는 자매의 모습이 무척이나 대견스러웠다. 고생하는 엄마를 생각하는 마음이 어떤 꽃보다 아름다웠고, 시냇물처럼 맑았으며, 밤하늘의 별처럼 빤짝였다.
　"그래. 고마워."
　아주머니도 밝은 표정을 지으려고 애쓰는 모습이 아름다운 엄마의 사랑이었다. 물질의 부족함은 있을지라도 착한 마음에 피어오르는 사랑은 절대 부족하지 않은 모녀였다. 이래저래 식사가 끝났다. 모두의 얼굴에 만족의 불꽃이 일렁거렸다.
　"아저씨! 아줌마! 맛있게 먹었습니다. 감사합니다."
　미정과 희정은 깍듯하게 감사했다. 태어나서 처음으로 포크와 나이프를 사용하여 바비큐와 스테이크, 스파게티를 맛본 자매의 얼굴엔 하얀 눈꽃이 만발했다. 그 모습을 보는 민욱과 유나는 싱글벙글 좋아했다. 레스토랑을 나와서 자매에게 케쥬얼 옷과 털쉐타와 브랜드 운동화를 각각 새 학기 선물로 준비했다. 미정은 잠잠했지만, 희정은 좋아서 펄쩍펄쩍 뛰었다. 아주머니도 부담스러운 표정으로나마 기분이 좋아 보였다. 가족 같은 외출, 외식, 쇼핑은 차가운 기온을 훈훈하게 삼켜버렸다. 민욱과 유나의 마음은 한결 유쾌한 보람을 느꼈다.
　엄마와 함께한 자매의 2박 4일은 뜻깊은 순간의 추억이었다. 아쉬운 이별을 슬퍼하는 모녀의 모습을 보는 유나의 마음은 안타까웠다. 다시 만날 것을 기약하고, 자매는 차가운 바람을 맞으며 현관을 나섰다. 유성 터미널까지 민욱은 자매를 픽업했다. 자매에게 두둑하게 용돈도 주었고, 할아버지 할머니께서 좋아하시는 것을 준비하라고 보너스를 제공했다. 버스가 떠나는 것을 보고 민욱은 미끄러운 도로를 따라 용산동으로 돌아왔다.

자매가 떠나버린 집안은 조용하고 적적했다. 그간 민욱과 유나에게도 좋은 시간이었고, 소중한 추억이었다. 한동안 자매의 귀여운 모습들이 눈앞에 아른거렸다.

그 비어있는 공간을 세라와 명훈이가 가끔 채워주었다. 머무는 기간이 길지는 않았다. 길어야 세라는 3박 4일, 명훈은 5박 6일, 돌아가면서 방문했었다. 많은 날 동안 직장을 비울 수 없는 남매의 헌신적인 부모 사랑은 지극했다. 날로 건강이 회복되어 가는 엄마의 모습에 기뻐하는 남매는 걱정을 조금씩 덜었다.

남편 민욱의 극진한 돌봄과 남매의 응원과 위로에 힘입어 작년 10월, 가을이 짙어갈 무렵에 유나는 항암치료 1단계 항암주사 투여를 마쳤다. 암 환자에게 가장 힘들고, 고통스럽고, 위험한 구간을 무사히 통과한 셈이다. 이어서 2단계로 표적주사 치료를 받아야 했다. 다소 활동하는 것이 수월했지만, 유나에게는 표적주사도 만만치 않았다. 남편에게 힘들어하는 모습을 보이지 않으려고 무던히 노력했지만, 남편의 눈과 관심을 피할 수는 없어서 애석하기도 해서 남편이 불쌍하게 여겨졌다.

이런 환경이다 보니, 딸 민서를 만나려고 광주에 내려가지 못하는 남편을 볼 때마다 죄스러웠다. 자신은 괜찮다고 낮 시간대에 만나고 오라고 부탁해도 민욱은 아내 옆을 비우지 않았다. 아픈 환자를 혼자 두고 갈 수 없는 민욱은 병원 진료를 마치고 집으로 가는 모녀를 용산동에서 잠시 만나는 것으로 그리움을 달랬다. 2개월에 한 번은 만나는 셈이다. 서린과 민서에게는 너무도 긴 시간이 아닐 수 없었다. 민욱도 다를 바 없었다.

44년 만에 남편을, 죽었다는 아빠를 만났는데, 한집에서 살지 못하는 운명일지라도 만남 자체도 자유로울 수 없었고, 자주 만날 수도 없으니, 심적으로는 불만이 겹겹이 쌓였다. 풀리지 않는 답답한 운명을 원망하면서 아쉬운 마음으로 나날을 보내고 있는 모녀가 가여웠다. 여자로 태어나서 한 남자를 통해 사랑을 알게 되었고, 그 남자만을 그리워하며 평생을 살아야 하는 여자의 운명은 너무 잔인했다. 민욱이 서재에 있을 때, 마침 서린에게서 전화가 왔다. 민욱이 서재에 있다는 말에 서린의 목소리는 울먹였다.

"난 왜 이 나이가 되도록 당신만 그리워하며 기다려야 해요? 호호호~ 당신은 유나씨의 남편이면서 서린의 남편이기도 하잖아요. 이게 뭐예요? 같은 땅에 계셔도 보고 싶을 때 볼 수 없으니, 언제까지 이렇게 두실 거예요? 호호호~."

민욱의 가슴도 찢어졌다. 그 가슴속에 붉은 피가 낭자했다. 울먹이는 서린을 달래기엔 자신의 죄가 너무 깊었다. 머리가 터질 듯이 아팠다.

"서린씨~ 미안해요."

"미안하다는 말은 하지 마세요. 당신을 힘들게 하고 싶지 않아서 날마다 숨이 차도록 참아내고 있었는데, 나도 내가 어떡하다 이렇게 되었는지 모르겠어요. 호호호~ 당신 앞에서 울지 않으려고 했는데, 호호호~ 내가 너무 비참해서 견딜 수 없어서 와인을 마시다가 전화하는 거예요. 술에 취한 건 아니에요. 어떡하면 좋아요? 44년 만에 만났는데도 우리의 운명은 왜 이래요?"

당장에 문을 박차고 달려갈 수 없는 늙은이는 한숨만 토했다. 가족으로 받아들이고 인정했어도 생활권역으로 나눠줘 진정 가족일 수 없는 현실적인 환경이 두 사람을 더욱 힘들게 했다. 애초부터 몰랐던 것은 아니지만, 어느 정도 이겨낼 수 있다는 결론이 무색할 정도로 그리움이 핵폭탄처럼 폭발하고 말았다.

"많이 마시지 말라고 했잖아요. 내 처지를 이해한다는 서린씨가 왜 이래요? 서린씨가 이러면 우리 둘 다 더욱 힘들어져요. 내가 시간을 만들어 볼게요."

"와인에 취하지 않으면 잘 수 없단 말이에요. 그렇다고 알코르 중독자는 아니에요. 이렇게 마시기라도 하면, 당신에게 전화해서 울 수도 있으니까, 가슴이 후련하다고요. 호호호~~. 당신이 빨리 광주에 오시면 안 돼요? 밖에서 얼굴만 보고 가도 괜찮아요."

민욱의 가슴은 무너져 내렸다. 이팔청춘도 아니고, 불혹의 나이를 한참 지나고 나서 시니어그룹에 속한 노년에 사랑과 그리움에 힘들어하는 관계라니 애달팠다. 스무 살의 순결한 사랑은 늙지도 않는다는 서린의 말이 증명되고 있었다.

"서린씨의 목소리를 들으니 안타깝네요. 열흘 정도 있으면 세라가 온다고 하니 그때까지만 참아요. 나도 자나 깨나 서린씨를 생각하고 있어요. 우리 힘들어도 참아요."

"생각만 하면 뭐해요? 이렇게 가슴이 아프고, 당신이 그리운데 나더러 어떡하라는 거예요? 나도 참을 만큼 참고 있잖아요. 참는 것도 내 맘대로 되지 않으니 어떡해요. 호호호~. 서린이가 이렇게 약한 여자는 아니었단 말이에요. 현실을 외면하는 여자도 아니었어요. 당신이 이러면 나만 못된 여자가 되잖아요. 호호호~. 44년의 인내가 무너지니 억울하단 말이에요."

"서린씨의 마음을 잘 알아요. 나도 내가 한심하다고 생각해요. 서린씨를 아프게 하는 내 마음도 가시밭에 뒹굴고 있다고요."

민욱은 서린을 달랠 수도 없었다. 대책도 없고 무방비 상태가 되고 말았다. 서린을 사랑할 무자격 남자란 걸 다시금 깨달았다.

"당신도 힘들 테니까 이러고 싶지 않았어요. 호호호~ 나도 내 마음을 모르겠단 말이에요. 당신이 보고 싶고 그리운 걸 어쩔 수 없잖아요. 내 나이가 몇 살이에요? 늙어서 이러는 내 꼴이 말이 아니란 말이에요. 어떡하면 좋아요? 호호호~~."

"내가 잘못했습니다. 당장 달려가서 서린씨의 눈물을 닦아줄 수 없으니 가슴 아플 따름입니다. 이렇게 약한 모습을 보이면 어떡해요. 서린씨는 강한 여자였잖아요."

"강한 여자가 아니에요. 서린도 연약한 여자란 말이에요. 당신은 서린의 마음을 몰라요. 호호호~ 이만 끊을게요. 괜히 추태만 부리고 말았네요. 잘 주무서요. 서린도 그만 울고 잘 거예요."

전화는 일방적으로 끊어졌다. 민욱의 가슴에는 폭풍이 휩쓸고 지나간 자리에 폐허만 남았다. 서린의 이런 행동은 처음이었다. 강한 여자라서 잘 참아내고 있다고 생각했는데, 그녀의 가슴에 타다 남은 숯덩이만 쌓였다니 할 말을 잃었다. 두 여자를 동시에 사랑할 수 없으며, 한 집에서 살 수 없는 민욱의 고민은 가파른 설산을 숨 가쁘게 오르고 있었다.

18. 코로나19의 융단폭격

　힘들고 고통스러운 항암주사 투여를 마치고, 표적주사를 투여받고 있는 유나의 투병생활은 2년이 채 못 되었다. 설상가상으로 2019년 12월, 대혼란의 바이러스가 무차별적으로 전 세계를 공격하기 시작했다. 2020년이 열리자마자 사람과 사람 사이에 뜻하지 않은 '코로나19'란 무서운 이름을 단 전염병이 전 세계를 공포에 몰아넣었다. 사람과 사람 사이에는 보이지 않은 장벽이 가로 놓였다. 휴전선의 철책선처럼, 미국과 멕시코의 국경장벽처럼, 중국의 만리장성처럼, 위협적이고 두려운 바이러스의 장벽이 높게 구축되었다. 전 세계를 삼킬 듯이 무자비하고 인정사정없이 덤비는 '코로나19' 바이러스가 대유행의 바람을 일으키며 사람들의 일상생활을 꽁꽁 묶어놓았고, 불안에 떨게 했으며, 항공기들까지 공항에 잡아두었으므로 자유가 잔혹하게 소실되고, 국가와 개인의 경제까지 처참하도록 허물어지기 시작했다.

  중국의 한 지방 도시에서 시작되었다는 바이러스는 빠른 속도로 확산하여, 전 세계인을 삼키기 위해 악마의 입을 크게 벌리고 쉬지도 않고 24시간을 위협하며 공포에 떨게 했다. 그 무시무시한 공포의 바이러스는 상대할 가치도 없이 천방지축으로 날뛰었다. 나라마다 매스컴들은 연일 전쟁이라도 발발한 것처럼 소란스럽게 떠들었고, 사람들은 불안에 떨며 원하지 않는 한정된 공간에 갇혀 잔인하게 당해야 했다. 여기도 봉쇄, 저기도 봉쇄, 이곳도 폐쇄, 저곳도 폐쇄, 사람이 사람을 만나는 것 조차 제한되어 거리를 둬야 하는 이상한 시대가 위협적으로 엄습했다.

  약국마다 마스크를 구매하기 위해 정부가 지정한 날짜에 추위에 떨면서 길게 줄을 서야만 1주에 1인당 3매를 구할 수 있는 코로나 시대의 얄궂은 풍경이 생겨났다. 정부가 정한 요일에 한 번씩 구매해야 하는 어처구니없는 광경이 곳곳에서 연출되었다. 그것도 '주민등록증'을 제시하고, 태어난 연도를 기준으로 하여 일주일에 한 번만 구매할 수 있는 괴이한 현상들은 인간으로 하여금 더욱 불편한 삶으로 얽어맸다. 마스크를 구하는 것이 생활화된 현실은 암울했다. 세계 모든 나라들이 치료제를 확보하기 위해 혈안이 되었고, 정부의 대책도 갈팡질팡했으며, 병원마다 예방접종으로 혼란을 키웠다. 불만은 있었지만, 감염되지 않고 살아남기 위한 수단에 매몰된 현실을 인정해야 했다. 연령별로 지정된 날짜에, 지정된 병의원에서 '예약접종 예진표'를 작성하여 의사와 상담한 후에 접종을 받아야 하는 번거로운 불편은 일상화 되었고, 몇 개월에 한 번씩 예방접종은 반복해서 이루어졌다.

예방접종의 확인서가 있어야 공공기관이나 병원, 식당, 마트, 카페 등에 출입이 가능했으며, 학생들은 인터넷 원격수업, 직장인들은 재택근무란 희한한 사회시스템이 나라마다 가동되었다. 그럴 수밖에 없는 위험한 상황들이 세계 곳곳에서 벌어지고 있기에 누구도 불만을 털어놓을 수 없었다.

미국, 영국, 프랑스, 호주, 이탈리아 등 선진국에서도 하루에 수만 명이 감염되었고, 수천 명이 사망한다는 데이터가 시시때때로 TV 화면이나 신문에 오르내렸다. 국내에서도 하루에 수천 명이 감염되어, 수백 명의 사망자가 속출하고 있었다. 날마다 집계 수치가 갱신되니, 국민의 불안한 심리는 날로 고조되었다. 감염자의 폭주에 대형병원마다 북새통이었고, 턱없이 부족한 음압병동을 신설하는 등 난리가 아니었다. 그런 까닭에 사람들은 외출을 자제하고 집에 갇혀있는 신세가 되어 경제활동에 크게 제약받기 때문에 경제가 날로 어려워졌다. 나라마다 공항이 폐쇄된 까닭에 여행자의 입국도, 기업인 출장도 발이 묶이는 대혼란이 속출했다.

민욱은 더욱더 철저한 생활방식에 돌입했다. 투병 중인 유나는 '고위험군'으로 분류되었기에 감염이 되면 치명적일 수 있다는 판단에 사전 예방이 필요했다. 집안에서도 거리 두기와 마스크 착용을 생활화했다. 가사도우미에게도 철저하게 주의를 상기시켰다.

시장이나 마트를 자유롭게 갈 수 없는 까닭에 음식재료는 오후에 주문하면 이튿날 새벽에 배달되는 인터넷쇼핑을 이용했다. 일주일에 2회 이상 구매했고, 택배 상자도 대문 밖에서 직접 소독한 후에 내용물만 주방으로 옮기는 번거로운 작업을 마다하지 않았다. 현관에 출입할 때도 몸과 손을 소독하였고, 집안에서도 꼭 마스크를 쓰고 아내를 보살폈다. 염려스러운 고단한 생활의 끝은 보이지 않았다. 힘든 투병생활에다 바이러스의 공포는 불안을 몇 배나 가중시켰으므로 편할 날이 없었다. 지옥이 따로 없었고, 이 시대가 지옥이었다.

 좋아하는 드라이브를 못 하는 것은 물론이고, 집 근처 산책도 자유롭게 할 수 없으니 온전한 생활은 아니었다. 기껏해야 마당을 몇 바퀴 도는 것과 아쉬움에 대문 밖을 내다보며 불만을 털어놓는 것이 전부였다. 미국에 있는 자식들의 발이 묶였으니, 보고 싶음과 염려는 산처럼 쌓여만 갔다. 거실에는 간단한 운동기구(발런스, 바이크)를 사용하여 몸 상태를 유지하려고 노력했으며, 근육을 키우거나 유지하는 데도 게을리하지 않았다. 하루하루 악화일로에 있는 괴물 '코로나19'는 주저하지 않고 지구촌을 통째로 삼키는 데 혈안이 되어 멈출 기세도 보이지 않았다.

 벚꽃과 목련이 화려하게 피어 있는 가로수 길을 걷지도 못하고 봄은 지나갔고, 더위가 기승을 부리는 여름에도 물가에 가보지 못하고 '코로나19'란 악마와 싸워야 했다. 붉은 옷을 갈아입은 산야의 단풍도 즐기지 못 한 채 아름다운 가을도 코로나 속에 묻혀버렸다. 인간의 다양했던 일상생활은 흔적도 없이 사라졌고, 닥치는 대로 삼키는 악마의 입은 다물지 않았다.

 '코로나19'에 함몰되다 보니, 서린과 민서를 만난 지 1년이 후딱 지나갔다. 전화로 안부를 전하지만, 보고 싶은 그리움은 하늘을 찔렀다. 미국에 있는 자매에 대한 염려도 내려놓을 수 없었다. 하늘길이 막히고, 출국이 통제되어 부모를 문안하지 못하고 엄마의 투병을 염려하는 남매의 정신적 고통스러움도 '코로나19'는 모른 척했다. 자나 깨나 걱정은 이를 데가 없었다. 병원에서 정기적인 검사와 진료, 그리고 표적주사는 정상적으로 이루어지고 있어서 그나마 안심할 수 있었다.

"아빠! 힘들어서 어떡해요? 그나마 엄마가 많이 좋아지고 있다니 다행이에요. 이 코로나가 언제 끝날지 정말 암담하네요. 아빠도 엄마도 보고 싶어서 견딜 수 없는데 어떡하면 좋아요? 정말 속상해서 미치겠어요."

세라는 안달했다. 보고 싶은 부모님을 볼 수 없는 무자비한 코로나의 폭거를 탓하며 안타까워했다.

"그러게 말이야. 보고 싶어도 참아야지. 아빠와 엄마도 너희들이 보고 싶구나. 아무튼 조심해야 한다. 그렇다고 미치지는 마라. 하하하. 아빠와 엄마는 너희들이 걱정이다. 시카고는 그나마 심하지 않다니 다행이긴 하지만, 긴장을 늦추면 안 된다. 안전한 방역이 생활화돼야 한다. 밖에서는 마스크를 벗으면 절대 안 된다. 다른 사람들을 만나는 것도 안 돼. 외식은 말할 것도 없고. 눈으로 보고 있지 않으니, 걱정이 말할 수도 없다. 지금으로서는 방역 수칙을 철저히 지키며 조심하는 것밖에 다른 방법이 없는 것 같다."

수십 번이나 부탁했고, 수없이 들었던 바이러스에 대한 주의사항은 귀에 딱지가 앉을 지경이었다. 천 번을 들어도 넘치지 않는 부모의 염려가 자식을 향하는 것은 당연했다. 눈으로 보지 못하니 걱정은 한이 없었다. 불안한 심리는 날로 늘어났다.

"아빠 엄마도 조심하셔야 해요. 아빠는 고령이시고, 엄마는 중환자니까 우리가 더 걱정하고 있어요. 정말 이건 원하지 않았는데 말이에요. 이런 일이 왜 벌어졌는지 모르겠어요."

"그래. 안다. 우리 다 함께 코로나19를 이겨내자. 감염예방은 자기 방역이야. 지나치게 불안해하지 마라. 심적으로 강해야 바이러스의 접근을 막을 수 있어. 야무진 너희를 믿는다."

"알고 있어요. 아빠~~. 우리도 잘 이겨내고 있어요. 걱정하지 마시고 힘내세요. 아빠 엄마가 걱정이에요. 아빠 엄마 파이팅!!!"

코로나가 엄습한 가운데 민욱은 지난 5월에 만 70세의 고지를 넘었다. 아무런 이벤트도 하지 못하고, 아침에 미역국만 끓여 먹었을 뿐이다. 코로나가 아니라도 아내가 암 투병 중이므로 칠순 잔치는 이래저래 할 수 없었다. 그렇지만, 고국에서 아빠의 70회 생신을 특별히 계획했던 남매였는데, 역시 절망하고 말았다.

하필이면 이때냐고 남매는 울분을 터뜨렸지만, '코로나19'는 들은 척도 안 했다. 그런 가운데, 고위험군 환자인 엄마와 고령의 아빠를 염려하는 남매의 걱정하는 수위가 높았다. 아메리카 대륙에서 부모의 건강과 안녕을 위해 기도하는 세라와 명훈은 하루도 안심할 수 없는 것이 괴로울 뿐이었다. 코로나가 괴멸되고 막힌 하늘길이 하루라도 빨리 열리기를 날마다 고대했다.

바이러스 폭풍이 급습한 지 1년이 지나고 또 한 해가 밝아왔다. 그러나 '코로나19'는 지치지도 않고, 더욱 기세가 등등했다. 고단하지도 않은 것인지 밤낮이 따로 없었다. 날로 더욱 기승을 떨치며 감염 국가와 희생자를 확산시키는 데 주력했다. 감염자 수치나 사망자 수치도 기하학적으로 증가추세를 보였으므로 암담한 나날은 지루하게 계속되었다. 앞날이 보이지 않았다. 마스크에 얼굴을 가리고, 가까운 곳에 떨어져 사는 가족을 만나지 못하며 살아가야 하는 철창 없는 감옥생활은 언제 끝날 것인지 추측도 할 수 없어 암담했다.

바이러스의 공격이 기약 없는 가운데 항암치료가 중단되지 않아서 천만다행이라 감사했다. 방역예방에 전념하며 유나는 다소 안정적인 표적주사 치료를 감당했다. 항암주사를 투여할 때보다 훨씬 견디기가 수월했다. 병원에 갔을 때도 식당을 이용하지 않았다. 감염에 노출될 위험요소가 있으므로, 도우미가 준비해 준 도시락을 주차장 차 안에서 불편하게 식사를 때웠다. 괴상망측한 시대를 살아가는 사람들의 공통적인 어려움이기에 감염되지 않고 건강하게 하루를 무사히 보내는 것이 최대의 바람이 되었다. 사람들 모두가 바라는 소원일 것이다. 날마다 치솟는 감염자와 사망자 숫자에 불안한 마음은 소용돌이쳤다. 그나마 자신이나 가족들이 포함되지 않았다는 것을 행운으로 여겨야 하는 바이러스 시대는 놀랍기만 했다.

마당에 있던 민욱은 민서에게 전화했다. 휴직 기간이 만료되어 학교로 복귀한 민서는 힘든 시간을 보냈다. 음악과목을 담당하는 민서는 학생들이 마스크를 착용하여 실습할 수 없어서 이론을 위주로 수업한다면서 불편을 호소했다.

"아빠가 힘들어서 어떡해요? 코로나 시대에 환자를 간호하시느라 우리 아빠 진짜 힘드시겠다. 도와드리지 못해서 죄송해요. 아빠가 보고 싶어도 갈 수 없어서 정말 속상해요."

민서는 심적으로나마 힘들 아빠를 염려했다. 고국 생활이 익숙하지도 않은데, 거기에다 고위험군 환자까지 있으니 염려하지 않을 수 없었다. 코로나만 생각하면 화가 치밀었다.

"참으로 안타까운 일이다. 상황이 이렇게 길어질 줄은 몰랐어. 그런대로 견딜 만하다. 아빠는 출근하는 민서가 더 걱정이다. 너도 환자이니, 감염예방에 철저해라. 몸의 컨디션은 괜찮은 거니?"

"네, 아빠! 민서는 염려하지 마세요. 방사선치료도 끝났잖아요.

다 나은 거나 다름없어요. 머리카락도 많이 자랐어요. 아빠한테 빡빡머리만 보여드렸는데, 예쁘게 자라는 머리를 보여드리지 못해서 속상해요. 이 상황이 언제 끝날지 모르니 답답하기도 해요. 아빠가 많이 보고 싶단 말이에요."

"민서 머리카락이 자랐다니 다행이다. 아빠도 그 예쁜 우리 딸 모습이 보고 싶어. 감염전문가들도 언제 종식될지 예상하지 못하니 그냥 기다리는 수밖에 별도리가 없는 것 같아. 빨리 종식되어야 민서를 볼 수 있을 텐데 말이다. 그런 전망이 보이지 않으니 지구촌 재앙이 걱정이다."

"아~~ 정말 대책이 없네요. 아빠~~ 어머니는 어떠세요?"

"괜찮아. 잘 지내고 있어. 표적주사 치료 중이라 항암주사 맞을 때보다 훨씬 몸이 가벼워지고 기분도 좋아진 것 같아. 너하고 통화한다고 하던데? 소식은 알고 있는 거지?"

"가끔, 안부 전화를 드리고 있어요. 우리 할리우드 어머니도 보고 싶어요. 민서 마음 전해주세요."

"딸아~ 고맙다. 네 몸도 잘 챙겨야 한다. 항상 조심해야 해. 손소독도 잘하고, 거리 두기도 잘 지키고, 어디에서나 마스크는 꼭 써야 한다. 모임은 자제하고 예방에 신경 쓰도록 해. 알았지?

"알았어요. 아빠가 통화할 때마다 하신 말씀이잖아요. 정부에서 하는 홍보로 눈과 귀에 딱지가 앉았어요. 호호호~~."

"그래, 하하하~~ 조심해서 나쁠 것 없잖아. 민서는 환자니까 더 조심해야 한다는 얘기야. 너와 나 가릴 것 없이 모두 조심해야 이 재앙이 빨리 끝날 수 있을 거야."

"네~. 알았어요. 아빠~~. 우리 가족들은 아빠 말씀대로 감염예방을 철저하게 지키고 있어요."

"그래, 그게 답이다. 엄마는 어떻게 지내니?"
 "엄마도 무척 힘들어하고 있어요. 활동적인 분이 집이나 작업실에 갇혀있으니, 몸살이 나나 봐요. 죄 없는 나한테도 자주 오지 말라고 짜증을 낸다니까요 호호호~~. 엄마 얼굴을 본 지도 며칠 되었어요. 5일은 됐나 봐요. 엄마도 방역 맨 아빠를 닮아서 감염에 노출된다고 오지 말라고 해서 엄마 집에도 못 가고 있어요. 직원들도 재택근무를 시켰다니까요."
 "아~~ 그렇구나. 그래, 모두가 조심해야지. 아빠를 닮은 게 아니고, 바이러스 공포에 지혜로운 엄마의 현명한 결단이야. 바이러스가 무섭긴 무서운 거야. 가족까지도 떼어 놓으니 말이다."
 "아빠는 역시 엄마 편이군요. 호호호. 농담이에요. 그나저나 상황이 빨리 좋아져서 아빠를 볼 수 있었으면 좋겠어요. 엄마는 아빠를 볼 수 없는 게 큰 불만인가 봐요."
 코로나의 폭격으로 가족의 대면까지 막혀버린 아쉬움이 흠뻑 젖어 있는 부녀의 통화는 끝났다. 43년 만에 만났지만, 불행하게도 얼굴을 본 지가 언제인지 까마득하기만 했다. 이들의 길을 막고 있는 '코로나19'의 장벽은 너무 견고했다. 민욱은 안으로 들어왔다. 마침 거실에 있던 아내와 마주쳤다.
 "누구하고 통화했어요?"
 "민서하고."
 마스크 한 얼굴로 눈빛만 주고받았다. 실내에서도 마스크 쓰는 것은 이 집에서는 생활화되어 있었다. '고위험군'과 고령의 안전한 감염예방을 위한 민욱의 뼈아픈 조치였다.
 "추운데 왜 밖에서 통화해요. 내가 들어서 안 되는 거면 서재에서 하시면 되잖아요. 당신만의 공간이니까 마스크를 벗을 수 있는 유일한 곳이잖아요."

"뭐, 비밀이야 있겠어. 안부 전화한 거지. 하하하."

"여보~~ 우리끼리 거실에 있을 때는 마스크를 벗어요. 집에서도 마스크 쓰는 사람은 우리밖에 없을 거예요. WTO나 K-방역팀이 당신에게 모범상을 줘야 할 것 같아요. 호호호~~."

"그래, 하하하~~ 유나는 호흡하는 데 힘들 테니까 벗어도 돼. 난 크게 불편하지 않아. 힘들면 잠깐잠깐 벗기도 해."

"당신도 벗어요. 흉하단 말이에요. 이러다간 당신 얼굴을 잊어버리겠어요. 당신의 눈만 볼 수 있잖아요. 잘생긴 코와 입술과 턱도 보고 싶단 말이에요. 호호호~."

'코로나19' 시대의 암울한 풍경이 이 가정에도 존재했다. 그런 까닭에 2020년 입학한 초등학교 1학년 학생들은 친구들의 얼굴도 기억하지 못하고 2학년으로 진학해야 했다니, 참으로 가슴 아픈 일이 아닐 수 없었다. 가족이 가족을 만날 수 없으며, 친구가 친구의 얼굴을 보지 못하고, 요양병원에 입원한 부모나 가족을 방문하지 못하는 가족들의 애달픈 하소연을 TV에서 접하고 있으니 남의 일 같지 않았다.

"하하하~~. 잊어먹지 않도록 내가 가끔 보여주잖아. 엄살 그만 부리셔. 유나도 아프더니 어린애가 된 것 같아. 그래서 귀엽기는 하지만 말이야."

"호호호~~. 그게 엄살이었나요?"

이들 부부가 대화할 때도 2미터의 거리 두기가 필요했다. 감염 예방의 모범가정이었다. 피곤하고 힘들고 불편했지만, 유나의 안전한 투병을 위해 민욱은 마스크 착용을 고수했다. 가사도우미도 마스크 착용과 손 소독하는 것에는 불만이 없다고 호응했다. 가족의 먹거리를 담당하니 감염예방은 필수적이었다. 아내에게 약을 챙겨주고, 편안하게 쉬게 하고 서재로 들어갔다. 서재에 들어온 민욱은 FOX 채널에서 미국에 감염 희생자가 기하학적으로 급증한다는 뉴스에 충격을 받았다. '코로나19'에 노출되지 않을까 염려하며 딸과 아들에게 주의와 격려의 E-메일을 보냈다. 셀 수도 없이 주의 사항을 고지시키고, 미국의 현 상황을 자세히 알리며, 보고픈 마음을 담아서 예방을 응원하는 메시지를 담았다.

한국보다 감염이 더 심각하고 위험에 노출된 나라는 선진국인 미국이었다. 인구가 많긴 해도 하루에 수천만 명이 감염되어 고통 속에 허덕이고 있었으며, 수만 명이 신음하며 죽어가고 있는 현실이 믿어지지 않았다. 그런 까닭에 민욱으로서는 남매를 걱정하지 않을 수 없었다. 어쩌다가 이런 불행한 일이 발생했는지 어디에도 탓할 곳이 없었다. 하늘의 저주가 아니고서는 무슨 말도 통하지 않을 것 같았다.

화상통화도 가능했지만, 자식들의 얼굴을 볼 자신이 없었다. 불안한 날이 걷힐 생각이 없으니, 가슴만 타들어 갔다. 미국에서 벌어지는 상황을 인터넷으로 검색하며, WTO 데이터를 입수하여 감염예방에 따른 대처 능력을 자매에게 주지시키는 데 최선을 다했다. 그나마 성인인지라 조금은 안도할 수 있어서 다행스러웠다. 그나저나 휴스턴에 있는 외손자, 손녀(민서의 자녀)가 무척 걱정되기도 했다. 걱정만 하는 것이지 예방 외에는 아무런 대책도 없는 것이 한심했다.

남매에게 메일을 보낸 민욱은 서린한테 전화했다. 지난번 술에 취해서 울먹이며 전화했던 서린의 애절함을 떠올렸다. 전화벨이 한참 울린 후에야 반가운 목소리가 흘러나왔다.

"오늘은 당신이 전화하셨네요."

"그렇게 됐나? 왜 늦게 받았어요. 못 받는 줄 알고 끊을 뻔했잖아요. 바쁜데 내가 전화한 건 아니에요?"

"아무리 바빠도 당신 전화는 받아야죠. 호호호~~. 작업하다가 팔레트와 붓을 놓고 장갑을 벗느라 늦었어요."

"내가 방해하긴 했군요. 그림의 영감이 끊어지면 안 되는데 말입니다. 통화해도 괜찮겠어요?"

"괜찮아요. 호호호~~. 끊어지면 말라죠. 뭐. 당신과 통화하고 나면 더 기발한 구상이 떠오를지도 몰라요. 그러니까 그런 염려는 하지 않으셔도 돼요."

"그렇다니 쑥스럽군요. 하하하~~."

"당신이 너무 보고 싶은데 어떡하죠? 내가 근처에 갈 수 있는데 ..... 방역지침에 마스크 쓰고 2미터이니, 마스크 벗고 5미터 정도 떨어져서 얼굴만 보면 되잖아요. 안아 달라, 뽀뽀해 달라고 하지 않을게요. 이번 한 번만 ..... 그러면 코로나가 끝날 때까지 조르지 않는단 말이에요. 약속할 수 있어요. 여~보~~?"

서린은 떼쓰는 어린아이 같았다. 아니 연애하는 20대 연인들 같기도 했다. 그럴 법도 했다. 그리움을 먹고 산 44년을 무쇠처럼 견디다가 남편 아닌 남편을 만날 수 있었으므로 지금의 코로나 상황은 지옥과도 같았다. 만날 수 없도록 장막을 친 바이러스의 공격이 너무 가혹하고 잔인하다고 울먹이는 목소리로 털어놓았다. 전화할 때마다 애원하는 그 목소리를 듣는 것도 민욱으로서는 괴로웠다. 형상이라도 있는 녀석(코로나)이라면 발로 걸어차고 야구방망이로 후려치고 싶었다.

"그럼, 우리 영상 통화할까요?"

민욱은 기발한 아이디어라고 제시했다.
"싫어요. 영상통화 하다가 울 것 같단 말이에요. 그리고 영상이 마음에 들지 않아요. 움직이다 보면 흉하게 보이잖아요."
"서린씨는 괜한 트집입니다. 카메라 위치와 각도만 잘 잡으면 예쁜 얼굴이 어디 가겠어요. 우리 시뮬레이션 한 번 해볼까요?"
"싫어요. 당신 혼자서 하세요. 견우와 직녀도 1년에 한 번은 만난다는 데, 우린 뭐예요? 이도령과 춘향이에요?"
서린의 목소리는 토라졌다. 자신의 바라는 것을 관철시키지 못해서 속상해했다. 난데없이 견우와 직녀도 소환하고, 이도령과 춘향이까지 불러냈으니 그 심정은 알만 했다.
"또, 삐친 거죠? 하하하~~."
"웃지 말란 말이에요. 나 화났어요."
"화난 얼굴을 영상으로 보여줘요. 스무 살 때처럼 귀여울 것 같거든요. 하하하~."
민욱은 농담하며 서린을 약 올렸다. 민욱의 얄미운 주특기이기도 했다. 이를 서린도 이미 터득하고 있었다.
"몰라. 당신은 나 약 올리는 재미로 그러는 거죠? 옛날처럼 개구쟁이는 싫단 말이에요."
"그건 아니에요. 좋은 방법이 있는지 생각해 볼게요. 칠월칠석이 지났으니 견우와 직녀는 빼고, 이도령과 춘향일 만나게 해야겠네요. 다음에 연락할게요. 하하하~~."
민욱은 속도감 있는 위트를 동원하여 일단 수습을 마쳤다. 기분을 달래주려면 달리 방법이 없었다. 또 사람이 사는 세상이니 방법이 나올 수 있을 것으로 생각했다. 그만큼 시간을 벌었으니, 한숨을 뱉어내고 서재를 나왔다. 안방 문을 열고 들여다보았다.

"들어오세요. 우리 큰 애기! 다 놀고 왔어요?"
"난 자는 줄 알았지."
아니나 다를까 손에 들고 있던 마스크를 쓰고 안방으로 몸을 옮겼다. 침대와 2미터를 격리시켜 놓은 소파에 앉았다. 탁자에는 소독제와 손세척제가 놓여있었다. 이는 주방에도, 서재에도, 화장실에도, 현관에도, 대문 안쪽에도 비치해 놓았다. 철두철미하고 세심한 그의 성격을 잘 나타내는 방역배치도였다. 안방에 들어오기 전에도 자기의 몸에 소독제를 뿌리고 손도 소독했다. 코로나19 시대에 사는 모범가정이 따로 없어 보였다.
"금방 깼어요."
유나는 침대에 기대어 앉으며 미소를 자연스럽게 살포했다.
"애들한테 메일 보내고, 서린씨 하고 통화했어."
"애들한테는 당신이 질병관리인 같아요. 반복적으로 그러니 애들이 지겨워하겠어요. 애들한테도 숨돌릴 시간을 주세요. 어린애도 아닌데, 미국의 방역 시스템을 철저히 실천하고 있다잖아요."
"그래도 방역하는 데 도움은 될 거야. 바이러스 시대에 개인 방역은 생명이야. 하하하~~. 세라가 귀에 딱지가 앉았다고 투덜거렸어. 그럴 만도 하지. 유나 말도 맞아. 위험 지역별 데이터를 수정해서 보내는 거라서 활동하는 데 도움이 될 거야."
"그렇기야 하겠지만 세라 말이 틀린 건 아니네요. 워낙 철저하신 아빠라고 알고 있으니 다행이에요. 서린씨는 어떡하고 있데요? 활동적인 분이 답답하긴 하겠어요."
"작업실에서 일하는가 봐. 이 세상 사람들이 다 당하고 있으니 어쩌겠어. 바이러스에 대한 불만이 많겠지. 불만 없는 사람이 어디 있겠어. 불만이 있어도 터뜨릴 상대가 없는 것이 더 문제야."

"그나마 일하고 있으니 다행이네요. 화가는 참 좋은 직업이에요. 그렇죠? 이런 상황에서도 손을 놓지 않고 화실에서 그림을 그릴 수 있으니 얼마나 좋아요. 서린씨가 작업하는 진지한 모습이 갑자기 보고 싶어지네요."

"그럴 수도 있겠지만, 집이나 갤러리에 갇혀있으니, 그것도 쉬운 일은 아니겠지. 그 성격에도 어쩔 수 없는 거지 뭐. 신경도 쓰이고 짜증도 나나 봐."

"그래도 좋은 직업이에요. 당신은 연구하시고 논문발표 하시느라 힘들었고, 유나는 학생들을 지도하고, 무대에서 미친 듯이 춤추느라 힘들었잖아요. 어느 것 하나 쉬운 게 있겠어요. 그런데 화가는 정년도 없으니 좋은 직업인 것 같아요."

"그렇긴 하네. 유나도 몸이 힘든 발레리나보다, 처음부터 그림 공부해서 화가를 할 걸 그랬나? 하하하."

"호호호~~. 그림을 못 그리는 거 알면서 놀리시는 거예요? 내 그림을 본다면 피카소도 울고 갈 거예요."

초등학교 저학년일 때에 학교에서 부모님의 모습을 그려오라는 숙제가 있었는데, 부모님의 얼굴도 모르는 유나는 남자와 여자의 얼굴을 그리지 못하고, 사람의 형체만 그려서 제출했다가 선생님에게 야단을 맞은 적이 있었다. 그래서 그 후론 미술 과목과 그림 그리기가 싫어서 담을 쌓았던 시절이 있었다.

"예능에 소질이 있으니까, 애초부터 그림을 배웠으면 계발이 되었을지 누가 알겠어. 예능 쪽은 타고나서 천부적인 소질이 있잖아. 악기나 연기도 수준급이었어."

"그래도 화가는 안 할래요. 당신은 스파르타식으로 무용을 시켰잖아요. 그때 얼마나 힘들었다고요. 하기 싫어도 당신이 좋아하니까 한 거예요. 당신 곁을 지켜야 하고, 당신 옆에 있어야 하니까요. 호호호. 다시 시작하라면 못할 것 같아요. 당신은 유나에게 얼마나 지독했는지 모르시죠? 유나만이 알 거예요. 다시 태어난다면 당신은 만나 결혼하겠지만, 발레는 안 할 거예요. 호호호~."

"그래서 결론은 발레한 걸 후회한다는 거야?"

민욱은 장난기를 동원하여 눈을 부릅뜨고 협박하듯이 물었다.

"당신이 그처럼 우리의 미래를 위해 애썼다는 말이에요. 당신의 계획은 철저했으니까요. 후회라뇨? 그건 아니에요. 호호호~~. 당신의 말을 순종했으니까 당신 옆에 유나가 있잖아요."

민욱은 일어나서 특별 보너스로 유나를 포근하게 안아주었다. 물론 마스크를 쓰고 얼굴은 접촉하지 않았다. 감염예방을 위해 애정 표현도 진하게 할 수 없는 부부는 화가 나기도 했다.

"그래, 유나가 참으면서 잘 따라왔어. 고생한 건 나도 알아. 그랬으니까, 우리가 그 모두를 누리면서 살아왔잖아. 수없이 말하지만, 우리가 아메리칸드림을 완성할 수 있었던 건, 내 곁에 유나가 있었기 때문이었어."

"그렇다면 고마워요. 코로나가 미워서 유나가 괜히 투정 부려본 거예요. 호호호~~."

부부의 일상까지 파고든 '코로나19'의 무분별한 폭력과 폭행은 오늘도 잔인하기만 했다. 그래서 오래 안아줄 수도 없었다. 민욱은 아쉬운 마음으로 멀찍이 물러섰다. 이런 생활이 벌써 몸에 익숙한 것이 이상스러울 정도였다. 불안을 눈으로 지켜보는 마음에도 시간은 멈추지 않아서 그건 다행스러웠다.

이런 가운데, 민욱과 유나는 가사도우미와 의논하여 미정과 희정에게 장학금 지원을 약속했다. 자매와 대면은 할 수 없었지만,

자존심 문제가 있는 관계로 자매의 동의도 얻어냈다. 미정은 공주의 G대학 음대 피아노 전공에 진학하여 기숙사에서 신입생을 시작했다. 1년 후에 희정이가 공주의 여고에 진학하면 자매가 거처할 집을 임대해 주기로 약속했다. 노부부가 고국에서 하고 싶었던 도움의 손길에 첫발을 내어 디뎠다.

암울했던 60~70년대를 고아의 헐벗은 신분으로 싸늘한 세상과 싸웠던 그때를 기억했다. 초등, 중등 시절에는 학교에서 학용품 도둑으로 몰리기도 했었고, 심지어 돈을 훔쳤다는 모함을 받으며 선생님으로부터 모진 핍박과 체벌을 당해야 했던 뼈저린 그때를 회상했다. 이 모두가 고아였기 때문에, 무시당하며 천대받았던 치욕을 경험했으므로 어려운 학생을 도와주고 싶었다. 미정과 희정 자매를 도울 수 있어서 마음이 다소 홀가분해졌다.

국화빵이 먹고 싶어서 빵을 굽는 리어카 앞을 떠나지 못하던 초등학생 유나에게 버스표를 주고 국화빵을 바꿔서 먹게 했던 민욱이었다. 말로는, 글로는 다할 수 없는 수많은 고통의 사연들이 이들의 전신을 에워싸고 있었다. 그 숱한 학대와 편견에 매몰되어 피를 토하며 절규했던 그 시절이 아득했다. 착하고 귀여운 미정과 희정이가 이런 어려움을 겪지 않고 꿈을 안고 향학의 대열에서 낙오되지 않고 당당하게 달려가길 원했다.

또, 혐오스러운 코로나19 시대에 애절한 신음 소리와 동행하며 더디게 지났다. 그 속에서 2022년 여름이 시작되는 6월이 성큼 다가왔다. '코로나19'가 발한지도 2년 반이 되었다.

유나는 유방암에 대한 정기검사를 진행했고, 일주일 후에 진료받았다. 주치의(이*원 교수)의 진료소견은 매우 만족스러웠다. 혈액검사에 의한 신체의 모든 기능수치가 정상에 가깝도록 좋아졌으며, 영상에서도 암 세포가 보이지 않아 이상이 없다고 했다. 유나의 건강이 회복되고 있다는 사실에 부부의 얼굴이 환하게 펴졌다. 평소에도 기력이 좋아져서 피곤을 덜 느꼈기 때문에 주치의 소견을 그대로 받아들일 수 있어서 마냥 기뻤다.

주치의는 비행기를 타고 해외여행도 가능하다고 응원까지 해주셨다. 불행히도, 코로나19로 인해 해외여행은 꿈도 꾸지 못하지만 그래도 기분은 좋았다. 코로나가 없었다면, 당장 미국으로 날아가서 건강을 회복해 가는 엄마의 건강한 모습을 자식들에게 자랑하고 싶었는데, 그럴 수 없는 것이 안타까웠다. 이제 산책은 물론이고, 좋아하는 드라이브도 할 수 있다는 생각에 그나마 위로되었다. 이 기쁜 소식을 딸과 아들에게 전화로 알렸다. 기뻐서 펄쩍펄쩍 뛰는 남매가 큰 위안이 되었고, 힘이 되었다. 코로나의 공포를 잘 이겨내고 있는 남매에게 응원과 칭찬을 아끼지 않았다.

저녁나절에 마스크를 착용하고 모처럼 산책을 나왔다. 그러나 손은 잡을 수 없었다. 아름다운 벚꽃과 목련은 내년을 기약하고 떠난 뒤라서 잎만 무성한 길을 방역 거리를 유지하고 걸었다. 태양은 서녘으로 기울었어도 기온은 후덥지근했다. 그러나 발걸음은 한층 가벼웠고, 마음은 저녁 하늘을 훨훨 날 듯했다.

"우리 다음 주에 광주에나 가볼까?"

유나의 표정을 살피며 말했다.

"서린씨와 민서가 보고 싶군요. 보지 못한지도 2년이 훨씬 지났으니 그럴 만도 하죠. 나도, 서린씨와 민서가 보고 싶긴 해요."

"그렇다면 내가 연락해 볼게."

대면한 지 2년하고도 몇 개월이 더 지났다. 일주일에 몇 번을 통화했지만, 보고 싶은 그리움은 채우지 못했다. 민욱과 유나는 예방접종 4차까지 마쳤다. 이제 5명까지 식당이나 카페를 출입할 수 있다니 위험부담은 있어도 실행해 볼 가치는 있었다. 부부는 서로를 쳐다보며 웃었다. 완만한 언덕길 정상에 닿았다. 거기에는 '한국방송통신대학교 대전캠퍼스'가 위엄한 자태를 뽐냈다. 학생들은 보이지 않아 작은 운동장이 설렁했다. 자택에서나 직장에서 방송으로 공부하는 대학교이므로 학생들이 보이지 않은 것은 당연하다고 생각했다.

부부는 돌아서서 언덕배기를 내려왔다. 6차선 도로에 비해 차량이 뜸해서 도로는 한가했다. 도로 건너편은 낮은 야산으로 길게 늘어서 있어서 상가나 상업건물, 회사들이 전혀 없는 까닭에 걷는 사람도 볼 수 없었다. 가끔 지나가는 차량이 반가울 정도였다. 저 멀리 갑천을 가로지르는 현수교 한빛대교가 눈앞에 가물가물하게 보였다. 그 광경을 시야에 담으며 집으로 무사히 돌아왔다.

집은 적막하리만치 조용했다. 가사도우미는 저녁식사 준비에 바빴다. 바이러스의 공포가 전 세계를 폭풍처럼 휘몰아쳐도 용산동은 거뜬했다. 코로나19에 불만을 털어놓을수록 스트레스가 쌓여 더 힘들다는 것을 터득한 사람들은 저마다 지혜롭게 2년이 넘도록 버티는 모습들이 대견스러웠다. 이를 이겨내지 못하고 중소기업이나 소상공인들은 폐업이란 카드를 던지고 힘든 시간을 보낸다는 뉴스는 안타까움을 더했다.

식사를 마친 부부는 TV 앞에 앉았다. 아직 고국의 문화콘텐츠에 익숙하지 못해서 마땅히 시선을 끄는 프로가 많지 않았다. K팝 젊은 가수들은 무슨 말을 하는지 노랫말이 똑똑하게 들리지 않아 율동에만 몰입할 수 없어서 늙었다는 걸 인정하고 일찌감치 시청을 포기했다. 차차 익숙해질 것으로 기대하며, 그나마 먹던 밥이 낫다고 주로 해외뉴스 채널이나 영화 등을 시청했다.
 나라마다 채널마다 코로나19의 폭행들이 화면을 채웠다. 아우성치는 사람들, 울분을 토하는 사람들, 가족의 주검조차 볼 수 없어 통곡하는 사람들, 코로나에 희생된 가족의 마지막 배웅도 하지 못하고 땅바닥에 주저앉아 울부짖는 유족들, 전쟁터 같은 병원들의 안타까운 모습들, 대형병원마다 입원실이 부족하여 환자들이 겪어야 하는 엄청난 고통의 현상들, 우주복을 입은 듯한 의사와 간호사들의 헌신들이 눈물 나게 고마웠다. 이 무서운 재앙 앞에 자유로울 수 있는 사람은 하나도 없었다. 모두가 통제 속에 있었고, 방역당국의 정책에 순응하고 있었다. 간간이 미꾸라지 한 마리가 개울물을 흐리게 하듯이 방역을 해방하는 무리가 있다는 사실에 울분이 터질 때도 있었다.
 암담한 코로나 시대를 살고 있다는 것은 불안의 소굴이었다. 코가 약간 시큰거려도, 머리가 조금 아픈 듯해도, 목이 칼칼해서 기침이 나와도, 혹시나 해서 불안을 떨쳐버릴 수 없는 인간의 나약함을 거침없이 위협했다. 2년 전부터 약국마다 해열제는 동나고, 마스크 대란에 정치인들은 3일을 사용해도 된다느니, 열흘을 사용해도 무관하다며 입씨름하는 한심한 광경들도 엿보였다. 의사와 간호사들의 고통은 대단했지만, 그들에게도 힘이 되지 못하는 질병 정책들은 오락가락한다는 말이 공공연하게 들려왔다. 이 또한 처음 접하는 재앙이라 착오는 어쩔 수 없었을 수도 있다는 생각이 들었다.
 이런 어려운 상황들을 신문이나 TV 화면을 통해 보는 국민의 마음은 안타까웠다. 끝이 보이지 않는 '코로나19'의 저주는 정말 무시무시한 재앙으로 활개를 쳤다. 엄청난 재앙을 이겨냈으므로 방역이 일부나마 완화된 상황을 맞을 수 있었다. 바이러스에 대한 두려움이 말끔히 사라지지 않았어도 민욱은 광주방문을 택했다. 방역규칙을 준수하도록 가사도우미에게 주지시키고 나서 유나와 함께 집을 나섰다. 서울로 병원 가는 것을 제외하면, 오랜만의 장거리 외출이었다. 사람과의 대면을 피하며 화장실을 가기 위해 휴게소에 들렀다. 체온 체크와 명부작성 등 번거로움이 따랐지만 어쩔 수 없었다. 휴게소에서 서린과 통화했다.

"지금 어디쯤 오셨어요?"

그녀의 목소리는 한층 밝아서 기분이 좋아 보였다. 속된 말로 목이 **빠지게** 기다리는 것 같아서 민욱의 마음은 애석했다.

"정읍휴게소에요. 이제 출발할 겁니다."

"그러시면 우리 아파트로 오지 마시고, 주소를 찍을 테니 식당으로 바로 오세요. 주차 공간도 넓고 붐비지 않아서 좋아요."

"알았어요. 그렇게 할게요."

"조심해서 오세요. 유나씨를 힘들지 않게 잘 모시고 오셔야 해요. 호호호~~. 운전도 조심하시고요. 기다리고 있을게요."

서린의 기분이 최고조인 듯했다. 한가로운 도시 외곽에 있는 식당을 현지답사로 물색했다고 했다. 탁자 간의 공간이 넓어서 방역조치가 되어있는 식당이라며, 탁자와 탁자 사이에 별도의 아크릴 칸막이가 있어서 예약했다고 민욱을 안심시켰다. 방역과 예방에 철두철미한 민욱의 별난 성격을 아는지라 서린은 세심하게 신경을 쓴 것 같았다. 이것이 이상한 시대에 사는 인간의 지혜로움이었다. 민욱은 식당 주소를 내비게이션에 입력하고 휴게소를 **빠져** 나와서 정읍을 벗어난 차는 광주를 향하여 시원하게 달렸다.

"서린씨의 목소리가 밝아 보이네요."

"그런 것 같아. 유나는 힘들지 않아? 피곤하면 말해. 힘들지 않게 모시라는 서린씨의 부탁이 있었어. 하하하~."

"어머~ 그랬어요. 고마우셔라 호호호~. 이젠, 그 정도의 환자가 아니잖아요. 거기 가서도 중환자 취급하시면 안 돼요. 다른 사람이 불편해한단 말이에요. 당신은 지나치도록 가족에게 보호본능을 발휘해서 그게 걱정스러워요."

"알았어. 조심할게. 그래도 고위험군 환자잖아. 조심하는 게 좋은 거야. 코로나 환경까지 겹쳤으니 조심해서 나쁠 건 없어."

"그건 맞는 말인데요. 서린씨 앞에서 유나가 곤란하도록 티 나게 그러지 말라는 거예요."

"나도 상황 파악은 할 수 있으니 염려하지 마. 이 사람이 나를 망나니 취급을 하잖아. 내 나이가 칠십이야. 하하하~~."

"어~머~~. 그새 칠십이나 되었어요. 알고 보니 할아버지가 되셨네요. 호호호~~. 영~감~~."

"하하하~~. 그래도 아직 영감은 아니지."

그랬다. 코로나의 공포를 겪다 보니, '코로나19'가 발발한 이듬해 5월에 일흔 번째 생일을 맞았었다. 거창하게 생일상을 차리지도 못하고, 딸 아들과 밥 한 끼도 나누지 못했던 사회적 대혼란의 시대를 원망했던 유나였다. 생각하면 가슴이 아팠다. 오래도록 유나의 가슴 깊이 남아 있을 아픈 상처가 될 것이다. 영감이 아니란 남편의 얼굴에도 70년을 달려온 훈장 같은 잔주름이 보여서 서글프기도 했다. 마음만은 아직도 청년이란 말을 인정했다. 10년은 젊어 보였기에 위로가 되었다.

"맞아요. 당신은 아직 청춘이에요. 여~보~~ 영감은 취소에요."

부부의 나들이는 즐겁고 행복했다. 또 다른 가족을 찾아가는 길일지라도 상관없었다. 아직도 젊음을 내려놓지 못한 부부에게는 꽃다운 사랑이 시들지 않았다. 지치지 않은 애마 B.X8은 광주 IC를 통과했다. 톨게이트를 빠져나와 얼마 걸리지 않아 내비게이션의 안내가 종료되었다는 익숙한 목소리가 흘러나왔다. 도로변 넓은 대지에 자리한 식당 주차장은 여유가 많았다. 노란 지프 옆에 차는 멈추었다. 그늘진 곳이 없는 게 아쉬웠다.

민욱의 차를 알아보고 식당 밖에서 기다리던 서린과 민서가 달려왔다. 민욱과 유나도 눈가에 미소를 띄우고 차에서 내렸다. 모두의 얼굴 절반은 마스크가 가리고 있어서 외계인 같았다. 코와 입은 보이지 않을지라도 서로들 반가움에 인사를 나누었지만, 손도 잡을 수 없는 현실이 어처구니없었다. 좁은 땅에 살면서 예고도 없었던 바이러스의 융단폭격으로 인해 2년하고도 반년이 넘어서야 얼굴을 마주하는 특별한 가족이기에 눈빛만 봐도 아니 기쁠 수 없었다.

"아빠~~. 정말 보고 싶었어요."

인사를 나눈 민서는 방역규칙을 무시하고 아빠 품에 안겼다. 방역에 철저한 민욱도 민서를 밀어내지 못했다. 민서는 아빠의 가려진 얼굴을 불만스럽게 쳐다봤다.

"아빠도 우리 민서가 많이 보고 싶었어."

"아~빠~~."

민서는 아빠의 마스크를 턱 밑으로 내리고, 자기의 마스크도 턱에 걸쳤다. 흔히 꼬집는 얌체족의 턱스크 스타일이었다. 그리곤 입술이 아닌 아빠의 볼에 뽀뽀까지 했다. 방역을 최우선으로 여기는 민욱이지만, 예쁜 애교쟁이 딸 앞에서는 무능하게 웃고 말았다. 민욱과 민서도 다시 마스크를 원위치했다.

"하하하~~. 그런데 양 서방은 왜 빠졌어?"

"회사에 바쁜 일이 생겨서 못 왔어요. 점심시간이 지나도 시간 내서 잠깐이라도 들려서 인사드린다고 했어요."

"그랬구나. 같이 식사했으면 좋았을 텐데, 없어서 서운하네."

"아빠~. 이따 온다고 했어요. 민서가 양 서방 몫까지 먹으면 되잖아요. 헤헤헤~~. 아빠 기다리느라고 배가 고프단 말이에요."

민서는 자신의 배를 쓰다듬으며 장난스럽게 말했다. 부녀가 상큼한 재회를 연출하는 동안 서린과 유나는 편한 얼굴로 마주 보며 대면했다. 그간, 전화 통화는 여러 번 있었지만, 얼굴 대면은 처음이었다. 마스크 여인의 첫 만남은 이상했다. 누가 소개하지 않았어도 서로를 너무도 잘 알고 있었다. 의아스러운 인연의 고리에 얽힌 그녀들은 민욱의 눈치를 살피며 얼굴에서 마스크를 제거하고 대담하게 손을 맞잡았다.

"이렇게 만나게 되어 반가워요. 한유나예요."

손을 잡은 유나가 미소 띤 얼굴로 먼저 입을 열었다.

"저도 반가워요. 백서린이예요. 몸도 불편하신데 오시느라 고생하셨어요. 우리가 대전으로 가야 하는 데 말이에요."

서린도 조심스럽게 말했다. 익히 서로의 목소리는 낯설지 않아서 구면인 것 같은 분위를 띠었다. 첫 대면 하는 사이였지만 서먹해 보이지 않았다.

"그 정도는 아니에요. 갑갑해서 바람도 쐬고 싶었어요. 이렇게라도 나오니 가슴이 확~ 트여서 좋아요. 호호호~."

낮은 운동화를 신었어도 유나가 조금 컸다. 서린도 작은 키는 아니었다. 161cm이면, 그 시절의 신장으로선 꽤 큰 편이었다.

"그렇다니 다행이에요. 역시 발레리나는 다르군요. 아름답고 우아하시네요. 키가 크시니 더 멋져요."

"서린씨도 예쁘고 아름다워요. 하늘의 별도 따지 못하면서 싱겁게 키만 컸다니까요. 호호호~~."

"어머~ 농담도 잘하셔요. 그래도 저는 부러운데요. 호호호~~."

이들의 첫 만남은 예전에 만난 사람처럼 자연스러웠다. 서로를 이미 잘 알고 있었으므로 불편한 점은 없어 보였다. 서로의 마음을 잘 컨트롤하고 있었다. 두 여인을 지켜보던 부녀는 개의치 않고 팔짱을 낀 채 식당 안으로 들어서면서 민서가 말했다.

"엄마들만 둬도 괜찮겠죠?"

"하하하~~ 뭐, 두 사람의 성격으로 봐서 머리채를 잡고 싸우지는 않을 거다. 그럴 이유도 없고."

"맞아요. 싸울 분위기는 아닌 것 같아요. 호호호~~."

유나와 서린도 대화를 나누며 뜨거운 태양열을 피해서 그늘진 곳으로 걸음을 옮겼다. 두 여인은 다시 마스크를 썼다.

"우리도 들어가요."

"그래요. 들어가서 얘기해요."

두 여인은 입구에서 예방접종 증명서를 모바일로 확인하고, 체온 체크까지 마치고, 명부작성 하는 것으로 식당 출입허가를 마쳤다. 먼저 자리를 잡은 부녀에게로 갔다. 실내에는 이동식 가림막이 설치되어 있었다. 넓은 실내에 식탁도 절반으로 줄이고 식탁 간의 공간을 넓혔다는 게 주인의 말이었다. 이 또한 '코로나19'로 인한 음식점의 진풍경이었다. 코로나 이후에 외식을 처음 하는 유나는 새로웠다. 민욱의 옆자리는 이미 민서가 차지하고 있어서 선택의 여지가 없었다. 두 사람은 건너편에 앉았다. 서린은 민욱의 앞자리를 유나에게 양보했다.

"네가 왜 아빠 옆에 앉았니?"

서린은 유나한테 미안해서 민서에게 말했다. 민서는 망설이지 않고 자신 있고 당당하게 대답했다.

"민서가 아빠 딸이니까요. 어머니! 맞죠?"

민서는 유나에게 도움을 요청했다.

"네, 맞아요. 그 자리는 민서 자리에요. 호호호~~."

유나는 민서의 청을 들어줬다. 서린도 미안함이 해소되었는지 미소 지으며 유나를 쳐다봤다. 이때, 주문한 냉면이 나왔다. 매운 맛을 싫어하는 민욱만 물냉면이었고, 세 여인은 비빔냉면이었다. 광주에서 맛집으로 유명하다는 남도의 냉면 맛은 일품이었다. 깔끔하고 정결한 맛은 초여름을 날려버렸다. 모두 그릇을 비웠는데, 유나만 남겼다. 아프고부터는 식사량이 절반으로 줄었기 때문이다. 민욱도 덩달아 양이 줄었지만, 오늘만큼은 그릇을 비웠다. 유나는 냉면 그릇을 내려다보며 미안한 표정을 보였다.

"식사를 많이 못 하시는군요."

서린은 걱정스러운 표정을 지었다.

"약이 독해서 소화가 안 되면 힘들거든요. 적당히 먹는 편인데 식당 음식은 양이 많은가 봐요. 호호호."

"그러시겠죠. 빨리 몸이 회복돼야 할 텐데 걱정이네요."

"걱정하지 마세요. 이 정도면 많이 먹은 거예요. 호호호~~."

유나는 배를 쓰다듬으며 웃었다. 같은 병을 앓고 있는 민서는 자신이 비운 그릇을 내려다보며 미안한 것 같았다. 이를 눈치챈 유나가 민서를 응원했다.

"민서는 젊으니까, 나하고는 다르지. 선생님이라서 활동을 많이 하잖아. 내가 그 나이 때는 두 그릇도 먹었어. 호호호."

듣고 있던 민욱도 빙그레 웃으며 유나를 도왔다.
"맞아. 민서는 젊었으니까 두 그릇은 먹어야지. 하하하."
"그건, 아니에요. 아~빠~~. 호호호. 민서는 돼지가 아니란 말이에요. 그런데 어머니는 발레리나였는데 몸 관리를 해야 했으니 두 그릇은 거짓말이죠?"
"호호호. 거짓말이 들켰네요."
민서는 일어서서 날씬한 몸매를 자랑하며 아빠에게 대응사격을 퍼부었다. 민서의 귀여운 행동에 모두 한바탕 웃음보를 터트렸다. 실내를 둘러보니 다른 손님들은 두 테이블이 전부였다. 정말 설렁한 식당을 보니 코로나로 인해 자영업자들과 소상공인들의 어려움을 눈으로 보는 듯해서 이들은 마음 아파했다. 시원한 냉면으로 점심 식사를 마치고 가까운 카페로 이동했다.
카페의 출입방법도 다를 바 없었다. 번거로운 출입조건을 통과하여 햇볕이 들지 않는 자리에 앉았다. 별난 규제 속에 살고 있는 제약된 생활에 익숙했다. 이번에는 미안했는지 민서가 아빠의 옆을 유나에게 내줬다. 이 광경은 본래의 모습이었다. 팥빙수 넷을 시켰다. 그러자 유나가 다 먹을 수 없다며 셋으로 줄였다.
"남기시면 민서가 먹을게요. 걱정하지 마세요. 어머니!"
민서는 넷을 고집했다. 말릴 수 없는 유나는 그 뜻을 따랐다.
"민서가 그걸 다 먹을 수 있어?"
"팥빙수는 두 그릇도 먹을 수 있어요. 제가 팥빙수를 아주 좋아하거든요."
민서는 엄마를 쳐다봤다. 서린은 즉시 이를 인정했다.
"정말이에요. 민서는 엄청 좋아하고 잘 먹어요. 호호호~~."
"그렇다면 걱정할 것 없네. 하하하~~."

민욱도 한마디 거들었다. 그러자 민서는 말했다. 중학교 2학년 여름방학 때, 하루 동안에 팥빙수 5그릇을 먹고 배탈이 나서 병원에 실려 갔던 사건이 있었다고 했다. 이 역시도 서린은 증명했다.

"호호호~~. 얼마나 좋아했으면 배탈이 나도록 먹었을까? 부전여전인가 봐요. 민서 아빠도 무척이나 좋아하시거든요."

유나의 말이 끝나기도 무섭게 민서는 일어나서 유나와 하이파이브를 실행했다. 팥빙수 네 그릇이 나왔다. 그릇이 작아서 많아 보이진 않았다. 그래도 유나는 종업원에게 빈 그릇을 부탁했다.

"어머니! 드시다가 남겨도 괜찮아요."

이때, 민욱이가 기다렸다는 듯이 저지시켰다.

"지금은 안 돼. 가족이라도 먹던 것을 먹으면 큰일 난다고. 민서도 조심해야 해. 바이러스는 인간의 그런 약점을 노리고 있단 말이다. 공격적인 바이러스에게 허점을 보이면 안 돼. 하하하."

"아차! 그렇지. 제가 순간 깜빡했어요. 아빠는 보건복지부 장관이나 질병관리청장 같아요. 호호호~~."

"민서는 특별히 더 조심해야 한다. 아빠가 전화로 그만큼 개인방역에 대해 주지시켰는데 깜빡하다니 실망이다. 앞으로 학교에서도 학생들과 동료들과도 접촉을 피해야 한다."

"아빠~~. 알았어요. 민서도 잘 지키고 있단 말이에요. 민서는 선생님인데요. 개인 방역이나 단체방역도 잘하고 있어요. 아빠~."

"그건 알겠는데, 시기가 이러니 어쩔 수 없잖아. 조심하는 수밖에. 아빠는 민서가 걱정돼서 그러는 거야."

개인 방역에 신경 쓰는 아빠를 이해하는 민서는 그런 아빠를 존경했다. 요즘 매스컴을 통해 공포를 느낄 만큼 무서운 현상들이 데이터로 보도되고 있으므로 모르는 바는 아니다. 많은 사람이 주검으로 내몰리다 보니 화장터까지 부족한 현상이 일어나고 있다는 사실은 끔찍했다. 이러니 조심하지 않을 수 없었다. 유나는 빙수를 섞어 절반을 덜어서 민서에게 건넸다.

네 사람은 오순도순 얘기를 나누며 시원한 팥빙수 맛에 빠져들었다. 민서는 개구쟁이처럼 팥빙수를 잘 먹었다. 그 모습을 보는 유나는 그저 즐거워했다. 유나의 마음은 티 없이 맑고 순수한 민서에게 휩쓸렸다. 병원에 입원 중일 때부터 좋은 감정으로 지켜봤던 유나이기에 정이 들었던 것 같다. 유나가 미소를 담고 지켜보고 있다는 걸 느낀 민서는 팥빙수를 입에 물고 눈웃음을 보냈다.

"민서가 먹는 것만 봐도 빙수 맛을 알 것 같아요. 어쩌면 저토록 맛있게 먹을 수 있는지 모르겠어요. 호호호~~."

"어머니! 민서가 잘 먹죠? 히히히~~."

"그럼, 무척이나 잘 먹는다. 민서 오물오물 먹는 것만 봐도 내 뱃속이 다 시원하다."

"어머니가 민서 먹는데 감동하셨구나. 헤헤헤~~."

서린은 신기해서 웃었다. 유나와 민서의 성격이 잘 맞는 것 같아서 흐뭇해했다. 민서를 예뻐하는 유나가 고마웠다.

"어릴 때부터 울다가도 팥빙수라면 뚝 그치는 애였어요. 팥빙수를 어찌나 좋아하는지 빙수기계를 사려고 했다니까요."

"헤헤헤~~. 그때는 정말 그랬어요."

민서도 엄마의 말을 도왔다. 유난히 어릴 때부터 팥빙수를 좋아하는 까닭을 모르겠다는 서린은 다시 입을 열었다.

"결혼하면 달라질까 했는데, 웬걸 달라지지 않았어요. 퇴근하는 신랑도 여름에는 팥빙수만 사서 온다니까요."

"어머~~ 그 정도였어요?"

유나는 놀라움을 금치 못했다. 미국에 있는 남매도 팥빙수를 좋아하지만, 민서 정도는 아니었다. 민서의 팥빙수 좋아하는 건 알 만한 사람은 다 안다고 했다. 할아버지 할머니와 외삼촌과 외숙모, 그리고 시집 가족들까지 알고 있단다. 그 위력은 대단했다. 민서는 그릇을 깨끗하게 비웠다. 민서의 팥빙수 먹기에 감동했다.
"광주까지 오셨으니 우리 집에도 들러 봐야죠?"
서린은 민욱과 유나를 살피면서 말했다. 유나는 쾌히 승낙했다.
"당연히 그래야죠. 서린씨의 아틀리에도 가보고 싶어요. 그림을 볼 줄은 모르지만, 서린씨의 그림만은 보고 싶어요."
"그러세요. 자랑할 작품은 아니라도 유나씨가 보고 싶다면 거절하지는 않을래요. 우아한 발레리나의 방문은 대환영이에요."
"자꾸 우아한 발레리나라 하지 마세요. 다 늙은 환자라 내가 부끄러워요. 호호호~."
"아니에요. 지금도 아름답고 우아해요. 몸매와 얼굴이 여전히 받쳐주고 있는걸요. 나보다 젊어 보여요. 환자도 환자 나름이죠. 난, 부럽기만 한데요. 호호호~~."
"서린씨 고집은 짓궂어요. 호호호~~."
"유나씨! 이건 고집이 아니라니까요. 있는 그대로 느낌을 말하는 거예요. 정말이에요. 제 느낌은 틀림없거든요. 호호호."
잠자코 있던 민서가 합류했다.
"우리 엄마 말이 맞아요. 어머닌 아름답고 우아해요. 제가 병원에서 환자복을 입고 있었을 때도 감동했잖아요. 빼어난 미모는 숨길 수 없어요. 어머닌 영원한 발레리나예요. 나중에 몸이 완쾌되면 그 우아한 춤을 한 번 보여주세요. 보고 싶어요."
민서의 공격은 한 수 높았다.

"미안하지만 민서씨! 할머니 무용수는 보기 흉해서 안 돼. 절대 그것만은 기대하지 마."

"아직 할머니는 아닌데 .... 정말 보고 싶단 말이에요."

민서는 실망하는 표정을 지었다. 민욱은 곧바로 시무룩한 민서를 달래주었다.

"집에 공연했던 시디(CD)가 여러 개 있으니, 나중에 집에 오면 보여줄게. 지금의 모습보다 젊었을 때 공연 모습이 훨씬 보기도 좋을 거야. 하하하~~."

그래도 민서의 기분은 돌아오지 않았다. 서린이가 나섰다.

"그러면 되겠네. 그때는 젊었을 때니까 더욱 우아하고 매혹적이지 않겠니? 엄마도 젊었을 때 공연하는 모습을 보고 싶다."

민서는 입술을 지그시 다물고 고개를 끄덕였다. 유나는 토라진 민서의 손을 잡아주며 미소 지었다. 이들은 자리에서 일어나 카페를 나섰다. 먼저 작업실로 가기로 하고 차를 몰았다. 20여 분이 걸려서 건물 뒤 주차장에 도착했다. 7층 건물의 외벽은 짙은 군청색으로 품위 있는 옷을 입고 있었다. 1~3층이 아틀리에였다.

"화분이라도 준비해야 하잖아."

빈손으로 아틀리에를 방문하는 것이 미안한 민욱이 말했다. 그 생각은 유나도 마찬가지였다. 이때, 서린의 지혜가 번득였다.

"유나씨가 어떤 꽃보다 아름답잖아요. 아메리카의 발레리나 꽃이면 매우 만족해요. 더는 아무것도 필요하지 않아요. 호호호~~."

"서린씨! 이젠 발레리나란 말은 싫어요. 부끄럽단 말이에요. 발레리나는 안 할래요. 호호호"

다 같이 마음 놓고 웃으며 안으로 들어갔다. 1층에는 넓은 전시실이 있었고, 2층에는 화실과 전시실도 있었다. 코로나 관계로 공식적인 전시기간은 아니지만, 상시 서린의 작품들이 전시되어 있었다. 민욱과 유나는 작품감상에 들어갔다. 사무실에서 여직원(아트 디렉터 담당)이 나와 두 사람에게 작품을 설명했다. 그림에 남다른 상식이 없는 두 사람은 감상하는 것조차 두려웠다. 대학원생이라고 자신을 소개한 예비 화가는 안내를 맡았다.

그림의 팩트에 따라 쉬운 언어로 키워드를 콕콕 짚어 설명하는데 감명받았다. 소귀에 경 읽기가 되지 않도록 경청해서 듣는 두 사람은 두뇌가 혼란했다. 전시실을 한 바퀴 돌아본 두 사람은 여직원 몰래 한숨을 토하며 웃었다. 뭐가 뭔지 기억할 수 없었다. 정성을 다해 설명한 여직원에게 감사했다.

"수고했어요. 감사합니다."

"네, 좋은 시간 보내세요."

상냥한 인사를 남긴 여직원은 다시 전시실 안으로 사라졌다. 구경을 마친 두 사람 앞에 민서가 기다리고 있었다.

"그림을 보신 소감이 어땠어요?"

"감명 깊게 봤어. 그림에 대한 상식이 없어서 설명을 들었는데도 이해하기가 힘들었어. 내 눈에는 색채가 화려하고 흐르는 율동감이 있어서 편안하다는 느낌이 들었어. 직각보다 곡선의 흐름이 부드럽다는 느낌! 하여튼 뭔지 모르지만 그랬어."

유나는 소감을 말하면서도 민서 앞에서 신문을 당하는 기분이 들었다. 말실수나 하지 않았나 하고 걱정되기도 했다.

"어머닌 엄살쟁이에요. 그 정도면 잘 보신 거예요. 예술인이니까 역시 다르네요. 소감이 아주 훌륭했어요."

민서는 유나를 칭찬했다. 예술인이라 기본적인 예술적 안목이 있다고 봤다. 민욱은 민서의 칭찬에 놀라며 박수로 유나를 격려했다. 민서의 안내로 2층 화실로 들어갔다. 거기에는 대학생으로 보이는 미술학도들이 서린의 지도를 받으며 그림을 그리고 있었다. 화실에는 그림들이 여기저기 흩어져 있어 어수선했다. 미술 작업실답게 이젤과 팔레트가 여기저기 놓여있었고, 물감들로 얼룩져 있는 것이 자연스럽게 느껴졌다. 지도하던 서린은 민욱과 유나에게 다가왔다.

"그림은 잘 보셨어요?"

"아직도 머리가 멍하네요. 뭔지 알아야죠. 다른 것은 몰라도 화가의 마음은 짐작할 수 있었던 것 같아요."

그림에는 둔한 민욱은 서린이 보기가 부끄러웠다. 이를 이해하는 서린은 웃는 얼굴로 민욱의 기를 살려줬다.

"화가의 마음을 이해하셨다면 대단한 실력이에요. 호호호~~. 그게 정답이에요. 어떤 그림에나 화가가 말하고자 하는 의미가 담겨 있거든요. 그게 화가의 마음이에요."

이때, 민서가 끼어들었다.

"아빠도 아빠지만, 어머닌 잘 보신 것 같아요. 그림 평이 깔끔했어요. 역시 예술인은 다른가 봐요."

민서의 칭찬에 유나는 부끄러워 두 손으로 얼굴을 가렸다. 마스크가 이미 얼굴의 절반을 가리고 있었지만 말이다.

"그러셨어요. 그렇다니 고마워요. 이참에, 마음에 드는 그림이 있으면 찜해놓으세요. 내가 대전 집으로 배달하고 설치까지 해드릴게요."

서린은 진심으로 털어놓았다.

"아니에요. 나중에요. 오늘은 아닌 것 같아요. 호호호."

"그때까지 남아 있을지 모르겠네요. 유나씨는 예술적으로 안목이 있으시니까, 마음에 드는 작품이 아트 디렉터들의 선점을 피할 수 없을 거예요. 지금 스티커 안 붙이면 후회하실 거예요."

"그래도 오늘은 안 할래요. 다음에 우리를 위해 좋은 작품을 그려주시면 되잖아요. 만약에 집을 옮기게 되면 말이에요."

서린에게는 반가운 소리였다. 집을 옮길 생각이 있는 것으로 판단되어 더없이 기뻤다. 자신이 신안 바닷가 주변에 소유하고 있는 대지가 수천 평에 이르므로 민욱과 유나가 결정한다면, 당장이라도 기초(토목)공사를 시작할 수 있으니 문제 될 게 없었다. 그래서 그림선택을 더는 강요하지 않았다. 그들의 취향에 어울릴 그림을 찍어놓았기에 별도 보관하면 된다고 생각했다. 3층에 있는 사무실로 자리를 옮겼다.

사무실은 넓고 예술인답게 품위가 있었다. 손님을 접견하는 응접실과 아트 디렉터들의 상담실까지 별도로 갖추고 있었고, 그림을 보관해 둔 넓은 공간도 눈에 들어왔다. 책만 가득했던 좁은 교수연구실에 비할 바는 아니었다. 아트 오피스답게 넓고 쾌적하고 운치가 있었다. 그 안쪽으로 대표사무실이 별도 존재했다. 예쁜 비서까지 있어서 돋보였다. 생각했던 것보다 몇 배는 서린의 위상이 달라 보였다. 서양화가로서 대학교수라고 알고 있었던 민욱과 유나는 잔잔하게 충격을 받았다. 사업가 같은 새로운 면모를 볼 수 있었기 때문이다.

"아틀리에 규모가 대단하네요. 이런 곳을 다녀보지 않았는데, 이 정도의 규모인지 몰랐어요. 서린씨의 위상을 알 것 같아요."

유나는 극찬을 아끼지 않았다. 마음이 위축되고 있었다. 물론, 많은 유산이 있었더라도 미혼모가 혼자의 몸으로 수고와 희생과 도전으로 일궈낸 사회적 위상에 감탄했다.

"민욱씨나 유나씨가 미국에서 이룬 것에 비하면 아무것도 아니에요. 보기만 요란해 보이지 사실은 별것 없어요. 맨손으로 인생 그 자체를 개척하여 아메리칸드림을 완성하신 분들이 부끄럽게 왜 이러세요. 다 아시면서. 호호호~~."

엄마의 겸손이 마음에 걸린 민서가 말했다.

"맞아요. 우리 엄마 대단해요. 제가 알기로는 할아버지께서 부자인 까닭에 물질적으로 어려움이 없었어도 육체적, 정신적으로 많이 힘들어했었어요. 민서 하나를 키우는데, 열 자녀 키우는 것보다 공들인 엄마예요. 철이 들고부터 언제나 혼자인 엄마의 모습을 보면 저도 마음이 무척이나 아팠거든요. 엄마의 발목을 잡은 제가 미울 때도 있었으니까요."

엄마를 보면서 이웃들이 왜 재혼하지 않느냐고 수군거리면 화가 나서 민서가 쏘아붙이기도 했단다. 모르는 남자들이 치근덕거리면 '우리 아빠한테 일러줄 거예요.', '우리 외삼촌은 얼마나 무서운지 아세요?'라고 앙탈을 부리며 그들을 엄마 곁에서 물리쳤단다. 어린 것이 엄마를 지켜주기 위해 없는 아빠와 선한 외삼촌을 팔면서 상황에 대처했다니 민욱과 유나는 말문이 막혔다. 민욱은 말없이 대표실을 나갔다. 민욱의 귓가에는 저번에 들었던 민서의 외침이 다시 요란하게 울렸다. **'우리 아빠는 전사하지 않았다'**라는 함성이 머릿속을 흔들었다. 그래서 민서의 고백을 더는 듣고 있을 수 없어서 그곳을 탈출했다.

"제는 여기서 그 얘기가 왜 나오니?"

민욱의 기분을 감지한 서린은 눈물을 글썽거리는 민서를 나무랐다. 유나가 일어나서 민서의 눈물을 닦아주며 가슴으로 안아주고, 그 전날의 아픔을 뼈저리게 위로해 줬다. 갑자기 분위기가 숙연해지고 말았다.

"엄마가 위대했다는 걸 말하고 싶어서 그랬어요. 대전 어머니! 마음에 거슬렸다면 미안해요."

서린도 일어났다. 세 사람은 대표실에서 나와서 민욱을 찾았다. 3층에는 보이지 않았다. 모두 1층으로 내려왔다. 민욱은 현관에 우두커니 서서 멍하니 바깥을 바라보고 있었다. 민서가 다가갔다.

"아빠~~. 미안해요. 앞으로 조심할게요."

민욱은 민서를 돌아봤다. 그 촉촉한 눈빛이 애처롭게 보였다.

"아빠는 괜찮다. 민서의 잘못이 아니잖아. 그건 어른들의 잘못이야. 민서가 미안해하지 않아도 돼. 아빠는 엄마와 민서의 심정을 누구보다 잘 알고 있어. 아빠도 생각하면 속이 상해서 그래."

"아~빠~~."

후문 출입구에서 서린의 목소리가 울려 퍼졌다.

"민서야~~. 아빠 모시고 와~."

민서는 아빠 손을 잡고 주차장으로 나갔다. 노란색의 지프는 서린과 유나를 태우고 앞섰다. 민서를 태운 민욱은 지프 뒤를 따랐다. 그리 멀지는 안았다. 가족들은 아파트 지하주차장에서 엘리베이터를 타고 서린의 아파트로 올라왔다. 현관을 들어선 유나는 놀라서 눈이 휘둥그레졌다. 거실이 운동장같이 넓어 보였다. 이렇게 거실이 넓은 아파트도 있나 싶어 위압감이 들었다.

"어머! 아파트 거실이 이렇게 넓어요?"

서린은 넓은 실내에 놀라는 유나를 소파로 안내하며 말했다.

"좀 넓은 편이에요. 아파트가 작으면 새장처럼 답답할 것 같아서 큰 것을 선호했어요. 전에는 단독주택에 살았거든요."

"좀 넓은 게 아닌데요. 호호호~. 단독에 사셨다니 그렇기도 하겠네요. 서린씨의 마음을 알겠어요."

대전 집을 통째로 가져다 놓은 것처럼 거실이 넓은 것에 감동했다. 특히 여자들에게는 더 민감한 문제였다. 서린은 유나를 보면서 준비해 둔 시원한 과일 주스를 탁자에 놓으며 말했다. 아파트단지에서 이동 11층부터 15층만 88평이고 나머진 44평이라 했다. 유나는 사방을 두리번거리며 감동을 잠재우지 못했다. 이날도 가사도우미는 서린의 부득이한 요청에 휴가를 떠나고 없었다. 주스를 마신 유나는 집안 구경에 나섰다. 민욱은 저번에 집안을 둘러봤으므로 소파에 앉아 민서와 얘기를 나누었다.

넓은 거실에 압도당한 유나는 벽에 걸린 그림을 감상했다. 크고 작은 방(드레스 룸 포함)이 다섯 개라는 것도 알았다. 넓은 거실의 가구들과 그림들을 둘러본 유나는 열려있는 작업실에 들어섰다. 이 모습 저 모습의 그림들이 무수히 많았다. 큼직한 원목 이젤에 작업 중인 그림이 걸려있었다. 그 앞에는 작은 의자가 다소곳이 앉아 주인을 기다리고 있었고, 물감으로 얼룩진 팔레트들, 여러 종류의 물감들이 이리저리 뒹굴었다. 다양한 색으로 분장한 붓들도 주인을 기다리고 있는 듯했다. 유나는 의연하게 의자에 앉았다. 그리고 마른 붓을 손에 잡고 어린아이처럼 그림 그리는 시늉을 해봤다. 어딘가 모르게 어울릴 듯했다. 아름다운 화가의 모습으로 탈바꿈시켜 보았다.

"어머~~. 유나씨가 이첼 앞에 앉으니 잘 어울리는데요."

서린이가 작업실에 들어오면서 말했다.

"아~~ 어설픈 흉내라도 내 보려다가 들켰군요. 한 번 서린씨의 흉내를 내봤어요. 호호호~~."

유나는 민망한 표정을 지으며 웃었다.

"아니에요. 유나씨가 그림을 그린다면 좋은 작품이 나올 것 같아요. 요즘 은퇴하신 분들이 새로운 일에 도전하잖아요. 우리 화실에도 그런 분들을 지도하는 타임이 있어요. 유나씨도 그림에 한 번 도전해 보세요. 예능에 소질이 있어서 어렵지 않을 거예요. 나중에 가까이에 살게 되면, 내가 적극적으로 도와줄게요. 한 번 생각해 보세요. 호호호~~."

"내가 그림을 그릴 수 있을까요?"

"유나씨라면 충분히 가능성이 있어요. 이 나이 되도록 많은 학생을 상대한 까닭에 사람은 잘 보거든요. 꼭 도전해 보세요. 많은 활동이 필요하지 않으니 무리하지 않게 쉬어가면서 취미로 얼마든지 할 수 있잖아요. 도전한다면 기대가 되는데요. 호호호."

서린은 그림 그리기를 유나에게 적극적으로 추천했다. 유나도 조금은 솔깃했다. 몸이 회복되면 딱히 할 일이 없기 때문이다. 늙어서 춤추는 건 못 할 짓이고, 악기를 연주하는 일도 어려울 것 같았다. 그림 그리는 건 육체적 활동량이 적으므로 힘들지 않을 것 같아서 고차원적인 취미활동이 되리라 생각했다.

"서린씨 고마워요. 어디 한 번 고민해 볼게요. 호호호~~."

"그러세요. 유나씨라면 배우는데 어렵지 않을 거예요. 유나씨의 눈빛만 봐도 알아요. 유나씨가 붓을 잡는다면 좋은 작품이 나올 것 같아요."

서린은 유나를 비밀의 방으로 안내했다. 순간, 유나의 입은 벌어졌고, 눈동자는 알사탕처럼 동그랗게 변했다. 생전 처음 보는 희귀한 물건들을 눈에 담기조차 힘들어했다. 용산동에도 도자기와 몇 점의 귀중품이 있지만, 비교할 수 있는 정도가 아니었다.

"어~머~~ 이게 뭐예요? 어느 재벌의 박물관 같아요."

"그건 아니고요, 기회가 있을 때마다 한두 점씩 수집하다 보니 여기까지 오게 되었어요. 아무튼 시간에 쫓겨야만 나답게 사는 것 같았거든요. 주로 해외 경매장에서 구매한 것들이에요. 제가 경매에도 소질이 있었나 봐요. 호호호~~."

"어머~ 그러세요. 경매로 낙찰받았다면 실력이 대단한걸요. 예술품 경매는 아무나 덤비는 게 아니잖아요. 정말 대단해요. 서린씨를 만나서 놀라는 게 끝이 없네요. 호호호."

유나는 한 점, 한 점 눈여겨보며 부러워했다. 가장 호감이 가는 곳은 빛이 살아 있는 것 같은 고려청자와 도자기들이었다. 화려한 색상과 선의 아름다움이 유나를 놀라게 했다. 궁금했지만 값어치를 물어볼 수 없었다. 속세의 나쁜 습성을 들어내고 싶지 않았다. 궁금증을 숨기는 자신이 초라하게 보여서 피식 웃어 버렸다.

"대단할 정도는 아니에요."

"서린씨의 다른 모습을 보는 것 같아서 새로워요. 귀중품에 꽤 투자를 많이 하셨나 봐요?"

유명한 화가인 피카소, 네오나르도 다빈치 그림과 또 다른 세계적인 희귀한 그림들, 고풍스러운 문갑류와 다양한 소품들이 유나를 놀라게 했다.

"좀, 그런 셈이죠. 나중에 유나씨한테 선물할 기회가 있을 거예요. 마음속으로 찜해놓으세요. 가격에 관계 없이 뭐든지 가능해요. 내가 소유하고 있는 것보다 특별한 주인을 만나길 원하거든요."

"욕심은 나지만 싫어요. 서린씨 마음은 고맙지만, 귀한 소장품은 안 받을래요. 나중에 서린씨 그림만 받을 거예요."

"유나씨도 참 ....."

두 여인은 비밀의 방에서 나왔다. 유나는 앞서서 주방에 들렸다. 그 집의 주방을 보면, 안주인의 취향과 성격을 알 수 있다는 말이 생각났기 때문이다. 넓은 주방은 유나를 또 감동하게 했다. 큼직한 냉장고가 3대나 자리 잡고 있었고, 고급스러운 가전제품은 없는 것이 없도록 자리를 점유하고 있었다. 대리석 식탁 뒤편에는 세계 각국의 유명한 브랜드인 와인과 양주가 헤아릴 수 없을 정도로 많은 양이 벽장을 화려하게 장식하고 있는 카페의 모습에도 놀라고 말았다. 각양각색의 글라스로 잘 꾸며진 진열장이 어느 호텔의 카페 같기도 했다. 주인의 고상한 성격과 부의 가치가 잘 조화를 이룬 호화로운 주방에 감동하고 말았다.

"어머~~ 보지도 못한 와인과 양주가 다양하게 많아요. 정말 카페가 너무 근사한데요. 호호호."

"그러세요. 외국에 나갔을 때, 귀국하는 길에 희소가치가 있는 것들을 한두 병씩 개미나 꿀벌처럼 나르다 보니, 이 정도가 되었어요. 가끔 혼자서 와인을 홀짝거리기도 해요. 여자가 혼자 살다 보니 와인이 친구가 되었어요. 애주가일지라도 중독자는 아니에요. 나중에 유나씨의 몸이 회복되면, 우리 양주도 한잔해요."

"그래요. 우리 둘만이 즐겨요. 호호호~~. 나도 와인을 좋아해요. 그런데 양주는 자신이 없어요. 너무 독해요."

"그럴까요? 호호호~~. 와인을 좋아한다니 다행이에요. 나도 양주는 독해서 좋아하지 않아요. 그냥 전시품이고, 우리 오빠 접대용이에요. 우리 오빠가 가끔 오시면 양주를 좋아하거든요."

두 여인은 거리낌 없이 웃었다. 멋지고 웅장한 주방을 구경한 유나는 소침했다. 모두가 자신은 가져보지 못했던 것들이 수두룩했다. 88평형의 고급 아파트에 기가 죽었고, 또 보물창고는 말할 것도 없었다. 주눅이 든다는 말을 실감했다. 살아온 생활환경과

의식의 차이를 가슴이 저미도록 느꼈다. 그러나 유나는 태어날 때부터 욕심을 버린 고아였으므로 부러워하지 않는 묘한 특기가 있어서 다행스러웠다. 더 소중한 자신과 가족을 가졌다고 스스로 타이르며 거실로 나왔다.

소파에 나란히 앉아 대화하는 부녀의 다정한 모습이 그림 같았다. 유나의 기분을 감지하지 못한 서린은 부녀에게 자랑했다. 나중에 두 집안이 가까이 살게 되면, 유나가 그림을 시작하기로 했다고 선전포고했다. 민욱도, 민서도 환영하며 좋아했다. 민욱은 적극적으로 응원하겠다고 약속했고, 민서는 집안에 화가가 한 분 더 탄생하겠다고 무척이나 좋아했다. 가족들이 이처럼 좋아할 줄 몰랐던 유나의 얼굴이 화사하게 피어났다.

"아직 두 가지 문제가 해결되어야 해요. 하나는 내년 2월에 유방암부터 약물치료 완치판정(5년)을 받아야 하고요. 또 하나는 양가가 가까이에 살아야 가능해요. 완치판정을 받아도 다시 5년 동안 정기적으로 검사를 받아야 하거든요. 그런데, 예상외로 너무들 좋아하니 잘할 수 있을지 걱정되네요. 호호호. 부담 주지 마세요."

유나는 소녀처럼 수줍어하며 가족들의 환영이 부담되었다. 항암치료가 완료되고, 다시 5년간 1년에 한 번 정기적인 검사와 진료를 받아야 했다. 그래서 투병기간은 자그마치 10년이었다. 아직도 갈 길이 먼 유나에게 민서가 힘을 실어주었다.

"아니에요. 어머닌 유능한 화가가 될 수 있어요. 항암치료만 끝나면 시작하세요. 민서가 보장 할 수 있어요. 호호호~."

"민서의 말이 옳아요. 유나씨는 그럴 재능이 충분해요. 내 직감을 믿거든요. 건강도 분명히 회복될 거예요. 그러니 더위가 시들해지면 한 번 시동을 걸어 봐요. 집을 지을 땅도 현지답사하고,

건축할 위치도 의논하기로 해요."

서린은 자신의 계획대로 이루어질 것 같은 예감에 신바람이 불었다. 지금 당장에 현장으로 가자고 하지 않은 것은 서린의 성격상 많이 자제한 듯했다.

"서린씨의 생각대로 진행하세요. 어차피 결정이 났으니 차근차근 준비하면 될 것 같아요. 이젠 더 망설일 필요가 없다고 봐요. 하하하~~ 건축하는데도 1년은 걸리잖아요."

민욱은 서린의 결정을 그대로 받아들였다. 이러쿵저러쿵 토를 달아 지연시키고 싶은 생각은 없었다. 고심하던 생각을 실행에 옮기는 데는 많은 시간이 필요하지 않았다. 아내 유나도 동의했던 일이므로 문제 될 것이 없었다. 민욱의 동의를 얻은 서린은 손뼉 치며 환영했다. 벌써부터 패밀리타운의 밑그림을 그리고 있는 듯, 그 눈빛과 생각은 부지런히 움직이고 있었다. 명색이 '패밀리타운'이란 이름을 붙였으니, 오빠네도 동참할 거라고 했다. 민욱과 유나도 반대하지 않았다. 노년에 몇 가족이 모여 산다는 것은 외롭고 울적하지 않을 것이기에 좋다고 했다. 일가친척이 없어서 외로웠던 민욱과 유나에게는 함께할 가족이 생겨서 마음은 포근했다.

"땅이 넓고 길쭉하니까 기본적으로 집과 집 사이에는 적당한 거리를 두게 하고, 자전거를 이용할 수 있는 타원형 산책길을 만들고 싶어요. 호호호~~."

서린의 기본설계에 아무도 이의를 제기하지 않았다. 그러는 것이 좋겠다고 찬성표를 던지며 유나가 응원의 메시지를 날렸다.

"그러는 게 좋겠어요. 서린씨는 이미 많은 준비를 하셨네요. 바닷가에 환상적인 전경이 펼쳐질 것 같아 마음이 설레는걸요."

"준비라기보다 그냥 생각해 본 거예요. 이제 기초부터 시작해야겠어요. 더위가 끝나면 착공할 수 있도록 준비할게요. 토지용도변경이나 건축허가는 문제없을 것 같아요. 우리 건설회사에 경험이 많은 전문가들이 있거든요."

오빠가 중견 건설회사를 거느리고 있다고 했다. 결정되면 토목공사부터 일사천리로 진행할 수 있다며 서린은 좋아했다.

"그러세요? 다행이에요. 걱정할 문제는 없겠네요."

"이제 유나씨만 몸이 건강하게 회복되면 되는 거예요. 호호호~~. 모든 준비는 내가 할게요. 유나씨는 첫째도 둘째도 건강하도록 몸만 챙기세요."

"알았어요. 호호호~. 건축하는 데는 내가 할 일은 없을 것 같네요. 구경만 해서 어떡해요?"

"꼭 그렇다는 건 아니에요. 무엇보다 유나씨에겐 건강이 최우선이니까요. 다른 면으로 도움받을 일은 있을 거예요."

"네. 무슨 말인지 알아요. 호호호."

유나는 서린을 미워하지 않았고, 의심하지도 않았다. 현재까지 몸이 건강하게 회복되고 있으니, 별일이 없는 한, 5년 만에 가시적 완치판정을 받게 될 것으로 자신했다. 또, 민욱의 머릿속에는 부동산시장이 위축되어 있다는 뉴스를 날마다 접하고 있어서 집 매매는 시기적으로 좋지 않다는 생각도 들었다. 사회적 분위기가 어수선해서 매매가 이루어질지 걱정되었지만, 당장 시급한 문제가 아니므로 마음의 여유를 가졌다.

'코로나19'가 명성을 떨치는 가운데, 2022년 5월에 새 정부(보수정권)가 들어서서 지난 정부에서 망가진 부동산정책을 대대적으로 수술하고 있으므로 부동산시장 변화까지는 시간이 걸릴 것 같았다. 3월 대선에서 보수진영 후보가 근소한 차이로 대통령(윤석*)

에 당선되었다. 진보정권의 대통령은 퇴임하여 고향으로 내려갔고, 당선자가 5년 임기의 대통령에 취임했다. 정권은 교체되었지만, 여소야대의 정국은 혼란이 거듭되었고, 국민들은 보수와 진보로 나뉘어 쉬지 않고 서로를 헐뜯으며 시간낭비만 되풀이하는 형국이 얼굴을 찌푸리게 했다. 그간 민심을 살피지 않은 까닭에 경제는 바닥이었고, 정권을 넘겨받은 새 정부는 골탕을 먹는 실정이라 실물경제를 걱정하지 않을 수 없다고 야단이었다. 경제전문가인 민욱의 머리도 복잡하게 얽혔다.

오랜만에 나들이한 민욱과 유나는 자리에서 일어났다. 만나면 헤어져야 하는 우주의 섭리를 거슬리지 못하는 인간이기에 다시 이별의 시간이 다가왔다. 서린은 저녁 식사를 하고 가라고 말렸다. 민욱과 유나는 어둡기 전에 집에 도착해야 한다고 양해를 구했다. 몸 상태는 양호하지만 무리하면 역효과를 부를 수 있다는 판단에 서린도 더는 말리지 못했다. 집에서 자기의 손으로 한 끼 식사를 대접하지 못했다며 몹시 서운해했다. 앞으로 종종 만나게 될 거라고 유나는 아쉬워하는 서린을 달랬다.

"코로나가 잠잠해지면 자주 오게 될 거예요. 아쉬움을 남겨둬야 다음에 만날 때는 더 기쁠 거예요."

"그렇긴 하지만 그래도 서운한 걸 어떡해요? 우리의 첫 만남이 첫 만남 같지 않아서 기뻐요."

"그러시군요. 호호호. 저도 그런 생각을 했어요."

두 사람은 친구처럼 잘 어울렸다. 서린은 작업실에 준비해 두었던 그림 한 점을 들고나왔다. 서운한 마음을 달래며 그림을 민욱의 손에 쥐어줬다.

"그림쟁이 집에 오셨다가 그림 한 점도 안 가지고 가시면 서운

하잖아요. 작은 성의이니 거절하지 마세요. 호호호~~."
"알았어요. 고마워요."
민욱은 성의를 거절하지 못하고 잘 포장된 그림을 받았다. 2년 반만의 만남은 너무 짧았다. 그간 쌓여 있는 사연도 많았는데, 그에 비하면 짧은 시간에 불과하니, 네 사람 모두에게 불만은 있었다. 아쉬운 마음들이 뭉게구름처럼 모여 있는데, 아쉬움을 풀지 못한 채 주차장에 내려왔다. 서린과 민서는 가벼운 포옹으로 이별을 시작했다. 민욱과 유나를 태운 차량은 서운한 표정의 서린과 민서를 남겨두고 지하 주차장을 빠져나왔다.

19. 마음속의 합창

'코로나19'의 위력적인 재앙으로 막혔던 하늘길이 3년여 만에 일부 열렸다. 다행스럽게 숨이 막혔던 봉쇄 조치가 부분 해제되었다. 민욱과 유나는 뉴스를 접하고 미국에 있는 남매를 볼 수 있다는 생각에 기쁨을 감추지 못하고 환영하며 박수를 보냈다. 그리하여 아메리카 대륙에 갔했던 세라와 명훈은 같은 시기에 특별한 휴가를 얻었다. 2022년 10월, 가을의 중턱에 머물러 있는 붉은 계절은 거대한 태평양을 하늘길로 건너오는 남매를 기다렸다. 남매는 시카고공항에서 까다로운 코로나19 시대의 출국 검역과정을 무사히 통과하였고, 인천국제공항의 모든 입국 검역과정을 통과하여, 3년 만에 부모님이 계시는 나라, 부모님의 조국 대한민국에 발을 들어놓았다.

"세라야~ 명훈아~~."

유나가 먼저 입국 게이트를 나오는 남매를 발견하고 손을 흔들며 바삐 다가갔다. 아내의 손을 잡은 민욱도 남매를 보고 환한 미소를 얼굴에 그렸다. 얼마나 보고 싶었는지 그리움의 그림자가 시야를 희미하게 덮었다.

"엄마~~ 아빠~~."

부모님을 발견한 세라는 어린아이처럼 마구 달리며 소리쳤다. 철부지 소녀처럼, 그 발랄한 모습에는 반가움의 눈물이 눈가를 적셨다. 명훈은 큼직한 가방 2개와 작은 가방을 실은 카터를 무겁게 밀면서 밝은 얼굴로 누나의 뒤를 따랐다. 세라는 엄마를 부둥켜안고 기쁨의 눈물을 흘렸다. 유나는 마스크에 가려진 딸의 얼굴을 양손으로 가리고 흐르는 눈물을 닦아줬다. 눈물의 모녀 상봉은 감동적이었다. 악마의 궤계에 갇혔던 3년, 그 고통의 시간이 왜 그렇게 멀고도 길었는지 안타까워하며 태평양을 건너온 딸의 모습이 더 아름답게 보였다.

"엄마! 머리카락이 이렇게 많이 자랐어요?"

세라는 젖은 눈으로 새롭게 변화된 엄마의 머리에 기뻐했다. 빡빡머리를 쓰다듬으며 슬프게 울었던 생각을 하면서 개구쟁이 소녀의 단발머리를 한 모습이 우아함을 찾아서 기분이 좋았다.

"항암주사를 마쳤더니 그때부터 자랐어. 호호호~."

세라는 가발을 쓰지 않은 엄마의 짧은 머리를 손가락으로 빗기면서 좋아했다. 얼마 지나지 않으면 예전처럼 우아한 긴 머리카락으로 돌아올 것을 기대했다.

"우리 엄마 고생하셨어요. 고마워요. 엄마~~. 엄마의 머리를 보니 몸이 회복되고 있다는 것을 실감할 수 있어요."

"그렇다. 좋아지고 있어. 엄마의 표정이 다르지 않니? 아빠의 얼굴도 밝아졌잖아. 하하하."

좋아하는 세라를 보고 민욱은 말했다. 모녀의 모습은 아름다운 초원과도 같았다. 어느 그림인들 이처럼 아름다울까? 싶었다.

"그리고 보니, 아빠와 엄마의 표정이 많이 밝아졌고, 엄마의 얼굴 피부가 예전으로 돌아온 것 같아요. 엄마! 너무 좋아요. 이제 우아한 우리 엄마 같아요. 호호호."

세라는 엄마의 몸이 좋아지고 있다는 말을 인정했다. 겉으로 보고 확인할 수 있는 것이 머리카락과 얼굴뿐인 것이 아쉽다고 하면서 말이다. 민욱은 모녀의 상봉을 그 자리에 두고 달려가서 짐꾼으로 변한 아들을 안아주었다. 부자의 상봉도 감동이 불을 뗐겼다. 노심초사하며 자식들의 안녕을 기원했던 민욱은 건강한 모습으로 나타난 아들이 대견스러웠다. 하루에도 수천 명의 목숨을 앗아간 아메리카 대륙에서 건강하게 살아남았다는 것은 대단한 행운이라 생각했다. 그래서, 마치 전쟁터에서 살아서 돌아온 개선장군 같았다. 그런 아들이 고마웠다. 가슴에 맺혀있던 불안한 생각들이 삽시간에 사라졌다.

"아들아! 반갑다. 바이러스의 무서운 전쟁을 뛰어넘느라 고생했다. 너희의 건강한 모습을 보니, 이제 서야 안심이 되는구나."

"아버지께서도 힘드셨죠? 저희보다 어머니가 환자라서 더 고생하셨어요. 얼마나 걱정했는지 몰라요. 두 분의 모습을 보니까 이제 살아 있다는 걸 알았어요."

민욱은 아들의 등을 토닥이며 함께 카터를 밀었다. 가족들은 입국장을 벗어나 마스크를 쓴 절반의 얼굴을 쳐다보며 오랜만에 회포를 풀었다. 여기저기 같은 모습들이 꽃을 피우는 공항대합실은 오랜만에 축제장과도 같았다.
"엄마가 건강하게 보여서 정말 기뻐요. 아빠가 간호하시느라 고생하셔서 얼굴이 좀 마른 것 같아 마음이 아프네요."
세라는 기쁨과 애석함을 동시에 느꼈다. 유나는 아들의 얼굴이 보고 싶어서 남편의 눈치를 살피며 마스크를 살짝 내렸다가 금세 원위치시켰다. 명훈은 엄마의 순발력 있는 애정에 웃었다. 민욱은 모르는 척했다.
"우리 아들도 힘들었지? 이렇게 건강한 모습으로 너희들을 만날 수 있어서 엄마는 너무 행복하다. 정말 많이 걱정되었고, 보고 싶었다. 주님께서 우리의 기도를 들으시고, 이 무시무시한 악마의 손에서 벗어나도록 이끌어 주셔서 감사할 따름이다. 이렇게 만나다니 정말 꿈만 같아. 호호호."
유나는 눈가의 물기를 닦았다. 바이러스에 감염이나 되지 않을까 하고 노심초사했던 수많은 시간의 고통이 일순간에 사라지는 듯했다. 남매의 안전을 걱정하며, 뉴스(NBC, BBC 등) 보기를 두려워하며 불안한 가슴을 짓눌렸던 부모였다. 이들에게는 천금보다 귀하고, 세상을 통째로 주고도 바꾸지 못할 소중한 자녀였다. 고아 부부에게서 태어난 이 세상 무엇과도 바꿀 수 없는 착한 딸과 믿음직한 아들은 이 세상 어디에도 없었다. 부모가 고아라는 신분에 종지부를 찍을 지구상에서 가장 위대한 후손이기에 감기조차 허락하지 않은 엄마였고, 밤낮없이 끔찍하게 사랑했던 아빠였다. 여느 부모와 자식 간의 애정과는 비교할 수 없는 엄청난 열정이 꿈틀거리는 가족은 분명했다.
민욱은 남매를 한꺼번에 양팔로 안았다. 감격의 눈물이 치밀어

올랐지만, 용케도 참아냈다. 날마다 밤마다 꿈속에서도 그리웠던 사랑스러운 남매였다. 하루에 몇 번이나 시카고의 감염상황과 바이러스의 확장지역이나 경로를 점검하여 출입을 제한했던 철저한 아빠였다. 애타는 마음으로 남매의 안전을 빌었던 아빠의 감동은 대단했다. 공항 자체도 안전을 보장받을 수 없으므로 빠르게 공항 대합실을 벗어나 인천 앞바다를 가로지르는 영종대교를 건너 지구상에서 가장 안전한 가족 아지트로 돌아왔다. 민욱은 대문 앞에서 사람도 가방도 차례로 소독한 후에야 집으로 들어왔다. 세라는 아빠의 철저하게 방역하는 모습이 믿음직하고 든든해서 개구쟁이처럼 폰으로 동영상을 찍었다.

거실에 들어온 남매는 무엇보다 엄마의 몸이 많이 회복되었다는 말에 기쁨을 감추지 못했다. 4개월 후인 내년 2월이면 수술한 지 5년이 되므로 완치판정(유방암)을 받을 수 있다는 엄마의 말에 남매는 하나같이 환호했다. 그렇다 해도 앞으로 5년 동안 정기적인 검사를 받으며 재발 방지에 충실해야 하지만, 전혀 두렵지 않다고 자신감을 나타냈다.

또 1년 전에 '유방외과' 주치의(이종* 교수)로부터 골다공증에 대한 검사의뢰를 통해 '내분비내과(이승* 교수)'에서 '골다공증' 진단을 받은 관계로 3개월마다 혈액검사와 영상촬영을 마치고 나서 주사를 맞고, 매일 약을 복용하고 있었다. 심각한 병은 아니지만, 암 환자에게 흔히 발생하는 질환이라 치료가 필요했다고 덧붙였다. 신장이 4cm정도 작아진 것을 확인했다. 그래서 지속적인 치료가 필요하다는 주치의의 소견을 존중하고 치료에 임하고 있었으며, 수술한 오른쪽 팔에 부종이 발하여 '재활의학과(정재* 교수)'에서 6개월에 한 번 재활치료를 받고 있으니, 유나 자신이 종합병원이라고 농담했다. 그래서 '서울A병원'과는 묘한 인연의 고리로 엮여서 자주 병원을 방문하는 것이 부담스러워하지 않았다.

남매가 합류하니 거실이 좁아 보였다. 집안에 모처럼 웃음꽃이 군락을 이루었다. 얼마 만인지 기억도 나지 않았다. 코로나 바이러스의 바다를 건너온 남매는 시차증(Jet-lag)을 이겨내며 부모님의 슬하에서 모처럼 편안한 휴식을 취했다. 바이러스 감염의 위험을 걱정하며 하루도 마음을 놓지 못했던 남매였다. 천국에라도 온 것처럼 남매는 평온을 실감하며 즐거워했다. 코로나의 위험한 시대에 살면서 이런저런 부수적 병으로 충실하게 치료를 받는 엄마나, 그 곁을 지켜주시는 아빠의 노고에 찬사를 보냈다.

여독을 푼 이튿날 저녁이었다. 가사도우미의 수고로 맛있는 저녁 식사를 마치고 소파에 마주 앉았다. 가사도우미는 디저트를 탁자에 놓고 자기 방으로 들어갔다. 아내와 의논한 민욱은 코로나로 인해 대면하지 못하여 털어놓지 못한 민서에 대한 비밀의 문을 열었다. 어차피 알아야 하고, 더 이상의 비밀은 무익하다는 판단에 이르렀다. 한 번은 겪어야 할 자식들이기에 더는 지체할 수 없다고 생각했다.

"얘들아! 아빠가 할 말이 있어. 아빠가 몹시 고민했던 일이야. 자식들에게 비밀로 하는 게 유익한 일이 아니라고 생각해서 고백하는 거야. 이 상황을 너희들이 이해하고 지혜롭게 받아들였으면 좋겠다. 이게 엄마와 아빠의 바람이다."

세라는 아빠의 갑작스러운 말에 긴장되는 표정으로 아빠의 얼굴을 주시하며 말했다.

"아빠~ 뭔데 그처럼 심각하게 그러세요? 아빠가 그러시면 무섭단 말이에요. 저희들이 모르는 무슨 일이 있었어요?"

"딸아! 무서워할 일은 아니야. 이해와 포용이 필요할 뿐이다. 근간에 벌어진 일은 아니고, 너희가 태어나기 전에 있었던 일이야."

민욱은 천천히 민서의 얘기를 꺼냈다. 또 서린과 있었던 불미스러운 일부터 털어놓았다. 결혼도 하지 않은 장성한 자식들이 이해하기 힘들 거란 생각도 했다. 엄마와 결혼하기 전에 아빠는 다른 여자를 가까이했다는 사실에 놀라고 또 놀라는 남매는 어리둥절한 표정을 거두지 못했다. 예상했던 대로 가족이 생겼다는 기쁨은 어디에도 없었고, 남매의 얼굴은 태풍이라도 불어닥칠 것을 보기라도 한 듯이 어두워지기 시작했다. 예상했던 일이었으나, 더 심각한 듯했다. 아빠의 고백을 들은 남매의 입은 무겁게 닫혔.

"그때도 아빠의 마음속에는 엄마뿐이었어. 위선이라 할 수도 있겠지만, 이건 사실이었어. 변명 같지만 그럴 수밖에 없었던 상황이었단다. 그 이후에 서로 연락하지 않았다. 아빠에게는 엄마밖에 없었으니까. 이 사실만은 너희들이 믿어주었으면 좋겠다."

민욱은 길게 한숨을 토해냈다. 아빠로서 자식들 앞에서 이런 말을 해야 한다는 자체가 곤혹스러웠다. 더 이상 지켜볼 수 없는 유나가 당황스러워하는 남매에게 설득에 나섰다.

"이해하기 힘들지만 받아들여야 한다. 원인은 이해할 수 없더라도 현실은 외면해서는 안 돼. 좋은 사람들이야. 너희들에게도 좋은 가족이 될 거야. 엄마는 외롭지 않아서 좋아. 엄마가 무슨 생각을 하는지 알 거야. 아빠를 미워하지 마라. 이건 누구의 잘못을 따질 문제는 아니잖아. 엄마는 그렇게 생각한다."

고아에서 벗어나 이 땅에서 살아남기 위해 택했던 베트남전쟁 파병 지원, 그 전쟁터에서 위로받는 위문편지로 인해 가까워졌던 사이였으며, 공교롭게도 군무 중인 부대가 있는 광주에 살고 있었으므로 이런 상황을 낳았다고 유나는 덧붙였다. 이해는 되지만 받아들일 수 없는 예민한 세라는 심각한 표정으로 말했다.
"이미 아빠와 엄마가 받아들인 일이잖아요. 우리의 선택은 없지만, 그때의 상황을 이해한다고 해도 저는 아빠한테 실망했어요. 결혼상대자인 엄마가 계시는데, 다른 여자와 그런 관계를 가졌다는 건 나빠요. 지금은 혼란스러워서 뭐가 뭔지 모르겠어요. 무리하게 이해하라고 요구하지 마세요. 저에게도 생각할 시간이 필요한 것 같아요. 저는 이만 올라갈게요."
세라는 아빠한테 눈빛도 주지 않고 굳은 얼굴로 2층으로 올라갔다. 민욱도 유나도 세라를 붙잡지 않았다. 이해할 수 없다는 세라의 심정을 알았기 때문이다. 단번에 문제가 해결되리라고 생각하지 않은 민욱과 유나는 세라의 태도에 당황했다. 갑자기 집안 분위기가 서늘했다. 묘한 분위기의 냉기류가 집안에 맴돌았다. 명훈은 감정을 다스리며 조용히 말했다.
"저는 이렇다 저렇다 말할 수는 없어요. 부모님 생각에 따를게요. 저러는 누나의 심정도 이해해 주셔야 해요. 시간은 걸리겠지만, 아버지를 유난히 사랑하는 누나니까 마음을 열거에요. 저도 기분이 좋은 건 아니에요. 그러나 걱정하지 마세요."
민욱은 아들의 위로에 마음을 안정시켰다. 아들만이라도 이해하려고 노력하고 있으니 다행이란 생각이 들었다. 유나는 마음이 상했을 딸이 걱정되었다. 할아버지 할머니도 안 계신다고 서운해했던 세라, 고모나 삼촌도 없고, 외가도 없다며 일가친척이 있는 가족을 부러워했던 심성이 착한 세라였다. 좀 시간은 걸릴지라도 새로운 가족을 받아들일 것으로 세라를 믿었다.
"특별한 부녀였으니까 그 충격과 실망은 그만큼 더 클 거예요.

절친한 친구 같은 사이였잖아요. 저러는 세라도 감당할 수 없는 충격일 수 있어요. 마음도 무척 아플 거예요. 당신이 이해하시고 기다려야 될 것 같아요."

아빠를 절대적으로 신뢰하던 자식들로서는 배신감을 느끼고 실망하는 건 당연했다. 더욱이 다 큰 딸이었으니까 말이다. 아빠의 과거와 그 과거에서 파생된 야릇한 현실의 존재가 힘들게 했을 것이다. 그렇지만, 엄마와 결혼하기 전에, 자신들이 태어나기도 전에 발생한 일이었다는 이유로 명훈은 아들답게 샤프했다.

"나도 세라 심정을 알아. 30년 동안 신뢰를 쌓은 아빠로서 부끄럽고 창피한 일이긴 해."

"그런 생각은 하지 마세요. 아빠가 미워서 그러는 건 아니에요. 속상해서 울고 있을 테니 세라한테 올라가 볼까요?"

걱정스러운 얼굴로 풀이 죽어 있는 남편을 바라보며 말했다.

"혼자 있게 나 두는 편이 나을 거야. 저 말처럼 혼자 생각을 정리할 시간이 필요할 테니까. 당장은 이해하기 힘들겠지."

민욱은 일어나서 착잡한 표정으로 서재로 향하는 뒷모습이 처량하게 보였다. 그처럼 늘어진 모습은 처음이었다. 남편이 받은 충격 또한 만만치 않다고 생각했다. 유나는 남편이 걱정스러워서 그 뒤를 조심스럽게 따랐다.

"여보! 세라의 말에 너무 신경 쓰지 마세요. 세라도 갑작스러운 일이라 당황해서 그랬을 거예요. 절대 당신을 원망하는 건 아닐 거예요. 충격의 순간을 벗어나지 못해 그냥 한 말일 거예요."

"유나가 위로하지 않아도 돼. 이 정도는 생각했으니까 괜찮아. 딸이 속상해하니까 마음이 좀 그러네. 아빠로서 부끄럽기도 하고. 떳떳하지 못해서 속이 상하기도 해."

"내일 아침이면 상냥한 미소로 당신 앞에 나타날 거예요. 좋은 일이든, 나쁜 일이든 오래 끌지 않은 성격이잖아요. 저도 속상해서 이러는 걸 거예요. 난, 우리 딸을 믿어요."

"그야 그렇겠지만, 나 때문에 가슴앓이하는 게 마음에 걸려. 그렇지 않아도 코로나 때문에 힘들었던 세라잖아. 만나자마자 이런 일을 있게 했으니, 면목이 없네. 자식에게만은 실망시키지 않으려고 애쓰며 살았는데. 그 삶이 무너지는 것 같아 허망하네."

"당신은 정직하고 완벽한 아빠예요. 마음 상해하지 마세요. 당신이 결혼하고 외도한 건 아니고, 결혼 전에 청춘남녀의 순간적인 실수였어요. 젊은 애들이라 이해하면 금방 괜찮아질 거예요. 우리 딸은 좋은 심성을 가졌잖아요."

"각오한 일이긴 한데, 엄마가 아닌 다른 여자에 의한 자매가 있다는 것이 속상할 거야. 그것도 동생이 아니라 언니라는 사실을 받아들이기 쉽지는 않겠지. 난 괜찮으니까 신경 쓰지 마."

"내가 당신한테 신경 안 쓰면 누가 신경 써요? 마음을 편하게 가지세요. 세라도 결국은 아빠를 이해할 거예요. 갑자기 나타난 동생보다 언니가 마음이 든든해서 좋을지도 몰라요."

유나는 남편을 위로해 주고 서재를 나와서 아들 앞에 앉았다. 방으로 올라가지 않고 소파에서 기다리고 있는 아들이 기특했다. 그 아들의 표정을 살폈다. 아까보다 조금은 편해 보였다. 아직 미혼인 아들이 아빠를 이해하니 고마웠다. 남편이 자신의 실수로 인해 벌어진 사건이므로 딸한테 떳떳하지 못해 울적해하는 모습에 유나는 상처받았다. 그러나 세라를 탓하진 않았다. 세라는 착하고 똑똑한 딸이므로 이 문제를 어렵지 않게 풀어갈 것으로 믿었다. 잠자코 엄마를 지켜보던 명훈은 입을 열었다.

"어머닌 언제부터 아셨어요?"

"병원에 입원해 있을 때였어. 옆 침상에 입원한 젊은 여자에게 이상한 예감이 들긴 했어. 병실 사람들이 아빠를 닮았다고 했고, 왠지 두 사람이 급진적으로 친해지는 분위기가 묘했거든. 엄마의 직감이 통했나 봐. 피는 속일 수 없다고 하잖아."

"그랬군요. 어머닌 순수하게 인정하셨어요?"

"민서가 퇴원할 때까지는 아빠도 몰랐던 것 같았어. 아빠하고 셀카를 찍었거든. 그 사진을 본 엄마의 반응에 눈치를 챈 민서가 아빠라고 의심한 것 같았어. 우리가 퇴원하기 전날, 병원에 왔던 민서가 확신을 얻었나 봐. 아빠도 민서 엄마와 그런 관계가 있었지만, 44년 동안이나 몰랐던 일인데 어떡하겠어?"

"그 아주머니도 대단한 분이네요. 결혼도 안 하시고 혼자서 딸을 키웠다니 어디 보통 여자가 할 수 있는 일이 아니잖아요."

"그건, 그래. 대단하다기보다 자신의 결정을 책임지는 무섭고 위대한 엄마였어. 원하지는 않았지만, 자신을 택한 생명을 소중히 여겼고, 그 생명을 아빠처럼 고아로 만들 수 없어 미혼모를 자처했던 강한 여자인가 봐. 자신의 일생을 딸에게 배팅한 게 아니겠니. 엄마도 그 말을 듣고 놀라서 충격받고 감동했었다."

"그러네요. 감동적이에요. 그렇지만 그 대상자가 아버지라는 게 개운하지 않아서 그렇죠. 정말 픽션 같은 현실이에요."

"강하신 분인데, 아빠의 어깨가 축 처진 모습을 보니 엄마도 힘이 빠진다. 빨리 세라가 마음을 정리해야 할 텐데 걱정이다."

"그럼, 전에 아버지께서 말씀하신 휴스턴에 있다는 그 학생의 엄마가 아버지의 딸이란 말이에요?"

"그렇단다. 이제야 눈치챘구나. 변호사는 다르다. 아들아~~."

"아~~ 그렇군요."

아버지께 학생의 연락처를 받은 후에, 한두 번 전화했더니 '진학문제는 제가 알아서 할 거예요'라며 낯선 사람에게 마음을 열지 않는 똑똑한 학생이더라고 했다. 아버지의 부탁이라 그 후에 찾아가려고 했으나 불행하게도 '코로나19'가 불어닥친 바람에 지금껏 찾아갈 수 없었다면서 아쉬움을 토로했다.

"유학생들은 낯선 사람이 돕겠다고 하면 거부반응을 일으키는 게 정상이야. 이제 관계를 알았으니, 코로나가 끝나면 한번 만나보도록 해라. 구태여 촌수를 따진다면, 세라는 이모이고, 넌 외삼촌이잖아. 호호호~~."

"하하하~~. 정말 그러네요. 그러고 보니 갑자기 조카 둘이 생겼군요. 조카가 있다고 생각하니, 제가 많이 나이가 든 것 같아요."

명훈은 이 상황을 받아들이면서 새로운 타이틀 외삼촌이란 사실에 신기한 표정을 지으며 엄마를 바라보았다.

"그래, 든든한 외삼촌이 되어줘야 한다. 그쪽 집안도 가족들이 단출한가 봐. 그래서 가족애가 두터운 것 같았어."

"그건 어렵지 않아요. 가족들의 우애가 깊다니 좋네요. 기왕에 만났으니 함께 좋은 가족이 되었으면 좋겠어요. 누나도 결국에 가족으로 인정할 거예요. 걱정하지 마세요."

"알았다. 그렇게 생각한다니 고맙다. 좋은 가족이 될 거야."

"어머니께서 그렇다니 마음은 편해요. 가족이 생겼다는 것은 좋은 일이에요. 누나도 빨리 이해했으면 좋겠어요."

"세라도 마음을 정리하는데, 긴 시간이 걸리지는 않을 거야. 걱정하지 마라. 엄마는 피곤해서 좀 쉬어야겠다."

유나는 아들만 거실에 두고 안방으로 사라졌다. 덩그러니 혼자 앉아 무엇인가 생각하던 명훈은 서재 앞을 한참 동안 기웃거리다가 들어가기를 포기하고 2층으로 올라갔다. 집안은 적막하리만치 조용했다. 민욱은 서재에서 나오지 않았다. 10월의 가을밤은 아름다운 단풍 속에서 깊어 가고 있었다.

이튿날 이른 아침이었다. 현관문이 열려있어서 밖을 내다보았다. 마당에서 땅에 떨어진 목련 잎을 만지면서 사춘기 소녀처럼 사색에 잠겨있는 세라를 발견했다. 민욱은 선뜻 딸의 곁으로 다가서지 못했다. 사정이야 어떻게 되었던 부정한 아빠로 낙인이 찍혔으니, 몸이 말을 듣지 않았다. 우두커니 서서 지켜보고 있는 아빠를 발견한 세라는 외면하지 않았다.

"아빠~~. 일어나셨어요? 식사 준비를 도우려고 하는데, 아주머니가 주방에서 쫓아냈어요. 호호호~~."

세라는 언제 그랬느냐는 듯이 다정스럽게 말하며 웃기까지 했다. 민욱은 놀라서 다시 얼어붙었다. 어젯밤에 있었던 얘기는 입 밖에도 내지 않으니, 그 내막을 이해한다는 것인지 분간할 수 없었다. 간신히 정신을 가다듬고 마당으로 나갔다.

"마음이 좀 풀렸니? 아무튼 아빠를 이해해 줬으면 좋겠다."

세라는 아빠 앞에 다소곳이 섰다. 맑은 눈빛은 아침햇살에 빛을 발했다. 그 눈빛으로 아빠의 눈망울을 천천히 살폈다. 대답을 들으나 마나 어젯밤 토라진 마음이 풀린 것 같았다. 편안한 얼굴로 아빠를 다정스럽게 안았다. 그리고 조용히 말했다.

"아~빠~ 어제는 미안했어요. 순간 아빠에게 엄마 외에 다른 여자와 관계했었다는 것이 실망스럽고 화가 났어요. 다른 여자에게 딸이 있다는 게 딸로서 불쾌해서 그랬어요. 힘들게 고백하신 아빠를 이해해야 하는 딸인데 말이에요. 저의 소견이 좁았나 봐요"

남편이 나가는 것을 알고 뒤 따라 나온 유나는 이 광경을 거실에서 지켜보며 흐뭇한 미소를 지었다. 아빠를 미워하는 시간이 오래 걸리지 않은 딸이 무척 고마웠다.
"이해한다니 고맙다. 딸아! 이래저래 너희들한테는 애비로서 면목이 없다. 그렇지만 좋은 사람들이니까 불편하지 않을 거야."
"아빠도 사정이 있었다니 이해하는 거예요. 그쪽을 생각하면 가슴이 아파요. 아빠의 사랑도 받지 못하고 순간의 실수로 아기를 잉태하여 딸을 낳았고, 평생 올무에 갇혀 살아온 여자잖아요. 같은 여자로서 미워할 수만 없을 것 같아요."
"그래, 아무튼 힘들게 살아온 사람들이니까 더는 가슴이 아프지 않았으면 해. 아빠는 이쪽저쪽에서 모두 죄인이야."
민욱은 딸의 등을 쓸어주며 고운 마음에 감사했다. 딸의 불편한 마음이 오래 걸리지 않은 것이 천만다행이라 생각했다.
"그렇다고 죄인까지는 아니에요. 아빠처럼 핸썸한 분에게는 여자로 인한 과거가 있을 수 있다고 생각해요. 다만, 다른 여자에게 딸이 있다는 것은 충격이었어요. 제 마음 이해하시죠?"
"이해하고말고. 아빠로서 부끄럽다."
"그러지 마세요. 아빠! 아빠는 우리 남매에게 위대하고 훌륭하신 아빠예요. 자랑스러운 아빠이기도 해요. 세라는 아빠를 무척 존경한단 말이에요."
"그래. 아빠는 그렇게 애쓰며 살았다. 그런데 뒤돌아보니 그게 아니었어. 지금도 아빠는 그 엄마와 딸을 생각하면 힘들고, 가슴이 아파. 그러니 다음에 모녀를 만나게 되면 미워하지 않았으면 해. 누구에게나 해를 끼칠 사람들은 아니라고 장담하마."
민욱은 솔직한 심정을 세라에게 고백했다. 아무렇지 않은 것 같아도 가슴에는 돌이킬 수 없는 죄책감이 도사리고 있었다. 유나와 남매에게, 서린과 민서에게 씻을 수 없는 죄가 언제나 가슴속에서 꿈틀거리고 있어서 일생을 되돌아보면 자유롭지 못했다.

"이젠 힘들어하지 마세요. 세라가 도와드릴게요. 아빠 말씀처럼 우리에게 새로운 가족이 생긴 거잖아요. 아빠 엄마가 여기에서 더는 외롭지 않았으면 좋겠어요. 심적으로 힘들게 살아오신 분들이니, 기왕이면 화목한 가족이 되었으면 좋겠어요. 한편으론 언니가 있다니 마음이 든든해지는데요. 세라가 속 좁은 여자는 아닌데, 어제는 아빠의 딸은 세라 뿐이라고 욕심만 차렸나 봐요. 가족이라고 인정하니 빨리 만나고 싶어요."

세라는 어제보다 180도로 돌변했다. 밤새도록 잠을 이루지 못하고 이 상황을 인정하고, 아빠를 이해하려고 노력했다고 했다. 결정에 이른 세라는 전혀 다른 사람으로 돌아왔다. 그 표정이 밝고 맑아서 좋았다. 세라의 본모습은 정녕 아름다웠다.

"잠을 설치게 해서 미안하구나. 하하하~~. 만나는 것은 그렇게 서두르지 않아도 괜찮아. 코로나19에서 안정을 찾으면 만날 기회가 많이 있을 거야."

"아빠~ 지금도 괜찮아요. 시간이 없단 말이에요."

세라는 보챘다. 철저한 개인 방역에 힘쓴 탓으로 코로나 문제를 심각하게 생각하지 않았다. 그러고, 남매의 휴가 기간은 열흘밖에 안 되었다. 벌써 3일을 까먹었으니까 말이다. 또 다른 아침을 맞다 보면, 금세 하루씩 지나갈 것이다. 민욱은 세라의 마음을 알아차리고 내일이라도 가능하다고 생각을 바꿨다.

"알았어. 시간을 만들어 보자. 우리 세라는 우물에 가서 숭늉을 달라는구나. 하하하~. 엄마 성격을 닮았으니 어련하겠어. 세라가 만나러 간다는 소식을 들으면 모녀는 뛸 듯이 좋아할 거야. 그 엄마도 너희 남매의 이해가 걱정이라고 했거든. 하하하."
 세라의 마음이 풀어지니 경직되었던 민욱의 마음은 평화로서 웃을 수 있게 됐다. 자식들이 자기의 과거를 포용한다는 것에 힘이 솟았다. 또 당장에 보고 싶어 하니 고맙기도 했다.
 "아빠~. 호호호. 고마워요."
 "고마운 건 세라가 아니라, 아빠가 고맙지. 세라는 역시 아빠 딸이다. 더는 부끄럽지 않은 너희의 아빠로 남고 싶다."
 "우리 아빠가 나 때문에 충격을 받으셨구나. 호호호~ 아빠는 우리의 위대하신 아빠예요. 아빠! 힘내세요. 파이팅!"
 세라는 아빠에게 힘을 실어주었다. 이러쿵저러쿵 화해하는 부녀의 아름다운 모습에서 아침은 익어갔다. 도우미의 손에서 아침상은 차려졌다. 아침식사를 마치고 나서 광주의 가족을 만나기 위한 계획을 세웠다. 계획을 세우는 데도, 실행에 옮기는 데도, 어려운 문제는 파생되지 않았다. 서린과 민서는 절대적으로 환영했으며, 세라와 명훈을 빨리 만나고 싶어했다.
 "어머~ 그러세요. 오신다면 서린은 대환영이에요. 버선발로 북대전톨게이트까지 마중 갈 수도 있단 말이에요. 호호호~~. 세라가 어쩌면 마음이 그렇게나 고울까요? 나도 빨리 만나고 싶어요."
 서린의 기뻐하는 목소리는 용산동에까지 우렁차게 울려 퍼졌다. 소파에 앉아 있는 유나와 세라, 명훈은 그 목소리를 들으며 서린의 호탕한 성격에 환하게 웃었다.
 "그렇게 좋아요?"
 "그럼요. 좋고말고요. 오늘 밤에 잠이 안 올 것 같아요. 따님과 아드님이 온다니, 잃어버렸던 내 자식이 돌아온다는 것 같다니까요. 호호호~~. 나를 인정해 주면, 내 자식이 될 테지만요."
 "그렇게 생각한다니 고마워요. 우리가 가족이니 서린씨의 자식이나 진배없어요. 하하하. 그럼, 내일 아침에 출발할게요."
 민욱도 덩달아 신바람이 났다. 서린이 이처럼 기뻐할 줄은 몰랐었다. 기분은 어깨에 날개가 달린 것 같아 날아가고 싶었다.
 "그러세요. 목을 길게 빼고 기다리고 있을게요."
 서린의 기뻐하는 목소리를 들은 세라와 명훈의 마음이 찡했다. 자신들을 만나는 걸 그처럼 반가워하는 사람이라니 놀라워했다. 그래서 빨리 만나고 싶다는 생각을 버리지 못했다.
 "아빠~ 아주머니의 성격이 좋으신가 봐요?"
 "화통한 성격이라고나 할까. 아무튼 엄마하고도 잘 통하는 것 같았어. 동갑내기니까, 앞으로 엄마하고 좋은 친구가 될 것 같아."
 "그렇다면 다행이에요. 엄마에게 좋은 친구가 있어서 외롭지 않았으면 좋겠어요. 엄마하고 좋은 친구가 될 수 있다니 기뻐요."
 듣고만 있던 유나가 한마디 했다.
 "대단한 사람이야. 보통 여자는 절대 아니야. 너희도 긴장해야 될 거야. 호호호~. 만나보면 어떤 분인지 금방 알게 돼."
 "엄마는 만나기도 전에 겁을 주세요. 호호호~. 44년 동안 아빠를 찾지 않고 딸만 키우면서 혼자 살았다니, 그것만 봐도 알만해요. 안 봐도 눈에 훤하게 보이는데요. 호호호."
 세라는 긴장하라는 엄마의 말을 이해했다. 이튿날 아침에 가족들은 들뜬 기분으로 집을 나섰다. 유나는 세라와 명훈에게 당부했다. 민서에게는 '언니, 누나'라고 불러야 하며, 민서 엄마에게는 '어머니'라고 부르게 부탁했다. 처음에는 다소 불편하더라도 몇 번 부르다 보면 친숙하게 될 것임을 강조했다. 남매는 불만 없이 순순히 따르겠다고 약속했다. 민욱은 그러는 아내도 고마웠고, 가족으로 인정하려는 남매도 기특하고 신기했다.

코로나 방역이 완화되어 10인(3차 예방접종 받은 사람)까지 음식점 출입이 가능했지만, 손수 만든 음식으로 한 끼를 대접하겠다는 서린의 요청으로 집에서 만나기로 했다. 음식솜씨가 남다른 서린이 점심을 직접 준비하겠다는 마음을 짐작했기 때문이다.

승용차는 가족의 기쁨을 싣고 경쾌하게 호남고속도로를 질주했다. 운전석에는 명훈이가 앉았다. 광활한 북미대륙을 질주했던 명훈에게 이쯤은 아무것도 아니었다. 휴게소에서 한 번 휴식을 취하고 내달은 끝에 목적지 아파트에 도착했더니, 아파트 출입 바리게이트가 자동적으로 열렸다. 민욱의 안내로 지하주차장 노란색 지프 옆자리에 주차했다.

"이 멋진 지프가 민서 엄마 차야. 취향이 독특하지?"

차에서 내린 민욱은 남매에게 은근히 서린의 지프를 자랑했다. 그 위용을 보면 자랑할 만도 했다. 대한민국에는 하나밖에 없는 독일에서 구매하여 1년 만에 공수해 온 지프였기 때문이다.

"서양화가라고 하시더니 개성도 독특하신가 봐요. 이 지프는 미국에서도 부유층 젊은이들이 즐겨 타는 보기 드문 지프거든요. 이런 컨셉은 평범한 여자에게는 어울리지 않는데, 60대 그분의 남다른 개성과 독특한 성격을 알만해요."

차량에 조예가 깊은 명훈도 놀라워했다. 미국에서도 흔하게 볼 수 없는 고급 차종이라고 했다. 승합차형의 큰 실내(7인승)와 군용 지프처럼 탄탄하고 강한 이미지를 살린 면밀한 디자인과 튼튼한 외형이 젊은 청년들에게 인기가 많다고 부러워했다. 거기에다 처음 대하는 노란색 칼라는 주인의 취향을 한층 돋보인다고 입을 모았다. 그 말을 유나가 받았다.
"절대 평범하지 않다고 했잖아. 평범하게 봤다간 큰코다친다. 그래서 엄마가 긴장하라고 한 거야. 호호호."
유나 자신도 처음에 약간의 두려움을 느꼈기 때문이다. 민욱은 빙그레 웃기만 했다. 세라가 한마디 거들었다.
"명훈아~ 우리 진짜 긴장해야 하나 봐. 호호호~~"
"그러지 않아도 돼. 엄마가 농담한 거야. 헤헤헤~~."
유나는 농담이라고 애교 웃음을 웃었다. 그 엄마에 그 딸이었다. 13층에 내렸다. 이미 현관문은 활짝 열려있었다. 발걸음 소리를 들은 서린은 금세 앞치마를 채 벗지도 못한 부티가 물씬 풍기는 귀부인의 자태로 현관에서 귀한 손님들을 맞았다.
"어서 오세요. 혼자 준비하다 보니 주방이 바빠서 마중 나가지 못해서 죄송해요. 관리실에는 출입등록을 해뒀는데 괜찮으셨죠? 뭘 이렇게 많이 사 오셨어요. 그냥 오시라니까요. 호호호~~."
정말 혼자서 바빠 보였다. 가족들은 안으로 들어섰다. 세라는 친절하신 서린에게서 시선을 떼지 못하고 매의 눈으로 관찰하기에 바빴다. 명훈도 다를 바 없이 눈동자가 분주하게 움직였다. 사전에 보통 여자가 아니란 것을 익히 알고 왔으므로 크게 놀라진 않았다. 운동장처럼 넓은 시원한 거실이 가슴을 활짝 열게 했다. 근사한 주황색 소파에 앉았다. 서린은 얼음을 띄운 주스를 탁자에 놓았다. 이를 유나는 조금 도와주었다. 서린은 서둘러 앞치마를 벗었다. 그러고 나서 남매를 눈여겨보면서 자리에 앉았다. 누가 소개하지 않아도 다 아는 사실이지만, 유나가 남매를 서린에게 소개했다. 서로 통성명으로 첫인사를 나눈 서린은 서먹서먹한 분위기를 해소시켰다.

"만나게 되어 기뻐요. 외람되지만 자녀분들이 궁금했고 만나보고 싶었어요. 저를 어떤 여자로 생각하실지 모르지만, 제 생각은 분명했어요. 내 생애 가장 어렵고 소중한 손님이에요."

어색한 표정을 정리하며 세라가 공손하게 입을 열었다.

"첫인상이 매우 마음을 끌었어요. 사전에 엄마한테 말씀을 들었지만, 정말 풍기는 이색적인 이미지가 남다른 것 같아요. 화가여서 칼라가 주는 독특한 개성이 모습에서도 엿보여요."

"어머~ 그게 칭찬이죠? 실은 평범한 성격이 아니라서 살아오면서 손해도 많이 보는 편이에요. 호호호~~."

그랬다. 그 성격 때문에 사랑하기를 거부하는 남자에게 큰일을 저질러서 그 대가로 평생을 혼자 살아왔으니까 말하면 잔소리였다. 후회하지 않는다고 했지만, 여자의 일생이 걸렸던 문제였으니 성격을 탓하는 것 같았다. 명훈도 한마디 했다.

"뵙게 되어 반갑습니다. 누나 말처럼 첫인상이 매우 인상적이에요. 독보적이라 잊어버리지는 않겠어요. 부모님으로부터 좋은 말씀 많이 들었어요. 역시 그렇군요."

"제가 뭐 칭찬받을 일이 있나요. 부끄러울 뿐이에요. 그게 흉이라면 어떡하죠? 호호호~~."

명훈의 칭찬에 수줍어하는 서린에게 세라가 덧붙었다.

"흉은 아니었어요. 독보적이란 말이 어울리는 것 같아요. 호호호. 어머니는 정말 훌륭하신 분이에요."

어머니란 말에 서린은 소스라치게 놀랐다. 눈은 동그라졌고, 입을 다물지 못하는 표정은 석고처럼 굳었지만, 시선만은 이 사람 저 사람을 살폈다. 그 모습을 보며 세라는 말을 이었다.

"앞으로 저희 남매는 어머니로 모실 거예요. 부모님과 가족이면 우리와도 가족이에요. 우린 새로운 가족을 만나게 되어 너무 좋아요. 특별하신 어머니, 민서 언니, 형부와 조카들도 우린 한 가족으로 생각할 거예요. 그래서 기쁘고 좋아요. 부족하지만, 우리 남매를 딸과 아들로 받아주세요. 어머니! 말썽부리지 않는 착하고 좋은 딸 아들이 될게요. 호호호."

이건 생각하지도 못했던 세라의 단독 작품이었다. 서린이가 놀라고 감동하는 것은 당연했지만, 민욱과 유나와 명훈까지 놀라고 말았다. 어머니라고 부르라고 했을 뿐인데, 세라가 마음을 열고 이런 기특한 멘트를 준비했을지 아무도 몰랐다. 서린은 놀라서 얼굴을 가리고 주방으로 달려가 정수기에서 냉수 한 컵을 들이켰다. 정말 충격적인 사건이었다. 아무리 붙임성이 있는 세라라고 하지만, 이럴 줄 미처 몰랐던 유나는 서린을 따라 주방으로 갔다. 유나가 주방에 들어서자, 서린은 한순간에 끌어안고 감격을 나눴다.

"우리도 세라가 이런 생각까지 했는지 몰랐어요. 그냥 어머니라 부르라고 했을 뿐인데 ....."

유나는 놀란 서린을 진정시켰다.

"어쩌면 만나기 전부터 그런 생각까지 했는지 놀랐어요. 까무러치는 줄 알았어요. 아직도 머리가 멍해서 정신이 없어요. 내가 잘못 들은 건 아니죠?"

"서린씨가 놀라는 건 당연해요. 우리도 그 정도는 예견하지 못했어요. 그렇지만, 그게 세라의 진심일 거예요."

"내가 복이 많은가 봐요. 훌륭한 딸과 아들이 생기다뇨? 정말 꿈만 같아요. 너무 기뻐요. 남매를 훌륭하게 잘 키우셨어요. 우리 민서는 나이가 많아도 철부지 같은데 말이에요. 민서에 비하면 세라는 어른 같아요."

감동한 서린의 눈은 물기에 젖었다. 아무도 예상하지 못했던 쇼킹한 일이 벌어졌다. 서린과 유나는 마음을 진정시키며 거실로 나왔다. 서린은 세라 앞에 섰다.

"엄마가 한 번 안아볼 수 있을까요?"

세라는 일어나서 가슴을 열고 그 품에 안겼다. 서른이 넘은 세라는 예쁜 미소도 잊지 않았고, 서둘러 서린의 볼에 입을 맞추는 애교도 선물했다. 서린을 진심으로 마음에 들어 하는 눈치였다.

"어머니! 혼자의 몸으로 언니를 키우시느라 고생하셨어요. 그 고생과 희생은 위대하고 아름다워요. 우리 남매는 고결하신 어머니를 존경해요."

"고마워요. 세라씨의 격려가 그간 염려했던 모든 걸 깨끗하게 씻어주네요. 세라씨! 고마워요. 겉모습처럼 마음도 참 예쁘네요. 내가 사랑해도 되겠죠?"

"그럼요. 많이 사랑해 주세요. 어머니! 호호호~~."

세라는 여우짓을 개의치 않았다. 이상한 관계를 극복한 모녀는 서로의 얼굴을 뚫어지게 바라보며 인상적인 첫 만남을 가슴에 담았다. 서린은 명훈도 아들로 안아주었다. 듬직한 아들을 안고 기쁨의 눈물까지 보였다. 품에서 떨어진 명훈에게 말했다.

"제 아들이 되어준다니 너무 감동적이에요. 친구처럼 다정한 엄마가 되도록 노력할게요. 우리 사이좋은 모자로 잘 지내 봐요."

서린은 명훈에게 손을 내밀어 악수를 청했다. 그 손을 명훈은 두 손으로 굳게 잡고 믿음직한 모습을 보였다.

"어머니! 정말 존경합니다."

더 이상의 말이 필요하지 않았다. 이때, 현관에 들어선 민서가 구두를 요란스럽게 벗어 던지며 바쁘게 거실로 돌진했다. 구두는 처참하리만치 사방으로 나동그라졌다. 유나가 일어나서 민서의 손을 잡았다. 민서는 늦어서 미안하다고 했다. 근무 중에 점심시간을 이용하여 외출했다면서 바삐 오느라 숨을 몰아쉬었다. 민욱도 곁에 와서 민서를 반가이 맞았다. 서린은 헐떡거리는 민서에게 세라와 명훈을 차례로 소개했다.

"만나서 반가워요. 백민서예요."
"언니! 정말로 반가워요. 강세라라고 해요."
"안녕하세요. 누님! 강명훈입니다."

통성명으로 악수하면서 첫인사를 간단하게 마쳤다. 민서는 대뜸 언니, 누님이라는 말에 어리둥절했다. 서린은 자초지종을 간단명료하게 설명했다. 민서의 의아했던 얼굴이 밝아졌다.

"어머~~ 그럼, 민서에게 여동생, 남동생이 생겼네요. 어쩌면 좋아요. 호호호~~. 그렇지 않아도 어렸을 때, 엄마한테 남동생 만들어달라고 울면서 떼를 썼었는데, 그때 대전 어머니께서 미국에서 들으시고 만들어 놓으셨나 봐요. 한꺼번에 동생이 둘이나 생기다니 꿈만 같아요. 호호호~~."

쾌활한 성격의 민서는 기쁨과 위트를 마음껏 발산했다. 미국에서 들으시고 동생을 만들어 놓았다는 말에 모두 파안대소했다. 민서는 세라를 부담 없이 얼싸안았다. 서슴없이 명훈이도 단숨에 안았다. 민서의 좋아하는 광란의 모습에 세라도 명훈도 기쁨을 함께했다. 쾌활하고 명랑한 민서의 성격을 남매는 좋아했다. 새침하지 않아서 서로 잘 통할 것 같은 예감에 세라는 마음이 놓였다.

"언니의 성격이 좋아서 다행이에요. 마음에 들어요. 호호호."

민서가 세라와 명훈보다 10살, 13살이나 많았다. 체격은 세라보다 작아서 아담하지만, 40대의 왕언니, 왕 누나임에는 분명했다.

"그렇다니 고마워요. 내가 두 동생을 결혼시키려면 바쁘게 생겼네요. 난, 결혼을 일찍 해서 아들이 대학생인데, 동생들은 결혼도 안 했으니, 책임감이 무거운데요. 헤헤헤~~."

민서만의 특유 애교 웃음을 퍼뜨리며 농담을 늘어놓았다. 세라가 의연하게 답했다.

"언니가 있으니 이제 신랑 걱정은 안 해도 되겠어요. 호호호~~. 언니~ 아빠처럼 핸썸한 남자 부탁해요. 언니를 보니 한국 남자와 결혼하고 싶어지려고 해요."

"그건 좀 어려울 것 같은데. 아빠 같은 남자는 이 세상에 없을 테니까, 세라가 단념하는 게 좋을 것 같다. 호호호. 눈높이를 낮춘다면 내가 수소문해 볼게."

세라의 농담에 반격한 민서의 재치에 온 가족이 웃음바다에서 파도처럼 너울거렸다. 현관에 반가운 사람이 또 등장했다. 직장에서 점심시간을 이용해서 나타난 민서의 남편 양동철이었다. 민서는 얼른 달려가서 남편의 손을 잡고 세라와 명훈에게 상큼한 표정으로 소개했다.

"우리 남편입니다. 보기는 이래도 가슴과 마음은 솜털처럼 부드럽고 따뜻한 사람이에요."

덩치가 좀 있는 남편은 민서의 소개에 만족했다.

"처음 뵙겠습니다. 백민서의 남편 양동철입니다."

민서의 남편이 씩씩하게 인사했다. 세라와 명훈도 악수를 나누며 첫인사를 건넸다. 체격은 씨름선수같이 우람해서 듬직했다. 그러나 마음만은 솜털 같다는 것이 민서의 항변이었다.

"갑자기 .... 아니, 갑자기는 아니겠지만, 이렇게 예쁜 처제와 멋진 처남을 만나니 너무 기쁩니다. 그동안 아내가 무남독녀라 적적했는데, 이젠 처가 집에 처제와 처남이 있어서 너무 기뻐요."

민서의 남편은 평소에 말수가 적은 사람인데 얼마나 기뻤으면 감동했을까 하고 생각하는 민서는 행복했다. 남편의 표정에서 새로운 기쁨을 발견한 민서의 마음은 허공을 날았다. 자신들을 처제와 처남으로 부르며 기뻐하는 민서의 남편에게 세라가 말했다.

"형부를 보니 믿음직스러워서 한국에서는 안심해도 되겠어요. 우리 언니를 걱정하지 않아도 되고요. 여유가 있으시면 처제와 처남도 잘 보살펴 주세요. 호호호."

뒤를 이어 명훈도 가담했다.

"예쁘고 귀여운 누나가 아내이니, 매형은 행복하겠어요?"

남매는 첫 만남을 부담스러워하지 않고 여유를 보였다.

"하하하~. 듣고 보니 그러네요. 전국구는 못 되지만, 광주는 내가 꽉 잡고 있으니 걱정하지 마세요. 양동철이란 이름 석자면 다 통합니다."

"여보~ 그렇게 말하면 동생들이 깡패 두목인 줄 알잖아요. 호호호~. 그렇잖아도 당신의 덩치에 놀라는 것 같단 말이에요. 그러니까 농담도 조심해야 해요. 호호호."

민서는 웃으면서 남편의 멘트가 마음에 들지 않다고 했다. 동생들이 진짜로 알아들을까 봐 걱정된다면서 웃었다.

"그런가? 처제와 처남! 오해하지 마세요. 덩치가 우람하니까 그렇다는 겁니다. 하하하~~. 건달하고는 거리가 멀어요."

"형부 얼굴에 '나는 선한 사람이다'라고 쓰여 있으니 걱정하지 않아도 될 것 같아요. 호호호~~."

서린은 주방에 있었으므로 이렇게 아름다운 모습을 보지 못했다. 이들의 모습을 지켜본 민욱과 유나는 행복한 미소를 지었다.

한쪽 편의 피를 나누어 가진 자식들이지만, 경계의 모습을 보이지 않은 것이 믿어지지 않을 만큼 자연스럽고 신기했다. 서로 불편함을 느끼지 못하는 자식들의 마음에 찬사를 보냈다. 부모를 만족스럽게 하는 그 광경은 꽃처럼 아름답기까지 했다.
　기뻐하는 얼굴로 모두 주방으로 이동했다. 주방에 들어선 세라와 명훈은 눈앞에 보이는 광경에 놀라 자리에 앉지 못했다. 식탁 뒤편의 바(Bar) 장식장을 빼곡 채우고 있는 와인과 양주의 행렬이 거만하게 보였다. 가끔 집에서 즐겨 마시는 와인이지만, 한눈에 봐도 엄청 값비싼 와인과 양주가 많았으므로 그 자태는 실로 놀라웠다. 남매의 놀라는 모습을 보며 민욱은 말했다.
　"애들아~ 이 집에는 경이로운 곳이 몇 군데 있으니 우선 앉아서 식사부터 하자. 놀람은 나중에 해도 어디 도망가지 않아."
　"아빠! 뭐가 또 있어요?"
　"그렇단다. 이따 보게 될 거야."
　현관을 들어서면서 아파트의 실내가 크고 넓어서 놀랐던 남매는 의아한 얼굴로 아빠를 바라보며 궁금해했다. 다시 진열대를 지켜보고 돌아보며 남매는 자리에 앉았다. 식탁을 채운 진수성찬은 모두를 놀라게 했다. 혼자서 차린 음식들이 호텔 상차림을 방불케 한다며 유나와 남매는 눈이 휘둥그레졌다. 민욱은 경험했으므로 덤덤했다. 한식, 양식, 일식을 골고루 차려진 식탁은 식구들의 구미를 돋우는데 전혀 부족하지 않았다. 유나와 남매의 감동은 쉽게 녹아들었다. 유나로서는 엄두도 낼 수 없는 차원의 완벽한 차림이기 때문이다. 서린을 존경스럽게 바라보며 감탄했다.
　"식성을 몰라서 이것저것 준비하긴 했는데, 입에 맞을지 모르겠어요. 부족하더라도 맛있게 드세요."

서린은 겸손했다. 그 정성과 손맛을 인정하며 맛있는 식사를 즐겼다. 손수 음식을 준비하여 대접하기를 좋아하는 서린은 엄마의 손맛을 이어받아 프로쉐프도 부럽지 않은 실력자였다. 예전부터 호남(남도) 여자들의 음식솜씨가 깔끔하다고 널리 알려진 사실이었다. 그렇기에 식사는 만족스럽게 끝났다. 모두 맛나게 먹는 것을 본 서린은 마음이 흐뭇했다.

"그간 코로나 때문에 얼마나 힘들었어요? 식재료도 인터넷으로 구매한다는 얘기를 들었거든요. 그 얘기를 듣고 속상했어요."

서린은 유나를 보며 안타까워했다.

"불편하지만 때가 때니만치 어떡하겠어요. 인터넷 식재료도 당일 배송되므로 싱싱해서 괜찮았어요."

야채를 비롯하여 과일, 생선, 고기, 건어물 등을 당일 택배를 통해 해결했던 민욱과 유나에게는 오늘의 식탁이 특별한 식사였다.

"아무리 그래도 시장이나 마트에서 구매하는 것만 하겠어요."

"그렇긴 해요. 어쩔 수 없는 선택이죠."

"내가 가까이에 있었으면 반찬이라도 도와주련만, 생각만 있었지 실행에 옮길 수 없어서 답답했어요."

"어머~ 그런 걱정까지 하셨다니 고마워요. 먹은 거나 다름없어요. 호호호~. 식사는 아주머니가 계셔서 불편하지 않아요."

유나는 서린의 주옥같은 마음에 감사했다.

"그래서, 오늘은 반찬을 좀 마련해 뒀어요. 자녀들도 왔으니 거절하지 마시고 집에서 드세요. 며칠은 괜찮을 거예요."

서린은 싱크대 위를 가리키면서 말했다. 거기에는 큼직한 아이스박스가 품위 있게 버티고 있었다.

"그러지 않으셔도 되는데, 미안해서 어쩌죠?"

유나는 그 마음에 감동했다. 가사도우미가 있긴 하지만 코로나 시대에 반찬 준비가 불편하다는 것을 직감하고 준비한 그 정성에 마음이 압도당했다. 감동한 민욱과 유나도, 남매도 좋아했다.
"감사히 맛있게 먹을게요. 서린씨의 손맛이 뛰어나니까 맛이 없을 수 없겠죠. 먹는 데까지 신경 써줘서 고마워요."
유나는 서린의 손을 잡고 진심으로 고마워했다. 가족이란 연결고리에서 한 남자를 사랑하는 미묘한 관계에 있지만, 생각하는 마음은 동기간처럼 아주 가까이에 접근했다. 한 남자로부터 두 여인의 동행이 불협화음 없이 원활한 길이 될 것 같았다.
"너무 부담스러워하지 마세요. 그리고 우리의 관계를 부끄러워하거나 어색해하지 말아요. 적이 되어 시기하거나 질투하는 것보다 서로의 필요한 것을 나누고 채워주면서 자매처럼 살아요. 난, 유나씨와 잘 지내고 싶어요. 호호호~."
서린은 숨김없이 밝게 웃었다. 거짓 없는 미소가 소복이 쌓인 얼굴의 서린은 마음 쏨쏨이처럼 아름다웠다. 세라는 서린의 마음에 푹 빠졌다.
"어머닌 참 아름다운 마음을 가졌어요. 그래서 아름다운 그림이 나오나 봐요. 맛있게 먹을게요. 다음에도 또 만들어 주세요. 어머니! 호호호~~."
세라의 재치 있는 심성은 서린의 가슴으로 예쁘게 파고들었다.
"그럼요. 세라씨 부탁이라면 만들어 주고 말고요. 호호호~~."
이런 분위기를 흐뭇해하던 민서는 동생들에게 집안 구경을 시켜주겠다고 일어났다. 엄마의 작업실과 비밀의 방(보물창고)이 포인트였다. 부모처럼 그림에 남다른 지식이 없는 남매지만, 성의 있게 둘러보았다. 관전평은 할 수 없어도 감명 깊었고 분위기에 압도당하는 느낌을 경험했다. 무슨 메시지가 분명히 있는 것 같은 수채화의 색채 조화와 역동적인 선의 흐름에 감동하기도 했다.

"누님은 그림에 대해서 잘 이해하겠네요."

명훈은 미안한 생각에 민서의 도움이 필요했다.

"호호호~. 나도 맨 날 봐도 뭐가 뭔지 몰라요. 건성으로 봐요. 그림에 대한 공부는 하지 않았거든요. 호호호~."

명훈을 만족시킬 답변을 하지 못한 민서는 미안한 표정을 지었다. 이때, 세라가 입가에 미소를 지으며 말했다.

"우리끼리 존댓말은 쓰지 말아요. 좀 불편하고 어색해서 싫어요. 언니, 누나, 동생 사이에 존댓말이 왜 필요하죠? 호호호~. 남들이 보면 웃을 일이에요."

기다렸다는 듯이 민서는 손뼉치며 찬성했다. 남매라는 틀에서 존칭을 쓴다면 다른 사람들의 눈에 이상하게 비칠 것 같아서였다.

"그게 좋겠네. 호호호~~. 나도 그런 생각을 했었어."

남매 사이에 거추장스러운 존댓말을 거둬냈다. 젊은이들답게 재빠르게 변화를 도출했다. 남매들의 얼굴이 한층 밝았다. 형제가 없어서 어디에서나 외톨이었던 민서는 마냥 즐겁고 기분이 좋았다. 건강을 걱정해 주는 동생들이 있어서 너무 행복했다. 완치판정을 기다리는 민서에게는 아름다운 선물이었다. 이 기쁨이 영원한 기쁨을 암시하고 있으리란 생각이 들었다.

"다음에는 여유 있게 만나자. 첫 만남이 짧아서 아쉽네. 처제와 처남이 생겨서 너무 좋아. 미국으로 떠나기 전에 통화하자."

민서 남편의 눈빛에 서운함이 가득했다. 이어 세라가 말했다.

"형부! 우리 다음에 만나면 맥주 한잔해요. 진짜 너무 아쉬워요. 아들과 딸이 미국에서 공부하고 있으니, 언제라도 놀러 와요. 내가 가이드해 줄게요."
 "그래. 우리가 애들 만나러 미국에 가면 시카고에 놀러 갈게."
 민서는 애들도 미국에 사는 이모와 외삼촌이 생겨서 기뻐할 거라고 했다. 그동안 유학생의 외로움과 가족에 대한 그리움으로 힘든 과정을 겪었으므로 이모와 외삼촌의 존재는 한층 더 소중할 거라고 말했다. 외할머니뿐이라서 적적하다고 했는데, 세계적인 경제학박사 외할아버지와 발레리나 외할머니까지 계시니 얼마나 좋아하겠느냐고 애들처럼 먼저 좋아했다. 기뻐하는 민서를 보면서 세라가 말했다.
 "우리도 조카들이 생겨서 좋아. 빨리 만나보고 싶어. 코로나가 잠잠해지면 우리가 휴스턴에 갈게. 공부하는 데 어려움이 있으면 우리가 도울 테니까 언니와 형부는 걱정하지 마. 편입학이나 전학이 가능할 테니까 조카들만 좋다면 시카고로 오는 것도 상의해 볼 필요가 있을 것 같아."
 "이제 우리의 걱정거리는 해결됐네. 하하하~. 처남 처제가 미국에 있으니, 마음이 든든해졌어. 항상 애들을 걱정했거든. 애들하고 상의해서 잘 추진해 봐. 우린 찬성이야."
 믿음직한 민서 남편은 웃음으로 유학 중인 남매에 대한 걱정거리를 단숨에 날려버렸다. 코로나19로 인해 위험에 처한 미국에서 공부하는 자녀가 걱정되어 잠을 설쳤던 날이 많았다고 안타까운 심정을 털어놓았다. 이제 위험수위가 낮아졌으니, 한숨을 돌리고 있다고 했다.
 시카고와 휴스턴은 북부에서 남부로 향하는 종단 직선거리였다. 시카고(일리노이주)에서 휴스턴(텍사스주)까지 1,100마일(1,760km)이나 되었다. 국내선 항공기로 2시간이 채 걸리지 않은 곳이다.

가족들이 만나는데 거리가 장애는 될 수 없었다. 특히 세라와 명훈은 어릴 때부터 할아버지 할머니가 계시지 않아 그 품에서 어리광을 부리지 못해 마음이 허전했던 적도 있었으며, 중고등 시절 방학이 되어도 친인척이 없어 한국을 방문할 수 없어서 아쉬워했던 경험이 있었다. 그런 그들에게 혈육은 한쪽일지라도 외가가 존재한다는 사실에 가슴이 뿌듯했다.

"이 방은 엄마의 보물창고야. 들어가 봐. 엄마가 아끼고 사랑하는 소장품들이 있어. 너희도 아는 귀한 작품들이 있을 거야."

민서는 보물창고의 문을 개방했다. 보물창고라는 말에 긴장하면서 세라와 명훈은 조심스럽게 안으로 걸음을 옮겼다. 그들은 동시에 서로의 얼굴을 마주하고 화들짝 놀랐다. 아까 아빠가 말씀하셨던 그 놀라운 곳이 작업(화)실과 이곳이란 걸 알았다. 미국에서도 부유한 친지의 개인 소장품을 구경한 적이 있었지만, 거기보다 훨씬 훌륭했다.

"어머나! 이게 다 뭐야? 개인 박물관이잖아."

눈에 보이는 게 모두 진귀한 물건들이었다. 자신들이 알고 있는 세계적으로 유명한 화가들의 그림은 경이롭기까지 했다. 수많은 도자기 종류와 고풍스러운 소품 가구들, 이름도 알 수 없는 희귀한 물품들은 공간을 화려하게 장식하고 있었다. 보는 이로 하여금 감탄이 절로 터져 나오게 했다.

"누나! 어머니는 정말 대단하시다. 알아갈수록 어머니는 끝도 없이 신비스럽고 경이로우신 분이야."

"누나가 생각하기도 그런 것 같다. 정말 내가 생각해도 놀라워. 그 정성과 열정과 노력을 알만 하다."

자신들의 생활방식과 동떨어진 것 같아서 부담스러운 생각이

들었다. 남매는 민서로부터 수집의 경로에 대한 설명을 듣고 더욱 놀라워했다. 말로만 들었던 국제경매의 큰손을 보는 것 같아서 감동은 쉽게 사라지지 않았다. 그들의 눈에는 서린이란 어머니가 다른 사람으로 보였다. 어머니라고 인정하기엔 너무 부담스러웠다. 감동에 사로잡힌 동생들을 보며 말했다.

"엄마가 모두 민서 거라고 했어. 그러니 부러워하지 마. 나중엔 우리의 것이 될 수 있는 거야. 헤헤헤~~."

우리라는 말은 3남매를 말하는 것이라고 깜찍하게 선언했다. 세라와 명훈은 그 말이 실감 나지 않았다. 셋은 서로의 얼굴을 바라보며 기분 좋게 웃었다. 더는 함께할 수 없는 민서의 마음은 안타까워했다. 남편은 직장으로, 민서는 학교로 가야 하므로 얼굴에는 아쉬움이 가득했다. 처음 만나서 동생들과 정을 새록새록 담고 있었던 시간은 황금보다 소중하게 간직하려 했다. 그 소중함을 아는 민서는 발길이 쉽게 떨어지지 않았다.

"아빠~~. 언제 가세요?"

"음~ 동생들한테 엄마 갤러리를 구경시키고 올라가야지. 다음에 기회가 있을 테니 너무 아쉬워하지 마라. 코로나도 끝나가니 앞으론 자주 볼 수 있을 거야. 하하하~~."

민욱은 아쉬워하는 민서를 달랬다. 직장인이라 어쩔 수 없는 민서네 부부가 안타까웠다. 민서는 세라와 명훈을 차례로 포옹하고 현관을 나가면서 유나에게 안겼다.

"어머니! 우리 같이 내년에 완치판정을 받아요. 그러니 몸을 잘 챙기셔야 해요."

"그래, 그러자. 민서도 몸조심해라."

하직인사를 나눈 민서는 남편의 손을 잡고 종종걸음으로 엘리베이터에 올랐다. 다음에는 여유 있게 만날 수 있는 그날을 기대했다. 시간에 쪼들리는 민서 부부가 떠나니 마음이 느긋해졌다.

"어머니의 보물창고를 구경했어요. 정말 엄청나서 기절할 정도였어요. 어머니의 삶에 대한 열정과 성품이 대단하다는 걸 다시금 느꼈어요. 어머니의 모습이 새롭게 보여요. 호호호."

"그랬어. 그냥 시간이 남아돌아서 하나하나 수집하다 보니 그렇게 된 거야. 전문가는 아니지만, 무슨 일에라도 깊이 빠져야 엉뚱한 생각을 하지 않거든. 그렇다고 열정까지는 아니야."

서린은 겸손했다. 세라와 명훈이가 주눅이 들지 않기를 바랐다. 남매가 상처받을 수 있으니까, 그것이 염려스러웠다. 그래서 그 방만은 이번에는 남매에게 보여주고 싶지 않았었다. 그런데 민서가 생각도 없이 저질렀으니, 걱정이 이만저만이 아니었다.

"아니에요. 정말 감동이었어요."

"다 모조품이라 몇 푼 되지 않아."

센스가 빠른 세라와 명훈은 어머니의 심중을 알아차렸다. 자신들의 충격과 감동을 잠재우려는 생각이란 걸 알았다.

"어머니! 그렇게 말씀하시지 않아도 돼요. 우리가 상처받을까 봐 그러시는 거죠? 우린 어머니의 열정이 자랑스러워요. 어머니가 놀라울 뿐이에요. 스펙터클한 영화를 보는 듯해요. 호호호."

서린은 자리에서 일어났다. 자신의 심중을 헤아린 세라가 고마웠다. 세라를 포근하게 안았다. 등을 토닥이며 귀여워했다.

"세라는 얼굴이 밝고, 마음이 맑아서 보기 좋아. 내가 거짓말을 할 수 없으니, 눈빛은 수정을 보는 것 같다니까. 이런 딸이 생기다니 엄마도 자랑스러워. 엄마는 가진 것 모두 다 자식들에게 줄 수 있어. 호호호~~. 지금은 내 것이지만, 영원한 내 것은 아니야."

서린의 눈가가 촉촉하게 젖었다. 보는 사람도 숙연했다. 흐트러진 마음들을 가다듬고 집을 나와서 아틀리에(갤러리) 구경에 나섰다. 명훈은 아이스박스를 무겁게 들고 트렁크에 실었다. 아파트 주차장을 빠져나온 SUV는 몇 분이 지나 서린의 건물주차장에 닿았다. 민욱과 유나는 이미 그림들을 어렵게 감상했지만, 남매와 동행하여 재감상에 들어갔다. 여직원(전문가)의 설명을 듣는 세라와 명훈은 진지했다. 그림의 깊이는 모를지라도 외형이 뿜어내는 유화와 수채화의 감성적인 매력을 발견했다. 전문가는 아니더라도 화풍이 대단하다고 깨닫는 데는 어렵지 않았다. 민욱은 남매를 통해서 사물을 관찰하는데 사고력과 순발력이 필요하다는 것을 깨달았다.

다방 면에서 사고력과 이해력이 뛰어난 남매의 모습이 듬직해 보여서 기분이 좋아졌다. 서린은 손님이 찾아와서 3층 사무실로 올라갔다. 민욱과 유나는 휴게실에 앉았다. 4층부터는 임대하여 각종 학원 등 회사사무실이 입주해 있어서 현관은 항상 학생들로 부산했다. 그림 구경을 마친 세라와 명훈이 합석했다. 자리에 앉으면서 세라는 놀라운 얼굴로 말했다.

"어머니 그림이 대단한 것 같아요. 경이롭기도 해요. 직원의 말은 수상도 많이 하셨다고 했어요. 유럽이나 프랑스에서도 개인전을 열었데요."

"그랬다는구나."

민욱과 유나도 직원으로부터 설명을 들어서 알고 있었다. 그래서 뛰어난 서양화가로 그 높은 위상을 인정받고 있었다.

"하여튼 그렇다는 거예요. 호호호~~. 유치한 생각이지만, 그림 값이 꽤 비싸겠어요."

"뭐, 값이 문제겠니? 하하하."
 지난번 사무실에 들렀을 때, 벽을 장식한 여러 건의 상장과 진열장을 채운 트로피에 관심을 가지고 눈여겨 본적이 있었다. 연약한 여자 혼자의 몸으로 이뤄낸 업적에 감동했었다. 수상한 연도를 보면서 가슴이 쓰리고 아파서 애먹은 적이 있었다. 모두 자신이 아메리칸드림을 이루기 위해 정신없이 뛰고 있을 때 발생한 것이 전부였으니까 말이다. 그래서 양심의 가책을 느꼈었다.
 세라와 명훈은 자리에서 일어나 작업(교습)실에 들어섰다. 강사가 지도하고 학생들은 열심을 다 하는 광경은 참으로 아름다웠다. 예고나 미대를 지망하는 학생들이라고 했다. 한쪽에는 좀 수준이 높은 미대생들도 있었다. 그림을 그리는 학생들을 둘러보며 칭찬하기도 했다. 교습에 방해될 것 같아 오래 머물진 않았다. 손님을 만나고 서린이가 내려왔다. 이어서 떠나기 위한 작업이 시작되었다. 한 사람 한 사람 안아본 서린은 민욱 앞에 섰다.
 "한 번 안아봐도 되죠?"
 민욱은 유나를 보며 웃기만 했다. 눈치가 빠른 유나는 남매를 데리고 주차장으로 나갔다. 서린은 미안한 표정을 지으며 민욱의 품에 안겨 가볍게 입맞춤을 나눴다.
 "어서 가보세요. 유나씨와 남매가 기다리잖아요."
 아쉬운 이별의 마지막 포옹을 나누고, 두 사람은 주차장으로 나왔다. 명훈은 차를 운전해서 아빠 가까이에 멈추었다. 민욱은 서린을 세워놓고 무정하게 차에 올랐다. 가족들은 창문을 열고 손을 흔들었다. 차량은 건물을 빠져나와 대전으로 돌아왔다. 만남은 잠깐에 불과했지만, 서로를 인식하고 정과 마음을 나누는 데는 부족하지 않았다. 미련과 아쉬움은 다음을 예시했다.

남매가 미국으로 떠나기 전에 미정과 희정을 돕게 되었다는 얘기를 전했다. 귀국하기 전부터 부모님의 계획이었으니 남매는 마땅하게 받아들였다. 부모님의 결정을 존중했다. 더욱이 가사도우미의 자매라는 사실에 기뻐하며 응원했다. 부모님과 열흘의 아쉬운 시간을 보낸 두 남매는 다시 미국 시카고로 돌아갔다.

남의 나라이긴 하지만, 우크라이나와 러시아의 전쟁은 1년이 되도록 멈추지 않았다. 삶의 터전과 가족을 잃고 울부짖는 애통한 모습들은 처절했다. 핏덩이 전쟁고아였던 민욱에게는 이 전쟁이 빨리 끝나기만을 소원했다. 하루에도 수많은 어린 생명들이 부모를 잃고 고아로 재생산되는 것을 지켜볼 수밖에 없는 게 안타까웠다. 일찍이 고아의 고통과 아픔을 경험했던 민욱과 유나는 서로의 얼굴을 쳐다보며 애달픈 표정을 지을 때가 많았다. 어른들의 지나친 욕심 때문에 지구 곳곳에서 원하지 않는 고아가 생산되고 있다는 사실을 가슴 아파했다.

세라와 명훈이 미국으로 돌아간 지 한 달이 지난 11월에 이 나라에도 대형참사가 발생했다. 이태원에서 '핼러윈 축제'를 즐기려고 몰려든 군중들이 밀집현상으로 압사사고가 터지고 말았다. 이 사고로 젊은이들 150여 명이 희생되었다는 소식에 국민들의 가슴을 무너져 내리게 했다. 세계가 떠들썩했다. 축제는 사람들이 즐길 수 있는 축제라야 하는데, 귀한 생명들을 앗아간 축제는 정녕 축제가 아니었다. 많은 국민은 고인들의 명복을 빌며, 그 가족들을 위로했다. 미국의 축제문화를 받아들인 까닭에 험악한 사고가 일어났음으로 민욱과 유나를 씁쓸하게 했다.

20. 별빛이 쏟아질 때

2023년 2월 6일 새벽이었다. 튀르키예와 시리아에 7.8의 강진이 발생하여 많은 건물과 인명피해가 발생했다며, 세계의 뉴스라인들이 특파원의 입을 통해 급박하게 전해졌다. 하루가 다르게 인명피해의 수치가 천여 명에서 만여 명으로 늘어났으며, 강한 여진도 계속되어 피해지역이 확산되고 있다는 소식은 마음을 아프게 했다. 가족 모두를 잃은 어린 생명이 구조되는 영상을 보고 민욱과 유나는 깊은 한숨을 토하며 안타까움에 몸서리쳤다. 우리나라의 구조팀도 급파되어 인명구조에 일익을 담당하여 수고하는 모습이 자랑스러웠다.

전쟁이 아닌 또 다른 곳에서 엄청난 자연재앙으로 인해 고아가

탄생하고 있다는 사실에 치를 떨었다. 자신들은 전쟁고아였지만, 그나마 추위에 떨지 않았고, 굶주림에 배고파하지 않으며 보육원에서 자랄 수 있었던 것을 행운으로 생각했다. 지금의 튀르키예와 시리아의 참상을 영상으로 지켜보면서 고아였던 자신들을 돌아보며 많은 생각에 잠기는 시간이 되었다.

이런 피비린내 나는 시대에 살면서 이들에게 가장 중대한 날은 어김없이 다가왔다. 혹한의 추위가 꼬리를 감춘 2월 중순이었다. 입춘이 지난 지 열흘이 되었지만, 새벽공기는 차가웠다. 이제 곧, 봄의 아름다운 옷을 입히는 노란 개나리가 방긋 웃으며 가장 먼저 피어날 것이며, 가지마다 새하얗게 뒤덮은 벚꽃도, 희고 붉은 목련화도 따뜻한 봄의 햇살을 먹으며 꽃망울을 앞다투어 터트릴 것이기에 봄이 멀지 않다는 것을 느꼈다. 까만 새벽을 열고 달리는 두 마음에는 전에처럼 살을 도려내는 두려움은 없었다. 뼈가 부서지는 듯한 아픔도 느끼지 못했다. 서로를 바라보는 눈길도 따뜻한 봄날처럼 화사했다.

시간관념이 철저한 민욱은 언제나 불규칙한 도로사정을 감안해서 두어 시간 일찍 출발하는 습관이 있었다. 오늘도 변함없이 새벽 4시에 집을 나섰다. 일주일 전에는 긴장하는 가운데, 5년 만에 '완치판정'을 기대하며 정기 검사를 받았다. 2시간 전에 채혈을 마친 후에 영상의학검사실에서 CT촬영과 초음파검사를 했으며, 흉부촬영실에서 X-RAY 촬영으로 검사를 마무리했었다.

그래서, 오늘은 흔히 암 환자들이 말하는 수술한 지 5년 만에 완치판정을 받는 일생일대에 가장 중요하고 가슴 뛰는 날이었다. 지난 5년 동안, 죽음을 두려워하며 불안한 가슴을 움켜쥐고, 남몰래 숨어서 울어야 했던 애처로운 부부였다. 위로해 줄 사람이 없는 고국 땅에서의 투병생활은 지옥이나 다름없었다. 고아의 올무에서 벗어나기 위해 아메리칸드림의 종잣돈을 마련하려고 베트남 파병을 지원했고, 기어이 그 꿈을 완성하고 고국으로 돌아왔지만, 고아란 핏빛 아픔보다 더 지독한 악마가 기다리고 있었다.

다시금 고아였다는 자신들을 돌아보며, 벗어버렸던 고아의 누더기 옷을 다시 걸쳐야 한다는 사실에 분노했다. 그러나 소용없었다. 위로의 말 한마디 듣지 못하는 고아 신분의 처절함에 영육은 점점 지쳐갔다. 그런 고국의 싸늘함을 온몸으로 받아치며 피를 토하면서 걸어온 5년이란 숨 막히는 투병의 시간은 너무 길고 가혹했다. 냉혹한 현실을 거부하지 않고, 죽음의 계곡에서 떨어지지 않으려고 버틸 수 있었던 것은 고아였기 때문이었다.

아직도 살아있다는 사실을 감격적으로 받아들였다. 누구 하나 눈여겨보지 않았던 암과의 전쟁은 병원 관계자와 주치의(유방외과 이종* 교수, 종양내과 윤덕* 교수, 내분비내과 이승* 교수, 재활의학과 정재* 교수)와 간호사들의 헌신적인 보살핌, 투약된 약물의 끊임없는 지원으로 승전을 그리는 부부의 심정은 남달랐다.

태생은 부동의 고아였지만, 이젠 이 땅, 따뜻한 손길을 주지 않았던 매정한 고국에도 남다른 가족(서린)이 존재한다는 사실에 자신들의 존재가치가 선명했다. 고아였음을 부끄러워하지 않았으며, 고아였다는 사실을 숨기지도 않았고, 고아로 살아온 세월을 원망하지도 않았으며, 고아였으므로 사회적 차별에 분통을 터트렸던 어린 시절이나 청소년 시절을 소환하지도 않은 까닭에 고아로서 울어야 했던 고달픈 시간들에게 손을 흔들 준비가 되었다. 이제 이 모두를 딛고 남은 세월 동안 살아볼 가치가 있다고 생각했다.

5년 동안 '서울A병원'은 이래저래 정이 들었다. '항암주사'와

'표적주사'를 맞을 때는 병원을 한 달에 4번을 왕래할 때가 여러 번 있었으니까 말이다. 두려움에 시달리며 걷잡을 수 없는 불안한 마음을 잡아줬던 고마운 곳이기도 했다. 병원에만 오면 다소 안정을 찾을 수 있었기 때문이다. 그래서 서울A병원은 고마워하고 믿어볼 가치가 충분하다고 생각했다.

병원에 도착했지만, 진료시간은 2시간이나 남았다. 코로나로 인해 방역지침이었던 마스크 착용의무가 3년 만에 일부 해제되었지만, 병원은 여전히 의무적으로 착용해야 했다. 일상화된 탓에 불편하다기보다 안전함을 느꼈다. 오히려 마스크를 착용하지 않으면 무엇인가 이상하기까지 했다. 하루 전에 받은 '모바일 출입증'을 클릭하여 병원 출입 게이트를 통과했다.

운명의 시간은 차츰차츰 다가오고 있었다. 점점 마음이 초조하기 시작했다. 부부는 누가 먼저랄 것도 없이 서로의 손을 잡았다. 유나의 손은 파르르 떨리고 있었다. 그 무섭고 험난한 길을 가슴 찢으며 눈물로 걸어왔던 유나! 죽음을 두려워하며 발암을 원망했던 유나! 옆에서 고통스러워하는 남편과 아무것도 모르고 있는 미국의 남매를 위해서라도 반드시 살아야 한다고 혀를 깨물며 강한 의지를 보였던 유나! 이것이 운명이라면, 운명 따위와는 게임을 하지 않겠다고 맹세했던 유나! 그랬던 유나는 떨고 있었다.

"불안한 마음 갖지 마. 꼭 좋은 결과가 나올 거야. 지금까지 검사에서 나빴던 적이 없었잖아. 지금 몸 상태도 좋다며 ...."

"그럴 거예요. 몸이 처지지 않고 에너지가 솟아나거든요. 그런데 마음이 불안하니 어쩌죠? 이게 사람의 심리인가 봐요."

유나의 표정은 편안해 보이지 않았다. 민욱 역시 마찬가지였다.

"그러면 됐어. 나쁜 생각은 하지 말고, 편한 마음으로 좋은 결과를 기다리자. 분명히 기쁨을 맞을 거야."

민욱은 유나의 어깨를 안아줬다. 가발을 벗은 지 2년이나 지났다. 머리카락도 정상으로 자라서 여자의 미모를 나타내는 데 전혀 불편하지 않은 단발머리로 변모했다. 유나의 얼굴에는 암 환자라는 그늘이 벗겨진 지도 오래되었다. 5년 동안 체중도 정상을 유지하고 있었으며, 골다공증으로 신장만 3~4cm 정도 줄었을 뿐이다. 그런 이유에서 부부는 완치판정을 확신했다.

"우리 웃을 수 있겠죠?"

"그럼, 웃다 뿐인가? 유나가 진료실에서 춤이라도 추게 될걸. 하하하~~."

유나의 긴장을 풀어주기 위해 민욱은 조용하게 웃었다.

"여보~~. 고마워요. 당신이 옆에 있어서 든든해요. 당신은 유나가 입소할 줄 알고, 5년이나 먼저 보육원에서 기다린 게 확실한가 봐요. 호호호~~. 유나 옆에는 당신이 계셔야 해요."

"아마 그럴 거야. 하하하. 우린 영원히 같이 있을 거니까. 유나는 내 옆을 떠날 수 없어. 우리가 미국에서 40년을 넘게 그 많고 많았던 고난의 세월도 이겨낼 수 있었잖아. 우리는 시작도 하나였고, 끝도 하나가 될 거야."

"맞아요. 당신이 유나를 꽉 잡아주세요. 잠시라도 놓으시면 안 돼요. 당신은 유나의 남편이자, 삶의 지주예요."

"이렇게 잡고 있잖아. 천국에도 손잡고 같이 가자고. 하하하~. 천국은 우리를 이 세상에서처럼 힘들게 하지 않을 거야. 고아라고 천대받고, 유색인종이라고 학대받지 않을 거야. 하하하."

"그럼요. 그래야죠. 호호호~~. 천국은 우리에게 평안한 안식을 줄 거예요. 천국에는 보육원도 없을 테니까요."

유나도 약간의 심적인 여유를 찾으려고 애쓰고 있었다. 어릴 때부터 민욱을 의지했고, 민욱만을 바라보며 성장한 별난 성격을 소유하고 있었던 유나였다. 보육원 시절에도 학교에 갔다 오면 민욱만을 찾았고, 언제나 민욱에게서 자신의 존재를 확인했던 유나였다. 암이 발병하고 나서부터 예전의 성격으로 돌아간 것이다. 보육원 동료에서 절친한 오빠로, 오빠에서 평생을 함께 걸어갈 남편으로, 이젠 남편이 옆에 없으면 불안을 느끼는 연약한 여인으로 변하고 말았다.

부부는 진료 한 시간 전에 '유방외과'를 찾았다. 여기서도 모바일 출입증(환자, 보호자)으로 입구를 통과하여 진료 대기실로 들어왔다. 자동등록기에 출석을 체크하고 진료안내서를 발부받아 신장, 체중, 혈압을 측정한 후에 진료실 전광판에 이름이 올라오기를 기다렸다. 나란히 앉아 손을 마주 잡고 긴장하지 않으려고 애썼다. 잡은 손바닥에는 땀이 촉촉하게 젖었다. 생각처럼 진정하기 쉽지 않았다. 5년 동안, 이 공간에서 얼마나 가슴을 태우며 기다린 고통의 시간이 얼마인가? 생사의 갈림길에 서서 찢어진 가슴을 움켜쥐고 몸부림친 그 수많은 시간이 눈앞에 파노라마처럼 펼쳐졌다. 지금도 수술상담을 마치고 진료실을 나오는 환자나 보호자의 걱정스러운 표정을 보니, 5년 전 그날 자신들의 모습을 보는 것 같아서 마음이 아렸다.

오전 9시 15분, 전광판의 진료자에 '한유*'의 이름에 붉은 불이 들어왔다. 떨리는 가슴을 부여안고 부부는 나란히 진료실로 들어갔다. 친근감을 느낄 수 있는 호남형인 주치의(이종* 교수) 표정을 세심히 살폈다. 인정이 많으신 주치의의 그 눈빛은 봄볕을 느낄 만큼 따뜻하게 미소가 흐르고 있었다. 부부의 얼굴에도 불안의 그림자가 서서히 아침 안개처럼 걷히기 시작했다.

"혈액검사에서는 모든 수치가 정상입니다. 아주 좋아요. 영상에도 특이한 동향은 안 보입니다. 이제 재발만 주의하면 되겠어요. 그동안 고생이 많았어요."

불안하고 초조했던 부부의 눈앞에는 찬란한 태양이 떠올랐다. 겨울 밤하늘에 별빛이 가슴으로 쏟아져 내렸다. 주치의의 편안한 미소가 한없이 반가웠다. 의심할 여지가 없었다.

"감사합니다. 교수님께서 수고하셨어요. 이제 와이프는 괜찮은 거죠? 정말 믿어지지 않습니다. 교수님! 감사합니다."

민욱의 목소리는 가늘게 떨렸고, 유나와 마주 잡은 손도 떨고 있었다. 유나의 눈에는 감격의 이슬이 빤짝거렸다.

"교수님 감사해요. 교수님께서 저를 살리셨어요."

유나는 주치의의 손이라도 잡고 펄쩍펄쩍 뛰며 기뻐하고 싶었는데, 코로나로 인해 손도 잡을 수 없는 것이 안타까웠다. 부부는 서로를 쳐다보며 기뻐할 수밖에 없었다. 마스크를 쓴 주치의의 눈빛에도 확신의 온기가 모락모락 피어났다. 생사의 갈림길에서 완전히 벗어나게 한 주치의와 의료진의 수고와 헌신에 감사했다.

"환자도 환자지만 보호자분이 고생하셨어요. 두 분의 의지가 이겨내신 겁니다. 이젠 항암약을 복용하지 않아도 됩니다. 재발을 방지하기 위해 1년에 한 번씩, 앞으로 5년 동안 정기적으로 검사만 받으시면 되는데, 여기가 불편하시면 대전에 있는 병원으로 이관해 드릴까요?"

"아닙니다. 우리는 교수님께 계속 진료받고 싶어요."

부부는 일심동체로 대답했다. 생각할 시간이 필요하지 않았다. 부부의 한마음 한뜻이 주치의를 절대적으로 신뢰했다. 주치의는 빙그레 웃으며 기뻐했다.

"그렇게 하셔도 괜찮겠어요? 오시기가 불편하시잖아요."

"우린 괜찮습니다. 건강도 회복되었으니 드라이브하는 기분으로 오면 됩니다. 우리 부부는 드라이브가 취미거든요. 그러니 아내의 건강을 계속해서 보살펴 주세요. 교수님만 믿고 있습니다."

이는 환자와 주치의 간에 완전한 신뢰성 구축이 이뤄졌다는 시그널이었다. 유방암 수술 중에 발견된 겨드랑이의 종양(림프종)까지 수술하신 교수(전문의)님이셨다. 겨드랑이 수술 후에도 다른 종양이 의심된다며 전문의와 상의하여 정밀검사를 의뢰하셨던 주치의였다. 죽음을 넘나들며 두려움과 암의 공포에 시달리고 있을 때, 희망을 안겨주신 전문의이기에 감사하며 끝까지 의지하고, 남은 치료과정도 맡기고 싶은 심정은 말로는 다 할 수 없었다.

"정말 취미가 멋지네요. 그럼, 1년 후에 만날까요? 항상 건강에 유의하세요. 의심되거나 몸에 이상이 발견되면 전화하시고 병원으로 바로 오세요."

"네, 교수님! 알겠습니다."

주치의는 환자가 일상적으로 재발을 손끝으로 점검할 수 있게 방법을 알려줬다. 그리고, 재발할 수 있는 확률은 20%라고 했지만, 그건 차후의 문제였다. 민욱은 당장 마라톤을 달려도 지치지 않을 것 같았다. 유나는 춤이라도 추고 싶었다. 1년 후에 만날 것을 약속하고 진료실을 나와서 간호사에게 '예약 진료안내서'를 받아 유방외과를 홀가분한 마음으로 튀어나왔다. 복용할 약도 없으므로 처방전이 사라졌다. 부부의 가슴과 머릿속에서는 축제가 벌어졌다. 죽음의 계곡에서 살을 도려내는 고통을 인내하며, 암과의 5년 투병을 승리로 이끈 '완치판정(가시적)'은 유나를 다시 태어나게 했다. 아직은 '림프종'(5월 말)의 결과가 남았어도, 완치까지는 앞으로 5년이 걸린다니, 오늘만은 기뻐하며 자축하고 싶었다.

휴게실에 앉은 민욱은 전화를 기다리고 있을 미국의 남매에게 전화했다. 미국은 밤 10시 30분이 가까울 때였다. 아직은 남매가 깨어있을 시간이기도 했다. 아니, 기쁜 소식을 기린 목을 하고 전화를 기다리고 있을 남매이다.

"아빠! 어떻게 됐어요?"

세라의 다급한 목소리가 흘러나왔다. 옆자리의 사람에게까지 쟁쟁하게 들릴 정도였다. 민욱은 옆을 살피며 조용히 대답했다.

"그래, 완치판정 받았어. 재발을 방지하기 위해 1년에 한 번씩, 앞으로 5년 동안 정기 검사만 받으면 돼."

민욱의 목소리는 감동에 젖어 떨렸다.

"어머~! 그러셨어요? 아빠~~ 파이팅이에요. 우리 아빠 고생하셨어요. 아빠와 엄마의 위대한 승리예요. 감동이에요. 가슴 조이며 기다린 보람이 있네요. 호호호. 엄마 좀 바꿔주세요."

세라의 목소리는 기쁨과 감격에 흥분까지 감추지 못했다. 유나는 입가에 미소를 날리며 밝은 얼굴로 전화기를 넘겨받았다.

"엄마다. 안 자고 있었니?"

"엄마~~. 축하해요. 명훈이 하고 전화 기다리고 있었어요. 엄마 아빠가 이기셨어요. 우리 엄마가 최고예요. 정말 고생하셨어요. 호호호~~. 일주일 전에 민서 언니가 완치판정을 받았는데, 엄마도 받다니 정말 꿈만 같아요. 호호호~~."

결국 세라는 기쁨과 감격을 참지 못하고 소리 내어 울었다. 얼마나 가슴을 태우며 이날을 기다렸을지, 그 모습이 눈앞에 선했다. 지난주에는 주치의가 다른 민서가 먼저 완치판정을 받았다.

그래서 광주와 대전 집안에 겹경사가 일어났다. 세라의 흐느낌을 뒤로 하고 명훈의 감격하는 목소리가 흘러나왔다.
"어머니! 축하드려요. 아버지 어머니의 승리에요. 암을 이겨내서 감사해요. 우리 아버지 어머니 대단하셔요. 어머니의 건강이 회복되셨다니 너무 감격스러워요. 병원과 의료진에 감사드려요."
"그래, 고맙다. 아빠가 고생하셨지. 아빠하고 통화해라."
유나는 눈에서 흐르는 눈물을 닦으며 전화기를 남편의 손에 쥐어줬다. 민욱은 여유 있게 웃으며 아들에게 말했다.
"하하하~ 아들아~. 이제 엄마의 건강은 안심해도 괜찮아. 수고한 의료진과 함께하신 주님께 감사한다. 하나님께 영광 돌리자."
"아멘! 하나님의 영광이에요. 아버지! 수고하셨어요. 그리고 감사드려요. 너무 기뻐서 오늘 밤은 잠이 오지 않을 것 같아요. 하하하~. 누나하고 샴페인이라도 터트려야겠어요. 누나는 아직도 소파에 앉아 기뻐서 울고 있네요. 저도 눈물이 나려고 그래요. 아버지~ 축하드려요. 저희에게 주신 선물이 너무나 위대해서 기뻐요."
남매의 좋아하는 모습을 영상으로 그리며 기쁨을 나누었다. 기쁨은 쉽게 가시지 않았다. 가족들의 가슴은 여전히 감동으로 활활 타올랐다. 눈앞에 보이는 모든 사물이 아름답게 보였고, 주위의 사람들마저 행복해 보였다. 병원의 모든 시설물까지도 친숙하게 느껴졌다. 어떻게 그 길고도 험난한 5년의 길고 힘든 투병생활을 이겨냈는지 기억조차 가물가물했다. 이 가운데서도 믿음을 붙잡아 주시고 어려울 때 위로하시며 함께하신 주님께 감사했다. 절망에 빠진 유나를 건져준 병원과 의료진이 고마웠으며, 이 숭고한 기쁨을 함께 나누고 싶었다. 남매와 통화를 마친 민욱은 기쁨의 흥분을 가라앉히며 서린에게 전화했다.

"어떻게 되었어요? 완치판정을 받으셨죠?"

서린이 역시 애타게 기다리고 있었던 것 같았다. 인사는 생략하고 허둥지둥 최종결과에만 관심을 보이는 태도는 서린이 다웠다.

"서린씨! 기뻐해도 좋아요. 하하하~~. 앞으로 5년의 정기검사가 남아 있지만, 완치판정을 받은 거나 다름없어요."

"완치판정을 받았군요. 호호호~~. 정말 기뻐요. 앞으로 5년은 아무 일도 없을 거예요. 유나씨도 당신도 고생하셨어요. 그 고통을 서린도 민서를 지켜보면서 경험했잖아요. 이제부터는 양쪽 집안에 행복한 일만 있을 거예요. 내 병이 나은 것처럼 이렇게 기쁠 수가 없어요. 기뻐서 눈물까지 흐르네요. 호호호~~."

함께 기뻐해 주는 서린이 무척이나 고마웠다. 아내의 완치판정을 기뻐하고 축하해 주는 가족이 고국에도 존재한다는 사실에 외롭지도 않았다. 고아라는 허물을 벗을 수 있어서 기쁨은 배로 부풀어 올랐다. 전화기는 손을 내밀고 있는 유나에게 옮겨갔다.

"안녕하세요. 서린씨! 유나예요."

"유나씨 축하해요. 내가 병원에 가서 축하하려고 했는데, 갑자기 일이 생겨서 못 갔어요. 미안해요. 유나씨가 외롭지 않게 옆에서 축하해 주며 꽉 안아주려고 했거든요. 유나씨! 외로워하지 마세요. 유나씨 곁에는 절친한 친구 서린이와 착한 딸 민서가 있잖아요. 정말 고생 많았어요. 너무 기뻐요. 호호호."

"고마워요. 서린씨! 서린씨의 축하를 받아서 더 감동적이고, 서린씨와 민서가 있으니까 절대 외롭지 않아요. 함께 기뻐해 줘서 고마워요. 호호호~~. 감격해서 눈물이 나려고 해요."

"그렇다니 고마워요. 우리 만나야 하는 것 아니에요? 만나서 축하 파티라도 해야죠. 그래서 민서도 기다리고 있거든요. 이런 기뿐 날이 어디 있겠어요. 호호호~~. 엄마와 딸이 암과의 전쟁에서 일주일 차로 완치판정을 받기 쉬운 일이 아니잖아요. 아마, 이 세상에서 전무후무한 일일지도 몰라요. 호호호~~."

"그럴지도 모르겠네요. 서린씨는 아는 것도 많아요. 그러니 축하 파티는 해야겠네요. 호호호~~."

유나와 서린은 견고한 벽을 허물며 함께 기뻐하고 좋아했다. 정말 두 사람은 가족이 맞는다. 관계를 따질 수 없는 묘한 사이에서 탈피하고 있는 모습이 역력했다. 친구 같은 가족! 자매 같은 가족! 한 남자를 향한 두 여인의 동행! 어느 화가도 그릴 수 없을 아름다운 그림이었다.

"다시 한번 유나씨의 건강회복을 축하해요. 완전할 때까지 조심하셔야 해요. 내가 연락할게요. 우리 빨리 만나요. 호호호~~. 조심해서 내려오세요."

"네, 축하해 줘서 고마워요. 서린씨! 다음에 만나요."

두 여인의 고결한 대화는 막을 내렸다. 유나의 마음은 맑은 계곡물에 씻은 듯이 개운했다. 자신의 쾌유를 기뻐하고 축하해 준 미국의 남매와 광주의 서린이 있어서 행복했다. 자식들 외에 다른 사람에게 축하받을 수 있다는 것에 마음은 한결 무한의 나래를 폈다. 전화기를 넘겨받은 민욱은 학교에서 수업 중일지도 모르는 민서에게 간단한 문자를 발송했다.

<기뻐해도 좋다. 대전 엄마도 너처럼 완치판정을 받았어.>

답장이 바로 도착했다. 수업 중이라도 기다리고 있었던 것 같았다. 기뻐하는 민서의 모습이 보고 싶었다.

<야~호~~ 아빠! 축하해요. 어머니께 축하하고 사랑한다고 전해 주세요. 너무 기뻐서 운동장을 몇 바퀴 뛰고 싶어요. 로또복권 1

등에 당첨된 것 같이 좋아요.>

<그래. 고맙다. 그렇다고 운동장은 뛰지 마라. 무리하면 안 돼. 하하하~. 복권당첨에 비길 수 있겠니? 아빠와 대전 엄마는 민서와 민서 엄마가 있어서 기쁘고 행복하단다.>

<미안해요 아빠! 비유가 요즘 사회적인 분위기 같죠? 아빠 말씀이 맞아요. 복권당첨은 아닌 것 같아요. 운동장도 뛰지 않을게요. 무엇에 비할 수 없도록 기쁜 건 사실이에요. 헤헤헤~~. 기뻐하시는 모습을 빨리 보고 싶어요.>

<알았다. 퇴근하고 통화하자.>

<네. 아빠! 쪽쪽쪽~~.>

부녀의 문자 통화는 축하와 기쁨으로 마무리되었다. 부부는 서로 얼굴을 마주 보며 하얗게 웃었다. 그 얼굴에는 벌써 봄꽃들이 피어있었다. 겨울의 꼬리를 잡은 화사한 봄의 향기도 코끝에 아른거리는 것 같았다. 이르긴 하지만, 2023년의 봄은 민욱과 유나의 가슴에서부터 시작되고 있었다. 아직도 흥분의 가슴은 잔잔하지 않았다. 꺼져가는 목숨을 기꺼이 맡았던 '서울A병원'은 그 책임을 온전히 수행한 것에 만족스러운 눈치였다. 병원과 함께 호흡하고 애쓰며 쉬지 않고 달려온 고난의 5년은 가슴이 조여드는 순간순간의 연속이었다. 고아였다는 신분을 따지지 않은 병원 스텝들! 고아였다는 것을 차별화하지 않은 고마운 의료진들! 고아인 유나를 멸시하지 않고 위로하며 희망을 안겨줬던 검사와 치료 과정들! 이 은혜를 잊지 않을 것을 다짐하고 감사하는 두 마음에는 새 생명의 태양이 풍납동 하늘에 아름답게 떠올랐다. 민욱과 유나의 가슴에도 꺼지지 않을 찬란한 태양이 찾아왔다.

부부는 기쁨을 감추지 못하고 지하 식당가로 내려왔다. 점심 식사하기는 이른 시간이었다. 오후 2시에 진료가 있으니, 6개월 전처럼 느긋하게 기다려야 했다. 오후 진료는 림프종 수술로 인해 오른팔에 부종이 생겼다. 유방외과 주치의의 의뢰로 2년 전부터 '재활의학과' 주치의(전재* 교수)의 재활치료를 받았다. 언제나 '유방외과'에서 오전 진료를 마치고, 오후에는 오른팔 부종에 대한 재활치료를 받아왔었다. 유방암 전이와 림프종이 의심되어 오른쪽 겨드랑이의 임파선 제거수술을 받았기에 그 후유증으로 치료와 약물복용이 필요했었다.

주치의의 소견을 들어보면, 임파선 32개 중에서 29개를 제거한 환자로선 이만한 부종은 행운이라고 진단했다. 그러니까, 부종이 심각하지 않다고 팔을 잘 관리하라고 당부하며, 장기적인 치료가 필요하다고 했다. 그러나 천만다행이란 생각에 민욱과 유나는 크게 걱정하지 않고 치료에 정성을 쏟으며, 오후 진료를 마쳤다.

5년 동안 새벽을 마다하지 않았고, 힘든 육신을 포옹한 채 불평하지 않고 안전하게 지켜준 가족 같은 애마 B.X8도 고마웠다. 민욱은 핸들에 입을 맞추며 감사하다고 인사했다. 자신들과 함께한 주위의 모든 사물에 감사했다. 애마는 지하주차장을 빠져나왔다. 요금정산소의 바리게이트는 자동으로 열렸다. 평생 출입등록 차량이므로 병원에 그날의 검사기록이나 진료기록이 있으면 무사통과의 혜택을 누리게 된다.

풍납동을 벗어나 올림픽공원 옆을 지나서 하남시를 통과하여 중부고속도로에 진입했다. 좌우로 펼쳐진 산야의 나무들은 아직도 앙상한 회색빛이었다. 민욱과 유나의 가슴에는 봄꽃이 만연한데, 자연환경의 봄은 아직 멀리 있는 것 같았다. 녹색의 향연을 기다리는 그 모습들이 이전 자신들의 모습 같아서 애석했다. 도로 옆의 개나리도, 벚꽃도, 목련화도 꽃망울을 맺지도 못하고 앙상한 모습으로 봄을 기다리고 있었다.

곧, 3월이 오면 개나리의 노란 미소가 피어날 것이며, 4월이 오면 벚꽃들의 새하얀 함박웃음도, 애잔한 향을 뿜는 목련화의 아련한 눈짓도, 5월이 되면 진달래와 철죽의 분홍색 미소도 아름답게 어우러질 것이다. 그래서 봄은 멀리 있지 않은 것 같았다.

그로부터 며칠이 지났다. 토요일 오전에 서린과 민서네 부부가 대전을 방문했다. 봄에 더욱 잘 어울리는 노란색 지프는 그 품위를 마음껏 자랑하며 용산동 집 앞에 멈추었다. 대문이 열리고 민욱과 유나가 화사한 얼굴로 마중했다.

"어서 오세요."

"오시느라 고생하셨어요. 들어오세요."

유나와 서린은 손을 맞잡고 인사하고, 가볍게 포옹하며 기뻐하는 모습이 자매처럼 보기에 좋았다.

"다시 한번 축하드려요. 얼굴도 몰라보도록 좋아졌어요."

서린은 유나의 얼굴을 살피며 기뻐했다. 그새 민서는 아빠의 품을 차지했다. 철없는 소녀처럼 아빠를 무척 좋아했다. 어릴 적에 어리광을 부리지 못한 한을 풀기에는 세월이 너무 많이 흘렀다.

"민서야! 완치판정을 축하한다. 앞으로는 아프지 말고 건강해야 한다. 알았지? 다시는 그놈들하고는 상대도 하지 마라. 조심하다 보면, 5년도 금세 지나갈 거야."

1년에 한 번씩 CT, Xay, 피검사, 심전도검사 등만 검사받고, 이상 현상이 없으면 잘 회복되고 있다는 게 증명된다.

"알았어요. 아빠~~. 아빠의 얼굴이 한결 좋아 보여서 기뻐요. 아빠의 밝은 얼굴을 보니까 민서 기분이 너무 좋아요. 호호호~~.

이제 서야 민서 아빠 같아요."

민서는 바이러스 시대의 끄트머리에서 아빠의 볼에 가벼운 입 맞춤으로 만남의 축복을 꽃피웠다. 그 틈에도 민욱은 사위의 손을 잡으며 마중했다.

"양 서방! 어서 오게. 운전하느라 수고했네. 기뻐했던 자네의 마음을 알 것 같다. 하하하."

"아버님 어머님 안녕하세요. 회복을 축하드립니다."

유나도 양 서방을 안아주며 환영했다. 양 서방은 묵직한 아이스박스를 지프 트렁크에서 내렸다.

"뭘, 이렇게 또 만들어 오셨어요?"

유나는 서린을 보며 미안한 마음을 나타냈다. 보나 마나 손수 만든 반찬과 식재료를 가져왔을 것으로 짐작했다.

"집에 있는 걸로 조금 만들어서 가져왔어요. 별거 아니에요. 가까운데 계시면 맨날 만들어 나를 텐데 말이에요. 호호호."

서린은 유나가 미안해할까 봐 집에 있는 것으로 만들어 왔다고 했다. 절대 그렇지 않다는 걸 민욱과 유나는 알았다. 새롭게 시장을 봐서 정성스럽게 만들었을 음식일 것으로 생각했다.

"그냥 오셔도 괜찮은데. 호호호. 굳이 집에 있는 것으로 만들었다 하지 않아도, 특별히 시장 봐서 만드신 줄 알아요. 호호호."

유나는 산뜻한 미소를 피웠다. 그러는 유나에게 민서는 축하의 꽃다발을 가슴에 안겨줬다. 민서의 마음처럼 향기로운 꽃들은 유나를 기쁜 마음을 사로잡았다.

"어머니! 암과의 전투에서 승리를 축하드려요. 호호호~~."

"어머~~ 이걸 어쩌나? 난 민서에게 준비한 게 없는데 ..."

"괜찮아요. 민서가 완치판정을 받은 것보다 어머니께서 완치판정을 받으신 게 몇 배나 기뻐요. 정말이에요. 헤헤헤~~."

　민서의 독보적인 애교가 때를 만났다. 젊었을 때의 자신을 닮은 것 같기도 했다. 아직 꽃망울을 터트리지 못한 작은 목련나무와 그 옆에서 자랑하듯 빨간 꽃잎을 펼친 동백나무가 반기는 작은 마당을 지나서 집 안으로 들어왔다. 집안이 모처럼 왁자지껄했다. 도심 속의 전원주택에는 처음으로 웃음소리가 넘쳐났다. 서린은 집안을 둘러보기 전에 아이스박스를 열고 준비해 온 반찬과 고기와 생선을 구분하여 도우미 아주머니와 냉장고에 정리하기에 바빴다. 유나는 서린의 저지에 꼼짝 못하고 미소 지으며 지켜보기만 했다. 같은 60대 중반의 여자였고, 원숭이띠(56년생) 동갑내기인데, 서린의 손은 빨랐다. 도우미의 얼굴도 밝았다.

　"서린씨의 손이 너무 빨라요. 호호호~~."
　"직업적으로 그런가 봐요. 호호호~~. 유나씨는 발레했으니, 발과 팔과 몸의 동작은 유연하겠어요."
　"그런 건, 아닌 것 같은데요. 호호호~~. 천성이에요."
　유나는 부정했다. 걸음걸이도, 달리기도, 빠르다는 얘길 들어본 적이 없기 때문이다. 두 여인은 다정하게 웃었다. 원숭이띠라서 손발의 재주가 많은 것 같다. 그래서 발레리나와 서양화가의 톱니바퀴는 잘 물려서 돌아가는 것이 신기했다. 서로를 미워하지 않으며, 욕심내지도 않으며, 시기나 질투도 없이 양보할 것은 양보하고, 나눌 것은 아낌없이 나누는 관계로 눈부시게 발전했다.

　주방에서 나온 유나는 서린에게 집안 구경을 시켜줬다. 광주에서처럼 보여줄 것도 없었지만, 안방과 서재를 오픈했다. 안방을 살펴보고 나오니 서재에는 이미 먼저 온 손님들이 있었다. 민서 부부가 민욱과 얘기를 나눴다. 학자의 서재를 처음으로 구경한 민서 부부와 서린은 책 냄새를 맡으며 그 속으로 빠져들었다. 사방에는 온갖 전문서적들로 작은 도서관을 방불케 했다. 대부분 원서였다. 한쪽 구석에는 아직 풀지 못한 박스 몇 개가 미국 배송 딱지가 붙은 채 쌓여 있어서 서린은 여유로운 공간을 생각하며 안타까운 마음이 들었다.

유나와 서린은 얘기를 나누는 민서 부부를 두고 2층으로 올라왔다. 2층에는 세라와 명훈의 방이 있었다. 1년에 20여 일정도 사용하는 방이었다. 그렇지만 여자답고, 남자답게 잘 꾸며진 아늑한 방은 주인을 닮은 듯했다. 방을 보면, 엄마가 얼마나 자식들을 사랑하고 있는지 짐작할 수 있었다. 남으로 향한 작은 테라스가 인상적이었다. 젊은이들의 취향에 맞는 공간이었다.

"주택이 복층이라 새롭네요. 우리가 전에 살던 집도 단층이었고, 아파트도 단층이라 단조로운 면이 있는데, 복층이라 또 다른 매력이 있어요."

서린의 부모님께서 살던 집은 2층 저택이었지만, 지금의 주택처럼 아기자기한 멋은 없었다고 기억했다.

"그러시군요. 우린 시카고에서도 아파트에 살지 않고, 2층짜리 단독주택에서 살았으므로 익숙해서 별다른 것은 못 느껴요. 광주 아파트는 엄청 넓잖아요. 우리 집을 보니 답답하시죠?"

"그렇진 않아요. 2층까지 합하면 우리 집보다 넓을 거예요. 호호호~~. 천장이 높아서 좋아요."

"호호호~. 시카고의 우리 방은 비어있어요. 수현이와 수진이가 시카고에 있었으면, 한 집에서 살 수 있을 텐데 말이에요. 유학생활이 외롭지 않다는 건 공부하는 데 큰 도움이 될 텐데, 생각하면 아쉬워요."

유나는 민서의 아들과 딸이 휴스턴에 있는 것이 못마땅했다. 좀 더 일찍 가족이 이뤄졌으면, 시카고에 있는 대학에 진학했을 것 같다는 생각이 들었다.

"그러게 말이에요. 그건 차차 의논해 보기로 해요. 편입학도 가능하잖아요. 수현이와 수진이도 싫어하지 않을 테니까요. 이모와 외삼촌하고 같이 살면 의지도 되고 좋다는 걸 알고 있을 거예요. 우리의 생각보다 더 좋아할지 몰라요. 솔직하고 감성이 풍부한 애들이거든요."

아쉬워하는 유나의 마음을 위로했다. 당장은 아닐지라도 손자 손녀에게 함께할 기회가 올 것을 믿었다. 미국의 교육제도에 따라 전학도 편입학도 가능할 테니까 말이다.

"어린 것들이 심적으로 고생할까 봐 그래요. 수진이는 예민한 여고생이잖아요. 당분간은 적응하기가 힘들 텐데 말이에요."

"그렇긴 해도 오빠가 있으니 괜찮을 거예요. 둘 사이 우애가 무척 좋거든요. 오빠를 좋아하고 잘 따르며, 동생을 끔찍이 사랑하는 수현이에요."

이때, 요란스럽게 민서 부부가 올라왔다. 다정하게 대화하는 두 엄마의 모습이 너무 아름답게 보여 민서의 얼굴도 활짝 피었다.

"뭘 그렇게 재미있게 말씀을 나누세요. 민서가 샘이 나려고 하잖아요. 헤헤헤~~."

"별 얘기 아냐."

유나가 말하자 서린은 민서에게 말했다.

"너희 아들딸 얘기했어. 대전 어머니께서 애들만 휴스턴에 있다고 걱정이 대단하셔. 얘! 민서야~ 어머니 걱정을 덜려면, 시카고로 빨리 전학시켜야 할 것 같다."

자신들의 아들딸을 걱정하신다는 말에 민서 부부는 한없이 고마웠다. 확실한 가족의 울타리 안에 존재한다는 사실이 너무 기뻤다. 엄마의 말씀처럼, 기회가 되고 자식들이 동의하면 때를 봐서 조치하겠다고 약속했다. 유나의 마음도 한결 편해졌다.
  네 사람은 2층을 내려왔다. 정오가 가까웠다. 만장일치로 외식하기 위해 색다른 품위를 발산하는 지프에 몸을 실었다. 가지 않겠다고 버티던 가사도우미도 서린의 고집을 꺾지 못했다. 가까운 곳에 'HD아울렛' 쇼핑센터가 있는데, 작년에 큰 화재로 인해 현재는 휴업상태다. 그래서 쇼핑도 할 겸해서 엑스포공원에 신축 개장한 'SSG백화점'으로 차 머리를 돌렸다. 인터넷 검색으로 예약한 레스토랑에 도착했다. 오늘의 메뉴는 모두가 좋아한다는 랍스터와 생선요리였다.
  레스토랑은 그리 붐비지 않았다. 준비된 자리에 앉았다. 음식들이 차려지기 시작했다. 오래 걸리지 않아 메인요리가 모습을 드러냈다. 가족들은 푸짐한 요리를 맛있게 먹었다. 맛은 나무랄 데가 없었다. 후식까지 마친 가족들은 백화점으로 쇼핑에 나섰다.
  "광주에는 이런 대형백화점이 없어서 병원 가는 길에 서울 잠실에서 쇼핑하곤 해요. 지역적인 생활공간의 격차가 좁혀지지 않아 불편한 점이 한두 가지가 아니에요."
  서린은 불만을 토로했다. 실로 광주에는 대형백화점이나 쇼핑몰이 없었다. 중소형 쇼핑센터가 전부여서 불합리를 털어놓았다.
  "그러세요? 그런 줄은 몰랐어요."
  유나는 금시초문이었다. 전라남도에서 하나밖에 없는 광역도시인데 대형백화점이 없다는 것을 이해하지 못했다.
  "그렇다니까요. 호호호~~. 이제는 그러려니 하고 살아요."

"진짜 쇼핑하려면 불편하겠어요."
　얘기를 듣고 보니 기분이 개운하지 않았다. 좁은 땅덩어리에서도 지역적으로 차별화가 되어있다는 사실에 유나는 놀라워했고, 서린은 웃기만 했다. 그 불만이 어제오늘만의 일이 아니었기 때문이다. 가족들은 서린을 따라 에스컬레이터에 올랐다.
　서린은 먼저 남성복매장에서 민욱과 양 서방의 춘추양복 한 벌씩과 셔츠와 넥타이를 반강제로 구매하여 바지 기장을 수선하게 하였고, 여성복매장으로 이동했다. 대전에서도 어김없이 서린의 구매욕구가 시동을 걸었다. 민서와 양 서방은 익히 알고 있으니 놀랄 일은 아니었다.
　"장모님은 가족들을 위해 쓰시는 게 취미입니다. 어쩔 수 없어 늘 기분 좋게 당해야 해요. 하하하~."
　양 서방은 이미 큰 손 장모의 가족사랑 방법을 터득했다며 웃었다. 민욱과 유나도 그런 서린을 이해하려고 노력했다. 이제 유나의 차례가 왔다. 몇몇 매장을 다니면서 유나의 원피스와 투피스, 그리고 정장과 블라우스를 구매했다. 눈썰미와 시대를 앞서가는 디자인과 칼라의 감각이 뛰어난 서린은 유나의 취향에 맞춰 코디했다. 유나는 서린을 막을 방법이 없어서 멍했다.
　"유나씨는 무슨 옷을 입어도 잘 어울릴 거예요. 건강도 회복했으니 빼어난 미모를 그냥 둘 순 없잖아요. 오랜만에 고국에서도 멋을 좀 부려보세요. 유나씨가 입으면 너무 아름다울 것 같아요. 그림 그리는 것도 좋아하지만, 다른 사람을 코디하는 걸 무척 좋아해요. 호호호~~."
　"그래도 이건 아닌데요. 너무 부담 주지 마세요. 서린씨~."
　유나는 정신이 없어서 말을 잇지 못했다. 서린은 하얗게 웃었다. 웃는 얼굴이 행복하게 보였다. 유나는 미국에서도 이처럼 비싼 옷을 입은 적이 없었다. 대형 몰이나 아웃도어에서 싸구려 옷을 사 입어도 외모가 받쳐줬으므로 잘 어울렸다. 그런데 늙어서 비싼 옷을 입는다는 것이 부담스러웠다. 유나는 남편한테 다가서서 귓속말로 난처한 입장을 피력했다.

"당신은 왜 잠자코 계셔요? 서린씨를 말리지 않으시고?"

"오늘은 하고 싶은 대로 두고 싶어. 처음이고, 축하 선물이라 하잖아. 서린씨의 기분을 망가트리고 싶지 않아. 하하하~~. 유나도 기분을 맞춰주라고. 서린씨는 그리움을 달래려고 쇼핑했다고 했으니, 그게 몸에 배어서 그럴 거야. 우리가 이해하자고."

서린의 마음을 이해한다는 남편은 도움이 되지 않았다. 민욱은 그 삶의 성격을 파악했으므로 말리지 않았다. 그녀가 하고 싶은 대로 하는 것을 보고 싶었다. 그것이 서린을 기쁘게 할 수만 있다면 소모적인 대립을 피하고 싶었기 때문이다. 자신들이 보기에는 과하게 보였지만, 서린에게는 사소한 쇼핑에 불과하다는 것도 알아차렸다. 그러나 유나는 달랐다.

"옷값이 수백만 원이나 되잖아요. 너무 부담스럽단 말이에요. 이 비싼 옷을 어떻게 입어요? 내 몸이 놀라겠어요."

그렇다고 하더라도 유나의 마음은 개운하지 않았다. 자신도 돈의 여유는 있었지만, 고급 브랜드 매장에서 이처럼 비싼 옷을 싸구려 옷을 사듯이 사본 일은 전혀 없었다. 돈 쓰는 것을 무서워하며 살아온 유나의 생각으론 서린의 마음을 짐작하기 어려웠다.

"축하 선물이니 부담 갖지 마세요. 더한 선물도 할 수 있는데, 유나씨가 불편해하니까 이쯤 하는 거예요. 호호호~~. 이번엔 고생한 두 쌍의 암투병 가족에게 축하하는 선물이에요"

유나의 불편하다는 말을 들었는지 새하얀 미소로 말했다. 한마디로 못을 박으니 할 말이 없었다. 민서도 공정하게 세 벌을 선물 받았다. 서린의 가족에 대한 선물 공세는 아무도 못 말렸다. 동행한 가사도우미는 싫다고 도망가듯 했지만, 결국엔 예쁜 옷 한 벌을 선물 받았다. 이미 가족들은 알고 있었으므로 대단한 일은 아니었다. 그러는 서린은 즐거워했다. 엄마의 즐거워하는 모습을 보고 민서는 엄마의 구매 욕구를 더욱 부추겼다.

"엄마~ 이왕이면 구두도 싸주세요. 헤헤헤~~."
"그렇지 않아도 그럴 생각이었다. 서두르지 마라. 호호호~~."

서린의 구매계획은 빈틈이 없었다. 구두매장에서 한 켤레씩 선물을 받다 보니 두어 시간의 고된 쇼핑은 끝났다. 양복매장에 들려서 수선된 양복을 찾아 백화점을 빠져나와 집으로 돌아왔다.

유나는 갑자기 부자가 된 듯했지만, 왠지 부담스러운 것은 사실이었다. 그러나 선물하고 기뻐하는 서린을 보면 마음이 포근해졌다. 처음으로 받아본 비싼 옷 선물은 유나에게 큰 의미가 있었다. 지금까지 남편이나 자식들에게 선물을 받든지, 아니면 자신이 사서 입었는데, 다른 사람의 손을 통해 고액의 옷을 선물 받았다는 게 믿어지지 않았다. 진정으로 이런 것까지 나눌 수 있는 가족이 있다는 것에 또 다른 행복을 실감했다. 가족이 있으므로 해서 살아가는 모습이나 생각이 달라진 사실도 느꼈다. 가족이 소중하다는 것을 다시금 느껴보는 좋은 순간이기도 했다.

집에 와서도 유나는 서린과 다정한 모습으로 오순도순 얘기꽃을 피웠다. 그간 정이 들었나 보다. 둘 다 외로움을 경험한 여자이기에 서로 통하는 사람과는 빨리 가까워진다는 논리가 성립되었다. 손가락질과 혐오스러운 냉대를 받았던 고아의 유나, 사회적으로 멸시받았던 미혼모 서린, 수없이 경험했던 외로움과 그리움은 한 곳으로 결집 되어 아름다운 결정체를 이루어 사랑과 화목이란 망치와 정의 끝에서 다듬어지고 있었다.

 사람들은 행복을 먹고 살고 있었다. 사람들은 아름다운 변화를 갈망하며 살고 있기도 했다. 그래서 새로운 것을 추구하며 사는 강한 가치를 지지고 있었다. 그러기에 민욱과 유나는 점점 멸시와 조롱의 신분에서 탈피하며 변화하는 환경을 몸소 체험했다. 예정에도 없었던 하룻밤 서툰 몸짓의 첫 경험으로 44년이 지나서야 이처럼 많은 것을 변화시켜 줄 것을 생각도 못 했었다. 암담한 순간순간을 각고의 인내로 아름다움으로 승화시킨 서린의 불꽃 같은 순결한 사랑, 한 남자만을 섬긴 지치지 않은 기다림의 긴긴 세월, 그 남자의 딸을 지키고 싶었던 열정적인 모성애와 열혈 엄마의 인생 여정이 일궈낸 고통의 산물이라 생각했다.

 민욱은 날이 거듭될수록 서린에게 죄스러운 마음이 가슴을 때렸다. 예순다섯, 여자로선 적지 않은 나이였다. 가족에 대한 열정만은 스무 살의 당돌하고 당당했던 그 서린이었다. 자기의 생각을 성립시키기 위해 한 발도 물러서지 않았던 여대생 서린은 그대로였다. 그것이 여자의 일생을 발목 잡았지만, 후회도 원망도 하지 않은 색깔이 짙은 독특한 개성의 서린은 변하지 않았다. 그런 서린을 보는 민욱의 눈빛은 떨렸다.

 새로 준비된 옷으로 유나의 패션쇼는 서린의 성화와 가족의 갈채로 이루어졌다. 세 벌의 옷을 갈아입으며 화사한 봄의 여인으로 돌아온 유나의 모습은 아름다움을 극대화한 실버모델을 능가했다. 우아한 분위기의 유나에게도 옷은 날개였다. 값비싼 옷은 제대로 임자를 만났다고 축제의 열기를 한층 더 했다.

"정말 멋져요. 모델이 따로 없네요. 옷이 사람을 알아보는군요. 너무 아름답고 우아해요. 호호호."

서린은 부러운 눈빛으로 유나의 아름다움에 반했다. 그에 못지않은 매력을 가진 서린이지만, 부러움을 감추지 못했다.

"고마워요. 서린씨! 서린씨 덕분에 이런 옷을 이 나이 되어 입어보네요. 한쪽 가슴을 도둑맞아서 균형이 안 맞지만, 이처럼 행복해도 되는지 모르겠어요. 호호호~~."

유나는 도둑맞았다는 가슴 부분을 만져 보며 속상한 표정을 지었다. 순간, 민욱의 얼굴이 굳었다. 서린과 민서도 좀 당황스러운 눈치였다. 그 가슴을 보면 모두가 가슴이 아팠다. 한쪽 날개를 잃어버린 학과 같았다. 분위기를 파악한 유나는 예쁜 포즈를 취하며 반전에 나섰다.

"미안해요. 호호호~. 그건 아닌데, 입이 실수했어요. 옷이 마음에 들고 너무 기뻐서 정신이 없었나 봐요. 호호호~."

그 아픔을 모두 공감했다. 그러나 유나의 모습을 측은하게 보진 않았다. 그 핸디캡을 우아한 자태로 충분히 가릴 수 있었기 때문이다. 그래서 유나의 모습이 가엽지도 않았다. 서린은 유나 곁으로 다가섰다.

"유나씨는 아름다워요. 그건 유나씨의 우아함을 방해할 수 없어요. 이제 완치되었으니, 복원수술을 하면 되잖아요. 마음 아파하지 마세요."

"고마워요. 서린씨! 내가 좀 주책을 떨었나 봐요. 호호호~."

서린의 진심 어린 위로가 고마워했다. 친인척이 없는 고아 유나에게 보랏빛 마음으로 다가온 서린은 친인척 그 이상이었다. 촌수도 없는 미묘한 관계란 사실을 잊을 만큼 가까운 가족이 되어가고 있었다. 남편의 첫 경험 여자란 레벨을 떼어내고 싶었다. 그저 이것저것 따지지 않는 다정한 가족이 되고 싶었다. 어떤 특별한 의미를 두고 싶지 않았다. 서린은 유나를 보면서 부러워했다.

"유나씨의 아름다운 모습을 보니까 자꾸 쇼핑을 하고 싶어지네요. 앞으로 유나씨의 의상 코디는 내가 맡아야겠어요. 호호호~~. 아름다움을 받쳐주는 코디는 내 취미이기도 하거든요."

모두 한 마음으로 웃었다. 유나는 웃는 얼굴로 손을 저으며 반대했다. 민서는 유나의 의상 발표회를 모두 동영상으로 담았다.

"서린씨는 좋은 그림을 그려야 해요. 나한테 금쪽같은 시간을 뺏기시면 안 돼요. 내가 서린씨의 조수가 되는 편이 나을 거예요. 호호호~~."

"그거참, 좋은 생각이다. 그림을 배우려면 스승을 섬겨야지."

약간은 표정이 굳어 있던 민욱은 만족스러운 얼굴로 응원했다. 민서는 환호성을 지르며 환영했다. 의상 코디도, 화가의 조수도 찬성이라며 좋아하는 모습이 열다섯 소녀 같았다.

"우리 엄마가 대전 어머니한테 뽕 가셨나 봐요. 헤헤헤~~."

민서의 재치 있는 애교에 거실은 웃음바다가 되었다. 입주 후, 처음으로 용산동 집이 들썩들썩했다.

"그러게. 민서 말처럼 내가 정말 뽕 갔나 봐요. 호호호~~."

민서는 오랜만에 엄마의 기뻐하는 모습을 목격했다. 아빠 앞에서 엄마의 밝고 맑은 얼굴을 보는 민서는 행복했다. 서로 다른 색깔의 두 가정이 하나가 되어가고 있는 과정은 곧 피어날 벚꽃처럼 아름답게 피어나리란 확신을 보였다.

또, 즐거움의 뒤에 따라오는 이별의 순간이 다가왔다. 모두의 얼굴에는 서운함과 아쉬움이 소용돌이쳤다. 이제 머지않아 가까운 곳에서 함께 살 수 있는 그날을 기대하며 손을 흔들어야 했다. 만남은 이별을 예고하고 있었으므로 또 다음을 약속하는 순간이기도 했다. 개나리를 닮은 화려한 지프는 용산동에 그림자만 남기고 홀연히 광주로 떠났다.

광주에 내려온 서린은 오빠가 운영하는 건설회사의 도움으로 발 빠르게 압해도 땅에 토지정지작업(토목공사)을 착수했다. 5월에 세라가 들어오면 주택 및 패밀리랜드 설계를 부탁할 계획이었다. 세라라면 자기가 생각한 랜드를 구축할 수 있을 것이란 자신감을 가졌다. 공사를 진행하여 금연에 민욱의 주택만이라도 완공하려는 계획을 세웠다. 이는 민욱과 유나와 합의한 결과였다. 나머지 서린(민서)의 주택과 오빠네 주택과 아트갤러리 건물 등 부속건물은 여유를 가지고 건축할 계획을 세운 서린이었다.

세라는 세계최고의 건축가를 배출하는 시카고대학 건축공학과 부교수이다. 건축설계사와 건축감리사 자격과 그 외 관련 자격증을 두루 갖춘 세라에게 일체를 의뢰하기로 오빠와 의논하여 결정했다. 전화상으로 세라도 기꺼이 허락한 사안이었다. 그래서 세라 역시 주택설계에 대한 구상은 끝나고, 설계에 착수했다는 소식이 전해졌다.

'패밀리 랜드'에 대한 서린의 계획은 대단했다. 대지 3000여 평에 건설하는 청사진은 그녀의 머릿속에 있었다. 이미 가족들이 의논하여 랜드명까지 지어뒀다. 그 이름을 'B&K 패밀리 랜드'로 명명했다. '백씨 가족'과 '강씨 가족'이란 뜻이 담겼다. 그래서, 랜드에는 서린과 민서네를 합친 주택(주황색)과 민욱네 주택(진청색), 그리고 오빠네 주택(붉은색)으로 복층 주택 3채와 각각의 차고(2

대 가능), 대문 가까이에 '아트갤러리 지하 1층, 지상 2층 건물(전시실, 작업실, 접견실, 실내 풀장, 헬스장, 소극장, 다용도 행사장 등)', 주택 인근에 바비큐시설 설비, 화초 가꾸기를 좋아하는 민욱을 위해 크리스털 온실 1동(채소를 경작하는 온실 텃밭, 100여 평 정도), 잔디밭과 화초와 정원수로 정원조성, 큰 바위로 산을 쌓아서 인공폭포를 만들고, 안전을 위한 철제 울타리 설치와 자동출입문(정문) 설치, 관리동(수위실) 건물 등으로 청사진을 준비했다.

민욱과 유나는 자신들의 주택건설비는 부담하겠다는 뜻을 굳혔으며, 오빠 역시도 재력가이므로 전체 시설경비의 절반을 부담하겠다고 서린과 협약을 끝냈다. 이러하니 'B&K 패밀리 랜드'의 건설은 튼튼한 자금력에 편승하여 완벽한 시공으로 순항할 것을 의심하지 않았다.

가장 큰 걸림돌은 5월에 묻혀있었다. 유나의 림프종에 대한 결과였다. 현재 상황으로 보면 나빠질 명분이 없었다. 지난 11월 정기검사에서 주치의로부터 아주 좋아졌다는 소견을 들었기 때문이다. 거기에 더하여 '정상인도 이보다 좋을 순 없어요'라며 밝은 표정을 지었던 주치의를 의지했다. 유나 자신이 생각해도 정상적인 생활을 하는데, 불편을 느끼지 못하리만치 몸 상태가 호전적으로 회복되고 있었다.

봄볕이 따스한 4월이 되었다. 민욱과 유나는 봄 길을 나섰다. 서린과 만나서 압해도 공사현장을 방문하기로 했다. 바다가 보이는 어떤 광경인지 궁금해하는 유나의 마음을 풀어주기 위해서였다. 물론, 민욱 역시도 궁금하긴 했다. 광주에 도착한 두 사람은 서린을 만나기 전에 민서를 만나려 학교를 불시에 방문했다. 수업이 끝나는 시간을 기다렸다가 유나가 민서에게 전화했다.

"민서야! 대전 엄마다. 수업이 끝났니?"
"네, 어머니! 끝났어요. 어머니 어디세요? 엄마가 같이 공사현장에 가신다고 하던데, 광주에 오신 거예요?"
민서의 목소리는 반가움에 흠뻑 젖어있었다.
"응. 광주에 왔어. 지금 교문 앞에 있다."
"어머! 정말이세요? 호호호~~. 잠깐만 기다리세요."
민서는 교무실을 뛰쳐나와 운동장을 가로질러 뛰었다. 이를 본 민욱은 교문 안으로 들어서서 민서를 보고 손을 흔들며 소리쳤다. 어린 세라가 뛰어올 때처럼 넘어지기라도 할까 봐 걱정했다.
"민서야~~. 넘어질라 천천히 와."
민서는 아랑곳없이 아빠를 향해 어린아이처럼 달음질했다.
"제가 어린애예요? 넘어지게. 호호호~~."
100m를 전력 질주한 육상선수처럼 민서는 헐떡거리며 아빠 품에 쓰러지듯 안겼다. 이를 지켜보는 유나의 입가에 봄볕 같은 미소가 퍼졌다. 아빠 품에 오래 머물지 못하고, 옆에 선 유나가 서운하지 않도록 그 품에도 반갑게 안겼다.
"어머니! 반가워요. 어떻게 학교까지 오셨어요?"
"엄마하고 공사현장에 가보려고 약속했거든. 그래서 엄마를 만나기 전에 민서가 보고 싶어서 학교로 찾아온 거야."
"그러셨구나. 호호호~. 어머니! 고마워요. 민서도 할리우드 어머니가 많이 보고 싶었어요."
"호호호~ 보고 싶은 건 좋은데, 그 할리우드란 말은 빼줘. 전에는 불란서 여배우라더니 또 바꿨구나. 다음에는 뭐라고 그럴지 궁금하다. 호호호~~."
"어머닌 할리우드 배우보다 불란서 배우가 더 좋으세요? 그러시다면 바꿀 수 있어요. 호호호."

"아무튼 우리 민서한테는 당할 수가 없다니까. 둘 다 싫어요. 그냥 민서의 대전 엄마만 할래. 그게 더 좋아. 호호호~."

모녀는 서로를 쳐다보며 웃었다. 민서는 휴게실로 안내하려고 했지만, 민욱과 유나는 아쉽더라도 운동장 만남을 고집했다. 서린과의 약속시간이 임박했기 때문이기도 하지만, 코로나 시대에 학교를 방문한다는 게 지혜로운 처신이 아니라고 판단했다.

"학교까지 오셨는데 그냥 가시면 제가 서운하잖아요. 커피 한 잔도 나누지 못하고 말이에요."

"이따 퇴근해서 엄마 집에서 보면 되잖아."

민욱은 서운해하는 민서를 달랬다. 휴게실에 갈 수도 있었지만, 다른 교사들의 시선도 있을 것이고, 곤란할 민서의 입장도 생각했다. 그리고, 곧 수업에 들어가야 하니 커피를 마시며 얘기할 시간도 넉넉하지 않다고 생각했다.

"무슨 뜻인지 알아요. 아빠! 잘 다녀오세요. 어머니도요."

민서의 얼굴이 시무룩했다. 민욱은 어깨를 토닥이며 위로했다. 민서는 뚜벅뚜벅 운동장을 걸으며 뒤돌아보고 손을 흔들었다. 유나의 마음도 개운하지 않았다. 부부는 학교 앞을 출발하여 아파트에 닿았다. 서린은 주차장에서 기다리고 있었다.

"오시느라고 고생하셨어요."

"반가워요. 서린씨!"

서린은 유나의 손을 잡고 기뻐했다. 유나의 인사가 끝나자, 민욱은 시간을 보며 변명했다.

"민서 만나고 오느라고 조금 늦었어요."

"그러셨어요? 이쯤은 괜찮아요. 잘하셨어요. 호호호~. 아빠 엄마가 딸을 만나는데 무슨 조건이 있는 건 아니죠."

　민욱과 유나는 지프에 올랐다. 굳이 두 대의 차량이 필요하지 않았다. 민욱이가 운전하려고 했지만, 서린이 운전석을 내어 줄이 없었다. 광주까지 운전해서 피곤할 테니 쉬라고 말렸다. 지프는 복잡한 시내를 벗어나서 12번 도시고속화도로를 올라탔다. 쭉 뻗은 도로를 질주한 지프는 무안을 거쳐 압해도를 잇는 천사대교를 지나서 공사현장에 도착했다. 토지 정지작업은 대형 프로젝트였다. 우람한 포크레인 2대와 덤프트럭들이 부지런히 작업하고 있었다. 서린은 공사감독에게 음료수 상자와 간식거리를 전달하고 현재 상황을 설명 들었다. 공사는 차질 없이 진행되고 있다는 말에 서린도, 민욱과 유나도 그들에게 감사하는 마음을 전했다.

　민욱과 유나는 가장자리에서 바다를 내려다보며 두 팔을 벌리고 그 풍광을 가슴에 안으며 좋아했다. 기존의 시골 마을(20세대 정도)과 1km 정도 떨어진 곳이라 조용하고 한적했다. 인근에는 거대한 무화과농장과 무성한 잎으로 초록의 물결을 이루고 있는 모습이 평화로웠다. 왕복 2차선의 지방도와 접경이라 무엇보다 차량 출입이 용이했다. 넓은 대지에 아쉽게도 흠이 있었다. 북쪽 가장자리 한쪽에 소유주가 매매하지 않은 자투리땅(80평)이 점유하고 있어서 옥에 티가 되었다.

　서린은 자신이 구상하고 있는 주택과 모든 시설물의 위치를 일일이 걸어 다니며 설명했다. 그 모든 구상이 서린의 머리에서 탄생했다는 것에 두 사람은 놀라워했다. 오랫동안 고심한 흔적이 엿보였다. 서린의 'B&K 패밀리랜드' 구상에 이의가 없었다. 오히려 완벽한 구상에 감탄하여 감동으로 보답했다. 정말 멋진 패밀리빌리지가 될 것을 의심하지 않았다. 두 사람의 머리에서도 그 그림이 선명하게 그려졌다. 묘한 인연의 가족들이 함께 모여서 오순도순 살 수 있다는 것은 아름다운 전경이 아닐 수 없었다.
"정말 멋질 것 같아요. 서린씨의 구체적인 구상은 대단해요. 그림을 그리시니까 뭐가 달라도 다르네요. 완공된다면, 우리 가족들만의 왕국 같을 거예요. 호호호~~."
유나는 서린을 보며 좋아했다. 눈앞에 펼쳐진 에머럴드빛 바다가 가슴을 뻥~ 뚫었다. 듬성듬성 솟아 있는 작은 섬들의 조화가 그림처럼 잘 어울렸다. 손가락으로 꼽을 수도 없는 크고 작은 섬들은 시기하지 않고 서로를 배려하고 있는 듯했다.
"그럼, 우리 '랜드'를 '킹돔'으로 바꿀까요? 그거 좋은 아이디어 같은데요. 호호호~~."
"호호호~ 그건 아니고요. 우리만 왕국으로 생각해요. 이곳저곳에서 시기할 사람들이 있을 것 같으니 양보해요."
유나는 왕국이란 이미지를 외부에 노출시키는 걸 사양했다. 민욱도 유나와 같은 생각이었다.
"'B&K 패밀리랜드'가 좋겠네요. 하하하~~."
"그럼, 그럴까요? 호호호."
세 사람은 비탈길을 조심스러운 몸짓으로 바닷가에 내려왔다. 낮은 비탈길(20도)을 2~30여 미터 내려오면 바닷가와 만난다. 넓은 모래사장은 아니지만, 좁은 모래밭과 자갈밭, 갯바위가 천연덕스럽게 옹기종기 모여 있어서 바다의 운치가 더했다. 내려오는 길을 정비하면 바다가 좋은 이웃이 될 것 같았다. 비탈을 이룬 땅의 소유도 자신의 소유이기에 정비하는 데는 문제 될 것이 없다고 했다. 유나는 소녀처럼 갯바위에 올라가 홍합과 조개 몇 개를 채취하고 팔을 뻗쳐 들고 아이처럼 좋아했다. 유나에게는 의미 있는 첫 경험이었다. 모래밭을 뛰어만 봤지, 갯바위에서 조개를 잡아보는 것은 처음이었다. 그래서 체험학습하는 여학생처럼 즐거워했다. 그 모습을 보는 서린도 기분이 좋았다. 유나에게 파도가 물보라를 뿌리는 것도 인상적이었다.

"유나씨가 즐거워하니 기분이 좋네요. 호호호~ 유나씨를 위해서 준공하고 나면 멋진 요트 하나를 장만해야겠어요."

압해도 인근에는 크고 작은 섬들이 군락을 이루고 있으므로 섬을 연결하는 배나 요트가 필요하긴 했다. 섬과 섬 사이를 유유히 지나다니며 심적, 정신적 건강을 유지하는데 요트(보트)가 유일하다고 생각했다.

"어머~ 그건 아니에요. 요트가 한두 푼 하는 게 아니잖아요."

"우리 가족이 근해 섬들을 구경하며 즐길 수 있는 정도의 요트는 얼마든지 가능해요. 랜드에 입주하면 한번 생각해 보자 구요. 민욱씨가 머리가 좋으니까, 선장이나 항해사 자격증을 취득해야겠어요. 호호호~~."

민욱은 머리를 절레절레 흔들며 극구 사양했다. 그러면서 젊다는 이유로 민서의 남편에게 떠넘겼다.

"아닙니다. 그건 내 전공이 아니에요. 하하하~~. 우리에게는 믿음직한 양 서방이 있잖아요. 장기적으로 가족들의 미래를 위해 양 서방이면 더할 나위가 없죠."

부담스러워하는 민욱의 제스처를 구경하며 서린과 유나는 마음 놓고 웃었다. 서린은 그 부담을 즉시 덜어줬다.

"그렇게 하면 되겠네요. 민욱씨는 선장 후보에서 제외시켜 드릴게요. 결코 나이 때문은 아니에요. 호호호~"

양 서방에게 떠넘긴 민욱은 안도의 숨을 쉬며 웃었다.

"하하하~ 그래요. 젊은 사람이 제격이죠."

현장을 둘러본 세 사람은 빈틈없는 공사를 부탁하고, 공사현장을 떠나 어판장에서 민욱과 유나가 좋아하는 압해도의 바다 특산품 여름 보양생선(민어, 우럭, 돌돔)과 문어, 낙지를 푸짐하게 구매했다. 광주로 돌아오는 길에 초록이 무성한 무화과농장을 가리키며, 할머니가 오래 경작하고 있다고 했다. 이 지역의 명물 홍무화과, 청무화과가 유명한 특산품이라고 서린은 말했다. 미국에서 먹어본 무화과 맛을 떠올리며 민욱과 유나는 여름에 먹어야겠다고 좋아했다. 이번에는 드넓은 배농장을 가리키면서 여기서 생산되는 배의 맛은 일품이라고 자랑했다. 그런데 국내에는 판매되지 않고, 전량이 미국으로 수출된다고 했다. 미국의 기업과 계약재배를 하고 있다는 말에 민욱과 유나는 놀라워하면서 아쉬워했다. 유나의 표정을 본 서린은 이곳에 이사 오면, 먹어볼 기회를 만들어 보겠다고 아쉬움을 달래주는 것도 잊지 않았다. 또 압해도에서 나무다리를 건너면 '가란도'란 작은 섬에는 농사를 짓거나 낙지잡이를 하는 주민들이 살고 있으며, 갈대와 비슷한 식물인 '팜파스그래스 공원'과 '분재공원'은 산책코스로 그만이라고 자랑했다.

서린은 자신의 계획에 요트를 추가하겠다고 했다. 압해도 주위에 80여 개의 섬이 있어서 요트 산책도 즐길 만하다며 적극적이었다. 그녀의 가족에 대한 사랑은 특별했다. 웅대한 'B&K 패밀리랜드' 건설을 위해서 살아온 여장부 같았다. 이에 대한 집념은 하늘을 찔렀다. 극성스러운 그 집념은 누구도 말릴 수 없었다. 그녀의 독특하고 별난 성격은 삶이고 인생이었다. 혼자 살아온 미혼모의 서러움을 딛고 일어나서 스스로 꿈꿔왔던 가족의 세계를 열려는 집념과 포부는 그 누구도, 그 무엇도 따라올 수 없다.

민서네 가족과 저녁 식사를 마치고, 민욱과 유나는 서린이가 정성으로 준비해 둔 밑반찬과 압해도에서 산 생선과 고기류가 가득한 아이스박스를 싣고 피곤한 몸으로나마 이색 가족의 만남을 즐거워하며 대전으로 돌아왔다.
   5년 만에 완치판정(유방암)을 받은 유나와 민욱의 기분은 들떠 있었다. 서린의 정성과 수고로 종종 공사현장의 사진을 모바일로 접하며 가슴설레는 패밀리랜드의 삶을 꿈꾸면서 즐거운 나날을 보냈다. 패밀리랜드에서 자신들의 주택이 11월 완공(예정)을 목표로 공사가 진행되고 있으니, 그때는 용산동 집을 떠나야 한다는 사실이 아쉬워졌다.
   고국으로 돌아와 처음으로 둥지를 튼 의미 있는 집이기에 아픔도 있었지만, 5년 넘게 이런저런 정이 든 것 같았다. 아직은 임자를 만나진 못했다. 가사도우미 문제가 대두되었다. 유나도 도우미를 놓치고 싶지 않았다. 그녀의 손맛에 길들여졌고, 상냥하고 차분한 성격이 좋았으니 말이다. 본인이 같이 압해도로 가기를 원한다면 문제 될 것은 없었다. 압해도에서도 도우미가 필요했기 때문이다. 그런데 서천과 거리가 멀어서 휴가 때 오가는 길이 문제이긴 했다. 이는 시간이 많으니 차차 상의하기로 남겨뒀다.
   바깥나들이도 종종했다. 인근 전민동의 소규모 오일장터나, 규모가 큰 '신탄진 오일장터'를 돌며 사람들의 살아가는 냄새를 맡으며 건강을 챙겼다. 길거리에 앉아 야채 등을 파는 할머니들을 보면서 얼굴도 모르는 엄마가 생각나서 할머니들에게 관심을 보이며 이것저것을 동정 구매하는 마음은 즐거웠다. 또, 재래시장(중리, 역전, 중앙시장 등)도 찾았으며, 과일과 야채는 '오정농수산물시장'에서, 생선과 건어물은 '노은농수산물시장'에서 구매하는 지혜도 터득했다. 가끔은 활동이 편한 대형마트(둔산 E마트, 유성 H플러스, 테크노 L마트 등)를 돌아다니며 고국에서의 모처럼 여유 있게 생활의 적응훈련도 소화했다.

앞마당에 노랗게 웃음 지으며 피어난 개나리가 봄의 노래를 불렀다. 그 뒤를 이어 하얗게, 붉게 핀 목련화도 서로 마주 보며 동족의 아름다움을 펼쳐 보였다. 나지막한 벚나무에도 엉성하지만, 새하얀 꽃들이 활짝 웃었다. 녹은 땅을 비집고 얼굴을 내미는 화초들의 함성이 작은 마당에 울려 퍼졌다. 여기저기 화분에서도 겨울을 이겨낸 화초들이 축제를 준비하는 모습들도 숭고했다. 거실에서 동면하던 화분들이 밖으로 나와 싱그러운 5월을 맞았다.

유나의 몸 상태가 놀랍도록 좋아졌다. 항암약 복용을 끝낸 지 한 달이 지나갔다. 심한 운동은 힘에 겨웠지만, 일상생활을 소화하는 데는 아무런 문제가 없었다.

수술한 지 5년 4개월 만에 특별하게 림프종에 대한 정기검사를 받았다. 채혈과 CT촬영이 전부였지만, 여느 때와는 달리 긴장했던 검사였다. 애초부터 치료기간이 10년이나 걸린다고 했으므로 중간검사의 큰 의미가 부여되었다. 민욱과 유나는 좋은 컨디션과 기분이 좋은 까닭에 좋은 결과가 도출될 것이란 긍정적인 생각에 마음은 편안했다.

5월 마지막 주인 월요일 이른 아침에 세라는 인천국제공항을 통해 입국했다. 수요일에 있을 엄마의 림프종 검사결과를 함께 지켜보는 것과 패밀리랜드 설계도 시뮬레이션(3D 영상설계) 관계로 잠시 귀국했다. 명훈은 일정이 맞지 않아 동행하지 못했다. 마중 나온 부모님을 만났다. 몇 개월 만에 만났지만, 이들의 만남은 행복했다. 아빠와 엄마에게 포옹으로 인사한 야무진 세라는 20대처럼 발랄한 모습은 여전했다. 이들의 얼굴은 여전히 마스크가 가리고 있었다. 방역이 완화되어 공항에서의 의무착용은 해제되었지만, 마스크를 벗는다는 것이 부담스러운 사람들은 아직도 착용하는 편이었다. 부담스러운 사람 중에서 한 사람은 민욱이었다.

"아빠 엄마가 건강하게 보여서 정말 기뻐요. 엄마~~ 엄마의 얼굴을 보니 정말 다 나은 것 같아요. 혈색도 좋고 너무 건강해 보여서 다 나으신 것 같아요."

세라는 엄마의 얼굴에 마스크를 내리고 회복된 얼굴을 확인했다. 다행히 그녀의 트레이드 마크인 뽀뽀는 하지 않았다.

"다 나은 거나 다름없어. 엄마가 여기서 달리기라도 해볼까?"

"그건 아니에요. 우리 엄마 너무 나가신다. 호호호~. 그렇다고 무리하시면 안 되잖아요."

모녀의 대화를 듣고 있던 민욱은 유나의 주장을 뒷받침했다.

"엄마는 등산도 가능하다. 하하하~ 우리 집 뒷동산에도 거뜬히 오른다니까. 가까운 오일장터나 재래시장, 또 대형마트 등을 휘젓고 다니며 쇼핑하며 건강을 과시한단다."

"어머~~ 그러세요. 정말 우리 엄마 건강해졌네요. 아~빠~~."

세 사람의 얼굴엔 기쁨의 파도가 넘실거렸다. 민욱은 카터를 밀고, 세라는 엄마의 팔짱을 끼고 대합실을 빠져나와 차에 올랐다. 기쁨과 행복을 가득 실은 SUV는 피곤한 기색도 없이 바다 위를 가로지르는 영종대교를 경쾌하게 지나서 경부고속도로를 두어 시간 달려 무사히 용산동 집에 멈췄다.

5월 말의 날씨는 꽤 더웠다. 기상청에서도 7월의 더위를 방불케 한다고 호들갑을 떨곤 했다. 마당에 들어선 세라는 예쁜 꽃잎이 지고 이파리가 무성한 정원수를 바라보았다. 부모한테 들었던 개나리도, 벚꽃도, 목련화도 볼 수 없어 서운한 표정을 지었다. 때마침 피어난 5월의 붉은 장미꽃 몇 송이가 세라를 마중했다. 장미꽃에 코를 박고 그 향기를 사모하는 세라의 마음을 알았는지 민욱은 위로의 한마디를 던졌다.

"뒷동산에 가면 아카시아 꽃이 활짝 피었다. 그 진한 향기는 죽여준다니까. 이따 오후에 산책하자고. 세라가 좋아할 향기야."

"그러세요? 호호호."

세라는 감동적으로 반가워하지 않았다. 아카시아꽃을 본적도 그 향기를 맡은 적도 없었기 때문이다. 미국에도 비슷한 종류가 있다고 하지만, 시카고에서는 쉽게 볼 수 없었다. 그래서, 동산에 피었다는 아카시아꽃에 크게 흥미를 느끼지 않은 세라는 현관에 들어서며 마스크를 벗었다. 아빠 엄마의 마스크도 벗겼다. 가사도우미에게 인사하는 것도 거르지 않았다. 다시 엄마를 부둥켜안았다.

"엄마~ 정말 고생하셨어요. 엄마의 모습을 보면 검사결과도 좋을 것 같아요. 이제 우리 엄마의 우아함이 부활한 것 같아 기뻐요. 잘 이겨내 주셨어요. 머리카락도 많이 자랐네요. 호호호."

세라의 눈에는 눈물이 글썽거렸다. 항암치료 중인 엄마를 염려하며 자식으로서, 맏딸로서 힘들었던 어려운 시간을 보냈었다. 코로나19에 매몰되어 무릎 꿇고 두 손 모아 눈물로 기도하며 아린 심정을 감당하지 못했던 세라였다. 가슴을 찢었던 고통의 순간들이 눈앞에서 희미해지는 것을 느끼면서 감동했다.

"우리 딸이 마음고생 많았어. 네가 말하지 않아도 엄마는 다 안다. 아빠와 너희들을 두고 어떻게 될까 싶어 엄마는 얼마나 두려웠는지 몰라. 이렇게 위로와 축하를 받으며 너를 안고 있다는 게 꿈만 같다. 세라 말처럼 검사결과는 분명히 좋을 거야."

유나는 죽음을 생각했었다. 그래서 남편이나 남매에게 잘해주지 못했던 일들을 떠올리며 가슴 아파했었다. 후회도 했었다. 아쉬움이 머릿속에서 소용돌이쳤으므로 힘든 시간을 보냈었다. 그 모든 허상이 사라지고 나니 삶에 대한 애착이 가슴을 저미게 했다.

"엄마도 그런 생각을 하셨어요? 세라도 그게 너무 무서웠어요. 엄마~ 이렇게 살아계셔서 얼마나 기쁜지 몰라요. 엄마는 불사신이에요. 우리 곁에 오래오래 계셔야 해요."

모녀는 팔에 힘을 주었다. 민욱 역시도 그런 생각에 휘말려 불안한 순간순간을 무서워했던 적이 많았다. 암 환자를 둔 가족의 일관된 두려움일 것이다. 그 위험한 고비를 무사히 극복했으므로 오늘이 존재한다는 사실에 감회는 뿌듯했다. 엄마에게서 떨어진 세라는 가방을 2층으로 옮기고 내려온 아빠를 안았다.

"아빠~ 고생하셨어요. 엄마는 아빠의 헌신적인 사랑을 먹고 오늘에 이른 거예요. 아빠~ 고마워요. 그리고 사랑해요."

촉촉한 시선으로 아빠의 눈치를 살피며 가볍게 뽀뽀했다.

"고맙다. 엄마가 잘 이겨낸 거야. 엄마의 의지와 너희들의 염려와 기도가 이뤄낸 합작품이야. 하나님의 영광이지."

민욱은 딸 앞에서 겸손했다. 세라는 더한 것도 짐작하고 있었다. 무수한 걱정과 무서운 두려움, 가슴을 할퀴었던 위험한 순간들을 극복한 부모님의 의지와 노고에 감사했다.

"주님의 함께하심으로 아빠 엄마의 승리에요."

아빠를 빤히 쳐다보는 세라는 존경심을 퍼부었다. 간단하게 늦은 아침 식사를 마치고 세라는 샤워하고 잠시 휴식을 취했다. 집안에는 고요가 흘렀다. 새벽부터 분주했던 유나도 피곤하여 휴식에 들어가고, 민욱은 서재에서 경제학 자료들을 뒤적거렸다. 혼자 있는 것을 알기라도 한 것처럼 서린에게서 전화가 왔다.

"예쁜 딸, 세라 왔어요?"

"네, 조금 전에 도착했어요. 이젠 세라만 생각나는가 봐요. 이거, 서운한데요. 하하하~~."

"어머~~ 그러셨어요. 어린애처럼 삐지지는 마세요. 당신 생각은 항상 내 마음에 가득하니까요. 호호호~~."

"그렇군요. 늙은이가 한번 응석을 부려봤어요. 하하하."

"만나면 엉덩이를 때려줄 거예요. 호호호~ 당신은 늙은이가 아니란 말이에요. 질투하지 마세요. 패밀리랜드의 건설은 세라에게 달렸잖아요. 딸을 사랑하는 엄마의 마음을 당신은 이해해 줘야 해요. 호호호~."

패밀리랜드 건설의 모든 설계를 세라가 담당하고 있으므로 의논할 것이 한두 가지 아니라고 했다. 설계자가 미국에 있는 관계로 불편하기는 했지만, 그 실력을 인정하고 서두르지 않기로 마음을 다진 서린이었다. 세라에게 머무를 시간이 많지 않은 관계로 오늘이라도 당장 만나고 싶어 했다.

"설계는 다 마친 것 같아요. 설계도와 시공자료를 가지고 온다고 했으니 가져왔을 겁니다. 그 문제는 걱정하지 않아도 돼요. 세라는 내가 보장하니까요. 하하하~ 이번 주말에 내려갈게요."

"그러세요. 뭐 걱정하는 건 아니에요. 괜히 주말까지 기다리지 마시고 하루라도 빨리 오세요. 세라에게 시간이 없잖아요. 기다리고 있으니 너무 지루해요. 설계도도 설계도지만, 당신이 보고 싶어서 그런가 봐요. 헤헤헤~~."

"알았어요. 수요일에 병원에 가니까 갔다 와서 빨리 갈게요."

"아~ 그렇군요. 그걸 깜빡했어요. 그래서 나이는 못 속인다니까요. 호호호~. 좋은 결과가 나올 거니까 걱정하지 마세요. 유나씨를 보면 알잖아요."

"우리도 그렇게 생각하고 있어요."

"그럼요. 결과가 나오면 전화 주세요. 기다리고 있을게요."

"알았어요."

"파이팅이에요. 헤헤헤~."

그 애교는 여전했다. 전화를 끝낸 민욱의 얼굴은 화사했다. 70대에 접어든 민욱의 정신적 감정은 청춘이 부럽지 않았다. 젊다고 생체 나이에 자신 있어 하는 모습은 다른 사람이 보기에도 부정할 수 없으리만치 건강했다. 오후에 세라는 서린과 민서와 통화했다. 그녀들의 통화는 오묘한 정이 흘러넘치는 가족임을 증명했다. 도란도란 얘기를 주고받는 모습이 예뻤다.

수요일 새벽이 돌아왔다. 용산동 집은 새벽부터 부산했다. 캄캄한 어둠을 헤치고 가족은 4시에 집을 나섰다. 진료는 9시 30분에 예약되어 있었지만, 여유 있게 출발했다. 부부에게는 익숙한 일이지만, 시차적응도 끝나지 않은 세라는 정신이 멍했다. 민욱의 요청으로 유나와 세라는 뒷자리에 앉아 휴식을 취했다. 전에 같으면 어림도 없는 일이지만, 오늘은 세라가 있기에 유나도 순순히 응했다. 어둠과 동행하여 중부고속도로를 달린 차는 날이 밝아서야 풍납동 병원에 도착했다. 여느 때처럼 동관 지하주차장 2층에 주차하고, 1층 로비로 올라왔다.

그런데, 문제가 생겼다. 세라는 하루 전에 발부받은 '모바일 출입증'이 없으므로 병원출입을 할 수 없었다. 현장에서 신청할 수도 있지만, 환자에게 한 사람의 보호자만 출입할 수 있는 제도 탓에 세라는 애석하게도 휴게실 신세가 되었다. 이 또한 '코로나19'

에 의한 병원의 부득이한 방역조치였다.
"아빠~ 나도 같이 들어가고 싶어요. 어떻게 방법이 없을까요?"
안타까워하는 세라의 얼굴이 일그러졌다. 그 표정을 바라보는 심정도 애석했다. 이국만리 떨어진 미국에서 까다로운 '코로나19' PCR검사를 통과하였고, 인천공항에서도 문제없이 통과하여 병원까지 왔는데, 마지막 관문에서 좌절되고 말았다. 세 사람은 출입이 가능한 '만남의 장소'에 마주 보고 앉아 방법을 모색했다.
"이거 참! 안내 데스크에 사정을 해봐야지 뭐. 어쩔 수 없잖아."
유나도 세라의 손을 잡고 안타까워했다. 민욱은 안내 데스크를 찾았지만, 근무시간(08:00~)이 아니라서 근무자가 없었다. 일단은 직원이 출근할 때까지 기다릴 수밖에 없었다.
"아빠! 저도 출입할 수 있을까요?"
"글쎄다. 코로나로 인한 방역의 일환이라 융통성이 있을지 의문이네. 직원이 출근하면 사정을 얘기해 봐야지."
"코로나는 이래저래 피해만 주는군요."
세라는 투덜거리며 안내 데스크를 살폈다. 병원 출입의 어려움으로 초조한 세라에게 유나가 위로했다.
"그러게 말이다. 시카고에서 14시간을 날아왔는데 어떡하니?"
그러는 엄마를 보고 세라는 엷게 웃었다. 생각하면 기마 막혔지만, 코로나 시대를 살고 있는 사람으로서 한계에 도달했다. 엄마가 진료받는데 참관하려고 미국에서 날아왔기 때문이다. 그래서 종양내과 진료실까지 세라가 동행할 수 있느냐가 문제였다. 이제 7시가 지났으니, 여유가 있었다. 민욱은 연신 시간을 확인했다.
유나는 어디론가 전화했다. 통화는 진지했다. 병원에는 유나의 5년 동안의 진료기록(유방외과, 종양내과, 내분비내과, 재활의학과 등)이 있으므로 환자의 사정 얘기를 듣고서 병원 출입을 허가해 줬다. 진료실 출입은 담당 의사의 소관이라 대기실까지만 출입을 허락받았다.
"세라야~ 네 출입증을 받았어."
"엄마! 정말이에요? 우리 엄마 대단하다."
세라는 좋아서 펄쩍펄쩍 뛰다시피 했다.
"그럼, 엄마 아빠가 5년 동안 수없이 다녔는데 이것쯤은 당연하지 않겠어. 엄마는 불명예스러운 병원의 VIP란다. 호호호~~."
민욱도 세라의 출입을 허락받은 아내가 대단했다. 자신이 생각하지 못한 일을 해결한 아내의 기발한 생각이 돋보였다. 모바일 출입증은 불가해서 출입증 단말기에서 쪽지 출입증을 받아 쥔 세라는 종이가 뚫어지도록 눈여겨보며 즐거워했다. 급기야 매진된 공연 티켓을 거머쥔 것 처럼 좋아했다. 세라의 얼굴이 활짝 피어났다. 이들은 다 같이 '종양내과' 출입구를 통과하였고, 유나는 출석을 체크한 후에 체중과 신장 측정을 마치고 함께 넓은 대기실에 나란히 앉았다.
"어머~ 암 환자들이 이렇게 많아요?"
세라는 사방을 두리번거리며 조용하게 놀람을 금치 못했다.
"그런가 봐. 엄마도 처음엔 놀랐다니까. 그렇지만 다는 아닐 거야. 보호자도 있고, 가벼운 질병 환자도 있으니까."
"그렇군요. 그렇다 해도 놀라울 뿐이에요."
세라의 놀람은 쉽게 희석되지 않았다. 이때, 전광판에 한유나의 이름이 올라왔다. 진료실에는 보호자 한 사람밖에 출입하지 못하므로 세라는 다시 대기실 신세가 되었다. 민욱은 미안한 눈빛으로 딸을 바라보며 유나와 나란히 진료실에 들어갔다.

"안녕하세요? 교수님!"

"네, 어서 오세요."

컴퓨터 화면으로 검사자료를 살펴보는 주치의의 표정에 미소가 보여서 긴장을 늦추었다. 말쑥하고 아담한 외모의 주치의(윤덕* 교수)는 컴퓨터 3대의 화면을 채운 검사자료와 CT영상을 일일이 살펴보고 나서 유나와 민욱을 쳐다보며 여유롭게 말했다.

"혈액검사는 매우 좋아요. 모든 수치가 정상이에요. 건강한 분도 이럴 순 없어요. 영상에서 작은 게 보이지만, 이 정도는 건강한 사람도 있을 수 있어요. 걱정할 필요는 없어요."

"그렇군요. 다 교수님 덕분입니다. 고맙습니다."

민욱과 유나의 얼굴은 환해졌다. 뛸 듯이 기뻤지만 참았다.

"얘가 워낙 순둥이라서 걱정할 건 없어요. 지금으로서는 매우 좋아요. 일상생활을 하시는 데 문제는 없으시죠?"

"네, 잘 지내고 있어요. 교수님!"

유나는 상냥하게 대답했다. 주치의의 표정이 더욱 밝아졌다. 종양이 악성이 아니고, 순하다고 하니 안심이 되었다. 여러 번 들은 말이지만, 언제 들어도 악성이 아니라니 기뻤다. 걱정할 것이 없다니 마음이 한결 가벼워졌다.

"환자분이나 보호자분이 고생하셨어요. 아주 좋아졌어요."

너무나 기쁜 순간이었다. 민욱과 유나는 서로의 표정을 주시하며 환한 얼굴에 안도의 기쁨이 솟아났다. 감사하다는 말을 연발했다. 다른 말은 필요치 않았다. 감사보다 더 합당한 말은 없었다.

"재발하지 않도록 조심하셔야 해요. 숙제는 알고 계시죠? 꼭 하셔야 합니다. 하하하."

빙그레 웃으며 주치의는 유나를 쳐다보며 말했다.

"네, 숙제는 잘하고 있어요."

숙제란 한 달에 한두 번씩 목, 겨드랑이, 사타구니에 혹이 만져지는지를 확인하는 거였다. 만에 하나 무엇인가 의심스러우면 즉시 병원에 연락하고 오라고 당부했다.

"다행히 애가 워낙 순해서 재발 위험은 낮아요. 활동폭도 느려요. 그래도 숙제를 잘해야 합니다."

재발은 쉽게 발생하지 않으니, 주치의는 안심해도 좋다며, 숙제를 충실히 할 것을 당부했다. 그 목소리는 전에보다 훨씬 부드러웠고 다정하게 들렸다.

"네, 알겠어요. 꼬박꼬박 할게요."

"그러세요. 그럼, 1년 후에 또 만나요."

"교수님! 감사합니다. 건강하세요."

1년마다 정기적인 검사가 필요하다고 했다. 애초에 첫 대면부터 10년의 치료가 필요하다고 했으므로 새롭진 않았다. 복용할 약이나 약물투약의 처방도 없이 투병 조건은 깨끗했다. 유방외과처럼 약식 완치판정이나 다를 바 없었다. 진료실을 나온 부부는 담당 간호사를 통해 1년 후의 검사와 진료일의 예약안내서를 받아 들고 기쁨으로 대기실에 있던 세라를 만났다.

"아빠~~ 어떻게 되었어요?"

세라는 숨이 끊어질 듯이 다급하게 민욱의 팔을 잡고 물었다.

"모든 수치가 정상적으로 좋아졌다는구나. 하하하. 엄마는 다 나은 거나 다름없어. 유방암처럼 1년에 한 번만 검사하면 돼."

고통스러웠다는 항암주사나 표적주사와 약 처방도 없다는 말에 세라는 엄마를 와락 안았다. 엄마를 진료실로 보내놓고, 그 짧은 시간 동안 애태운 애절한 심정은 이루 말로 다 할 수 없었다. 다시 살아난 엄마를 품에서 놓지 않으려고 안간힘을 다해 안은 세라의 눈이 촉촉하게 젖었다. 세 사람은 날아갈 듯이 가벼운 몸으로 '종양내과'를 나와서 '병원비 수납 단말기'에서 진료비를 자동으로 수납했다. 휴게실로 나온 세라는 서둘러 가슴 조이며 연락을 기다리고 있을 동생 명훈에게 전화했다. 동행하지 못하고 소식을 목마르게 기다릴 명훈이가 걱정되었다.

명훈은 서울 풍납동까지 들리도록 시카고에서 아우성치며 좋아했다. 미국 땅에 살면서 아들로서 엄마를 곁에서 돌보지 못하고 두려움에 힘들었던 시간이 한순간에 사라지는 기쁨에 감격했을 것이다. 민욱도, 유나도 기뻐서 어쩔 줄을 모르는 아들이 고마웠고, 그 모습이 눈앞에 선명하게 그려졌다.

이때였다. 예상하지 못했던 반갑고 고마운 얼굴이 눈앞에 출몰했다. 세 사람의 눈은 휘둥그레졌다. 앞에 나타난 그녀는 서린이었다. 가까이에서 이들을 지켜보았으므로 검사결과를 짐작한 서린의 얼굴이 환하게 밝았다. 유나의 손을 잡은 서린은 축하했다.

"축하해요. 참혹한 5년의 올무를 벗으려고 애쓴 두 분이 고생하셨어요. 좋은 결과를 얻었으니 아픈 기억들은 지우면서 살아요."

"고마워요. 무엇보다 서린씨의 축하를 받으니 너무 기뻐요. 이렇게 먼 길을 오지 않아도 되는데, ... 너무 고마워요."

유나는 진심으로 고마워했다. 서린은 가족들이 게이트로 들어가는 것을 보았지만, 번거로움을 피하려고 로비에서 기다리고 있었다. 누구보다 병원의 출입시스템을 잘 알고 있는 까닭에 많은 사람 틈에서도 어렵지 않게 만날 수 있었다. 민욱도 서린과 기쁨과 반가움의 악수를 나눴고, 세라는 너무나 고마워서 서린의 품에다 애틋한 정을 그렸다.

"어머니! 이렇게 고마울 수가 없어요. 병원까지 와주셔서 감사해요. 오실 줄은 생각도 못 했거든요. 아빠와 엄마가 너무 좋아하시네요. 호호호."

세라는 순간 진한 가족애의 중요성을 느꼈다. 외로운 부모님께 이처럼 신경 써주시는 가족이 고국 땅에 있다는 것은 감사의 조건이고, 행복의 조건이 분명했다. 가족구성의 특수성은 상관없었다. 진정한 사랑을 피부로 느껴보는 소중한 자리였다.

"우리 딸이 이처럼 고마워하면 서운해지려고 해. 당연한 일에 너무 감격해하는 것 같아. 나도 세라의 엄마잖아. 호호호~~. 유나씨는 엄마의 친구야."

"너무 갑자기 만나서 어리둥절해서 그랬어요. 어머니~."

"내가 너무 서프라이즈 했나?"

"정말 그랬어요. 어머니! 호호호~."

서린과 세라는 서로를 지켜보며 즐거워했다. 정말 축하하고, 축하받는 자리는 아름다웠다. 서린의 동석으로 민욱과 유나도 기쁨이 한층 더했다. 서린이가 병원에 나타날 줄은 전혀 예상하지 못했던 일이라 서린의 말처럼 기막히게 서프라이즈 한 출현이었다. 어제저녁에 통화했을 때는 모르고 있는 것 같았는데, 축하하기 위해서 병원까지 왔다는 것은 감동이었다.

서린은 말했다. 민서도 오고 싶었는데, 수업을 빠트릴 수 없는 관계로 오지 못해서 안달했다며 아쉬운 마음을 고스란히 전했다. 이 말을 들은 유나가 말했다.

"이번 토요일에 내려가려고 했는데, 민서가 보고 싶어 하니 하루라도 앞당겨서 가야겠네요."

"그렇다면야 민서가 더 좋아하겠죠. 호호호~~. 그건 나도 찬성이에요. 멋진 설계도가 빨리 보고 싶거든요."

서린은 유나의 호의에 만족스러운 웃음을 눈가에 나타냈다. 옆에 있던 세라도 설계도가 보고 싶다는 서린의 마음이 흡족했다.

"그렇게 할게요. 기대하셔도 좋아요. 어머니 마음에 드실 거예요. 그것만은 세라가 확신해요."

세라는 자신감이 넘쳤다. 그만큼 자기의 재능과 실력을 믿는다는 것은 전문가로서 아름답기만 했다. 얼굴을 절반이나 마스크로 가린 가족들이지만, 눈빛만 봐도 그 마음을 알아차렸다. 숨이 막혔던 팬데믹에서 자유로운 엔데믹으로 전환되는 시점이라 금년 하반기에는 대형병원에도 마스크 착용이 해제될 것으로 전문가들은 예상했다. 3년이 넘도록 착용한 까닭에 마스크 착용이 일상화되어 크게 불편하지 않은 것이 이상한 시대로 변했다. 반복된 습관화가 남긴 무서운 현상이 아닐 수 없었다.

네 가족은 지하식당으로 내려갔다. 시간이 일러서 식당들은 개점하지 않아서 문을 연 죽집에 들어갔다. 모두가 아침을 걸렸으므로 죽이 좋을 것 같다고 생각했다. 그래서 전복죽, 호박죽, 야채죽 등을 주문했다. 주문한 음식들이 탁자에 배치되자 모두 마스크를 풀었다. 본의 아니게 감춰졌던 얼굴을 보면서 환하게 웃었다. 상대방의 얼굴을 다 볼 수 있다는 게 신기한 시대였다.

"이제야 보고 싶었던 얼굴들을 확실하게 보게 되었네요. 호호호~~. 코로나는 심술궂은 나쁜 바이러스예요."

서린은 밝은 얼굴로 세 사람을 번갈아 보며 즐거워했다. 민욱, 유나, 세라의 시선은 일제히 서린에게 쏠렸다.

"그러게 말이에요. 오랜만에 숨겨진 얼굴을 보는 것도 나쁘진 않네요. 신기하기까지 하잖아요. 호호호."

유나는 서린의 고운 얼굴을 주시하며 말했다. 마스크에서 자유를 얻은 얼굴들은 죽을 즐기기에 돌입했다. 짓궂은 세라는 이 그릇 저 그릇을 옮겨 다니며 한 숟가락으로 여러 가지 맛을 음미했다. 누구도 그런 세라를 미워하지 않았다. 엄마를 닮아서 나이에 어울리지 않게 깜찍한 세라의 행동은 귀여웠다. 그들 중에서도 서린은 세라를 월등하게 좋아했다. 오붓한 죽 파티가 끝났다.

　서린은 오후에 중요한 약속이 있다면서 금요일에 만날 것을 기약하고 병원에서 헤어졌다. 아쉽게 서린을 배웅한 가족들도 홀가분한 기분으로 콧노래를 부르면서 병원을 나섰다. 두려움과 죽음의 공포에 시달렸던 지난 5년을 삼켜버리도록 수고하신 고마운 병원가족(주치의, 간호사, 원무관계자 등)에게 무한 감사를 곳곳에 뿌렸다. 암세포로부터 완전한 자유는 얻지 못했지만, 욕심부리지 않고 중간 완치판정에 만족했다.

　앞으로 또 5년 후, 2028년 2월과 5월이면 암과의 종전선언이 이루어질 것을 믿었다. 수술하고 10년 5개월만의 자유를 담담하게 맞이할 것을 다짐하는 이들에겐 두려움이 보이지 않았다. 기쁘고 행복한 가슴에 장미꽃을 피우면서 5월 마지막 날에 피곤한 육신과 기쁨의 마음을 싣고 중부고속도로에 진입하여 여유 있게 달렸다. 짧게 경부고속도로, 호남고속도로를 거쳐서 북대전 톨게이트를 빠져나와 용산동으로 돌아왔다.

21. 고아의 옷을 벗었다

　민욱은 아침부터 여행준비를 서둘렀다. 계획했던 토요일이 아닌 유나가 말한 대로 금요일 아침인 유월 초이틀이었다. 여름이 일찍 온 듯한 날씨는 꽤 후덥지근했다. 일기예보에서 비가 내린다고 했지만, 하늘을 쳐다보니 그럴 낌새는 보이지 않았다. 일기예보가 맞지 않을 때가 많았으니까, 오늘도 일기예보가 틀려서 비가 오지 않았으면 좋겠다고 희망을 걸었다. 우리나라의 일기예보 적중률이 낮다는 것에 기대했다. 간편한 여름 복장을 갖춘 가족은 집에서 출발했다. 세라는 전원주택(대지 500m2, 단층 60평의 2층 규모)과 3층 아트갤러리 건물(지하 1층, 지상 2층)의 상세설계도와 참고자료, 그리고 이 모두를 저장한 USB(상세설계도와 3D 입체영상설계도)와 노트북을 준비했다.

　전원주택에 대한 설계는 1차로 부모님께 만점을 받았다. 세라의 기발한 아이디어는 부모님을 감동시키기에 부족하지 않았다. 지역적인 환경을 최대한 살리고, 자연과 인체공학을 접목했으며, 외형이나 내부구조는 각이 없는 곡선의 아름다운 조화를 이뤄 건축의 새로운 기법과 생활의 부드러움을 최상으로 접목시킨 독특한 작품이었다. 이제 실제적인 건축주인 서린의 관문을 통과하여 착공과 원활한 시공을 거쳐서 준공에 이른다면 압해도에서 뿐만아니라, 시대적 고상함이 널리 명물이 될 것을 의심하지 않았다.

　기발하고 특색이 있는 것은 주택의 지붕과 모형이었다. 바닷가를 연상할 수 있는 갈매기의 비상하는 형상을 주택으로 설계한 게 압도적이다. '몸통 부분'은 복층구조로 중앙에 위치하고, 양쪽 '날개 부분'은 허공에 뜬 2층 구조였다. 날개 밑 1층 양쪽은 자동문 차고를 마련했다. 외부는 물 흐르듯 유연성이 특징이었고, 실내 구조는 역동적인 곡선으로 설계되었으며, 방마다 작은 발코니가 준비되었고, 좌우엔 통유리로 바다와 조화를 이루었다. 창문은 크고 넓었으며, 주택마다 내부구조는 다르게 설계된 것이 포인트였다. 방보다 거실을 넓게 하여 커다란 창문으로 구성했다. 전원주택의 주 포인트인 갈매기 '부리 부분'은 내륙을 향하고 있기에 복층 2층에서 통하는 지붕이 있는 테라스, '꼬리 부분'은 바다를 향하고 있으므로 2층 거실을 통하여 바다를 볼 수 있는 여유 공간은 낭만적이고 이국적인 정취를 느낄 수 있을 것 같았다.

　이를 쉽게 공감할 수 있도록 시공에서부터 완공에 이르기까지 최첨단 3D 입체영상을 제작한 것은 디지털 한 설계의 다양한 묘미를 시각적으로 부각시켰다. 시뮬레이션으로 완공되었을 주택의 내외부 모습을 볼 수 있다는 점에서 높은 신뢰성을 구축했다.

그리고, 아트갤러리 건물(대지 300평 규모)의 지붕은 파도를 연상하는 물결 무늬를 토대로 형상화했다. 내부구조는 서린의 뜻에 따라 1층은 갤러리(전시장), 아틀리에, 화실 등으로 구성했고, 2층은 사무실과 접견실, 휴게실(카페), 소극장(공연, 연주회, 영화감상 등)이 설계되었으며, 지하에는 가족들이 사용할 수 있는 풀장, 샤워장(화장실), 헬스장, 다용도실(주민 대피용, 주방설비, 침구류 비치), 자체 발전시스템 설비 등으로 완벽을 추구했다. 더욱 눈에 띄는 건 지하통로를 통해서 해안으로 나갈 수 있다는 점이 독특했다. 전문가의 도움으로 완벽하고 웅대한 'B&K 패밀리랜드'의 실체와 같은 '조감도'까지 준비했다.

어느새 서린의 사무실에 도착했다. 기다리고 있던 서린은 대전 가족을 더욱 반갑게 맞았다. 점심시간이 가까웠다. 설계도 시연은 미루고 인근 냉콩국수 집으로 자리를 옮겼다. 초여름 날씨에 시원한 콩국수는 별미였다. 유나를 제외하고는 모두 그릇을 비웠다. 왁자지껄한 식당을 나와서 2층 사무실에 다시 모였다. 직원이 만들어 온 시원한 주스와 커피로 여유 있는 시간을 즐겼다.

휴식을 취한 세라는 테이블에 설계도와 세부적인 공사개요 자료, 조감도를 펼쳐놓고 서린에게 자세한 설계 브리핑을 시작했다. 주택에 대한 설계도(7.0의 내진설계) 3종과 아트갤러리 건물에 대한 설계도(7.0의 내진설계)를 이해하기 쉽게 설명하고, 사무실 컴퓨터로 핵심적인 요소인 입체적인 3D 영상을 직원이 설치해 놓은 프로젝트 화면에 띄웠다. 자유롭게 영상을 조정하며 다양하게 완성도를 연출하였으며, 완공된 주택이나 갤러리를 먼저 보는 흥미가 새로웠다. 서린의 입은 다물어지지 않았다. 이런 설계도와 영상을 처음 접한 서린은 충격과 감동에 정신을 잃을 정도였다.

"어머~~ 대단하다. 정말 대단해! 이 정도는 생각도 못 했는데, 아이디어와 설계기술이 너무 엄청나다. 역시 세계 굴지의 시카고 대학 건축공학부 교수님다워. 호호호~~. 너무 만족스러워. 이 정도면 주택이 아니라 건축작품이야. 너무나 완벽해."

"어머니께서 마음에 드신다니 다행이에요. 어머니의 마음에 흡족하지 않으면 어떡하나 하고, 시카고를 떠나면서부터 긴장했거든요. 호호호~. 어머니의 개성이 독특하고 워낙 까다로우시잖아요."

세라는 부모님의 얼굴을 살피며 웃는 얼굴로 한숨을 쉬었다. 작품이 작품인지라 진짜 긴장한 것 같아서 유나가 손을 잡아주었다.

"이건, 마음에 드는 정도가 아니야. 어떻게 이런 구상을 했을까? 석 달 열흘을 놀래도 부족할 것 같아. 완공된 집이 빨리 보고 싶어서 어떻게 견디지? 호호호~ 세라야~ 고맙다. 세라가 우리 패밀리랜드를 위해서 건축을 공부한 것 같아. 너무 자랑스러워. 그런데 엄마는 개성이 독특하거나 까다롭지 않아. 호호호."

서린은 정말로 만족스러워했다. 서린은 세라를 안고 기뻐했다. 사무실에서 춤이라도 추려는 기세였다. 만족도 열 배, 백배였다. 아름다운 건축물을 볼 수 있다는 생각에 서린의 마음은 소녀처럼 설레었다. 기뻐하고 좋아하는 그 모습을 보는 민욱과 유나, 그리고 설계한 당사자인 세라도 기쁘고 황홀했다.

"어머니! 그렇게 좋으세요?"

"좋고말고. 이 정도의 작품은 기대하지 않았거든. 이건 전원주택의 획기적인 변화야. 앞으로 방문객들로 압해도가 요란하겠는 걸. 호호호~~. 지중해 연안에서도 구경 오겠어. 방문객이 너무 많아서 압해도가 바다에 가라앉을지도 모르겠어. 호호호~."

"표현력이 대단하셔요. 어머니를 누가 말리겠어요. 호호호~~. 아무리 구경 오는 사람이 많아도 섬이 가라앉지는 않을 거예요. 그건 안심하셔도 괜찮아요."

이때, 듣고 있던 민욱은 한마디 던졌다.

"그래, 맞아. 세라야~. 아무도 말릴 수 없단다. 하하하~~."

서린은 환하게 웃으며 그 사실을 인정했다.

"맞아요. 내가 별나긴 별난가 봐요. 호호호~~. 태어나길 그렇게 태어났으니 어쩌겠어요. 호호호"

사무실에는 웃음꽃이 유월 들녘의 야생화들처럼 피어났다. 서린은 감동을 자제하며 3D 입체영상을 이리도 돌려보고, 저리도 돌려보며 감격을 멈추지 않았다. 그녀의 신기한 눈빛은 화면 속으로 빠져들어 갈 것 같았다. 세라의 얼굴을 쉴 사이 없이 쳐다보며 장난감을 선물 받은 어린애처럼 좋아했다.

"어머니! 그만 보세요. 오래 보시면 머리 아파요."

"세라가 설계했다는 게 신기해서 그래. 우리 건설회사에 명예 설계 고문으로 모셔야겠다. 정말 마음에 들어."

"전문 설계사와 감리사의 도움도 받았어요. 저 혼자서는 힘들어요. 시스템별로 필요한 기능이 있어서 조합해야 했어요. 그렇지만 설계 총괄책임자는 저예요. 최초 아이디어 제안과 기초 설계는 제가 했어요."

"강 교수님! 고생 많았어. 너무 멋져. 좋은 작품이 될 것을 의심하지 않아. 세계에서 압해도뿐인 전원주택이 될 거야."

서린은 일어나서 세라를 또 안아주었다. 기특하고 놀라웠다. 세라의 능력과 실력을 인정했다. 멋지고 아름다운 전원주택 랜드가 완성될 것을 의심하지 않았다. 서린의 만족도에 민욱과 유나도 어깨가 으쓱했다. 다시 한번, 세라의 독창적인 아이디어와 설계도가 수정사항 없이 통과된 것에 아깝지 않은 찬사를 보냈다. 민욱과 유나는 자신들의 딸임을 자랑스러워했다. 세계적인 우수한 건축모델과 전문인력 양성에 이바지하고 있는 실력과 능력을 갖춘 전문가답다고 치켜세웠다.

　창의적이고 독창적인 갈매기 형상의 건축물이 부모의 모국에서 날개를 펼칠 수 있기를 고대했다. 세라의 마음도 뿌듯했다. 딸의 신기하고 고즈넉한 작품 속에서 아름다운 여생을 즐길 것을 생각하는 민욱과 유나의 마음은 벌써 가슴이 설레었다. 그 반면에 건축비가 만만찮을 것 같아 부담되기도 했다. 여유자금을 다 쏟아부울 수는 없었다. 딸의 도움을 받는다면 건축비를 줄일 수 있을 것으로 판단했다.

　건축에 대한 모든 자료를 서린에게 넘겼다. 그리고 기초공사가 시작되면, 믿을만한 시공감리 담당자를 완공 때까지 파견근무 시키겠다고 했다. 건축회사의 별도 감리는 필요치 않다며 설계시공과 완공의 조화를 이루겠다며, 자신도 시간을 내어 간간이 중요한 미팅에 참여하겠다고 안심시켰다. 감리사에게는 숙식제공과 승용차가 필요하다고 요청했다.

　"그렇게만 해준다면 우리야 안심이지. 부수적인 문제는 염려하지 마라. 내가 만족하도록 준비할 테니까. 우리 세라가 많이 고생해서 어떡하나? 건축공기를 충분하게 하고, 건축비는 생각하지 말고, 200년은 거뜬하도록 좋은 원재료를 사용하도록 해."

　민욱의 건축비 절감 생각은 서린의 말에 철퇴를 맞고 말았다. 민욱과 유나는 서로의 눈치를 살피며 멋쩍게 웃었다.

　"염려하지 마세요. 어머니! 세라를 한번 믿어보세요. 후회하지 않을 거예요. 자랑 같지만, 미국에도 저의 작품이 건재하거든요. 부모님의 모국에 건축하는 첫 작품이라 신경 썼어요. 호호호~."
 세라는 시원시원한 성격의 서린이 마음에 들었다. 주택건축에 대한 제반사항을 위임받은 세라는 기분이 좋았다. 건설회사 선정이나 공사감독은 서린이 맡았다. 서린은 호남지방에서 많은 경험을 쌓은 오빠가 대표로 있는 건설회사를 선정하겠다고 했다.
 1차 미팅을 마친 이들은 먼저 현장으로 향했다. 사진으로만 봤던 설계자가 현장을 봐야 시공할 수 있으므로 당연한 과정이었다. 지프는 실내에 시원한 공기를 뿜으며 익숙한 도로를 통해 신안으로 달렸다. 두 시간이 지나서 현장에 도착했다. 굴착기 평토작업은 끝났으므로 현장은 조용했고, 흙냄새가 물씬 풍기니 정신이 맑았다. 시공의 첫 삽을 뜨는 순간만 기다리는 모습은 평화로웠다.
 "어머~ 너무 멋진 곳이에요. 정말 바다가 바로 앞에 있네요. 가까이 여러 섬도 보이고 너무나 멋진 곳이에요. 유럽의 이름난 해변보다 훨씬 아름다워요. 호호호."
 현장을 둘러보는 세라의 입에서 감탄사가 터져 나왔다. 바다가 눈앞에 보이는 전경은 유럽의 어느 아름다운 해변보다 월등하다고 감탄했다. 여기저기 흩어져 있는 작은 섬들이 유럽의 전경을 능가한다고 많은 점수를 할애했다.
 "언제 봐도 멋진 곳이야. 우리나라에도 이런 곳이 있다는 걸 상상도 못했어. 보면 볼수록 아름다운 곳이란 생각이 들어."
 민욱도 세라의 감탄에 동조했다. 바다가 있는 언덕 위의 갈매기 하우스는 최상의 조건을 갖춘 곳은 분명했다. 여름을 기다리는 바다 역시 손을 내밀며 빨리 오라고 하얀 파도가 손짓했다. 그 전경은 눈에 담기도 아까웠다. 갈매기 나는 해변은 낭만이 가득했다.

"그래, 여기에 삼원색 갈매기 세 마리가 나래를 펴고 비상을 준비하고 있다고 생각하니 가슴이 벅차다. 현장에 와보지도 않고 어떻게 그런 아이디어로 설계했는지 놀라울 따름이야. 호호호~~."

서린은 다시 한번 감동을 상기시키며 세라의 손을 잡고 칭찬했다. 그 모습은 너무 다정했다. 거리감을 느낄 수 없는 천상의 예비 된 운명적인 가족이었다. 얼마 전에 만난 이색적인 관계로 맺어진 가족이란 느낌이 전혀 들지 않았다.

"아빠가 바닷가라며 전경 사진 몇 장을 보내주셨어요. 바닷가와 전원생활을 생각하다가 미국 해변에서 갈매기 나는 모습이 떠올라서 '이거구나' 하는 생각이 들었어요. 제 머리도 쓸 만하죠?"

"쓸 만하다니? 무슨 소리야. 최고야 최고!"

서린은 엄지를 세우면서 세라를 지나치도록 칭찬했다. 민욱과 유나는 흐뭇한 얼굴로 이들을 지켜보며 연신 웃었다. 유나는 딸을 뺏긴 것 같은 생각이 들어 샘이 났다. 그만큼 서린과 세라는 잘 통하는 데가 있었다. 세라는 붙임성이 뛰어나서 크게 한몫했다.

"B&K 패밀리랜드가 완성되면 멋진 모습을 화폭에 담아서 시카고로 보내줄게. 아마 괜찮은 작품이 나올 것 같은데, 설계는 건축의 꽃이라고 하잖아. 설계한 세라가 꽃이야. 호호호~~."

서린은 세라에게 푹 빠져 있었다. 헤쳐나 올 생각도 없는 것 같았다. 아예 그곳에 오래 머물 생각인 것 같았다.

"어머니의 아름다운 작품을 기대할게요. 괜찮을 정도가 아니라 엄청 날 거예요. 제가 꽃은 아니지만, 제 작품이 어머니의 화폭에 담긴다니 큰 영광이에요. 호호호~~."

세라는 좋아했다. 화가의 그림을 받아본 적이 없었고, 자신이 설계한 '갈매기하우스'가 유명화가의 화폭에 아름답게 담기고, 그 그림을 소장할 수 있다는 것은 값어치를 떠나서 최대의 영광이라고 생각했다. 이들을 지켜보고 있던 유나가 샘을 냈다.

"두 사람만 놀기에요? 곁에 우리도 있어요. 호호호~~. 우리 늙은이가 소외된 것 같아서 서운하네요. 서린씨는 젊은 여자를 너무 좋아하나 봐요. 호호호~."

"아~~ 그렇군요. 내가 깜박했어요. 어쩐지 세라만 보이지 뭐예요. 내가 정에 약하고 일에 욕심이 많은가 봐요. 호호호~~. 유나씨의 예쁜 딸이잖아요. 질투할 건 아닌 것 같은데요."

이들의 행복한 웃음소리는 파도 소리와 바람 소리와 함께 자연의 숨소리를 일궈내어 합창했다. 언제 이들이 이렇게까지 친하게 되었는지 놀랄 일은 분명했다. 이는 한 사람에게서 이뤄질 수 없는 문제였다. 한 사람, 또 한 사람의 마음과 생각이 연합하는 과정에서 거부반응을 일으키지 않았기 때문일 것이다.

"그랬군요. 서린씨는 너무 재미있어요. 예능프로에 출연해도 되겠어요. 임기응변이 장난이 아니에요."

"그럴까요? 에~이~ 그건 사양하고, 그냥 그림만 그릴래요. 방송출연은 우아하신 유나씨가 하세요. 호호호~. 그래야 화면이 돋보이고 시청자들의 눈이 빛날 것 아니에요."

서린은 유나를 보며 새하얀 눈꽃처럼 웃었다. 이들은 현장을 둘러보며 건축 위치를 정하며 오순도순 얘기꽃을 피웠다. 앞으로 영광스럽게 탄생할 '패밀리랜드'를 머리에 그리는 마음들은 유월의 바닷가 시원한 바람에 하늘하늘 춤을 추었다.

서린은 말했다. 마당에 설계도 없이 준비할 작은 것들은 지역업체에 의뢰하겠다고 했다. 거기에는 화초 키우기를 좋아하는 민욱을 위한 '크리스털 온실'과 닭을 키워서 계란을 먹겠다는 유나를 위해 멋진 '닭장'을 비롯해서 반대편 가장자리에 공용바비큐장, 바다가 내려다 보이는 비탈길 언덕에 '팔각정 설치'와 '철책 울타리'와 CCTV 설치 등 사소한 것들이라고 했지만, 결코 사소한 게 아니었다. 안전한 생활을 위해 개도 몇 마리 키우자고 제안했다. 아무도 마다할 이유가 없었다. 서린의 계획은 세밀하고 철저했다. 가족들이 여유 있는 전원생활을 낭만적으로 즐길 수 있는 것에 포커스를 맞췄다. '갈매기하우스'의 입지구성을 마무리한 이들은 만족스러운 기분을 겹겹이 안고 광주에 돌아왔다.

날이 어두워지기 시작했다. 퇴근한 민서는 엄마네 집에서 기린의 목을 하고 기다리고 있었다. 저녁식사 준비하기에 늦은 시간이라 서린은 외식하기로 하고 민서를 아파트상가 횟집으로 불렀다. 방을 사양하고 홀 테이블에 둘러앉았다. 때마침 민서가 나타났다. 민서는 두루 인사를 하면서 유나를 먼저 안고 축하했다.

"어머니~ 축하드려요. 건강해서 너무나 보기 좋아요."

"그래, 민서의 축하를 받으니 내가 고맙지. 우리 이제 아프지 말고 건강하게 살기로 하자. 나도 민서가 건강하게 보여서 좋아."

"그럼요. 아프지 말아야죠. 어머니도 조심하셔야 해요."

색다른 모녀의 표정은 한없이 밝았다. 모녀 관계를 떠나서 함께 그 힘든 암세포와 5년을 싸워온 암 투병 동지니까 두말할 필요도 없었다. 서로의 힘들었던 과정을 알기에 마음은 더욱 가까웠다. 유나의 품에서 떠난 민서는 세라를 힐끔 보며 아빠에게 뽀뽀하고 나서 세라와 악수하면서 다정하게 인사를 나누었다. 모녀가 자리에 앉자마자 축하의 박수가 터졌다. 주인아주머니가 다가왔다.

"오늘 누구 생일이세요?"

"호호호~ 생일은 아니에요. 우리끼리 축하할 일이 있어요."

서린은 웃으며 말했다. 단골이라 신경을 쓰는 것 같았다. 가족이나 손님들 하고 자주 이용하는 신선한 횟집이라고 했다.
"그러세요. 호호호."
아주머니는 웃으며 새로운 인물들을 살폈다. 주문을 받은 후에 테이블을 떠났다. 민서는 아주머니 뒤를 보면서 말했다.
"누가 생일인 줄 알았나 봐요."
"우리에겐 생일보다 더 축하할 자리잖아."
민서의 말을 서린이가 받았다. 서린이 말처럼 오늘은 생일보다 수천 배는 즐겁고 의미 있는 날이었다. 완치판정은 말할 것도 없고, 패밀리랜드의 다이나믹한 설계가 완성되었기 때문이다. 이때, 퇴근이 늦은 양 서방이 합류했다. 서린 오빠네를 제외하고 가족들이 다 모였다. 그래야 여섯 명밖에 되지 않았다. 그러나 횟집에서의 조촐한 축하 파티지만 부족하지 않았다. 신선한 생선회에 시원한 맥주는 피곤한 육신을 사르르 녹였다. 횟집을 나오자마자 민서가 선동에 앞장섰다.
"아빠~ 우리 노래방에 가요. 우리 가족끼리 한 번도 안 가봤잖아요. 오늘은 특별한 날이고, 내 동생 세라도 있잖아요. 아빠~ 민서의 소원이에요. 이번 한 번만!"
민서는 아빠의 팔을 잡고 애교스럽게 손가락 하나를 세우고 애원하듯 했다. 듣고 있던 유나가 딱했던지 민서를 도왔다.
"그러세요. 큰딸이 소원이라잖아요. 죽은 사람 소원도 들어준다는데 산 사람 소원 하나 못 들어주세요."
유나는 민서를 큰딸이라고 했다. 이는 진정으로 딸로 인정한다는 뜻이었다. 서린도, 민서도 무척 좋아했다.
"소원이라면 어쩔 수 없네. 하하하~~."

"아빠! 땡큐~에요."

민서의 입술이 아빠의 입술에 가볍게 스쳤다. 민욱은 양 서방 보기에 민망한 얼굴을 했다. 이를 눈치챈 민서는 신랑에게 애교가 듬뿍 묻은 윙크를 쏘았다. 이를 보고 다들 웃었다. 가족들은 민서가 앞장선 2층 노래방으로 올라갔다. 노래방은 지하에 있는 것을 당연하게 생각했던 민욱은 의외였다. 민서의 얘기인즉, 술도 마실 수 있는 노래방이라고 했다. 암을 앓기 전에는 이곳에서 남편하고 가끔 스트레스를 푼다고 솔직하게 고백했다. 완치판정을 받았으니 한 판 놀아보자고 했다.

VIP 룸으로 자리를 잡았다. 이 노래방 역시 코로나 팬데믹으로 3년 동안 큰 어려움을 겪었다고 했다. 정식으로 장사를 재개한 지 얼마 되지 않았다고 주인 마담은 힘들었던 고충을 피력했다. '코로나19'로 말미암아 중소기업들, 소상공인들의 고통이야말로 모를 사람이 없을 것이다. 도산이나 폐업하지 않고 어렵게나마 위기를 극복한 그들이 위대한 승리자였다. 아직 엔데믹은 선포되지 않았지만, 세계적인 흐름을 보건 데, 금연에는 지긋지긋했던 바이러스 시대가 어지간히 해소될 것 같다고 민욱은 조심스럽게 전망했다. 그렇다고 장담은 할 수 없었다. 워낙에 신출귀몰한 게 그들의 특징이니 말이다.

자리에 앉은 가족들은 캔맥주와 안주 두 접시를 시켰다. 경쾌한 반주가 흥을 부추겼다. 건배주 한 모금을 마신 가족들은 현란한 불빛에 압도되었다. 민서는 능숙하게 마이크를 잡았다.

"방금 아메리카 대륙에서 막~ 귀국하신 시카고대학 교수님이신 강민욱 박사님을 소개합니다~~."

카랑카랑한 목소리가 실내에 울려 퍼졌다. 박수 소리가 뒤를 따랐다. 민욱은 마이크를 거절하며 뒤로 물러났다.

"난, 아는 노래가 없어. 생각해 볼 테니 민서가 먼저 해."

미국에서도 노래방에 가본 적이 까마득했다. 그래서 기억에 있는 노래가 없었다. 결국 민서가 나섰다. 쾌활한 민서는 노래뿐만이 아니라 흥겨운 안무에도 자신이 있어 보였다. 요즘 방송가를 뒤흔드는 블랙핑크의 노래를 선곡하고, 그 율동에 맞춰 온몸을 흔들며 흥에 흠뻑 빠져들었다. 보는 가족들의 정신이 몽롱했다. 10대 소녀처럼, 20대 숙녀처럼 춤을 추는 민서의 모습은 광적이었다. 이런 모습을 처음 보는 대전 가족들은 혼이 외출한 듯이 입을 다물지 못했다. 그런데, 남편이나 서린은 경험이 많아서인지 당연하게 여기는 것 같았다.

유나는 즐거워했다. 일어나서 무리하지 않게 유연한 몸짓으로 보조를 맞추며 민서의 끼를 살려줬다. 서린과 세라도 흥에 동참했다. 날씬한 세라의 몸놀림도 유연했다. 잘 어울렸다. 정신 나간 사람처럼 민욱과 양 서방은 맥주만 들이켰다. 노래가 끝나기 전에 지친 유나는 자리로 돌아왔다. 민욱은 유나를 염려했다.

"몸에 무리하면 안 돼."

유나는 그 말에 반응하지 않고 민서의 재능을 놀라워했다.

"알아요. 저 정도의 흥은 받아줘야죠. 민서의 흥이 대단해요. 말도 잘하죠. 노래면 노래, 춤이면 춤, 뭣 하나 못 하는 게 없어요. 호호호~. 만능 엔터테인먼트 같아요. 다분히 끼가 있어요. 당신을 닮지는 않은 것 같아요."

"그러게. 연예계로 진출했으면 좋았을 것 같다. 하하하~~. 가수들 뺨치겠는걸."

"너무 잘 놀잖아요. 우리 세라도 젊었다고 한몫은 하네요. 교수들 파티에서 인기가 좋다고 말한 적이 있었거든요. 호호호~."
 민서의 열무 열창이 끝났다. 숨을 헐떡거리며 민욱에게 다가와서 팔을 끌고 중앙으로 이동한 후에 마이크를 반강제로 맡겼다. 피할 도리가 없었다. 그렇다고 음치소리를 들을 정도는 아니다. 또래 벌인 노장 가수가 부른 '낭만에 대하여'를 선곡했다. 곡은 들어서 알지만, 가사는 기억하지 못해도 화면에 나오니 걱정없었다.
 "우리 아빠 최고!"
 민서는 크게 외쳤다. 정신없이 흥겨웠던 음악이 사라지고 잔잔한 무드의 음악이 깔렸다. 유나와 서린도 함께 민욱을 도왔다. 세대 차이가 확연한 노래였지만, 분위기만은 즐거움으로 가득했다. 그럴듯하게 마무리하여 90점을 받았다. 100점을 받은 민서보단 못했지만, 나쁘진 않아서 격려의 박수를 받았다. 다음 차례는 세라였다. 노래책에서 확인한 세라는 팝송을 선택했다. 미국의 인기 팝가수 '레이디 가가'의 'Alway Remember'를 불렀다. 조금 전과는 다르게 경쾌한 반주가 분위기를 이끌었다. 세라의 목소리와 노래 실력도 수준급이었다.
 민서는 아빠를 안고 분위기에 휩쓸리어 스텝을 밟았다. 부녀의 춤추는 모습은 애잔했다. 유나가 일어나서 서린의 손을 잡고 춤을 추었다. 유나는 미국 사회에서 간혹 드레스를 차려입고 파티에 어울렸으므로 춤 실력은 대단했다. 거기에다 미모의 발레리나라는 이유로 큰 가산점을 가지고 있었기에 인기 또한 남달랐었다.
 "발레리나는 역시 다르군요. 춤을 잘 추시네요."
 "호호호~ 배운 게 이것뿐이잖아요. 서린씨도 잘 추세요."
 "그건 아닌 것 같아요. 유나씨에 비하면 내가 나무토막 같은걸요. 춤은 배우지도 못해서 몸이 우둔해요. 호호호~."

"정말 그건 아니에요. 이 정도면 잘 추시는 거예요."
"그렇다니 고마워요. 우리 가족들이 앞으로도 종종 이런 시간을 가져야겠어요. 호호호~. 단합 차원에서 흥겹고 즐겁잖아요."
"가족의 화합을 위해 좋은 생각이에요."
그렇지만, 서린은 아빠와 춤추는 민서를 부러워했다. 민욱과 한 번도 얼싸안고 춤을 춘 적이 없는 서린에게는 당연했다. 세라의 팝송이 끝나고 다들 자리에 앉아 맥주로 목을 축였다. 세라는 94점을 획득했다. 민욱은 얼굴이 활짝 피어난 민서에게 말했다.
"민서는 공부는 안 하고 예능에만 신경 쓴 것 같아. 가수 수준이야. 아빠가 놀랐어."
"아빠~ 그게 아니고요. 이건 천부적인 재능이에요. 아빠 엄마의 DNA가 그랬나 봐요. 민서 잘못은 아니에요. 호호호~~."
"이거 한 방 먹었는걸. 하하하~~ 말로도 당할 수 없군. 확실한 건 아빠의 DNA는 아니야. 엄마를 닮았나 봐."
민욱은 DNA를 부정했다. 이런 부녀의 모습을 지켜보며 다들 웃었다. 이어서 서린은 '남자라는 이유'를 개사하여 '여자라는 이유'로 열창했다. 왠지 민욱의 가슴이 뜨끔했다. 그 심정을 이해하는 유나는 민욱을 노래하는 서린에게로 보냈다. 부담 느끼지 말고 안아줄 걸 당부했다. 민욱은 서린의 옆에 섰다. 세라도 있으니 민망하지 않게 서린을 잠시 안아주었다. 이를 보는 민서의 눈시울이 뜨거워졌다. 분위기를 감지한 서린은 표정을 밝게 하려고 애쓰는 모습이 아름다웠다. 서린의 열창은 민욱과 유나의 가슴을 파고 들었다. 서린도 만점을 거머쥐었다. 어려운 고음 처리가 인상적이었다. 환호와 박수가 쏟아졌다. 노래를 마친 서린에게 유나는 애잔한 눈빛을 보냈다.

분위기를 바꿔볼 생각으로 유나는 경쾌한 '남행열차'를 흥겹게 불렀다. 유나는 레퍼토리가 몇 곡밖에 없었다. 모두 일어나서 함께 합창하며 즐거워했다. 양 서방도 체격에 어울리지 않게 발라드(OVAN의 Flower)를 멋지게 소화했다. 유나와 양 서방도 90점을 넘게 받았다. 모두 가수의 소질이 있다는 멘트에 기계의 특수성을 인정했다. 이들은 노래하고 춤추며 두 시간을 흠뻑 즐겼다. 한때를 즐긴 가족들은 노래방을 내려왔다. 꽤 늦은 시간이었다.

민욱과 유나는 딸네 집을 가봐야겠다며 민서 내외와 동행했고, 부모님과 떨어진 세라는 서린과 짝이 되어 이산가족이 되었다.

"아빠 엄마~ 안녕히 주무셔요. 내일 만나요."

"그래, 너도 어머니하고 잘 자거라."

유나는 세라에게 손을 흔들었다. 서린의 아파트 옆 동 12층이 민서네 집이었다. 멀지 않은 곳으로 헤어졌다. 세라는 낯설지 않은 거실에 들어왔다. 압해도를 다녀오고 노래방에서 땀을 흘렸기에 피곤하기도 했다. 서린은 샤워하도록 세라를 안내하고 임시로 입을 잠옷을 준비해 주고, 자신도 안방 욕실에서 샤워했다. 샤워를 마친 세라는 민서가 쓰던 방이나 손님을 위해 마련된 방을 마다하고 서린과 한 침대에서 자기를 고집했다.

"처음이니까 어머니하고 한 침대에서 자고 싶어요. 어머니 가슴 만지고 자고 싶어서 그래요. 허락해 주세요. 어머니~~?"

"어머~ 그건 좀 야하다. 호호호~~. 다 큰 딸이 늙은 엄마 젖을 만진다니 부끄러워서 어떡해? 호호호."

애교를 남발하는 세라를 당할 수 없는 서린은 쑥스러웠지만 딸이란 생각에 거부하지 않았다. 모녀의 정을 더욱 돈독하게 하는 기회라고 생각했다. 거리감을 느낄 수 없는 모녀 관계를 형성하는 것이 서린의 바람이기도 했다.

"어머닌 늙지 않았어요. 그러니 하락해 주세요."

"세라도 못 말리는 딸이구나. 도망갈 곳도 없으니 어떡하겠어."

"어머니~ 고마워요."

"내가 부끄럽지만, 늙은 할망구 젖을 만지고 자겠다는 딸이 고맙고 귀엽잖아. 호호호~."

서린은 모녀의 첫 관문을 기꺼이 허락했다.

"어머니는 절대 할망구가 아니란 말이에요. 어머닌 20년은 젊어 보여요. 가끔 생각하면, 나이 차이가 조금 있는 맏언니 같다는 생각도 했어요. 호호호~~."

"놀려도 너무 심하게 놀리는 건 아니니? 호호호. 아무리 젊게 보인다고 해도 맏언니는 너무했다."

"놀리는 건 아니에요. 생각이 그럴 때도 있단 말이에요."

"호호호~~ 세라를 당할 수가 없다. 짓궂은 민서를 떠나보내고 나니, 그 자리를 더 강한 세라가 차지하는구나."

모녀는 불을 끄고 침대에 올랐다. 희미한 불빛이 방안에 어우러졌다. 세라는 서린 쪽으로 돌아누웠다.

"어머니~ 진짜 가슴을 만져도 돼요? 대전에서는 엄마 가슴을 만져야 잠이 들었거든요. 그런데 한 쪽이 없어져서 슬펐어요."

"그랬구나. 이제 완치판정을 받았으니 곧 복원수술을 받는다고 하셨어. 세라가 다음에 왔을 때는 예전처럼 대전 엄마에게도 예쁜 가슴으로 채워져 있을 거야."

"그때는 그때 구요."

세라는 어린애처럼 보챘다. 처음부터 각오했으니 거절할 수 없는 서린은 자신보다 큰 딸에게 가슴을 내어놓았다.

"하여튼 세라도 민서처럼 못 말리는 딸이야. 호호호~~."

세라의 오른손은 서린의 가슴으로 진격했다. 엄마 가슴처럼 감촉은 남달랐다. 매끈하고 탄력을 잃지 않은 가슴은 자기의 것이나 별반 다르지 않았다. 숱한 세월을 지나오면서도 여자의 아름다움을 소유하고 있는 가슴이 존경스러웠다.

"너무 예쁘고 탄력이 장난이 아니에요. 호호호."

"그렇다면, 세라 것도 만져 봐야지. 호호호."

서린은 세라의 가슴에 손을 넣었다. 성숙한 여자의 아름다움으로 사랑의 꽃을 피우지 못한 그 영역은 신비롭게 매끈매끈해서 탄성이 터져 나왔다. 자신이 처녀 때도 그랬을까 하고 생각했다.

"어머니~ 간지러워요."

세라는 팔꿈치로 가슴을 움츠렸다. 모녀는 서로를 안으며 의미 있게 웃었다. 서린은 생각했다. 세라와의 관계가 한 단계 더 가까워졌다는 걸 느꼈다. 세라 역시도 어머니라는 말이 가슴에 새겨졌다. 아빠를 사랑하는 두 엄마의 존재를 부끄러워하지 않기로 결심했다. 침대 위에서 피어난 모녀의 관계는 더욱 단단해졌다. 하나의 가족이란 새로운 세계가 열리고 있었다. 부모가 고아였으므로 일가친척이 없어서 어릴 때부터 외로움을 달고 살았던 세라였다. 친구들은 있는 할아버지 할머니도 계시지 않았고, 삼촌이나 고모와 사촌들도 존재하지 않아 친구들을 부러워했었다. 외가도 없었고, 외삼촌이나 이모도 없었으니, 외로움은 두텁기만 했었다.

이제, 세라는 외롭지 않았다. 다정한 어머니도, 귀여운 언니와 듬직한 형부와 조카들도 생겼다. 호남지방 재벌의 외삼촌과 외숙모, 그리고 외사촌 오빠들이 존재한다는 사실에 세라의 마음은 부풀었다. 새로운 가족들과 친숙하기 위해 자신의 적극적이고 쾌활한 성격으로 다가갈 것을 다짐했다. 서먹서먹한 가운데 머뭇거리지 않고, 적극적인 자세로 가까이 다가갈 것을 마음에 두었다. 가족이란 구성원을 하나로 결속시키는 일에 게으르지 않을 것을 자신했다. 외로움의 옷을 과감하게 벗어 던질 각오였다.

일찍 일어난 서린은 해장국으로 도다리 미역국을 시원하게 끓였다. 아직도 잠에서 깨어나지 않은 세라의 귀여운 모습을 내려다보며, 그 이마에 입을 맞춘 얼굴에는 미소가 어우러졌다.

"떼쟁이 아가씨~ 이제 일어나시죠"

세라의 귀에 대고 나직이 속삭였다. 세라는 부스스 눈을 뜨고 서린을 쳐다보았다. 그리곤 일어나 앉았다.

"언제 일어나셨어요?"

"어제 많이 피곤했나 보다. 노래방에서 언니가 못살게 굴었지? 민서한테 걸리면 모두가 파죽음이란다. 민서의 캐리어가 요란하다니까. 호호호~~. 그 성화에 외삼촌과 숙모도 도망가신단다."

"그렇군요. 그런데 언니 때문은 아니에요. 어머니~~."

세라는 어린 소녀처럼 두 팔을 벌리고 안아달라고 응석을 부렸다. 서린은 그 모습이 싫지 않았다. 먼지 하나 없을 새하얀 마음은 진심으로 딸을 사랑했다.

"내가 늦둥이 딸을 낳았나 봐. 이를 어쩌나? 호호호."

서린은 주저하지 않고 세라를 포근하게 안아주었다. 사랑이 듬뿍 담긴 스킨십은 언제 봐도 아름다웠다. 세라에게는 친엄마 같았고, 서린에게도 친딸 같음을 의심할 수 없는 광경이었다. 세라의 가족에 대한 외로움의 비중을 짐작할 수 있었다. 예쁜 천성과 친근감을 유발하는 화끈한 성격은 새로운 가족을 구성하는 데 큰 몫을 했다. 잠자리에서 일어난 세라를 초등학생 딸처럼 세면장으로 들여보내고 주방으로 나왔다. 아침식사 준비가 완료되었다. 아니나 다를까, 민박집 인솔 가이드 민서는 가족을 데리고 현관에 들어섰다. 민서의 목소리가 집안에 울렸다.

"엄마~~ 우리 왔어요."

"그래, 어서 오너라."

앞치마를 걸치고 손님을 맞았다. 민욱과 유나와 인사했다.

"잘 주무셨어요?"

"네, 잘 잤어요. 세라와 잠자리는 편하지 않았을 텐데 어떠셨어요? 호호호."

유나는 안 봐도 삼천리이고, 눈에 훤하게 보였다. 세라가 서린과 한 침대에서 잤을 거란 것을 분명했기 때문이다.

"이미 알고 계시는군요. 호호호. 유나씨가 딸을 빼앗긴 것 같아요. 내가 서른 살의 늦둥이 딸을 낳았나 봐요."

"호호호. 역시 그랬군요. 내 짐작이 적중했네요."

두 사람은 편안한 마음으로 시선을 마주치며 웃었다. 세라는 화장실에서 아직 나오지 않았다. 서린은 민서를 곁눈질하며 유나에게 물었다.

"재미있게 잤어요. 호호호. 그런데 행여, 민서와 2차 가신 건 아니죠? 민서가 전과가 있거든요."

놀기 좋아하는 민서의 성격을 아는지라 궁금했다. 유나가 대답하기도 전에 민서가 듣고 엄마에게 불만을 토했다.

"엄마! 민서도 마흔이 넘었거든요. 그전의 민서가 아니란 말이에요. 엄마 때문에 못살아 정말 ..... 흐~응."

"미안하다. 엄마가 웃자고 하는 말이야. 호호호~. 안 갔으면 다행이다. 마흔이 넘어서 철이 들어나 보다."

서린은 즉시 사과하며 위기를 넘겼다. 민서는 입을 삐죽거리며 세수하고 나온 세라에게 다가갔다. 유나는 토라진 민서를 보며 그 모습이 깜찍해서 웃었다. 그새 민서는 세라와 안방에서 무슨 얘기를 나누면서 깔깔거리는 웃음소리가 들렸다. 재미있는 일이 있는 것 같았다. 유나가 살그머니 안방에 걸음을 옮겼다. 민서가 침대에서 일어나며 말했다.

"어머니! 세라가 글쎄 엄마 젖을 만지면서 잤데요. 호호호~~. 우리 엄마는 내가 만지려고 하면 기법을 하면서 세라에게는 허락했다니 자존심이 상하긴 하지만 재미있는 뉴스긴 해요."

"뭐! 그 버릇이 어디 가겠니? 내가 창피해서 못 살아. 호호호."

이미 짐작하고 있었지만, 유나는 당황한 표정으로 세라를 나무랐다. 가만있을 세라가 아니었다. 즉시 엄마에게 약을 올렸다.

"엄마가 샘이 나서 그러죠? 헤헤헤~."

"다 큰 처녀가 그러고 싶을까? 호호호. 집안 망신이다."

"엄마~ 그렇다고 집안 망신은 아니에요. 우린 한 가족이잖아요. 그러니까 화내지 마세요. 오늘 밤에는 엄마꺼 만지고 잘게요. 샘 내지 마세요. 엄마~~ 호호호~."

모녀의 티격태격하는 모습을 부럽게 지켜보고 있던 민서가 유나를 위로했다.

"어머니! 다음에 민서가 어머니 젖 만지고 잘게요. 우리 동생 용서해 주세요. 호호호~~. 아직 철이 없어서 그런가 봐요."

"호호호~. 그래 알았다. 그게 답이구나."

유나는 얻은 것도 없이 방을 나왔다. 여우 같은 딸들에게 보기 좋게 당하고 나서 서린에게 푸념을 털어놓았다. 서린도 유나를 보며 행복하게 웃으며 쑥스러워했다. 세라에게 젖을 만지게 했다는 게 유나에게 미안했다. 반면에, 세라를 그만큼 사랑하고, 친딸처럼 생각한다는 사실에 서린으로 향한 고마움이 가득했다. 곧 가족들은 화기애애한 분위기로 아침 식탁에 둘러앉았다.

민욱과 유나, 그리고 세라는 처음으로 먹어보는 도다리 미역국을 별미로 맛있어했다. 이런 해장국은 쉽게 먹어볼 수 있는 게 아니었다. 서린의 손맛에서 탄생한 남도의 별미였다. 다들 어젯밤의 무리했던 목청 광기와 소속이 없는 춤의 피로를 거뜬히 풀었다. 가장 크게 이바지했던 민서는 활짝 웃었다. 출근하지 않는 토요일이라 더욱 좋은가 싶었다.

식사와 설거지를 마친 서린은 오빠(백승호 회장)와 '패밀리랜드' 건설관련 미팅을 주선했다. 복합적인 건설을 주관할 오빠와 설계자와의 의견이 필요했고, 가족으로 만남도 미룰 수 없었기 때문이다. 11시까지 회사 3층 회의실에서 만나기로 했다. 가족 모두 회사로 총출동이다. 이런 일은 창사 이래 처음 있는 일이었다. 11시 전에 회사에 도착했다. 버스회사답게, 쉬는 버스들의 환영대열을 반가워하며 건물로 들어섰다. 품위가 있어 보이는 10층 사옥은 멋진 자태를 뽐냈다. 지방 기업의 사옥으로 훌륭했다. 건물 입구 안내판에는 파란 바탕에 흰색 글씨로 여러 회사명이 가지런히 줄지어 있었다. 민욱은 사옥으로 알고 있었는데, 다른 회사에도 임대한 것이 납득하기 어려웠다. 무슨 사연이 있을 것 같았다. 직원의 안내로 3층에서 내렸다. 회의실 입구에서 듬직한 체구의 건장한 남자가 반가이 맞이했다. 유나와 세라는 초면이라 약간 긴장했다.

"어서 오세요. 귀하고 우아하신 분들이 오셔서 회사가 밝은 빛이 비치는군요. 우리 가족이 다 모여서 회사가 시끌벅적합니다. 하하하. 대전 가족들의 방문을 환영합니다. 미처 환영 현수막을 준비하지 못해서 꺼림직합니다."

 민욱과 반갑게 악수를 나눈 호탕한 백 회장은 유나와 세라의 손을 잡았다. 모녀는 유머 감각이 있는 백 회장에게 서먹한 감정을 느끼지 못하고 밝은 미소를 지었다. 서린이가 소개하려 하자 이를 막으며 직접 인사했다.

 "처음 뵙겠습니다. 백승호입니다. 앞에서도 말했지만, 대전 가족의 우리 회사 방문을 환영합니다. 이 또한 영광입니다."

 "한유나예요. 만나 뵙게 되어 반가워요. 가족이라 말씀하시며 환영해 주시니 몸 둘 바를 모르겠어요."

 "잘 오셨습니다. 가족은 가족이죠. 하하하. 그렇지 않아도 뵙고 싶었어요. 역시, 들은 대로 미인이시고, 아름답고 우아하십니다. 너무 미인이라서 눈앞이 흐려지려고 해요. 하하하~."

 "너무 그러시니 부끄러워요. 호호호~."

 싱긋이 웃으며 백 회장은 세라에게 다시 손을 내밀었다.

 "반갑습니다. 건축가 교수님이라 터프할 줄 알았는데, 정말 연예인보다 미인입니다. 어머닐 닮았군요. 하하하."

 "호호호~. 감사해요. 강세라예요. 엄마를 좀 닮긴 했어요. 그래도 우리 엄마보단 훨씬 못한 편이에요."

 이때, 기다리던 민서가 불만스럽게 쏘았다.

 "삼촌! 우리도 있잖아요. 어째 삼촌이 이상해졌어요. 미인을 보시면 정신을 못 차리시는 것 같아서 민서가 슬프단 말이에요."

 백 회장은 웃으면서 시기를 놓치지 않고 민서와 양 서방과 급히 포옹하고 환영의 멘트를 날렸다.

 "그래, 조카와 조카사위도 어서 오너라. 처음 보는 손님을 먼저 맞는 것이 삼촌만의 방식이란다. 오해로 큰일 날 뻔했구나. 하하

하. 남자는 모름지기 미녀에게 약한 법이란다. 오늘은 자리가 자리인 만큼 네가 이해해라. 하하하~"

　가족들은 웃으며 회의실로 들어갔다. 넓은 회의실에 듬성듬성 앉았다. 여비서는 가족들의 대거 출동에 의아해하며 커피잔을 배급했다. 세라는 잔잔하게 '패밀리랜드' 건설에 대한 브리핑을 시작했다. 자신 있는 표정으로 노트북을 펼치고, 회사직원이 설치한 스크린에 설계도(평면, 단면, 주택조감도)와 3D 입체영상을 차분하게 쏘았다. 한참동안 세라의 깔끔하고 명확한 설명은 모두를 놀라게 했다. '패밀리랜드 건축프로젝트'의 설계는 서린에게처럼 백 회장으로부터 좋은 반응을 얻어냈다. 경이롭다는 표현을 아끼지 않은 백 회장은 수고한 세라에게 박수를 보냈다. 자신의 계열사에 경험이 많고 탄탄한 건설회사가 있다면서 시공에 박차를 가하겠다고 약속했다. 모두 일어나서 손뼉치며 성공적인 건설을 위해 환호성을 울렸다.

　사실은 모기업인 운수업(시내버스, 직행버스, 관광버스, 렌탈 서비스 등)과 중견 건설회사와 토건장비 렌탈, 유통물류센터, 건축자재(대리석, 철제빔 등 수입제품) 판매, 오토도어(건물, 대문, 차고, 주택) 및 철제 울타리 제작설치 등의 자회사를 거느리고 있었다. 호남지역에선 널리 알려진 알찬 '숭서그룹'이었다. 그룹명은 '숭호'와 '서린'의 이름 첫 자를 땄다고 했다. 그러므로 서린도 사업에 참여하고 있는 그룹 상무이사의 직함을 가지고 있었다.

　"이런 기막힌 작품이 어떻게 나왔어요? 이거 욕심이 나는데요. 독자개발의 작품이니 특허부터 신청해야겠어요."

　놀람이 진정되지 않은 백 회장의 감탄은 문이 활짝 열렸다. 설계도와 건축물에 대한 특허를 신청하겠다니, 역시 CEO다운 바람직한 생각이었다. 세라도 생각 못 한 일인데, 백 회장이 특허신청을 하겠다고 하니, 기대되고 가슴이 부풀었다. 고마운 마음으로 기뻐하며 세라가 입을 열었다.

"외삼촌! 조카인데 말씀을 낮추세요. 듣기가 거북해요."

"뭐! 외삼촌이라고? 허~허~ 그거 반갑고 듣고 싶었던 소리네. 들어도 들어도 싫지 않은 소리야."

백 회장은 세라의 말에 더욱 놀라서 자빠질 정도였다. 그러나 세라는 당연하다는 듯이 방긋이 웃어 보였다.

"네, 외삼촌! 저는 외삼촌이 계셔서 참 좋아요. 앞으로 민서 언니만 예뻐하시지 마시고, 세라도 외로운 조카니까 예뻐해 주세요. 세라를 서운하게 하시면 패널티를 물릴 거예요. 헤헤헤~."

세라는 미안한지 민서의 표정을 얄밉게 살피며 애교를 유감없이 발휘했다. 이는 외로운 세라의 본성이다.

"오~ 그래, 아빠가 매제이니, 조카는 맞지. 하하하~~. 나도 자랑스러운 예쁘고 훌륭한 건축가 조카가 생겨서 너무 좋다. 이거 잔치라도 해야 하는 거 아닌가? 백 상무는 어떻게 생각해? 패널티 받지 않으려면 긴장해야 될 것 같은데? 하하하."

백 회장은 서린을 보며 기쁨을 감추지 못했다. 서린이가 대답하기 전에 세라가 얼른 나섰다.

"외삼촌! 잔치는 다음에 해요. 호호호~. 패밀리랜드가 준공되면 그때 가서 풍성하게 해도 늦지 않아요."

"하하하~ 오늘 내가 갑자기 나타난 세라 조카한테 혼이 나는구나. 이거 지원군 와이프를 불러야 되겠네. 하하하."

백 회장은 세라에게 눈을 떼지 못했다. 아들만 둘인 백 회장은 일찍이 민서로부터 딸의 위대함을 경험했지만, 더 강력한 적수를 만났다고 좋아했다. 다들 세라의 여우짓에 정신을 잃고 멍청하게 눈알만 굴렸다. 전에도 서린과 민서와 양 서방을 어머니와 언니, 형부로 받아들이며 가족들을 당혹하게 했던 세라는 오늘도 예외는 아니었다.

"외삼촌! 조카가 갑자기 하늘에서 떨어진 게 아니고요, 이미 30년 전부터 이 땅에 존재하고 있었어요. 그래서 이렇게 만났잖아요. 미국에 남동생도 있는걸요. 호호호~~."

"아~~ 이거~ 한 방 크게 맞았는데 ..... 하하하~~. 내가 그걸 생각 못 했구나. 이럴 줄 알았으면, 사전에 백 상무에게 교육이라도 받고 마음의 준비를 했을 텐데 말이야. 하하하."

백 회장은 호탕하게 웃으면서 얼굴에 땀이라도 닦으려는 것처럼 손바닥으로 얼굴을 감싸고 쓸어내렸다.

"외삼촌! 한 번 안아주세요."

백 회장은 무엇에 홀린 것처럼 세라를 가볍게 안아주었다. 세라는 두 팔을 크게 벌려 외삼촌을 힘껏 안았다. 그리고 속삭이듯이 말했다. 세라는 소녀 같은 마음을 가지고 있었다. 삼촌, 고모, 이모란 단어를 아예 입에 올리지 못하고 살아온 가여운 세라와 명훈이다. 부모가 고아란 그 아픔에 대를 이어 아파해 온 세라였기에 지금의 외삼촌은 하늘의 별 같은 존재였다. 그동안 삼촌이나 고모, 외삼촌이나 이모의 사랑을 받아보지 못한 세라는 닻을 올린 돛단배처럼 순풍에 가족 항해를 시작했다. 그러므로 더욱 적극적으로 가족이란 관계를 승화시키려고 노력하는 모습이 귀여웠다.

"외삼촌! 사랑해요."

세라의 목소리는 떨리고 있었다. 그 가슴이 편안했다. 아빠의 가슴과는 또 다른 감정이 흐르는 우람하고 듬직한 가슴이란 걸 알았다.
"세라 같은 조카가 있어서 너무 뿌듯하고 자랑스러워. 우리가 너무 늦게 만난 것 같아. 앞으로 조카들의 후광을 보겠는걸."
백 회장은 세라의 철지난 귀여운 행동을 좋아했다. 세라의 여우짓을 보고 있는 민욱과 유나의 가슴도 미어졌다. 부모가 고아라서 그동안 쌓이고 쌓인 외로움의 허물을 벗는 것 같아 세라가 가여워지기 시작했다. 저토록 일가친척을 그리워한 줄은 알지 못했다. 한 사람, 또 한 사람을 가족으로 만들어 가는 세라의 모습은 어느 영화보다 진지하고 아름다웠다. 민욱은 이제 서야 귀국을 결심했던 것을 잘한 일이라고 생각했다. 서린을 만나게 된 것이 새로운 가족이 형성되는 이정표였음을 증명했다.
설계 브리핑과 세라의 애교 퍼레이드가 끝나고 회의실을 나왔다. 세라는 백 회장을 놓아주지 않았다. 팔짱을 끼고 나란히 걸었다. 직원들이 힐끔힐끔 보며 지나가도 미소를 뿜으며 개의치 않았다. 이를 보는 가족들도 여우의 꼬리라도 찾으려는 듯이 세라의 뒤를 살피며 따랐다.
"이제, 민서가 외삼촌을 뺏긴 거 같다."
민욱은 민서를 골려주었다. 그러나 민서의 무기는 따로 있었다.
"요즘 남자들은 한 살이라도 어린 여자를 좋아한다니까요. 우리 삼촌도 남자이니 별수 없나 봐요. 이런 식이면 앞으로 외삼촌하고 절교할 거예요. 민서도 화났어요. 호호호~~."
민서를 골려주려다가 백 회장을 공격당하게 한 꼴이 되고 말았다. 민서의 불만을 들은 백 회장은 빙그레 웃으며 한마디 했다.
"하하하~ 민서 나이가 더 많은가? 그걸 이제 알았네. 외삼촌은 몰랐어. 우리 민서가 언제 나이를 그렇게 먹었지? 아직도 깜찍한 여대생인 줄 알고 있었다니까. 하하하~."
 민서는 새침했다. 세라는 외삼촌의 얄미운 농담에 팔을 살짝 꼬집었다. 그 얼굴을 쳐다보며 윙크했다.
 "외삼촌! 민서 언니는 아주머니예요. 몰랐어요? 두 아이의 엄마란 말이에요. 아들은 대학생이고, 딸은 고등학생이잖아요. 그런데 세라는 아직 결혼도 안 한 싱싱한 숙녀란 말이에요. 호호호~."
 세라의 능청스러움에 웃음이 한바탕 어우러졌다. 달려온 민서는 세라의 등을 살짝 치며 의좋은 자매의 모습을 마음껏 발산했다. 애교 퍼레이드는 끝이 보이지 않았다. 가족들은 식당까지 걸어서 이동했다. 한적한 곳이지만 '한정식'이 일품이란 식당으로 안내했다. 이미 비서의 예약으로 자리가 마련되어 있었다. 서린이나 민서 부부는 백 회장 따라 몇 번 먹어본 적이 있었다. 지역에서 생산되는 각종 나물과 절임 야채, 고등어와 삼치구이, 병어조림, 꽃게무침과 조갯살 무침 등 20여 종의 반찬류가 식탁을 가득 채웠다. 구수한 된장찌개와 얼큰한 매운탕도 입맛을 자극했다. 민욱과 유나는 이런 푸짐한 한정식은 처음이라 입이 딱 벌어졌다. 그 맛도 역시 일품이었다.
 뚝배기보다 장맛이라고, 화려하지 않은 식당이었지만, 그 맛은 나무랄 데가 없다고 입을 모았다. 만족스러운 가족들의 표정을 살피는 백 회장의 기분은 더없이 좋아 보였다. 회사는 시내 중심에 있었는데, 도시개발의 붐을 타고 외곽지역으로 넓고 높은 사옥을 건축하여 확장이전 하였으므로 경관도 좋고, 공기도 좋은 편이었고, 대지가 넓어서 웅대했다. 각종 운전기사와 자회사 직원들을 합치면 천여 명이나 된다고 말했다. 가족들은 회사 앞에 멈췄다.
 "세라한테 외삼촌이 용돈 좀 줄까?"

"삼촌! 용돈은 놔두고요, '외'자는 빼기로 할게요. 삼촌은 어차피 한 분뿐인데 '외'자를 넣으니, 거리감이 있을 것 같아 싫어요."

백 회장은 세라의 깜찍한 행동에 어리둥절했다. 민서에게도 누차 당해왔는데, 더 강력한 적수가 생겼다는 사실에 정신이 뻔쩍 들었다. 서린은 이런 오빠를 도왔다.

"어머! 세상에~~ 우리 세라의 가슴에 여우가 몇 마리나 들었을까? 호호호~~ 여우짓이 정말 기가 막히는구나. 세라가 우리나라로 와야겠다. 그래야 딸 없는 우리 오빠가 살 만 날 테니까."

"어머니~~ 그게 아니에요. 삼촌이 좋아서 그런단 말이에요. 근데, 어머니~ 여우는 한 마리도 안 키우니 어떡하죠? 헤헤헤~~."

민욱과 유나는 서른이 넘은 세라지만, 행동은 귀여웠다. 중학생 때처럼 깜찍하고 예뻤다. 더욱이 백 회장이나 서린이가 예뻐하니 기분은 허공을 날았다. 민서는 외삼촌에게 질투의 화살을 쏘았다.

"우리 외삼촌, 세라에게 푹~ 빠졌어. 이를 어쩌나? 곧 세라는 떠날 텐데 .... 헤헤헤~~. 민서는 이제 외삼촌하고 절교할 거예요."

백 회장은 싱겁게 웃었다. 민서의 말이 틀리지 않았다.

"미안하다. 민서야! 그렇다고 절교까진 너무 심하다. 하하하."

백 회장은 세라를 그냥 보내고 싶지 않았다. 집에서 하룻밤이라도 지내며 그 애교를 다 간직하고 싶었다. 이를 눈치채지 못한 세라는 백 회장의 볼에 입을 맞추며 하직 인사했다. 입술이 아닌 것이 천만다행이라 생각한 유나는 안도했다. 기분이 좋아서 얼굴이 화사한 백 회장은 민욱에게 말했다.

"매제가 나를 도와줬으면 해요."

"내가 도울 일이 있어요?"

"그럼요. 사무실을 마련해 놓을 테니 이사한 후에 회사 경제고

문으로 모시고 싶어요. 매일 출근하지 않고, 월요일 오전 그룹 임원회의에 참석하면 돼요. 그 외 시간은 자유롭게 선택할 수 있으니까, 시간에 구애받지 않고 경영 문제를 자문해 주시면 돼요."

"내가 회사경영에 도움이 될 수 있을까요? 학자와 사업가의 패턴이 달라서 그걸 극복할 수 있을지 모르겠네요."

"있다마다요. 세계적인 석학을 모시면 임원들의 사고력에 변화가 있을 겁니다. 곧 회사경영의 심리적 변화가 나타나고, 근무 환경이 달라지겠죠. 작지만 탄탄한 우리 그룹에 경제전문가를 모셔서 새롭게 경영을 단장하고 싶어요. 하하하~."

경영학을 전공한 백 회장은 민욱을 절대적으로 신뢰했다. 그의 높은 학문의 깊이와 능력과 연구경력과 지도력을 인정했다.

"그렇다면 천천히 고민해 볼게요."

옆에 있던 서린이가 지원했다. 모회사인 운수회사 외에 6개 자회사를 거느리고 있는 '승서그룹'이라고 설명했다. 그때 서야 민욱은 건물안내판의 비밀을 알았다. 자가용의 물결로 버스사업이 쇠퇴할 것을 감안해서 아버지가 살아 계셨던 20여 년 전부터 하나둘 사업의 지표를 넓혔다고 했다. 건설회사와 연관 된 기업이라 안정적이라고 했다. 민욱과 유나, 세라는 새로운 사실에 놀라고 말았다. 그 정도인지 전혀 몰랐던 그들로서는 당연했다. 서린은 놀라는 민욱에게 자회사들이 발전을 거듭하고 있다면서 오빠의 청을 거절하지 말라고 당부했다.

"알았어요. 그런데 이런 사실을 왜 말하지 않았어요?"

"그건, 차차 말하려고 했어요. 급한 일은 아니잖아요. 호호호~ 그렇다고 숨긴 것은 아니에요. 뭐 대단한 그룹은 아니니까 편하게 생각하세요."

"하하하~ 그랬군요. 놀라운 일이긴 합니다."
 가족들의 얼굴들은 밝았다. 외국에 있는 자식들을 제외하고 서린의 올케언니만 빠진 셈이다. 그룹에서 운영하는 사회복지재단 대표로 있다며, 계획된 봉사활동이 있어서 부득이하게 빠졌다고 했다. 서운했지만, 좋은 일을 하려고 빠질 수밖에 없었으니 대면은 다음 기회로 미뤘다. 사회복지재단은 각 회사의 기부금으로 운영된다고 했다. 결손가정, 학생 가장, 불우한 가정, 환자 가정 등을 지원하고 있으며, 노인정, 보육원 등에서 봉사활동을 주기적으로 펼치는 복지재단이라고 했다. 이것이 그룹의 정신자세라고 덧붙였다. 대전 가족들은 감동했다. 그들의 생각과 일치하는 부분이 많아서 머리가 솔깃했다.
 회사 마당에 도착했다. 가족들은 백 회장만 덩그러니 남겨놓고 지프에 올랐다. 창문을 열고 너도나도 작별의 손을 흔들었다.
 "삼촌~~ 건강하세요. 또 올게요."
 카랑카랑한 세라의 목소리가 회사 마당에 울려 퍼졌다. 백 회장은 떠나는 지프를 바라보며 서운한 마음으로 손을 흔들었다. 아들만 둘인 까닭에 만점 애교를 받아보지 못한 백 회장은 민서를 딸처럼 예뻐하고 아껴주었다. 이제 칠십을 바라보는 연륜에 가족들의 존재가 더욱 소중하게 느껴지는 순간을 경험한 것이다. 지프가 시야에서 사라지고 나서 사무실로 무거운 걸음을 옮겼다.
 지프는 아파트 지하주차장에 멈췄다. 서린은 집에 올라갈 것을 요청했지만, 민욱은 그냥 가겠다고 했다. 그러자 양 서방을 집으로 보내 아이스박스를 가져오라고 하며 잠시 기다리라고 했다. 이를 사양할 수 없는 민욱과 유나는 얘기를 나누며 기다렸다. 이젠 서린에게 길들어진 어린 양이 되고 말았다.

"앞으로 자주 올 거예요. 우리 방을 준비해 둬야 할 거예요. 공사가 시작되면 궁금해서 집에 못 있을 것 같아요. 호호호."

서운해하는 서린에게 유나가 위로했다. 으르렁거리는 적이 될 수도 있었는데, 묘하게도 절친한 동지가 되었다. 한 남자를 섬기는 두 여자의 행복은 서로 달랐지만, 그 행복에 만족하는 마음은 소나무 향과 같았다.

"방은 지금도 준비되어 있어요. 언제라도 환영이에요."

"서린씨한테는 못 당하겠어요. 호호호~~."

민욱과 유나는 자주 올 것을 기약했다. 궁금한 것을 참지 못하는 유나는 '패밀리랜드'가 한 단계, 한 단계 완성되어 가는 멋진 모습을 눈에 담고 싶어 했다. 이때 양 서방이 아이스박스를 끙끙거리며 들고 나타났다. 민욱은 얼른 트렁크를 열고 받으려 했지만, 양 서방은 이를 거부하고 트렁크에 안전하게 실었다.

"번번이 양 서방이 힘쓰는 일을 도맡아 해서 미안해서 어떡하지? 대전 장모가 압해도에 오면 맛있는 거 많이 사줄게."

미안해서 유나가 양 서방의 등을 어루만지며 미안한 마음을 가졌다. 세라가 다가왔다.

"형부~~ 파이팅이에요."

세라는 주먹을 쥐고 파이팅을 외쳤다.

"처제 고마워. 그래도 처제뿐이다. 하하하~."

양 서방의 듬직한 웃음소리를 들으며 민욱의 가족은 아파트를 떠났다. 이제, 유나는 광주가 낯설지 않았다. 외롭게 둥지를 틀었던 대전보다 광주 쪽으로 마음이 이끌렸다. 이 모두가 다정한 가족이 있기 때문이었다. 그래서 그런지 집은 허전했다. 몇 개월이 있으면 이곳을 떠난다는 생각에 벌써 마음은 바닷가 갈매기하우스로 향했다.

민욱과 유나는 독특하고 기발한 아이디어로 설계하여 걸작을 만들어 낸 딸을 칭찬했다. 가족 모두의 만족을 이끈 실력과 창의적인 설계를 치하했다. 민욱도 그 정도의 작품을 기대하진 않았다. 단순하게 유럽식 주택을 생각했었다. 그런데, 생각과는 비교도 할 수 없는 위대한 작품을 만든 세라가 기특하고 놀라웠다. 서른이 갓 넘은 나이지만, 어릴 때처럼 귀여운 애교와 깜찍한 언어 구사로 가족들을 즐겁게 해주었고, 탄탄한 매력의 인지도 터를 마련한 세라의 존재가치가 하늘을 찌를 듯이 치솟았다. 세라는 이틀 후에 미련을 남기고 시카고로 떠났다.

'B&K 패밀리랜드'의 시공이 시작되었다. 6개월의 공기를 맞추기 위해 백 회장이나 서린은 세심하게 안전시공과 건설공정을 관리했다. '승서그룹' '승서건설'의 최대 작품이 건설되고 있다는 자부심에 관련자들의 관심은 대단했고, 공사 실무자들 역시도 안전하고 완벽한 건설을 목표로 세워 차근차근 진행했다.

세라가 파견한 공정시공감리 담당자도 합류했다. 그는 미국에서 태어난 교포 2세 '로버트 김'이었다. 그나마 언어가 통하니 걱정할 게 없었다. 그는 모텔보다 현장에서 가까운 가정집 민박을 원했다. 원활한 식사제공이 필요했기 때문이었다. 그래서 서린은 인근 마을 이장의 소개로 깨끗한 민박집을 구했다. 몇 개월을 머물러야 하니 필요한 가구나 물품을 비치했다. 중형 SUV 차량도 준비했다. 부모의 모국에 온 사람이기에 서린은 특별하게 신경썼다. 현장감독에게도 각별한 관심을 가지고 협조할 것을 신신당부했다.

서린은 '로버트 김'과 하루에 한 번 이상 통화하며 불편한 것이 없는지 점검했고, 시카고에 있는 세라와도 일주일에 두 번 이상은 통화하며 현장사진 등 의논할 것을 모바일 또는 E-메일로 주고받았다. 민욱과 유나하고는 매일 연락했다. 다행히 용산동 주택의 매매가 성사되었다는 반가운 소식도 들었다. 실수요자가 아닌 건축업자였다. 주택을 리모델링하여 매도할 용도였다. 그래서, 1차로 11월 말까지 양도하기로 했지만, 2차로 1개월 정도 여유가 있도록 계약을 유연하게 했다. 입주하는 집이 아니라서 여유가 있었다.

유나는 2종의 암에 대해 완치판정을 받고 나서, 6월에 서울A병원 유방외과에서 가슴복원 수술을 의연하게 마쳤다. 남모르게 피를 토하는 아픔으로 이겨냈던 실종된 예쁜 가슴을 그대로 돌려받았다. 5년이 넘도록 잃어버렸던 예쁜 가슴을 다시 찾은 것이다. 그 못된 유방암 세포와 영원한 이별을 고했다. 가슴과 어깨가 불균형을 치닫던 혐오스러움을 말끔히 씻어내고 약간의 물리치료를 통해서 예전의 우아한 유나로 돌아가고 있었다. 그동안 사우나를 가지 못하고 집에서 목욕을 대신했던 불편함을 훌훌 벗어던지고, 이젠 떳떳하게 대중사우나에 갈 수 있다는 것이 너무나 황홀했다.

젊은 태양이 열기를 뿜어대는 7월 중순이었다. 피서 인파가 절정에 이르는 휴가철에 미국에서 세라와 명훈, 그리고 방학한 수현과 수진이가 함께 귀국했다. 지난 학기를 마친 수현은 이모와 삼촌의 주선으로 시카고대 컴퓨터공학과에 편입학했으며, 수진은 시카고의 고등학교에 전학했다. 9월 학기부터 시카고에서 공부하게 되었다. 귀국하기 전에 휴스턴에서 시카고 이모네 집으로 이사까지 마쳤다. 공항에서 세라와 명훈은 부모님과 대전으로, 수현과 수진은 할머니와 엄마 따라서 광주로 각기 헤어졌다. 여독을 풀고 이틀 후에 압해도에서 가족들이 함께 여름휴가를 즐기기로 했다.

귀국한 지 이틀이 지났다. 시차적응을 마친 세라와 명훈은 휴가 떠날 준비에 여념이 없었다. 준비라고 해야 개인의 필수품 정도였다. 텐트 설치와 음식들은 모두 서린 쪽에서 준비한다고 했으니 달리 준비할 것은 없었다. 비키니를 선호하는 세라의 성화에도 불구하고 유나는 야하지 않은 원피스 수영복을 준비했다.

"엄마는 날씬하니까 비키니를 입으면 인어처럼 아름다울 것 같아요. 그러니 전에 입으시던 비키니도 가져가세요."

세라는 극성스럽게 엄마를 설득했다. 혼자 야하게 비키니를 입는 게 미안한 생각이 든 것 같았다. 환갑이 지난 나이에 외삼촌과 양 서방이 있어서 비키니는 주책스럽다고 단호히 거절했다.

"엄마는 됐으니까, 너나 비키니 입고 아름다운 인어가 되렴. 미안해할 필요는 없어. 호호호~. 엄마는 주책 부리기 싫어."

민욱도 유나의 손을 들어줬다. 아내의 생각이 옳다고 했다.

"엄마의 몸은 내 몸보다 더 아름다운데 ...."

"그게 말이 되는 거니? 곧 칠십이 되는 엄마인데, 서른이 갓 넘은 너하고 비교가 되니? 딸아~ 엄마를 그렇게까지 위로하지 않아도 돼. 네가 아무리 위로해도 엄마는 늙은이야. 호호호."

지나온 세월은 가족들을 웃게 했다. 푼수를 떨지 않고 예의를 지키고 싶은 나이가 된 것이 서럽기도 했다. 가족들은 즐거운 마음으로 모처럼의 바캉스를 떠났다. 공사가 한창 진행 중인 'B&K 패밀리랜드'에 도착했다. 세라는 먼저 갈매기하우스에 관심을 집중했다. 외부공사가 끝나지 않았어도 설계대로 윤곽은 드러났다. 정밀한 공정과 완벽하고 안전한 시공으로 공사가 순조롭게 진행되고 있음을 '로버트 김'의 브리핑으로 알게 된 세라는 흐뭇한 미소를 지으면서 철골 등을 확인 점검하며 현장을 둘러보았다. 부모의 모국에서 자기의 작품이 건설되고 있다는 사실에 건축공학 전문가로서 자부심을 느꼈다.

　세라가 공사현장을 둘러보는 사이에 세 사람은 바캉스 필수품이 들어 있는 가방을 들고 바닷가로 향했다. 서린의 요청으로 비탈길 정비공사를 우선으로 마쳤다. 비탈길은 지그재그 계단으로 정비되었고, 좌우에 안전 손잡이도 철근으로 견고하게 설치되어 통행하는 데 문제가 없었다. 바닷가에는 이미 대형텐트 1개와 중형텐트 2가 설치되어 있었다. 민서네 가족과 서린은 피서를 위한 준비를 모두 마치고 기다리고 있었다.

　"유나씨! 세라는 왜 안 보여요?"

　서린은 세라가 보이지 않아 두리번거리며 궁금해했다.

　"공사현장을 점검하고 있을 거예요. 서린씨는 세라만 기다렸나 봐요. 이거 서운한데요. 호호호."

　유나의 말에 서린은 여유 있게 웃었다. 딸을 시기하는 엄마의 모습이 좀 서툴렀기 때문이다.

　"호호호. 그렇군요. 책임감이 남달라요. 직업의식이 철저하네요. 우리 패밀리랜드 완공은 걱정하지 않아도 되겠어요."

　서린은 든든했다. 세라에게 설계와 감리를 맡긴 것에 만족하고 있었다. 태평양을 한강 건너듯이 달려와서 요소요소 마다 점검과 감독을 마다하지 않은 세라의 열정에 감사했다. 공정과 공사관리 감독이 원활하다는 세라의 요청으로 인력을 충분하게 투입한 관계로 '갈매기하우스' 3동은 동시에 공사가 진행되고 있었다.

　"안녕하세요? 어머니! 저도 왔어요."

　"어머~ 우리 아들한테 엄마가 인사하는 게 늦었지? 호호호~. 엄마 말이 맞았나 보네. 내가 세라만 기다렸나 봐. 호호호. 우리 아들도 있었는데 말이야."
 세라만 찾았던 자신을 면목 없어 하면서 명훈과 포옹으로 만남을 기뻐했다. 그 가슴은 엄마의 가슴처럼 따뜻함을 느꼈다.
 "네~. 누나만 찾아서 저도 서운했어요. 어머니~ 하하하~."
 "그랬구나. 미안하다. 갈매기하우스만 생각하다가 보니 그렇게 되었어. 호호호. 그래서 아들이 서운했다니 면목이 없다. 엄마가 많이 잘못했다."
 서린은 명훈을 안고 초등생처럼 엉덩이를 귀엽게 토닥거리며 서운한 마음을 달래줬다. 자신의 배를 아파하며, 열 달 만에 낳은 아들처럼 생각하는 그 마음에는 사랑이 파도처럼 일렁였다.
 "농담이에요. 어머니! 하하하~."
 "나도 농담인 줄 알았어. 호호호~."
 명훈은 그 품에 안겨 또 다른 사랑의 냄새를 맡았다. 이때, 현장을 세심하게 살피며 확인한 세라가 바닷가로 내려왔다. 명훈을 토닥였던 서린은 세라를 반갑게 맞았다. 공항에서 보았는데, 그새 그처럼 반가운지 몰랐다. 세라 사랑은 특별했다.
 "세라야~ 어서 와."
 서린은 반가움의 농도를 조절하며 주위의 눈치를 살피면서 세라를 맞으며 손을 잡았다. 서린은 펄쩍펄쩍 뛰고 싶지만 참았다.
 "어머니! 잘 지내셨어요?"
 세라는 정신없는 환대에 멍했다. 별난 모녀의 상봉을 지켜보던 가족들은 연극을 보는 듯이 즐거워했다. 서린의 품에서 탈출한 세라는 민서를 안았다. 두 자매의 상봉도 더위를 식힐 정도로 시원했다. 수현이와 수진이도 며칠 만에 만난 이모에게 매달리며 좋아했다. 시카고 집에서 생활한 지 두 달도 되지 않았지만, 조카와 이모 삼촌의 관계는 뜨겁게 응집되어 있었다. 이를 보는 양 서방과 민서는 한결 마음이 편안했다. 부모를 대신할 수 있는 동생들이 너무나 고마웠다. 외롭고 고독한 유학생활에서 벗어난 자식들의 모습에서 그 변화를 볼 수 있어서 대견스러웠다.

　백 회장네 가족을 제외한 모든 가족이 다 모였다. 큰아들 가족은 영국에, 둘째 아들 가족은 우즈베키스탄에 있으므로 사정상 이번에는 참석하지 못하게 되었으므로 내년 휴가를 기약했다. 백 회장 부부는 회사 사정으로 내일 아침에 합류하기로 했다.

　'B&K 패밀리랜드'는 마치 한 가족의 왕국 같은 느낌에 부족한 것이 없을 것 같았다. 입주하기 전에 그 바닷가에서 여름을 시원하게 즐기는 시간은 감명 깊었다. 3박 5일의 일정은 짧지만, 가족 간의 정을 더욱 돈독하게 하는 계기가 될 것으로 의심하지 않았다. 고무보트를 타고 바다 위를 누볐고, 튜브에 의지하여 파도를 헤치고 여름을 만끽하는 즐거움은 형언할 수 없었다. 가족을 챙기는 서린은 먹을 것을 준비하는 데 분주했다. 유나도 곁에서 도우며 충분한 먹을거리를 공급하는 모습은 즐거워 보였다.

　오후에는 서린과 유나도 바다와 놀았다. 유나는 파아란 원피스 수영복, 서린은 노란색의 점잖은 비키니 수영복을 입어 대조를 이뤘다. 세라와 명훈은 수현과 수진이 하고 물장난을 치며 잘 놀았다. 민욱은 양 서방과 바다를 들락날락하며 가족들의 안전을 살피는 데 열중했다. 민서는 올라운드플레이였다. 여기도 불쑥 나타나서 심술을 부리고, 저기도 돌진하여 장난을 치며 소녀처럼 여름 바다를 놀이터로 즐겼다.

　"어머니는 왜 비키니 안 입었어요. 할리우드 몸매에 원피스는 아닌 것 같아요. 호호호~~."

민서는 정말 아쉬워했다. 유나의 멋진 모습을 기대했는데 촌스럽게 원피스 수영복이라니 실망이 컸다.

"민서 몸이 참 예쁘네. 아직 날씬해서 처녀 같아. 호호호."

"그건 아니고요. 비키니 입은 어머니의 우아한 모습을 보고 싶었단 말이에요. 비키니로 바꿔 입으시면 안 돼요?"

"그랬어? 원피스를 입어도 봐 줄 만하잖아. 호호호~~. 이젠 비키니가 식성에 맞지 않아. 엄마보다 자신이 없어서 그래."

유나는 패션쇼를 하듯이 민서 앞에서 멋진 포즈로 한 바퀴 돌며 원피스 수영복에 가려진 망가지지 않은 몸매를 자랑했다.

"몰라요. 어머닌 미워요."

민서는 다시 서린에게 다가갔다. 노오란 비키니의 엄마가 여름 바다와 잘 어울린다고 생각했다. 여체의 곡선이 선명해서 조금 야하긴 했다. 이를 비치가운으로 어지간히 감추었으니 주책스럽진 않았다.

"우리 엄마 매력이 장난이 아니에요. 호호호~."

"그렇게 봐줘서 고맙다. 딸아!"

민서도 비키니를 입었지만, 남편의 성화를 이겨내지 못하고 그 위에 청바지 핫팬츠를 입고 있었다. 민서는 엄마와 갯바위에 앉아 이 사람, 저 사람의 즐기는 모습을 총평하기에 바빴다. 자신과 놀아주지 않는 아들딸이 얄미워서 불만을 털어놓기도 했다. 자식을 질투하는 딸이 귀여워서 서린은 바닷물을 퍼부었다. 이래저래 즐거운 오후는 빠르게 도망쳤다.

저녁에는 바비큐 파티가 열렸다. 일몰이 다가오니 모기들의 흡혈 활동이 장난이 아니다. 모기향도 피우고, 양 서방이 잡초를 베어다가 모깃불까지 피웠어도 속수무책으로 헌혈을 당해야 했다.

그래서 텐트마다 대형 모기장이 설치되어서 그나마 그 속에서는 견딜만했다. 그래서 바닷가의 저녁은 낭만이 뭉게구름을 이루었다. 그 속에서 민욱과 양 서방과 명훈은 삼겹살을 구워 잠시 술판을 벌였다. 우측에 아들, 좌측에 사위를 거느린 민욱의 자태가 보기 좋았다. 그 모습이 진정 가족임을 입증했다. 어디서도 느껴보지 못한 민욱의 기분은 어둠이 내리는 하늘을 두려워하지 않았다.
"나도 한 잔 주세요."
서린이가 슬그머니 합석했다. 그러자 민서도 신랑 옆에 앉았다. 민욱은 집에서 가져온 양주로 작은 잔을 채웠다. 술잔을 받아 든 서린은 눈웃음을 지으며 민욱을 쳐다봤다. 그 미소가 무척 즐거워 보여서 다행스럽게 생각했다.
"아빠! 저도 한 잔 주세요."
민서는 빈 잔을 민욱 앞에 내밀었다.
"미성년자는 안 돼."
민욱은 능청스럽게 시치미를 뗐다.
"아빠~~. 민서는 마흔이 넘었어요. 미성년자는 아니에요. 이젠 중년이란 말이에요. 다 큰 우리 아들과 딸이 안 보이세요?"
민서는 물러서지 않았다. 미성년자가 아니라고 강력한 증인을 세웠다. 민욱은 그러는 민서가 중년의 여인답지 않게 귀여웠다.
"벌써 그렇게 됐어? 하하하. 그럼, 한 잔만 마셔라."
딸을 이기지 못한 민욱은 그 잔을 채워줬다. 민욱은 민서를 보며 사랑이 듬뿍 담긴 표정으로 웃었다.
"아빠는 개구쟁이예요. 호호호~."
수현과 수진하고 놀던 유나와 세라도 슬금슬금 술판으로 모였다. 유나와 세라는 술을 좋아하지 않는 편이었다. 유나가 자리를 잡고 앉고 나서 세라는 서린의 팔을 끌었다. 세라는 서린의 팔짱을 끼고 바닷가를 걸었다.

"어머니! 우리 엄마 부탁해요. 어머니께서도 아시지만 외롭고 고독한 분이에요. 나이가 드시니까 할머니가 버렸다는 사실이 가슴 아파하는 것 같았어요. 고국에 돌아오셔서 할머니들만 보면 가슴에서 눈물이 나신 데요. 생각하면 엄마가 가여워요."

"그래, 나도 이해한다. 그 아픔을 누가 알겠어? 이 엄마가 하나하나 걷어내 주마. 걱정하지 마라. 엄마나 아빠는 외롭지 않아. 우린 한 가족이잖아. 웃어도 같이 웃고, 울어도 같이 울 거야."

"어머니가 계시니까 이젠 엄마 아빠 걱정은 하지 않을래요. 엄마는 사람들을 너무 좋아해요. 시카고 한인사회에서 예쁜 발레리나 교수라는 이유로 시기하고 헐뜯는 사람들이 있어서 상처를 많이 받았어요. 교회에서도 그런 분들이 있었거든요. 엄마 마음이 많이 상했다는 걸 느꼈던 적이 있었어요."

"그랬구나. 사람들이 내 마음 같지 않잖아. 나도 휴스턴에 잠시 있어도 그런 걸 느낄 때가 있었어. 수현이 친구의 엄마라는 여자한테 실망했거든. 그런 사람은 그러려니 생각해야 속이 편해."

"그런가 봐요. 한국에 어머니가 계신다는 것은 축복이에요. 우리 남매는 마음을 놓을 수 있어서 너무 기뻐요. 어머니! 하늘만큼 땅만큼 사랑해요. 헤헤헤. 저를 이뻐해 주셔서 감사해요."

세라는 서린의 얼굴을 비볐다. 서린은 그런 세라를 포근하게 안아주며 볼에 입을 맞추었다. 그 얼굴을 보니 남의 딸 같은 생각은 들지 않았다. 어쩌면 이처럼 사람을 꼼짝하지 못하도록 마음과 행동으로 동여매는지 서린은 그 마음이 갸륵하고 고마웠다.

"엄마도 우리 세라가 있어서 얼마나 기쁘고 좋은지 몰라. 대전 엄마 걱정은 하지 마라. 이 엄마가 가슴 아프게 만들지 않을 거야. 친구처럼 다정하게 지내마. 엄마도 우아한 친구가 있어서 너무 좋아. 호호호. 민서 말처럼, 엄마는 할리우드 스타잖아."

"그렇게 생각해 주시니 고마워요. 어머니!"

어둠 속의 파도 소리는 처량하게 들렸고, 거미줄처럼 얽힌 세상이지만 이들 모녀 사이에는 꿀처럼 달콤한 가족애가 흐르고 있었다. 시원하게 불어오는 바닷바람은 모녀의 동행을 축복했다.

"고맙긴. 내가 고맙지. 엄마의 욕심 같아선 세라를 미국에 보내고 싶지 않아. 광주에서 내가 데리고 있고 싶어. 이게 엄마의 진심이다. 아빠가 우연히 만나서 대형사고를 친 여인으로 생각하지 않았으면 좋겠어. 세라와 명훈에게 좋은 엄마이고, 유나씨의 다정한 친구이고 싶어. 이건 진심이야. 세라야!"

서린의 말에 세라는 눈물을 글썽거렸다. 감격이 세라를 덮었다. 그처럼 가족을 사랑한다는 서린의 마음이 백옥처럼 맑아 보였다.

"어머~~ 어머니!."

세라는 그 품을 파고들었다. 엄마가 맞았다. 전에 광주 아파트에서 젖을 만지게 했던 분은 분명히 엄마였다. 서른이 넘은 세라에게 젖가슴을 내어줬던 서린은 정말 엄마 같은 소중한 존재였다. 잠시 머물다가 사라지는 엄마가 아니었다. 가시적으로 순간을 탐하거나 이익만 챙기는 엄마도 아니었다. 같이 아파하고, 기뻐하고, 행복을 나누는 진실한 피의 결합체나 다름없는 엄마였다.

"세라가 내 딸이듯이, 유나씨는 엄마의 절친한 친구야. 우린 잘 해낼 수 있어. 세라가 염려하는 가슴 아픈 일은 없을 거야. 엄마를 믿어보렴. 결코, 실망하지 않을 거야."

아빠를 44년 만에 만남 어머니였다. 아빠의 곁에 머물기 위해서 대전 가족을 받아들인 얄팍한 엄마가 아니란 걸 느끼고 있었다.
"어머니! 세라가 진심으로 사랑해요."
 모녀의 마음은 후련했다. 모녀의 그림은 어둠에서 빛을 발했다. 목구멍에까지 찼던 얘기를 풀고 나니 여름 바다처럼 가슴 속이 시원했다. 풀지 못했던 수학공식을 푼 것처럼 가슴은 무희처럼 춤을 추었다. 모녀는 다정하게 술판으로 돌아왔다. 여기도 파장이었다. 하나둘 배정된 텐트 속으로 몸을 감추었다. 바캉스의 첫날밤을 모기로부터 무사히 빠져나올 수 있을까?
 이튿날, 태양이 솟아오르기도 전에 백 회장 부부가 합류했다. 서린의 올케하고는 유나, 세라, 명훈은 초면이라 첫인사를 나누었다. 명훈은 백 회장과도 초면이었다. 명훈이가 미국 로펌에 다닌다는 말에 경의를 표하며 반가워했다. 명훈도 백 회장의 늠름한 자태에 친근감을 느꼈다. 올케언니와 서린과 유나는 멀찌감치 떨어져서 도란도란 얘기 꽃을 피웠다. 누구도 그녀들을 방해하지 않았다. 같은 남자의 품에서 사랑을 배웠고, 그 사랑 속에서 행복을 경험한 두 여인의 진솔한 모습은 어느 박물관에 있을 법했다.
 유나는 복원한 가슴을 궁금해하는 서린에게 부끄러움도 없이 상의를 걷어 올리고 제 모습으로 탄생한 가슴을 보여주기까지 하며 웃었다. 이는 서로를 신뢰한다는 탄탄한 의미였다. 앞으로 '패밀리랜드'를 화목하게 이끌어 가야 할 중추적인 역할을 감당할 안주인의 희망찬 면모가 엿보였다. 첫 만남의 자유로움과 포용력을 생각한다면, 앞으로 두 사람 사이를 걱정할 필요가 없어 보였다.
 서둘러서 준비된 아침을 먹었다. 피서지에선 간단한 것이 대세였다. 식사가 끝나고 바캉스의 막이 올랐다. 백 회장은 세라한테 푹 빠져 있었다. 패밀리랜드 건설에 대한 설계의 진가를 경험하고 있기 때문이었으며, 또 말하는 모습과 행동이 서른이란 나이답지 않게 귀여워서 더욱 그러했다. 딸을 키워보지 못하여 조카인 민서의 재롱에 넋을 잃었던 백 회장이었으니까 말이다. 그랬던 백 회장 앞에 꼬리가 아홉이나 달린 여우가 나타났으니, 백 회장이 무너질 만했다. 그런 데다, 하루가 달라지게 변하는 공사현장을 보면서 세라의 진가를 날마다 느끼고 있었으므로 세라를 생각하는 마음이 남달랐다.

"세라야~ 우리 업계의 사장이 한 번 미팅했으면 하고, 나를 조르면서 난리도 아니야. 현장을 보고 혹~ 갔나 봐."

"삼촌! 그건 싫어요. 제 작품은 한국에서 패밀리랜드 하나면 족해요. 학교에 허락 없이 지적 자산을 사용하면 학교에서 쫓겨난단 말이에요. 삼촌~ 미안해요. 갈매기하우스는 우리 가족이 살아갈 공간이므로 학교에 양해받았거든요."

"그럴 수도 있겠네. 알았어. 하도 귀찮게 해서 말하는 거야. 하하하~. 신경 쓰지 마라."

백 회장은 아쉬워했다. 옆에 있던 민욱도 학교의 사정을 잘 알고 있으므로 세라의 곤란한 입장을 덧붙였다. 그 학교의 선배로서 충분히 알고도 남았다. 백 회장은 고개를 끄덕였다.

"삼촌! 우리도 수영해요."

세라는 백 회장의 팔을 끌었다. 수현과 수진이가 튜브로 놀고 있는 바다를 향했다. 백 회장은 수영할 수 있지만, 나이를 들먹이며 넓적한 튜브를 의지했다. 그런 백 회장에게 세라는 물장난을 치며 괴롭혔다. 그러나, 그런 세라를 수진처럼 귀여워했다. 이를 지켜보던 세 여인도 가까운 물속에 들어와서 웃고 즐겼다. 태양도 지쳤는지 가끔 구름에 자신의 영역을 빼앗기는 모습을 보였다. 그러나 비가 내릴 확률은 거의 없었다.
 비탈길 여기저기 이름 모를 야생화들이 더위를 원망하고 있는 눈빛이 지쳐 보였다. 키가 늘씬한 엉겅퀴에 보라색 꽃이 예쁘게 피었어도 누구 하나 예쁘다고 말해주는 이가 없었다. 노랑 꽃으로 코스모스처럼 하늘거리는 수입종 화초도 환영받지 못했다. 그러나 민욱과 유나는 야생화에 관심이 많았다. 그래서 비탈공원을 만들어 흔한 야생화인 '샤스타데이지' 군락을 조성하고, 또 다른 쪽에 보라색 '수레국화' 군락을 조성하고, 종류가 다양한 '수국' 군락을 조성하여 화려한 비탈공원을 완성하겠다고 생각하고 있었다.
 수현의 수영 실력은 제법이었다. 청년의 젊음을 유감 없이 발휘했다. 그런데 수진은 튜브가 없으면 물에 뜨지 않을 정도였다. 여고생이니 숙녀의 몸으로 갖춰가는 그 모습은 청순하고 예뻤다. 정이 들려면 시간이 필요하겠지만, 수현과 수진은 세라와 명훈을 잘 따랐다. 명훈과 수진이가 한 팀이고, 세라와 수현이가 한 팀이 되어 물에서 공놀이를 즐기고 있었다.
 "수현아~ 이리 던져."
 그러나 공을 명훈에게 뺏기고 말았다. 세라가 돌진하여 명훈을 물속으로 밀어 넣으며 공을 탈취했다. 그러자 수진이가 세라의 등에 매달렸다. 그 사이에 공은 다시 명훈에게로 돌아갔다.
 "수진이 너, 이모한테 물 먹였어?"
 "메롱! 이모가 졌지롱?"
 수진은 세라와 키가 비슷했다. 체력으로 봐도 막상막하였다. 이들의 공놀이는 한참 계속되었다. 부모들의 응원을 받으며 애들처럼 잘 노는 모습이 인상적이었다. 민욱과 백 회장은 무슨 할 얘기가 많은지 천막 그늘에 앉아 끝없이 대화하고 있었고, 그 옆에서 서린은 대화를 거들었다.
"우리 애기씨는 시원시원해서 좋아요. 내가 따라갈 수 없다니까요. 내가 늘 당하면서 살아요. 호호호~."
백 회장 사모(박명희)는 유나와 거리낌 없이 얘기했다. 그래서 유나도 부담을 덜 수 있었다.
"제가 보기에도 그런 것 같아요. 호호호~. 성격이 독특하면서도 너무 좋아요. 그 추진력은 어떤 남자도 따를 수 없을 거예요."
"그래요. 머리가 비상해서 말로는 당할 수가 없어요. 여자가 혼자 살다 보니 스스로 강해졌고, 삶의 지혜를 터득한 것 같아요."
"저도 그렇게 생각해요. 그리고 참, 봉사활동을 하신다니 힘들겠어요. 좋은 일을 하시는데, 저도 관심이 있거든요."
"호호호~. 힘들기는 하지만 여러분들이 도우면서 하니까 괜찮아요. 좋아하시는 걸 보면 보람이 있어요. 그래서 봉사하게 되나 봐요. 호호호. 관심이 있다니 고마워요."
"봉사하시는 분들을 보면 부끄러워서 존경스러워요."
"뭐, 존경까지는 아니에요."
"아무나 할 수 있는 게 아니잖아요. 여기로 이사 오면 저도 참여하고 싶어요. 옆에서 착실하게 보좌할게요."
이는 유나의 진심이었다. 시카고에서도 교회와 학교에서 봉사활동 경험이 있었다. 사람을 좋아하는 유나의 심성은 돋보였다.
"호호호~. 그러시면 대환영이에요. 그리고 말이에요. 조심스럽긴 한데 우리 집을 친정으로 생각하시면 어떨까요? 제가 친정 올케가 되었으면 해요. 사나운 올케는 아닐 거예요. 호호호."
회장 사모의 말에 유나의 머리카락이 하늘로 솟구쳤다. 믿어지지 않아 반문하며 그 진지한 눈빛을 파고들었다.

"뭐라고요? 친정이라니요? 그게 정말이세요?"
"네. 그래요. 따지고 보면, 세라 아빠의 처가이고, 세라와 명훈의 외가이니, 당연히 세라 엄마의 친정이 아니겠어요. 제 생각이 좀 지나쳤나요?"
"아니에요. 너무 놀라서 그래요. 전 친정도 없이 지금껏 살아온 걸요. 친정이란 말을 아예 잊고 살았으니까요. 찾아갈 시집도 없지만요."
유나의 얼굴에 연두빛이 입혀졌다. 눈에는 감동의 물기가 가느다랗게 꿈틀거렸다. 친정이란 말에 중추신경이 고개를 들었다.
"이건, 저의 생각만은 아니고, 회장님의 생각이기도 해요. 부담은 갖지 마세요. 선택은 세라 엄마의 몫이에요. 호호호~."
회장 사모의 얼굴은 밝았고, 표정은 진지해서 농담이 아니란 걸 알았다. 유나는 허겁지겁 일어나서 사모를 부둥켜안았다. 그 눈에서는 결국 눈물이 고이고 가는 선을 양 볼에 그렸다. 사모는 유나를 안아주며 말했다.
"제가 좋은 올케가 되어 줄게요. 회장님이 집에 와서 세라를 얘기하며 밤잠을 설쳤다니까요. 얼마나 좋아하는지 여자로서 질투가 났다니까요. 나이가 들어서 그런지 예전에 민서한테보다 더 심하신 것 같았어요. 호호호~. 민서와 세라를 좋아하시는 걸 보면, 딸을 낳아주지 못한 게 한스럽기도 해요. 며느리 둘은 애교가 없어서 시아버지를 멀뚱하게 보기만 한다니까요."
"그러시군요. 안타깝네요. 그런데 제가 시누이 해도 괜찮겠어요? 저는 지금도 꿈을 꾸고 있는 것 같아요. 친정 올케가 되어 주겠다는 말이 믿어지지 않아요."
"묘한 인연으로 가족이 되었잖아요. 족보하고 상관없이 우리끼리 가족이란 교통정리가 필요하겠다는 회장님의 의중에 따른 거예요. 세라 엄마는 내 시누이니까, 회장님은 오빠가 되는 거예요. 세라를 조카로 맞았어도 회장님은 욕심이 많아서 세라 엄마가 동생으로 탐이 나나 봐요."

"그럼요. 마땅히 그래야죠. 너무 좋아요. 고아인 내게 친정도 생기고, 오빠와 올케언니와 조카들도 생겼으니 이게 무슨 복이에요? 이런 복이 어디서 왔을까요? 이런 복을 누려도 되는지 모르겠어요. 호호호. 너무 행복해요."

유나의 얼굴엔 두 줄기 눈물이 기뻐하며 하강하고 있었다. 그 눈물을 손끝으로 닦으며 웃었다.

"세라 엄마의 심성이 착하기 때문이에요. 시누이 모녀(서린과 민서)를 받아들이는 것이 어디 사람으로 할 수 있는 일이에요? 저와 회장님은 처음부터 감동했어요. 회장님의 눈가가 촉촉하게 젖었다니까요. 호호호. 우리는 세라 엄마를 하늘에서 내려온 천사라고 했어요. 모습도 마음도 아름다운 천사 같으니, 말이에요."

"아무리 그래도 천사는 너무 했어요. 호호호~."

"천사보다 유나씨한테 어울리는 말이 없잖아요. 호호호~. 아무튼 우리 시누이의 성격도 독특하지만, 세라 엄마의 성격도 특별한 것 같아요. 우리 시누이도 세라 엄마를 좋은 감정으로 생각하고 있는 것 같아요. 두 사람은 좋은 친구가 될 거예요. 관계가 아이러니하지만, 이젠 자매나 다름없어 보여요."

두 여인의 긴 포옹은 해체되었다. 서로의 진심을 가슴으로 나눈 값진 시간이었다. 유나는 일어섰다. 두근거리는 가슴을 앞세우고 남편과 얘기를 나누는 백 회장 옆에 멈춰 섰다.

"회장님 오빠! 저를 동생으로 받아주시면 지금 안아주세요."

백 회장은 유나를 쳐다보며 일어섰다. 아내와 대화하고 있는 것을 보았던 백 회장은 그 내막을 짐작했다. 놀랄 일은 아니었지만, 대뜸 안아달라는 유나에 당황하는 기색을 감추지 못했다.
"얘기를 들으셨군요. 내가 오빠 자격이 있는지 모르겠어요."
백 회장은 유나를 살며시 안아줬다. 그리곤 등을 토닥였다. 이때, 민욱 옆에 있던 서린이가 일어나서 유나의 등을 안았다. 이 광경을 지켜보는 민욱은 코가 시큰거렸다.
"친정이 생겨서 너무 좋아요. 오빠도, 올케언니도, 조카들도 많이 사랑할 거예요. 또, 서린씨와는 이제 자매가 되었어요. 사회적 통념으로 이럴 수는 없지만, 관계성을 따지지 않는 우리에게는 가능한가 봐요. 듬직하신 회장님 오빠가 계셔서 유나는 다시 태어난 것 같아요. 호호호."
유나의 눈에서는 기쁨의 눈물이 멈추지 않았다. 그 눈물을 손가락으로 닦아주는 백 회장의 손가락은 떨리고 있었다.
"살아가면서 좋은 오빠가 되도록 노력할게요. 이렇게 우아한 여동생이 하나 더 생겼으니, 우리 집의 경사입니다. 특별한 잔치라도 해야겠네요. 하하하~."
백 회장의 얼굴엔 때 이른 국화꽃이 만발했다. 백 회장의 품에서 떨어진 유나는 뒤돌아서 서린과 깊은 포옹을 나눴다. 두 사람은 동갑내기 쌍둥이 자매로 탄생했다.
"서린씨! 너무 기뻐요. 이 모두가 서린씨의 마음이란 걸 알아요. 우리는 다정한 자매로 거듭날 거예요."
"유나씨! 우린 말하지 않아도 서로를 잘 알고 있어요. 우리 싸우지 않는 자매, 다정하고 서로 배려하는 자매로 살아요. 나도 너무 좋아요. 우리 오빠와 올케언니의 사랑도 나눠 가지며 패밀리랜드에서 사이좋은 자매로 행복하게 살아요."

"그렇게 해요. 이제 남편과 유나는 고아가 아니에요. 고아의 고통스러웠던 올무를 벗게 해줘서 고마워요. 이를 위해 미국에서 돌아왔고, 유방암을 통해 민서를 앞세워서 우리를 만나게 했나 봐요. 운명은 방법이 잔인했지만 미워하지 않고 고마워할래요."

유나는 지긋지긋한 고아에서 독립을 선언했다. 지겨웠던 올무도 벗어던졌다. 수없이 손가락질받으며 가슴 아파 울었던 고아의 서러움도 내동댕이쳤다. 밤낮을 가리지 않고 따라다니던 고아의 한을 땅속 깊이 묻어버렸다. 패밀리랜드의 가족이 되었기 때문이다.

"맞아요. 그런 것 같아요. 운명은 선한 사람을 비켜 가지 않나 봐요. 운명은 나쁘지 않은 것 같아요. 호호호."

"운명도 우리 편인 것 같아요. 우리 쌍둥이 자매 해요."

유나는 젖은 눈으로 상큼하게 미소 지으며 서린에게 말했다.

"그렇게 해요. 너무 좋아요."

서린은 언니처럼 유나의 젖은 눈을 양쪽 엄지로 쓰다듬었다. 이제 족보가 뒤엉켜 버린 한 가족으로 탄생했다. 천대받고 멸시당했던 고아의 이름을 지우고, 남루한 고아의 옷을 벗어 던지는 순간은 감동적이었다. 새로운 가족의 세계를 열어가는 밤바다의 파도는 축하의 노래를 멈추지 않았다. 밤은 깊어 가도 잠들지 않았다. 서린과 유나와 회장 사모는 나란히 모기장 속에 누워 밤을 보냈다. 가슴마다 축제가 일렁이는 아침을 뜬 눈으로 맞았다.

가볍게 아침 식사를 해결한 가족들은 텐트 속에서, 나무그늘 아래서 휴식을 취했다. 점심 매운탕을 책임지겠다며 양 서방이 낚싯대를 들고 갯바위에 자리를 잡았다. 세라와 수현도 갯바위에 합류했다. 낚싯대를 들고 수면을 바라보는 형부에게 세라가 물었다.

"형부? 몇 마리나 잡을 수 있어?"

"글쎄올시다. 이곳 사정을 몰라서 자신은 할 수 없지만 매운탕 거리는 잡을 수 있지 않을까? 하하하."

"이모! 우리 아빠 낚시 잘해요. 매운탕은 믿어도 될 거예요."

옆에 있던 수현이가 아빠를 응원했다. 믿음직한 아들은 아빠의 지원군을 자처했다.

"그러니? 어디 수현이 말을 믿고 기다려 보자. 호호호."

수현의 말을 인정한 세라는 형부 옆에 앉아 조용히 수면을 지켜봤다. 파도는 쉴 사이 없이 낚싯줄을 흔들고 괴롭혔다. 손맛을 느끼려고 애쓰는 양 서방의 표정은 진지했다. 시간은 흐르고 있었지만, 입질도 없었다. 빈 낚싯줄만 올렸다, 던졌다를 반복했어도 소득은 나타나지 않았다. 기다리기 지루한 수현이 입을 열었다.

"아빠! 고기가 없어요?"

"응. 고기들도 휴가 갔나? 어째 바다 밑이 조용하네. 하하하."

허탕 치는 아빠를 위로하는 아들의 마음이 가상했다. 듣고 있던 세라가 행동을 개시했다.

"형부는 좀 쉬어. 내가 해볼게."

세라는 형부에게서 낚싯대를 넘겨받았다. 다른 곳으로 줄을 던졌다. 약간의 시간이 흘렀다. 이게 어찌 된 일인가? 세라가 건져 올린 낚싯줄에 큼직한 우럭이 걸렸다. 반바지 차림의 세라는 덩실덩실 춤을 추며 소리를 질렀다.

"아빠~ 세라가 우럭을 낚았어요~!"

양 서방의 체면이 말이 아니었다. 수현은 아빠의 표정을 살피면서 고기를 바늘에서 빼 그물망에 넣었다. 양 서방은 한 시간을 씨름하였어도 입질도 못 받았는데, 세라는 2~3분 만에 우럭을 낚았다. 고기들은 작정하고 양 서방을 외면한 것 같았다.

"고기도 미인을 좋아하는구나. 이거 체면이 말이 아니네."

양 서방의 말을 들었는지 고기가 즉시 응답했다. 세라는 양 서방을 약이라도 올리듯이 다시 우럭 한 마리를 낚아 올렸다. 양 서방의 얼굴은 웃어도 가슴은 애통했다. 고기들도 미웠고, 처제도 미웠다. 우럭 두 마리를 낚았다는 소리에 서린이 달려왔다. 수현은 할머니께 그물망에 갇혀있는 우럭을 들어 보이며 자랑했다. 사위는 한 마리도 낚지 못했다는 말에 서린은 위로했다. 아들 같은 귀한 사위의 자존심을 살려줬다.

"괜찮아. 낚시는 운이 따를 수도 있어. 부족하면 내가 부둣가에 가서 사 올 테니, 양 서방은 걱정하지 마라."

"어머니! 변명 같지만, 고기들도 예쁜 여자를 좋아하나 봐요. 하하하~. 고기들한테 자존심이 상해서 앞으로 저도 날씬하게 몸매 관리를 해야겠어요."

농담하는 걸 보니 양 서방의 기분도 풀린 것 같았다. 서린은 사위의 말에 맞장구를 쳤다.

"호호호~. 그러게. 건강에도 좋을 거야. 일석이조가 아니겠어."

네 사람은 양 서방의 위트로 갯바위에서 호탕하게 웃었다. 세라가 형부의 기를 살려줬다.

"형부 말이 맞아요. 우럭이 전부 노총각들인가 봐요. 호호호~."

"처제! 위로해 줘서 고마워. 하하하~."

양 서방은 세라의 응원에 고마워했다. 수현은 불편했던 아빠의 마음을 생각해 준 이모가 현명해 보였다. 아빠를 생각하는 이모의 지적인 모습이 보이기도 했다. 이것이 진정한 가족의 모습이 아닐까? 가족을 가슴에 품으려는 세라의 마음이 보석보다 아름다웠다.

세라가 줄돔 한 마리를 추가하고 낚싯대를 거두었다.

가족들은 세라의 낚시 실력에 환호성을 울렸다. 점심 매운탕은 맛있을 것으로 입맛을 다셨다.

"앞으로 압해도의 낚시는 세라에게 맡겨야겠어. 하하하~."

세라를 기특하게 바라보면서 백 회장이 말했다.

"삼촌! 그건 아니에요. 형부 말에 의하면 고기가 예쁜 여자를 좋아해서 그렇데요. 제가 봐도 고기가 모두 노총각들인 것 같아요. 호호호~. 그래서 고기 살이 질기지는 않을지 걱정이에요."

"하하하~. 양 서방이 그랬단 말이야? 고기는 노총각이 아니라 우리 세라에게 반해서 정신이 없었을 거야."

"네. 삼촌! 그럴 수도 있겠네요. 호호호."

"양 서방의 말도 일리는 있네. 변명치고는 재미있다. 하하하~. 양 서방의 위트에 놀랐는걸."

이때, 민서가 남편에게 물었다.

"당신이 정말로 그랬어?"

"아들 앞에서 면목이 없어서 그랬지."

"어머~ 우리 신랑 멋지다. 호호호~. 개그맨 같다. 잘했어. 고기야 다음에 잡으면 돼. 강태공들도 허탕 치는 날이 있는데."

순간의 위기를 위트로 벗어난 남편의 순발력을 칭찬하며 적극적으로 위로했다. 양 서방은 가족들을 둘러보며 멋쩍게 웃었다. 그러나 고기들의 배신은 오래 생각날 것 같았다. '고기가 노총각이었다'는 세라의 응수능력도 돋보였다. 오늘 점심의 매운탕은 별미일 것이다. 우럭 3마리면 충분하므로 부둣가에 갈 서린의 수고도 면제되었다. 낚시 초보 세라의 웃지 못할 행운은 맛난 매운탕 탄생을 예고했다.

태양이 동녘 하늘을 벗어났다. 가족들의 해수욕은 막이 올랐다. 수진은 명훈 삼촌의 손을 끌며 바다로 향했다. 보트형 튜브는 명훈이 담당했다. 예쁜 청색 비키니를 차려입은 여고생 수진은 어깨에 큰 타월을 두르고 챙이 있는 모자를 눌러쓰고 썬글라스까지 걸치고 여고생의 멋을 한껏 자랑하며 삼촌을 잘 따랐다.

명훈은 수진이가 탄 보트 튜브를 바닷물에 띄웠다. 조카가 없었던 그에게는 아름다운 행운이었다. 튜브는 작은 물결을 헤치고 유유히 나아갔다. 해수욕장이 아닌 까닭에 주위에는 다른 사람은 보이지 않는 이들 가족만의 여름 캠프였다. 누구의 간섭도 받지 않고, 어떤 시기의 시선도 닿지 않은 낭만이 흐르는 아늑한 바닷가는 평화로웠다. 피서를 즐기기엔 어느 곳도 부럽지 않은 천애의 공간임에는 분명했다.

서린은 세라와 바닷물에 발을 담그고 애기의 나래를 폈다. 그 옆에는 유나와 회장 사모가 나란히 앉아 대화를 나눴다. 민서는 남편과 아들과 함께 물장난을 치며 동심을 부르고 있는 모습이 행복해 보였다. 또 담소를 나누는 백 회장과 민욱의 밝은 표정은 태양도 질투하게 했다. 서로 생각의 차이가 없는 것 같았다. 처남과 매제의 굳건한 신뢰의 사이로 발돋움하는 데 많은 시간이 필요하지 않은 것 같다. 힐끔힐끔 그 모습을 살피는 서린의 입가에는 만족스러운 미소가 사라지지 않았다.

"어머니! 아빠와 삼촌은 잘 통하나 봐요."

"그런 것 같다. 참 좋은 모습이야. 세라 아빠도 그렇지만, 우리 오빠도 외로운 사람이야. 3대 외동이다 보니 사촌도 육촌의 형제도 없잖아. 그래서 친구들을 좋아하는 편이야. 친구들이 많아."

"그렇군요. 그래서 외로운 사람끼리 잘 어울려요. 서로 눈치 보지 않으니 얼마나 다행이에요."

"그래서 내 마음이 편안하다. 호호호~. 처음에는 걱정도 많이 했었어. 두 분이 내 걱정을 해소시켜 줘서 고마울 따름이다."

"이게 다 어머니의 복이에요. 귀여운 딸 세라도 있고, 듬직한 아들 명훈이도 있잖아요. 착한 딸, 듬직한 아들이 될 거예요."

서린은 세라의 고운 얼굴을 바라보며 손을 잡았다.

"고맙다. 세라와 명훈이가 엄마로 인정해 줘서 너무나 고마워하고 있어. 이 정도는 생각도 못 했던 일이었어. 못된 여자라고 원망하고 공격하지나 않을까 해서 걱정을 많이 했었거든. 세라 말처럼 내가 복이 많은가 봐. 호호호~."

"그러셨군요. 어머니께서 무엇을 걱정하셨는지 알아요. 세라도 처음엔 아빠한테 화가 났었어요. 그렇지만, 곧 아빠나 어머니의 잘못은 아니란 생각을 했어요. 이해하고 보니, 아빠와 엄마가 말씀하신 것처럼 가족이란 생각이 들었어요. 우리 남매도 일가친척이 없어서 외로움을 수없이 경험했거든요. 이젠 어머니가 계시고 외갓집도 있으니 외롭지 않을 거예요. 어머니! 사랑해요."

"그래, 앞으론 세라와 명훈이가 외로울 틈을 주지 않을 거야. 엄마만 믿어. 엄마는 자신이 없거나 실없는 말은 하지 않아. 너희들이 미국에 있어도 유나씨 보다 이 엄마가 자주 찾아가게 될지도 몰라. 많이 보고 싶을 테니까 말이다."

서린은 말했다. 미혼인 세라와 명훈을 챙겨야 하고, 손자와 손녀도 돌봐야 하니, 1년에 서너 번은 방문하게 될 것이라고 장담했다. 남매의 결혼도 서둘 거라고 접을 줬다.

"어머니! 그러시면 무서워요. 호호호~. 세라가 시집가면 어머니한테 응석도 부리지 못하니 싫어요. 10년 후에나 결혼할 거예요."

"10년은 너무 늦어. 5년은 봐줄게. 세라가 시집가서 애를 낳아도 엄마가 응석을 다 받아줄게. 호호호~. 그건 걱정하지 마라. 지금까지 민서의 응석과 하소연을 받아주고 있었다."

"호호호~. 어머니한테는 못 당하겠어요."

이때, 남편과 아들과 물장난하던 민서가 물을 흠뻑 뒤집어쓰고 나타났다. 그 화풀이로 엄마와 세라에게 물을 끼얹었다. 모녀는 물벼락을 당하고 말았다. 세라는 벌떡 일어나서 민서에게 대응 포격했다. 오래 걸리지 않아 자매는 바닷물에 첨벙 주저앉았다.

"언니! 나 물 먹었어."

"나도 물 먹었거든. 헤헤헤~. 과학적인 근거는 없지만 바닷물은 위를 깨끗하게 청소해 준데. 그러니까 고맙게 생각해."

"그럴 수도 있겠다. 염분이 있으니까. 호호호."

자매는 바닷물이 흐르는 얼굴을 쳐다보며 파도처럼 새하얗게 웃었다. 명훈과 수진은 보트를 타고 노를 저으며 바다 위를 산책했다. 삼촌과 조카의 그림은 바다와 잘 어울렸다. 회장 사모와 유나는 가족들의 즐거운 광경을 지켜보며 흐뭇한 표정으로 연신 웃음을 터뜨렸다.

"민서와 세라는 친자매처럼 다정해 보여요. 성격도 닮은 데가 많은 것 같아요. 서로 이해심이나 포용력도 대단해요."

회장 사모는 자매를 지켜보며 말했다. 딸이 없어 부럽다는 사모에게는 민서와 세라의 다정한 모습이 너무 아름다웠다.

"그런 것 같아요. 사이가 좋으니 다행이지 뭐예요. 호호호~. 민서가 언니라서 많이 양보하나 봐요."

"그러게요. 언니는 언니답고, 동생은 동생다운 게 좋은 관계를 유지하게 되겠죠. 저런 딸을 낳지 못한 것이 몹시 후회되네요. 세 남자한테 치어서 어려움도 많았거든요. 남자들의 세계는 거칠어서 무서워요. 호호호."

"그러고 보니 세 남자네요. 호호호~. 나도 두 남자를 키웠으니, 올케언니의 심정과 고충을 이해해요."

가족 구성원들은 하나 같이 모두 착하기만 했다. 예정된 가족이었으니, 44년 만의 만남은 보석처럼 영롱했다. 서린과 유나와 사모는 가족들의 점심 준비에 돌입했다. 세라의 놀라운 초보 실력으로 건져 올린 노총각 우럭과 돔 3총사는 서린의 손에서 매운탕으로 희생되었다. 유나와 사모는 조리사 조수 역할을 거뜬히 수행하여 맛난 점심 식사가 준비되었다. 피서지에서의 신선한 생선매운탕은 타의 추종을 불허했다.

특별한 가족의 바캉스는 기쁨과 축제의 기분으로 패밀리랜드 가족구성을 마감했다. 가족들과 많은 사연의 이변을 낳았고, 서로의 마음을 가슴에 담고 가족으로 살아갈 것을 다짐한 찬란한 여름휴가였다. '코로나19'가 시들어 가는 2023년의 여름휴가는 가족의 소중함을 깨닫는 유익한 시간이었으며, 민욱과 유나는 고아의 허물을 벗어 던진 역사적인 순간을 맛보았다. 이제 겨울이 오고 12월이 되면 한 울타리 안에서 오순도순 살아갈 아름다운 날들을 기약했다.

23. 갈매기 하우스의 화려한 비상

여름휴가에서 돌아온 세라와 명훈은 아쉬움을 남기고 미국 시카고로 떠났다. 세라는 준공검사 전에 한 번 들리기로 했다. 수현과 수진은 9월에 개학하므로 부모님과 할머니, 외삼촌과 숙모에게 사랑을 듬뿍 받은 다음에 8월 중순에 떠나기로 했다. 수현은 아빠를 닮아 듬직했고, 수진은 엄마보다 커버린 예쁜 여고생이었다. 수진은 엄마를 닮아서 애교도 많았고 귀여운 행동도 곧잘 했다. 유나와 민욱은 손자 수현과 손녀 수진을 참 좋아했다. 하늘에서 떨어진 듯한 예쁜 딸에게서 똑똑한 손자와 귀여운 손녀의 출현은 어떤 감정으로도 기뻐하는데 부족할 따름이었다. 민욱에게는 하늘이 내려준 보석 같은 딸이며, 무엇과도 비유할 수 없는 귀하고 귀한 손자였고, 손녀였다. 외할아버지란 이름이 무색할 정도로 그들을 마음껏 사랑하지 못하는 것이 부끄러울 뿐이었다.

  여름방학이 끝날 무렵에 서린은 수현과 수진을 데리고 미국으로 떠났다. 시카고에서 할 일이 있다고 했다. 유나는 그 일을 알아차렸다. 세라가 거절했던 가사도우미를 채용하기 위해서였다. 세라가 직장 관계로 수현이나 수진이보다 퇴근이 늦을 것을 대비하여 가사도우미를 권하였으나, 세라는 이를 거절했었다. 유나의 생각도 서린의 생각이나 다를 바 없었다. 대학생, 고등학생을 직장 다니면서 뒷바라지한다는 것은 어려울 것으로 생각했다. 그래서 서린을 말리지 않았다.
  서린에게는 불가능이 존재하지 않았다. 서린의 성격을 어지간히 경험했으므로 세라가 당하지 못했을 것으로 짐작했다. 그 푸념을 전화로 엄마에게 하소연하는 세라를 다독여 줬다.
  "세라야~ 이길 수 없는 싸움은 애초부터 시작하지 마라. 광주 엄마에게는 안 돼. 아무리 날뛰어도 넌 적수가 못 된다. 호호호."
  "엄마는 응원하지 않으시고 놀리는 거예요?"
  "놀리는 건 아니야. 광주 엄마의 성격을 파악하려면 아직 멀었다는 얘기지. 엄마도 맨발로 따라가도 어림없다니까. 호호호~. 광주 엄마는 그런 분이야. 엄마나 아빠도 당할 수 없어."
  유나는 남편이 제대하는 날을 상기시켜 줬다. 숫처녀의 몸으로 강력한 집념과 사랑하고픈 열정을 여대생의 수줍은 몸으로 남편을 제압했던 그때를 기억하게 했다. 그리고, 미혼모로 44년을 살아온 근성과 의지를 깨우쳐 줬다.
  "그 정도예요?"
  "조금은 너도 겪어 봤잖아. 보통 여장부가 아니야. 쉽게 생각했다간 큰코다친다. 그 엄청난 카리스마는 아빠도 못 당했잖아."

엄마의 충고에 세라는 백기를 들었다. 유나는 생각했다. 그렇게 서린을 알아가는 거라고. 딸을 달래고 위로해 줬다. 시카고에서는 가장이 세라였다. 그러니까 가족들은 세라를 믿고 지원과 응원을 아끼지 않았다. 서린은 입주 동양계 가사도우미를 안겨줬다.

인천국제공항에 내린 서린은 일주일 동안 푹 쉬며 주인을 기다린 노란 지프에 올랐다. 계획을 성사시킨 서린은 콧노래를 부르며 핸들을 잡았다. 광주로 가는 길에 중간 귀착지 용산동에 들렀다.

"먼 길에 고생하셨어요."

유나는 서린을 반갑게 맞았다. 8월의 끝자락에 걸친 계절은 아직도 여름인듯했다. 후덥지근한 기온이 사람들의 기를 꺾었다.

"비행기 타는 건 체질에 안 맞는 것 같아요. 열세 시간을 잡혀 있으려니 갑갑해서 혼났어요. 한두 번도 아닌데 말이에요."

"나도 그랬어요. 장시간 비행기 타는 것만 없으면 여행이 즐거울 텐데 말이에요. 호호호."

유나도 지루한 여행이란 걸 알았다. 구름 속을 나를 때는 신기한 세상을 경험했고, 육지가 보일 때는 비행기가 추락하면 어떻게 하지? 걱정하며 불안했을 때도 있었다. 비행기가 활주로에 닿는 순간에야 '이제 살았다.'라고 속으로 소리쳤던 때도 많았다.

"그러게 말이에요. 호호호."

가사도우미가 준 시원한 과일주스로 목을 축였다. 유나는 세라에게 들어서 이미 알고 있었기에 도우미 해결을 축하했다.

"가사도우미 문제를 해결한 것을 축하해요. 호호호."

"연락받으셨군요. 호호호. 세라도 쉽지 않더라구요. 강씨 고집이 어디 가겠어요? 그러나 백가에게는 안 되죠. 호호호."

민욱은 말없이 웃고만 있었다. 쌍벽을 이루는 고집의 한계는 '백씨'의 승리로 끝난다는 게 기정사실이기 때문이다. 민욱이나 유나는 세라의 패배를 당연하게 받아들였다.

서린은 지프에서 내린 선물 보따리를 풀었다. 민욱에게는 값비싼 양주와 고급 와인 한 병, 유나에게는 화려한 보석이 박힌 목걸이와 반지 세트를 선물했다. 가사도우미에게도 고급 화장품 세트를 선물했다.

민욱은 양주와 와인을 받아 들고 함빡 웃었다. 애주가는 아니지만, 진열장의 전시품으로 손색이 없었다. 유나도 고마워하며 목에도 걸고, 손가락에 끼워보며 기뻐했다. 귀한 선물에 토를 달아서 서린의 마음을 상하게 하고 싶지 않은 유나였다. 도우미 역시 자기의 것까지 챙긴 서린에게 감사하며 존경을 표했다.

"유나씨 한테는 다 잘 어울려요. 선물하는 기쁨이 증폭되어 늘 즐거워요. 호호호. 그래서 멈출 수 없나 봐요."

"매번 받기만 해서 어떡하죠? 서린씨한테 빚만 자꾸 늘어나는 것 같아요. 호호호."

"유나씨! 그런 말 마세요. 우리 사이에 빚이라뇨? 빚은 절대 아니에요. 내가 유나씨의 코디라고 했잖아요. 코디 받는 유나씨만 보면 기분이 상쾌해요. 호호호. 정말이에요."

"맞아요. 빚은 아니에요. 내가 또 실언했어요. 호호호."

유나는 재빠르게 실언을 인정하며 서린의 표정을 산책했다. 민욱은 두 여인의 표정을 살피다가 선물을 들고 서재로 피신하며 속으로 '빚도 맞고, 빚 아닌 것도 맞다.'라고 중얼거렸다. 빚이란 의미는 광대하여 많은 것을 함유하고 있었다.

"괜찮아요. 유나씨의 경우에서는 그럴 수 있다고 생각해요. 호호호. 내가 하고 싶어 하는 거니까, 부담되지 않았으면 좋겠어요.”

서린은 밝은 표정으로 일관했다. 둘 사이에 끼어 있는 민욱을 생각하지 않을 수 없었다. 그러므로 두 여인은 지혜로운 마음을 잃지 않아야 한다고 생각했다.

서린은 점심 식사를 마치고 용산동을 나섰다. 유나는 대문까지만 배웅하고, 나머지 구간은 남편에게 일임했다. 이 또한 지혜로운 이해였다. 민욱은 지프까지 동행했다. 서린은 유나한테 고마워하며 민욱의 품에 안겨 입을 맞추었다. 서린은 부모님 몰래 연애하는 기분이라고 실토했다. 그 기분을 민욱은 알고도 남았다. 그래서 가끔은 자기를 바라보는 서린이가 가여울 때가 있었다.

사랑한다는 말 한마디도 들어보지 못하고, 사랑하고 푼 마음이 용암처럼 분출하여 모텔 방에서 광란의 춤을 췄던 스무 살의 여대생 서린! 그 산물을 잉태하여 온갖 수모를 겪으며 출산했던 신기루 같은 여자였다. 44년을 미혼모로 버텨온 별난 성격의 서린을 생각하면 지금도 가슴이 아팠다. 그 44년의 공간을 떳떳하게 채워주지 못하는 자신을 학대하는 것도 무의미했다.

그나마 잠깐의 포옹과 입맞춤에도 만족스러운 미소를 남기는 서린의 앞에서는 그루터기처럼 굳어버렸다. 두 여인을 사랑하는 한 남자의 우둔한 몸짓은 자유롭지 않았다.

서린은 떠났다. 노란 지프에 묻혀서 늦여름을 가르며 용산동을 벗어났다. 우두커니 서서 손을 흔드는 민욱의 심정도 나뭇잎처럼 흩어졌다. 터벅터벅 마당에 들어섰다. 유나는 보이지 않았다. 아내를 보는 양심도 뒤죽박죽이 됐다. 무한의 죄책감을 안고 살아가는 남자의 일생일지라도 행복하다고 말하고 싶은 민욱이었다.

어느덧 무더위가 꼬리를 감추고 가을바람이 쏠쏠 불어오는 9월이 되었다. 'B&K 패밀리랜드'는 공정에 한 치의 오차도 없이 공사가 순조롭게 진행되었다. 웅대한 갈매기의 형상이 모습을 드러내고 있어서 보는 이로 하여금 가슴을 부풀게 했다. 완공되기 전이었지만, 관심 있는 분들이 여럿 다녀가며 감탄했으므로 현장감독은 즐거워했다. 여러모로 '삼색(빨강, 노란, 파랑) 갈매기 하우스'의 인기는 심상치 않았다. 이런 얘기를 서린으로부터 전해 들은 민욱과 유나는 가슴이 설레었다. 지난 7월에 여름휴가를 다녀왔어도 유나는 다시 눈으로 확인하고 싶었다. 그래서인지 간사하게도 유나는 집이 답답하게 여겨진다고 실토했다.

"사람이 정말 간사한가 봐요. 그간 아늑하던 집이 답답하게 여겨지니 말이에요. 사람의 심성이 못된 것 같아요. 호호호~."

"당연한 거야. 나도 그런 생각이 들 때가 있어. 그럴 수 있는 것이 인간의 특권이니, 우리의 생각도 정상일 거야. 하하하~~."

"호호호~ 또 압해도에 가고 싶어요. 우리의 파란색 갈매기가 오라고 손짓하는 것 같아요. 호호호~~."

"이 사람아~ 아직 도색도 하지 않았어. 10월이 되면 파랑, 노랑, 빨간 옷을 입고 유나를 기다릴 거야. 그러니까, 서두르지 말고 다음 달에 가기로 하자."

"그래요. 그때 가요. 내가 괜히 철없이 보챘나 봐요."

유나의 마음은 벌써 현장으로 내려가고 있었다. 갈매기하우스가 변해가는 모습도 시야에 담고 싶었다. 어린아이 같은 마음을 아는 민욱은 아내를 진정시켰다. 가사도우미가 과일 에이드 두 잔을 들고나왔다. 가을이 성큼성큼 다가오고 있는 밖을 내다보며 시원하게 마셨다. 이 가을이 지나고 겨울이 오면, 이제 용산동을 떠난다고 생각하니 서운한 마음도 들었다. 그간 죽음의 사선을 넘나들며 가슴으로 울었던 안식처였다. 하루하루 이별을 준비하는 유나의 마음은 퇴색한 나뭇잎을 괴롭히는 가을바람같이 스산했다.

10월 중순 가을의 중턱, 드디어 '갈매기하우스' 3동이 완공되어 준공검사를 통과했다는 서린의 연락을 받았다. 넓은 정원도 기본적으로 잔디가 깔리고 정원수(소나무, 동백나무, 과실수 등)가 조성되어 패밀리랜드에 축제의 팡파르가 울려 퍼지기 시작했다. 3동 모두 내부구조가 주인의 특수성과 품격을 살린 게 특징이었다.

'황색 하우스'에는 주방 옆에 '와인 바'가 위풍을 자랑했으며, '청색 하우스'에는 '타원형 서재'가 사방으로 많은 책을 비치할 수 있도록 독특한 학풍의 분위기를 잘 나타내고 있었고, '빨강 하우스'에는 '와인 바'와 분위기가 다른 양주와 칵테일을 즐길 수 있는 '스텐드 바'가 고상한 자태를 들어냈다. '아트갤러리 건물'은 내년 초에 완공될 예정이었다. 파도를 상징하는 지붕이 주는 느낌은 묘하게 작용했다. 외부공사는 거의 마감되었지만, 지하층과 1, 2층 내부공사가 활발하게 진행되고 있었다.

외진 곳이라 철책담장이 튼튼하고 안전하게 설치되었고, 고화질 방범 CCTV 10대가 요소요소에 설치되어 다른 지역에서 모바일 확인도 가능했다. 대문 안쪽에 관리(수위)실도 준비되었다. 침대방, 주방과 식탁, 화장실 그리고 CCTV를 관리하는 보안실까지 갖추었다. 근처 도로에 가로수를 조성했다. 내년 5월이면 눈꽃처럼 새하얀 꽃을 피우는 '이팝나무'를 심었다. 지역에서 보일러실과 발전시설을 관리할 수 있는 분을 선택하고자 이웃 이장에게 관리인을 부탁한 상태였다.

준공허가 때문에 귀국했던 세라는 완공된 갈매기하우스를 세심히 둘러보고 학교 일정이 촉박한 관계로 시차에 의한 피곤도 풀지 못하고, 다음 날 시카고행 비행기에 올랐다. 이제 실내 인테리어를 마감하고, 청소가 끝나면 입주가 가능했다. 백 회장댁은 내년에 입주하기로 했고, 유나는 서린과 입주 일자 조율을 마쳤다. 민욱과 유나에게는 낯선 곳이니, 서린이가 11월 중순에 서둘러 입주를 마쳤다. 화려한 색채를 발산하는 갈매기 3마리가 웅장하게 내려앉아 있는 아름다운 패밀리랜드는 가슴 벅차게 첫 번째 주인을 환영했다.

민욱과 유나는 고국으로 돌아온 지 6년 4개월, 암이 발병된 지만 6년 만에 대전 용산동 도심 속의 전원주택을 떠나서 고즈넉하고 아름다운 섬나라 압해도 'B&K 패밀리랜드'로 가슴 벅차게 입성했다. 고아란 허물을 벗고, 고아의 올무에서 완전하게 탈출하여 따뜻한 가족들의 사랑이 안개처럼 모락모락 피어오르는 패밀리랜드가 고아였던 민욱과 유나에게 포근한 마음으로 안아줬다.

11월 끄트머리, 겨울이 짙어갈 무렵에 민욱과 유나는 가사도우미와 함께 용산동에서 미련 없이 등을 돌렸다. 그러나 유나의 눈가는 촉촉하게 젖었다. 고국에 돌아와서 첫정을 붙인 곳이기도 했고, 6년이 넘도록 암과의 전쟁을 동행해 준 투병의 아지트이므로 서운한 마음을 참지 못하고, 패밀리랜드에 입주했다.

"어서 오세요. 패밀리랜드 입주를 환영하고 축하해요."

서린은 유나를 안으며 환영했다. 이제는 얼굴을 맞대고 살아야 할 가족이며 이웃이 되었다. 44년 동안 잊고 살았던 그 남자의 냄새를 맡으며, 고난의 세월을 이겨내고 행복을 엮어가는 유나를 곁에 두고, 아름다운 여정을 설계하는 서린의 가슴은 설렜다.

"너무 좋아요. 이게 꿈은 아니겠죠?"

유나는 꿈이 아니길 바랐다. 넓은 정원에서 춤이라도 추고 싶었다. 바닷바람이 차갑게 전신을 때려도 춥지 않았다. 지독하게 괴롭혔던 고아란 이름이 파도 위에서 물보라로 사라지는 것이 보였다. 땅에 뿌리를 내리지 못한 잔디들의 함성도 들려왔다.

"호호호~. 꿈은 아니에요. 이곳이 우리 가족의 천국이에요. 함께 기쁨과 행복을 나누며 살아갈 패밀리랜드란 말이에요."

서린의 얼굴엔 계절을 잊은 듯한 향기로운 꽃들이 활짝 피었다.

"서린씨! 고마워요. 이제 맨날 볼 수 있어서 너무 좋아요. 그림공부도 할 수 있고, 꽃도 기르고, 닭도 키우면서 매일 달걀을 집집마다 나눠줄 거예요. 호호호. 달걀은 걱정하지 마세요."

유나는 뒤에 서 있는 남편을 돌아보며 기뻐했다. 소풍 온 초등생처럼 좋아하는 유나의 모습은 천진난만하기까지 했다.

"우리 멋진 패밀리랜드의 그림을 예쁘고 아름답게 하나하나 완성해 나가요. 호호호~. 유나씨와 함께라면 가능할 거예요. 유나씨가 좋아하는 걸 보니까 잘했다는 생각이 들어요."

서린은 민욱에게도 환영의 인사를 거르지 않았다. 세 사람의 얼굴은 화사했다. 패밀리랜드에 발을 딛고 보니 이제 서야 실감이 났다. 민욱은 서린을 가볍게 안아줬다. 이삿짐은 인부들의 분주함으로 청색 갈매기 속으로 빨려 들어갔다. 인부들도 하나 같이 놀라고 감동하며 입을 다물지 못하는 그 얼굴에는 부러움이 일렁거렸다. 민욱은 그들의 수고에 고마워하며 가구들의 제 위치를 지정해 주며 작은 일손이나마 거들었다.

갈매기하우스마다 주차장 옆에 견고하고 품위 있는 '독 하우스'가 만들어져 있었다. 마을과 1km나 떨어져 있어서 어두운 밤에는 음산했다. 그래서, 개의 입양이 시급했다. 고아의 피비린내 나는 아픈 상처를 경험했으므로 민욱과 유나는 '유기견센터'에서 성견을 입양할 것을 제안했다. 사람으로부터 버림받은 반려동물에게 사랑을 전해주며, 주인으로부터 학대받은 아픈 상처를 치료해 주고 싶어했다. 그 진솔한 마음을 아는 서린은 반대하지 않았다. 오히려 두 사람의 표정을 살피며 안쓰러워했다.

이삿짐 정리도 마치지 않은 이튿날, 민욱 부부와 서린은 광주의 '유기견센터'를 방문하여 버림받은 순한 성견 3마리(진돗개 백구 암컷, 황구 수컷, 보더콜리 수컷)를 입양하는 데 성공했다. 낮 시간대에는 3마리가 함께 생활할 수 있는 20평 정도의 넉넉히 쉴 수 있는 공간을 철책담장 곁에 별도로 준비되었으므로 개들도 갑갑하지 않을 것 같았다. 집에서 개를 처음 키워보는 민욱과 유나는 견공들과 친해지려고 노력했다.

'개 운동장' 옆에 남향으로 멋진 '닭장'이 탄생했다. 이는 닭을 좋아하고, 식재료 달걀을 공급하겠다는 유나의 바람을 들어준 것이다. 관상용으로 인기 있는 흰색의 오골계 닭과 토종닭으로 정하고 봄이 오기만을 기대했다. 닭을 키워본 적이 없는 유나의 특별한 선택이었다. 시행착오를 겪을지라도 닭들과 교감을 나누면서 동물 가족에게 사랑을 베풀겠다는 유나의 의지는 믿을만했다. 서린과 명희(백 회장 사모)도 지원하겠다고 응원했다.

민욱은 철책담장 곁의 여유 공간에 과실나무를 심겠다고 공언했다. 감나무(단감, 대봉, 곶감용), 왕대추나무, 무화과나무, 사과나무, 복숭아나무, 귤나무, 포도나무 등 한 그루씩 심어서 수확의 즐거움을 느껴보겠다고 각오가 대단했다. 정원수와 화초 키우기를 좋아했던 민욱으로서는 어려운 도전이 아니었다. 가족들은 기대하는 마음을 담아 좋아했다.

감동적으로 패밀리랜드에 입주한 민욱과 유나의 심정은 남달랐다. 부모형제가 없어서 외로웠고, 부모의 이름도 얼굴도 몰라서 애달팠으며, 전쟁터에서 신음하며 죽어갔을 아버지, 아들 하나 키울 자신이 없어 보육원 앞에 버리고 재가했을 어머니가 야속했던 시절이 있었다. "너는 왜 아빠 엄마가 없어?"라고 묻는 친구에게 대답도 하지 못하고 돌아서서 아린 가슴으로 눈물만 흘려야 했던 어린시절도 있었다. 청결하게 옷을 입었지만, 학생들은 넝마에 침을 뱉듯이 멸시당하며 울었던 그 시절을 지울 수 있어서 행복했다. 아파했던 고아! 가슴을 눈물로 흥건히 적셨던 고아!! 울분을 토하며 절규했던 고아!!! 고아여! 이제 안녕!

민욱이 화초와 수목을 4계절 가리지 않고 기를 수 있도록 크리스탈 하우스도 손길을 기다리고 있었다. 열대과일 나무도 심겠다며 자신감을 나타내는 민욱의 기분은 아이들처럼 들떠있었다. 그리고 봄에는 정원 중앙에 '인공폭포와 분수대'를 만들자고 제안했다. 전문가에게 의뢰해서 큰 바위산과 작은 연못을 만들면 된다고 설명했다. 그 모습이 신기해서 서린은 좋아하며 동의했다. 그의 곁에서 기뻐하는 모습을 보는 서린의 마음은 흡족했다. 꿈에 그리던 그림이 현실로 나타나 눈앞에 있으니 황홀한 기분을 만끽했다.
이듬해(2024년) 2월에 백 회장 가족이 입주를 마침으로 'B&K 패밀리랜드'는 완성되었고, 삼색의 갈매기하우스는 같은 방향을 응시하며 화려한 비상을 시작했다. 입구에는 걸맞게 작은 패밀리랜드 안내판이 앙증맞게 모습을 드러냈다. 밤에는 가로등이 곳곳에서 아름다운 패밀리랜드를 밝혔다. 가로등은 자체 발전시스템으로 공급했다. 갤러리 지하에 발전시스템이 있어도 닭장, 독 하우스, 관리동 지붕에 태양광 패널도 설치했다.

집집마다 이삿짐 정리도 마치고, 패밀리랜드 작업이 마무리된 3월 초순이었다. 인근 마을 주민들과 광주의 '승서그룹' 임직원, 친지들을 초대하여 입주 파티를 열었다. 별도의 음식을 준비하지 않고, 고급스러운 뷔페를 선정하여 맛있는 한 끼의 식사를 넉넉하게 제공했다. 음식들이 부족하여 급하게 공수할 정도로 많은 사람들의 축하로 성황리에 파티를 마쳤다. 가족 모두가 기쁨이 넘쳤지만, 육신의 피곤함을 어렵게 이겨냈다.

이 자리에서 서린은 '소극장'과 '아틀리에 강당'은 지역주민이나 회사 임직원들에게 무료로 개방하겠다고 선포했다. 결혼식과 회갑연 등, 가족 모임이나 단체 연회, 공연, 작품전시회 등을 할 수 있도록 장소와 시설만 무료로 제공한다고 했으며, 1개월 전에 예약은 필수라고 덧붙였다. 주민들과 직원들은 좋아하며 환호했다. 입주 파티는 성황리에 막을 내리고 'B&K 패밀리랜드'의 이웃과 함께하는 새로운 시대를 열 것을 다짐했다.

서린은 패밀리랜드 가족의 동시 이동을 목적으로 중형버스를 백 회장의 도움으로 구매했다. 패밀리랜드의 삶에서 필요한 것들을 하나하나 채워가는 재미가 특별하다고 서린은 좋아했다. 그런 서린을 누구도 말리지 않았다. 비탈 언덕에 팔각정을 지었고, 바닷가 쪽 자신의 소유 땅에 캠핑용품 창고(텐트 및 도구, 천막, 바비큐 장비, 튜브 보트, 이동식 식탁, 낚시도구 등)를 지었다. 바닷가를 이용할 때의 필요한 도구들을 보관했다.

그리고, 관할 관청의 허가로 작은 '부두 정박시설' 공사도 일사천리로 마쳤다. 앞으로 구매할 요트나 보트의 정박을 위한 것이다. 가족을 사랑하고, 가족을 생각하는 서린의 세심함은 한계가 없었다. 아트갤러리 지하 터널에서 바닷가로 날 갈 수도 있고, 갈매기하우스 지하에 터널이 연결되어 유사시에 왕래할 수 있었다.

'패밀리랜드'에 입성한 민욱과 유나는 고아란 허울에서 벗어나 새로운 삶의 지표를 열었다. 유나는 서린의 제자가 되어 화가의 길에 도전했고, 글쓰기를 좋아했던 민욱은 숨겨진 달란트를 끄집어내어 집필에 몰두했다. 고결한 유나의 끊임없는 사랑과 순결한 사랑을 고집하는 서린의 꺼지지 않은 첫사랑과 고아의 운명 같은 버림과 학대를 바탕으로 장편소설에 담아보기로 했다.

새롭게 단란한 가족의 구성원이 되어 웃을 수 있는 고아 부부! 멸시와 냉대의 눈빛이 보이지 않아 마냥 행복했다. 숨 막히는 고아의 옷을 벗을 수 있어서 기분은 상쾌했다. 70여 년 동안 쉬지도 않고 따라다니며 끈질기게 괴롭히고 조롱했던 고아란 둥지를 허물 수 있어서 즐거웠다. 핏빛으로 맺은 가족들이 옹기종기 모여 있는 곳, 순결한 사랑이 시들지 않은 곳에서 민욱과 유나, 그리고 서린의 기대했던 세계가 아름답고 우람한 자태를 자랑했다. 빨강, 노란, 파랑 3색 갈매기하우스는 독특한 가족들을 보듬고 화려하고 행복한 비상을 시작했다. 지금 어디쯤 날아가고 있을까?

감사합니다.
내년(2026년 9월)에 출간될 장편소설 "갈매기를 쫓던 여고생의 연정 1"을 기대해 주세요.